W0362016

COCO CHANEL
ŻYCIE INTYMNE

Dla Anny
i pamięci mojej matki Elizabeth (1923–2009)

„Capel powiedział:
»Pamiętaj, że jesteś kobietą«.
Stanowczo zbyt często o tym zapominałam".*

* P. Morand, *The Allure of Chanel*, London 2008, s. 143.

Wstęp

Gabrielle (Coco) Chanel była kobietą o wyjątkowym charakterze, obdarzoną niezwykłą inteligencją i wyobraźnią. Dzięki tym atrybutom przetrwała dzieciństwo w niedostatku i zaniedbaniu, aby jakiś czas później ponownie wykreować siebie i zostać jedną z najbardziej wpływowych kobiet swoich czasów. Inaczej niż w wypadku wszystkich wcześniejszych projektantek, jej życie szybko stało się synonimem rewolucyjnego stylu, który rozsławił jej nazwisko. Był on oszczędny, uwodzicielski i elegancki. Wiele elementów tego stylu, które z czasem okazały się niezbędne w szafie każdej nowoczesnej kobiety, narodziło się jeszcze przed wybuchem pierwszej wojny światowej.

Ubiór był jedynie najbardziej widocznym aspektem głębszych zmian, jakie pomogła wprowadzić Gabrielle Chanel. Podczas swojej niezwykłej i niekonwencjonalnej podróży – od skrajnej nędzy do wynalezienia nowego rodzaju szyku – usiłowała kształtować ideę nowoczesnej kobiety.

Zostawiwszy za sobą młodość, która upłynęła jej w odizolowanych instytucjach prowadzonych przez duchowieństwo, Gabrielle została ekspedientką w mieście pełnym zamożnych młodych żołnierzy z oddziałów stacjonujących na jego obrzeżach. Następnie przekreśliła wszelkie szanse na zdobycie powszechnego szacunku i została kochanką jednego z tych mężczyzn.

W późniejszych latach jej liczne kolejne związki budziły wielkie zainteresowanie. Ten z wielkim księciem Dymitrem Pawłowiczem był wymownym odzwierciedleniem zmieniających się obyczajów, a o romansie z bajecznie bogatym księciem Westminsteru krążyły legendy. Miłość do jednego z najbardziej rozchwytywanych kawalerów Europy, tajemniczego playboya Arthura Capela, pozwoliła Chanel rozkwitnąć, lecz skończyła się tragicznie.

Opisywano ją jako ciemnowłosą piękność, „dowcipną, dziwną i hipnotyzującą". Była muzą, patronką, współpracowniczką lub kochanką wielu znamienitych mężczyzn, między innymi najbardziej uwielbianych artystów. Znaleźli się wśród nich: Picasso, Cocteau, Strawiński, Visconti, Dalí i Diagilew. Co więcej – Gabrielle dotarła na wyżyny społeczeństwa, stworzyła imperium, nabrała przekonania, że „pieniądze dodają życiu ozdoby w postaci przyjemności, ale same nie są życiem", stała się kwintesencją dwudziestowiecznej celebrytki i legendą jeszcze za życia.

Ci, którzy zainteresowali się nią już wcześniej, dobrze znają ogólny zarys jej losów. Nie chciałam pomnażać ogromnej liczby istniejących już publikacji. Intrygowała mnie jednak historia Gabrielle, pełna dramatyzmu i patosu. Wątpiłam tylko, czy pozostało jeszcze coś do odkrycia.

Wyglądało na to, że jej pierwszy biograf Edmonde Charles-Roux odnalazł wszystko, czego nie przysłoniły upływ czasu i tuszowanie przeszłości przez samą Gabrielle. Późniejsi biografowie zaakceptowali ten stan rzeczy i dlatego różne okresy jej życia pozostawały nieznane. Mnie zainteresowała jednak między innymi różnorodność wybitnych artystów, których znała Gabrielle i którzy odegrali zasadniczą rolę w tworzeniu modernizmu przez paryską bohemę z początku XX wieku. Moim celem stało się wykorzystanie dobrze znanej historii Chanel do nakreślenia niezwykłych związków, jakie łączyły ją z tymi artystami, a także szersze zinterpretowanie pozostawionej przez nią spuścizny oraz jej samej jako kobiety. Zwyczajne przytoczenie historii spod znaku „od pucybuta do milionera" oraz proste wyliczenie zmian w ubiorze przypisywanych Chanel nie oddaje sprawiedliwości osobie, która przyczyniła się do ukształtowania nowoczesnego świata – nie tylko jego mody, lecz także kultury.

Im lepiej poznawałam losy Gabrielle, tym bardziej intrygowały mnie obecne w nich luki. Ponadto, mimo że wspomniana pierwsza interpretacja biograficzna odcisnęła się na powszechnym wizerunku Gabrielle, intuicja podpowiadała mi, że prawda wygląda nieco inaczej. Gabrielle pozostawiła po sobie tylko kilka listów, nie pisała pamiętnika. Sądząc, że mogę znaleźć jakieś nieznane dotąd szczegóły, nie miałam jednak pojęcia, że w ciągu najbliższych trzech lat uda mi się natrafić na nowe ślady i dokonać fascynujących odkryć. Kolejne elementy historii stopniowo trafiały na swoje miejsce, rzucając nowe światło na postać Gabrielle.

Okropne dzieciństwo miało oczywiście istotne znaczenie. Choć przedstawiane przez Gabrielle wersje przeszłości zmieniały się niczym wydmy na wietrze, w końcu nauczyłam się filtrować jej opowieści i wtedy znalazłam w nich prawdziwe skarby. „Zmieniając" i pomijając fakty, Gabrielle często mówi nam o sobie równie dużo, jak wtedy gdy wyjawia prawdę. Spojrzenie na nią oczami innych ludzi również okazało się owocne. Czy ten a ten ją znał? Jeśli tak, co o niej napisał w swoich pamiętnikach albo w listach? Jedno zdanie tu, drugie tam, w liście albo w wywiadzie – to wszystko odegrało ważną rolę w rozwinięciu jej historii.

Wybrałam się do Irlandii na spotkanie z Michelem Déonem, który sześćdziesiąt lat temu spędził z Gabrielle sporo czasu. Jako poczytny młody powieściopisarz dostał zlecenie napisania jej biografii. Nie poznałam żadnych nowych „faktów", ale zyskałam coś ważniejszego. Michel Déon obdarował mnie anegdotami naszpikowanymi niezwykle wnikliwymi spostrzeżeniami. Jednocześnie jego współczucie dla Gabrielle odegrało ważną rolę w kształtowaniu mojego nastawienia do tej kobiety i nauczyło mnie wychodzić poza jej fantazje, by zrozumieć, jak trudne emocje towarzyszyły jej przez całe życie. Chanel przeważnie ukrywała swoją wrażliwość, skazując się na izolację.

Wspomnienia ludzi, którzy znali Gabrielle, były nieocenione, ale ważne okazały się także inne źródła. Na przykład dzięki poznaniu amerykańskiego filologa rosyjskiego Williama Lee zdobyłam tłumaczenie fragmentów pamiętnika księcia Dymitra Pawłowicza, które otrzymywałam w częściach przez kilka tygodni. Odmieniły one nasze spojrzenie na romans Dymitra i Gabrielle. Odsłoniły zupełnie inny związek niż ten opisywany zazwyczaj, w którym młody arystokrata wzdycha do pożeraczki męskich serc.

Znalezione przeze mnie potwierdzenie rzekomego biseksualizmu Gabrielle i zażywania przez nią narkotyków jest istotne przede wszystkim dlatego, że zaprzeczając im, odmawiała stanięcia twarzą w twarz z pewnymi faktami – w każdym razie publicznie. Jeszcze ważniejsze okazały się inne odkrycia, które wiodą do głębszych, czasami niepokojących pytań o Chanel.

Pewnego dnia, po miesiącach poszukiwań, spotkałam się z zięciem i wnukiem Arthura Capela, który bez wątpienia był wielką miłością Gabrielle. Jego rodzina dysponowała jedynie strzępami informacji na temat swojego tajemniczego przodka. Dotyczyły one między innymi złożonej trójstronnej relacji między nim, Gabrielle i kobietą, którą poślubił zamiast niej: Dianą Wyndham. To, co usłyszałam tamtego dnia, skierowało mnie na trop owego niezwykłego mężczyzny – którego Gabrielle uważała za swojego stwórcę – i doprowadziło do odkrycia przejmujących szczegółów ich romansu.

Przez część drugiej wojny światowej Gabrielle mieszkała w okupowanym Paryżu w Ritzu z Niemcem Hansem von Dincklagem. Pozostałymi „gośćmi" byli niemieccy oficerowie. Ustalono już, że przed wojną von Dincklage szpiegował dla swojego rządu. Po poznaniu Gabrielle rzekomo zerwał ze szpiegowaniem i został przeciwnikiem wojny. Romans Gabrielle z dyplomatą oraz szczegóły jego działalności – jakakolwiek ona była – są znane tylko częściowo. Jednak tajne dokumenty dotyczące von Dincklagego w szwajcarskim Archiwum Federalnym i francuskim Deuxième Bureau oraz kolejne informacje znalezione w innych, nieoczekiwanych miejscach umożliwiły mi nakreślenie pełniejszego niż kiedykolwiek wcześniej obrazu tego godnego potępienia mężczyzny. Okazał się mistrzem uwodzenia i oszustem oraz niewątpliwie szpiegiem. Gabrielle była mądrą kobietą, ale wątpię, by o tym wiedziała. Mimo to po wojnie uznała za właściwe wyprowadzenie się do neutralnej Szwajcarii, aby uniknąć ewentualnych oskarżeń.

Podczas wojny zamknęła swój dom mody, ale w 1954 roku do niego wróciła. Na początku poniosła porażkę, lecz już wkrótce ponownie stała się projektantką światowej klasy. Jej legenda, którą sama kształtowała, nieustannie rosła, aż w końcu czasami trudno ją było oddzielić od rzeczywistości. Jako pionierka nowoczesnej kobiecości Gabrielle uosabiała jeden z jej największych dylematów: wybór między sławą i fortuną a spełnieniem uczuciowym. Czasami jej legenda stawała się substytutem życia. Tylko nieliczni zdołali się przebić przez twardy pancerz Chanel, sforsować wznoszony przez lata ochronny mur. W ostatnich latach życia była coraz bardziej despotyczna, lecz pozostała wspaniała. Jej osamotnienie przybierało tragiczne wymiary.

Po śmierci Gabrielle marka Chanel nieustannie i z coraz większym powodzeniem na nowo odkrywa jej pomysły. Dzięki temu legenda „Coco Chanel" stała się globalną ikoną, znacznie wykraczającą poza status, jakim Gabrielle cieszyła się za życia. Nie twierdzę, że opisałam wszelkie jego aspekty ani że rozwiązałam wszystkie tajemnice pozostawione przez Gabrielle. Mam jednak nadzieję, że naświetlając niektóre z nich i prezentując ją bez sentymentalizmu, uda mi się wzbudzić w czytelniku empatię dla tej wielce skomplikowanej kobiety, jednej z najbardziej niezwykłych postaci ubiegłego wieku.

Gabrielle Chanel przeprowadziła się do Szwajcarii po drugiej wojnie światowej. Tam poprosiła przyjaciela, pisarza i dyplomatę Paula Moranda, aby spisał jej wspomnienia. Nie pozostawiła żadnych pamiętników, a jedynie garstkę listów, lecz po jej śmierci namówiono Moranda, aby opublikował notatki z ich wieczornych spotkań w Szwajcarii. Żadne inne źródło z pierwszej ręki nie daje tak szerokiego wglądu w niezwykłe życie Gabrielle jak książka Moranda, zbiór wspomnień zatytułowany The Allure of Chanel. *W poniższym opisie zdarzenia, które miało zmienić kurs jej życia, pobrzmiewają słowa samej Chanel.*

Prolog

„JESTEŚ DUMNA, BĘDZIESZ CIERPIEĆ"

Pewnego wieczoru, nieco ponad sto lat temu, pewna para szła przez Tuilerie, najstarsze ogrody w Paryżu. Zakochani mieli zjeść kolację w Saint Germain, dzielnicy, w której najbardziej wyniosła arystokracja nadal utrzymywała miejskie rezydencje.

Młoda kobieta była wyprostowana i szczupła. Ciężkie czarne włosy spięła na długim karku, jej ciemne oczy wyjawiały niewiele, a niezwykle prosty kapelusz podkreślał kanciastą urodę. Nie wyglądała na swoje dwadzieścia sześć lat. Spojrzenie jej angielskiego kochanka było sceptyczne, figlarne, ukazywało pewność siebie i uprzywilejowanie. Jego sposób bycia celowo był mniej wytworny i mieszczański niż jego francuskich rówieśników.

Kiedy tak szli, mówiła głównie Gabrielle (która później w niektórych kręgach miała zasłynąć jako Coco). Ciesząc się świeżo zdobytą niezależnością osiągniętą dzięki rosnącemu powodzeniu jej małego butiku, stwierdziła, że zarabianie pieniędzy wydaje się bardzo łatwe. Nie była przygotowana na odpowiedź Anglika.

Mężczyzna uświadomił jej, jak bardzo się myli. Nie tylko nie zarabia pieniędzy, lecz w rzeczywistości jest zadłużona w banku.

Nie chciała mu uwierzyć. Skoro nie zarabia pieniędzy, to dlaczego bank ciągle je jej wypłaca?

Jej kochanek, Arthur Capel, roześmiał się. Czyżby się nie domyśliła? Bank wypłaca jej pieniądze tylko dlatego, że wcześniej on wpłacił pewną sumę tytułem gwarancji. Ona jednak nie dawała za wygraną.

– Twierdzisz, że nie zarobiłam pieniędzy, które wydaję? Te pieniądze są *moje.*

– Nie, nie są twoje, należą do banku!

Wstrząśnięta Gabrielle zamilkła. Dogoniwszy kochankę, Arthur powiedział jej, że zaledwie wczoraj zadzwonili do niego z banku z informacją o jej zbyt wysokich wypłatach.

Choć słowa Gabrielle o robieniu interesów sprowokowały Arthura do wyjawienia prawdy o jej sytuacji, cała ta sprawa w zasadzie go nie obchodziła. Powiedział jej, że to bez znaczenia. Jego próba udobruchania kochanki tylko zaostrzyła jej sprzeciw.

– Zadzwonili do ciebie? Dlaczego nie do mnie? Więc jestem od ciebie zależna?[1]

Zrozpaczona, nalegała, aby wrócili na drugą stronę rzeki, ale ostatecznie nie przyniosło jej to ukojenia. Rozglądając się po ich ładnie urządzonym mieszkaniu, patrzyła na przedmioty kupione za pieniądze, które uważała za swoje zyski, i stanęła twarzą w twarz ze złudzeniem własnej niezależności. Tak naprawdę to wszystko kupił Arthur. Jej rozpacz zmieniła się w nienawiść, rzuciła w niego torebką, zbiegła po schodach i wypadła na ulicę. Nie zważając na deszcz, uciekła z zamiarem schronienia się kilka ulic dalej, w swoim butiku przy rue Cambon.

– Coco, jesteś szalona! – zawołał za nią Arthur.

Kiedy ją dogonił, obydwoje byli przemoknięci, ale jego prośby o zachowanie zdrowego rozsądku okazały się nieskuteczne, bo Gabrielle nie przestawała płakać.

W jego ramionach w końcu się uspokoiła. „Był jedynym mężczyzną, którego kochałam – mawiała w późniejszych latach. – Był wielkim łutem szczęścia w moim życiu (...). Miał bardzo silny, niezwykły charakter (...). Był dla mnie ojcem, bratem, całą rodziną”[2]. Mimo to dopiero po długich namowach zgodziła się wrócić do jego mieszkania. Zasnęli wczesnym rankiem, kiedy Arthur uznał, że udało mu się zagoić ranę na jej dumie.

To doświadczenie wzmocniło jej determinację. Kilka godzin później przyszła na rue Cambon przed czasem i oznajmiła swojej głównej krawcowej

Angèle: „Od tej chwili nie jestem tu dla zabawy, ale po to, żeby zbić fortunę. Od tej chwili nikt nie wyda bez mojej zgody nawet jednego centyma"[3].

Kiedy Arthur brutalnie pozbawiał Gabrielle złudzeń i wyśmiewał jej fantazje, nawet on, który dobrze ją rozumiał, nie był w stanie przewidzieć zaciekłości jej reakcji. Wyświadczył jej okrutną przysługę, zmuszając do stanięcia twarzą w twarz z rzeczywistością. To zdarzenie stało się katalizatorem, który miał wyzwolić jej największe moce twórcze.

Coco Chanel nigdy nie zapomniała o roli, jaką odegrał Arthur w zapoczątkowaniu jej przemiany. Nawet jeśli z początku nie doceniał stopnia, w jakim jej duma była jej siłą napędową, to właśnie on skierował do niej słowa: „Jesteś dumna, będziesz cierpieć"[4].

W tych słowach wskazał najważniejsze źródło energii Gabrielle i przewidział, że stanie się ono źródłem jej słabości. Lecz choć duma miała jej przynieść cierpienie, Gabrielle wierzyła, że to właśnie ona jest kluczem do jej sukcesu. „Duma jest obecna we wszystkim, co robię – powiedziała później. – To sekret mojej siły (...) Moja wada i jednocześnie zaleta"[5].

Jakiś czas po wieczorze, który rozbudził w Gabrielle nową determinację, jej butik zaczął przynosić zyski, a ona porzuciła rolę młodej utrzymanki sprzedającej kapelusze. Jej buntowniczy i postępowy styl stopniowo stawał się synonimem jej kontrowersyjnego życia, a Coco Chanel ucieleśniała wpływową, wytworną, nową formę kobiecej niezależności. Później powiedziała: „Lubię pracę. Poświęciłam jej wszystko, nawet miłość. Praca pochłania moje życie"[6].

Kiedy jej zyski znacznie wzrosły, dumnie oświadczyła Arthurowi, że nie potrzebuje już poręczyciela i że Arthur może wycofać z banku wszystkie gwarancje finansowe. Odpowiedział melancholijnie: „Myślałem, że dałem ci zabawkę, a podarowałem ci wolność"[7].

Rozdział 1

PRZODKOWIE

Choć drogi krajowe poprzecinały krajobraz z rygorystyczną skutecznością, pozostawiając tylko nieliczne odległe albo tajemnicze zakątki, region, w którym mieszkali przodkowie Gabrielle Chanel ze strony ojca, Sewenny, zachowuje wyraźną atmosferę wcześniejszej izolacji. To jeden z najwcześniej zaludnionych obszarów Francji, skomplikowana sieć szczytów, dolin i wąwozów tworząca południowo-wschodnią część Masywu Centralnego. Na wschód od Alp odcina go rozpadlina Rodanu, na zachód pod bezkresnym niebem leży wyżynne pustkowie Causses. Rozległe równiny z wapienia poprzecinanego głębokimi przełomami rzek to od dawien dawna królestwo pasterzy i ich owiec.

W XVIII wieku doliny Sewennów były zależne od hodowli jedwabników i produkcji jedwabiu oraz od uprawy morwy. Pod najwyższymi szczytami Sewennów, nadającymi się wyłącznie na pastwiska, w krajobrazie nadal dominują kasztanowce. Przez kilka stuleci to właśnie te drzewa zapewniały wszelkie bogactwo, o jakim mogli marzyć mieszkańcy wyższych partii Sewennów.

Rozdział 1

Warstwy mglistych chmur wiszą nad ociekającymi wodą drzewami, w miejscu gdzie droga bierze ostatni zakręt i dociera do Ponteils, wioski kamiennych domów. Ogromna tęcza kładzie się łukiem w górzystej oddali, widoczna dopiero stąd. Wszędzie rosną kasztanowce: tysiące, miliony. Nieprzenikniona zieleń sięga aż po horyzont i łagodzi zarys tych przepastnych wyżyn.

Widać skupisko domów, które przycupnęły pod górą, umniejszone obecnością nieproporcjonalnie wielkiego kościoła. W wyższych Sewennach budynki dopasowują się do nachylenia stoków i zazwyczaj wznosi się je na kilku poziomach. Masywne ściany i dachówki są z wydobywanego nieopodal kamienia, którego opalizujące odcienie połyskują w słońcu po deszczu. W dostatnich czasach po otynkowaniu malowano je wapnem zabarwionym ochrą do znakowania owiec na blady róż, kolor ceglanej czerwieni albo indygo. Plamy tej wyjątkowej palety barw nadal można znaleźć w starej stodole lub w innym zapomnianym zakątku. W przeszłości niedaleko domów stał kamienny zbiornik zasilany wodą ze źródełka. Tuż obok był ogród warzywny, a na pobliskiej terasie sad.

Oddaleni od autostrad i łatwych sposobów przewozu towarów, mieszkańcy Sewennów już dawno temu nauczyli się w pełni wykorzystywać lokalne zasoby. Najcenniejszymi z nich były słodkie kasztany, podstawa regionalnej diety, których plony służyły za barometr dobrobytu i wyznaczały rytm codzienności. Wokół terasowych sadów kasztanowych nadal można zauważyć małe budyneczki z kamienia, w których schły starannie rozłożone owoce. Jako niemal jedyne źródło drewna drzewa te dostarczały solidnej tarcicy na podłogi, drzwi, okiennice i belki wspierające dachy kryte kamienną dachówką. Aby przetrwać na tak niegościnnym terenie, wieśniacy hodowali pszczoły, trochę owiec, kóz albo bydła.

Izolacja tworzy niezależność. Sewenny długo należały do tych regionów Francji, które uparcie stawiały opór państwowym dążeniom do ujednolicenia tego różnorodnego kraju. Mimo wielkiego przedsięwzięcia budowy dróg w pierwszej połowie XIX wieku wioski tak bardzo oddalone jak Ponteils musiały czekać na swoją kolej wiele lat. Przez stulecia mieszkańcy takich regionów poruszali się po swoich ziemiach – swoich *pays* – dzięki miriadom ścieżek i traktów. „Szlaki" te, niewidoczne z bardziej uczęszczanych dróg, przecinały całą Francję, często zauważane jedynie przez miejscowych, a kupcy i pasterze odbywali nimi swoje sezonowe podróże.

W 1792 roku, zaledwie trzy lata po rewolucji, w Ponteils przyszedł na świat Joseph Chanel, pradziadek Gabrielle. Został czeladnikiem u stolarza i zaręczywszy się, wykorzystał skromny posag narzeczonej, by wznieść się ponad wieloletni status robotnika i stać się – przynajmniej w pewnym stopniu – panem samego siebie. Joseph otworzył w Ponteils karczmę w części wielkiego gospodarskiego domu wzniesionego na małym pagórku nad wioską. W tamtym okresie dom zasłynął jako „Chanel" i zachował tę nazwę do dziś. Wygląda na to, że Chanelowie przekazali swojej potomkini Gabrielle twardą i prostolinijną mentalność mieszkańców Sewennów, która umożliwiła pierwszym miejscowym protestantom, hugenotom, wytrzymanie okropnego prześladowania. Natychmiast zauważało się jej bezpośredni sposób bycia, a najprostsza definicja protestanta – „protestuję" – stała się jedną z najważniejszych dewiz jej życia. W późniejszych latach jej przyjaciel Jean Cocteau powiedział: „Gdybym nie wiedział, że została wychowana jako katoliczka, powiedziałbym, że jest protestantką. Protestuje notorycznie, przeciw wszystkiemu"[1].

Dziś jedyną pamiątką po rodzinie Chanel są wzmianki w kościelnym archiwum i karczma Josepha. Chanelowie z Ponteils niczym się nie wyróżniali: wiedli życie niezliczonych mieszkańców wsi. W latach 1875–1900 ich region nawiedziła jednak seria wyjątkowo ciężkich klęsk żywiołowych. Filoksera spustoszyła winnice na nizinach, hodowcy jedwabników nie mogli się pozbierać po skutkach epidemii zarazy, a przepastne kasztanowe lasy wyżyn były pożerane przez *la maladie de l'encre*, chorobę typową dla tego gatunku drzew. Gdy fundamenty wiejskiej gospodarki uległy zniszczeniu, mieszkańcy Ponteils nie mieli już o co walczyć. Tysiące rolników z regionu porzuciło rodzinne strony i wyruszyło na poszukiwanie pracy. W latach 1850–1914 populacja Sewennów zmniejszyła się o przeszło połowę.

Z synów Josepha Chanela w rodzinnej wiosce pozostał tylko najstarszy. Drugi, Henri-Adrien – dziadek Gabrielle – i jego dwaj młodsi bracia dołączyli do grona tych, których *la maladie de l'encre* zmusiła do opuszczenia Ponteils. Umiejętności ludzi z gór na niewiele się przydawały w dolinach, ale w końcu Henri-Adrien znalazł pracę u rodziny Fournierów, hodowców jedwabników z Saint-Jean-de-Valériscle. Samodzielność górala dodawała mu sił i Henri-Adrien wytrwał w nowej roli. Młodość, ignorancja i żądza przygód pozwalały mu na luksus pewności siebie. Wkrótce ta sama pewność siebie doprowadziła jednak do tego, że szesnastoletnia córka jego pracodawców zaszła w ciążę.

Wściekłość rodziców Virginie-Angéliny przeszła w nalegania, by Henri--Adrien poślubił ich zhańbioną latorośl. Decydującym czynnikiem, który wpłynął na uległość młodego mężczyzny, była prawdopodobnie wizja posagu Virginie-Angéliny. Jednak wkrótce po ceremonii nowożeńcy opuścili hodowlę jedwabników i wyruszyli do Nîmes.

Choć Nîmes leżało zaledwie osiemdziesiąt kilometrów od Ponteils, od góralskiego życia Henriego-Adriena dzielił je cały świat. Mimo to Henri-Adrien wiedział, że są tam już inni uciekinierzy z Ponteils. Być może miasto go przerażało, lecz jednocześnie miało ogromną siłę przyciągania w postaci szans na wyższą płacę i odcięcia się od trudnego życia na wsi. Choć z początku czuł się w mieście bardziej samotny, nowa praca okazała się łatwiejsza i krótsza, a opieka medyczna i zapomogi bardziej dostępne. Poza tym oprócz „ordynarnych i rozwiązłych uciech"[2] mieszkaniec wsi doświadczał nieznanego wcześniej odczucia: anonimowości: „W tłumie nikt cię nie zna"[3]. To, co spotkało przodków Gabrielle Chanel, było częścią wielkiego napływu ludzi do francuskich miast. A kiedy wieś się wyludniła, nastąpiła powolna, lecz nieodwracalna zmiana w sposobie myślenia obywateli, będąca następstwem przekształcenia się Francji w kraj przemysłowy i mieszczański.

Oprócz skrajnej nędzy Henri-Adrien miał do wyboru bardzo nieliczne możliwości i ostatecznie – co było wręcz nieuniknione – zwrócił się w stronę handlu. Targowiska i jarmarki nadal były ważnymi elementami gospodarczego życia kraju i zaspokajały większość codziennych potrzeb jego mieszkańców. Niektórzy ludzie kupowali tylko na jeden dzień, inni pokonywali wiele kilometrów, aby zrobić na targowisku większe zapasy. Wielu przybywało na targi i jarmarki jedynie po to, by podtrzymać kontakt ze światem zewnętrznym. Było tam wszystko, od ubrań – albo środków potrzebnych do ich wykonania – po bydło, żywność, narzędzia oraz wędrownych aktorów: „szarlatanów, czarodziei, grajków, pieśniarzy (...) i hazardzistów"[4]. Niektóre jarmarki pełniły nawet rolę giełd towarzyskich, na których praktycznie rzecz biorąc można było kupić żonę.

Henri-Adrien i jego Angélina mieszkali w Nîmes prawie rok. Potem pewnego dnia zabrali swój skromny dobytek, małego synka Henri-Alberta (zawsze nazywanego Albertem) i wyjechali. Państwo Chanel przez lata pracowali jako wędrowni kramarze i w tanich kwaterach na południu Francji spłodzili w sumie dziewiętnaścioro dzieci.

Tymczasem przez kraj przetaczała się rewolucja wspomagana rozbudową dróg i sieci kolejowej. Życie na prowincji płynęło w zasadzie tak samo od wieków, ale w ciągu pięćdziesięciu lat poprzedzających rok 1914 zmieniło się nie do poznania. To, co zazwyczaj było stopniową i sporadyczną naturą zmiany, zostało zmiecione przez lawinę modernizacji. Francja wręcz katapultowała się do epoki maszyn, fundując swoim obywatelom coś zupełnie innego niż wszystko, czego doświadczyli ich przodkowie.

W rzeczywistości pozostawionej przez transformację Henri-Adrien i Angélina Chanel jakoś wiązali koniec z końcem, ale na skutek zmian ich klasa społeczna powoli zostawała w tyle i już wkrótce miała się stać praktycznie niepotrzebna. Podobnie jak inni ludzie pozostawali oni zakorzenieni w starym świecie, którego nie byli w stanie się wyrzec. Życie ich toczyło się na granicy dwóch zupełnie różnych światów: starego, w przeważającej mierze rolniczego i wiejskiego, oraz nowoczesnego, przemysłowego i mieszczańskiego. Prawdziwy sukces zależał od dobrego dostosowania się do nowej rzeczywistości. Pokolenie później potomkini tej rodziny miała pokazać, że tylko dzięki absolutnej akceptacji nowego świata można się wybić ponad zwyczajne przetrwanie i osiągnąć sukces. Wnuczka Henriego-Adriena i Angéliny, Gabrielle, nie tylko dostosowała się do tego świata, lecz stała się jednym z jego architektów.

Henri-Adrien łączył w sobie tradycyjny wieśniaczy spryt ze światową błyskotliwością mieszczucha. Dodał do tego kupiecką swadę i niezbędną na targowiskach umiejętność zainteresowania klienta. Choć często podróżował nowomodnym pociągiem, los nadal łączył go z tradycyjnymi targowiskami i jarmarkami, wiążąc tego człowieka z sezonowym rytmem wiejskiego życia. Zostawiając swoją górską wioskę, by dołączyć do fali ludzi płynącej ku miastom, Henri-Adrien wyczerpał swą zdolność do zmiany. Z upływem lat rosły ośrodki przemysłowe, a wiejskie życie coraz częściej uważano za gorsze. Dlatego na początku XX wieku wielu mieszkańców wsi nabierało poczucia niższości.

Dzieci państwa Chanel dorastały w bocznych uliczkach, przy których ich rodzice znajdowali kolejne kwatery, i szybko szły do pracy. Najstarszy Albert i jego młodsza siostra Louise pracowali z rodzicami od najmłodszych lat. Życie było dla nich surowe, nie pozwalało zapuścić korzeni i nie oferowało w zasadzie niczego, czego można by się trzymać. Wędrowny styl życia państwa Chanel wzbudził w Albercie żądzę przygód i nieustanną potrzebę ruchu. On

Rozdział 1

także został kramarzem, tak jak jego ojciec. Sprzedawał towary pasmanteryjne i artykuły gospodarstwa domowego.

Dzięki nowej linii kolejowej na południu Albert mógł dotrzeć na czas na jarmarki w różnych miastach. Pewnego listopada zatrzymał się we wsi Courpière w regionie Livradois. Zbliżała się zima, więc wędrowni kramarze i domokrążcy szukali miejsca, w którym można by przeczekać do wiosny. Albert znalazł pokój u młodego Marina Devolle'a, który w wieku siedemnastu lat stracił ojca. Tamtego listopada 1879 roku Marin miał dwadzieścia trzy lata i choć dość dobrze radził sobie jako stolarz, uznał, że przyda mu się trochę dodatkowych pieniędzy z wynajmu pokoju. Albert był sympatycznym człowiekiem i wkrótce zaprzyjaźnił się z Marinem. Młodsza siostra Marina Eugénie Jeanne (nazywana po prostu Jeanne), mieszkała niedaleko brata, u wuja ze strony matki Augustina Chardona, który zajmował się uprawą winorośli. Poza tym prowadziła bratu dom.

Dwudziestosześcioletni Albert, podobnie jak jego ojciec, był typowym mężczyzną z rodu Chanel. Mówiąc w skrócie, lubił się popisywać i z łatwością zjednywał sobie ludzi, a do tego z łatwością władał słowem i podbijał serca nierozważnych kobiet. Ani na „scenie" targowiska, ani w rozkosznej grze uwodzenia nie podejmował żadnych zobowiązań, które wykraczałyby poza dbałość o towar. Zapuszczając płytkie korzenie, wykazywał się charyzmą: żył w świecie spektaklu, żonglował fantazjami o tym, kim chciałby zostać. A gdy grono klientów i wielbicieli się wyczerpało, zabierał swój dobytek i wyjeżdżał. W styczniu 1880 roku, tak jak wiele razy wcześniej i później, zostawił za sobą usychającą z miłości dziewczynę. Tym razem była to szesnastoletnia siostra Marina, Jeanne, która słono zapłaciła za uległość wobec młodego uwodziciela.

Wiosną Jeanne nie była już w stanie dłużej ukrywać ciąży i jej rodzina wpadła we wściekłość. Wuj Augustin wyrzucił ją z domu i zamieszkała z Marinem. Nie wszyscy ludzie pracy widzieli potrzebę formalizowania związków – zwłaszcza jeśli w grę nie wchodziła ani ziemia, ani żaden cenny dobytek. Jako szanowani rzemieślnicy i właściciele nieruchomości krewni Jeanne czuli się jednak odrobinę lepsi od wieśniaków, z których wywodził się Albert Chanel i których w nowej, mieszczańskiej Francji coraz częściej traktowano z góry. Choć rodzina Devolle nie mieszkała w najbiedniejszej dzielnicy Courpière, mała odległość, jaka dzieliła ją od nizin społecznych, sprawiała, że jej członkowie bardzo poważnie podchodzili do wszystkiego, co mogło ich zepchnąć jeszcze niżej.

W poszukiwania ojca dziecka Jeanne zaangażowano samego burmistrza. Trzydzieści pięć kilometrów dalej, w Clermont-Ferrand, znalazł on rodziców Alberta, Henriego-Adriena i Angélinę, ale ponieważ nie odpowiedzieli na jego list, Marin i jego dwaj kuzyni wybrali się tam osobiście. Oświadczyli, że albo Albert Chanel poślubi ich krewniaczkę, albo uzna swoje ojcostwo. Zapowiedzieli, że jeśli odmówi, postawią go przed sądem. Rodzice Alberta ugięli się pod tymi groźbami i wyjawili miejsce pobytu syna.

Gdy tylko Marin i jego kuzyni wrócili do Courpière z aktualnym adresem Alberta Chanela, Jeanne wyruszyła za wiarołomnym kochankiem do Aubenas, dwieście kilometrów na południe. Była w ostatnim miesiącu ciąży i wierzyła, że Albert okaże się bardziej skłonny uczynić z niej szanowaną kobietę, jeśli przybędzie do niego bez rodziny. Ta dzielna dziewczyna (która nigdy wcześniej nie wyjeżdżała z Courpière) przebyła szmat drogi i znalazła Alberta w karczmie. Niedługo później, już jako siedemnastolatka, wydała na świat dziewczynkę, której dała na imię Julia-Berthe.

Albert nie był zadowolony z ponownego spotkania ze swoją dawną zdobyczą. Jego celem były podboje, a nie zobowiązania, i kategorycznie odmówił poślubienia Jeanne. Uznał jednak swoje ojcostwo i pozwolił, by Jeanne awansowała na jego towarzyszkę: była młoda i mogła mu pomóc w pracy na targowiskach. W tamtych czasach większość małżeństw zawierano ze względów praktycznych, więc Jeanne, która straciła głowę dla kochanka, została uznana przez współobywateli za osobę niespełna rozumu. Nawet gdyby nie była tak niewolniczo oddana Albertowi, myśl o powitaniu, jakie czekałoby ją po powrocie do domu z dzieckiem z nieprawego łoża, uniemożliwiała jej opuszczenie Chanela. Mimo niechęci ze strony Alberta Jeanne pogodziła się z tym, że nie zostanie jego żoną, i trwała u jego boku. Ten epizod nadał ton ich związkowi. Odtąd dziewczyna z Courpière była w ciągłej podróży.

W sierpniu 1883 roku Jeanne znowu szykowała się do porodu. Tym razem była w Saumur, prowincjonalnym miasteczku na zachodzie kraju, gdzie stacjonował elitarny pułk kawalerii i działała słynna szkoła jeździectwa Cadre Noir. Saumur było oddane swoim stałym „gościom" oraz krawcom i kowalom.

Rozdział 1

Przytulne kawiarnie, eleganckie restauracje, ładne „dziewczyny pracujące" – to wszystko zaspokajało zachcianki „panów oficerów". Kontrast między uprzywilejowanym życiem wojskowych a losem Jeanne i Alberta w ich kwaterze na poddaszu niedaleko głównego targowiska był porażający.

18 sierpnia, w największym upale lata, Jeanne zaczęła rodzić. Alberta nie było w pobliżu, ale jakimś cudem jego kochance udało się dotrzeć do jedynego miejsca, w którym biedota mogła liczyć na pomoc: do szpitala prowadzonego przez siostry miłosierdzia. Można podejrzewać, że Jeanne przybyła tam jedynie w towarzystwie malutkiej Julii-Berthe. Nazajutrz w ratuszu odnotowano przyjście na świat dziewczynki. Jeanne była zbyt słaba, by uczestniczyć w tym wydarzeniu, ale zarówno w rejestrze nowo narodzonych dzieci, jak i na aktach urodzenia brakuje także podpisu Alberta. Zaznaczono, że przebywał „w podróży". Pod nieobecność obojga rodziców przekręcono nazwisko dziecka, zapisując je jako „Chasnel". Gdy następnego dnia szpitalny kapelan chrzcił dziewczynkę w błędnym przekonaniu, że jej rodzice są po ślubie, dziecko otrzymało nazwisko Gabrielle Jeanne Chasnel. Tak wyglądał niefortunny początek życia kobiety, która miała zostać jedną z najbardziej podziwianych postaci swojej epoki.

Rozdział 2

NIEDOBRA

Przez pierwszy rok życia Gabrielle i jej rodzice mieszkali w Saumur. Nie można tego nazwać domem, bo nigdy go nie mieli. Z niemowlęciem przy piersi i drugim dzieckiem u spódnicy, Jeanne pomagała Albertowi na targowiskach. Chanel często zostawiał kobietę i dzieci, żeby otworzyć swój kram w innym mieście. Jeanne wiedziała, że Albert miewa inne kobiety, i choć pragnienie otrzymania od mężczyzny czegoś więcej, niż był gotów jej dać, odbijało się na jej zdrowiu, jej protesty miały niewielki wpływ na jego działania.

Jeanne opiekowała się dziećmi, ale często zmuszona była dokładać się do skromnych dochodów rodziny, pracowała więc jako służąca. Poza tym ponieważ tylko nieliczne targowiska odbywały się pod zadaszeniem, tacy kramarze jak państwo Chanel mogli się osłaniać przed słońcem i deszczem jedynie prowizorycznymi daszkami, więc matka i dzieci ciągle były narażone na kaprysy pogody. Jednak choć życie Jeanne wypełniała nieustanna praca, młodość i determinacja na razie jej sprzyjały.

Wuj Jeanne, Augustin Chardon, zgodził się przyjąć na jakiś czas ją, Alberta i dzieci, ale tylko pod jednym warunkiem: że Albert poślubi jego siostrzenicę. Po długich dyskusjach i przygnębiających dowodach niechęci Alberta wobec takiego rozwiązania w Courpière ogłoszono zapowiedzi.

Rozdział 2

W wyznaczonym dniu Jeanne na próżno czekała w ratuszu wraz z rodziną: Albert się nie pojawił. Ku ich zakłopotaniu i wściekłości, odmówił przyjścia. Zawładnęła nim myśl, że chcą go zakuć w kajdany. Nigdy wcześniej w Courpière nie wydarzyło się nic podobnego. Późniejsze pogróżki krewnych Jeanne zmusiły Alberta Chanela do ucieczki. Nieodpowiedzialny mężczyzna, który wolał niezłą bajkę i chętną kobietę od bardziej trwałych dóbr, wykazał nadzwyczajną nieustępliwość w kwestii unikania ślubnego kobierca.

W końcu po serii dość odrażających negocjacji zawarto umowę. Rodzina Jeanne zjednoczyła się, by zapłacić Albertowi za ożenek. Na wszelki wypadek Albert miał otrzymać pięć tysięcy franków i osobisty majątek Jeanne wraz z jej meblami dopiero po podpisaniu umowy. Choć zachowanie Jeanne mogło świadczyć o czymś zgoła przeciwnym, kobieta ta pragnęła szacunku i osiągnęła swój cel w listopadzie 1884 roku, gdy Albert w końcu ją poślubił.

Niezdolny do oszczędności, Albert szybko przepuścił pięć tysięcy franków na alkohol i hulanki, przekreślając swoje marzenie o przeniesieniu się z kramu na targowisku do własnego sklepiku z pasmanterią[1]. Nieustanna bliskość rodziny żony coraz bardziej uwierała Alberta, wyruszył więc wraz z żoną i córeczkami na południowy zachód do Issoire, miasteczka handlowego nad rzeką Couze. Tam w 1885 roku Jeanne wydała na świat ich pierwszego syna o imieniu Alphonse, który później został ulubionym bratem Gabrielle.

Państwo Chanel zazwyczaj znajdowali kwatery w dzielnicach pełnych warsztatów rzemieślniczych, więc ich dzieci dorastały pośród hałasu i zapachu tych ostatnich reliktów przedindustrialnej Francji. Znały garbarzy, producentów świec, stolarzy, szewców, krawców i szwaczki: rzemieślników, których umiejętności manualne – podobnie jak umiejętności tkaczy, wytwórców guzików, wstążek i sztućców, u których zaopatrywał się Albert – już wkrótce miały się stać właściwie niepotrzebne, bo maszyny w fabrykach miały znacznie szybsze tempo produkcji.

W 1887 roku Jeanne i Albertowi urodziła się w Issoire trzecia córka. Dali jej na imię Antoinette. Ciężar opieki nad czworgiem małych dzieci, pracy pod gołym niebem i mieszkania w ruderach zaczął się odbijać na zdrowiu Jeanne. Astma, na którą cierpiała od dawna, nasiliła się, i Jeanne przekonała Alberta, by wrócili do Courpière, gdzie ponownie przyjął ich wuj Augustin (Gabrielle zapamiętała ponurą, wymuszoną ciszę z powodu choroby matki).

Antypatia, jaką Albert budził u krewnych żony, nie była jedynym powodem, dla którego wkrótce opuścił on Courpière. I nie chodziło wyłącznie o to, że jego praca wymagała nieustannych podróży. Młody kanciarz był z natury niezdolny do siedzenia w miejscu. Bezruch zmusiłby go do stanięcia twarzą w twarz z samym sobą. A tego Albert uparcie unikał. Ta cecha miała się odbić echem w późniejszym życiu jego córki Gabrielle. Tymczasem instynkt samozachowawczy Jeanne bladł przy jej obsesji na punkcie męża: po krótkiej rekonwalescencji zostawiła dzieci, by wyruszyć na poszukiwanie nicponia. Od czasu do czasu wracała do Courpière, ale troje najstarszych dzieci – Julia-Berthe, Gabrielle i Alphonse – na razie pozostawało pod opieką jej krewnych. Ciągły niepokój Jeanne o wiarołomnego męża zapewne pochłaniał całą jej uwagę. Bardzo możliwe, że cierpiała na depresję.

Nie licząc dość długiej przerwy w Courpière, życie dzieci upływało pod znakiem fizycznych trudności, ciągłych zmian i dysfunkcyjnych relacji rodzicielskich. Reakcja małej Gabrielle na taki stan rzeczy była doskonale widoczna: dziewczynka miewała ataki złości. Chcąc się oswoić z trudną sytuacją i jakoś sobie z nią poradzić, wróciła do zdrowego nawyku z dzieciństwa: fantazjowała. Wiele lat później opowiadała o tym, jak odgrywała swoje fantazje na zarośniętym cmentarzu przykościelnym w Courpière, gdzie była królową, a zmarli byli jej poddanymi. Czasami zabierała szmaciane lalki, aby włączyć je do swoich rozmów z nieboszczykami. W pewnym sensie lalki i zmarli byli jedynymi stałymi elementami jej życia, jedynym źródłem poczucia pewności w świecie, gdzie żywi tak srodze ją zawodzili.

Brak stabilności w świecie Gabrielle dawał jej nikłe poczucie kontroli, a wynikającą z tego bezsilność dodatkowo potęgowało coś, co później określiła mianem „niewrażliwości" rodziny. Gdy starsi odkryli, że Gabrielle kradnie kuchenne przybory i kwiaty jako „ofiary" dla swych samotnych zabaw, zburzyli jej świat marzeń, zamykając wszystkie przedmioty w niedostępnych miejscach. Zareagowała nieposłuszeństwem i po pewnym czasie została napiętnowana jako „ta niedobra". Łatwo można się domyślić, że ta bezsilność budziła w niej złość i frustrację. Jej starsza siostra Julia-Berthe nigdy nie była zbyt bystra. Ulubieńcem Gabrielle był mały Alphonse, lecz i tak czuła się samotna, opuszczona i przede wszystkim niekochana.

W 1889 roku Jeanne urodziła drugiego syna, Luciena. Półtora roku później, ponownie w ciąży, a w dodatku schorowana, wróciła do Courpière. Tam wydała na świat trzeciego syna, któremu na cześć wuja dała na imię Augustin.

Dziecko było jednak chorowite i wkrótce zmarło. Rodzina przekonała Jeanne, by nie wracała do męża, i przez mniej więcej rok Jeanne prawie nie widywała rozpustnika. Jednocześnie była zazdrosna o kobiety, z którymi na pewno się spotykał, i bardzo za nim tęskniła. Po jakimś czasie stary schemat powtórzył się z okropną nieuchronnością: w 1893 roku, wbrew woli rodziny, Jeanne wyruszyła na poszukiwanie Alberta.

Przysłał wiadomość, że prowadzi z bratem karczmę nad Brive-la-Gaillarde, w Limousin, wiele kilometrów od Courpière. Jeanne przebyła ponad sto pięćdziesiąt kilometrów, łudząc się, że nowe zajęcie Alberta oznacza poprawę ich losu. Tym razem albo rodzina Jeanne odmówiła opiekowania się Julią-Berthe i Gabrielle, albo sama Jeanne postanowiła zabrać je z sobą, bo dwie najstarsze dziewczynki pojechały z matką.

Słowa Alberta jak zwykle były kłamstwem i optymizm Jeanne okazał się daremny. Albert nie prowadził karczmy, lecz jedynie podawał w niej do stołu. Bez względu na to, jak wielkie rozczarowanie poczuła Jeanne, nie miała wystarczająco silnej woli, by wrócić do rodziny w Courpière. Zresztą nie stać jej było na podróż. Mając do pomocy trzynastoletnią Julię i dziesięcioletnią Gabrielle, Jeanne wróciła do dawnego rytmu dnia.

Życie złożone z nieustannej pracy, złych warunków bytowych, ciągłego zaniedbania i niemal na pewno przemocy fizycznej ze strony mężczyzny było udziałem wielu rodaczek Jeanne. W rezultacie los nieuchronnie wiódł je ku smutnemu końcowi. Zimą 1894 roku Jeanne bardzo podupadła na zdrowiu i często leżała przykuta do łóżka, zmagając się z astmą. Wkrótce nabawiła się zapalenia oskrzeli. Leżała wyniszczona gorączką i pozbawiona opieki lekarza. W końcu nie była w stanie znieść niczego więcej i los wybawił ją od dalszej walki. W 1895 roku zmarła na poddaszu w Brive-la-Gaillarde. Zamiłowanie do podróży i potrzeba pieniędzy znowu wygnały Alberta w świat, nie był więc obecny przy śmierci żony. Jeanne już dawno utraciła młodość wskutek wykańczającego fizycznie i psychicznie żywota. W wieku zaledwie trzydziestu jeden lat straciła również życie.

Jej córki Julia-Berthe i Gabrielle najprawdopodobniej były świadkami okropnego pogorszenia się stanu zdrowia matki i nie potrafiły go zatrzymać. Bardzo możliwe, że spały w jednym pokoju. Prawie na pewno to właśnie one odkryły śmierć matki. Pod nieobecność ich ojca akt zgonu podpisał jego brat Hippolyte, który zorganizował również pogrzeb Jeanne[2]. Ci członkowie rodziny, którzy mogliby powiedzieć na ten temat coś więcej, uparcie milczeli.

Rozdział 3

LATA UTRACONE

Śmierć Jeanne Chanel zapoczątkowała chyba najbardziej tajemniczy okres w życiu jej dzieci. O wczesnym dzieciństwie Gabrielle wiadomo dość mało, ale kolejne sześć lat praktycznie całkiem przykryła zasłona milczenia – milczenia złowieszczego, bo wprowadzonego przez samą Gabrielle. Chanel przez całe życie wstydziła się swojego pochodzenia. Plotkowano nawet, że zapłaciła niektórym członkom swojej rodziny i wspólnikom, by nie opowiadali o jej przeszłości, a także że wystarała się o zniszczenie pewnych dokumentów. Bez względu na to, jak wygląda prawda, choć Gabrielle nie zdołała ukryć jej całej, z pewnością udało jej się zataić przed światem lata swojej młodości. Robiąc to, nie tylko ocenzurowała najważniejszy okres dla kształtowania swojej osobowości, lecz także usiłowała zniszczyć swoje wczesne Ja.

Mimo tego narzuconego milczenia życie, o którym Gabrielle opowiedziała swojemu staremu przyjacielowi i pisarzowi Paulowi Morandowi – choć często złożone z wykreowanych na nowo zdarzeń – pozostaje niezwykłym „pamiętnikiem". Mimo że Gabrielle była przede wszystkim realistką, poszła za przykładem swojego ojca fantasty i zawsze usiłowała się odciąć od dzieciństwa, które tak bardzo ją skrzywiło. Dlatego mówiła: „Rzeczywistość nie skłania mnie do marzeń (...) a lubię marzyć"[1]. Jej marne początki w połączeniu z artystyczną naturą oznaczały, że Gabrielle nie poświęcała przeszłości zbyt dużo czasu. Jako kreatorka mody skupiała się przede wszystkim na teraźniejszości i przyszłości. Opowiadając swą przeszłość na nowo, nie tylko walczyła z jej koszmarami, lecz wykorzystywała swoją inteligencję i wyobraźnię, aby stworzyć tę przeszłość od nowa. Mimo to – choć nieuważni biografowie Chanel zbyt dosłownie czytają jej niezwykły pamiętnik spisany przez Paula Moranda – istnieje właściwy klucz, pozwalający odkryć w nim wiele skarbów.

Szukając rzeczywistości w opowieściach Gabrielle, nieustannie odkrywamy, że dla niej prawda o jakimś zdarzeniu leżała nie w fakcie, lecz w doznaniu, które budził. Zachowała emocjonalny i psychiczny cień przeszłości. Dlatego w sercu jej opowieści często odkrywamy ton tamtych wydarzeń. To, co postanowiła opowiedzieć, często ujawnia znacznie więcej, niż widać na pierwszy rzut oka. Przed wnikliwym czytelnikiem maluje się obraz przytłaczająco smutnego dzieciństwa. „Moje najwcześniejsze dzieciństwo. Te słowa (...) budzą we mnie dreszcz. Nikt nie zaznał w dzieciństwie mniejszej czułości niż ja. Zdecydowanie za wcześnie zrozumiałam, że życie to poważna sprawa”[2].

Gabrielle wspominała matkę zaledwie w garstce anegdot. Dostrzega się w nich skłonność małej dziewczynki do destrukcji i typowość reakcji jej matki, tak jak w pamiętnym zdarzeniu, do którego doszło podczas pobytu Jeanne z dziećmi u jej wuja Augustina. Dorośli zamknęli dzieci w pokoju, żeby nie wchodziły im w drogę. Te, znudzone odosobnieniem, zauważyły, jak łatwo można usunąć wilgotną tapetę. Na początku zdarły tylko wąski pasek, ale potem ku swojej wielkiej uciesze odkryły, że można odrywać całe płaty naraz. Zdarły jej jeszcze więcej, a potem wdrapały się na krzesła i stopniowo odsłaniały różowy tynk. Potem ogołociły sufit! W końcu wróciła matka i odkryła tę „katastrofę”. Nie nakrzyczała na dzieci, stała tylko i płakała. Mała Gabrielle była tak zaskoczona reakcją swojej nieszczęsnej rodzicielki, że „uciekła, wyjąc z żalu”. Gabrielle wkrótce odkryła, że życie to naprawdę „ponura sprawa, skoro zmusza matki do płaczu”[3].

Innym razem dzieci zostały położone spać w warsztacie. Z krokwi zwisały kiście winogron w papierowych torbach, w których suszono je na zimę. Gabrielle rzuciła poduszką i strąciła jedną z nich. To było przezabawne. Strąciła drugą, a następnie zaczęła wymachiwać podgłówkiem. Potem wspominała: „[W końcu] strąciłam wszystkie zebrane winogrona, które rozsypały się po drewnianej podłodze (...). Po raz pierwszy w życiu dostałam lanie. Nigdy nie zapomnę tamtego upokorzenia"[4].

Rodzina Jeanne gardziła jej nieuporządkowanym życiem z Albertem i ciotki robiły uszczypliwe uwagi, mówiąc na przykład: „Ci ludzie żyją jak wędrowni cyrkowcy". Gabrielle czuła, że krewni okazują jej wyjątkową niechęć, co potwierdziło się w chwili, gdy jedna z ciotek przepowiedziała jej, że „źle skończy". Druga mawiała, że „sprzeda ją Cyganom", i „straszyła, że wychłoszcze ją pokrzywami". Gabrielle broniła się „upartym nieposłuszeństwem". Prowokowała w ten sposób coraz surowsze kary, które z kolei „czyniły ją tylko jeszcze bardziej prostacką i marudną"[5]. Jednym z najsmutniejszych skutków takiego schematu zachowania była nienawiść do samej siebie, którą opisywała Gabrielle. W dzieciństwie i w młodości uważała, że jest brzydka, wręcz przeklęta. Dopiero znacznie później poczuła się dumna z tego, kim się stała[6].

Po śmierci Jeanne Chanel ani ciotki, ani wujowie, ani dziadkowie nie chcieli wziąć odpowiedzialności za dzieci Alberta, a on sam także nie zamierzał tego zrobić. Być może nikogo nie było stać na wykarmienie tylu dodatkowych osób i danie im dachu nad głową, być może ubóstwo i na poły wędrowny styl życia dzieci sprawił, że w oczach krewnych stały się one zbyt zdziczałe. Najwidoczniej więź między dziećmi i ich liczną rodziną nie była wystarczająco silna, gdyż w przeciwnym razie znaleziono by sposób, by zapewnić opiekę przynajmniej części z nich. Gabrielle pozostał po tym niesłabnący żal do rodziny. Zachowanie ojca okaleczyło ją chorobliwym strachem przed opuszczeniem. Usiłowała walczyć z tym upośledzeniem, ale ono miało ją już zawsze prześladować, wielokrotnie ukazując swoją niszczycielską moc.

Jeśli chodzi o ojca Gabrielle, za którym przeważnie bardzo tęskniła, ból związany z obarczeniem go winą za okropny los był dla niej nie do zniesienia. Dlatego zrobiła jedyną rzecz, która mogła jej zapewnić jakąkolwiek kontrolę: opowiedziała ich historię na nowo. W nowej wersji Albert został oczyszczony niemal z wszystkich win, gdyż Gabrielle przeniosła złość i rozczarowanie na resztę rodziny.

Innym aspektem młodości Gabrielle, który sprawił jej dużo cierpienia, był jej niski status społeczny. Z biegiem czasu przekuła jednak poczucie niższości związane z nieobecnością ojca i niskim statusem społecznym w najbardziej

Rozdział 3

twórcze ze swoich fantazji. Okazały się one niezwykle ważne dla jej zdrowia psychicznego, gdyż pozwalały jej wierzyć, że jest kochana.

Gabrielle opowiadała o tym, jak po śmierci matki, nadal pogrążona w głębokiej żałobie, pojechała z ojcem do ponurego domu jakichś nieżyczliwych starych ciotek. Albert zignorował błagania sześcioletniej córki i zostawił ją bez zbędnych ceregieli. Potem popłynął do Ameryki, gdzie zamierzał zbić fortunę. Odniósłszy sukces, wrócił do kraju. Odwiedzał usychającą z tęsknoty córkę i gdy tylko mógł, pisał do niej listy. Wbrew temu, co obiecywał, nigdy jednak nie zabrał jej do swojego nowego domu i Gabrielle pozostała u ciotek, praktycznie jako sierota.

W rzeczywistości szczegóły tej historii wyglądają inaczej: Albert wcale nie popłynął do Ameryki ani nie zdobył niczego, co przypominałoby fortunę. Był pijakiem i samochwałą, jego życie składało się z fantazji i unikania zobowiązań. Tak naprawdę w chwili śmierci matki Gabrielle miała jedenaście, a nie sześć lat. I wcale nie została sama w miejscu, gdzie ojciec tak bezdusznie ją porzucił. Towarzyszyły jej dwie siostry: Julia i Antoinette. Tylko kim były owe tajemnicze ciotki? Według niektórych członków rodziny były to zakonnice prowadzące przyklasztorny sierociniec w Aubazine, małej wiosce w Corrèze niedaleko Brive-la-Gaillarde, gdzie zmarła matka dzieci. Choć dokumenty z tego okresu zaginęły, wiadomo, że to właśnie w tamtym klasztorze w Aubazine Gabrielle żyła odgrodzona od świata wraz z dwiema siostrami i innymi osieroconymi dziewczynkami mniej więcej przez następnych sześć lat.

Mała Gabrielle była zrozpaczona z powodu zbliżającego się wyjazdu ojca i zawołała: „Zabierz mnie stąd! Zabierz mnie!". Albert powiedział, żeby się nie martwiła, że wszystko będzie dobrze: wróci i zabierze ją z sobą, gdy tylko będzie mógł. Nie miał jednak zamiaru wrócić. Przez lata Gabrielle zazwyczaj trzymała się bajeczki o wyprawie Alberta do Ameryki. Pozwalało jej to zachować dumę. Ale przy innych okazjach sygnalizowała swoje poczucie opuszczenia, mówiąc: „To były jego ostatnie słowa. Już nigdy nie wrócił".

Czasami twierdziła, że pisał do niej, prosząc, by mu zaufała, i zapewniając, że interesy dobrze mu idą. Druga, bardziej rozsądna Gabrielle stwierdziła jednak: „Nie usłyszałyśmy już od niego ani słowa". Jest niemal pewne, że Albert Chanel nigdy nie napisał do Gabrielle ani do żadnego ze swoich dzieci, a dziewczynka na próżno czekała na ojca, którego nigdy więcej nie zobaczyła. To ostateczne odrzucenie jakimś cudem przypieczętowało jej los. Choć miała wyrosnąć na kobietę o wielkim harcie ducha, nigdy nie wykazała się emocjonalną odpornością, gdy ktoś ją opuszczał – zwłaszcza jeśli tym kimś był mężczyzna. Podsumowując swoje dzieciństwo, powiedziała: „Nie zaznałam domu, miłości, ojca ani matki. To było straszne"[7]. I tak jak w dzieciństwie, w dorosłym życiu również snuła historie, które pozwalały jej przetrwać.

Gdy jedenastoletnia Gabrielle została porzucona w klasztorze, szukała ucieczki w myślach o śmierci, destrukcji lub ranieniu tych, którzy okrutnie ją zdradzili. W bezsilnej wściekłości marzyła o podłożeniu ognia pod wielką klasztorną stodołę. Jednak mimo rozpaczy i pragnienia unicestwienia tego „okropnego miejsca" Gabrielle i jej siostry pod wieloma względami spotkał lepszy los niż ich braci, Alphonse'a i Luciena[8].

Nie mogąc zamieszkać w klasztorze, w wieku zaledwie dziesięciu i sześciu lat zostali oddani wieśniakom, dołączając do tysięcy dzieci porzucanych co roku przez rodziców i trafiających do tej nadal jeszcze akceptowanej połowicznej niewoli. Władze często umieszczały osieroconych lub porzuconych chłopców u rodzin zastępczych. Skromne zasiłki na wikt i opierunek podopiecznych tradycyjnie zasilały domowy budżet, a ciężka praca chłopców wspierała siłę roboczą. Te dzieci rzadko otaczano opieką i pozostawały one dosłownie wyrzutkami, które przeważnie spały w stodole. Zimą kładły się blisko zwierząt, żeby było trochę cieplej. Protesty kierowane do przybranych rodziców przez lokalnych proboszczów na niewiele się zdawały. Odrzucone, wykorzystywane i zaniedbywane dzieci nierzadko umierały pod opieką takich rodzin.

Pięcioro dzieci Jeanne i Alberta Chanelów już wcześniej cierpiało emocjonalny i fizyczny niedostatek, tułając się po drogach Francji razem z rodzicami. Ale śmierć matki, porzucenie przez ojca i udręki nowego życia zapoczątkowały okres jeszcze większych trudności. Na dodatek dziewczynki zostały oddzielone od braci i prawdopodobnie nie widziały ich przez kilka lat.

Małym pocieszeniem w tułaczym życiu i biedzie dzieci Chanel było towarzystwo innych podobnych do nich rodzin. Ale życie Gabrielle i jej sióstr w klasztorze wyglądało zupełnie inaczej. Aubazine było największym sierocińcem dla dziewcząt w regionie i za jego wysokimi murami siostry Chanel musiały się czuć naprawdę jak w więzieniu. Od pobudki do zaśnięcia, od porannej mszy do wieczornej modlitwy życiem rządziły surowe zasady.

Rozdział 3

W przeciwieństwie do młodych kobiet, których majętni rodzice mogli opłacić naukę w klasztorze, dzieci z sierocińca musiały liczyć na łaskę obcych. Spora część dziewcząt z Aubazine pochodziła z nieprawego łoża, co jeszcze bardziej je piętnowało. A i zakonnice bez przerwy przypominały podopiecznym o ich godnej pożałowania sytuacji.

Zanim siostry Chanel zostały uwięzione w Aubazine, ich wędrowny tryb życia sprawiał, że do szkoły chodziły tylko sporadycznie. Jedną z najważniejszych przyczyn takiego stanu rzeczy nie było jednak to, że państwo Chanel często podróżowali. Biedota uważała, że wykształcenie nie przynosi praktycznie żadnego pożytku. Dziecko, które nie zarabiało, było ciężarem i w dodatku należało je żywić. Poza tym co by komu przyszło ze znajomości nauczanego w szkołach systemu metrycznego? Gdy Gabrielle była młoda, sprzedawcy na targowiskach i zwykli ludzie nadal ważyli towary w *toises*, *cordes* i *pouces*, a pieniądze liczyli w *Louis* i *écus*. Nie używali *franc*, waluty wprowadzonej przez rewolucję jako narzędzie zjednoczenia Francji.

Choć niedawne dążenia do ulepszenia kształcenia francuskich dzieci mocno wstrząsnęły systemem, w latach dziewięćdziesiątych XIX wieku w żadnej części Francji dzieci w wieku szkolnym nie uczęszczały regularnie do szkół. Wielu ubogich ludzi zwyczajnie nie było stać na książki, papier, atrament i pióra, których państwo nie zapewniało. To wszystko było kolejnym obciążeniem dla już i tak skąpego budżetu rodziny, więc dzieci często nie chodziły do szkoły. W 1884 roku, rok po narodzinach Gabrielle, przyszły prezydent Francji Georges Clemenceau zapytał wieśniaka, dlaczego jego syn nie chodzi do szkoły. Odpowiedź padła szybko: „A czy *pan* zapewni mu dochody?”[9].

Czytanie i książki były bezużyteczne dla wielu mieszkańców wsi dlatego, że znajdowały małe zastosowanie w praktyce[10], a sam język francuski, najbardziej podstawowe narzędzie systemu edukacji, stanowił jedną z największych trudności dla takich ludzi jak Chanelowie. Francuski mający zjednoczyć regiony tego ogromnego i różnorodnego kraju – język, którego używano w podręcznikach i na lekcjach – nie był tym samym językiem, którym posługiwała się większość mieszkańców prowincji. Podobnie jak państwo Chanel, mówili oni własnymi dialektami. Jak powiedział pewien nauczyciel w 1894 roku, rok przed przybyciem Gabrielle do Aubazine: „Do ogromnej większości naszych wiejskich szkół przychodzą dzieci (...), które francuski znają słabo i wokół siebie słyszą jedynie *patois*”[11].

Na domiar złego edukacja Gabrielle opierała się na dyktowaniu i uczeniu się na pamięć, które było główną metodą dydaktyczną od czasów średniowiecza. Ucząc się na pamięć, dzieci posługujące się *patois* często nie rozumiały, o czym w ogóle mówią. Trafnym określeniem byłoby tutaj „papugowanie". W końcu ludzie z prowincji przyswoili sobie narodowy język, ale jeszcze pod koniec XIX wieku pewien nauczyciel rozpaczał nad dziećmi posługującymi się *patois*: „Nasi uczniowie (...) nie umieją znaleźć wystarczająco dużo francuskich słów, by wyrazić swoje myśli"[12]. Dlatego gdy Gabrielle była młoda, tylko nieliczni mieszkańcy regionu potrafili dobrze czytać lub pisać po francusku. Choć na zawsze pozostała wdzięczna zakonnicom z Aubazine za to, że pomogły jej zapomnieć *patois* i nauczyły ją mówić „językiem kulturalnych ludzi", wydaje się bardzo mało prawdopodobne, aby kiedykolwiek czuła się pewnie, *pisząc* w ojczystym języku.

Uważa się, że pewnego dnia zostanie odkryty jakiś tajny skład listów albo pamiętników Gabrielle. W późniejszych latach poznała malarza Salvadora Dalego, który w jednym z napisanych do niej listów oznajmił: „Ktoś mi powiedział, że ty nigdy, przenigdy nie piszesz, co zaczynam już zauważać". To nie przypadek. W niewielkiej liczbie znanych nam listów, które wyszły spod pióra Gabrielle, potwierdza się jej brak znajomości pisanego języka francuskiego. W porównaniu z finezją jej sposobu bycia francuszczyźnie Chanel na piśmie brakuje zarówno trafności wyrazu, jak i poprawności gramatycznej. Osobiście uważam, że nie zostaną znalezione prawie żadne listy napisane przez Gabrielle, bo w zasadzie pisała bardzo rzadko. Powierzając papierowi najmniej, jak się da, ukrywała kolejne źródło swojego poczucia niższości.

Dwunastowieczny pustelnik Etienne de Viezaux (święty Stefan) zbudował klasztor w Aubazine na odludziu, by, mówiąc jego słowami, „stał daleko od zgromadzenia mężczyzn". Nawet dziś Aubazine wydaje się dalekie od wszelkich wielkich „zgromadzeń". Wkrótce po jego wzniesieniu klasztor stał się upragnionym miejscem odpoczynku na znanej trasie pielgrzymek do Santiago de Compostela.

W czasie terroru rewolucji powołano nowy zakon, Kongregację Najświętszego Serca Maryi, która miała otoczyć opieką ubogich i odrzuconych, między innymi prowadząc domy dla opuszczonych i osieroconych dziewcząt.

Rozdział 3

W Aubazine, gdzie strzelista kaplica odzwierciedla wagę tego kościoła w romańskim opactwie, zakonnice odrestaurowały surowe budynki. Długie, pobielone wapnem korytarze i klasztorne sale są wysokie, szerokie i przestronne, kontrastując z czarnymi drzwiami pomalowanymi na kolor noszony zarówno przez zakonnice, jak i ich podopieczne. Kiedy Gabrielle przybyła do Aubazine, ogromne główne kamienne schody były już pięknie wytarte siedmioma wiekami i mnóstwem stóp.

Izolacja Aubazine oznaczała, że oprócz sporadycznych świąt kościelnych, spacerów z opiekunką i rzadkich wizyt u krewnych dziewczęta nie mogły liczyć na częste wytchnienie od surowej dyscypliny i klasztornego życia. Państwowy system edukacji pozostawiał zazwyczaj wiele do życzenia, ale takie instytucje religijne jak ta były jeszcze bardziej zacofane. Edukacyjne dążenia sierocińców sprowadzały się do zrobienia z podopiecznych żarliwych chrześcijanek i oddanych przyszłych pracowniczek. Długie godziny spędzano przy katechizmie i książeczce do nabożeństwa. Z uwagi na wiejskie położenie klasztoru, większość mieszkających tam dziewcząt była, podobnie jak Gabrielle, potomkiniami wieśniaków. Obowiązująca w instytucjach religijnych hierarchia społeczna sztywno naśladowała tę panującą na zewnątrz, w związku z czym mobilność społeczna nie była czymś, czego zakonnice oczekiwały od swoich podopiecznych. Dziewczęta zostawały służącymi, sprzedawczyniami, a jeśli dopisało im szczęście, żonami rolników. Wychowanki Aubazine należały do niższej klasy i zakładano, że już w niej pozostaną.

Lekcje miały bardzo podstawowy charakter: kształtowały ograniczoną sprawność w zakresie czytania, arytmetyki oraz ewentualnie historii i geografii Francji. Według zakonnic z sierocińca niezbędną umiejętnością było prowadzenie domu, które miało się przydać w wypełnionym ciężką pracą dorosłym życiu dziewcząt. Ponadto starały się dopilnować, by ich podopieczne opuszczały klasztor ze skromną wyprawą ślubną zawierającą bieliznę pościelową i stołową, którą dziewczęta szyły sobie własnoręcznie przez lata spędzone pod opieką zakonnic.

Życie w Aubazine było wypełnione pracą, ale i niezwykle monotonne. Zupełnie inne niż pierwsze jedenaście lat Gabrielle, które upłynęły jej na nieustannym działaniu: albo w podróży, albo w hałasie pośród jarmarcznego rejwachu i pyskówek targowisk. Przywykła do ludzi, których szorstkie i niebezpieczne życie toczyło się na oczach wszystkich. Najlepiej powodziło się tym, którzy potrafili występować, mieli najbłyskotliwsze poczucie humoru i największy talent do zwabiania publiczności opowieścią albo żartem. Odgadując cudze fantazje, ludzie ci wiedzieli, że sprzedawanie to w dużej mierze spektakl. Echa takiego wychowania słychać było w późniejszym życiu Gabrielle.

Brutalnie przeniesiona na klasztorne odludzie, Gabrielle była wystarczająco inteligentna i ciekawa świata, by takie uwięzienie obudziło w niej złość. Pewna rzadka forma ucieczki stała się jednak prawdziwą ucztą dla jej wyobraźni.

W ostatnich dwudziestu pięciu latach XIX wieku, gdy wiejskie społeczności znacznie się skurczyły i we Francji zaczęła dominować mieszczańska mentalność, ogromną popularność zdobyły gazety. Wbrew tradycji i wiejskiemu stylowi życia te narzędzia masowej komunikacji celebrowały szybkość, spontaniczność i wszystko, co nieprzewidywalne. Opisywano w nich miasta, a w szczególności Paryż. Opiewając nowoczesność, popularna prasa umożliwiła ludziom znalezienie sensu w świeżo zurbanizowanym świecie. Ponadto wprowadziła nowe zjawisko: powieść w odcinkach, *feuilleton*, która szybko stała się narodową obsesją. Wiele rodzin gromadziło kolejne odcinki, póki nie powstała z nich książka, a krytycy lamentowali nad potężnym wpływem *feuilletons*.

Jak tysiące innych ludzi, młodsza siostra Alberta, ciotka Gabrielle Louise uciekała od codzienności, zagłębiając się w najnowszym *feuilleton*. Gabrielle wspominała: „Nigdy nie kupowaliśmy książek (...). Wycinaliśmy odcinki z gazety i zszywaliśmy je"[13]. Przemycała te książki na poddasze w Aubazine, gdzie ukrywała się przed rzeczywistością pośród ich splendoru i romansów. Płomienne fikcje naszpikowane scenami namiętności i zawsze zwycięskiej miłości były pożywką dla jej młodzieńczych marzeń. Gdy skrywane zamiłowanie Gabrielle wyszło na jaw, zakonnice surowo ją skarciły. Wiele lat później Gabrielle nazwała autorów tamtych powieści „głupkami", lecz jednocześnie stwierdziła, że dzięki tym popularnym czytadłom nauczyła się więcej niż w toku całej swojej ograniczonej edukacji. Co znamienne, dodała: „Romanse uczyły mnie żyć, karmiły moją wrażliwość i dumę"[14].

Mimo to czas spędzony w Aubazine miał pozostać dla Gabrielle niezagojoną raną. Dla współczesnych jej ludzi status nieślubnego dziecka, ubóstwo w dzieciństwie i lata spędzone w sierocińcu były skazami na reputacji, więc gdy tylko Gabrielle wyruszyła w świat, zaczęła zatajać swoją przeszłość. Jeśli nawet zdarzyło się tak, że ciężar tego strasznego sekretu wzbudził w niej taką samotność, iż postanowiła się nim z kimś podzielić, jej powiernicy okazali się na tyle porządni, by nikomu go nie powtarzać.

Choć bardzo mało wiemy o tamtych ważnych latach, które ukształtowały Gabrielle, z biegiem czasu znajdowała ona jednak zawoalowane sposoby, by wyrazić siebie i opowiedzieć swoją historię. Na przykład wielokrotnie opisywała głęboką niechęć do grupy kobiet, które nazywała swoimi „ciotkami". Rozplątując sieć dezinformacji, jaką utkała wokół siebie Gabrielle, widzimy, że „ciotki" tworzyła nie jedna, lecz dwie grupy kobiet. Były połączeniem prawdziwych ciotek z zakonnicami z Aubazine. Ogień młodzieńczej urazy Gabrielle spadł i na jedne, i na drugie, a jego wspomnienie sprawiało jej ból nawet ponad pół wieku później. Przede wszystkim uważała, że dla jej „ciotek" – innymi słowy dla rodziny i zakonnic – „miłość była luksusem, a dzieciństwo grzechem"[15]. Otoczona przez niekochających dorosłych, Gabrielle bardzo wcześnie doświadczyła ciągłej niepewności, kar i zaniedbania.

Rozdział 4

„MIEJSCA, W KTÓRYCH POWINNAM BYĆ, A NIE JESTEM"

Kiedy w osiemnastym roku życia dziewczęta opuszczały mury klasztoru w Aubazine, zakonnice czuły się odpowiedzialne za ich dalsze losy. Najpierw Julia-Berthe, potem Gabrielle, a na końcu Antoinette zostawiły za sobą to odludne miejsce, w którym tak długo je trzymano. Nie wiemy, dlaczego po opuszczeniu Aubazine nie wyruszyły tak jak tysiące innych ubogich dziewcząt w poszukiwaniu pracy. Zamiast tego zakonnice zorganizowały dla trzech młodych Chanel przeniesienie do *innego* klasztoru. Ten mieścił się w Moulins, małym miasteczku oddalonym o ponad sto pięćdziesiąt kilometrów na północ.

Klasztor Notre Dame w Moulins był czymś w rodzaju lokalnej szkoły dla dziewcząt przygotowującej do życia w wielkim świecie. Uczęszczały do niej dziewczęta utrzymywane z datków. Gabrielle dołączyła do tego grona w 1901 roku. Uczennice utrzymywane z datków zajmowały gorsze miejsca przy stole i w kościele, nosiły ubrania gorszej jakości i rzadko pozwalano im zapomnieć o ich niższym statusie. W Moulins pozycja młodej Gabrielle denerwowała ją jeszcze bardziej niż w Aubazine, gdzie przynajmniej wszystkie podopieczne pochodziły z równie skromnych domów. Ostatecznym upokorzeniem było to, że w Moulins dziewczęta utrzymywane z datków musiały wypełniać różne obowiązki, aby dołożyć się do utrzymania.

Rozdział 4

Mimo że w Aubazine były także siostry Gabrielle, w późniejszych, rzadkich wspomnieniach z tamtego okresu Gabrielle zawsze stwarzała wrażenie, jakby jej dzieciństwo i młodość upłynęły z dala od rodzeństwa i przyjaciół. Ale w Moulins znalazła przyjaciółkę.

Adrienne Chanel była najmłodszym spośród dziewiętnaściorga dzieci Henriego-Adriena i Angéliny Chanel. Ich najstarszy syn, Albert, był ojcem Gabrielle, starszym od Adrienne o dwadzieścia osiem lat. Między dziewczętami były zaledwie dwa lata różnicy, Gabrielle i Adrienne wyglądały jak siostry. Dzięki Adrienne, która mieszkała w Notre Dame od dziesiątego roku życia, Moulins było dla Gabrielle łatwiejsze do zniesienia. Opanowanie i spokój starszej dziewczyny silnie kontrastowały z zadziornością i tłumioną energią jej bratanicy Gabrielle. Zdjęcie obu dziewcząt zrobione tuż po tamtym okresie to uderzająca ilustracja ich odmiennych osobowości. Adrienne wdzięcznie trzyma jedną dłoń opartą na biodrze, a drugą obejmuje Gabrielle za głowę, jakby pokazywała ją do aparatu. Wygląda na trochę przejętą, ale i zadowoloną. Uroczo uśmiecha się do przyjaciółki, która sztywno trzyma obie ręce z tyłu. Gabrielle wojowniczo patrzy w obiektyw bez najmniejszego cienia uśmiechu.

Co sprawiło, że te dwie kobiety były tak różne, skoro miały z sobą tyle wspólnego? Obie pochodziły z rodziny ubogich, wędrownych handlarzy. Adrienne trafiła do klasztoru jako dziesięciolatka, Gabrielle zamieszkała w Aubazine w wieku lat jedenastu. Rodzice Adrienne nie byli w stanie uzbierać wystarczająco dużo pieniędzy, aby uchronić córkę przed piętnem wychowanki instytucji dobroczynnej, noszonym również przez Gabrielle w latach spędzonych w Aubazine i w Moulins. Ale była między nimi jedna istotna różnica: Adrienne zawsze czuła, że ktoś o nią dba. Jej rodzice regularnie przybywali do Moulins, by odwiedzić swoją ulubioną córkę. Ponadto Adrienne często wyruszała z wizytą do swojej starszej siostry Louise (urodzonej jako drugie dziecko, po ojcu Gabrielle), która mieszkała niedaleko z mężem, naczelnikiem stacji w Varennes. Adrienne korzystała z tego, co przynosił jej los, a urocza, żywa osobowość zjednywała jej zakonnice w Notre Dame. Zamiast żałować, że tam przebywa, Adrienne czerpała z tego pobytu, ile się dało, a w końcu wyrosła na ujmującą i zdolną młodą kobietę.

Jej siostrze Louise, która szybko porzuciła niezorganizowany, tułaczy tryb życia przysługujący jej z urodzenia, nie przeszkadzało to, że Varennes było zapadłą dziurą z jedną ulicą, przy której stały tylko: stacja jej męża, gospoda, kościół i małe, bezładne skupisko domów. Z radością opiekowała się dziećmi, prowadziła dom i przestrzegała konwenansów związanych z niskim statusem społecznym. To właśnie ona zjednoczyła rodzinę Chanel w Varennes, dając jej namiastkę domu. Raz – choć potajemnie, by uniknąć spotkania z dziećmi – skontaktował się z nią nawet krnąbrny ojciec Gabrielle. Rozczarowanie Gabrielle stało się jeszcze większe, kiedy pewnego dnia Louise niebacznie o tym wspomniała.

Możliwe, że gdy Gabrielle była w Aubazine, spotykała Adrienne podczas rzadkich wizyt u Louise, ale dopiero po przybyciu Gabrielle do Moulins obie dziewczyny zostały bliskimi przyjaciółkami. Niedaleko byli rodzice Adrienne (dziadek i babcia Gabrielle), Henri-Adrien i Angélina, którzy w końcu osiedlili się w Moulins. Tamtego lata, w 1901 roku, reputacja młodej kobiety nadal wymagała, by w miejscach publicznych towarzyszyła jej przyzwoitka, dlatego Louise na pewno była im wdzięczna za odwiedziny.

Louise, mistrzyni igły i kobieta z pewnym talentem artystycznym, miała wielkie zamiłowanie do kapeluszy. Od czasu do czasu oddawała się szaleństwu podziwiania wystaw w pobliskim modnym kurorcie Vichy, a potem odwiedzała pasmanterię i kupowała niezbędne artykuły, by wyczarować najbardziej stylowy kapelusz. Adrienne i Gabrielle były gorliwymi uczennicami, fantazyjne wzory rozpalały ich wyobraźnię do czerwoności. Ale Gabrielle z goryczą wspominała pracę z igłą w ręku, którą „ciotki" obarczały ją w „swoim ponurym domu" (prawdopodobnie chodziło o klasztor). Takie szycie budziło w niej niewypowiedzianą złość i była wniebowzięta, kiedy w końcu mogła porzucić pracę nad wyprawą ślubną, „haftowanie inicjałów na ręcznikach (...) i wyszywanie krzyżyków na koszuli nocnej szykowanej na hipotetyczną noc poślubną" budziło w niej ochotę, by „splunąć"[1].

Tymczasem, mimo nowej bliskości z dziadkami i domatorką ciotką Louise, jedynym członkiem rodziny, z którym Gabrielle poczuła się naprawdę związana, była właśnie urocza Adrienne. Smętna przeszłość Gabrielle uczyniła ją w zasadzie obojętną na wszelkie pojednawcze gesty ze strony rodziny. Choć nie możemy być tego pewni, wygląda na to, że po śmierci Jeanne rodzina ze strony matki mieszkająca w Courpière nie miała praktycznie żadnego kontaktu z Gabrielle i jej rodzeństwem. Możliwe jednak, iż dziewczyna zwyczajnie wymazała tych ludzi z historii, nie mogąc im wybaczyć, że nie chcieli otoczyć opieką dzieci zmarłej.

Rozdział 4

Moulins, stare miasteczko z katedrą położone w środkowej Francji, było dawniej siedzibą książąt burbońskich. W 1901 roku mieścił się tam przede wszystkim garnizon, a byt mieszkańców w dużej mierze zależał od oddziałów wojskowych, które stacjonowały w jego granicach. Po latach odosobnienia to tętniące życiem prowincjonalne miasteczko, zurbanizowane dzięki przywiązaniu oficerów, musiało się wydać Gabrielle wspaniałym miejscem. Ale zanim mogła się nim nacieszyć, była zmuszona oglądać je z boku, spędzając w klasztorze ostatni frustrujący rok. W końcu, raz na zawsze rozstając się z instytucjami religijnymi, za namową matki przełożonej dołączyła do Adrienne jako ekspedientka w eleganckim sklepie bławatnym w mieście. Ulokowane u swych szacownych chlebodawców, pana i pani Desboutin, dziewczęta zostały zobowiązane do tego, by naśladować ich w znoszeniu pogardy ze strony przychodzących do sklepu kobiet z lokalnej śmietanki towarzyskiej.

Po półtora roku pod bacznym okiem państwa Desboutin, w wieku dwudziestu jeden lat Gabrielle doszła do wniosku, że ma tego dość. Kończąc z życiem pod nadzorem, postanowiła zamieszkać tam, gdzie jej się spodoba. Choć jej pokój mieścił się w najuboższej dzielnicy Moulins, wolność z początku musiała jej uderzyć do głowy, bo Gabrielle przekonała Adrienne, aby również rzuciła pracę u państwa Desboutin. Zatrudniły się jako szwaczki i dołączyły do tysięcy innych kobiet wykonujących pracę, która w tamtych czasach była obok prowadzenia domu najbardziej rozpowszechnioną wśród pań formą zarobkowania. Choć zajęcie to często wymagało znacznych umiejętności, zarobki szwaczek były żałośnie niskie. Podobnie jak wiele innych szwaczek dziewczęta starały się zwiększyć swoje skromne dochody i zatrudniły się w jednym z kilku salonów krawieckich w mieście, gdzie pracowały w niedzielę.

Dzięki setkom oficerów stacjonujących w Moulins pracy było mnóstwo: szycie, zwężanie albo poszerzanie mundurów oraz ubieranie lokalnych notabli na coroczne wyścigi konne. Najbardziej egzaltowanym spośród regimentów kawalerii był 10. Pułk Szaserów, którego szeregi zasilali mężczyźni z najwyższych szczebli paryskiej socjety oraz bogate ziemiaństwo. Choć postępowi politycy uważali kawalerię za przestarzałą, dla starej gwardii nadal była ona najbardziej dystyngowanym wojskiem we Francji.

Pewna historia głosi, że gdy którejś niedzieli Gabrielle i Adrienne pracowały u krawca, nagle zjawiło się sześciu młodych poruczników na ostatnie poprawki. Gdy stali w środku, niektórzy z koszulami wypuszczonymi ze spodni, zauważyli, że w pokoju obok pracują dwie ładne dziewczyny – cały czas w skupieniu zajmujące się szyciem, mimo upartych podchodów ze strony młodych mężczyzn. Zaintrygowani oficerowie wypytali krawca, dowiedzieli się, gdzie dziewczęta pracują w dni powszednie i odwiedzili je tam z zaproszeniem na konne zawody w pokonywaniu przeszkód. Dziewczęta zgodziły się przyjść, a ich *hauteur* jeszcze bardziej zaintrygował wytwornych młodych mężczyzn. Wszystko dobrze się ułożyło i wkrótce Gabrielle i Adrienne jeździły do La Tentation na sorbety albo spędzały czas na flirtowaniu z wielbicielami w ulubionym miejscu spotkań eleganckiej młodzieży, w secesyjnej Grand Café.

Obie dziewczyny były zachwycone tymi spotkaniami, delektowały się nieznanym wcześniej podziwem ze strony towarzyszy z wyżyn społecznych. Byli wśród nich najbardziej rozchwytywani kawalerowie we Francji. Mężczyźni niebywale pewni swej młodości, bogactwa i pochodzenia, we wspaniałym stylu roztaczali niewymuszony urok ludzi przywykłych do stawiania na swoim. Wobec dziewcząt z niższych warstw społecznych urok ten często był jednak podszyty protekcjonalizmem.

Panny Chanel zapraszano na wieczory w La Rotonde, ogromnej kawiarni pełniącej rolę czegoś w rodzaju małej rewii, *café-concert* (*caf'conc*), w której zabawiano żołnierzy w garnizonowych miastach. Rozrywka oferowana w *beuglants* (bo tak nazywano prowincjonalne *caf'concs*) wzorowała się na znacznie bardziej światowych i atrakcyjnych *café-concert* w Paryżu, takich jak Alcazar i Eldorado, gdzie występowały uwielbiane artystki: Yvette Guilbert i wspaniała Mistinguett, lecz była znacznie mniej wyszukana i raczej rubaszna.

Café-concerts powstały mniej więcej w połowie XIX wieku w zwyczajnych kawiarniach na paryskich bulwarach, oferując prostą rozrywkę dla ludu. Idea opierała się na wspólnym piciu alkoholu, lekkiej muzyce i występach skupionych na trudach codziennego życia w mieście. Były tam podteksty erotyczne, miłość i wpadające w ucho, pozbawione sensu refreny. Zanim nastała epoka kina, *caf'concs* były ośrodkiem życia społecznego nowej mieszczańskiej klasy pracującej. Kawiarnie, rewie i przeróżne kabarety mnożyły się jak grzyby po deszczu: Folies Bergère, Moulin Rouge i Mirliton zdobywały popularność wśród różnych warstw społeczeństwa. Przesiadywali w nich nie tylko malarze, poeci i pisarze – także burżuazja łaknęła dreszczyku emocji towarzyszącego panującej tam nieskrępowanej i anarchistycznej atmosferze.

Rozdział 4

Choć panny Chanel nie były przyzwyczajone do trudniejszej w odbiorze opery i teatru, uwielbiały chodzić do *beuglants*. Gwar, obcy ludzie i sprośne popisy gadatliwych artystów przypominały im oczywiście atmosferę jarmarków i targowisk z dzieciństwa.

Przy akompaniamencie pianisty śpiewaczka wyśpiewywała na całe gardło piosenki, przekrzykując wrzawę. Za nią siedział wianuszek *poseuses* – młodych i pełnych nadziei kobiet, które po kolei wychodziły na scenę, aby popularnymi przyśpiewkami zastępować gwiazdę w zasłużonych chwilach wytchnienia. *Poseuse* miała przede wszystkim przyjmować różne pozy, im bardziej sugestywne, tym lepiej. Mimo towarzyszących temu częstych poniżeń (jeśli dziewczyna nie stanęła na wysokości zadania, publiczność wyła i rzucała pestkami czereśni) życie na scenie kusiło te młode dziewczyny, jawiąc im się jako jedna z nielicznych dróg ucieczki od służalczego życia.

Gwiazdy wielkich *caf'concs* w Paryżu niezmiennie wywodziły się z ubogich środowisk. Uzbrojone w wyjątkową osobowość, spowijały się blichtrem, śpiewając z czarnym humorem i patosem niełatwego losu biedoty. Marzenia o zostaniu taką gwiazdą skłoniły Gabrielle do przekonania właściciela *beuglant* w Moulins, żeby przyjął ją jako *poseuse*. Mimo braku powłóczystego spojrzenia i tradycyjnie faworyzowanych kobiecych krągłości Gabrielle miała pewien szczególny urok. Podobnie jak Adrienne, która za namową bratanicy wkrótce dołączyła do młodszej krewnej.

Choć Gabrielle raczej nie miała wspaniałego głosu, to rzekomo właśnie w tamtym okresie otrzymała przydomek, pod którym później znał ją cały świat. Jednym z utworów, które podobno śpiewała z największym powodzeniem, była piosenka z popularnej rewii *caf'conc* zatytułowana *Ko Ko Ri Ko*. Inna nosiła tytuł *Qui qu'a vu Coco dans l'Trocadéro?* (Kto widział Coco w Trocadéro?). Gabrielle była żądna przygód i zdeterminowana, miała błyskotliwe poczucie humoru, a kabarety pragnęły ponad wszystko charakteru i indywidualności. Jej wielbiciele głośno wyrażali swój zachwyt. Gdy chcieli bisu, skandowali po prostu słowo występujące w obydwu piosenkach: „Coco! Coco! Coco!". I wkrótce w La Rotonde zaczęto ją nazywać *la petite Coco*. Sama Gabrielle zawsze twierdziła, że ten przydomek nadał jej ojciec. Choć mogło to być jedynie pobożne życzenie, „coco" faktycznie było pieszczotliwym określeniem dziecka.

Energiczne i zabawne panny Chanel szybko stały się ulubienicami oficerów, nieodzownym dopełnieniem wieczoru. Wśród arystokratycznych towarzyszy

Gabrielle i Adrienne w Moulins znalazł się młody *haut bourgeois* Etienne Balsan. Jego rodzina zbiła fortunę na sprytnych inwestycjach w wełnę. W Châteauroux, w Indre, w sercu Francji, gdzie od wieków produkowano doskonałą wełnę, ogromna fabryka rodziny Balsan z wielkim powodzeniem wytwarzała materiał na mundury dla wojska (i brytyjskiej policji). Członkowie rodziny byli właścicielami praktycznie całego miasta, lecz posiadali także kilka pięknych domów w okolicy. Oczekiwano, że trzej synowie przejmą rodzinne interesy, lecz pozwalano im także wieść życie towarzyskie majętnych kawalerów *fin de siècle*. Z biegiem czasu sława Etienne'a Balsana i jego starszego brata Jacques'a wykroczyła poza rodzinny handel wełną.

Po przedwczesnej śmierci ojca Etienne został wysłany do prywatnej szkoły w Anglii przez wuja Charles'a, który próbował poddać chłopca pewnej dyscyplinie. Etienne wysłał z Anglii telegram, podpisując się imieniem swojego psa. Napisał w nim: „Mój pan dotarł szczęśliwie, Rex". Następnie kupił dwa konie i regularnie, ku uciesze towarzyszy, brał udział w lokalnych gonitwach za lisem. Etienne miał obsesję na punkcie koni i z dala od domu nie przykładał się do nauki. Po wspomnianym telegramie nie szukał dalszego kontaktu z rodziną. Nie wzruszyło go również to, że wuj wezwał go do powrotu do domu. Zrozpaczeni krewni nie zauważali, że pod pozornym brakiem celu w życiu Etienne'a tkwi ziarno poważnego powołania. Młodego mężczyzny najzwyczajniej nie interesowały sprawy, którymi zajmował się jego wuj. Oświadczył mu, że pod żadnym pozorem nie będzie pracował w rodzinnej firmie. Z wielkimi oporami dał się w końcu namówić na służbę wojskową.

Ku przerażeniu Etienne'a przydzielono go do piechoty, a nie do kawalerii. To było nie do zniesienia i wkrótce wystarał się o przeniesienie do miejsca, gdzie mógł spędzać czas z końmi. Ciąg zdarzeń zawiódł go do Algierii, gdzie trafił do szaserów. Pewnego dnia zrobiło mu się bardzo gorąco i nudno. Przyłapany na drzemce podczas służby przez dowódcę pułku, którego nie rozpoznał w cywilnym stroju, został zbesztany za zaniedbanie obowiązków. Niewiele myśląc, odpyskował, za co trafił do kozy, a następnie przydzielono go do czyszczenia latryn. Nie nadwątliło to ani pewności siebie młodego kawalerzysty, ani jego niesłabnącej determinacji.

Tak się złożyło, że konie regimentu cierpiały na pewien nieprzyjemny problem skórny. Sprytny Etienne zawarł układ z jednym z przełożonych. Umówił się, że jeśli wyleczy zwierzęta, zostanie przeniesiony do pułku we Francji. Ku

Rozdział 4

zdumieniu weterynarza Etienne dopiął swego dzięki lekarstwu poznanemu w Anglii. Tak znalazł się w 10. Pułku Szaserów w Moulins. Tam, prawdopodobnie w 1904 roku, poznał ładną ekspedientkę Gabrielle Chanel i dołączył do grona wielbicieli skupionych wokół niej i Adrienne. Gabrielle zawsze trzymała wydarzenia tamtego okresu w tajemnicy, nie mówiąc także o tym, kto został jej pierwszym kochankiem. Wiemy jedynie tyle, że w pewnym momencie nawiązała romans z Etienne'em Balsanem.

Tymczasem fani panien Chanel bez wątpienia utwierdzili Gabrielle w przekonaniu, że scena jest jej powołaniem. Dlatego porzuciła stosunkowo bezpieczną posadę szwaczki, by spróbować szczęścia na większą skalę. Po wielu namowach ostrożniejsza Adrienne poszła za przykładem Gabrielle i razem wyruszyły na sezon do Vichy.

Vichy, oddalone od Moulins o zaledwie pięćdziesiąt kilometrów, było wówczas jednym z najmodniejszych kurortów na świecie. Dobroczynne właściwości tamtejszych wód poznano już znacznie wcześniej, lecz w latach osiemdziesiątych XIX wieku dawne moczary nad rzeką zastąpiono hektarami starannie zaprojektowanych ogrodów, zbudowano bulwary i ulice, wzniesiono wyszukane domki letniskowe i pawilony, a linia kolejowa połączyła kwitnący kurort z Paryżem. Pod koniec wieku Vichy stało się uzdrowiskiem słynącym ze światowego stylu, elegancji i gości. Było wśród nich wiele najznamienitszych postaci Europy i najbardziej znanych gwiazd.

Aby umilić godziny „kuracji", oferowano rozrywkę, która pod względem wyszukania dorównywała tej dostępnej w stolicy. W Vichy monotonia była zakazana. Zjeżdżali tam artyści najwyższej klasy, gotowi występować przez cały sezon. Najwspanialsze kurtyzany i ich mniej egzaltowane siostry patrzyły na wygrywane i przegrywane miliony w luksusowo urządzonym kasynie, teatry zaspokajały najróżniejsze gusta, a nowo otwarta opera przyciągała najwybitniejszych śpiewaków tamtych czasów. Organizowano tam jedne z najwspanialszych wyścigów konnych we Francji. Właściciele starych i nowych fortun przybywali tłumnie, by korzystać z wód i zabawiać się z kochankami, utrzymankami, a czasami także z żonami.

Goście chcieli mieć tam całoroczne rezydencje, więc architekci z Vichy przetrząsali historię architektury, wyszukując coraz bardziej dziwaczne pomysły. Anarchistyczna mieszanka stylów, od bizantyjskiego po klasyczny i najbardziej górnolotną secesję, odzwierciedlała barokową atmosferę tego efektownego i nierzeczywistego miasteczka. Ale Vichy nie było tylko dla bogaczy: wszystkie warstwy społeczeństwa bawiły się tam i mieszkały.

Ignorancja panien Chanel częściowo chroniła je przed ich własnymi ograniczeniami, więc czuły się dobrze przygotowane. We własnoręcznie uszytych strojach Gabrielle przechadzała się beztrosko z „wysoko zadartym nosem". Dziewczęta zauważyły, że kontrastujące ze skromnymi przyjemnościami Moulins Vichy jest światem samym w sobie. Atmosfera wyrafinowanej przyjemności wywarła na Gabrielle ogromne wrażenie i choć wiele lat później opisała Vichy jako „upiorną baśniową krainę", na razie miasteczko wydawało jej się „na pierwszy rzut oka cudowne". Porównując Moulins z tym „sercem cytadeli ekstrawagancji", Gabrielle ze zdumieniem zdała sobie sprawę, że „kosmopolityczne społeczeństwo jest jak podróżowanie bez poruszania się", i stwierdziła: „Vichy było moją pierwszą podróżą"[2].

Tymczasem Adrienne szybko uświadomiła sobie, że scena nie jest dla niej, i wróciła do Moulins. Gabrielle po raz pierwszy w życiu została sama, ale walczyła dalej. Nawet pretendentki, *poseuses*, były w Vichy lepsze niż gwiazdy w Moulins. Gabrielle płaciła za lekcje, musiała wypożyczać drogie suknie na przesłuchania i próbowała znaleźć swoje mocne strony. Nie dając za wygraną, marzyła o tym, aby zatrudnił ją któryś z dyrektorów kabaretów w Vichy.

Nie wiemy, z czego Gabrielle się utrzymywała podczas tych ambitnych prób, ale oszczędności, które odłożyła z marnych zarobków, na pewno nie starczyły na długo. Spekulowano, że zaangażowała się w jakąś dyskretną prostytucję, podobnie jak niektóre z jej koleżanek mieszkające w pobliskich bocznych uliczkach[3]. Bardziej prawdopodobne jest jednak to, że Etienne Balsan częściowo sponsorował jej śmiałe dążenia. Wiadomo, że odwiedzał ją w Vichy i zapewne byli już wówczas kochankami.

Choć Gabrielle narzekała, że w kurorcie jest pełno starców, nadal była pod jego urokiem i podziwiała wszystko, nawet grawerowane szklanki, z których popijano cuchnącą wodę z leczniczych źródeł. Zachwycała się kosmopolityzmem miasteczka i urzekały ją niezrozumiałe obce języki, które słyszała wokół siebie: „Zupełnie jakby były hasłami pozwalającymi wejść we wspaniałe towarzystwo". Pośród tego „wspaniałego towarzystwa" Gabrielle doznała ważnego olśnienia: „Patrzyłam na paradę tych ekscentrycznych ludzi i pomyślałam: »Są na świecie miejsca, w których powinnam być, a nie jestem«".[4] Ale żeby objawienie naprawdę mogło odmienić życie, należało coś zrobić. To wymagało czasu.

Rozdział 4

Pod koniec sezonu gorzko rozczarowana Gabrielle musiała przyznać, że nikt nie zamierza jej zatrudnić, wróciła więc do Moulins w ślad za Adrienne. Mimo że przyszło jej się wycofać, zawsze powtarzała, że to właśnie Vichy nauczyło ją żyć, otworzyło jej oczy i dało nowy cel. Tymczasem Adrienne się poszczęściło.

Maud Mazuel była kobietą, którą Gabrielle poznała jeszcze przed wyjazdem do Vichy. Nie wyróżniała się pochodzeniem ani wyglądem, lecz mimo to w lokalnej społeczności zdobyła dyskretną pozycję przyzwoitki i swatki. Dbając o odpowiednią przykrywkę dla swej działalności, w przytulnej willi niedaleko Souvigny pod Moulins organizowała także spotkania kobiet z ich kochankami, nie budząc podejrzeń u ich rodzin. Przedstawiciele lokalnego ziemiaństwa i oficerowie z garnizonu w Moulins wiedzieli, że w jej domu znajdą mieszankę ciekawych ludzi odpowiednich dla ich kasty. Mogli tam również spotkać atrakcyjne młode kobiety, których pochodzeniu brakowało blasku uświetniającego innych gości. Adrienne, choć pozbawiona klasy społecznej, była piękna, ładnie ubrana i błyszczała w towarzystwie. Maud złożyła jej przyzwoitą ofertę, zapraszając ją, aby zamieszkała w willi jako jej stała towarzyszka.

Adrienne, która zdecydowaniem i charakterem dorównywała Gabrielle, łączyła w sobie cichą ambicję z nieskomplikowaną kobiecością. Wiedziała jednak, że bez nazwiska i posagu ma nikłe możliwości, chyba że Maud Mazuel zdoła jej znaleźć zamożnego zalotnika. Kochała rodzinę, lecz podobnie jak Gabrielle pragnęła wznieść się ponad korzenie i zyskać akceptację warstw społecznych położonych znacznie wyżej niż ta, w której przyszło jej się urodzić. Nie tylko mierzyła do prawie nieosiągalnego celu – w przeciwieństwie do wielu kobiet marzących o awansie społecznym Adrienne szukała także miłości. Dziewczętom o takim pochodzeniu jak Adrienne i Gabrielle mogło się poszczęścić tylko dzięki wyglądowi i osobowości.

Już wkrótce o względy Adrienne zabiegało ni mniej, ni więcej tylko trzech arystokratów, którzy oferowali jej przeróżne rozrywki i wycieczki. Stała się jedną ze śmiałych, elegancko ubranych piękności widywanych z kochankami na wyścigach konnych w Vichy. Trzej najbardziej uparci zalotnicy zaprosili ją do Egiptu, gdzie z dala od wścibskich spojrzeń miała swobodnie wybrać swojego mężczyznę. Gabrielle także dostała zaproszenie na tę wycieczkę, ale uznała, że nic jej z tego nie przyjdzie[5]. Przed powrotem z Egiptu Adrienne rzeczywiście dokonała wyboru. Została kochanką barona Maurice'a de Nexona, któremu wiernie poświęciła resztę swojego życia.

Kurtyzana mogła doprowadzić dziedzica do bankructwa i złamać mu serce, lecz rzadko mieszkała z kochankiem przez dłuższy czas. Natomiast *irregulière* (stała nałożnica) stanowiła innego rodzaju zagrożenie dla honoru rodziny: syn mógł się okazać na tyle szalony, aby poprosić ją o rękę, plamiąc rodzinne nazwisko na co najmniej jedno pokolenie. Kochanek Adrienne, baron de Nexon, tak właśnie uczynił. Mimo oburzenia rodziców i późniejszego upokorzenia kochanki, której rodzina Nexonów i osoby z towarzystwa nie chciały „przyjąć", młody baron nie zmienił swojej decyzji. Chciał Adrienne. Chciał jednak także spadku, którego wskutek takiego małżeństwa zostałby pozbawiony. Dlatego para przez wiele lat wiodła dyskretne życie w Paryżu i Vichy, aż w końcu śmierć rodziców barona pozwoliła jej w końcu się pobrać.

Po powrocie do Moulins Gabrielle była – podobnie jak wcześniej Adrienne – sama i pozbawiona perspektyw. Oddała serce scenie, na której sukces zapewniłby jej upragnioną niezależność. Porażka sprawiła, że normalnie energiczna i tryskająca życiem Gabrielle poczuła się dość niepewnie i nie wiedziała, co robić. Odczucia te bez wątpienia zostały pogłębione przez sukces Adrienne: jej szczęście biło w oczy. Powodzenie Adrienne prawie na pewno stało się dla Gabrielle bodźcem do wykonania następnego ruchu. Etienne Balsan od kilku miesięcy urządzał dom i właśnie zaprosił Gabrielle, by zamieszkała z nim jako jego kochanka. Prawdopodobnie zgodziła się bez większego wahania, z ulgą, wdzięczna za szansę ucieczki od służby, do której w przeciwnym razie musiałaby wrócić (możliwe, że Etienne złożył tę propozycję jeszcze przed wyjazdem Gabrielle do Vichy, lecz spotkał się z odmową).

Jakiś czas wcześniej zmarli rodzice Etienne'a – najpierw ojciec, potem matka – pozostawiając mu ogromny spadek, który uczynił z niego bardzo bogatego człowieka. Po skończeniu służby wojskowej Etienne natychmiast poświęcił się swojej życiowej pasji – hodowli i trenowaniu koni. W tym celu kupił i wyremontował mały zameczek Royallieu w departamencie Oise, i właśnie tam pojechała z nim Gabrielle, aby rozpocząć nowe życie.

Choć zamieszkanie Adrienne z kochankiem musiało wstrząsnąć jej siostrą Louise i resztą rodziny, Louise doceniała wielką dyskrecję Adrienne i prawdopodobnie była wystarczająco bezpruderyjna, by cieszyć się ze szczęścia siostry. Za to sytuacja Gabrielle wyglądała inaczej. Nie wiemy, czy ukrywała swoje nowe życie przed rodziną, która po jakimś czasie o wszystkim się dowiedziała, czy też od razu oświadczyła, że zamierza jawnie żyć z mężczyzną bez ślubu (jak to często bywa, chodziło nie tyle o to, co ktoś robi, ale jak: liczyła się przede wszystkim dyskrecja). Po latach, kiedy Gabrielle w końcu opowiedziała o swoim pobycie w zamku Royallieu – choć oczywiście przekręcając fakty, by zmylić słuchaczy – można było wyczuć, że to właśnie świadome wprowadzenie rodziny w błąd wywołało wśród bliskich Gabrielle największe oburzenie.

Gabrielle opowiedziała o swojej ucieczce z miasta: jej dziadek w Moulins myślał, że wróciła do Courpière, ciotki sądziły, że jest u dziadka, aż w końcu „ktoś odkrył, że nie ma mnie ani tu, ani tam”[6]. Choć rodzina Chanel wiodła wędrowne życie i znajdowała się na niskim szczeblu drabiny społecznej, jej członkowie doskonale wiedzieli, że (w przeciwieństwie do Adrienne) Gabrielle, wprowadzając się do Royallieu, przekreśla wszelkie szanse na szacunek społeczeństwa[7]. Jednak nie tylko Gabrielle spotkała się z dezaprobatą: rodzina jej nowego kochanka także uznawała go za czarną owcę.

Od pierwszych lat życia Etienne Balsan, przesympatyczna postać, był niefrasobliwym prowokatorem i bezustannie zakłócał spokój swojej rodzinie *haut bourgeois*. Ta spychała winę za jego sporadyczne wybryki na fakt, że Etienne często się głodził, by utrzymać niską wagę ciała, gdyż był dżokejem (często dosiadał konia jako jedyny dżentelmen wśród zawodowych dżokejów). Gdy nie poświęcał się ciężkiej pracy, lubił spędzać czas z kobietami. Wśród nich był odprężony i zabawny, słynął z ciętego dowcipu. Kobiety żywo reagowały na jego pozytywny urok, pozwalając się uwodzić jego brakowi romantyzmu i niewzruszonej pewności zwycięstwa. Jeden ze stajennych, opisując Etienne'a jako wspaniałego dżokeja, powiedział, że jego jedyna wada miała związek z kobietami. „Za bardzo się na nich skupiał. I czasami go to męczyło”. Gdy ów stajenny niebacznie podzielił się z Etienne'em tym spostrzeżeniem, został nazwany „idiotą”. „To nie bardziej męczące niż jazda konna!”, oburzył się Balsan.

Jako mężczyzna o nadzwyczaj doskonałym pochodzeniu, posiadający wielką fortunę, Etienne miał ten przywilej, że nie musiał przejmować się statusem. Jego własna pozycja społeczna zapewniała mu w zasadzie całkowitą swobodę działania, na którą nie mogła sobie pozwolić znaczna większość kobiet, zwłaszcza o takim pochodzeniu jak Gabrielle. Podczas gdy Adrienne subtelnie podtrzymywała swoją reputację, Gabrielle, po przyjeździe do Royallieu i zamieszkaniu z Etienne'em Balsanem, stała się dla ówczesnego społeczeństwa osobą zasługującą na największą pogardę.

W drugiej połowie XIX wieku, za czasów drugiego imperium Ludwika Napoleona, Paryż zaczęto kojarzyć z ostentacyjną teatralnością i nowym, kwiecistym rodzajem spektaklu. Misja Ludwika polegała na promowaniu wspaniałości i wyższości jego kraju na całym świecie. Pomagał mu w tym urbanista Georges Eugène Haussmann. Propagowanie przepychu zapoczątkowało okres gorączkowego, egocentrycznego luksusu. Imperatywem była gratyfikacja, mnożyły się najróżniejsze rozrywki. Powstało wiele słynnych do dziś wspaniałych restauracji i kawiarni, a także urządzonych z przepychem nowych teatrów i sal koncertowych, które co wieczór pękały w szwach.

Inna forma rozrywki – prostytucja – także przeżywała gwałtowny rozkwit. Pod koniec wieku około sto tysięcy kobiet oferowało swoje usługi paryskiej populacji, która wówczas liczyła niespełna trzy miliony[8]. W tamtym czasie Paryż miał jeden z najlepiej zorganizowanych i uregulowanych systemów prostytucji na świecie. Kodeks karny dyskryminował kobiety i ich cudzołóstwo było uważane za znacznie gorsze niż cudzołóstwo mężczyzny. Podwójne standardy państwa zakładały, że męski seks pozamałżeński jest nieunikniony – a wręcz potrzebny. W tym samym czasie *demi-monde*, półświatek działający poza granicami przyzwoitości i zamieszkany przez kobiety sprzedające swoje usługi erotyczne, podlegał surowej kontroli. Urzędnicy państwowi uważali, że dzięki temu przyczyniają się do stabilności instytucji małżeństwa i równocześnie ograniczają liczbę ponurych przypadków syfilisu.

Niezliczone nazwy zarezerwowane dla takich kobiet subtelnie odzwierciedlały ich różnorodność, hierarchię i pozycję w męskich fantazjach. Wiele, na przykład „utrzymanki" zwane *irregulières* lub *femmes galantes*, robiło wszystko, aby nie zarejestrowano ich jako prostytutki. Każda kategoria tego fachu miała własny epitet: prostytutka uliczna, prostytutka burdelowa, *fille libre*, *fille en carte*, *fille de maison* lub *fille de numéro*. Do tego dochodziły *grisettes*, czyli młode modystki, rękawiczniczki lub szwaczki, które często brały kochanków, chcąc zwiększyć swoje żałosne dochody.

Wyżej w tej hierarchii stały *lorettes* spotykane w modnych kawiarniach i restauracjach paryskich *grands boulevards*. Często marzyły o karierze aktorskiej, a nawet odważały się dążyć do uzyskania statusu kurtyzan. Kurtyzana, najdroższa prostytutka, miała wiele nazw, na przykład *cocotte*, *biche*, *chameau*, *camélia* (tak jak w *Damie kameliowej*). W epoce nieskrępowanej, ostentacyjnej konsumpcji takim kobietom powodziło się wspaniale jak nigdy wcześniej.

Rozdział 4

Na samym szczycie klasy kurtyzan znajdowały się *grandes horizontales, lionesses, mangeuses d'homme, Amazones* i *grandes cocottes*. W świecie niewyobrażalnej dotąd wytworności i ekstrawagancji były żywą legendą, uosobieniem pożądania. Rozmiłowany w nich kronikarz *demi-monde*, hrabia de Mournay (pseudonim Zed), trafnie opisał kurtyzany jako „luksus wykraczający poza najdziksze marzenia".

Choć wielu utrzymywało kochankę z niższej klasy społecznej, mężczyźni rzadko z nimi mieszkali – w każdym razie oficjalnie. De Nexon i Etienne Balsan byli dwoma wyjątkami. Etienne sprowadził już do Château de Royallieu słynną kurtyzanę Emilienne d'Alençon, a następnie poprosił Gabrielle, by do niej dołączyła. Tylko nieliczni mężczyźni byli gotowi ryzykować utratę reputacji przez ślub z kochanką. Kobiecie, która tak jak Gabrielle afiszowała się z utratą własnej czci, niezwykle trudno było ją później odzyskać.

Etienne był najmniej konwencjonalny z trzech braci Balsan i mało go obchodziło, że jego zachowanie uchodzi za skandaliczne. Był uparty i zdeterminowany, a do tego słynął z ognistego temperamentu. Poza tym miał gest i natura obdarzyła go rzadkim darem zdobywania przyjaciół. Demonstrując pogardę dla nakazów dobrego wychowania, spraszał do Royallieu gości, nie dbając o żadne konwenanse.

Choć na prywatnych spotkaniach w szacownym towarzystwie generalnie unikano przedstawicieli *demi-monde*, kobiety z wyższych sfer, podobnie jak mężczyzn, fascynowały sekrety ich sukcesu. Jak rzekomo zauważył Balzac: „Nic nie dorówna ciekawości cnotliwych kobiet w tej dziedzinie". W przeciwieństwie do zwyczajnej prostytutki, dostępnej dla każdego chętnego, lub do pospolitej kochanki – *irregulière*, zwykle oddanej jednemu mężczyźnie, kurtyzana miała tak wielką władzę, że sama wybierała mężczyzn wystarczająco uprzywilejowanych, by mogli korzystać z rozkoszy jej towarzystwa. Rzeczywiście, niektórzy byli gotowi zaoferować fortunę za przyjemność jednej nocy.

Emilienne d'Alençon była jedną z takich właśnie kurtyzan i zarabiała ogromne sumy pieniędzy. Była córką dozorcy, na początku występowała w cyrku, potem tańczyła w *caf'conc* i w końcu zyskała sławę jako kurtyzana. Podobnie jak wiele koleżanek po fachu często pobierała opłatę w formie pereł lub cennych klejnotów, zyskując przydomek *croqueuse de diamants*, czyli „pożeraczki diamentów". Caroline Otero, piękna i ekscentryczna Hiszpanka, posiadaczka oszałamiającej kolekcji klejnotów, zasłynęła powiedzeniem:

„Żaden mężczyzna, który ma rachunek u Cartiera, nie może zostać uznany za brzydkiego". Kazała sobie uszyć osławiony stanik wykonany wyłącznie z drogocennych kamieni i przechowywała go w sejfie swojego banku. Gdy na horyzoncie syna pojawiała się jedna z tych kosztownych *Amazones*, na rodzinę młodzieńca mogącego roztrwonić majątek padał blady strach.

Mimo to „stanowiące przedmiot uwielbienia, a zarazem odtrącane"[9] kurtyzany otaczane były czcią jako symbol statusu i swoiste trofeum. Jednocześnie słynęły z urozmaiconych gustów erotycznych – często bywały biseksualne. Na przykład piękna Liane de Pougy, jedna z licznych kochanek Emilienne, napisała o niej: „Z zuchwalstwem dorównującym jej wielkiej urodzie (...) zajęła moje łóżko, miejsce przy stole i w moich karocach (...), urocza i bezwzględna (...). Nie było w niej nic banalnego ani prostackiego: ani w twarzy, ani w gestach, ani w rzeczach, które odważała się robić"[10].

Choć kurtyzany wiodły życie oparte na niezależności i seksualnym wyzwoleniu niewyobrażalne dla przeważającej części kobiet, rozdźwięk między ich sukcesem a niepewnością pozycji często zmuszał je do walki. Choć z majestatem opuszczały typowe dla siebie ubogie i niestabilne środowiska, przeważnie okazywały się nieprzygotowane do tak intensywnego życia. Często źle gospodarowały swoją sławą i ogromnymi zarobkami, regularnie trwoniąc je na życie w jeszcze większym przepychu niż to, na które było je stać. Ponadto w głębi serca pragnęły akceptacji. Zazwyczaj łudziły się, że dzięki małżeństwu dołączą do śmietanki towarzyskiej na równych prawach. Poszukując czegoś, co uśmierzyłoby ból po ostatecznym ostracyzmie, te niezapomniane kobiety bardzo często wikłały się w uzależnienie od alkoholu albo narkotyków. Nierzadko kurtyzany, podobnie jak ich „gorsze" siostry, umierały w nędzy i zapomnieniu. Liane de Pougy i Emilienne d'Alençon miały jednak głowę na karku: nie tylko utrzymały fortuny, lecz także zawarły imponujące małżeństwa.

Mieszkając z Etienne'em Balsanem, Gabrielle wyrzekła się losu kurtyzany i została *irregulière*, kochanką całkowicie zależną od swojego mężczyzny. Choć w głębi ducha tęskniła do niezależności, odrzucenie wysadzanej klejnotami drogi kurtyzany było bardzo istotne. Z czasem zrozumiała, na czym polega życie kurtyzan, podziwiała je i była pod ich wpływem, ale dążyła do zdystansowania się od ich efektownej zależności. Zamiast tego szukała po omacku drogi ku samostanowieniu, która mogłaby jej przynieść prawdziwszą autonomię. W pewnym sensie życie kurtyzany było wyśrubowaną, bardziej dramatyczną

Rozdział 4

wersją zwykłego podziału władzy w stosunkach między mężczyznami i kobietami. Ten dramat obejmował władzę kochanka nad kurtyzaną, wspólną władzę, którą ona i jej kochanek zdobywali dzięki temu związkowi, oraz władzę dzierżoną przez kurtyzanę mogącą zniszczyć mężczyźnie życie, gdyby niebacznie się w niej zakochał.

Wyjątkowość Gabrielle polegała na tym, że tego rodzaju władza – władza dla samej władzy – wcale jej nie interesowała. Dlatego choć była świadoma swojej ignorancji w kwestii życia w *château* – i postanowiła się uczyć – jej zainteresowanie statusem było bardzo ograniczone. Ostatecznie takie nastawienie dało Gabrielle ogromną pewność siebie. Ludzie to wyczuwali i traktowali ją „równiej", niżby mogli. Tak naprawdę Gabrielle była zainteresowana wpływami, co w ciągu jej życia wielokrotnie błędnie interpretowano jako pragnienie władzy. Ale dla Chanel władza stała się przede wszystkim środkiem do osiągnięcia innych celów: do tworzenia sztuki i do pracy. I to właśnie praca miała jej dać niezależność.

Gabrielle uparcie milczała na temat tożsamości swoich pierwszych kochanków, ale najprawdopodobniej Etienne Balsan nie był pierwszym z jej oficerów w Moulins. I choć bardzo możliwe, że w grę wchodziły pieniądze, można podejrzewać, że dla młodej Chanel liczył się także seks i rozkoszowanie się młodym ciałem. Nawiązując do krótkiego związku, w który uwikłała się jeszcze jako nastolatka, powiedziała: „Dziewczęta w tym wieku są okropne. Może je mieć każdy, kto wysili się na odrobinę subtelności"[11]. Choć młodzi oficerowie bawiący się w Moulins byli dosyć hojni, dawali do zrozumienia, że oczekują za to jakiejś nagrody. Przeprowadzce Gabrielle do Royallieu przyświecały jednak znacznie bardziej dalekowzroczne ambicje.

Po części chodziło o realizm. Nie o cynizm, lecz o zwyczajną świadomość, że świat Etienne'a to zesłana przez Boga droga ucieczki. Gabrielle nazywała ten świat „marzeniem". Lubiła Etienne'a, a jemu podobała się jej egzotyczna odmienność. Energia połączona z niefrasobliwą postawą i niechęcią do burżuazyjnych konwenansów czyniła z Etienne'a dynamicznego i atrakcyjnego kochanka dla kogoś będącego w położeniu Gabrielle. Choć Etienne nigdy nie szokował swoją niekonwencjonalnością, koledzy oficerowie uważali go za sympatycznego outsidera, czym zjednał sobie także Gabrielle, outsiderkę z innej klasy społecznej. I jeśli nawet złożyło się tak, że w chwili przyjazdu Gabrielle w Royallieu przebywała już Emilienne d'Alençon, Gabrielle na pewno nie miała o to żadnych pretensji.

W 1906 roku Gabrielle figurowała w spisie mieszkańców Royallieu. Posiadłość była ogromna, pełna dżokejów, stajennych i służby, ale nazwisko Gabrielle wpisano bezpośrednio pod nazwiskiem Etienne'a. Określono ją jako osobę *sans profession*: była utrzymanką, luksusem.

Na początku nowego wieku w powietrzu wyczuwało się zmianę. Jej ważny aspekt dotyczył pozycji francuskich kobiet. W 1906 roku, nadal pozbawione praw obywatelskich, nie mogły ani głosować, ani startować w wyborach politycznych. Zwłaszcza mężatki były obywatelkami drugiej kategorii, gorszymi w obliczu prawa. W 1900 roku zaledwie 624 kobiety uzyskały dostęp do kształcenia na poziomie wyższym. Mimo pomruków niezadowolenia rozlegających się w całym spektrum politycznym, ostry moralizatorski ton wyznaczał kobietom miejsce „przy ognisku domowym". Większość mężczyzn z ogromną niechęcią spoglądała na alternatywny porządek, wierząc, że ówczesny, tradycyjny stan rzeczy jest czymś naturalnym i niezmiennym. Tymczasem poniżane kobiety tworzyły trzecią siłę roboczą Francji. Na przykład stanowiły ponad połowę pracowników zatrudnionych w fabrykach tekstyliów. Zarabiały połowę tego co mężczyźni.

Nawet jeśli Etienne Balsan mógł sobie pozwolić na życie podobne do tego, które wiedli jego przodkowie, nie zamierzał tkwić w starym porządku. I chyba najlepszym przykładem obaw, jakie budziły w nim nadchodzące zmiany, była jego fascynacja Gabrielle. Patrząc na to z perspektywy czasu, widzimy, jak obraz kobiety syreny, *femme fatale*, walczył już wówczas z jej nowym wyobrażeniem. To ostatnie z biegiem lat nowego wieku stawało się coraz wyraźniejsze, a Gabrielle miała się stać jego ucieleśnieniem.

Kilka lat przed tym, jak Chanel zszargała swoje dobre imię, wprowadzając się do Etienne'a Balsana, pierwsze kroki w wielkim świecie stawiała już inna młoda kobieta, której praca także miała odmienić tamtą epokę.

Rozdział 5

ZABAWA DLA BOGACZY

W 1900 roku niepoprawny paryski pismak Henry Gauthier-Villars (znany jako Willy) wydał powieść, twierdząc, że została napisana przez szesnastoletnią uczennicę Claudine. *Claudine à l'école* i kolejne powieści tej autorki odniosły ogromny sukces. Szumnie zapowiadany styl i jawnie erotyczna tematyka zabarwiły reputację autorki skandalem. Cyniczne słowa Willy'ego, obstającego przy tym, że *Claudine w szkole* została napisana przez anonimową autorkę, w końcu zostały obalone przez prawdziwą autorkę, jego żonę Sidonie-Gabrielle Colette, która pisała na zamówienie męża (a potem się z nim rozstała).

To, że niektórych podniecają erotyczne przygody nastolatek, nie jest niczym nowym. Ale tradycyjny francuski pogląd, zgodnie z którym kobieta staje się bardziej uwodzicielska, gdy przestaje być nastolatką i zdobywa doświadczenie po trzydziestce, zyskał nieszablonową konkurentkę w osobie młodej, świeżej Claudine. Z pozoru powieści o Claudine pełniły rolę soft porno dla burżuazji, ale pod warstewką przyjemnego podniecenia i seksualnej herezji Colette ubierała w słowa niepokojący problem, jaki nękał współczesnych jej Francuzów: walkę płci.

Wielu mężczyzn miało ambiwalentny stosunek do kobiet. Z jednej strony kobieta była Wenus, której ubraną w gorset, przerysowaną figurę klepsydry otaczano czcią. Z drugiej strony *fin de siècle* przyniósł coraz bardziej niepokojące wyobrażenie kobiety jako *femme fatale*, sfinksa pożerającego mężczyzn. Jednym z najlepszych jego przykładów był zakazany rytualny dramat rozgrywający się między kurtyzaną *fin de siècle* (*femme fatale*) a jej kochankiem. Wielu dostrzegło w nim bardziej podstępną relację niż tradycyjne balansowanie w relacjach damsko-męskich opisywane we wcześniejszej literaturze.

W prowokacyjnie wyzbytej konwenansów Claudine Colette uchwyciła pewien rys obecny we współczesnych jej umysłach i literatura wypełniła się różnymi wersjami tej postaci. Młodsze kobiety w niczym nie przypominały uwodzicielskich i dostojnych *grandes courtisanes*, za to były obdarzone urokiem podlotka i zadziorną, anarchistyczną kobiecością, a ignorancja i brak onieśmielenia pozbawiały je skrępowania. Po latach pewien doświadczony mężczyzna napisał: „Dzisiaj tęsknię za (...) czasem, który kiedyś poświęcało się na czekanie. Skrucha i wstrzemięźliwość narzucone nam przez społeczeństwo przydawały niewiarygodnego smaku płci przeciwnej i obdarzały ją pewną świętością, która potem się zagubiła"[1]. Pozbawiona ogłady Claudine była wyzywająca, okazywała swoją pewność siebie za pośrednictwem ciętego dowcipu, nie przejmowała się tradycją i była całkowicie uodporniona na myśl o dojrzałości. Skupiając w sobie ważny aspekt seksualnego zabarwienia tamtego okresu, buntownicza Claudine stała się również jego najbardziej niepokojącym wizerunkiem kobiecości.

Bez wątpienia szczególny urok Gabrielle miał podobny wydźwięk.

Jednak mimo całej widocznej nieszablonowości Royallieu możliwości Gabrielle tak naprawdę wcale nie były większe niż możliwości zwykłej kochanki. Stała się „utrzymanką" Etienne'a. Na zdjęciach często wojowniczo spogląda w obiektyw z wystudiowaną, wyzywającą miną, prezentując swą poważną, elfią urodę. Bez względu na to, w jaki sposób wpłynęła na nią Claudine, Gabrielle – podobnie jak inne kobiety z jakimikolwiek ambicjami – stanęła przed „najbardziej dramatycznym z wyborów: między zachowaniem prestiżu kobiecości i pozostaniem na łasce mężczyzny a odrzuceniem go na rzecz niezależności (...) i skazaniem się na dryfowanie w środowisku, które nie sprzyjało wyemancypowanym kobietom ani psychicznie, ani ekonomicznie"[2].

Rozdział 5

Nieprzerwany strumień gości przywodził do Royallieu wesołą mieszankę złożoną z arystokratycznych sportowców, gwiazd wyścigów konnych, aktorek, śpiewaków i *demi-mondaines* – młodych ludzi, których życie kręciło się wokół takiej czy innej rozrywki. Etienne zdecydowanie odradzał przyjaciołom pokazywanie się w Royallieu w towarzystwie żon. Preferowane były kochanki. Ale jeśli życie Etienne'a wydawało się komuś beztroskim pasmem gonitw z psami i wydawania przyjęć, był w błędzie: pod wieloma względami Etienne wcale nie zasługiwał na miano beztroskiego człowieka. Choć zamiłowanie do wygłupów szło u niego w parze z awersją do podejmowania uczuciowych zobowiązań, całe jego życie stało pod znakiem absolutnego poświęcenia: był całkowicie oddany koniom. Znał je, kochał, rozumiał ich dziwactwa i ich wartość, a gdy chodziło o konie, był zdolny do zaciekłej rywalizacji. Kupując wierzchowca lub biorąc udział w wyścigu, był doskonałym przeciwnikiem. W rezultacie błyskawicznie osiągnął wysoką pozycję zarówno jako trener, jak i jeździec i w końcu został jednym z najsławniejszych hodowców koni we Francji. Jego obsesja sprawiła również, że gotów był zamieszkać na wsi, co większość młodych mężczyzn o jego statusie społecznym robiła z największą odrazą.

Dom na wsi, do którego sprowadził Gabrielle, był ładny. Najpierw gościli w nim polujący królowie, następnie stał się La Maison du Roy, a w końcu po prostu Royallieu. Najpierw był klasztorem, potem opactwem, z upływem czasu zmieniano go i rozbudowywano. Ostatecznie w *château* urządzono stadninę, co doskonale odpowiadało potrzebom Etienne'a. Z Royallieu niedaleko było do toru wyścigowego Chantilly w prowincji Oise, uważanego za najlepszy ośrodek treningowy dla koni czystej krwi we Francji.

Choć młodzi, bogaci oficerowie w Moulins schlebiali Gabrielle i byli świetnymi towarzyszami zabaw, w rzeczywistości wiodła ona życie nisko urodzonej ekspedientki zamieszkałej w ubogiej części miasta. W Royallieu po raz pierwszy doświadczyła przepychu, a ponadto pewnego zainteresowania ze strony innych ludzi. Choć nigdy nie występowała w roli pani domu, miała zostać *irregulière* Etienne'a na kilka lat. Chłonięcie standardów i konwencji Royallieu wymagało jednak znacznego wysiłku i przez jakiś czas czuła się tam nie na miejscu. Potem przyznała, że kłamała, by zataić swoje braki.

Kontrast między dawnym życiem Gabrielle a tym, które wiodła w Royallieu, był prawie niewyobrażalny. Nic dziwnego, że porzuciwszy praktycznie z dnia na dzień życie kontrolowane przez osoby, których nie znosiła, wśród przywilejów Royallieu, jego służby i wyrafinowanego towarzystwa czuła się jak we śnie. Nie musiała już wcześnie wstawać i iść przez miasto do swoich pracodawców *petit bourgeois*, kłaniać się i silić na służalczość wobec traktujących ją z góry klientek. Pojmując powoli swoją nową pozycję, Gabrielle rozwiązała drażliwy problem służących w Royallieu, o których mówiła krótko: „Bałam się ich". Owszem, w 1906 roku podważano hierarchizację społeczną, ale służący Etienne'a na pewno nie kwapili się do tego, by traktować nisko urodzoną kochankę swego pana z wielkim szacunkiem. Tymczasem jeśli była ekspedientka miała taką ochotę, mogła przez cały dzień nie robić nic poza leżeniem w łóżku i czytaniem kiczowatych powieści.

Z początku Gabrielle wypoczywała bez końca, co było obce zarówno jej naturze, jak i wychowaniu. Etienne był zbyt aktywny, by kultywować sztukę lenistwa, i zdumiewała go jej umiejętność czytania w łóżku do południa. Ale Gabrielle zajmowała się czymś więcej niż tylko zwykłym czytaniem popularnej beletrystyki: ona się uczyła. Od dziecka ta bardzo inteligentna młoda kobieta nie miała nikogo, kto by ją poprowadził. Przyznając później, że na początku czytała „chłam", dodała: „Nawet najgorsza książka ma ci coś do powiedzenia, coś prawdziwego. Najgłupsze książki są arcydziełami doświadczenia"[3]. Powiedziała nawet: „Powieści uczyły mnie życia (...). Można w nich znaleźć wszystkie wielkie niepisane prawa rządzące ludzkością (...). Od powieści w odcinkach po największe klasyczne dzieła – to wszystko jest rzeczywistością przebraną za marzenia"[4]. Pozwalając sobie korzystać z czasu, którego wcześniej miała tak niewiele, i rozkoszować się marzeniami, Gabrielle pochłaniała tanie romansidła, jedyną pożywkę dla jej wyobraźni, którą jak dotąd spotkała na swej drodze. Można się zastanawiać, czy ta orgia nurzania się w fantazji nie sygnalizowała przypadkiem jakichś problemów w relacjach z Etienne'em.

Gabrielle miała pewną rzadką cechę: była osobą, która pomimo upływu czasu niewiele się zmieniała. Można powiedzieć, że już jako dziecko skrywała starą duszę: od początku była dorosła. Dlatego jej charakter w zasadzie się nie zmieniał, był nad wiek ukształtowany. W rezultacie dorastanie Chanel nie odbywało się – jak u większości ludzi – poprzez zdarzenia powodujące zmianę osobowości. Jej szczególna podróż odkrywania siebie dokonała się poprzez środowisko, sytuację, w której się znalazła. A Gabrielle zawsze była niezwykle baczną obserwatorką tej sytuacji – oraz ludzi.

Rozdział 5

Tym, czego musiała się nauczyć, był świat zewnętrzny – świat wokół niej. Niezwykły umysł obdarzył Gabrielle bezwzględnym wyczuleniem na fakturę teraźniejszości. Potem stało się ono nieocenionym atutem w jej pracy, ponieważ moda to przede wszystkim wyjaśnianie i artykułowanie chwili obecnej. W późniejszych latach wyraziła to z wielką precyzją, mówiąc: „Moda powinna wyrażać miejsce, chwilę (...). Moda, podobnie jak szansa, jest czymś, co trzeba chwytać za włosy”[5].

Życie w Royallieu miało się okazać ważnym katalizatorem losów tej wyjątkowej młodej kobiety. Zanurzywszy się w nowym środowisku, rozpoczęła proces odgradzania się od ubogiego świata swoich korzeni, przenosząc się na znacznie szerszą scenę. Rzeczywiście, gdyby nie Etienne Balsan i Royallieu moglibyśmy nigdy nie usłyszeć o Gabrielle Chanel. Później wspominała tamte wczesne lata w *château* takimi słowami: „Nieustannie płakałam. Wcześniej opowiedziałam mu całą litanię kłamstw o moim okropnym dzieciństwie. Musiałam go wyprowadzić z błędu. Płakałam cały rok. Jedyne szczęśliwe chwile spędzałam na grzbiecie konia, w lesie”[6]. To bez wątpienia przesada, ale najwidoczniej doświadczenia Gabrielle doprowadziły u niej do pewnego kryzysu emocjonalnego w pierwszym roku pobytu w Royallieu. Etienne musiał ją na swój sposób wspierać. Jedno jest pewne: cokolwiek mówiła później o swoich dawnych przyjaciołach, jego nigdy nie krytykowała.

Bez względu na to, na jakich zasadach było zorganizowane życie intymne w Royallieu, przez pewien okres kurtyzana Emilienne d’Alençon i Gabrielle zgodnie dzieliły się Etienne’em i jego domem.

Emilienne wiedziała, że w końcu wypadnie z grona najbardziej pożądanych *grandes courtisanes*, ale czegóż mogła się obawiać ze strony młodej Gabrielle Chanel? Owszem, dziewczyna miała śliczne włosy, długą szyję i uderzająco piękny profil, ale była stanowczo zbyt chuda i płaska, najzwyczajniej nie miała warunków. Jednak choć Gabrielle nie wyglądała ani nie ubierała się jak znane Emilienne *cocottes*, dzięki poczuciu humoru i talentowi parodystycznemu, dzięki inteligencji i czystej zwierzęcej energii potrafiła być najzabawniejszą i najbardziej uwodzicielską towarzyszką. Poza tym chętnie pogrążała się w milczeniu. Te cechy, w połączeniu z buntowniczością i chłodną rezerwą, nadawały Gabrielle pewien enigmatyczny rys, który Emilienne mogła uznać za atrakcyjny.

Inaczej niż w Wielkiej Brytanii we Francji nie karano homoseksualistów, co było ważną cechą społeczeństwa *belle époque*. W 1900 roku francuska tolerancja nie tylko uczyniła z Paryża międzynarodowe schronienie dla homoseksualistów, lecz zapewniła mu nazwę „Paryż-Lesbos", gdyż zasłynął jako światowa stolica lesbijek. Kilka zamężnych dam ze śmietanki towarzyskiej, które lubiły lesbijskie związki, doprowadziło pewną „kobietę prowadzącą salony" do wniosku, że „robią to wszystkie godne uwagi kobiety"[7]. Choć homoseksualizm nie był sprzeczny z prawem, obowiązywały bardzo sztywne konwenanse zakazujące eksperymentów seksualnych, którymi swobodnie dogadzali sobie zarówno mężczyźni, jak i kobiety. Choć panie z wyższych sfer chronił ich status społeczny i większa wolność, zboczenia seksualne trzeba było otaczać największą dyskrecją i jak najdalej odsuwać od sfery publicznej. Kobiety zależne finansowo musiały unikać skandali. Nade wszystko musiały utrzymywać pozory normalności.

Opis szeroko rozpowszechnionej paryskiej subkultury kurtyzan lesbijek zawarty w powieści *Nana* Zoli odzwierciedlał ówczesną fascynację tymi transgresyjnymi związkami. Oglądanie pary lesbijek było popularnym „numerem" w burdelach i burleskach, a Marcel, bohater *W poszukiwaniu straconego czasu* Prousta, odkrywa, że dowiedziawszy się o biseksualności swojej kochanki Albertyny, zaczyna jej pożądać jeszcze bardziej. Niejeden mężczyzna uważał lesbijstwo za „urocze dziwactwo, zmysłową wadę, z której sam może odnieść pewne korzyści"[8]. Głośne eksperymenty Colette z tożsamością seksualną rozsławiły ją w lesbijskiej subkulturze Paryża, która obejmowała także Emilienne d'Alençon. Colette zapamiętała bal z okazji Mardi Gras w Nicei w 1906 roku, na którym Renée Vivien oraz kurtyzany Emilienne d'Alençon, Liane de Pougy i Caroline Otero bawiły się z „tłumem kurtyzan, aktorek, tancerek z zespołów baletowych (...) z Paryża, z których większość była półetatowymi członkiniami *le tout Lesbos*"[9]. Liane de Pougy nie została postawiona w stan oskarżenia, gdy w skandalizującej powieści *Idylle saphinique* trąbiła o swoim romansie z gładką w obyciu uwodzicielką kobiet, piękną i bardzo inteligentną amerykańską dziedziczką Natalie Barney. Jedną z licznych kochanek Barney była ta sama Renée Vivien ze wspomnianego już lesbijskiego balu z okazji Mardi Gras w Nicei, która w wieku trzydziestu dwóch lat zmarła wskutek anoreksji, picia i zażywania narkotyków. Renée Vivien i Barney były dwiema najsławniejszymi kochankami Emilienne d'Alençon.

Rozdział 5

Choć lesbijstwo nie było sprzeczne z prawem, sztywne konwenanse zakazujące pokazywania go publicznie obejmowały bardzo nietolerancyjną postawę wobec transwestytyzmu – transwestytyzm kobiet traktowano z najwyższą pogardą. Kobieta idąca paryskim bulwarem w spodniach narażała się na natychmiastowe aresztowanie. Dwiema, które notorycznie łamały tę zasadę, były George Sand i później Sarah Bernhardt (pierwsza była pisarką, a druga aktorką, więc uznawano je za outsiderki i dzięki temu udawało im się uniknąć publicznej cenzury)[10].

Prywatnie kobiety w męskich strojach od dawna były jednak częstym tematem sztuki erotycznej i uważano je za bardzo sugestywne w wydaniu *demi-mondaine*. Udając mężczyznę – choć raczej nie zagrażając wyższości klienta – kobiety budziły erotyczne podniecenie. Kiedy jednak na początku wieku Emilienne d'Alençon zaczęła się ubierać jak mężczyzna, prawdopodobnie chciała przekazać dwojaką wiadomość. Jej krawaty i sztywne kołnierzyki podkreślone zuchwałymi kobiecymi kapeluszami prawdopodobnie były tyleż potajemnym znakiem siostrzanej więzi z innymi lesbijkami, ile okiem puszczonym do mężczyzn fantazjujących o podglądactwie.

Etienne Balsan był mężczyzną posiadającym światowych i wyrafinowanych przyjaciół, którzy sprowadzali do Royallieu kochanki, żeby się zabawić. Praktycznie wszystkie kobiety, z którymi zaprzyjaźniła się tam Gabrielle, tak jak ona balansowały na obrzeżach społeczeństwa. A społeczeństwo nadal patrzyło nieufnie na aktorki i śpiewaczki, uważając je właściwie za utrzymanki, którymi zresztą często były. Seksualne skłonności kurtyzan w połączeniu z radosną, wyzwoloną erotycznie atmosferą w Royallieu mogły wywrzeć wpływ na to, czego dowiemy się w przyszłości o seksualności samej Gabrielle. Bardzo możliwe, że w Royallieu uległa zalotom Emillienne albo jednej z biseksualnych kobiet bawiących u Etienne'a, które kusiła delikatna androgynia Gabrielle. Gabrielle i Emilienne były przyjaciółkami jeszcze długo po rozstaniu Emilienne z Etienne'em.

W porównaniu z przepychem, jakiego w tamtych czasach oczekiwano od żeńskiej garderoby, bezpretensjonalność Gabrielle graniczyła z powściągliwością. Prostota po części wynikała z dążenia do zdystansowania się wobec ostentacyjności kurtyzan lub z subtelniejszego statusu kochanki. Należy jednak pamiętać, że Gabrielle identyfikowała się z pewnymi ruchami społecznymi tamtych czasów. Nieliczne kobiety sprzeciwiały się ówczesnej tendencji do przesady w ubiorze i prezentowały się z większą prostotą.

Żyjąc otwarcie jako kochanka Etienne'a, Gabrielle sygnalizowała swoją niekonwencjonalność, podkreślając ją niezwykłym stylem ubierania się. Z kolei Adrienne, która również nie chciała uchodzić za *cocotte*, nosiła się jak osoba, za jaką pragnęła być uważana – kobieta dobrze urodzona i obdarzona dobrym gustem. Nie była zainteresowana zmienianiem świata: Adrienne chciała znaleźć dla siebie lepsze miejsce w starym. Dlatego wyglądała elegancko i nie budziła kontrowersji, prezentując stonowaną wersję ówczesnego żeńskiego spektaklu koronek, draperii, przybrań i triumfalnych kapeluszy. Gabrielle w ogóle to nie interesowało.

Choć mieszkając w Royallieu, poświęciła całą swoją godność, otrzymała wyjątkową szansę odcięcia się od nędznych korzeni. Szybko jednak zauważyła, że życie na wsi może być nużące. Status kochanki Etienne'a nie pochłaniał wystarczająco dużej części jej cudownej energii, więc Gabrielle poświęciła się aktywności pozwalającej jej spożytkować siły oraz przyczyniła się do ponownego ukształtowania Gabrielle Chanel. Największe sukcesy odnosiły te kurtyzany, które najlepiej naśladowały atrybuty kobiet z wyższych sfer. Tylko zamożne kobiety jeździły konno, więc pod okiem Etienne'a Gabrielle ćwiczyła, by zostać amazonką.

Etienne uczył ją radzenia sobie z koniem na wszystkich etapach treningu. Gabrielle okazała się gorliwą i zdolną uczennicą, delektującą się doświadczeniem, które unosiło ją z dala od jej normalnego Ja. Miała osobowość skłonną do popadania w skrajności i gdy raz postanowiła się czemuś poświęcić, robiła to z zaciekłym zaangażowaniem. Była tak zdeterminowana, że gdy nie trenowała z Etienne'em, wstawała o świcie i jeździła z praktykującymi u niego dżokejami i trenerami. Wśród takich mężczyzn czuła się swobodnie, rozumiała język klasy pracującej. Błyskawicznie została nie tylko nieustraszoną i zręczną amazonką, lecz także doskonale grała w polo, co w tamtych czasach było wśród kobiet rzadkością.

Gabrielle powiedziałaby, że jej umiejętności jeździeckie nie wzięły się z obsesji na punkcie koni, że nie była taka jak Etienne albo te Angielki, które „uwielbiały przechadzać się po stajniach". Ale to właśnie ze względu na umiejętności jeździeckie została zapamiętana przez Valéry'ego Olliviera, jednego z przyjaciół Etienne'a, który również był wybornym jeźdźcem. Wcześniej, podobnie jak inni goście bawiący w Royallieu, nie uważał on młodej kochanki Etienne'a za szczególnie ważną postać: „Była maleńką drobinką o ładnej,

Rozdział 5

bardzo ekspresyjnej szelmowskiej twarzy i silnej osobowości. Zaskoczyła nas pewnością w siodle, ale poza tym nie było w niej niczego niezwykłego"[11].

Valéry Ollivier miał rację: Gabrielle rzeczywiście miała silną osobowość. A jako postać o wyjątkowej determinacji i inteligencji, mogła zostać mistrzynią w wielu dziedzinach. Po latach powiedziała o projektowaniu ubrań: „Z łatwością mogłabym robić coś innego. To był przypadek"[12].

W drugiej połowie XIX wieku jazda konna stawała się coraz modniejsza wśród majętnych kobiet. Zarówno kobiety jeżdżące konno, jak i lesbijki nazywano amazonkami, nawiązując do seksualnie podejrzanych kobiet z mitologii greckiej. Działo się tak dlatego, że przez wiele lat ich stroje do jazdy konnej przedstawiano jako *quasi*-męskie zestawy uważane za szczególnie postępowy, nowoczesny aspekt żeńskiej garderoby[13]. Strój do jazdy konnej szyto z wełny w ciemnych, spokojnych kolorach (wówczas rzadko występujących w codziennym ubiorze kobiet). Panie nosiły mocno dopasowane żakiety i spódnice nakładane na spodnie z giemzy połączone z gorsetem, które często szyli męscy krawcy. Uważano, że stroje te celowo mają męski charakter, co dodatkowo podkreślano melonikiem albo cylindrem. Lecz choć męska garderoba zaadaptowana przez kobiety do jazdy konnej w zasadzie nie zmieniała się przez lata, niektóre panie uczestniczące w polowaniach były bardziej radykalne w przywłaszczaniu sobie męskiego ubioru. Przez kilka lat nosiły krótsze spódnice, a nawet bryczesy – oraz dosiadały koni okrakiem.

Niedługo po rozpoczęciu nauki jazdy konnej pod okiem Etienne'a Gabrielle wykonała następny gest sygnalizujący jej zdolność do nonkonformizmu: wybrała się do krawca w La Croix Saint Ouen w lesie Compiègne, u którego zazwyczaj ubierali się chłopcy stajenni i myśliwi, i kazała sobie uszyć strój do jazdy konnej. Nie zażądała damskiej wersji złożonej z dopasowanego żakietu i długiej spódnicy: chciała parę spodni – inaczej mówiąc bryczesów. Wiele lat później nadal pamiętała zaskoczenie tamtego człowieka.

Na zdjęciu siedzi okrakiem w siodle ubrana w nowy strój do jazdy konnej: męską koszulę z krótkim rękawem, dziergany krawat i osławione dość szokujące męskie bryczesy. Ponownie odrzucając tradycję, zastąpiła damski kapelusz do jazdy konnej – cylinder albo melonik – mniej oficjalnym i bardziej kobiecym pilśniowym kapeluszem z szerokim rondem. Dzięki drobnej figurze i szerokiej, młodej twarzy w takim stroju można ją było prawie wziąć za chłopca.

Nawet jeśli udział Gabrielle w ewolucji damskiej garderoby nie zawsze był tak ogromny, jak niektórzy sugerowali, i choć jazda okrakiem nie była jeszcze rozpowszechniona wśród kobiet, najbardziej szokujące były właśnie te męskie spodnie, które wkładała nie tylko na polowania. Jak wiadomo, Gabrielle posunęła się jeszcze dalej. Zamiast ograniczyć łączenie męskości i kobiecości w ubiorze do jazdy konnej, uczyniła z niego jeden ze swoich wielkich znaków rozpoznawczych: nawiązując do podniecenia wywoływanego transwestytyzmem kobiet, podkreślała kobiecość i uwodzicielskość, pożyczając to i owo z męskiej garderoby.

Etienne Balsan nie interesował się ani polityką, ani literaturą. Był niezwykle utalentowanym i oddanym sportowcem, który w codziennej prasie najbardziej lubił czytać kolumny poświęcone wyścigom i życiu towarzyskiemu. Wszystkie konne prace w Royallieu kręciły się wokół planu wyścigów. Z Royallieu przez większość dni w tygodniu można było pojechać na któryś z torów wyścigowych, więc Gabrielle bywała na nich razem z Etienne'em i jego przyjaciółmi. W poniedziałki wybierali się do Saint-Cloud, we wtorki do Enghien, w środy do Tremblay, i tak aż do niedzieli w Longchamp, gdzie odbywały się najbardziej eleganckie wyścigi w paryskim parku w Lasku Bulońskim.

Oglądanie wyścigów stało się niebywale popularną rozrywką wszystkich warstw społecznych. Pewien pisarz posunął się do stwierdzenia, że we Francji sport był synonimem wyścigów konnych. Jako aktywność o ogromnym prestiżu wyścigi szybko stały się sceną, na której można było prezentować swoją pozycję społeczną. Oczywiście wiązało się to z rywalizacją w spektaklu mody. Wielu spośród tych, którzy regularnie przyjeżdżali na wyścigi, znacznie bardziej interesowało się pokazem mody i społeczeństwa niż samą gonitwą. Będące mikrokosmosem paryskiego społeczeństwa spotkania przy torze wyścigowym przyciągały ogromne tłumy i na początku XX wieku hipodrom na Longchamp był jednym z najmodniejszych miejsc publicznych spotkań we Francji. Przyciągając inne formy rozrywki, wyścigi przynosiły wysokie zyski najróżniejszego rodzaju prostytutkom.

Rozdział 5

Choć szanująca się kobieta nie mogła przebywać w miejscu publicznym bez eskorty, przedstawicielki *demi-monde* zazwyczaj przybywały same i dlatego odmawiano im wstępu za ogrodzenie. Mimo to, podobnie jak najbardziej ponętne gwiazdy tamtych czasów, takie kobiety również stanowiły wielką atrakcję. Drugie imperium rozkwitało, a wraz z nim rozkwitał *demi-monde*, i największe postacie półświatka spotykały się z kobietami z wyższych sfer, z którymi często dzieliły tego samego krawca. „Na pierwszy rzut oka były to te same kobiety ubrane przez tego samego krawca. Różniło je jedynie to, że przedstawicielki *demi-monde* wyglądały trochę szykowniej"[14].

W przeciwieństwie do tych światowych i egzotycznych istot z *fin de siècle*'u Gabrielle zawsze pokazywała się bez ozdób, skromna i schludna. Wszystkie jej ubrania bez wyjątku były bardzo proste. Na wyścigach, skupiona na treningu jednego z koni Etienne'a, mogła mieć na sobie luźny męski płaszcz narzucony na dopasowany żakiet, a do tego kołnierzyk, krawat i pozbawiony ozdób słomkowy kapelusz. W praktycznym, sportowym stroju wyglądała niezwykle ponętnie.

Już od lat osiemdziesiątych XIX wieku dość wiele Amerykanek zaadaptowało dopasowane stroje do praktycznych aktywności. Zrobiły to znacznie wcześniej niż Francuzki. W 1901 roku wpływowy francuski magazyn „Les Modes" nadal opisywał żeński kostium jako „rewolucyjną nowość", ostrzegając, że „dżentelmeni nie w pełni docenili dopasowane kostiumy. Uważają, że zbyt mocno przypominają ich własne"[15].

Potem Gabrielle powiedziała, że nie była świadoma, iż na wyścigach patrzono na nią i plotkowano o jej związku z Etienne'em Balsanem. Dodała również: „Wyglądałam fatalnie. Nic na mnie dobrze nie leżało (...). Sukienki nie pasowały, ale miałam to gdzieś"[16]. Gabrielle nie wkładała na wyścigi tradycyjnie przerysowanych, dziwacznych kobiecych strojów i zamiast tego trzymała się swoich prostych, dopasowanych kostiumów. I znowu: nie można powiedzieć, że nikt wówczas nie słyszał o kobietach noszących dopasowane kostiumy, ale kobieta ubrana w ten sposób na wyścigi stanowiła rzadki widok.

Mimo przekonania Gabrielle, że jeśli nie będzie się nosiła jak utrzymanka, nie będzie za taką uważana, nadal pozostawała jedynie kochanką. Opinie na temat jej wyglądu były podzielone. Według jednych nie była szczególnie atrakcyjna, a inni zachwycali się jej niekonwencjonalną urodą. Mówiono jej, że „wygląda dostojnie" i że posiada „autentyczny egzotyzm"[17]. Gabrielle nigdy nie została mistrzynią kokieterii jak wiele współczesnych jej kobiet. Z perspektywy czasu można powiedzieć, że jej sposób bycia był zapowiedzią późniejszego stylu.

Postanowiła zerwać z wcześniejszą zależnością i zostać utrzymanką, ale była zbyt inteligentna i energiczna, by bierność takiej egzystencji mogła jej odpowiadać na dłuższą metę. Po jakimś czasie rozrywki w Royallieu także zaczęły ją nudzić. Jeśli nawet świadomie zmagała się z tym dylematem, to na razie nie znajdowała rozwiązania. Żyjąc w pułapce luksusu i w pozornej wolności, o którą walczyłoby wiele kobiet z jej środowiska, zdała sobie sprawę, że tak naprawdę zamieniła jedne kajdany na drugie. Niemniej choć ambiwalentny stosunek do własnej pozycji uwidacznia się na jej niektórych zdjęciach z tamtego okresu, na innych widać jedynie pewność, inteligencję i niezwykłą umiejętność trafnej oceny siebie i swojej publiczności. Zdjęcia pokazują ledwie zauważalną nieśmiałość i kruchość, a także nieuchwytny kobiecy urok.

Na jednym z tych zdjęć Gabrielle idzie promenadą w Nicei. Ubrana prawie od stóp do głów na czarno, ma mufkę, kapelusz z ogromnym rondem, białą koszulę i krawat. Pięknej młodej kobiecie towarzyszą trzej wytworni młodzi mężczyźni – hrabia Léon de Laborde, Miguel de Yturbe i Etienne Balsan. Wszyscy są bogatymi jeźdźcami i czarującymi cynikami, którzy mówią językiem wyrafinowanej, światowej elity. Gabrielle uczyła się od nich, a poza tym w Nicei delektowała się jedyną dostępną jej wówczas władzą: tą seksualną, emanującą z posiadania wielkiego charakteru i niezwykłej urody. Jej spojrzenie mówi, że ona też o tym wie.

Widzimy, jak na wyścigach Léon de Laborde trzyma Gabrielle za podbródek w geście tyleż poufałym, ile władczym. Na innym zdjęciu widać Gabrielle, Léona i Etienne'a obok stajni w Royallieu. Léon obejmuje Gabrielle w talii, stojąc między nią a Balsanem. Patrząc na tę fotografię i inne zdjęcia, można by pomyśleć, że to Léon, a nie Etienne był jej kochankiem (bo w pewnym momencie prawie na pewno nim został).

Jeśli bogaty mężczyzna znudził się kochanką z niższej warstwy społecznej, podczas rozstania obiecywał, że będzie ją utrzymywał, dopóki ta nie znajdzie innego „protektora". Kochanka bez mężczyzny nie miała „pracy". Niewielka liczba mężczyzn utrzymywała swoje byłe kochanki przez czas nieokreślony. Gdyby po porzuceniu przez Etienne'a Gabrielle dopisało szczęście, trafiłaby w ręce jednego z jego przyjaciół albo znajomych. Gdyby jednak nie udało jej

Rozdział 5

się sprytnie odłożyć ładnej sumki, zanim jej uroda zgaśnie, czekałaby ją przyszłość pod znakiem pogłębiającej się biedy.

W 1908 roku nękana poczuciem bezsilności Gabrielle zaczęła przekuwać swoje ambicje wyjazdu do Paryża w plan. W obecności Etienne'a głośno zastanawiała się nad przyszłością. Przekomarzał się z nią, mówiąc, że zachowuje się jak burżujka, i pytał, czy w Royallieu jest jej źle. Etienne ciężko pracował, ale jego kochanka w zasadzie nie miała czym się zająć i wkrótce znowu zaczęła wspominać o przyszłości. Usłyszała tę samą odpowiedź. I tak minęło kilka kolejnych miesięcy.

Fortuna Etienne'a oznaczała, że może on wchodzić do towarzystwa i odrzucać je, kiedy mu się podoba. Choć z jednej strony korzystał z przywilejów zapewnianych przez bogactwo, z drugiej irytowały go kodeksy społeczne obowiązujące w jego kręgach, przekazywana z ojca na syna obsesja na punkcie bezpieczeństwa, rodziny, własności i honoru. Zamiast tego skupiał się na szczególnym rodzaju prostej ulotności. Uwielbiał ryzyko: przemijalność wyścigów konnych, młodzieńcze zabawy i psikusy, krótkie, ogniste romanse i wyszukane, ryzykowne przedsięwzięcia, które zaczynały się jednego dnia, a nazajutrz kończyły. Wygląda na to, że Gabrielle obudziła w nim inne dążenia.

Bez wątpienia pod wpływem jej słów o przyszłości Etienne zamierzał poprosić swoją kochankę o rękę. W późniejszych latach Gabrielle mówiła, że starszy brat Etienne'a Jacques dwukrotnie przyjechał do Royallieu, by przekonać ją do tego pomysłu (możliwe, że Etienne zwrócił się do brata o pomoc w tej sprawie). Gdy Gabrielle zaprotestowała, mówiąc Jacques'owi, że nie kocha jego brata, ten odparł, że to nieważne, że i tak powinna wyjść za Etienne'a. Rodzice Etienne'a i Jacques'a nie żyli, więc być może status Gabrielle jako utrzymanki z niższych sfer nie miał dla braci Balsanów większego znaczenia. Gabrielle pamiętała, że gdy odmówiła, Jacques wpadł w furię i zapowiedział jej, że marnie skończy. Kiedy oświadczyła, że chce pracować, z wściekłością odparował, że przecież na niczym się nie zna, więc czym, na Boga, miałaby się zająć.

Praca rzeczywiście stała się nowym celem Gabrielle: była jej jedyną możliwością zerwania z etykietką *demi-mondaine*. Później wspominała, jak w wieku zaledwie dwunastu lat zdała sobie z czegoś sprawę: „Bez pieniędzy jesteś niczym, a z pieniędzmi możesz wszystko (...). Powtarzałam sobie bez końca, że pieniądze to klucz do wolności”[18]. Powiedziała Etienne'owi, że choć dobrze sobie radzi w siodle, nie pozwolono by jej zarabiać na życie jako dżokejka, więc chciałaby otworzyć sklep z kapeluszami. Można sobie wyobrazić zaskoczenie Etienne'a. Wiedział, że jest niezwykła, ale nikt się nie spodziewał, że kochanka zapragnie pracować.

Prawdopodobnie obiło mu się o uszy, że od jakiegoś czasu kobiety odwiedzające Royallieu wypytywały Gabrielle, gdzie kupuje kapelusze. Choć dziś trudno w to uwierzyć, warto przypomnieć, że w tamtych czasach praktycznie każdy, stary czy młody, bogaty czy biedny, nosił kapelusz (na wielu starych zdjęciach mężczyźni, kobiety i dzieci zbyt ubodzy, by nosić buty, prawie zawsze mają na głowach kapelusze). Damskie nakrycia głowy były niezwykle ważnym elementem ubioru. Modny kobiecy kapelusz był krzykliwą konstrukcją mającą budzić poruszenie, wyróżniać się pięknem i wspaniałością.

Jednym z nielicznych miejsc, jakie Gabrielle odwiedzała podczas rzadkich wycieczek do Paryża, był okazały dom towarowy Galeries Lafayette. Tam, zamiast wychodzić z naręczem uwodzicielskich luksusowych towarów oferowanych w tej świątyni nowym klientom, Gabrielle kupowała podstawowe formy kapeluszy ze słomy albo filcu. Po powrocie do Royallieu ozdabiała je oszczędnie, często zaledwie wstążką, do której dodawała zwyczajną dużą szpilkę.

Podobnie jak we wszystkich wcześniejszych okresach elegancję i modę definiowało wytworne piękno. Z kolei piękno w znacznej mierze kojarzyło się z ozdobami. A ozdoby – w formie kosztownych klejnotów, jedwabi, atłasów, koronek, futer albo ogromnie skomplikowanych kapeluszy – wiązano z luksusem i bogactwem (biedota zwyczajnie nie mogła sobie pozwolić na te wszystkie rzeczy, a zatem także na modę). Poruszenie wywołane przez kapelusze Gabrielle miało źródło w ich wielkiej prostocie i braku ozdób. Szokowanie nie było wówczas czymś, co kojarzono z wysoką modą, ale Gabrielle nie była odosobniona. Niektórzy wielcy kreatorzy zaczynali zgłębiać ten sam pomysł, podsunięty przez kilku radykalnych artystów: dla nich podstawą było właśnie szokowanie. A niekonwencjonalne kobiety odwiedzające Royallieu zapragnęły ich naśladować.

Rozdział 6

KOCHANKA NA UWIĘZI

Co roku jesienią Etienne dostawał zaproszenie do *château* w Pau, małym miasteczku u podnóża Pirenejów, gdzie razem z przyjaciółmi jeździł konno, polował i grał w polo. Po latach Gabrielle wspominała „zielone pastwiska, górskie strumienie pędzące ku równinom, trawiaste uskoki i myśliwych w czerwonych płaszczach", opisując tamte rejony jako „najlepszą krainę do polowań na lisa w całej Europie"[1]. Pamiętała konie, osiodłane i niecierpliwiące się przed drogą, słyszała tętent ich kopyt na bruku. Tamten sezon w Pau, w 1908 roku, był dla Gabrielle odurzającym interludium. Mówiła, że to właśnie tam poznała Arthura Capela, bogatego Anglika grającego w polo, playboya, przy którym wszyscy inni bledli.

Arthur Capel i Etienne już się znali, ale najwidoczniej dopiero tam przedstawiono sobie Arthura i Gabrielle. Anglik był uznanym jeźdźcem. Miał uwodzicielsko nonszalancki sposób bycia, płynnie mówił po francusku i cechowało go zaraźliwe poczucie humoru. To wszystko nie do końca maskowało jednak jego życiowy cel. W oczach Arthura Capela czaił się pewien stalowy błysk, odzwierciedlający różnicę, którą Gabrielle dostrzegła między nim a innymi przyjaciółmi Etienne'a. Zamiast trwonić spadek, Arthur postanowił zarabiać na życie. Był ciemnowłosy i przystojny, a w dodatku otaczała go aura tajemniczości, której kobiety nie mogły się oprzeć. Gabrielle także była nim zafascynowana. Już wkrótce Arthur zaczął przyjeżdżać do *château* Etienne'a.

Rozmowy Gabrielle z Etienne'em na temat otwarcia sklepu z kapeluszami na razie spełzły na niczym. W 1908 roku mieszkanie z kochanką było wystarczająco niekonwencjonalne dla mężczyzny z wyższych sfer, ale pozwolenie jej na pracę zakrawało na skandal: sygnalizowałoby, że brakuje mu środków na jej utrzymanie. Gabrielle powtarzała sobie, że musi coś z tym zrobić, zadawała sobie pytanie: „Co ze mną będzie?". Później powiedziała: „Dumni ludzie znają tylko jedno najwyższe dobro: wolność!"[2].

Jej usilne namowy w końcu przyniosły efekt. Choć Etienne niechętnie myślał o finansowaniu sklepu, zaproponował, aby wypróbowała swój pomysł w *garçonnière* (mieszkaniu kawalerskim), którą dzielił z bratem. Jak na ironię, wiele byłych *demi-mondaine* już wcześniej wybierało tę samą profesję co Gabrielle. Chanel po cichu urządziła sobie pracownię modystki w paryskim mieszkaniu swojego kochanka przy boulevard Malesherbes 160.

Niedaleko *garçonnière* Etienne'a, także przy boulevard Malesherbes, mieszkał Arthur Capel, który często wpadał w odwiedziny do „opuszczonej sikoreczki", jak nazywali Gabrielle z Etienne'em. Wsparcie dla przedsięwzięcia Gabrielle ze strony Etienne'a było raczej połowiczne, więc zainteresowanie Arthura działało na jej zmierzwione uczucia jak balsam. Nikt wcześniej nie zachęcał jej z takim entuzjazmem, podsyłając przyjaciółki, by oglądały jej kapelusze. Przychodziły także znajome Etienne'a. Nie ulegało wątpliwości, że Gabrielle ma talent. Arthur wpadał coraz częściej. Nie zapominał o swoim przyjacielu Etiennie, ale zaprzyjaźnił się z Gabrielle i stopniowo odsłaniał swoje zamiary względem jej osoby.

Prawdopodobnie w tamtym okresie Etienne oświadczył się Gabrielle po raz drugi. Wygląda na to, że przez jakiś czas Gabrielle odgrywała bardziej praktyczną, typową dla kurtyzan rolę, niż byłaby gotowa przyznać w późniejszych latach, i dzieliła swoje wdzięki między dwóch mężczyzn. Ostatecznie opuściła Royallieu i Arthur ulokował ją w Ritzu. Choć oficjalnie była kochanką Etienne'a, miała kilku wielbicieli. Miguel de Yturbe, Léon de Laborde i Arthur Capel byli młodymi mężczyznami obracającymi się w sercu paryskiej socjety. Miała ich pod ręką, a oni wszyscy zabiegali o jej względy.

Jednak choć Gabrielle miała urodę, poczucie humoru, charakter i inteligencję oraz niezbędną determinację, by zostać kurtyzaną z prawdziwego

Rozdział 6

zdarzenia, nie chciała rozwijać w sobie tych cech, które najpierw prowadziły kurtyzanę do sukcesu, a potem pozwalały jej przetrwać. Poza tym niepewne początki Gabrielle sprawiały, że za bardzo martwiła się o swoją przyszłość. Nie do końca świadomie wyczuła zmiany wiszące w powietrzu. Chciała wpływów, ale pragnęła je uzyskać drogą, która nie zależałaby od jej gotowości do pełnienia roli czyjejś kurtyzany. Innymi słowy, choć prawdopodobnie oddawała się więcej niż jednemu mężczyźnie, ostatecznie pragnęła niezależności, której w swoim mniemaniu nie mogłaby zdobyć, odgrywając rolę *zawodowej* kochanki.

Mimo tych oporów nietrudno zauważyć, że jej życiowa droga pod wieloma względami biegła równolegle do dróg najbardziej znanych *demi-mondaines*. Po pierwsze, przejęła od nich dążenie do nieustannego wynajdywania nowości, a następnie, gdy takie podejście zaczęło się przekładać na modę, odkryła w sobie zdolność do wyprzedzania kurtyzan o jeden krok. W błyskotliwym opisie kokoty Valérie Marneffe Balzac nazwał takie działania „szczytnymi wysiłkami, Austerlitz zalotności lub uczucia", które następnie „stają się modą dla sfer niższych, w chwili gdy szczęśliwe twórczynie już szukają innych form"[3]. Niedługo zobaczymy, że gdy Gabrielle zrobiła coś nowego, natychmiast z niecierpliwością szła dalej. W ten sposób doprowadziła do doskonałości sezonowość roli kurtyzan, a wręcz uczyniła z niej swoje powołanie. Pokazywała kobietom, jak powinny wyglądać w nowym stuleciu: najpierw tym z wyższych sfer, a później pozostałym.

Nie wiemy, kiedy kilka miłosnych spotkań z Arthurem Capelem wyewoluowało w prawdziwy romans. Mniej więcej w 1909 roku Gabrielle powiedziała jednak Etienne'owi, że jej „układ" z Arthurem robi się poważny. Etienne był wstrząśnięty i wyruszył do Argentyny. Gabrielle powiedziała później, że został „wyprawiony (...) przez rodzinę"[4]. Wspomniała również, że po jego powrocie z Nowego Świata sprawa nie została rozstrzygnięta, a jej relacje z dwoma kochankami stały się jeszcze bardziej napięte i zagmatwane. Choć Gabrielle dopilnowała, by szczegóły tego trójkąta nie ujrzały światła dziennego, wygląda na to, że Etienne akceptował flirt z innym mężczyzną, ale podstawowe zobowiązanie było jasne: Gabrielle należała do niego. Ponadto zainteresowanie Arthura Gabrielle przypomniało Etienne'owi, jak bardzo sam pragnie tej kobiety. Bez względu na to, jaką grę prowadziła Gabrielle i ile kłótni przez nią wybuchało, co do jednego w zasadzie nie było żadnych wątpliwości: nieważne, ile wcześniejszych romansów udało jej się przed nami ukryć – od chwili, w której Arthur wyjawił jej swoje uczucia, ta wyjątkowa młoda kobieta należała do niego.

Choć Gabrielle często z wielką pomysłowością zatajała swoją przeszłość, jej twierdzenie, jakoby ona i Etienne nigdy nie byli w sobie zakochani, mogło być jedynie sposobem na uspokojenie sumienia. Nigdy nie kochała Etienne'a, ale on ją najprawdopodobniej tak. Twierdziła, że jej odejście do Arthura odbyło się w przyjaznej atmosferze. Tymczasem rodzina Etienne'a zapamiętała, że nazywał on wówczas Arthura „awanturnikiem", co w tamtych czasach było slangowym określeniem „podłego cudzoziemca". Ale cokolwiek myślał Etienne, jego działania okazały się bezskuteczne: przyjaciel zabrał mu kochankę.

A kochanka poczuła coś, do czego raczej nie była przyzwyczajona: zadowolenie. Możemy się tylko domyślać, co wyjawiła Arthurowi na temat swojego pochodzenia i ponurego dzieciństwa. W każdym razie się nie zniechęcił. Pragnął Gabrielle. A zamieszkawszy z nim nieopodal Pól Elizejskich, Chanel po raz pierwszy w życiu rozkoszowała się miłością. Czuła, że Arthur troszczy się o nią i jest jej oparciem[5]. Jak widać, to właśnie on zainspirował ją do zmiany życia. Ale Gabrielle nie czekał łatwy los. Osobiste nieszczęścia nie odstępowały jej na krok.

Rok 1910 miał się okazać dla Gabrielle przełomem. Niespodziewanie zmarła jej najstarsza siostra. Julia-Berthe, jako pierwsza towarzyszka Gabrielle z okresu dzieciństwa, była z nią nierozerwalnie związana i na wieść o jej śmierci Gabrielle przeżyła załamanie. Rzekomą przyczyną śmierci siostry była gruźlica, lecz najwyraźniej prawda wyglądała inaczej. Gdy Gabrielle zażądała, aby wyjawiono jej prawdę, powiedziano jej w sekrecie, że Julia-Berthe popełniła samobójstwo[6]. Makabryczna historia krążąca w jej rodzinie głosi, że Julia-Berthe turlała się w śniegu i lodzie tam i z powrotem, tam i z powrotem, aż w końcu straciła przytomność i ostatecznie znaleziono ją zamarzniętą na śmierć.

Taka wersja wydaje się mało prawdopodobna – Julia-Berthe zmarła na początku maja. Albo zima skończyła się w tamtym roku wyjątkowo późno, albo w śmierci Julii-Berthe było coś wyjątkowo okropnego. Wydaje się wątpliwe, aby w innym wypadku „zapamiętano" tak makabryczną wersję. Wiele

Rozdział 6

lat później sama Gabrielle miała powiedzieć przyjaciółce[7], że jej siostra zakochała się w pewnym oficerze, który szybko ją porzucił. Gabrielle wyznała, że była wstrząśnięta rozpaczą siostry i chciała się spotkać z tym mężczyzną. Odnalazłszy go, „zakochała się". Bez wątpienia było to eufemistyczne określenie nawiązania romansu. Gdy siostra to odkryła, popełniła samobójstwo. Jeśli to prawda, możliwe, że Gabrielle nie tylko rozpaczała po śmierci siostry, lecz również czuła się za nią odpowiedzialna.

Gabrielle była pogrążona w smutku, lecz równocześnie mieszkała z mężczyzną, którego kochała i który uosabiał wszystko, czego mogła pragnąć. Przez jakiś czas jej ambicje wydawały się nieważne, rozkoszowała się innymi sprawami. Gdy zamieszkała z Arthurem, Etienne z początku nie chciał ich widzieć. Był jednak wyrozumiałym mężczyzną i rana w jego sercu szybko się zagoiła. Po jakimś czasie nowa para znowu była mile widziana w Royallieu i ponownie wkroczyła w życie *château*. Widzimy Gabrielle, wcześniej tak niechętnie pozującą do zdjęć, usadowioną przy stole z Arthurem, Léonem de Laborde'em i Etienne'em. Na jej twarzy igra uśmiech, dla odmiany zalotny i spełniony.

Na innym zdjęciu widać gości w Royallieu bawiących się na przyjęciu, na którym za namową Gabrielle przywdziali kostiumy i odgrywali „wiejskie wesele". W samej „zabawie" wyróżniają się dwie rzeczy. Wyrafinowani młodzi ludzie szydzą z wiejskich kmiotków, lecz równocześnie drwią z idei małżeństwa, instytucji dorosłych, którą skutecznie wygnano z Royallieu. Ładna drobniutka aktorka Jeanne Léry gra zauroczoną pannę młodą, bywalec salonów Lucien Henraux jest zakochanym panem młodym, Arthurowi przypadła rola tępej, piersiastej matki panny młodej, Léon de Laborde z miną bęcwała i w czepku na głowie gra dziecko, a wschodząca gwiazda, aktorka Gabrielle Dorziat, wciela się w rolę lekko ociężałej umysłowo wiejskiej dziewczyny i zarazem druhny ubranej w krótką sukieneczkę i skarpetki, która stoi ze stopami zwróconymi do środka.

Potem zauważamy Gabrielle. Wybrała rolę młodego drużby. Patrzy prosto w obiektyw z niepokojącą powagą. Ma na sobie strój zakupiony w dziale męskim paryskiego domu towarowego: spodnie niesięgające kostek, jasne skarpetki, zapinane na guziki wysokie buty, koszulę z kołnierzykiem typu Piotruś Pan i kamizelkę kontrastującą z małą ciemną marynarką. Mimo celowo wygniecionej białej koszuli, niechlujnego krawata i opuszczonego na czoło słomkowego kapelusza Gabrielle jest dla współczesnego odbiorcy jedyną osobą na zdjęciu, której nie udało się przybrać prostackiego wyglądu. Wiek później uderza nas to, że sposób, w jaki zestawiła i nosiła ten „garniturek" jest niefrasobliwy i wyjątkowo nowoczesny. Bez względu na to, jak wyrafinowani i odprężeni wydają się jej przyjaciele, pozostają zakorzenieni w swoich czasach, w pierwszych latach XX wieku. Tylko Gabrielle wygląda tak, że równie dobrze mogłaby zostać sfotografowana wczoraj.

Chanel, opisująca siebie jako „inną niż wszyscy, zarówno pod względem fizycznym, jak i psychicznym"[8], była także pełna sprzeczności i paradoksów. To sprawiało, że przez całe życie wiele osób niewłaściwie ją odbierało. Choć pragnęła samotności, brakowało jej spokoju i miała w sobie elektryzującą, tłumioną energię. Jej sprężyste ciało, pozbawione tak wówczas pożądanych u kobiety apetycznych krągłości, bardziej przypominało ciało nastoletniego chłopca. Była niezwykle bezpośrednia, lecz zarazem subtelna i uwodzicielska. Zdolna do niefrasobliwości i beztroski, bywała również prowokacyjna i miała cięty dowcip. Na jej tajemniczej, pięknej twarzy malował się więcej niż tylko cień surowości. Brał się z głębokiej powagi, cechy posiadanej przez nielicznych.

Gabrielle nabrała awersji do zwyczajnej „ładności" – pragnęła piękna. Wierzyła, że ma niezawodne wyczucie tego, co „sztuczne, konwencjonalne albo złe", sugerując, że konwencja jest równie niepożądana jak „sztuczność" i „zło". Jej niezwykła, rosnąca z wiekiem umiejętność intuicyjnego wyczuwania osoby i sytuacji, urosła do talentu, który jej przyjaciółka nazwała „czymś w rodzaju szóstego zmysłu"[9]. Choć Gabrielle była zarówno niezwykle spostrzegawcza, jak i inteligentna, tamte pierwsze lata w Paryżu napawały ją jednak strachem. Boleśnie świadoma swojego braku wyrafinowania w tym najbardziej wyrafinowanym z miast, wspominała później swoją ignorancję w dziedzinie „niuansów społecznych, historii rodzinnych, skandali, aluzji, tych wszystkich spraw, o których Paryż wiedział, a których nigdzie nie spisano". Na koniec dodała: „A ponieważ byłam zbyt dumna, by zadawać pytania, tkwiłam w ignorancji"[10].

Choć Gabrielle nigdy do końca nie wyzbyła się poczucia niższości społecznej, posiadała cechę, która nie miała z niższością nic wspólnego: pokorę. Była to pokora artystki otwartej na wszystko, dopełniała jej podskórną pewność siebie i siłę osobowości. Ktoś, kto w późniejszych latach dobrze ją poznał, powiedział: „Była bardzo elegancka. Elegancja jest czymś naturalnym, podczas gdy wyrafinowanie (...) to świadomy wybór (...). Elegancja jest czymś, z czym człowiek się rodzi"[11]. Gabrielle dodała do tej wrodzonej elegancji własną wyjątkową kobiecość. Współcześni jej mężczyźni, których pociągała zarówno siła, jak i delikatność oraz tajemniczość, uważali Gabrielle Chanel za niezwykle atrakcyjną. Poruszyła wytwornego Arthura Capela, budząc w nim emocje i pragnienie czegoś więcej niż miłosne podboje i prestiż społeczny.

W 1924 roku modny dyplomata Paul Morand napisał swoją pierwszą powieść *Lewis et Irène*. Dedykując książkę Gabrielle, nawiązał do podobieństw łączących Arthura Capela z fikcyjnym bohaterem Lewisem[12]. Morand był zafascynowany Arthurem, z którym dzielił uzależnienie od prędkości, koni, samochodów i kobiet. Po jakimś czasie Gabrielle sporo opowiedziała Morandowi o swoim związku z Arthurem. Nie tylko Capel zainspirował Moranda do stworzenia postaci Lewisa – ówcześni czytelnicy dostrzegali liczne podobieństwa między Irène i Gabrielle oraz wiele elementów związku Chanel z Capelem. *Lewis et Irène* to w ogromnej części historia o nich[13].

Morand widział w Arthurze szykowne uosobienie nowoczesnego mężczyzny i ulepił Lewisa z tej samej gliny. Podobieństwa zaczynały się od wyglądu. Lewis miał „piękne brązowe oczy, bystre i przenikliwe, wyraźnie zarysowaną szczękę, gęste, bardzo czarne i zmierzwione włosy oraz rozpiętą do połowy myśliwską kamizelkę"[14]. Lewis przypominał Arthura w jego zdeterminowanej nowoczesności, pogoni za nowością, fascynacji poglądami Freuda na temat seksualności, pogardzie dla wielu elementów przeszłości oraz w ciągłym pośpiechu.

Choć książka *Lewis et Irène* pod wieloma względami odzwierciedlała związek Gabrielle z Arthurem, była także pierwszą francuską powieścią, w której niezwykła samodzielność bohaterki umożliwiła jej życie w związku na równych prawach z partnerem. Gdy Irène pojawia się w powieści, ubrana w czarny kostium kąpielowy, ze szczupłymi, umięśnionymi i opalonymi kończynami, od razu jest jasne, że to kobieta nowoczesna. Podziw Lewisa szybko przeradza się w coś więcej i mężczyzna czuje, że jego „los jest całkowicie przesądzony". Zdaje sobie sprawę, jak wyglądałoby życie bez niej: „Jakiż chłód, kiedy jej nie ma (...), jakaż nuda"[15]. Lewis mówi Irène, że uczy się, jak być człowiekiem, i że jego pierwszą potrzebą jest uwielbianie jej. Ona odpowiada, że jej pierwszą potrzebą jest poddanie mu się i że nie musi już dłużej „żałować swojego szaleństwa"[16].

Gabrielle wspominała, że w czasie pierwszej zimy spędzonej z Arthurem, w 1910 roku, ich związek był czymś bardzo prywatnym i rzadko zapraszali do mieszkania gości[17]. Morand napisał o Lewisie i Irène: „Rano leżeli w łóżku. Lewis miał kilka koni wyścigowych. Dzwonił (...) i leżąc, wypytywał o ich kopyta, zęby, ścięgna"[18]. Na początku intymny świat kochanków wystarczał Gabrielle i Arthurowi. Gabrielle opowiadała, jak „odciągnęła go od przyjaciół"[19], ale wspominała także o tym, że Arthur pragnął, by „pozostała tą niewyrafinowaną, nieskalaną istotą, którą odkrył", gdyż uważał, że posiadanie przyjaciół ją „zepsuje"[20].

Był to początek ich romansu i najwidoczniej Gabrielle akceptowała zdanie Arthura. Nieustannie zaskakiwana jego zadziorną błyskotliwością, powiedziała: „Miał bardzo silny i niezwykły charakter, a poza tym był mężczyzną namiętnym i pełnym determinacji"[21]. Paul Morand napisał, że Lewis żył na najwyższych obrotach, jadł, prowadząc samochód, siadał na podłodze i bardzo mało spał[22]. Gabrielle wspominała należącą do Arthura stajnię z kucykami do gry w polo, mówiła o jego wytwornych, lecz ekscentrycznych manierach, o jego hodowli i „oszałamiających sukcesach towarzyskich". Co ważne, był także pierwszą osobą w jej życiu, która jej nie „demoralizowała"[23].

Arthur uosabiał osobistą wyższość i wytworność tych, dla których pojęcia elegancji i dobrego gustu uległy zmianie. Przestały się opierać wyłącznie na urodzeniu i majątku. Przynależność do tej grupy opierała się w dużej mierze na pewnym szczególnym *savoir vivre*, a nowa, nonszalancka elegancja nawiązywała raczej do indywidualizmu niż do członkostwa w jakimś konkretnym gronie. Sposób, w jaki Morand opisał Lewisa, ponownie odzwierciedla naturę Arthura: „Zjawiał się niedbale ubrany w eleganckich miejscach, bo robienie wrażenia człowieka silnego i nieokrzesanego sprawiało mu przyjemność. Dlatego chętnie jadał kolacje w sportowej [a nie w wieczorowej] marynarce, w towarzystwie kobiet w wydekoltowanych sukniach wieczorowych"[24].

Gabrielle była oczarowana angielskim szykiem Arthura ucieleśniającego kulturalny ideał *le gentleman*. Nieświadoma tego, że niektórzy uprzedzeni rodacy Arthura po drugiej stronie kanału La Manche nie zawsze uważają go za wystarczająco wiernego starej szkole, była nim zachwycona. Opisywała go jako „bardziej niż przystojnego, wręcz wspaniałego"[25]. Jednak nie tylko wygląd Arthura budził jej podziw.

Jedno ze źródeł ich silnej wzajemnej fascynacji tkwiło w dostrzeżeniu niezwykłości tego drugiego. I choć obydwoje mieli wielkie ambicje, Arthur

Rozdział 6

był jak dotąd jedną z bardzo niewielu osób w życiu Gabrielle, którym z radością się podporządkowywała. Występy w roli *poseuse* w Moulins miała już dawno za sobą. Wtedy jej szczupłość nazywano „chudością" i przypisywano ją zbyt imprezowemu trybowi życia (plotkowano wówczas, że źle skończy, a niektórzy nazywali ją „La Famine aux Indes", nawiązując do niepokojących zdjęć głodujących mieszkańców Indii)[26].

Ale od czasów Moulins jej życie zmieniło się nie do poznania. Choć czasami odmawiała wizyty u krawców albo odrzucała nowy naszyjnik z pereł od Arthura, niewola, na którą się zgodziła, upływała jej w luksusie i Gabrielle była szczęśliwa. Nosiła piękne ubrania, odkryła, że jej smukła gracja staje się coraz bardziej uwodzicielska, i upajała się nieznanym wcześniej szczęściem. Naturalny urok Gabrielle rozkwitał jak jeszcze nigdy dotąd. Jeden z jej wielbicieli wspominał później: „Miała szelmowski uśmiech i uwielbiała drwić z ludzi z kuszącą, niewinną minką"[27].

Gabrielle fascynowała Arthura nie tylko z powodu swojej niezwykłej urody, lecz także inteligencji, uderzającej bezpośredniości i umiejętności milczenia. Lecz podczas gdy fikcyjny Lewis Moranda był pod wrażeniem „niezagraconego, władczego umysłu" Irène, zamierzał także ją uczyć, by wyzbyła się czegoś, co uważał za odstręczającą ignorancję. Miał w zwyczaju „udoskonalać" zdobyte kobiety i „szlifować ich umysły"[28]. Gabrielle również wspominała, że mimo całego luksusu, jakiego doświadczała w mieszkaniu Arthura, jej kochanek pod pewnymi względami miał sztywne poglądy na życie. Powiedziala, że „Ucząc mnie, nie znał litości. Kiedyś skomentował moje zachowanie takimi słowami: »Źle się zachowałaś (...), skłamałaś (...), postąpiłaś niewłaściwie«"[29]. Gabrielle potrafiła przyjąć takie upomnienia i akceptowała próby, które Arthur podejmował, by ją kształcić (nawet bardzo szczegółowe instrukcje, dotyczące na przykład najlepszych roczników szampana), gdyż nie czuła, by uwłaczał jej ten „lekko władczy sposób bycia mężczyzn, którzy dobrze znają kobiety i bezgranicznie je kochają"[30].

Pochodzenie Gabrielle i jej powierzchowne wykształcenie podsunęło Chanel rozsądny cel. Najpierw chciała uciec od swoich skromnych korzeni. Wyprowadzając się od właścicieli pasmanterii, chciała żyć po swojemu. Podobnie jak wiele sprzedawczyń przed nią, prawdopodobnie zwiększała swoje dochody w Moulins skromną prostytucją, a w końcu została partnerką Etienne'a Balsana. Później, w jego *château* w Royallieu, znalazła coś, czemu mogła się poświęcić na poważnie: jeździectwo. Nie tylko okazała się utalentowaną amazonką, lecz była doskonale poinformowana o najważniejszych wyścigach, najlepszych dżokejach, najwspanialszych koniach. Mimo to jej życie towarzyskie w przeważającej mierze toczyło się wśród sportowców i ich kochanek, arystokratów, kurtyzan i na torach wyścigowych. Możliwe, że w ciągu lat spędzonych w Royallieu zaznała różnych przywilejów i była obsługiwana jak dama, ale najwidoczniej według Arthura nie nasiąkła zbyt wielkim wyrafinowaniem.

Capel miał mocną pozycję w najwspanialszych kręgach towarzyskich w Paryżu. Choć zakochał się w niezwykłej kobiecie, pozycja społeczna zmuszała go jednak do pewnej ostrożności w kwestii zmiany *status quo*. W rezultacie skutecznie zakazał Gabrielle wstępu do *haut monde*. Ta subtelna i precyzyjna brutalność praktykowana przez większość elit o niebywale wybujałym poczuciu wyjątkowości oznaczała, że jej kochanek nie mógł wprowadzać swojej stałej kochanki do najlepszych salonów w stolicy, gdzie zazwyczaj spotykał się z przyjaciółmi. I bez względu na to, jakie niedyskrecje popełniał *haut monde* w zaciszu własnego grona, to samo grono okazało się zbyt konwencjonalne, by odwiedzać kawalera i jego kochankę w ich domu. Jak pamiętamy, Etienne nie miał ochoty podejmować w Royallieu gości z wyższych sfer. I dobrze, bo wyższe sfery bardzo niechętnie przyjmowałyby jego zaproszenia: jego posiadłość miała fatalną opinię.

Gabrielle i Arthur wychodzili zatem z domu i Capel przedstawiał ją swym bardziej rozpustnym przyjaciołom w modnych miejscach publicznych, na przykład w teatrze, w Maxim's, w Café de Paris albo w restauracji Pré Catalan w Lasku Bulońskim. Czasami Gabrielle marzyła o pewnym oczywistym rodzaju przyzwoitości: kochała Arthura Capela i wyszłaby za niego, gdyby ją poprosił o rękę. Lecz w przeciwieństwie do Etienne'a Balsana Arthur na razie się nie oświadczał.

Liczne wielbicielki Arthura – wśród nich wiele jego dawnych kochanek – były niepocieszone, odkąd zamieszkał z Gabrielle. Po latach Chanel wspominała pewien epizod, który miał pokazać, że gdy chodziło o Arthura Capela, miała przewagę nad *haut monde*. Arthur wybrał się na ważną galę w szalenie modnym kasynie Deauville. Pod wpływem chwili Gabrielle zażądała, by zjedli tam kolację tylko we dwoje. Wszystkie oczy zwróciły się w ich stronę. Może i Chanel czuła się nieswojo wśród paryskiej elity, ale publiczne sformułowanie takiego żądania wobec mężczyzny z pewnością nie było oznaką onieśmielenia. Zapamiętała, że jej „skrępowanie kontrastujące z cudownie prostą, białą sukienką przyciągało uwagę ludzi. Piękności tamtego okresu, obdarzone intuicją, która uwrażliwia kobiety na nieznane zagrożenia, były zaniepokojone. Zapomniały o swoich lordach i maharadżach. Miejsce Boya przy ich stole pozostało puste"[31] (Arthura powszechnie nazywano Boyem). Gabrielle nie zawdzięczała jednak swojego pierwszego publicznego triumfu wyłącznie rzucającej się w oczy sukience ani związkowi ze wspaniałym Arthurem Capelem. Ludzie zapamiętali tamten wieczór oraz niepowtarzalną mieszankę ujmującej otwartości, *hauteur* i uroku Gabrielle. *Le tout Paris* od dawna szeptał o nowej kochance rozchwytywanego kawalera Arthura Capela, ale ten epizod ogłosił jej obecność wszem i wobec.

Wiele szczegółów romansu Gabrielle z Arthurem pozostaje tajemnicą. I choć – jak się przekonamy – Arthur miał powody, by zataić pewne aspekty własnej przeszłości, Gabrielle utrzymywała własną w jeszcze większym sekrecie. W rezultacie bardzo trudno rozwikłać chronologię tamtych zdarzeń.

Rozdział 7

ARTHUR CAPEL

Gabrielle przyznała, że nie cierpi „podporządkowywać się komuś, upokarzać się (...), ustępować, rezygnować z postawienia na swoim”. Powiedziała: „We wszystkim, co robię, jest obecna duma”[1]. Mimo to Arthur Capel tak bardzo zawładnął jej sercem i wyobraźnią, że pół wieku później nadal mówiła o nim z pewnego rodzaju podziwem. Jak wspomnieliśmy w prologu do tej książki, uważała, że był „wielkim łutem szczęścia w jej życiu”. Mając na względzie stworzone przez nią rozliczne wersje jej najmłodszych lat, trzeba przyznać, że w opisach tego mężczyzny pozostała wzruszająco konsekwentna. Do końca wytrwała w przekonaniu, że ją ukształtował i stworzył, że był dla niej „ojcem, bratem, całą rodziną”. Arthur był dla niej wszystkim[2]. Jednak mimo swej ówczesnej wielkiej sławy i uczuć, jakimi darzyła go Gabrielle, dziś nazwisko tego mężczyzny jest prawie nieznane.

We wcześniejszych biografiach Gabrielle Chanel napisano, że Arthur Capel odziedziczył po swej dystyngowanej katolickiej rodzinie ogromne udziały w transporcie morskim i kopalniach węgla w Newcastle. Był nie tylko człowiekiem bogatym, lecz także uznanym graczem w polo i niepoprawnym rozpustnikiem. Mimo nieco tajemniczego pochodzenia – krążyły plotki, że mężczyzna, który go wychowuje, nie jest jego prawdziwym ojcem – i nietypowego dla paryskiego *haut monde* dążenia do zarabiania pieniędzy, Arthur należał do elity.

Rozdział 7

Do tej pory poznano bardzo niewiele dodatkowych szczegółów na temat tego człowieka: jego pochodzenia, dzieciństwa, przyjazdu do Francji, podróży między Wielką Brytanią a Francją, potrzeby zarabiania pieniędzy, działalności w czasie pierwszej wojny światowej i po niej, roli sekretarza politycznego brytyjskiej delegacji na paryską konferencję pokojową. Nawet jego romans z Gabrielle, późniejsze małżeństwo i jego skutki pozostają tajemnicą.

Biografowie Gabrielle i dziennikarze piszący o modzie już dawno zmienili Arthura w coś w rodzaju jego karykatury: gracza w polo, kobieciarza i magnata, który zrobił coś istotnego w czasie pierwszej wojny światowej. Stał się czymś niewiele ważniejszym od ozdobnika, pełniąc rolę partnera ikony mody, Coco Chanel, a bardziej dyskretne cechy prawdziwego Arthura Capela i jego historii gdzieś się zagubiły, zanurzając tę postać w banale i zmieniając ją w nierzeczywistego bohatera jednej z gazetowych powieści Gabrielle. Przez ponad pół wieku właśnie ta nieuchwytność kochanka słynnej dyktatorki mody przydawała jego sławie romantyzmu. Ale skoro sama Chanel tak uparcie obdarzała tę odrealnioną postać swoją inwencją twórczą, można przypuszczać, że dowiadując się o Arthurze czegoś więcej, zrozumiemy lepiej również Gabrielle.

Po złożeniu w całość wielu nowych informacji na temat Arthura stało się jasne, że niektóre ważne szczegóły się nie zgadzają – nawet jego data urodzenia. Po części problem wynikał stąd, że jednym z nielicznych źródeł informacji o Arthurze była Gabrielle i – choć jej uwagi mają nieocenioną wartość – jej niezamierzony brak precyzji dodatkowo potęguje zamieszanie.

Po ponadrocznych poszukiwaniach dotarłam do rodziny Arthura. W przedłużającym się zmroku zimowego popołudnia usiedliśmy przy kominku i usłyszałam od tych ludzi nieliczne informacje, jakie mieli na temat krewnego. W połączeniu z małym plikiem listów, który mi dali – ukrywanym w „sekretnej" książce w prywatnej bibliotece przez ponad pół wieku – okazały się one jednak niebywale ważne. Arthur napisał te listy w czasie pierwszej wojny światowej. Jego zamaszyste pismo prawie wylewało się z małych, zapomnianych stron, dając wyraźne wyobrażenie tego tak długo poszukiwanego głosu. Z każdym kolejnym listem ten nieuchwytny mężczyzna wyłaniał się wyraźniej z cienia swojej kochanki Gabrielle.

Z tych zapisanych prawie sto lat temu kartek jasno wyziera postać silnego mężczyzny – pewnego siebie, obdarzonego poczuciem humoru, ironicznego. Arthur był władczy, troskliwy i wzruszający w swoim przywiązaniu.

Dowiadując się więcej o jego romansie z Gabrielle, człowiek zaczyna rozumieć, dlaczego Capel chciał być z tą młodą kobietą bez pochodzenia i dlaczego zarówno Gabrielle, jak i wielu innym ludziom wydawał się niezapomnianym człowiekiem. Odkrywając Arthura Capela, dowiadujemy się czegoś więcej o samej Gabrielle.

Arthur Edward Capel urodził się w Brighton, na południowym wybrzeżu Anglii, we wrześniu 1881 roku. Był zatem o dwa lata starszy od Gabrielle Chanel. Jego rodzice: Arthur Joseph (aby nie mylić ojca z synem, będę go nazywała Josephem) i Berthe mieli już trzy małe córeczki: Berthę (pisaną z angielska: Bertha), Edith i Marie-Henriette. Ich matka, paryżanka, poznała Josepha, gdy uczyła się w londyńskiej szkole z internatem (najprawdopodobniej zapoznał ich brat Josepha Thomas, ważny ksiądz katolicki i bywalec salonów). Choć rodzina Berthe, państwo Lorins, pozostają frustrująco tajemniczy (paryskie archiwa, w których figurowali, spłonęły w 1983 roku), na temat Josepha wiadomo wystarczająco dużo, by lepiej zrozumieć niektóre siły kierujące jego synem Arthurem[3].

Rodzina Josepha Capela była bardzo skromna – jego ojciec był ubogim strażnikiem przybrzeżnym, a pochodząca z Irlandii matka, katoliczka, pracowała jako służąca. Joseph był jednak pracowity i ambitny, więc szybko awansował z pozycji urzędnika i zaczął odnosić sukcesy w biznesie. Następnie talent do interesów umożliwił mu przeniesienie rodziny z Londynu do ładnego domu w Marine Parade w Brighton, gdzie przyszedł na świat jego jedyny syn Arthur[4]. Joseph dojeżdżał do londyńskiego ośrodka handlu Royal Exchange i dalej rozwijał swój biznes. Między innymi rozszerzył kontakty z Europą poprzez reprezentowanie kilku przedsiębiorstw kolejowych i morskich we Francji i w Hiszpanii[5]. Obowiązki służbowe wymagały od niego częstych wyjazdów za granicę, a ponadto zaczął się obracać w wyższych sferach[6]. Przedsiębiorczy i elastyczny Joseph w wieku trzydziestu siedmiu lat był bogatym człowiekiem i przeniósł się z rodziną do Paryża, gdzie mógł żyć z zysków ze swoich inwestycji. Być może decyzja o przeprowadzce do Francji była podyktowana pragnieniem Berthe powrotu do ojczyzny, lecz prawdopodobnie wyjazd z Anglii przyspieszyło dramatyczne wypadnięcie brata Josepha, Thomasa, z łask brytyjskiej wspólnoty katolickiej. Popularny w wyższych kręgach ksiądz był

Rozdział 7

szambelanem papieża Piusa IX, wykładał w Oksfordzie i został mianowany przez wielmożnego kardynała Manninga rektorem Kensington University College, pierwszego brytyjskiego uniwersytetu katolickiego od czasów reformacji. Thomas Capel nie tylko ponosił odpowiedzialność za finansową klęskę tego ważnego przedsięwzięcia, lecz – pomijając inne występki – musiał się tłumaczyć z rzekomego romansu z jedną ze swoich parafianek. Kardynał Manning użył swych rozległych wpływów i Capel dostał zakaz występowania w roli księdza na całym świecie, jego reputacja została zrujnowana i ostatecznie wyemigrował do Ameryki[7].

W Paryżu państwo Capel odcięli się od tego haniebnego skandalu. Ich dom przy avenue d'Iéna 56 był wcześniej jedną ze wspaniałych rezydencji rodziny Rochefoucauld. Położona w szesnastym *arrondissement* trzypasmowa aleja d'Iéna z jej powściągliwym bogactwem i wypracowaną dyskrecją była szczególnie wytwornym miejscem. Wśród *haut bourgeois*, sąsiadów państwa Capel, można było znaleźć polityków i nielicznych arystokratów. Dziś przy alei działają placówki dyplomatyczne. Rezydencja Capelów stała się ambasadą Egiptu.

Po ukończeniu przez Arthura elitarnej Saint Mary's w Paryżu rodzice wybrali dla syna wytworną szkołę w Anglii. Beaumont College mieścił się w Old Windsor w Berkshire i nazywano go „katolickim Eton"[8]. To właśnie stamtąd młody Arthur przyjeżdżał do rodziców na święta, które spędzali przy avenue d'Iéna i w modnych francuskich kurortach. W 1897 roku, w wieku szesnastu lat, skończywszy naukę w Beaumont College, Arthur przeprowadził się, by kontynuować swą edukację na poziomie wyższym.

Zawsze błędnie twierdzono, że pojechał wówczas do Downside School w hrabstwie Somerset. Przejście z kolegium jezuickiego (Beaumont) do benedyktyńskiego (Downside) było jednak bardzo mało prawdopodobne. W rzeczywistości Arthur poszedł do jednej z najbardziej szanowanych w Anglii instytucji jezuickich, do college'u w Stonyhurst w hrabstwie Lancashire[9].

Dopiero jakiś czas wcześniej katolicy zyskali w Anglii możliwość zdobywania stopni naukowych w garstce katolickich uczelni takich jak Stonyhurst. W 1897 roku, kilka lat po tym jak stryj Arthura doprowadził do bankructwa London Catholic University, Stonyhurst było najważniejszym miejscem katolickiego kształcenia na poziomie wyższym w Wielkiej Brytanii. Arthur został należycie powitany w małej grupce studentów o znamienitej nazwie „Dżentelmeni Filozofowie". Życie studenckie tych obiecujących młodzieńców składało się po części z wyjazdów na wieś, po części z nauki w prywatnej szkole, a po części z zajęć w Oxbridge. Często uprawiali oni sport, jeździli konno, polowali i strzelali (trzymali w *college*'u własne konie i psy). Poza tym nosili ekstrawaganckie stroje i „zanudzali się z beztroskim dostojeństwem"[10]. Dżentelmeni Filozofowie byli wściekle towarzyscy: grali na scenie, komponowali muzykę, prowadzili zaciekłe debaty oraz sumiennie palili i pili przez wszystkie lata swojej uprzywilejowanej nauki w *college*'u.

Arthur był jednym z najmłodszych Dżentelmenów Filozofów, ale dążył do celu z większą determinacją niż wielu siedemnastolatków i dlatego wspaniale sobie radził, zdobywając kilka akademickich nagród. Doskonale przygotowany intelektualnie w Stonyhurst i uzbrojony w baterię trofeów, pod koniec 1899 roku, po swoich osiemnastych urodzinach, porzucił bezpieczne mury akademii i wyruszył w świat.

Wyjąwszy kilka frustrująco zdawkowych informacji, po wyjeździe ze Stonyhurst wszelki ślad po Arthurze właściwie ginie. Trzy lata później odnajdujemy go w drodze do Francji na pokładzie statku z Ameryki[11]. Niemal na pewno chciał się zobaczyć z chorą matką. Dwa miesiące później zmarła w wieku zaledwie czterdziestu sześciu lat. Był rok 1902. Arthur miał dwadzieścia jeden lat. Potem znowu zapadła o nim cisza.

Wiemy, że Arthur uczył się zawodu w przedsiębiorstwie ojca, bywając w Londynie, Paryżu i Ameryce. Całkiem możliwe, że podróżował później jeszcze do Afryki Północnej, na Półwysep Arabski i do Persji, gdzie kwitły inne interesy Capelów. Awansował na pełnoprawnego członka rodzinnego przedsiębiorstwa i w 1909 roku pojawił się znowu[12]. Już jako dwudziestosiedmiolatek przerzucił most nad złożonymi podziałami społecznymi między superbogatą burżuazją z grona znajomych jego ojca a *haut monde* starych tytułów, wspaniałych domów i posiadłości, stając się ważnym młodym paryżaninem.

Często opisuje się Arthura Capela jako człowieka, który wszystko zawdzięcza wyłącznie sobie, ale jak widzimy, to nie Arthur, lecz jego ojciec wybił się tak wysoko ponad swoje pochodzenie, że został postacią o silnej pozycji społecznej. W porównaniu z dzieciństwem Gabrielle młode lata Arthura upływały w atmosferze niewyobrażalnego uprzywilejowania. Nie miał potrzeby dążyć do większej fortuny, więc gdy już poznał arkana biznesu, przemienił go w coś w rodzaju sportu – sportu polegającego na robieniu pieniędzy. Dlatego w *Lewis et Irène* Morand wkłada w usta swojego bohatera następujące

Rozdział 7

słowa: „Pracuję dla zabawy. Negocjowanie warunków kredytu to dla mnie lepsza rozrywka niż żeglarstwo; tworzenie statutu firmy wciąga mnie bardziej niż poker. To wszystko”[13].

Jednak mimo całej gładkości obycia, którą obdarzyło go wychowanie, pod powłoką wesołości Arthur skrywał powagę i kierowała nim silna ambicja. Obie te cechy przejawiały się w sposobie, w jaki przekształcił zarabianie pieniędzy w zabawę, a także w umiłowaniu rywalizacji sportowej, w której regularnie ogrywał przyjaciół, oraz w licznych podbojach miłosnych – w których nie stronił od kobiet tychże przyjaciół (może działo się tak po części dlatego, że był faworyzowanym jedynym synem mającym kilka sióstr?). Bez względu na przyczynę Arthur miał w sobie energię, która w oczach kobiet okazywała się zniewalająco atrakcyjna.

Niektórzy, a wśród nich Paul Morand, wyjaśniali nieco tajemniczą przeszłość Arthura, odwołując się do anegdoty. Rzekomo był on nieślubnym synem potomka portugalskich Żydów, wielkiego bankiera Jacoba Émile’a Pereire’a. Mówiono, że Pereire zmarł tuż przed ukończeniem studiów przez Arthura. Nikt nie zadał sobie trudu, by obliczyć, że w rzeczywistości jego śmierć nastąpiła jeszcze przed urodzeniem Boya. Tymczasem twierdzono, że u podstaw ambicji Arthura leżało właśnie piętno nieślubnego pochodzenia. Morand się pomylił, choć nie do końca.

Ambicja Arthura faktycznie wyrosła z jego poczucia niższości. Nie brało się ono jednak z nieślubnego pochodzenia, lecz z faktu, że jego rodzice wywodzili się z niższych warstw społecznych. Powodowało nim przede wszystkim pragnienie wybicia się ponad swoje korzenie – to samo, którym kierowała się Gabrielle i jego ojciec. Właśnie ono pociągnęło za sobą nieodpartą potrzebę osiągania coraz wyższej pozycji społecznej niż *haut bourgeois*, którą jego ojciec zapewnił swoim dzieciom. Capelowie mieli pokaźną fortunę, lecz brakowało im wielkiego nazwiska i ziemi, która zazwyczaj szła z nim w parze. Później zobaczymy, jak tragiczne okazały się w końcu skutki tej nieodpartej potrzeby dla losów Gabrielle i Arthura.

Tymczasem Arthur grał w polo i spotykał się z socjetą[14]. Jego bliskim przyjacielem był książę Armand de Gramont, hrabia de Guiche, jedna z najbardziej utalentowanych i sympatycznych osobistości tamtego pokolenia. Armand był wysokim, olśniewająco przystojnym graczem w polo. Jego rodzinie udało się go odwieść od kariery malarza i pchnąć ku poważniejszemu celowi: nauce.

W tej dziedzinie ogromny talent Armanda w końcu pomógł mu rozsławić własne nazwisko znacznie szerzej niż tylko w granicach pochłoniętego sobą, rozpadającego się *haut monde*, z którego się wywodził. Znakomite koneksje Armanda i Arthura zapewniły im wstęp do Jockey Clubu, luksusowego królestwa mężczyzn i organu elity rządzącej. W 1908 roku Marcel Proust był przeszczęśliwy, gdy zaproponowano mu członkostwo. Wnioskodawcami przyjęcia Prousta do drugiego najbardziej prestiżowego klubu w Paryżu, Polo de Paris, byli właśnie dwaj młodzi łamacze serc – Arthur Capel i Armand de Gramont. 30 kwietnia „Le Figaro" ogłosił, że „Marcel Proust, przedstawiony przez hrabiego de Guiche'a i monsieur Arthura Capela, został przyjęty jako członek Polo de Paris".

Mimo ogromnego życiowego sukcesu Arthura jego determinacja i ambicja przeplatały się z ambiwalencją. Choć lubił blask wysokiego pochodzenia swoich przyjaciół, ważnym aspektem jego bliskich kontaktów z takimi mężczyznami jak Armand de Gramont i Etienne Balsan nie była chęć wspólnego oddawania się beztroskiemu umiłowaniu wystawnego życia, lecz ich wyraźna niezłomność w dążeniu do celu. Choć młody playboy powiększał swoje bogactwo i obracał się w *beau monde*, same pieniądze i władza nie dawały mu spełnienia. Pracując w szerzonej przez wielu światowców u zarania XX wieku atmosferze niepokoju, zakwestionował jezuicki etos, w którym go wykształcono. W swych poszukiwaniach obrał jedną z dróg, którymi kroczyło wielu współczesnych mu ludzi odrzucających brzemię starych religi. Zaprzyjaźnił się z popularnym duchowym guru Rabindranathem Tagorem i dołączył do teozofów, nowego ruchu religijnego, którego przedmioty zainteresowania współgrały z jego własnymi zapatrywaniami[15].

Jakimś cudem pośród intensywnej pracy, spotkań towarzyskich i wielkich imprez sportowych Arthur znalazł także czas na romans z Gabrielle. Zimą na przełomie lat 1919–1920 problemy dotyczące jej relacji z dwoma najważniejszymi kochankami, Etienne'em i Arthurem, doczekały się rozwiązania: wprowadziła się do mieszkania Arthura przy avenue Gabriel. Właśnie tam ich poznaliśmy, gdy pewnego wieczoru Arthur brutalnie pozbawił Gabrielle złudzeń dotyczących zarabiania pieniędzy.

Podejmując pracę, Gabrielle nadała swojej pozycji społeczną dwuznaczność. Choć pod niektórymi względami przypominała kurtyzanę zarabiającą pieniądze, stała się nietypową kochanką bogacza. Nie była również typową

Rozdział 7

grisette, ponieważ *grisette* częściej występowała w roli kochanki niż mieszkającej z mężczyzną utrzymanki.

Powszechnie uważane za czarujące „wpływowe interpretatorki mody", *grisettes* często były rzemieślniczkami o dużym potencjale artystycznym. Zawsze wygodnie było upatrywać w ich tradycyjnym ubóstwie i przerażająco długich godzinach pracy „godności o niewielkich potrzebach", czyli czegoś, czego Gabrielle doświadczyła i co zostawiła za sobą. Choć sporadyczna prostytucja, ku której wiele z tych „wpływowych" kobiet było zmuszonych się zwrócić, oznaczała, że traktowano je jako dziewczęta lekkich obyczajów, klienci idealizowali ich ciężkie życie i zachwycali się ich „uroczą przyzwoitością". Ponieważ często pojawiały się w miejscach spotkań artystycznej bohemy, tworząc związki z artystami albo poetami, mężczyznom wygodnie było gloryfikować *grisettes* jako ładne, beztroskie istoty o złotych sercach"[16].

Gdy kapelusze nadal były nieodzownym elementem modnego stroju, wśród *grisettes* przodowały modystki. Sprytnie modyfikując dawne style i nieustannie wymyślając nowe, zawsze trwały na szczycie hierarchii dziewcząt pracujących. Niestrudzony komentator paryżanek Octave Uzanne uroczo opisał je jako „arystokrację kobiet w Paryżu, najbardziej elegancką i wytworną. To artystki. Ich pomysłowość w projektowaniu wydaje się nie mieć granic"[17]. Opis wyjątkowo dobrze pasujący do umiejętności samej Gabrielle charakteryzuje *grisette* jako „ubogą dziewczynę, być może sierotę zbyt dobrze wychowaną, by została prostą robotnicą, lecz zbyt słabo wykształconą na nauczycielkę"[18].

Tymczasem aby osiągnąć prawdziwy sukces w objętym zaciekłą rywalizacją paryskim fachu modystek, Gabrielle potrzebowała całego swojego uporu i determinacji. Pracując i powoli poznając podstawy prowadzenia interesów, zaczęła czerpać z tego zajęcia satysfakcję, a ono karmiło jej dumę. Aktorki i kurtyzany, które znała z Royallieu, czasami przyprowadzały koleżanki, żeby obejrzeć kapelusze Gabrielle w *garçonnière* Etienne'a Balsana przy boulevard Malesherbes. *Demi-monde* i gwiazdy teatralnych scen z ciekawością przychodziły przyjrzeć się kochance Etienne'a przy pracy, ale teraz, gdy zamieszkała z Arthurem Capelem, niektóre z bardziej odważnych młodych kobiet z wyższych sfer, ubieranych przez wspaniałych kreatorów mody, przezwyciężyły uprzedzenia i także zaczęły do niej zaglądać.

Bez względu na to, co napisano o triumfalnej drodze Gabrielle do sławy, tak naprawdę ani nie wzięła Paryża szturmem, ani nie była urodzoną bywalczynią salonów, która tylko czekała, by jakiś życzliwy człowiek w rodzaju Arthura Capela wybrał ją sobie i wypromował. Mimo nad wiek ukształtowanego charakteru Gabrielle nie miała nad wiek ukształtowanej umiejętności wyrażania siebie i nie rozwijała swoich wrodzonych zdolności z zawrotną szybkością. Okres kiedy uczyła się, jak zostać projektantką, kobietą biznesu i osobą, którą chciała być, ciągnął się dość długo. Zamieszkanie w Royallieu było jej pierwszym ważnym krokiem, lecz czas spędzony na pracy przy boulevard Malesherbes i w mieszkaniu Arthura Capela okazał się mieć znaczenie kluczowe, gdyż praktycznie rzecz biorąc, nauczyła się wtedy zawodu. Dzięki Etienne'owi Balsanowi i jego przyjaciołom w Royallieu, a następnie dzięki Arthurowi Capelowi i jego koneksjom, wyrosła ponad ograniczenia swojego pochodzenia i chłonęła wiedzę na temat sztuki i autoprezentacji. Natomiast dzięki znajomościom z najbardziej znanymi kurtyzanami wychodziła poza utarte wzorce i eksperymentowała z bardziej złożoną sztuką tworzenia rzeczy na nowo.

Choć tej młodej modystce nigdy nie brakowało pomysłów, w miarę jak interes się rozwijał, jej nieznajomość techniki stała się dla niej przeszkodą. Gdy Etienne zaproponował kogoś do pomocy, szybko się zgodziła. Młoda Lucienne Rabaté była wschodzącą gwiazdą zatrudnioną w jednej z najbardziej ekskluzywnych pracowni kapeluszniczych Paryża Maison Lewis. Uwiedziona energią tętniącą w małym saloniku Chanel, Lucienne przyprowadziła z sobą jeszcze dwie najlepsze asystentki z Maison Lewis[19]. Projekty Gabrielle, umiejętności jej asystentek oraz szybko rozchodzące się wieści sprawiły, że interesy Chanel szły coraz lepiej.

Gabrielle pozostała blisko związana z ciotką Adrienne, która nadal po cichu żyła w Vichy z kochankiem, baronem de Nexonem. Adrienne zawsze dbała o rodzinę i była życzliwa wobec najbliższych, więc zasugerowała Gabrielle, by zatrudniła swoją młodszą siostrę Antoinette, która miała witać klientki i opiekować się salonem.

Antoinette najpierw była w Aubazine, następnie przeszła za Julią-Berthe i Gabrielle do klasztoru w Moulins, a potem naśladowała siostrę, próbując szczęścia jako piosenkarka w Vichy. Była ładna i pełna życia, ale zupełnie nie umiała śpiewać, i podobnie jak wcześniej Gabrielle, nie mogła znaleźć pracy. W rezultacie pozostawała na utrzymaniu Adrienne. Obdarzona odrobiną odwagi swojej siostry Gabrielle i autentycznym urokiem, Antoinette została ambasadorką Chanel Models. Nie miała takiej inteligencji i inicjatywy jak

Rozdział 7

Gabrielle, ale była posłuszna i ciężko pracowała. Tymczasem salon Gabrielle przestał się mieścić w ciasnej kwaterze przy boulevard Malesherbes, więc Chanel zwróciła się o pomoc do kochanka. Czy Arthur zechciałby wspomóc finansowo rozwój jej firmy?

Arthur był wystarczająco dobrym biznesmenem, by zauważyć inteligencję i energię swojej kochanki, więc choć nie zarabiała wielkich pieniędzy, uznał, że ma potencjał. Ponieważ drzemiący w nim przedsiębiorca uwielbiał ryzyko, Arthur zgodził się sfinansować otwarcie nowego sklepu Gabrielle. W ten sposób na początku 1911 roku wydzierżawiła kilka pomieszczeń na parterze przy rue Cambon, tuż przy modnej rue de Rivoli.

Spostrzegawcza i dowcipna autorka dzienników Elisabeth de Gramont, księżna de Clermont-Tonnerre, rzuca trochę światła na tę sytuację, dając również do zrozumienia, że Gabrielle nie wiedziała, co z sobą począć, i brakowało jej pomysłów. Elisabeth de Gramont wspominała pewien wieczór spędzony w domu swojego przyrodniego brata Armanda de Gramonta. Był tam również Arthur, który zaczął rozmawiać z Elisabeth o swojej kochance Gabrielle. Powiedział: „Jestem bardzo przywiązany do Coco i szukam dla niej jakiegoś zajęcia". Być może Arthur chciał przydać wagi własnej roli, sugerując, że Gabrielle nie ma nic do roboty:

> Jestem bardzo zajętym człowiekiem i popołudniami zwykle nie ma mnie w domu. Ona jest sama, nudzi się, a potem mnie irytuje (...). Bezczynność potrafi dać się niektórym kobietom mocno we znaki, zwłaszcza jeśli są inteligentne, a Coco jest inteligentna. Ty masz rodzinę, bliskich, obowiązki towarzyskie (...). Ona nie ma niczego: kiedy już polakieruje paznokcie, czas między drugą a ósmą wypełnia jej pustka (...). Nie zawsze zdajemy sobie sprawę, jak ważne są harmonogramy w życiu emocjonalnym ludzi. Ciagle mówimy o sercu – nietrudno dostroić dwa serca, ale zsynchronizowanie dwóch zegarków to już problem. Urządziłem jej mały sklepik z kapeluszami, ale nie odnosi wielkich sukcesów. Jednak Gabrielle jest pełna energii, ma cechy dobrej bizneswoman i pochodzi z Owernii [co oznacza, że jest zdeterminowana i pracowita] (...). Chciałaby otworzyć sklep z dzianiną i dżersejem. No cóż, zobaczymy[20].

Przy rue Cambon 21 był już zakład krawiecki i przepisy zabraniały Gabrielle otwarcia takiej samej działalności (sprzedaż wyrobów z dzianiny i dżerseju obeszłaby ten zakaz, gdyż nie traktowano ich jako materiały na sukienki). Niektórzy twierdzą, że Gabrielle trafiła w to miejsce przypadkiem, ale tak naprawdę nasza sprytna modystka wybrała je bardzo starannie, w pełni świadoma doskonałej lokalizacji. Mieściło się w sercu dzielnicy obejmującej rue de la Paix, rue Royale, rue Saint Honoré oraz ulice odchodzące od wspaniałego placu Vendôme i otaczające go. Przez wiele lat właśnie w tej dzielnicy Paryża można było znaleźć najdroższe jedwabie, klejnoty, futra, kapelusze, perfumy i modę.

Rozdział 8

NOWA MODA W PARYŻU

Jako zbiorowy manifest wizualny moda dotyczy wyglądu jednostki i grupy. Odnosi się do sposobu prezentowania siebie i jednocześnie do konformizmu. Podobnie jak muzyka, jest improwizacją w obrębie pewnej struktury. Ponieważ natura ludzka najwidoczniej nie reaguje dobrze na zbyt częste powtórzenia, modę można opisać jako jedno z naszych lekarstw na nudę. Musi być nowa, ale nie nazbyt nowa, raczej nowatorska niż radykalnie inna. Jest rodzajem zaplanowanej spontaniczności, sztuką *stosowaną*, która robi użytek z możliwości. Ubrania mogą się zmieniać gwałtowniej niż inne artefakty. Choć są funkcjonalne, stanowią też pewien *manifest*. Można powiedzieć, że moda to kulturowy genom ubrań.

Wygląda na to, że prace poświęcone modzie prawie zawsze zakładają związek mody z władzą. Na dworach władców i królów niewątpliwie tak było. W XVII wieku Ludwik XIV, król Francji, doskonale rozumiał relację łączącą modę i władzę. Jego teatralny wizerunek zasadzał się na manipulowaniu ubiorem jako faktycznym i symbolicznym odzwierciedleniem najwyższej władzy: innymi słowy jego własnej. Idea, że moda zawsze podąża za władzą, jest jednak zdecydowanie zbyt dużym uproszczeniem i stanowi jedynie przybliżenie faktycznego stanu rzeczy. W wypadku Gabrielle Chanel historia okazuje się bardziej skomplikowana i interesująca.

Przez lata najmodniejsze miejsca spotkań w Paryżu były zamknięte dla świata zewnętrznego albo przynajmniej półprywatne. Gruntowne zmiany XIX wieku znalazły jednak odzwierciedlenie w tym, że jednym z najważniejszych miejsc, w których należało „się pokazywać", stały się nowe bulwary miasta – miejsca publiczne, ulica. Tam ludność „traktowała życie jak spektakl (...), czerpiąc przyjemność zarówno z własnej roli, jak i z ról odgrywanych przez wszystkich wokół"[1].

W samych tylko latach 1830–1860 liczba mieszkańców Paryża uległa podwojeniu, rosnąc z pięciuset tysięcy do prawie miliona i rozlewając się jeszcze bardziej na zewnątrz. Potem rosła dalej, mnożąc problemy społeczne w mieście. Po latach podziałów, spisków, spisków przeciwko spiskowcom, masakr oraz wznoszenia i obalania barykad w 1851 roku makiaweliczny bratanek Napoleona I Ludwik Napoleon przeprowadził *coup d'état*. Omamił naród i wkrótce w drodze referendum został Ludwikiem Napoleonem III, monarchą absolutnym Francji.

Na przestrzeni wieków wielu próbowało zapanować nad chaosem Paryża, ale kiedy Ludwik Napoleon zatrudnił inżyniera Georges'a Eugène'a Haussmanna jako swojego asystenta, wszystko było gotowe do zmiany. Ludwik i jego pomocnik byli zdeklarowanymi zwolennikami „postępu przemysłowego" i traktowali setki ulic w ruchliwych, zatłoczonych, starych dzielnicach jako zbiór okropnych anachronizmów. W niemal mesjanistycznym dążeniu do wciągnięcia Paryża w nowoczesny, przemysłowy świat ci dwaj mężczyźni stworzyli plan bezprecedensowej miejskiej odnowy. Haussmann wyobrażał sobie „imperium rzymskie naszych czasów", a Ludwik widział w Paryżu nowoczesną stolicę świata oraz pomnik swojej władzy.

Kładąc podwaliny pod swój późniejszy styl działania, przypuścili zmasowany atak na stare ulice. Ani monarcha, ani Haussmann, który nazywał siebie „artystą zniszczenia", nie przejmowali się ani tym, co paryżanie myślą o swoich budynkach i dzielnicach, ani tym, że potęga miasta została zbudowana właśnie w gęstych splotach warstw jego przeszłości. Przez lata aż jedna piąta paryskiej siły roboczej zajmowała się robieniem nieustannego hałasu i wzbijaniem tumanów kurzu, gdyż budynki, uliczki i całe dzielnice były bezlitośnie niszczone i zastępowane hektarami wysokich, podobnych do siebie bloków ciągnących się wzdłuż szerokich, dostojnie nowych bulwarów. Były one zbyt drogie dla klasy robotniczej, którą zepchnięto do byle jakich zabudowań na

Rozdział 8

przedmieściach. Tam pozbawiono ją korzyści związanych zarówno ze starym, jak i z nowym systemem[2]. W dodatku linie kolejowe dowożące żywność z daleka wyparły tradycyjnych dostawców znacznej części jedzenia i napojów. Liczba właścicieli winnic, ogrodników sprzedających swoje plony na targach i wiejskich gospodarstw, które od wieków otaczały miasto, stopniowo skurczyła się do garstki. Rzemieślnicy, małe przedsiębiorstwa, drobni i wielcy kupcy, bogaci, średniozamożni i biedni zawsze żyli i pracowali ramię w ramię we wszystkich dzielnicach miasta. Po raz pierwszy zostali od niego oddzieleni, gdyż w nowych dzielnicach liczyła się klasa społeczna.

Choć wspaniałe nowe bulwary, skrzyżowania, place i krajobrazy Paryża budowane na tak wielką skalę zapierały dech w piersiach, to nowoczesne miasto w zasadzie dużo straciło ze swojej wcześniejszej przytulności. Wielu martwiła ta utrata „dawnych korzeni". Nie tylko co najmniej trzysta pięćdziesiąt tysięcy osób zostało przesiedlonych w wyniku „haussmannizacji" Paryża – jeden z krytyków narzekał także, że po raz pierwszy miasto zostało fizycznie podzielone na dwie części: bogatą i biedną. Mówiono, że ciągła destrukcja Paryża doprowadziła do destrukcji jego „społeczeństwa" i w wyniku tej straty paryżanie bardziej odsunęli się od siebie nawzajem. Paryż stał się wspaniały, lecz także nieco chłodny[3].

Francja była jednak potęgą światową, a Paryż jej stolicą. Naśladując londyńską Wielką Wystawę ekspozycjami z lat 1855 i 1867, Ludwikowi Napoleonowi udało się przyciągnąć miliony. Te targi handlowe, celebrujące dziewiętnastowieczny kult technologii, nigdzie nie dostawały tak wielkiego wsparcia finansowego i nie były wykorzystywane z tak wielkim rozmachem jak we Francji. Paryskie Expo w 1878 roku zapoczątkowało na przykład eksperymenty z elektrycznym oświetleniem ulic. W roku 1889 zbudowano wieżę Eiffla. To arcydzieło technologii, początkowo potępione przez środowiska literackie i artystyczne jako „hańba Paryża", szybko stało się jednym z najbardziej znanych symboli miejskich w świecie. Podczas wystawy Expo w 1900 roku otwarto w Paryżu sieć metra zwaną Métropolitain.

Podczas gdy targi odnosiły sukcesy na ogromną skalę, na nowy rynek wchodził inny rodzaj miejskiego spektaklu: dom towarowy – *le grand magasin*. Jako wielopiętrowe świątynie nowoczesności domy towarowe wypełnione były artykułami, których nigdy wcześniej nie widywano pod jednym dachem (w Le Bon Marché można było znaleźć pięćdziesiąt cztery rodzaje krynolin).

1. (*u góry*) Rozległe lasy kasztanowe; widok z Ponteils, górskiej osady w Sewennach, gdzie mieszkali przodkowie Gabrielle ze strony ojca

2. (*pośrodku*) „Chanel" – gospoda pradziadka Gabrielle. Dziś okiennice pozostają na głucho zamknięte, a kamienna bryła budynku nosi ślady zaniedbania

3. Przyklasztorny sierociniec w Aubazine, gdzie Gabrielle spędziła połowę dzieciństwa

4. Najstarsze znane zdjęcie Gabrielle, z Adrienne Chanel; ok. 1904

5. Etienne Balsan w służbie wojskowej; ok. 1903, mniej więcej w tym czasie poznała go Gabrielle

6. Gabrielle; ok. 1910. Gusta ulegały zmianie i „nowoczesna"
kanciasta uroda Chanel stała się pożądana

7. (*po lewej*) Słynna kurtyzana Emilienne d'Alençon, kochanka Etienne'a Balsana w czasie, gdy Gabrielle zaczęła występować na scenie

8. (*poniżej*) Zamek Royallieu, gdzie Gabrielle mieszkała z Etienne'em jako jego faworyta

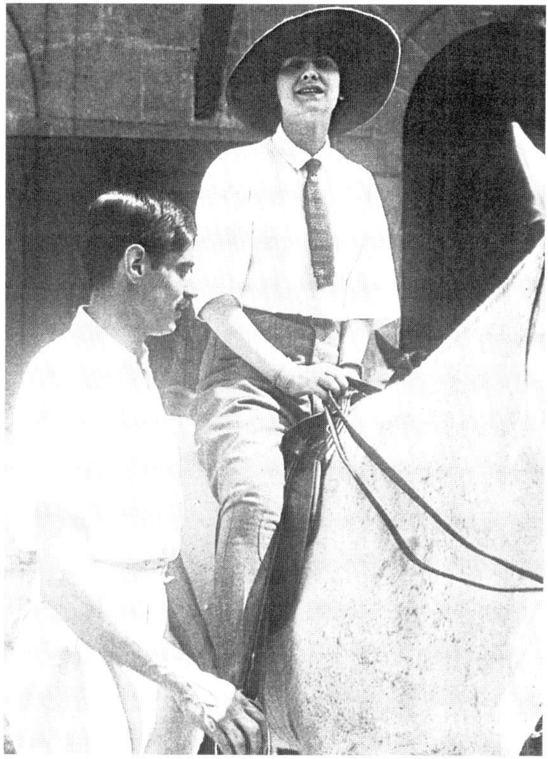

9. (*u góry po lewej*) Człowiek, który miał zmienić życie Gabrielle – Arthur „Boy" Capel; ok. 1910

10. (*u góry po prawej*) Arthur Capel i Gabrielle. Bryczesy i dosiadanie konia na oklep nie były typowe dla kobiet w 1910 roku

11. (*po lewej*) Arthur Capel był uznanym jeźdźcem i doskonałym graczem w polo

Le Théâtre et la Mode

La Mode actuelle au Théâtre

12. (*u góry po lewej*) Aktorka Gabrielle Dorziat w kapeluszach „Marie-Louise", niemal nie do odróżnienia od kapeluszy projektu Chanel; 1910

13. (*u góry po prawej*) Gabrielle w kapeluszach własnego projektu, które można było zobaczyć w tygodniku „Comoedia Illustré"; 1910

14. (*po lewej*) Gabrielle Dorziat w kapeluszu Chanel w sztuce *Piękny pan*; 1912

15. (*po prawej*) Gabrielle Dorziat w innym kapeluszu Chanel; 1912

16. (*u góry po lewej*) Gabrielle i Adrienne (po lewej) przed butikiem Chanel w Deauville; 1913. Na markizie okiennej widoczny napis „Gabrielle Chanel"

17. (*u góry po prawej*) W 1913 roku Gabrielle była już znana i Sem sporządził karykaturę jej i jej poważanego kochanka Arthura Capela

18. (*u dołu*) Gabrielle przed butikiem w Deauville. Po jej prawej stronie siedzi Capel, początkowo nierozpoznawany; dalej po prawej stoi Balsan, wciąż w przyjacielskich stosunkach z Chanel (zachowała się zaledwie garstka wspólnych zdjęć Gabrielle i Capela)

19. Kobiety, które uprawiały sport, były w mniejszości, a Gabrielle była jedną z nich. Deauville; ok. 1913

20. Gabrielle, Capel i Constant Say w Saint-Jean-de-Luz; chwila wytchnienia w czasie pierwszej wojny światowej

21. Państwo Picassowie na tle plakatu Ballets Russes autorstwa Pabla. Kreację Olgi, włącznie z torebką, zaprojektowała Chanel; 1917

Nazwy tych ogromnych pałaców konsumpcji stojących wzdłuż *grands boulevards* Haussmanna stały się powszechnie znane. Były wśród nich: La Belle Jardinière i La Samaritaine powstałe na Prawym Brzegu w 1870 roku oraz Le Bon Marché i Galeries Lafayette, które stanęły na Lewym Brzegu trzydzieści lat później. W supernowoczesnym otoczeniu wykorzystującym najnowsze technologie *grands magasins* ukazywały miriady luksusowych towarów w bajecznych wnętrzach, oferując taką rozpiętość cen, że na zakup mógł sobie pozwolić każdy „od księżnej do kokietki i od milionera do żebraka"[4]. Przynajmniej teoretycznie. W praktyce ubogich ludzi nie było na to stać.

Zamożniejsi zawsze mieli swoich krawców, ale reszta przeważnie kupowała większość ubrań od kramarzy handlujących na miejskich targach odzieżą używaną. Choć ten handel trwał nadal, w latach pięćdziesiątych XIX wieku można już było kupić różne niedrogie i nowe ubrania gotowe do noszenia. Bodźcem do tej demokratycznej zmiany było wynalezienie maszyny do szycia, ale to właśnie *grands magasins* jako pierwsze wprowadziły ubrania oferowane burżuazyjnej klienteli w dzielnicach dla zamożnych. W tych jaskiniach Aladyna paryżanie nauczyli się dogadzać sobie jak nigdy przedtem i nabrali zwyczaju masowej konsumpcji. Wprowadzenie katalogów sprzedaży wysyłkowej jeszcze bardziej rozszerzyło wpływy *grands magasins* i tysiące kobiet mieszkających z dala od Paryża, takich jak ciotka Gabrielle Louise, marzyło o odwiedzeniu tych wspaniałych świątyń nowej religii handlu.

Wielu osobom nie spodobało się to odmienione miasto niewyczerpanych przyjemności. Tacy pisarze jak Zola przystąpili do uwieczniania szczególnego połączenia seksualnych i finansowych transakcji uważanego za cechę charakterystyczną nowego, zepsutego Paryża. Modne kobiety najróżniejszego pochodzenia spotykały się teraz w *grands magasins*. Jeden z obserwatorów napisał: „W dzisiejszych czasach nie wiadomo, czy to uczciwe kobiety ubierają się jak dziwki, czy może dziwki ubierają się jak uczciwe kobiety"[5]. Handel stał się bezosobowy i wiele małych butików polegających na lokalnych dostawcach i obsługujących stałych klientów zostało wypartych przez domy towarowe, które często zaopatrywały się za granicą, by sprzedawać towar ludziom, którzy nigdy wcześniej w nich nie bywali.

W przeciwieństwie do starego Paryża nowe śródmieście naprawdę jednak ożyło. Pomimo krytyki oraz tego, że nie nastąpiło „wymieszanie wszystkich klas", centrum stolicy, od warunków sanitarnych po domy towarowe

Rozdział 8

i kawiarnie, restauracje i teatry przy *grands boulevards*, naprawdę stało się synonimem nowoczesności. Nawet ci, którym się tam nie podobało, byli zmuszeni przyznać, że jego żywa energia i twórcze życie natchnęły miasto nową, dziką wspaniałością.

Choć XIX wiek był świadkiem zdecydowanego wyłaniania się burżuazji, którą z początku uważano za filistrów pod każdym względem, ciągłe rośnięcie w siłę uczyniło z niej potęgę społeczną. Uprzemysłowienie Francji i towarzyszący mu eksodus ze wsi do miast i wzrost populacji oznaczały, że życie ogromnej liczby ludzi zmieniało się gwałtowniej, niż ich rodzice mogliby sobie wyobrazić. Członkowie rosnącej kasty burżuazji spragnieni byli wskazówek, więc mnożyły się również magazyny dla pań.

We wrześniu 1909 roku – w tym samym roku, w którym Gabrielle zamieszkała u Arthura Capela – młoda modna aktorka Lucienne Roger pokazała się na okładce magazynu „Comoedia Illustré" w jednym z kapeluszy Gabrielle. Wewnątrz magazynu były jeszcze zdjęcia dwóch kapeluszy Chanel, które opatrzono komentarzem:

> Nazwisko to należy przedstawić tym spośród moich czytelniczek, które jeszcze go nie znają. Prezentujemy dwie urocze modelki doskonałej artystki Gabrielle Chanel. Jest ona przede wszystkim wielbicielką linii, jej wyobraźnia zawsze (...) znajduje inspirację i bezustannie zaskakuje, niezmiennie zachowując dobry gust.

„Comoedia Illustré" była wówczas nowym cotygodniowym dodatkiem do francuskiego dziennika „Comoedia". Kierował nim Maurice de Brunhoff, potomek jednej z najbardziej wpływowych rodzin wydawców we Francji. „Comoedia Illustré" poświęcona była sztuce i skierowana do eklektycznej grupy wyrafinowanych światowców, których zróżnicowane pod względem społecznym grono nie miałoby racji bytu zaledwie kilka dziesięcioleci wcześniej. De Brunhoff zwrócił się ku tym osobistościom i zawodom, które reprezentowały zmiany społeczne zachodzące w ogromnych częściach francuskiej populacji. Finansiści, przemysłowcy, bywalcy salonów, artyści, pisarze, aktorzy i *demi-mondaines* czytali jego magazyn, bo dzięki temu czuli, że dotrzymują kroku coraz bardziej sfragmentaryzowanemu światu sztuki i radykalnym zmianom zachodzącym we wszystkich stylach i gustach.

„Comoedia Illustré" pełniła rolę kulturalnego przewodnika dla tej elity czytelników. Oprócz mody prezentowała zdjęcia (które można było wówczas znaleźć tylko w nielicznych magazynach), ilustracje, recenzje z wystaw i nową, elitarną muzykę, jak również popularne rozrywki. Poza tym czytelnicy, przeważnie młodzi, identyfikowali się z jej buntowniczym wydźwiękiem. Gdy Gabrielle użyła swojego daru przekonywania w jednym z najbardziej stylowych magazynów w mieście, jej związek z przedstawicielem grupy najznakomitszych młodych mężczyzn w Paryżu musiał zostać zauważony. Dzięki Lucienne Roger w kapeluszu Gabrielle na okładce „Comoedii" Chanel zapewniła sobie błyskotliwą reklamę.

Ryzyko podjęte przez Maurice'a de Brunhoffa się opłaciło: kapelusze Gabrielle wywołały pozytywną reakcję. W rezultacie miesiąc później, w październiku 1909 roku, Gabrielle sama wystąpiła w następnym numerze magazynu, prezentując dwa z zaprojektowanych przez siebie kapeluszy. Jej kapelusze, zarówno te wielkie, jak i te małe, przylegające do głowy, były bardzo proste, ozdobione najwyżej jednym elementem. Pisano o nich, że „mają styl i harmonijną linię charakterystyczną dla Chanel", a w listopadzie Gabrielle znowu dała o sobie znać, gdyż magazyn poświęcił jej całą stronę. W grudniu inna aktorka prezentowała kolejny kapelusz Gabrielle Chanel, a jej prace opisywano przez cały następny rok, opatrując je takimi komentarzami jak: „Ten projekt oraz te, które go otaczają, cechuje rzadka wytworność. Oddają one cześć Gabrielle Chanel, której wybrana, liczna klientela z każdym dniem coraz bardziej docenia jej pewny siebie i delikatny gust".

Gabrielle regularnie namawiała znajome aktorki i *demi-mondaines*, by pomagały jej w promocji. Dlatego w styczniu 1911 roku jej przyjaciółka i aktorka Jeanne Dirys ukazała się na okładce „Comoedii Illustré" sportretowana przez nad wiek dojrzałego młodego artystę Paula Iribe'a. W maju tego samego roku magazyn zawiadomił, że wyśmienite prace Gabrielle Chanel są teraz poszukiwane przez piękne kobiety zarówno w mieście, jak i w teatrze.

Jak to często bywało w przeszłości, pod wpływem aktorek i *demi-monde* kobiety z wyższych sfer zwróciły uwagę na nowy trend. Na początku 1912 roku opisano prace Gabrielle jako „oryginalne", a ją sławiono jako „tę artystkę o przenikliwym spojrzeniu". Tymczasem Gabrielle Dorziat, częsta bywalczyni Royallieu i znana aktorka, prezentowała kapelusze Chanel w „Les Modes", innym wpływowym magazynie. Dorziat pokazywała odważnie proste kapelusze

Rozdział 8

Gabrielle w adaptacji *Pięknego pana* (*Bel Ami*) Maupassanta. Prasa była zachwycona zarówno aktorką, jak i kapeluszami. Zanim rok dobiegł końca, „Comoedia Illustré" oświadczyła, że „ta młoda artystka [Gabrielle] (...) zajmuje w tej chwili dominujące miejsce w świecie mody". Nie tylko chwalono jej kapelusze za „bezbłędną stylowość i dobry gust", lecz także dopełniano nimi stroje modnych projektantów.

We wszystkich komentarzach dotyczących Gabrielle jako projektantki mody powtarza się, że najbardziej radykalnym elementem jej projektów była zdumiewająca prostota. Pamiętając, że nasza percepcja dawnej mody siłą rzeczy różni się od tego, co o niej myśleli współcześni jej ludzie, zauważamy jednak, że gdy przeglądamy stare magazyny, kapelusze Gabrielle wcale nie wydają się aż tak radykalne. W elitarnych magazynach napotykamy garstkę innych projektantów, którzy także odrzucali złożoność i okazałość większej części ówczesnego świata mody na rzecz prostoty. Nie tylko Gabrielle mogłaby się podpisać pod stwierdzeniem: „Kobiety, które widywałam na wyścigach, nosiły na głowach olbrzymie bochny: krzykliwe konstrukcje upstrzone owocami i piórami"[6]. Różnica polegała na tym, że jej projekty bardziej rzucały się w oczy, odzwierciedlając jej własny niekonwencjonalny styl życia. Inni projektanci nie byli stałymi kochankami jednego z najbardziej rozchwytywanych młodych mężczyzn w Paryżu. Gabrielle powiedziała później: „Na trybunach mówiono o moich zadziwiających, niezwykłych kapeluszach, bardzo eleganckich i surowych, które w jakimś sensie były przedsmakiem tego, co niosła przyszłość"[7].

Tymczasem wielcy modyści Paryża zaciekle konkurowali z nią w kwestii jakości wyrobów. System atelier opierał się na praktykantkach, które sumiennie pracowały pod surowym i wymagającym okiem *premières*. Lata takiego treningu owocowały wspaniałym kunsztem, subtelnością projektów i dogłębną znajomością fachu. Gabrielle nie posiadała żadnego z tych atutów. Ambitna młoda kobieta, którą Gabrielle podkradła Maison Lewis, Lucienne Rabatè, zniecierpliwiła się, gdy Chanel odmówiła przyjmowania jej rad (dotyczących na przykład zadbania o to, by kobieta i kochanka jej męża nigdy nie spotykały się w pracowni Chanel). Zamiast tego Gabrielle trwoniła uwagę na sławne kurtyzany, te niemile widziane w towarzystwie, którymi Lucienne gardziła. Chanel przypłaciła to utratą klientek ze śmietanki towarzyskiej. Być może wcale nie była nieświadoma tych niuansów i po prostu postanowiła je zignorować. Wobec kurtyzan zachowywała bezczelną swobodę: podziwiała je i mówiła tym samym językiem co one. Przynajmniej „pracowały" na swoje utrzymanie i nie zależało im na tym, by wzbudzić w niej poczucie społecznej niższości.

W końcu Lucienne odeszła z atelier Chanel. Taka historia miała się powtarzać wielokrotnie w odniesieniu do innych pracowników Gabrielle. Nawet jeśli znali się na rzeczy znacznie lepiej niż ona, musieli albo zaakceptować jej decyzje, albo odejść. Niekonwencjonalna intuicja Gabrielle służyła jej jednak doskonale. Natomiast jej silna niechęć do obsługiwania klientek i do integrowania się z nimi („Im częściej ludzie mnie wzywali, tym bardziej się ukrywałam (...) Poza tym nie umiałam sprzedawać, nigdy nie umiałam sprzedawać. Kiedy klientka nalegała, żeby się ze mną zobaczyć, chowałam się w szafce"[8]) doprowadziła do tego, że większość niewygodnych dla niej zadań przejęła jej siostra Antoinette.

Gabrielle zawsze była pełna sprzeczności: łączyła w sobie nieszczerość i zdolność mówienia bolesnej prawdy. Miała nadzwyczajną pewność siebie i równocześnie strasznie się bała. Na przykład wiedziała, że jeśli klientka uzna kapelusz za zbyt drogi, z łatwością można go uprościć, lecz mimo to trzymała się z boku. Jej najważniejszą intuicją była w tym wypadku typowa dla kurtyzan świadomość, że tajemniczość budzi większą fascynację. Ukuła więc aksjomat: „Klientka zobaczona to klientka stracona". Mimo licznych pomyłek i powolnego tempa determinacja Gabrielle i jej rosnące wyczucie priorytetów zapewniały jej dobrą reputację.

Zdarzały się także radosne chwile. Na przykład kiedy w salonie nie było klientek, często słyszano, jak Gabrielle i Antoinette śpiewają na całe gardło pikantne piosenki z *café-concerts*. Interesy i chwile rozrywki nie były wszak jedynymi sprawami, które zaprzątały wówczas myśli starszej z sióstr. Po raz pierwszy naprawdę się zakochała. Nie tylko kochała, lecz była kochana i doświadczała rzadkiego poczucia dobrostanu.

Jej kochanek, podobnie jak Gabrielle, miał olbrzymią energię, był w nieustannym ruchu. Po otwarciu przez jego przyjaciela Armanda de Gramonta klubu polo w Deauville, w innych wiejskich posiadłościach i w letnich kurortach dla elity także pojawiły się boiska. Arthur wraz z przyjaciółmi grywał na nich wszystkich. W styczniu 1911 roku „The New York Times" ogłosił, że Arthur zagra w Cannes, a inna gazeta doniosła o jego przybyciu wraz z końmi na Lazurowe Wybrzeże. W maju brał udział w turnieju w Compiègne,

Rozdział 8

a w sierpniu znowu grał w Deauville. Także w sierpniu w Dieppe, a potem w Châteauroux, Arthur i Etienne Balsan jeździli z psami gończymi i znowu grali w polo. Jako uosobienie nowoczesnego mężczyzny Arthur albo znajdował się w stanie rozkojarzenia, albo robił coś w zawrotnym tempie.

Po polowaniach, galach i balach znajdował nawet czas na pomnażanie swojej fortuny. Najwidoczniej Gabrielle nie czuła się zaniedbywana wskutek tak zawrotnego tempa życia kochanka. W pewnym sensie żyła równie szybko jak on. Podziwiała w nim „umysł biznesmena (...), niestępiony ani przez pochodzenie, ani przez hierarchię", i uwielbiała jego „ekscentryczność". Ale jaka część wiru, którym było życie Arthura, obejmowała jego kochankę? Jako człowiek wyprzedzający swoje czasy Capel był głęboko przekonany o słuszności emancypacji kobiet. Bez wątpienia miał na myśli Gabrielle, kiedy w napisanym później traktacie politycznym stwierdzał:

> Drzwi do miasta przyszłości nadal są zamknięte przed kobietami, które od wieków są uważane przez swoich panów za istoty niższe, stworzenia będące ciężarem albo źródłem przyjemności. Nadszedł czas, by je uwolnić. Same już się uwalniają (...). Kształcenie kobiet zazwyczaj uczy je jedynie sztuki zadowalania innych. W społeczeństwie w obecnej postaci kobieta niezdolna do zadowalania popada w stan zależności i niższości. Ponieważ klasztory raczej już wyszły z mody, musi wybierać między prostytucją a pracą. Ta ostatnia domena pokazała, że niższość kobiet to jedynie złudzenie drugiej płci[9].

Jednakże za sprawą częstego rozdźwięku między teorią a praktyką czyny Arthura nie zawsze były do końca spójne z jego uczuciami. Wszyscy wiedzieli, że mieszka z kochanką, ale choć liberalna pani domu wywodząca się z wyższej klasy mogła teraz podejmować w swoim salonie artystę, pisarza albo muzyka, tylko nieliczne damy odważały się włączać do tego grona właścicielkę sklepu. Mimo że przebywanie na salonach *haut monde* w towarzystwie kochanki było surowo wzbronione, przydatne podwójne standardy z tamtego okresu umożliwiały obejście takich zakazów. Pokazywanie się z kochanką w teatrze, w modnych restauracjach i barach było nie tylko dopuszczalne, ale wręcz przydawało mężczyźnie klasy. Na prywatnych kolacjach, gdzie nie wszyscy goście byli do końca „poważani", Gabrielle czuła się swobodnie. Ci ludzie także żyli na krawędzi społeczeństwa.

Gabrielle, w zasadzie nieskrępowana więzami rodzinnymi, w wyniku dysfunkcjonalnego wychowania została pozbawiona życiowego steru. Nie licząc Adrienne i Antoinette, bardzo rzadko widywała się z rodziną. Podkreśla to wagę jej stwierdzenia, że Arthur był dla niej bratem, ojcem i całą rodziną. Tymczasem porażka, jaką poniosła w *café-concerts* w Vichy, gdzie nie udało jej się zostać piosenkarką, rozbudziła w Gabrielle marzenie o czymś więcej niż kapelusze, a jej olbrzymia energia i bogate życie wewnętrzne nie znalazły jeszcze odpowiedniego ujścia. Choć Arthur często wyjeżdżał, rozumiał potrzebę Gabrielle znalezienia jakiegoś zajęcia i zachęcał ją do aktywności, która choć niezwiązana z pracą, wywarła wpływ na jej postrzeganie siebie jako kobiety nowoczesnej.

W latach siedemdziesiątych XIX wieku Francja zainteresowała się „kulturą fizyczną" i wzorując się na Wielkiej Brytanii, promowała wśród mężczyzn sport jako patriotyczny, zdrowy i moralny sposób spożytkowania energii nowych miejskich mas. Do kobiet z wyższych sfer, które jakiś czas wcześniej polubiły grę w krokieta, łucznictwo i jazdę konną, dołączały ich burżuazyjne siostry, które wyległy na ulice w sportowych ubraniach produkowanych przez angielskie firmy Burberry i Aquascutum. Spacery za miastem stały się wśród kobiet ulubioną formą spędzania wolnego czasu. Niewielka część pań zainteresowała się także „kulturą fizyczną" i innymi formami aktywności fizycznej, takimi jak rytmika. Na początku XX wieku rozwijano ideę ćwiczeń jako formy autoekspresji.

W 1913 roku amerykańska tancerka Isadora Duncan wywoływała skandale w Europie. Jej pozbawiony zahamowań zmysłowy nacisk na wyrażanie emocji i fizyczną improwizację był prawdziwą rewolucją i mocno wstrząsnął wieloma współczesnymi jej ludźmi, którzy nadal trwali w przekonaniu, że ciało to coś, czego należy się wstydzić. Duncan głęboko wierzyła w to, że jesteśmy i umysłem, i ciałem: jej ciało nie było dla niej czymś zewnętrznym, lecz nią samą. Odrzuciła klasyczny taniec, w tym również balet i jego sztywne reguły dotyczące postawy i formacji, gdyż były „brzydkie i sprzeczne z naturą". Zdobyła ogromną rzeszę zwolenników. Pomijając pretensjonalność Isadory Duncan i uzasadnioną krytykę jej pomysłów, trzeba przyznać, że kobieta ta zareagowała na emocjonalne i fizyczne wyobcowanie będące skutkiem ubocznym życia w pierwszej epoce maszyn. Poruszyła wielu z tych, którzy tłumnie przybywali, by zobaczyć, jak ukazuje bardzo „niemaszynową" możliwość podświadomej relacji z własnym ciałem. Kiedy w 1913 roku zakończono budowę Théâtre des Champs-Elysées, Duncan była tak popularna, że rzeźbiarz Antoine Bourdelle wyrzeźbił jej podobiznę nad wejściem, a wewnątrz teatru Duncan ukazywała się na malowidle ściennym Maurice'a Denisa przedstawiającym dziewięć muz.

Gabrielle szukała środków, by wyrazić coś, co miała w sobie i co jeszcze nie zostało zdefiniowane. Doszła do wniosku, że także chce zostać tancerką. Zdobywszy od przyjaciela zaproszenie na prywatny występ w domu Duncan, okazała się na tyle odważna, by nie zachwycić się pokazem i zjadliwie skrytykowała wielką muzę. Odrzuciła tak wytworną nauczycielkę i zamiast niej znalazła Elise Toulemon (występującą pod pseudonimem Caryathis), jedną z pierwszych orędowniczek technik tańca Émile'a Jaques'a-Dalcroze'a.

Mniej więcej w 1905 roku, próbując udoskonalić umiejętności swoich studentów muzyki, Jaques-Dalcroze stworzył system edukacji muzycznej. Nazwał swój „harmonijny ruch ciała będący formą ekspresji artystycznej" eurytmiką. Jego zamiar nie był ani celem samym w sobie, ani formą tańca. Trafił jednak na sprzyjające okoliczności i jego pomysły szybko rozprzestrzeniły się w Europie. Sugerując techniki tańca niezwiązane z baletem, eurytmika została wkrótce wykorzystana do stworzenia radykalnie odmiennych, nowych form tańca. Jednocześnie w 1912 roku eurytmika jako forma tanecznej aktywności fizycznej stała się w Paryżu czymś w rodzaju mody.

Prozdrowotne aspekty sportu w połączeniu z filozofią autoekspresji Isadory Duncan i Jaques'a-Dalcroze'a zachęciły niewielkie grono młodych kobiet do zaadaptowania tych idei jako środków autorozwoju oraz sposobu zachowania gibkiego, wysportowanego ciała. Większość współczesnych im ludzi uznawała taką postawę za coś odrażająco antykobiecego, a owe młode kobiety traktowano jak skandalistki. One same upatrywały w aktywności fizycznej czegoś w rodzaju emancypacji. Przeciwstawiając się sflaczeniu kobiet w średnim wieku, naprężających ciało najwyżej gorsetem, Gabrielle zwróciła się ku niekonwencjonalnemu pomysłowi, że doskonałość fizyczną można uzyskać jedynie dzięki ćwiczeniom.

Jej nauczycielka tańca, Elise, była zdecydowanie niekonwencjonalna. Uciekła ze środowiska równie ubogiego i zacofanego jak to, w którym dorastała Gabrielle, i skończyła na Montmartrze, gdzie ekstrawagancja zapewniła jej reputację kobiety szalonej. Później zawarła burzliwy związek małżeński z niespokojnym homoseksualnym pisarzem Marcelem Jouhandeau, ale na razie była jedną z tancerek w Théâtre des Arts. W okresie, w którym poznała ją Gabrielle – mniej więcej w latach 1912–1913 – jej talent jako tancerki i choreografki był coraz wyżej ceniony, lecz aby związać koniec z końcem, dawała lekcje tańca ekspresyjnego. Jej ekstrawertyczna zmysłowość została uchwycona przez rosyjskiego artystę Léona Baksta na plakacie reklamującym „balet" kompozytora Erika Satiego *La Belle Excentrique*. *La belle excentrique*, Elise, tańczyła według własnej choreografii w prowokacyjnie skąpym stroju zaprojektowanym przez bardzo młodego poetę i artystę Jeana Cocteau. Słynąca z poczucia humoru, nieposkromionej i ekstrawaganckiej osobowości oraz licznych romansów, w chwili poznania Gabrielle Elise była w środku burzliwego związku z Charles'em Dullinem, awangardowym aktorem i producentem.

Dzień po dniu Gabrielle wdrapywała się do studia Elise na Montmartrze, a potem próbowała przekonać swoją nauczycielkę, że może zostać tancerką. Po raz kolejny spotkało ją jednak rozczarowanie: po kilku miesiącach Elise oznajmiła jej, że zwyczajnie nie nadaje się na scenę. Czyżby mimo całej wspominanej już gracji jakaś część Gabrielle pozostała skrępowana, pozbawiając ją zdolności do całkowitego zatracenia się w tańcu? Bez względu na przyczynę tej porażki Gabrielle była już tak bardzo przywiązana do drogich lekcji tańca (i do swojej ekscentrycznej nauczycielki), że postanowiła z nich nie rezygnować. Przekonana, że piękne ciało powinno być szczupłe i wysportowane, przez resztę życia dbała o to, by jej ciało właśnie takie było. Nawet jeśli nie mogła zostać tancerką, mogła przynajmniej mieć ciało tancerki.

Rozdział 9

ŚWIĘTO WIOSNY

W 1913 roku niektórzy wątpili, czy Francja nadal jest kulturalnym arbitrem świata, gdyż uważali, że bardziej fascynuje ją kultura obca niż jej własna. Wprawdzie oglądano i słuchano takich francuskich artystów i kompozytorów jak Renoir, Braque, Matisse, Ravel, Debussy i Fauré, lecz żywsze zainteresowanie budziła innowacyjność cudzoziemców – Picassa, Chagalla, Apollinaire'a, Sarah Bernhardt, Artura Rubinsteina, Rachmaninowa i Ballets Russes. To cudzoziemcy wydawali się bardziej ambitni w swoim poszukiwaniu wyzwolenia od estetyki przeszłości i jej ideałów moralnych, od władzy i burżuazyjnego konformizmu. Podróżowali, fizycznie i mentalnie, z marginesu społeczeństwa do Paryża, w którym wyczuwali narastający ferment rewolucji. Guillaume Apollinaire, Francuz o polskich i włoskich korzeniach, rozumiał, że podstawowym elementem nowoczesnej mentalności jest emigracja, „bitwa na granicach". Francuski malarz Jacques-Émile Blanche napisał, że stolica Francji stała się dworcem centralnym Europy i że „w Paryżu rządzi niepewność"[1].

Pewnego wieczoru w maju 1913 roku, po długim oczekiwaniu, rosyjski impresario Siergiej Diagilew zaprezentował nowy balet w awangardowym Théâtre des Champs-Elysées. To dzieło ucieleśniało odrzucenie w życiu i sztuce wszystkiego, co jego twórcy uważali za niemodne, i stało się jednym z najbardziej nowatorskich wydarzeń tamtej epoki. W tym historycznym momencie na widowni siedziała Gabrielle Chanel, zaproszona przez swoją nauczycielkę tańca Elise Toulemon (eurytmika stała się tak popularna, że Diagilew i jego tancerz i choreograf, legendarny Wacław Niżyński, odwiedzili swojego guru, Jaques'a-Dalcroze'a, by poprosić o pomoc przy tanecznych ruchach do ich baletu).

Kompozytor Igor Strawiński zatytułował balet *Le Sacre du printemps* (*Święto wiosny*). Powiedział, że „przedstawia on pogańską Rosję, a scala go jedna idea: tajemniczy przypływ mocy twórczej na wiosnę. Balet nie ma fabuły"[2]. Niżyński, który był kochankiem Diagilewa, napisał do Strawińskiego: „Teraz wiem, jakie będzie *Święto wiosny*, kiedy wszystko stanie się takie, jak oboje chcemy: nowe, piękne i zupełnie inne – ale dla przeciętnego widza to oznacza wstrząsające, emocjonalne doświadczenie"[3].

Strawiński powiedział matce, żeby się nie przejmowała, jeśli reakcja na balet okaże się negatywna. Stwierdził, że „taka już kolej rzeczy"[4]. Tymczasem tancerze Niżyńskiego narzekali, że jego pomysły są niezrozumiałe, a styl pozbawiony wszelkiego piękna. Podobnie jak Strawiński i Niżyński Diagilew dążył do konfrontacji: ich wspólnym celem było szokowanie.

Jak to się stało, że Siergiej Diagilew i jego taneczna trupa, Ballets Russes, nie tylko stali się kluczowym elementem paryskiej awangardy, lecz także podstawą rozwoju nowego prądu w kulturze?

Młodszy Diagilew opisał się otwarcie w liście do swojej ukochanej macochy, w którym wyrażał niepokój o młodszych braci: „Jeśli chodzi o mnie (...), to, po pierwsze, jestem wielkim szarlatanem, choć obdarzonym wielką klasą; po drugie, każdego potrafię oczarować; po trzecie, mam wielki tupet; po czwarte, jestem człowiekiem o wielkiej logice i nielicznych zasadach; a po piąte, myślę, że brak mi talentu. Wyobraź sobie jednak, że chyba znalazłem swoje prawdziwe powołanie – mecenat sztuki"[5]. Napisał, że czuje w sobie siłę i że zdał sobie sprawę, „iż dla diabła nie jest zwyczajnym człowiekiem".

Ojciec Siergieja Diagilewa był gładkim w obejściu prowincjonalnym arystokratą, który zbankrutował. Jego syn nauczył się przemieniać kilka istotnych elementów własnego życiorysu – upadek swojej rodziny, swoją seksualność i utratę ojczyzny w wyniku rewolucji – w zaciekłe zacieranie wszystkich obowiązujących granic. Diagilew wcześnie zaczął się obnosić ze swoim homoseksualizmem – co w ówczesnej Rosji było niebezpieczne – i zdobył reputację kosmopolity dandysa o głęboko antysystemowych przekonaniach. Nawet jeśli brakowało mu talentu, by zostać artystą, to jego wyjątkowej zdolności do innowacji i przekształcania świata sztuki towarzyszyła nadzwyczajna kreatywność. Uwielbiał napięcie wytwarzane przez sprzeczności: „Kochał tarcia, walkę i ogień wytwarzane przez nowość, lecz niekoniecznie (...) nowość samą w sobie”[6].

Diagilew otworzył w Rosji wpływowy magazyn poświęcony sztuce, organizował wystawy odnoszące ogromne sukcesy i stopniowo dochodził do przekonania, że jedynie balet uosabia ideał, zgodnie z którym wszystkie formy sztuki należy połączyć w jedność. W 1909 roku stworzył własną trupę. Ballets Russes de Diaghilev wzbudziły sensację w całej Europie. Kolory i odwaga scenografii i kostiumów oraz obcość i egzotyka rosyjskich i orientalnych tematów stały się ostatnim krzykiem mody. Choć celem Diagilewa była totalność sztuki, w równym stopniu chodziło mu jednak o całkowite wyzwolenie, w tym seksualne. To właśnie erotyzm stał się nośnikiem buntu przeciwko burżuazyjnym wartościom i jednym z centralnych tematów nowoczesnego ruchu.

Podziw publiczności budził kochanek Diagilewa, wyśmienity tancerz Niżyński, którego Debussy nazwał „zboczonym geniuszem (...), młodym dzikusem”. To właśnie symulacja orgazmu przez żywiołowego fauna granego przez Niżyńskiego w *Popołudniu fauna* Debussy'ego złamała wszelkie zasady dobrego smaku i otwarcie wysunęła na pierwszy plan erotyczne zabarwienie większości przedstawień Ballets Russes. Pozostawiła kobiety i mężczyzn w wysoce rozerotyzowanym stanie. *Popołudnie* odzwierciedlało fantazje pokolenia. Również homoseksualizm był potężnym elementem buntowniczej tematyki przenikającej Ballets Russes. Strawiński zauważył, że świta Diagilewa była „czymś w rodzaju homoseksualnej Gwardii Szwajcarskiej”. Każdy kolejny sukces zachęcał Diagilewa do zacierania kolejnych granic i jeszcze większej śmiałości, a wszelkie niepokoje wśród członków jego trupy zagłuszane były głośnymi pochwałami.

W 1912 roku Diagilew zwrócił się w stronę bardziej introspekcyjnej i ekspresjonistycznej muzyki. Nie wyznając żadnej nadrzędnej filozofii sztuki, był mistrzem potężnego nurtu we współczesnej myśli artystycznej. Wierzył, że sztuka uwalnia ludzi z pęt moralności i konwencji, by przywrócić spontaniczne życie emocji. Człowiek spętany moralnością nigdy nie będzie w stanie swobodnie tworzyć. W ten sposób sztukę postrzegano jako siłę życiową większą niż jednostka, a ostatecznie jako substytut religii.

To zatem zupełnie naturalne, że Diagilew został jednym z czołowych wyznawców tej kształtującej się postawy wobec życia i sztuki. Emocje i intuicja były dla niego równie ważne jak wszystko to, co racjonalne i obiektywne. Potrzebny był element szoku, by sprowokować doświadczenie. Sztuka nie miała już nauczać. Jej celem stało się podniecanie, prowokowanie i inspirowanie, wyzwolenie doświadczenia. Ballets Russes Diagilewa odniosły sukces, ponieważ spowijająca je atmosfera wisiała już w powietrzu.

Niemniej na premierze *Święta wiosny* w 1913 roku śmiałość Diagilewa i jego współpracowników miała wytrącić z równowagi nawet tych widzów, którzy uważali się za awangardę zmian. Diagilew tygodniami starannie rozsiewał plotki i pogłoski, dzięki którym w powietrzu wyczuwało się nastrój wyczekiwania. Jeden z komentatorów stwierdził później, że tak naprawdę „napisano rolę również dla publiczności". Publiczność miała być wstrząśnięta.

Gdy rozległy się pierwsze ponure dźwięki melodii granej na fagocie, część widzów zaczęła gwizdać. A kiedy pojawili się dziwnie ubrani tancerze, drżący, trzęsący się i skaczący w brzydkich, kanciastych pozach, rozległy się okrzyki niezadowolenia. Wierni fani Strawińskiego i Diagilewa lojalnie klaskali, ale wielu innych buczało na widok tej „groteskowej karykatury". Ludzie zaczęli się kłócić: niektóre pięści poszły w ruch. Dama z wyższych sfer splunęła pewnemu mężczyźnie w twarz, a nazajutrz rzekomo stoczono pojedynek. Donoszono, że ogólnie rzecz biorąc, w teatrze rozpętało się pandemonium.

Wielu przez lata wspominało tamten emocjonujący wieczór. Porównując niektóre z tych „wspomnień", napotykamy jednak mnóstwo sprzeczności. Okazuje się, że nie tylko prawie wszystkich zawiodła pamięć – niektórych osób „wspominających" histerię tamtego wieczoru w ogóle nie było na widowni. Tymczasem publiczność pełniła podczas występu równie ważną rolę jak tancerze i muzycy. Stanowiła jeden z jego „elementów żywych" i jej reakcja była równie istotna dla znaczenia tej sztuki jak intencje jej twórców. Nowa sztuka rzeczywiście „wykroczyła poza rozum, dydaktyzm i cele moralne", stając się „prowokacją i wydarzeniem"[7].

Choć Gabrielle przyznała później, że niewiele zrozumiała z pierwszego pokazu *Święta wiosny*, na którym wystąpiła w roli „żywego elementu", jej

Rozdział 9

obecność tamtego dnia na widowni – jednej z osób, które w przyszłości miały się przyczynić do odrzucenia wielu niemodnych elementów życia i sztuki – wydaje się bardzo stosowna.

Tymczasem skromny jak dotąd wkład Gabrielle stawał się coraz bardziej widoczny. Od jakiegoś czasu Chanel urozmaicała swoją garderobę ubraniami własnego projektu, a w 1912 roku na dobre przystąpiła do konsolidacji swojego stylu. Znalazło to odzwierciedlenie w pierwszej sukience, którą prawdopodobnie zaprojektowała: w całkowicie prostym kawałku ciemnego aksamitu zrównoważonym kołnierzykiem z delikatnych białych płatków. Uszyto ją w 1913 roku dla przyjaciółki Gabrielle Suzanne Orlandi, kochanki barona Foya, przyjaciela Etienne'a Balsana. Później Gabrielle zaciekle broniła swojej reputacji oryginalnej projektantki: nie pozostawiła żadnych śladów swoich najwcześniejszych pomysłów i nie mówiła o tym, co ją inspirowało. Opowiadała za to o motywacji i zasłynęła słowami: „Moja praca była reakcją na moje czasy". Przyznając, że podziwiała projektantkę Vionnet, umniejszała jednocześnie wpływ, jaki wywarł na nią inny projektant Paul Poiret. Być może nawet bardziej niż jego ubrania obserwowała autoprezentację Poireta i sposób, w jaki prowadził interesy. Z drugiej strony rozumiała swoje czasy lepiej niż Poiret i w rezultacie zaszła o wiele dalej niż on.

W 1911 roku Paul Poiret był charyzmatycznym młodym krawcem (zaledwie cztery lata starszym od Gabrielle), który wywołał oburzenie, prezentując spodnie z haremu. Uznano je za niebezpieczne i uważano, że kwestionują męską dominację, wspierając ruch feministyczny. Mimo to w 1914 roku Poiret dzierżył władzę jako jeden z najbardziej radykalnych projektantów w Paryżu.

Uczył się zawodu u wielkiego Jacques'a Douceta, który sam był produktem ekstrawaganckiego, dziewiętnastowiecznego Drugiego Imperium oraz zaciekłym orędownikiem dobrego gustu i dyskryminacji. Atelier Douceta przy rue de la Paix mieściło się kilka budynków od pracowni jego mentora Charlesa Fredericka Wortha, najlepszego krawca z nich wszystkich, który pod koniec XIX wieku nadal był dominującą postacią w branży modowej. Podobnie jak Worth Doucet zgromadził ogromną bibliotekę i dzieła sztuki, w tym *Panny z Avignon* Picassa zakupione bezpośrednio u artysty. Doucet uważał, że dewizą krawiectwa jest luksus i wyróżnianie się, a nie praktyczność i funkcjonalność. Młody Poiret postanowił naśladować mistrza.

Na początku Poiret okrył się złą sławą z powodu sukien i kostiumów słynnych aktorek, między innymi Sarah Bernhardt i kurtyzany Réjane. Potem szybko prześcignął Wortha i Douceta, stając się guru mody. Jego wielkim wkładem w historię ubioru było otwarte odrzucenie podstawowej konwencji, czyli sztywnego podziału ciała kobiety na dwie części. Wcześniej brzuch i klatkę piersiową zamykano w gorsetach przypominających zbroje, a dolną część ciała owijano obszernymi spódnicami, uwydatniając pupę (Proust powiedział, że kobiety wyglądały, jakby „zostały zrobione z różnych, źle dopasowanych kawałków"[8]). Natomiast Poiret szokował współczesnych sobie ludzi, odrzucając ten sztywny podział i szyjąc sukienki, które ponętnie przylegały do ciała, tworząc miękkie, płynne linie, od wysokiej talii tuż pod biustem. Wywołując jeszcze większe oburzenie, nalegał, by klientki pozbyły się siermiężnych gorsetów. To nadało sylwetce propagowanej przez Poireta wyjątkowo krągły i niepokojąco naturalny efekt, wywołując zaciekłą krytykę ze strony takich krawców jak Worth, który uznał ją za „ohydną i barbarzyńską". Worth grzmiał, że ubrania Poireta „pasują wyłącznie na kobiety z prymitywnych plemion"[9].

Moda to zadziwiająco subiektywna rozrywka i współcześni mu ludzie nie byli w stanie dostrzec, że projekty Poireta wcale nie są aż takie dziwaczne. Przede wszystkim odzwierciedlały częstą tendencję mody do spoglądania w przeszłość. Główną inspiracją Poireta był bowiem porewolucyjny okres dyrektoriatu, w którym klasyczna, prosta elegancja wzorowała się na starożytnej Grecji i Rzymie. Równocześnie – w znacznej mierze pod wpływem Ballets Russes – bardzo modne stały się motywy egzotyczne i orientalne, a paleta kolorów Poireta w połączeniu z jego warstwowymi sukniami i turbanami zapewniła mu przydomek „paszy Paryża". Zupełnie inaczej niż w *belle époque*, kiedy panował szał na punkcie ozdób, od początku kojarzonych z *haute couture*, dodatki i udziwnienia w strojach, fryzurach i nakryciach głowy projektowanych przez Poireta były bardzo skromne. Podobnie jak w wypadku kapeluszy Gabrielle to właśnie prostota projektów Poireta budziła początkowo niepokój niektórych osób.

W 1913 roku „Vogue" okrzyknął Poireta „prorokiem" prostoty i cytował projektanta, który twierdził, że „klasa kobiety zależy od tego, z czego ta kobieta zrezygnuje, a nie od tego, co na siebie włoży". Poireta interesowała podstawowa struktura ubioru. Mówił, że odrzuca mylenie bogactwa z pięknem

Rozdział 9

i kosztowności z elegancją. Jako pierwszy naprawdę nowoczesny projektant mody mimo oryginalności swojej wizji odniósł fenomenalny sukces nie tylko dzięki projektowaniu odzieży.

W nowo zurbanizowanej Francji ten młody przedsiębiorca zrozumiał, że nazwisko potrzebuje ciągłego rozgłosu, że powinno wypływać przy każdej możliwej okazji. A w tamtych gwałtownie zmieniających się czasach, kiedy wielu nie miało żadnej pewności, Poiret był pewien swego i promował własny styl jako wyidealizowany sposób bycia, który jego klientki mogły po prostu kupić. Był to pierwszy projektant przedsiębiorca, który wykorzystał wszechobecną dziś koncepcję marki. Poiret umieścił swoje nazwisko nie tylko na perfumach, lecz także na kosmetykach i dodatkach. Jego strategia polegająca na nadaniu nazwisku projektanta mocy znacznie wykraczającej poza zwykłe promowanie ubrań ostatecznie stała się finansowym filarem niemal każdego dwudziestowiecznego domu mody.

Tymczasem tradycjonalista Worth uważał, że moda stała się „pozbawionym znaczenia brzęczeniem, beznadziejnie fałszywym". I choć opis ten współgrał z rosnącym niepokojem epoki szybkich pojazdów silnikowych i latających maszyn, niektórzy projektanci zwracali się w stronę prostszych, nieustrukturyzowanych form Poireta. W pierwszej dekadzie wieku wysoka moda zrobiła doniosły krok, oddalając się od próżniactwa, konsumpcji i marnotrawstwa ku czemuś, co pamiętnie opisano jako „spektakularne oburzenie". Lekceważenie tradycyjnych standardów „dobrego smaku" stało się niemal regułą[10]. Niezwykle proste kapelusze Gabrielle zapewniły jej już miejsce w kategorii niekonwencjonalnych i śmiałych, ale jej następny krok miał dać początek znacznie bardziej zdecydowanemu atakowi na ideę tradycjonalizmu.

Mniej więcej miesiąc po dramatycznej premierze *Święta wiosny* Arthur i Gabrielle wyjechali do Deauville, „eleganckiego królestwa" ze znanym na całym świecie hipodromem, pierwszym we Francji boiskiem do gry w polo i urządzonym z przepychem kasynem. Dzięki nowej linii kolejowej kurort stał się łatwo dostępny dla zamożnych paryżan, a szyk i bliskość kanału La Manche okazały się atrakcyjne dla brytyjskich *nouveau riche* i wyższych klas. To z kolei sprawiło, że dla uwielbiających gry i sport Brytyjczyków przygotowano korty tenisowe i pole golfowe.

Jako młody dystyngowany człowiek i uznany gracz w polo Arthur stał się jednym z ulubieńców kurortu. Stali bywalcy patrzyli z zainteresowaniem, gdy zjawił się na początku sezonu z kobietą, która rzekomo była jego stałą kochanką i której kapelusze cieszyły się coraz większą sławą w *beau monde*. Niedawno „Vogue" dał Deauville swój znak jakości jako „letniej stolicy Francji" z „najkrótszym, najweselszym i najbardziej ekscytującym sezonem spośród wszystkich modnych kurortów na kontynencie". Arthur wynajął apartamenty w jednym z najwspanialszych hoteli, nowo otwartym Normandy połączonym podziemnym przejściem z nowym, ekskluzywnym kasynem.

Śmietanka towarzyska ignorowała pogłoski o wojnie i tłumnie zjeżdżała do „letniej stolicy". Gabrielle szykowała się do nowego przedsięwzięcia: dzięki finansowemu wsparciu ze strony Arthura niebawem miała otworzyć nowy butik. Wybrawszy wspólnie z Arthurem siedzibę przy rue Gontaut-Biron, najelegantszej ulicy w szykownej dzielnicy handlowej Deauville, Gabrielle zatrudniła dwie dziewczyny ze wsi jako szwaczki, wyremontowała wnętrza i zaczęła rozsiewać wieść o nowym butiku.

Podobnie jak we wszystkich kurortach prestiż Deauville podtrzymywała teatralność życia codziennego. Rozrywkowość wszystkich imprez i miejsc spotkań, od restauracji i boiska do gry w polo po nadmorską promenadę, zależała od ubioru i zachowania gości. Dbając o grono nieustannie zmieniających się i społecznie płynnych osobistości, atrakcje kurortu oscylowały wokół spacerów, sportu i imprez. Poranne spacery promenadą, popołudniowe wyścigi konne, mecze polo, rozgrywki golfowe, wieczory spędzane w kasynie, na tańcach albo przyjęciach wymagały odmiennych strojów, a zatem wielkiej i zróżnicowanej garderoby.

To właśnie atmosfera życia w kurorcie stała się inspiracją dla projektów Gabrielle. Nieliczne kobiety uprawiały sport. Były przede wszystkim obserwatorkami ubranymi w niebywale niepraktyczne stroje. Jednak mała grupa młodszych kobiet podobnych do Gabrielle, które grały w tenisa, w golfa albo nawet chodziły na plażę popływać, domagała się mody zapewniającej większą swobodę ruchu.

W butiku z pasiastą markizą opatrzoną dumnym napisem „Gabrielle Chanel" oferowano ubrania i kapelusze bazujące na prostych elementach. Były tam bluzki z rozpinanym kołnierzykiem, proste sweterki, luźne żakiety z paskiem i długie spódnice idealne do relaksu na świeżym powietrzu. Największą sławę

Rozdział 9

przyniosły Gabrielle elementy praktycznego męskiego ubioru, które modyfikowała i wykorzystywała w swoich projektach. Rybackie koszule, golfy i obszerne swetry; sweter polo, który pewnego dnia zmarzniętej Gabrielle pożyczył Arthur – to wszystko modyfikowała z myślą o kobietach. Na przykład koszulka polo stała się rozpinaną pod szyją tuniką z paskiem i podwiniętymi rękawami. Pożyczając ubrania z codziennej garderoby, zadziwiała i zachwycała odbiorców, pokazując, że to, co praktyczne i zwyczajne, może być źródłem wyszukanego stylu, który do tamtej pory niezmiennie tkwił w luksusie i egzotyce. W takim miejscu jak Deauville, wyczulonym na najmniejsze odstępstwa od klasycznego ubioru, natychmiast zaczęto plotkować o salonie Gabrielle.

Do pomocy znów wezwano Adrienne, która kilka razy dziennie opuszczała butik, by spotykać się w mieście z przyjaciółmi i paradować w tym lub innym stroju od Gabrielle. Odniosło to tak wielki sukces, że Antoinette również dołączyła do grona modelek. Krąg znajomych Gabrielle i Arthura dodatkowo podsycał zainteresowanie nową garderobą. Pierwsza partia ubrań prawie na pewno nie była szyta na miarę – Gabrielle dopiero później wypuściła kolekcję *haute couture*. Na początku września magazyn „Femina" opublikował całostronicową ilustrację, która przywoływała radosną atmosferę wokół Gabrielle. Ilustracji towarzyszył podpis:

> Codziennie rano w godzinie szyku przed modnym butikiem zbierają się grupki ludzi. Sportowcy, cudzoziemcy szlachetnego pochodzenia i artyści pokrzykują do siebie i gawędzą. Niektórzy, przyjaciele właścicielki, zaczepiają przechodzące obok kobiety, zapraszając, by weszły do środka (...). „Zapraszamy, droga hrabino, mały kapelusik, tylko jeden, za marne pięć ludwików (...)!" Jedna z nich wchodzi. Wszyscy rozmawiają, flirtują, chwalą się wspaniałymi ubraniami (...). Na zewnątrz panuje wrzawa, ludzie siedzą w dwóch szeregach, patrząc, kontemplując i krytykując: nieprzerwany strumień płynący ku morzu[11].

„Femina" pokazała Gabrielle z klientką i kilkoma znakomitymi przyjaciółmi, wśród których znaleźli się: jeden z najbardziej cenionych wówczas malarzy Paul Helleu oraz pilot Alberto Santos-Dumont. Santos-Dumont był Brazylijczykiem i miał na swoim koncie takie podniebne wyczyny jak pierwszy w Europie publiczny lot samolotem, który uczynił z niego jednego z najsławniejszych ludzi w świecie.

Widzimy Gabrielle w swobodnym białym kostiumie na promenadzie przy plaży, z upiętymi czarnymi włosami podkreślającymi luźną bluzkę i długą prostą spódnicę. Do tego dodała przydużą kremową rozpiętą pod szyją tunikę z wielkimi naszywanymi kieszeniami, a za pasek z guzikami zatknęła biały kwiat. Kieszenie były wówczas rzadkością po zewnętrznej stronie stylowego damskiego ubrania, chyba że chodziło o strój sportowy (brytyjskie firmy, takie jak Burberry, produkowały płaszcze do wędkowania albo na spacery wyposażone w kieszenie). Każdy oprócz najbardziej postępowego obserwatora uznałby wówczas dłonie Gabrielle, wygodnie wciśnięte w kieszenie, za bezczelność niegodną damy. Na innym zdjęciu Adrienne pozuje opatulona w płaszcz. Stoi obok Gabrielle przed butikiem i obie szeroko się uśmiechają, a markiza z napisem „Gabrielle Chanel" wydyma się poruszana nadmorską bryzą.

Odkryte niedawno zdjęcia oddają atmosferę teatru na tętniących życiem ulicach kurortu. Arthur i jego modni przyjaciele beztrosko przesiadują przy wejściu do salonu Gabrielle. Na innym zdjęciu grupa celebrytów spędza dzień na wygodnych krzesłach przed salonem. Paul Helleu i jego przyjaciel Giovanni Boldini (zaprzyjaźniony również z Edgarem Degasem), wówczas prawdopodobnie najbardziej wzięty portrecista w Paryżu, siedzą i rozmawiają z innym przyjacielem, Semem (pseudonim Georges'a Goursata), najsłynniejszym francuskim karykaturzystą tamtego okresu. Jego studio mieściło się niedaleko butiku Gabrielle przy rue Cambon w Paryżu i Sem przez jakiś czas przyjaźnił się z nią i był jej wielbicielem. Ten niski mężczyzna ubierał się z rozwagą, a jego sardoniczne pióro budziło postrach wśród osób publicznych. W słowach, jakimi scharakteryzował go Jean Cocteau, wyczuwa się niechęć: „Sem był zaciekłym insektem (...), który coraz bardziej atakował tiki swoich ofiar. Jego palce, ogryzek ołówka, okrągłe okulary (...), jego lok na czole, parasolka, karla sylwetka stajennego – to wszystko zdawało się kurczyć i skupiać na żądzy żądlenia"[12].

Tamtego lata Gabrielle odgadła fantazje Deauville. Pozycja społeczna jej kochanka, jej rzucający się w oczy wygląd i uderzająca osobowość oraz grono wielbicieli zwarły szyki, by pomóc tej młodej kobiecie niskiego pochodzenia wypromować się i osiąść w najbardziej elitarnym z miejsc. Gabrielle wspominała własną pewność siebie, mówiąc: „Epoka ekstrawaganckich sukien, tych noszonych przez bohaterki, o których wcześniej śniłam, już minęła"[13].

Rozdział 9

Wśród osób odwiedzających Chanel przy rue Gontaut-Biron była baronowa Diane „Kitty" de Rothschild, która przyprowadzała z sobą Cécile Sorel, jedną z najsławniejszych aktorek stolicy. Pikantna plotka głosiła, że Kitty Rothschild, zdeklarowana klientka Poireta, zjawiła się pewnego dnia w jego salonie w towarzystwie wielbicieli. Mężczyźni nie tylko weszli z baronową do przymierzalni, lecz także zabawiali się, robiąc sugestywne uwagi młodym modelkom Poireta. Poiret był u szczytu kariery, więc dał upust złości i wygonił towarzystwo baronowej ze swojego salonu. Nie było do końca wiadomo, czy zakaz wstępu objął także samą Kitty Rothschild. Mimo to młoda bywalczyni salonów poprzysięgła mu zemstę.

Doskonale wiedząc, że jest jedną z najmodniejszych kobiet w Paryżu i jej wizyta w czyimś sklepie to bezcenna reklama, przestała przychodzić do salonu Poireta i rozgłosiła, że teraz kibicuje nowej, fascynującej projektantce Gabrielle Chanel. Wkrótce w salonie Gabrielle zaczęto widywać inne eleganckie młode kobiety, takie jak księżniczka Baba de Faucigny-Lucinge, z domu Erlanger, Pauline de Saint-Sauveur i Antoinette, ładna żona modnego dramaturga Henriego-Adriena Bernsteina. Gabrielle i jej asystentki miały pełne ręce roboty aż do początku 1914 roku.

W marcu Gabrielle zrobiono fantastyczną reklamę, kiedy Sem sparodiował dziwactwa wysokiej mody w słynnej serii satyrycznych albumów dla gazety „L'Illustration" zatytułowanej *Le Vrai et le faux chic* (Szyk prawdziwy i fałszywy). Porównał w nich pretensjonalną pompatyczność ówczesnego „szyku fałszywego" z eleganckimi liniami „szyku prawdziwego", który jego zdaniem uosabiała piękna kurtyzana Forsane, przedstawiona w dopasowanym, obszytym futrem kostiumie właśnie od Gabrielle Chanel. Sem wkrótce pociągnął ten wątek dalej w jeszcze bardziej znanym rysunku, na którym Arthur Capel, ukazany jako mężny, grający w polo centaur, niósł Gabrielle w ramionach. Kij do gry w polo pełnił rolę włóczni centaura, na jego czubku dyndał kapelusz, a na ramieniu Gabrielle wisiało niedające się z niczym pomylić pudełko na kapelusze z napisem „Coco". Aluzja była jasna: znany playboy Arthur Capel był zarówno kochankiem, jak i sponsorem Gabrielle Chanel, która stała się wystarczająco znana, by ją skarykaturować.

Rozdział 10

KONIEC
BELLE ÉPOQUE

Wszystko wskazuje na to, że w okresie poprzedzającym pierwszą wojnę światową panowała szeroko rozpowszechniona niechęć do stanięcia twarzą w twarz z prawdopodobieństwem konfliktu zbrojnego. A im bardziej zbliżała się nieuchronna katastrofa, tym częściej obserwowano uderzający wzrost przepychu i luksusów. Fikcyjny bohater Paula Moranda, Lewis, mówi do Irène: „Za siebie odpowiadam w ograniczonym stopniu i (...) nie uznaję żadnego pesymizmu"[1]. Irène zauważa, że to najłatwiejsze wyjście, i mówi Lewisowi: „Nie mamy zmartwień, jeśli sądzimy, że świat jest pozbawiony znaczenia"[2].

W atmosferze zaostrzonej złymi przeczuciami 3 sierpnia 1914 roku obfitość i przepych zostały ograniczone z dnia na dzień. Zachód przystąpił do konfliktu, który miał go nieodwracalnie zmienić. Niemcy wypowiedziały wojnę Francji i rozpoczęła się pierwsza wojna światowa.

Następnego dnia Wielka Brytania przystąpiła do boju, wypowiadając wojnę Niemcom. Dwanaście dni później Arthur Capel otrzymał nominację na podporucznika kawalerii. Kontrastujące z przytoczonym wyżej wyznaniem Lewisa oraz z siłą i poświęceniem charakteryzującym służbę Arthura w wojsku uczucia odbiły się echem w słowach, które napisał później: „Pozwólmy, by mocne słowa Wilhelma Niemego wryły nam się w pamięć: »Nie trzeba mieć nadziei, by przedsięwziąć, ani odnieść sukcesu, by przetrwać«"[3].

Rozdział 10

24 sierpnia Arthur dołączył do Brytyjskiego Korpusu Ekspedycyjnego pod dowództwem generała Allenby'ego (dywizja kawalerii), który brał udział w wycofywaniu się po bitwie pod Mons. Bitwa ta była pierwszą dużą akcją brytyjskiej armii przeciwko Niemcom, ale choć sama w sobie wydawała się stosunkowo niewielka, miejsce, gdzie została stoczoną, nadawało jej znaczną wagę. Mimo że początkowo planowano przeprowadzić proste taktyczne wycofanie wojsk, operacja ta, nazwana później „długim odwrotem", trwała dwa tygodnie i przyniosła znaczne straty w ludziach, gdyż zdyscyplinowana armia niemiecka ruszyła w nieustępliwą pogoń.

4 września francuski dowódca Joseph Joffre zauważył poważny błąd taktyczny Niemców i zatrzymał wycofywanie się francusko-brytyjskich wojsk nad Marną, zaledwie dwadzieścia kilometrów od Paryża. Zmobilizował swoich żołnierzy, którzy pokonali Niemców w pierwszej bitwie nad Marną. Kiedy niemiecki dowódca generał Helmut von Moltke usłyszał, że jego armia może zostać rozbita, przeżył załamanie nerwowe i musiał przekazać dowództwo. 12 września było już po wszystkim: alianci wygrali bitwę. To przekształcenie pogromu w zwycięstwo okrzyknięto „cudem nad Marną". Liczba rannych i zabitych – w walce brały udział ponad dwa miliony mężczyzn i prawie sto tysięcy z nich poległo – była jednak niczym w porównaniu z ranami, śmiercią i zniszczeniem, jakie miała przynieść dalsza część tej wojny. Tymczasem wspomniana bitwa przygotowała grunt pod trwający cztery lata impas w postaci wojny okopowej na całej długości zachodniego frontu.

Po zaciągnięciu się do wojska Arthur został wysłany razem z innym Anglikiem do małej jednostki wywiadu dowodzonej przez George'a de Symonsa Barrowa. W czasie „długiego odwrotu" Arthur i jego koledzy z wywiadu kursowali między linią frontu a dowódcami, zbierając jak najwięcej informacji na temat depczących im po piętach, niestrudzonych Niemców. Praca w wywiadzie była trudna, często odbywała się w nocy i niejednokrotnie wiązała się z ogromnym zagrożeniem, co pokazują dwie poniższe anegdoty. George Barrow spisał je, gdy wycofywał się wraz z armią:

> Dywizja przeszła przez Oise w Compiègne [niedaleko *château* Etienne'a] i zajęła wyżynę (...). Zostaliśmy zapewnieni, że wszystkie mosty (...) zniszczono. W nocy pojechałem z Capelem, by upewnić się, że żadni (...) Niemcy nie przedostali się łodziami ani w inny sposób.

Byliśmy bardzo głodni i w piekarni (...) dostaliśmy świeżo upieczony bochenek chleba (...). Znalazłem pokój w domu jakiegoś robotnika, a Capel w sąsiednim. Była pierwsza w nocy. Bardzo zmęczony, zdjąłem pas, chlebak i szablę i w ubraniu rzuciłem się na łóżko. O czwartej rano właściciel (...) przyszedł do mojego pokoju i powiedział: „W wiosce są Prusaki (...)". Odpowiedziałem: „Niemożliwe: wszystkie mosty zostały zniszczone". On mi na to: „To prawda, już stąd idę" (...). Nie uwierzyłem mu, a poza tym rozpaczliwie potrzebowałem snu (...). Potem jednak pomyślałem: Lepiej nie ryzykować (...), więc zwlokłem się z łóżka i podszedłem do drzwi. Usłyszałem strzały i łomotanie do drzwi (...) na końcu ulicy. W tej samej chwili przybiegł Capel. Wziąłem pas i chlebak, w pośpiechu zostawiłem szablę – bezużyteczną broń – i wskoczyliśmy do samochodu, który stał zwrócony w złą stronę. Znad rzeki przyszła gęsta mgła i silnik był zimny. Miałem wrażenie, że minęły godziny, zanim Capelowi udało się go uruchomić. Potem musieliśmy zawrócić w wąskiej uliczce. Tymczasem łomotanie do drzwi rozbrzmiewało coraz bliżej. W końcu samochód skręcił za rogiem, najwyżej sto metrów dalej. Parę kul świsnęło obok naszych głów i schowaliśmy się we mgle[4].

Zanim wielki odwrót wreszcie dobiegł końca niedaleko Paryża, Arthur i Barrow jeszcze raz ledwie uszli z życiem, gdy pewnej nocy wyruszyli samochodem Arthura w teren, by sprawdzić, jak blisko jest wróg. Gdy wyjechali z lasu, ku swojemu przerażeniu zobaczyli niemiecką brygadę, która przeszła przez drogę zaledwie trzysta metrów przed nimi i dołączyła do kilku pułków na polach. Nie mogąc uwierzyć, że nikt ich nie zauważył, Arthur po cichu wycofał się do lasu i zawrócił. Barrow napisał:

Podczas cofania i zawracania nie spuszczałem wroga z oczu, czując w równym stopniu zdumienie i ulgę, że ani jeden Niemiec nie spojrzał w naszą stronę. W końcu zawróciliśmy i uciekliśmy w bezpieczne miejsce. Gdybyśmy się zjawili pół minuty wcześniej albo niemiecka brygada przyszłaby pół minuty później, na pewno byśmy się spotkali i nie zobaczylibyśmy z Capelem dalszej części tej wojny[5].

W rzeczywistości Arthur i Barrow mieli jeszcze wiele okazji, by się na nią napatrzyć.

Rozdział 10

Za linią frontu imprezowicze w Deauville byli zmuszeni stanąć w obliczu tego, czego wielu z nich wytrwale unikało, i w panice opuścili kurort. Czternastego dnia tego wiekopomnego sierpnia, na który w innym wypadku przypadłby szczyt sezonu, Elizabeth de Gramont opisała, jak Normandy, hotel, w którym zatrzymali się Gabrielle i Arthur, został prawie całkiem zamknięty, a w The Royal miano urządzić szpital. Luksusowe sklepy zamykano, agencje wynajmu opustoszały, a cudzoziemcy znikali: „Samochody są rekwirowane, cena benzyny rośnie, a właściciele konnych powozów żądają stu franków za podjechanie pod wzgórze (...). Niektórzy roztropni ludzie (...) ukrywają w gorsetach woreczki ze złotem (...), inni kupują benzynę”[6].

Gdy Paryż został niemal odcięty od świata przez otaczającą go niemiecką armię, Joseph Joffre nie był w stanie zapewnić stolicy bezpieczeństwa i doradził rządowi, by ten wycofał się do Bordeaux. Uciekła wówczas aż jedna trzecia mieszkańców Paryża i w Deauville znowu zaroiło się od ludzi, gdyż *haut monde* chronił się w bezpiecznych hotelach i we własnych willach. Część wiejskich posiadłości była okupowana albo została zniszczona przez posuwającą się naprzód niemiecką armię. Wśród nich znalazł się *château* Etienne'a Balsana, Royallieu, zajęty przez niemieckich oficerów. Później odzyskano go podczas bitwy nad Marną i w jego budynkach urządzono szpital polowy.

Przed wyruszeniem na front Arthur polecił Gabrielle, aby została w Deauville. Instynkt podpowiadał mu, że nie powinna zamykać butiku. Tymczasem luksus, ekstrawagancja i wszelkiego rodzaju nieskrępowana konsumpcja nagle stała się niestosowna i na co dzień zaczął obowiązywać pragmatyzm. Część bywalców salonów, którzy schronili się w Deauville, zgłosiło się na ochotnika do pomocy w szpitalu, a skromna, bezpretensjonalna garderoba stała się praktyczną koniecznością. Jednak choć wiele osób z wyższych sfer twierdziło, że „straciło wszystko”, to dziwne lato upływało im na sięganiu po wszelkie luksusy, jakie wspaniały kurort był im w stanie zapewnić. Nikt nie wiedział, że to ostatni sezon *époque*, lecz przeczucie zmian i tak wiodło wiele bogatych kobiet ku drzwiom Gabrielle, gdzie zaopatrywały się w te proste ubrania, które z początku projektowała z myślą o sporcie i wypoczynku.

Mimo niedostatku materiałów Gabrielle nadal przejawiała ogromną inicjatywę i szybko zebrała plony: w jej salonie zawsze było pełno ludzi. Zatrudniała coraz więcej asystentek, a one bez końca szyły. Później powiedziała: „Byłam we właściwym miejscu. Nadarzyła się okazja. Wykorzystałam ją (...).

Potrzebne były prostota, wygoda i schludność, a ja bezwiednie je oferowałam"[7]. Elisabeth de Gramont, z której stylowa niekonwencjonalność uczyniła jedną z pierwszych wielbicielek projektów Chanel, zapamiętała ogromny ruch w butiku i nową posępność damskiej garderoby. Wspominając wyścigi sprzed wojny, Gabrielle stwierdziła, że z pewnej rzeczy nie zdawała sobie sprawy.

> Byłam świadkiem śmierci luksusu, odejścia XIX wieku, końca epoki. Wieku wspaniałości, lecz także dekadencji, ostatniego odzwierciedlenia barokowego stylu, w którym ozdoba przyćmiewała postać, w którym nadmiar dodatków tłamsił architekturę ciała (...). Kobieta była zaledwie pretekstem dla przepychu, koronek, soboli, szynszyli – dla materiałów zbyt drogocennych[8].

Potępiała skłonność *belle époque* do zmieniania kobiet w „pomniki spóźnionej i przebrzmiałej sztuki" i ubolewała nad trenami mdłych pastelowych sukien ciągnącymi się po piasku. Nawiązując do dekadencji tamtych lat, mówiła, że było w nich tyle bogactwa, iż stało się ono „równie powszednie jak bieda". I że niewiele się zmieniło od lat siedemdziesiątych XIX wieku, „od ich gorączki łatwych pieniędzy, zwyczaju błąkania się od jednego stylu do drugiego, romantycznego czerpania inspiracji ze wszystkich krajów i okresów z powodu braku sposobu szczerego wyrażenia siebie"[9].

Mówiąc to, Gabrielle miała na myśli między innymi Paula Poireta. Jego znacznie uproszczone projekty sygnalizowały fundamentalną zmianę kierunku damskiej mody, która teraz stawiała na proste linie i powstawała z prostokątnych kawałków materiału. Istniały jednak pewne ważne aspekty pracy Poireta, których Gabrielle zdecydowanie się wystrzegała. Po pierwsze, Poiret z nostalgią spoglądał w przeszłość. Po drugie, urzekał go romantyzm egzotyki, który w tamtym okresie odnosił się do wyobrażenia Rosji będącej centrum orientalnej mody. Gabrielle uważała, że oba te nurty – egzotyka i zanurzenie w przeszłości – ukrywają się przed aspektami teraźniejszości. Choć Poiret współbrzmiał z radykalizmem swoich czasów i uważał się za wielkiego zwolennika emancypacji kobiet, w jego odzieżowych „fantazjach" pozostawały one wersją dawnego stereotypu – kobiety podporządkowanej i prezentowanej raczej jako ideał niż rzeczywista osoba. Jego haremowe spodnie były doskonałym tego przykładem.

Gabrielle nie interesowały już fantazje, przynajmniej w dziedzinie ubioru. Przyjmując to, co uważała za rzeczywistość swoich czasów, nie tylko dała

Rozdział 10

kobietom praktyczne, stylowe ubrania, lecz także sprawiła, że stały się one modne. Pod koniec tego nerwowego i pracowitego lata w Deauville, pierwszego wojennego sezonu, Gabrielle zarobiła zawrotną sumę dwustu tysięcy franków (równowartość obecnych pięciuset sześćdziesięciu tysięcy funtów).

Arthur przyjeżdżał z frontu, kiedy tylko mógł, by doglądać interesów oraz odwiedzać Gabrielle i przyjaciół. Życie uległo jednak całkowitej zmianie. Większość ludzi ograniczała wydatki i czuła się osłabiona przez wojnę. Przede wszystkim większość mężczyzn, oprócz starców i dzieci, powołano do wojska. Paryż zmienił się nie do poznania:

> Pozbawiony złego fermentu, znowu stał się popularny i braterski: byliśmy skromnymi ludzikami na łasce wydarzeń. Zamknięto kantory, teatry, parlament wyjechał, luksusowe samochody trafiły do Bordeaux (...), a ulice Paryża znowu zmieniły się w wielką wioskę, gdzie informacje przekazuje się z ust do ust[10].

Duch przedsiębiorczości Gabrielle i Arthura – niektórzy nazwaliby go oportunizmem – sprawił, że to, co oferowali, sprzedawało się doskonale, a ich reakcja na trudne czasy jeszcze bardziej ich z sobą związała. Podczas gdy Gabrielle sprzedawała swoje proste, eleganckie i stosownie skromne ubrania, Arthur wykorzystał swoją flotę statków, stając się jednym z głównych dostawców węgla we Francji – wówczas jednego z najważniejszych zasobów pozwalających kierować państwem i prowadzić wojnę.

Pod koniec listopada 1914 roku Arthur stacjonował razem z innymi oficerami we Flandrii, w Château de la Motte au Bois. Właścicielka posiadłości, baronowa Clémentine de la Grange, zwróciła uwagę na adekwatność kwatery Arthura, którą dzielił z dwiema modystkami. Powiedziała, że „nie po raz pierwszy (...) kapelusznictwo odgrywa rolę w jego życiu". Jako bliski przyjaciel bratanka baronowej Odona de Lubersaca, także oficera wywiadu, Arthur został zaproszony do *château*.

Niedługo przed świętami Bożego Narodzenia dowódca Arthura generał Allenby zaproponował baronowej, że zawiezie ją w odwiedziny do jej drugiego syna w Reims. Później wspominała:

Wyruszyliśmy samochodem kapitana Capela prowadzonym przez jego szofera, byłego jubilera z Paryża. Kapitan Capel i porucznik Pinto poprosili o pozwolenie na dotrzymanie mi towarzystwa w drodze do Paryża. Kiedy przejeżdżaliśmy przez wieś Croisettes (...), zatrzymałam się na chwilę, by odwiedzić bratanka, Renaulda. Gdy wracałam do samochodu, zobaczyłam, że wokół pojazdu zebrał się tłum. Boy Capel siedział już obok szofera i palił fajkę z miną, która wzbudziła moje podejrzenia. Zanim wsiedliśmy do samochodu, razem z porucznikiem Pinto próbowaliśmy poznać przyczynę ciekawości mieszkańców wsi. W końcu odkryliśmy, że z tyłu samochodu, w pokrywającej go grubej warstwie kurzu, ten przeklęty Boy napisał palcem „Nowożeńcy!". Kpiła ze mnie cała wieś!

Capel, mimo bardzo poważnego i dostojnego wyglądu, nie potrafi się powstrzymać od dowcipów, ani od tych w dobrym, ani od tych w złym guście[11].

Tymczasem, podobnie jak znaczna część *beau monde* z Deauville, Gabrielle wróciła do stolicy razem z Antoinette, pozostawiając salon pod opieką ekspedientki. Choć wojna nie zakończyła się tak błyskawicznie, jak przewidywano, ludzie zdali sobie sprawę, że na razie Paryż nie zostanie zdobyty.

Tymczasem Adrienne wróciła do Vichy, zatroskana o bezpieczeństwo swojego kochanka de Nexona, który walczył na froncie. Wiele kobiet straciło już ukochanych mężczyzn. Śmierć dwóch osób, choć prawdopodobnie raczej nie poruszyła Gabrielle, silnie nawiązywała do jej przeszłości. Na wieczny spoczynek odeszli jej dziadkowie: matka Adrienne Angélina zmarła rok wcześniej, a teraz Adrienne pochowała w Vichy ojca, Henriego-Adriena.

Po rozpoczęciu działań wojennych, gdy Gabrielle zyskała większą niezależność finansową, wzięła pod opiekę swojego małego siostrzeńca André Palasse'a, którego matka, Julia-Berthe popełniła tak potworne samobójstwo. Gabrielle zawsze miała do André szczególną słabość i podczas wspólnych świąt Bożego Narodzenia postanowili z Arthurem wysłać chłopca do szkoły w Anglii. Za radą Arthura Gabrielle wybrała dla siostrzeńca dawną prywatną szkołę Capela w Beaumont, gdzie chłopak miał się nauczyć angielskiego oraz zacząć zdobywać maniery i ogładę dżentelmena.

Mimo upływu kolejnych sześciu miesięcy wojny i straty wielu żołnierzy na zachodnim froncie nadal nie było widać postępów. Często sugerowano, że to właśnie przerażające doświadczenia wojny okopowej zmusiły różne

Rozdział 10

armie do wkroczenia praktycznie z dnia na dzień w erę wojny technologicznej. W 1915 roku samoloty latały na zwiady oraz regularnie stosowano miotacze ognia, granaty ręczne i przerażający gaz trujący. Na dobre rozpoczął się okres, który Gabrielle nazwała „wiekiem żelaza".

Na początku lata 1915 roku, w krótkiej chwili wytchnienia od działań wojennych, Arthur zabrał Gabrielle na kilka dni do Saint-Jean-de-Luz, kawałek na południe od Biarritz, niedaleko granicy z Hiszpanią. Saint-Jean-de-Luz, które na początku było portem rybackim, przekształciło się w nadmorskie ustronie dla bogaczy. Ci, którym przejadł się przepych luksusowego Biarritz, mogli zawitać do bardziej wyszukanego pod względem kulturalnym Saint-Jean-de-Luz. Bawiła tam eklektyczna mieszanka artystów, arystokratów i literatów. To właśnie na tamtejszej plaży Gabrielle i Arthur pewnego dnia urządzili sobie piknik z przyjaciółmi, ciesząc się chwilą zwyczajnego spokoju w niezwykłych czasach.

Gabrielle zaczesała włosy do tyłu i włożyła na głowę opaskę. Miała na sobie ciemny kostium kąpielowy. Zupełnie nie przypominał dzisiejszych strojów kąpielowych – wyglądał raczej jak wzruszająco skromna sukienka nad kolano. W 1915 roku nikt jednak nie wątpił, że młoda kobieta nosząca taki strój wygląda dość wyzywająco. Mniej więcej w pierwszej dekadzie wieku morskie kąpiele stały się ważną rozrywką francuskiej klasy wyższej, lecz wyłącznie najdzielniejsze kobiety oddawały się takiej aktywności.

Istnieje bardzo niewiele zdjęć przedstawiających Gabrielle z Arthurem, ale na kilku niedawno odkrytych fotografiach z tamtego dnia na plaży widzimy ich wesoły piknik na piasku. Na jednym zdjęciu pozują obok dziedzica cukrowej fortuny Constanta Saya. Na drugim widać młodą kobietę leżącą twarzą do słońca, która jest kochanką Saya i wschodzącą gwiazdą opery, Marthe Davelli. Dzięki artystycznemu sukcesowi Davelli i pękatemu portfelowi jej kochanka niedaleko wzniesiono dla niej letnią willę. W 1915 roku opalona skóra była cechą ludzi ubogich, zmuszonych do pracy w słońcu, a opalanie się uważano za oburzające. Choć często się słyszy, że to Gabrielle była kobietą, która zapoczątkowała modę na opaleniznę, na tych zdjęciach widzimy, że już wtedy jej przyjaciółka Marthe Davelli z entuzjazmem oddawała się promieniom słońca. Następnym uczestnikiem pikniku był starzejący się powieściopisarz i dramaturg Pierre Decourcelle, którego sugestywnymi powieściami zaczytywała się Gabrielle w klasztorze w Aubazine.

Na początku następnego roku, kiedy Arthur znowu przyjechał z frontu do Paryża, malarz socjety Jacques-Émile Blanche odnotował spotkanie z Gabrielle i Arthurem na przyjęciu. Bawili tam ludzie z wyższych sfer i obecność Gabrielle pokazuje, że śmietanka towarzyska zauważyła jej rosnący status w tych zmiennych czasach. Gabrielle nie była już jedynie uderzająco piękną kochanką olśniewającego Boya Capela, lecz zdobywała własną reputację jako majętna projektantka dyktująca nowe trendy.

Wśród gości obecnych na przyjęciu byli: Philippe Berthelot, układny szef do spraw politycznych w Ministerstwie Spraw Zagranicznych; piszący o polityce eseista Henri-Adrien Massis; uwodzicielsko piękna hrabina Anna de Noailles, uważana przez wielu (a przede wszystkim przez siebie samą) za najwspanialszą poetkę salonów literackich; opat Arthur Mugnier, autor dzienników, niezmordowany bywalec salonów i całkowicie bezkrytyczny powiernik *haut monde*; oraz opiumistka i lesbijka księżniczka Violette Murat, która niczego nie kochała bardziej niż nocy spędzanych w podejrzanych spelunkach i klubach Montparnasse'u i Montmartre'u. Violette Murat należała już do grona klientek Gabrielle. Choć w tamtych czasach obecność krawcowej na przyjęciu dla śmietanki towarzyskiej miała wyraźny posmak snobizmu, Gabrielle emanowała klasą i skromnie trzymała się własnego stylu. Kilkoro gości z tamtego przyjęcia zaliczało się później do jej przyjaciół.

W czasie wojny letnisko w Biarritz pozostało jednym z ulubionych celów podróży europejskiej arystokracji. Na miejsce tych, którym wojna uniemożliwiła dotarcie do kurortu, zjawiało się tyle samo innych chętnych. Pochodzili ze wszystkich warstw społecznych – byli wśród nich tacy, którzy handlowali na czarnym rynku i niedawno wzbogacili się na spekulacji – a także z neutralnych krajów. Nie ustawali w wysiłkach, by uciec od myśli o wojnie, a eleganckie atrakcje Biarritz tłumiły dręczący ich strach.

Rozdział 11

MISTRZYNI W SWOIM FACHU

Możliwe, że właśnie podczas pobytu w Saint-Jean-de-Luz Arthur i Gabrielle doszli do wniosku, iż pora otworzyć następny salon. Tym razem w Biarritz. Bez względu na to, kiedy podjęli tę decyzję, Arthur jeszcze przed powrotem na front wyłożył pieniądze na przedsięwzięcie na znacznie większą skalę niż butik Gabrielle w Deauville. Wybrał dla niego miejsce w jednym z najwspanialszych prywatnych budynków w Biarritz, w Villi Larralde przy rue Gardères. Budynek był stylizowany na zamek i stał w idealnym miejscu: naprzeciw kasyna, po drodze na promenadę i na plażę. Gabrielle przygotowywała się do otwarcia nie tylko swojego pierwszego *maison de couture*, lecz również pierwszego domu mody w Biarritz.

Tego samego lata, w 1915 roku, we wpływowym amerykańskim magazynie „Women's Wear Daily" ukazała się jedna z pierwszych wzmianek o sukienkach Gabrielle, zapowiadając, że zdobyta już reputacja posłuży Chanel za fundament najnowszego przedsięwzięcia w Biarritz:

Deauville, 14 lipca

Wszystko wskazuje na to, że czeka nas tu wspaniały sezon. Dość sporo willi zostało już otwartych, a wiodące hotele (...) są pełne (...). Ciekawą cechą życia płci pięknej w Deauville są zakupy: najbardziej fascynujące sklepy, jakie można znaleźć we wszystkich zakątkach świata, stoją przede wszystkim przy rue Gontaut-Biron i przy rue de Casino. Są to butiki należące do sieci dobrze znanych paryskich domów mody. Ponownie otwarto Maison Chanel. Nawiasem mówiąc, ten butik jako pierwszy wykorzystał dżersej Rodiera i w ostatnim sezonie wypuścił sportowy płaszcz z tego materiału. Dżersej od razu stał się przebojem. Wszyscy byli ciekawi, jaką nowinkę zamierza zaprezentować mademoiselle Chanel w tym roku.

Następnego dnia doniesiono:

Gabrielle Chanel ma (...) niezwykle ciekawe swetry w nowym stylu. Są z wełny i dżerseju w bardzo atrakcyjnych kolorach, na przykład w błękicie, różu, ceglanej czerwieni i żółci. Wykorzystano również dżersej w czarno-białe lub granatowo-białe paski. Swetry te (...) wkłada się przez głowę, mają mniej więcej piętnastocentymetrowe rozcięcie pod szyją i są ozdobione guzikami obciągniętymi dżersejem (...). Tym swetrom wróży się wielki sukces.

Mało powiedziane. Wykorzystując całą swoją pomysłowość, Gabrielle sprytnie spożytkowała ponure wojenne okoliczności. Trzeba było zarówno nieustępliwości, jak i inwencji, by poradzić sobie z niedoborem tkanin i akcesoriów potrzebnych do utrzymania sklepu z ubraniami, a co dopiero trzech ekskluzywnych salonów. Gabrielle zaangażowała braci Etienne'a Balsana, Jacques'a i Roberta, którzy pracowali dla rodzinnej firmy tekstylnej, aby pomogli jej zdobyć sukno i skontaktowali ją z producentami jedwabiu z Lyonu. Ponadto Arthur znalazł dla niej najlepszych tkaczy wełny i farbiarzy, jakich mogła zapewnić Szkocja.

Jednak tkaniną, której możliwości Gabrielle miała wykorzystać w zupełnie nowy sposób i która wzbudziła wielkie zainteresowanie, wręcz zachwyt – jak wszystkie inne niezwykłe rzeczy robione przez nią w pierwszych latach projektowania – był materiał wspomniany wyżej: dżersej lub *djersabure*. Ubrania szyte z dzianiny – jedwabnej lub wełnianej – stały się modne już kilka lat

Rozdział 11

wcześniej: cięższe, robione ręcznie swetry często zestawiano ze lnem albo flanelą podczas gry w tenisa, golfa albo na plaży. Nigdy nie wykorzystywano jednak niefarbowanego dżerseju do produkcji damskiej garderoby i uważano go za jeden z najskromniejszych materiałów.

Istnieje kilka wersji historii o tym, w jaki sposób zainteresowała się nim Gabrielle, ale wszystkie sprowadzają się do tego, że poznała producenta tkanin Jeana Rodiera, który pokazał jej materiał wyprodukowany w ramach eksperymentu jeszcze przed wojną. Rodier zamierzał wykorzystać tę dzianinę do produkcji bielizny dla sportowców, ale ci uznali ją za zbyt szorstką. Dzianina okazała się dokładnie tym, czego szukała Gabrielle, i ku zaskoczeniu Rodiera kupiła całą partię. To właśnie stonowany charakter materiału, który zniechęcał do niego innych, spodobał się Gabrielle najbardziej. Poprosiła Rodiera, by oprócz zakupionej właśnie partii wyprodukował jeszcze jedną.

Odmówił, twierdząc, że wątpi, czy kiedykolwiek uda jej się to sprzedać. A ponieważ wojna utrudniała zdobycie surowców, nie chciał ryzykować, że cała partia się zmarnuje. Zaproponował, żeby się wstrzymała, a jeśli ubrania się sprzedadzą, wróciła po więcej materiału. Namowy Gabrielle na nic się nie zdały: Rodier był nieugięty. Jego opory związane z produkcją dzianiny dla tej kobiety – która dla bogatych klientów chciała szyć okrycia wierzchnie ze skromnego materiału nienadającego się nawet na bieliznę – były całkowicie uzasadnione. Oczywiście dziś już wiemy, że to Gabrielle miała rację.

Na początku wykorzystywała dżersej Rodiera w kolorze szarym i naturalnym, kremowym, a potem, kiedy zobaczyła, że naprawdę można go sprzedać, postarała się o piękne nowe kolory wspomniane wyżej. Dodatkowo uzyskała koralową czerwień, odcień niebieskiego opisywany jako „staroniebieski" i różne odcienie szarości. W 1916 roku, kiedy „Women's Wear Daily" zapowiadał, że Gabrielle „rozsławi dżersej", „Vogue" nazwał jej salon „Domem dżerseju" (Gabrielle nie była jedyną projektantką wykorzystującą tę tkaninę, lecz bez wątpienia okazała się najbardziej pomysłowa i to ona zmieniła dżersej w materiał wysokiej mody). Wojenny niedostatek i wysokie ceny oznaczały, że dzięki zwycięskiej inicjatywie Gabrielle dżersej zastąpił bardziej znane materiały, takie jak serżę o skośnym splocie, na którą było wówczas wielkie zapotrzebowanie, gdyż szyto z niej wojskowe mundury. Latem 1916 roku „Vogue" ukazał rosnący wpływ Gabrielle, opisując jedną z najbardziej znanych ulic na świecie:

> Na alei Bois de Boulogne panuje dość duży ruch. Można tam zobaczyć wspaniałe alianckie mundury usiane przeróżnymi ozdobami i usłyszeć miarowe pobrzękiwanie szabel (...). Jest tam odrobina nowych sukienek (...) na tle stonowanych ubrań, które są teraz w modzie. Jest spokojne, wełniane ciepło dżerseju (...), który wcześniej był lubiany, a teraz (...) jest namiętnie kochany i wzbudza istny szał. Wszyscy chodzą w dżerseju: w jasnoszarym, beżowym, białym i w najróżniejszych odcieniach błękitu. Dżersej bordo jest elegancki (...), a dla młodych dziewcząt jest dżersej czerwony (...), modna sukienka z dżerseju ma niebywale prosty krój (...) [dżersej] jest lekki i szalenie szykowny.

Choć dżersej stał się materiałem, z którego Gabrielle szyła najwięcej ubrań w czasie wojny, pomysłowo wykorzystywała także niewielką liczbę innych tkanin, na przykład zamsz do produkcji kapeluszy, płaszczy i marynarek, czasami ozdabiany wstążkami. Na popołudnia i wieczory szyła sukienki z atłasu, aksamitu i tiulu. Czasami urozmaicała je bawełną, jedwabiami albo koralikami. Jej najładniejsze ubrania były zdumiewająco piękne dzięki mistrzowskiemu połączeniu tkaniny, prostoty kroju i ozdób. W listopadzie 1916 roku „Vogue" wyraził lekkie zniecierpliwienie, że nieograniczone umiejętności Gabrielle w zakresie projektowania ubrań z niedocenianego wcześniej dżerseju najwyraźniej nie są doceniane przez czytelniczki. Napisano: „Ostatnio chodzą pogłoski, że kobietom znudził się dżersej, ale Chanel jest mistrzynią w swoim fachu i jej sukienki są równie wspaniałe i wdzięcznie wykończone jak kreacje z bardziej arystokratycznych materiałów".

W innym artykule „Vogue" opisał całkowicie niearystokratyczny dżersej Gabrielle jako „pelerynę z grubej, ciepłej tkaniny w kolorze żółtym, obszytą szarym królikiem". Gabrielle ponownie w charakterystyczny dla siebie sposób odrzuciła tradycję. Dla modnych kobiet futro zawsze stanowiło jeden z akceptowanych sposobów demonstrowania luksusu – a im bardziej było rzadkie i drogie, tym lepiej. Gabrielle nie tylko promowała materiał, który uchodził za towar z najniższej półki, lecz w dodatku obaliła następną zasadę: do wielu swoich strojów dodawała futro królika uważane za najbardziej plebejskie z futer. A bogate, modne kobiety chętnie je kupowały. Gabrielle mogła się usprawiedliwiać trwającą wojną, lecz miała bardziej złożone powody, aby sprzedawać tak zwyczajne materiały po wysokiej cenie. Powiedziała:

Rozdział 11

> Postanowiłam zastąpić drogie futra najskromniejszymi, jakie można znaleźć. Szynszyle nie przyjeżdżały już z Ameryki Południowej, a sobole z carskiej Rosji. Wykorzystałam króliki. Dzięki temu wzbogacili się biedni ludzie (...) i detaliczni sprzedawcy. Wielkie sklepy nigdy mi nie wybaczyły (...). Niczym Likurg gardziłam drogimi materiałami [To przesada, ale zasadnicza idea się zgadza]. Piękny materiał jest wspaniały sam w sobie, lecz im bardziej sukienka ekstrawagancka, tym słabsza.

Potem wypowiedziała jedne ze swoich najbardziej niezwykłych słów: „Ludzie mylą prostotę z biedą"[1]. Dziś, myśląc o ubraniu, natychmiast rozumiemy, co miała na myśli – zawdzięczamy to właśnie przede wszystkim Gabrielle.

Ubrania uszyte z dżerseju były chyba pierwszymi prawdziwie oryginalnymi kreacjami Chanel. I choć w późniejszych latach dała początek jeszcze wielu ważnym elementom garderoby nowoczesnej kobiety, jej oddziaływanie miało tak szeroki zasięg, że nie sprowadzało się do zwyczajnego pierwszeństwa. Pod koniec pierwszej wojny światowej Gabrielle w większym stopniu niż inni projektanci zrewolucjonizowała strój kobiet. Długość, styl i rodzaj materiału nie zawsze jednak są najważniejszymi aspektami jej oryginalności. To, co nosiły kobiety, było po prostu najbardziej widocznym przejawem głębszych zmian, jakie Gabrielle pomogła wprowadzić. Dzięki swojej niezwykłości i zerwaniu z konwencją miała odegrać zasadniczą rolę w kształtowaniu idei nowoczesnej kobiety.

Gabrielle zawsze rozumiała podstawowe mechanizmy. Powiedziała później: „Ekscentryczność umierała. Mam nadzieję (...), że pomogłam ją dobić. Paul Poiret, niezwykle pomysłowy krawiec, ubierał kobiety w kostiumy". Następnie opisała rewię złudzeń, którym jej zdaniem oddawali się ludzie, przez co „najskromniejsze przyjęcie przypominało imprezę wyjętą z Bagdadu kalifów. Ostatnie kurtyzany (...) wchodzą przy dźwiękach tanga, ubrane w rozkloszowane suknie, z psami gończymi i gepardami u boku". Przyznała, że to wszystko jest bardzo przyjemne, ale przestrzegła przed „oryginalnością w krawiectwie, przez którą człowiek natychmiast zostaje zdegradowany do przebrania i dekoracji, zniża się do roli scenografii"[2].

Skupiła się na sylwetce, strukturze i architekturze ubrań. Wyraźnie pokazując, że według niej prostota kroju jest najważniejsza oraz że dekoracje i ozdoby to drugorzędne cechy ubioru, Gabrielle trzymała rękę na pulsie swoich czasów lepiej niż wielu jej rywali. Lepiej od nich rozumiała ducha tamtych czasów – Poiret wykazał się wielką odwagą i odsłonił stopę! – i to właśnie ona bardziej niż ktokolwiek inny była odpowiedzialna za uniesienie rąbka spódnicy nad kostkę. Już wtedy poluźniała talię, a za jakiś czas miała ją opuścić na biodra.

Pozbyła się ozdób, które były podporą przeszłości – detali, które stały się przestarzałe. Jednak robiąc to, podobnie jak we własnym życiu, Gabrielle próbowała także odsunąć na bok gierki i pozory kobiecości. Szyjąc ubrania dla kobiet w nowej, mechanicznej epoce, oznajmiła: „Ponownie odkryłam szczerość i na swój własny sposób sprawiłam, że moda stała się szczera"[3].

Tymczasem tamtego lata, w 1915 roku, Antoinette z pewnymi oporami przyjechała do Biarritz, by pomóc odnoszącej sukcesy siostrze. Miała już dwadzieścia osiem lat, była niezamężna i obawiała się, że życie i praca z dala od Paryża jeszcze bardziej utrudnią jej znalezienie męża. Natomiast Adrienne, wcześniej bezwarunkowo oddana Gabrielle, tym razem pozostała niewzruszona: nie mogła jeszcze przyjść bratanicy z pomocą. Siedziała jak na szpilkach, czekając na pozwolenie, by odwiedzić kochanka na froncie. Gdy w końcu je otrzymała, skromna Adrienne przeżyła wstrząs: żołnierz sprawdzający przepustki zapytał, czy jest żoną barona de Nexona. Zakłopotana przyznała, że nie, a wówczas żołnierz pozwolił jej przejść, mówiąc, że pułkownik nie lubi żon, bo mężczyzna od nich mięknie. Dziewczyny to co innego!

W Biarritz, gdzie w łagodnym klimacie sezon w zasadzie trwał bez przerwy i gdzie sport i młodzieńcza aktywność na stałe wpisały się w codzienność, Gabrielle zobaczyła, jak jej ubrania zaspokajają niedostrzeganą wcześniej potrzebę. Poczuła również, że nie może dłużej zwlekać, i po raz pierwszy zaczęła sprzedaż bez Adrienne.

Gdy gorączkowe przygotowania dobiegły końca i Gabrielle otworzyła swój wspaniały *maison de couture*, zaskoczył ją entuzjazm, z jakim powitano jej nowe przedsięwzięcie. Drogie dodatki i szykowne stroje na dzień do gry w tenisa, golfa lub do pływania; kostiumy do kasyna lub na wyścigi oraz nowe suknie wieczorowe, które zaprojektowała z myślą o bujnym nocnym życiu w kurorcie – to wszystko olśniło jej podekscytowane klientki.

Gabrielle oferowała coś zupełnie innego niż jawny luksus i przepych, których do tej pory oczekiwano od ekskluzywnego butiku. Klientki znajdowały u niej coś, co szefowa pracowni Gabrielle Marie-Louise Delay opisała później

Rozdział 11

jako „fantastyczną jakość niezrównanej prostoty i elegancji”. Marie-Louise stwierdziła, że to coś „zupełnie innego niż u Poireta i Madeleine Vionnet”. Maison Chanel, w którym klientki witała Antoinette, zasypano zamówieniami. Przychodziły z Bilbao, San Sebastián, Biarritz, Madrytu, Paryża i innych francuskich miast, a także z bardziej oddalonych miejsc. Europejczycy, znudzeni monotonią wojny, mogli sobie pozwolić na odrobinę urozmaicenia w jednym z ostatnich przyczółków, gdzie luksus pozostawał najwyższym priorytetem.

Podczas gdy Gabrielle i Marie-Louise Delay kierowały szwaczkami, żeby praca szła jak najszybciej, Antoinette wróciła z Paryża, przywożąc następne pracowniczki, które zabrała z butiku przy rue Cambon, gdzie też panował już duży ruch. Od samego początku Gabrielle używała w Biarritz tyle samo bawełny i dżerseju co w salonie paryskim. Choć umowa dzierżawy salonu przy rue Cambon zabraniała jej szycia sukienek, dżersej uważano za tak pośledni materiał, że wcześniej nikt go do tego nie wykorzystywał i najwidoczniej nie podlegał takiemu ograniczeniu[4].

Gabrielle wezwała znajomych i przyjaciół: Marthe Davelli została jej wierną klientką, przyprowadzając z sobą inne piosenkarki i aktorki, a wpływowa bywalczyni salonów Kitty Rothschild nadal oddziaływała na Francuzki, spędzając czas w Biarritz. Niektóre z najważniejszych klientek nowego luksusowego salonu Gabrielle przyjeżdżały jednak zza hiszpańskiej granicy. Stylowe ubrania Gabrielle urzekły zarówno hiszpańską arystokrację, jak i część członkiń rodziny królewskiej. To właśnie wtedy, w 1915 roku, amerykański magazyn „Harper's Bazaar” oznajmił, że „kobieta, która nie ma przynajmniej jednej rzeczy od Chanel, jest beznadziejnie nie na czasie”[5]. W lutym 1916 roku dobrze poinformowany „Women's Wear Daily” doniósł, że we Francji „Nie jest niczym niezwykłym, by elegancka kobieta składała zamówienie na trzy lub cztery kostiumy [od Chanel] naraz w różnych kolorach”.

Podczas gdy Gabrielle była ogromnie zajęta najbardziej ambitnym ze swoich dotychczasowych przedsięwzięć, Arthur znowu bawił w *château* baronowej de la Grange, zmagając się ze zmiennymi kolejami wojny. W pierwszych dniach sierpnia 1915 roku wstrząsnęło nim potworne doświadczenie, dające pewne wyobrażenie o stresach towarzyszących życiu na froncie. Baronowa opisała je tak:

> Samochód prowadzony przez kapitana Capela wpadł w poślizg (...) i rzuciło go na wiejski wóz. Dyszel trafił nieszczęsnego Hamiltona-Grace'a prosto w pierś i siła uderzenia wypchnęła go na drogę. Z początku nikt nie zdawał sobie sprawy, co się stało, a gdy pobiegli mu pomóc, już umierał. Kapitan Capel omal nie postradał zmysłów z rozpaczy. Na szczęście mój bratanek Odon de Lubersac, jego przyjaciel (...), zapobiegł następnemu nieszczęściu (...).
>
> Mężczyźni nieśli trumnę (...) i ciężki krok obutych stóp brzmiał jak echo dzwonów na brukowanej drodze (...). Tego samego wieczoru oddział kawalerii wyruszył w drogę. Po dziewięciu wspólnie spędzonych miesiącach bardzo się zaprzyjaźniliśmy (...) i żegnałam ich z wielkim żalem[6].

Pisząc, że jej bratanek „zapobiegł następnemu nieszczęściu", baronowa miała na myśli to, że Arthur wpadł w tak wielką rozpacz, iż gdyby mu nie przeszkodzono, mógłby się zastrzelić. Ciekawe, czy opowiedział o tym zdarzeniu Gabrielle. A może wojna, przyczyna rozłąki tak wielu par, zaszczepiła już w nim potrzebę nowego rodzaju emocjonalnej samowystarczalności? Choć nigdy się nie dowiemy, jak dużą częścią swoich problemów Arthur dzielił się z Gabrielle, możemy mieć pewność, że bez względu na rozłąkę Chanel ogromnie skorzystała na wsparciu Capela i jego wierze w jej umiejętności.

Jak już wspominaliśmy, mimo odziedziczonej fortuny, Arthur postanowił zarabiać pieniądze. Powiedział Gabrielle, że nie robi tego z chciwości. Na początku był zmuszony do pracy, lecz w czasie wojny stała się ona dla niego czymś, co robił dla swojej ojczyzny. Jednocześnie sam także miał niezwykłą żyłkę do interesów i w ciągu wcześniejszych lat okazał się genialnym przedsiębiorcą (między innymi doradził Gabrielle otwarcie salonu w Biarritz). Jego flota statków w takim tempie transportowała do Francji węgiel potrzebny do produkcji przemysłowej i ogrzewania, że wkrótce okrzyknięto do „Królem Węgla".

Odległość mogła siłą rzeczy ograniczyć rozmowy Arthura i Gabrielle o przyszłości, lecz te, które udało im się przeprowadzić, okazały się ogromnie ważne. Kochanek wspierał ducha przedsiębiorczości w Chanel i potwierdzał swoją wiarę w jej możliwości, wykładając wysokie sumy niezbędne do tego, by ów duch mógł rozkwitnąć.

Gabrielle miała pełną świadomość, że Etienne Balsan umożliwił jej odcięcie się od skromnego pochodzenia i wykonanie pierwszych ważnych kroków ku określeniu siebie na nowo. Poza tym doskonale wiedziała, że bez wsparcia i koneksji Arthura osiągnęłaby pewnie nieco mniej. Jednak choć nigdy nie zapomniała, że jej ogromna wiara w siebie umacniała się w młodości przede wszystkim dzięki wsparciu wybitnych i wpływowych mężczyzn, żadna ilość wsparcia nie byłaby w stanie jej pomóc, gdyby sama nie miała wyjątkowych talentów i niezwykłego zacięcia do pracy. Później powiedziała: „Przede wszystkim pragniesz pieniędzy. Potem zaczynasz lubić pracę. Praca ma znacznie silniejszy smak niż pieniądze. Ostatecznie pieniądze to jedynie symbol niezależności”[7].

Tymczasem napływały zamówienia i Gabrielle wysłała swoją *première* Marie-Louise Delay do Paryża, by objęła kierownictwo w atelier zatrudniającym sześćdziesiąt osób szyjących dla Hiszpanii. Marie-Louise wspominała to tak: „Hiszpański dwór kupował sukienki tuzinami. Wkrótce zostałam jedną z pięciu brygadzistek”[8]. Dla Gabrielle szyło pięć pracowni, lecz mimo to wszystko kontrolowała osobiście: „Koronki, ozdoby, kolory. Zawsze wybierała najpiękniejsze odcienie z różnych pasteli, które farbiarze z Lyonu i Szkocji mogli wyprodukować z jedwabiu i wełny. Nasze pracownie przypominały baśniową krainę, istną tęczę”[9].

Pod koniec 1916 roku arcyrywal Gabrielle, Poiret, skupił swoje wysiłki na armii i z powodzeniem przeprojektował jej szynele, by obniżyć koszt ich produkcji. Bez względu na patriotyczne starania Poireta Gabrielle ostatecznie zadała mu klęskę i stała się niepokonana w dziedzinie wojennej mody. W tamtym okresie zatrudniała ponad trzysta osób.

Trzeźwo myśląca i zdecydowana, Gabrielle znalazła już własne metody pracy. Marie-Louise wspominała: „Noga Chanel nigdy nie stanęła w pracowniach. Zwoływała nas wszystkie, by po dokonaniu wyboru tkanin powiedzieć, czego chce”. Choć *première* podziwiała umiejętności Gabrielle w zakresie formułowania żądań, uważała również, że jej nieznajomość techniki czasami prowadziła do nieporozumień. Gdy rzeczywiście tak było i szyto coś, co nie przypadło Gabrielle do gustu, Chanel nie kryła frustracji.

Choć według Marie-Louise Gabrielle próbowała nadrabiać nieznajomość techniki niepokojącą potrzebą demonstrowania swojej władzy, *première* podziwiała w niej coś, co nazwała „wrodzonym gustem”. Bez względu na zastrzeżenia wobec przełożonej, Marie-Louise nieustannie była pod wrażeniem „śmiałości i niewiarygodnego tupetu [Gabrielle], zwłaszcza że [Gabrielle] była modystką i niewiele wiedziała o krawiectwie”[10]. Dodała, że metoda Chanel „musiała mieć w sobie coś dobrego, bo tworzyłyśmy cudowne rzeczy”. Co się tyczy samej Gabrielle, Marie-Louise uważała ją za „niezwykle elegancką”.

„Powinniście byli widzieć – mówiła – jak punktualnie w południe wysiada ze swojego rolls-royce'a przed salonem, bo oczywiście (...) kupiła rollsa z szoferem i lokajem. Była królową!"[11].

„Królowa" zostawała w salonie do drugiej albo trzeciej, w zależności od tego, jak ważne przyszły klientki. Potem „wycofywała się do swojego salonu, gdzie bardzo się relaksowała"[12]. Wrażenie, jakie dzięki temu stwarzała – jakoby wcale ciężko nie pracowała – było całkowicie zgodne z zamysłem Gabrielle, choć zupełnie niezgodne z prawdą. Zapamiętano jej słynne słowa wypowiedziane wiele lat później: „Człowiek osiąga sukcesy dzięki pracy. Manna nie spadła mi z nieba, urabiałam ją własymi rękami (...). Tajemnica mojego sukcesu polega na tym, że pracowałam okropnie ciężko (...). Nic nie jest w stanie zastąpić pracy: ani papiery wartościowe, ani tupet, ani szczęście"[13].

Jak pamiętamy, Gabrielle uparcie trzymała się z boku, gdy sprzedawała kapelusze w *garçonnière* Etienne'a Balsana: wolała posyłać asystentki, by zajmowały się klientkami, niż załatwiać to osobiście. Wcześniej, kiedy zapoznawała się z najbardziej wyrafinowanymi ludźmi i miejscami, pozory, które czasami stwarzała – że wcale ciężko nie pracuje – sygnalizowały ważną cechę jej ówczesnego sposobu myślenia. Zauważyła, że aby zdobyć większą sławę niż inni projektanci, rozsądnie będzie stwarzać wrażenie, iż wcale nie musi ciężko pracować, że dzięki temu jest równa swoim klientkom. Ponieważ od początku życia ucierano jej nosa z powodu niskiego pochodzenia, dzięki sukcesom coraz bardziej wyzbywała się poczucia niższości wobec wyżej postawionych osób.

Pod czujnym okiem Arthura najpierw wykorzystywała kontakty i prasę, by promować swoje kapelusze, a później niezawodny instynkt zaczął jej podpowiadać, że potrzebuje czegoś bardziej kompleksowego niż staromodna siła znanego nazwiska. Nigdy się nie dowiemy, czy robiła to świadomie, lecz zaczęła szykować promocję na większą skalę.

Nawet jej *première*, która znała metody pracy Gabrielle i po części także jej skomplikowaną osobowość, uwierzyła w jej projekcję statusu wystarczająco mocno, by nazwać Gabrielle „królową", i nie dostrzegała w jej relaksie niczego więcej poza samym relaksem. Gdy wrodzona wiara w siebie Gabrielle zaczęła rozkwitać, Chanel przystąpiła do kreślenia zarysu swojego wizerunku. Tworzyła wokół własnego nazwiska coś, co we współczesnym świecie może odnieść prawdziwy sukces na wielką skalę jedynie dzięki nieustannemu kontaktowi z prasą: wizerunek publiczny.

Rozdział 12

WOJNA ZABRANIA DZIWACTW

Nawet w czasie wojny wyższe warstwy francuskiego społeczeństwa, wśród których Arthur spędzał czas, nadal chętnie oddawały się rozrywkom. Arystokracja nie różniła się od innych klas społecznych i ją także tworzyły rozmaite elementy – zdarzały się małżeństwa z *grande bourgeoisie* – więc nie była ani zasymilowaną, ani homogeniczną grupą. Choć nie skupiała już wielkiej władzy, zachowała znaczną część dawnego poczucia wyjątkowości i nadal cieszyła się wielkim poważaniem. Nadając prestiż i otrzymując szacunek otoczenia, potwierdzała istnienie hierarchii społecznej, na której szczycie nadal trwała.

Arthur był przedstawicielem *haut bourgeoisie*, któremu wpojono, że praca to coś godnego pochwały. Nie potrzebował jednak pieniędzy i przekształcił swoją etykę pracy w niemal egzystencjalną potrzebę doświadczenia, a poza tym był jednym z nielicznych mężczyzn z wyższych sfer, który odważył się zerwać z konwenansami i zamieszkać z kochanką. Ponadto okazał się na tyle postępowy, by dojść do wniosku, że uległość kochanki ostatecznie nie dałaby mu satysfakcji. A Gabrielle była fascynująco nieuległa. Mimo braku wykształcenia (być może należałoby to raczej nazwać „brakiem ogłady", gdyż w tamtych czasach bardzo niewiele kobiet mogło się pochwalić formalnym wykształceniem) jej wyjątkowa naturalna inteligencja wyraźnie dotrzymywała kroku inteligencji Arthura. Gabrielle była jedyną znaną mu kobietą, która zdawała się mu dorównywać. Jednak mimo że kochał ją i podziwiał, te uczucia nie były w stanie utemperować jego ogromnego apetytu na kobiety.

Na początku ich romansu Arthur przez jakiś czas powstrzymywał się od podbojów, lecz wkrótce jego wewnętrzny przymus znów dał o sobie znać. Jeśli chodzi o Gabrielle, najwidoczniej była przekonana, że jest jedyną prawdziwą miłością Arthura. Mówiła, że nie jest zazdrosna – raz zapytała nawet, kim są jego inne kochanki. Podboje Arthura miały jednak szeroki zasięg. Roześmiał się i odparł, że wyjawienie jej tego skomplikowałoby mu życie jeszcze bardziej, niż skomplikował je on sam[1].

Oprócz tych prywatnych „komplikacji" kochanek Gabrielle miał na głowie swoją flotę statków, rozległe interesy węglowe i nieustanne podróże między frontem, Paryżem i Londynem. Jednak mimo częstych nieobecności i krótkich chwil w ramionach innych kobiet zawsze wracał do Gabrielle, swojej najważniejszej towarzyszki.

Na początku 1916 roku, kiedy nic nie wskazywało na rychłe zakończenie wojny, doświadczenia Arthura pchnęły go ku polityce. Dlatego w marcu złożył wniosek o zezwolenie na zakończenie służby w wywiadzie z nadzieją na stanowisko oficera łącznikowego. Specjalnie w tym celu zapoznał się z politykami i wysokimi rangą dowódcami francuskiej i angielskiej armii. Prawdopodobnie kierując się sugestią jakiejś wysoko postawionej osoby, brytyjskie Ministerstwo Wojny napisało do naczelnego dowódcy brytyjskiej armii we Francji, informując, że Arthur pragnie „wrócić do Paryża celem dalszego prowadzenia interesów. Możliwe, że (...) obejmą one udział w polityce Francji. W tych okolicznościach byłoby bardzo wskazane, aby Capel zachował (...) patent oficerski i status »brytyjskiego oficera na przepustce«"[2]. Wygląda na to, że Arthur miał również bardziej osobiste powody, by zrezygnować ze służby. Tak stresujące zajęcie niedaleko linii frontu oraz śmierć jego przyjaciela Hamiltona-Grace'a, za którą czuł się odpowiedzialny, doprowadziły go do stanu emocjonalnego wyczerpania. Jeden z komentatorów ujął to tak: „Podupadł na zdrowiu i musiał zrezygnować z pracy tłumacza ustnego w terenie"[3]. Albo sam Arthur, albo lekarz uznał, że aby Capel doszedł do siebie, musi podjąć pracę z dala od frontu.

Rozdział 12

Niespokojne czasy, w jakich żył, oraz przywileje związane z jego pochodzeniem uczyniły z niego sceptycznego światowca, który przed wojną w zasadzie robił to, co chciał. Przedstawił się przecież Gabrielle jako wesoły pesymista wyznający zasadę, że „nie trzeba mieć nadziei, by przedsięwziąć" – umożliwiła mu ona zaciągnięcie się do wojska bez większego przekonania o słuszności sprawy. Przerażające cierpienie i śmierć, której był świadkiem, nie zmieniły go jednak w zgorzkniałego i zniechęconego człowieka. Za to wiara w Boga wzbudziła w nim nową nadzieję. Jak na ironię, właśnie ta zmiana zapoczątkowała ciąg smutnych zdarzeń.

Tymczasem Arthur wierzył jednak w przyszłość i w utopijnej atmosferze, z dala od frontu, zaczął pisać książkę. Często pokazywał Gabrielle jej fragmenty.

Pod koniec 1916 roku Chanel stawała się coraz bardziej samodzielna. Jej interesy szły tak wspaniale, że postanowiła zwrócić Arthurowi całe trzysta tysięcy franków, które zainwestował w jej salon w Biarritz. I choć jego częste nieobecności nie były spowodowane wyłącznie wojną, Gabrielle bynajmniej nie usychała z tęsknoty, siedząc w domu. Nawet jeśli w słowach, które wypowiedziała później podczas rozmowy z Morandem („Sama byłam dla siebie panią i zależałam wyłącznie od siebie"), zaprzeczała żalowi z powodu nieobecności Arthura, ta nieobecność coraz bardziej jej doskwierała. Bez wątpienia mówiła szczerze, kiedy oznajmiała: „Arthur doskonale wiedział, że nie ma nade mną kontroli". Oczywiście między innymi dlatego go pociągała. Mimo to wspierał jej przedsięwzięcia finansowo, choć mniej więcej właśnie w tamtym okresie padły melancholijne słowa, które znalazły się w prologu do jego książki. Charakteryzując problemy, jakie napotykają mężczyźni i kobiety, próbując znaleźć nowe poziomy wzajemnych relacji, powiedział: „Myślałem, że dałem ci zabawkę, a podarowałem ci wolność"[4].

Rok 1916 był świadkiem bliźniaczych katastrof pod Verdun i nad Sommą. Bitwa pod Verdun, najdłuższa w pierwszej wojnie światowej, nie zapewniła przewagi żadnej ze stron i pozbawiła życia ponad pół miliona żołnierzy. Bitwa nad Sommą okryła się złą sławą, po tym jak już pierwszego dnia zginęło w niej pięćdziesiąt osiem tysięcy Brytyjczyków – jedna trzecia wszystkich, którzy stracili w niej życie. Pewien oficer łącznikowy, dla którego wojna już dawno straciła romantyczny urok, stwierdził, że nie jest ona niczym więcej jak „posępną masakrą, otępiającą nudą, przeplataną zmęczeniem i strachem"[5]. W lutym 1917 roku Jacques-Émile Blanche powiedział do przyjaciela, pisarza André Gide'a:

> Ogromnie ważne, złowieszcze rzeczy dzieją się nad naszymi głowami, nad gałęziami drzew w moim ogrodzie, które padają pod siekierą Oliviera, by zastąpić węgiel zimą przełomu lat 1917–1918. Boy [Arthur] Capel, nasz przyjaciel, wielki importer węgla, zmobilizowany przez Anglię i Francję przy Saint Dominique Street [w Ministerstwie Obrony], człowiek, od którego zależy nasze jutro (...), powiedział do Rose: „Wezwij do mnie swoją kucharkę, a dopilnuję, by zrozumiała swoje obowiązki. Od przyszłego miesiąca sytuacja będzie bardzo trudna. Zróbcie zapasy. Wykorzystujcie tylko to, co absolutnie niezbędne. Około czerwca będziemy prawie głodować. A co do następnej zimy, to nawet jeśli podpiszemy traktat pokojowy, będziecie musieli leżeć w łóżku i ssać kciuki"[6].

Skutki rewolucji rosyjskiej kontynuowały swój niepohamowany bieg. 15 marca 1917 roku abdykował car Mikołaj II. Na początku kwietnia, ku wielkiej uldze aliantów, Ameryka w końcu przystąpiła do wojny i 26 kwietnia do Rosji przybył Lenin, by zasiać jeszcze większy niepokój. Potem z powodu rewolucji październikowej Rosja wycofała się z konfliktu. Tymczasem naczelny dowódca francuskich wojsk, Nivelle, namawiał do zmasowanego ataku na niemieckie pozycje, który miał przynieść Francji zwycięstwo w ciągu czterdziestu ośmiu godzin. Wielu wysokich rangą oficerów go nie poparło, ale premier nalegał.

Zmasowany atak na niemieckie pozycje miał doprowadzić do połączenia sił aliantów. Od samego początku plan realizowano z opóźnieniem i nieustannie wyciekały informacje. Zanim rozpoczęto bitwę, Niemcy mieli mnóstwo czasu, żeby przygotować się do obrony. Ofensywa okazała się kompletną klęską Francji, która straciła sto osiemdziesiąt siedem tysięcy żołnierzy. Na froncie zachodnim dokonała się przerażająca rzeź. Codziennie ginęły tysiące ludzi, a morale Francuzów mocno spadło.

Arthur został powołany do nowej Sprzymierzonej Komisji Wojennej do spraw Węgla, ale nieoficjalnie współpracował także z brytyjskimi i francuskimi politykami i wojskiem. Ponadto wiosną 1917 roku, gdy alianci znaleźli się w bardzo nieciekawym położeniu, opublikował *Reflections on Victory* (Refleksje nad

Rozdział 12

zwycięstwem), przekonany, że to zwycięstwo nastąpi. Wielu uznało to za błąd. Choć Arthur szanował ruch ku demokracji, czuł odrazę do scentralizowanego państwa. Zamiast niego proponował „ogólnoeuropejską federację dającą pełną autonomię wszystkim osobom prawnym, regionom, ludziom i rasom". Można uznać tę federację za zapowiedź obecnej Unii Europejskiej i rzeczywiście była za nią uważana przez jednego z jej późniejszych architektów[7].

Refleksje nad zwycięstwem recenzowano w poważnych czasopismach i mimo krytyki Arthura ze strony antyfederalistów książka stawała się coraz bardziej popularna w kręgach władzy. Ci znający go jedynie jako bogatego playboya biznesmena – który na wojnie wzbogacił się jeszcze bardziej – zaczęli na niego spoglądać z większym zainteresowaniem.

Ale tylko nieliczni podzielali optymizm Arthura. Wojna stała się miażdżącym obciążeniem, pozbawiając wielu ludzi zdolności do jakiegokolwiek entuzjazmu. Nawet podczas długo oczekiwanego wkroczenia amerykańskich wojsk do Paryża „tłum, zwłaszcza kobiety, był zmęczony, zupełnie bez życia, wszyscy pragnęli jedynie jak najszybszego zakończenia tej okropnej wojny"[8]. Dramatyczna porażka ofensywy Nivelle'a była dla niektórych kroplą, która przelała czarę goryczy, a francuscy żołnierze zaczęli się buntować, odmawiając pójścia na pewną śmierć. Bunty zostały stłumione dopiero pod koniec maja przez nowego dowódcę naczelnego marszałka Philippe'a Pétaina.

Choć na froncie nadal trwała rzeź, w maju 1917 roku Ballets Russes dał premierowy pokaz nowego przedstawienia zatytułowanego *Parade*, które miało pomagać ofiarom wojny. Było to jedyne przedstawienie Ballets Russes wystawione w Paryżu podczas tego konfliktu, a wstęp był możliwy tylko z zaproszeniem. Diagilew starannie wybrał publiczność, która składała się z osób ze śmietanki towarzyskiej, znanych muzyków eksperymentalnych i artystów oraz z wielu przedstawicieli burżuazji, o których wiedział, że lubią dreszczyk emocji towarzyszący obcowaniu z awangardą. Zaprosił także Gabrielle.

Choć w czasie rozwoju przemysłu we Francji trzeba było energicznego umacniania pozycji i tuszowania prawdy, socjeta przedwojennej *belle époque* jakoś dała sobie radę, podpierając stare struktury i postawy społeczne. *Belle époque* kurczowo trzymała się wiary w wartość trwałości i tradycji, która z kolei zależała od nadrzędnej wiary w autorytety. Już przed wojną część artystów reagowała na tę hipokryzję, szukając sposobu, by wyrazić swoje poczucie wyobcowania w nowoczesnym świecie. Teraz, gdy trwała wojna, przekonanie ludzi, że bezpieczny świat przetrwa wszelką wrogość, zostało fizycznie i metaforycznie rozbite w drobny mak. Nowy balet Diagilewa odzwierciedlał aspekty tej destabilizacji i miał zadać pewnikom z przeszłości jeszcze jeden cios.

Pomysł na balet narodził się w głowie młodego Jeana Cocteau, który napisał scenariusz i libretto. Choreografię ułożył Léonide Massine. Niesforny i wesoły ekscentryk Erik Satie, początkowo nieufny wobec Diagilewa – „Będzie próbował mnie przelecieć? Pewnie tak”[9] – dał się namówić na skomponowanie muzyki, a Pablo Picasso, który już wtedy był najsławniejszym malarzem modernizmu, zgodził się stworzyć scenografię. Wyczarował kubistyczną panoramę miasta z wieżowcami. Najbardziej radykalnym elementem były jednak dwie postacie (francuski dyrektor i jego amerykański odpowiednik) w nadnaturalnej wielkości kostiumach kubistycznych rzeźb.

Choć reakcji publiczności daleko było do emocji towarzyszących premierze *Święta wiosny*, ludzie i tak byli zszokowani i zaczęli głośno wyrażać niezadowolenie. Po części stało się tak dlatego, że wiedząc, co się dzieje na froncie, oczekiwali patriotycznego ukojenia. Zamiast tego dostali niekonwencjonalny eksperyment. Dla wielu było to ćwiczenie w „banalności i powierzchowności”[10]. Niektórzy widzowie podeszli do sceny, krzycząc, by opuszczono kurtynę. Na scenie pojawił się koń w kubistycznej masce, zaczął brykać, podrygiwać, a potem klękał i kłaniał się. „Widzowie najwyraźniej uznali, że tancerze drwią z ich protestów, więc kompletnie zwariowali. Wrzeszczeli: »Śmierć Rosjanom!«, »Picasso to szkop!«, »Rosjanie to szkopy!«”[11].

Był to pierwszy w historii balet osadzony w teraźniejszości. Ponadto jego dowcipne i jawnie beztroskie igraszki z kulturą popularną – z cyrkiem, rewią i ulotnymi aspektami codziennego życia, takimi jak moda, reklama i kino – nigdy wcześniej nie były wykorzystywane jako tematyka baletu. Pod płaszczykiem frywolności *Parade* skrywała jednak poważny cel: atak na stare autorytety[12]. Ci widzowie, którzy interesowali się już awangardową modą, muzyką popularną i ludźmi z szerszego spektrum społecznego, uznając ich za równie wartościowych jak tradycyjne elity i wysoka kultura własnych rodziców, rozumieli wywrotowy wydźwięk baletu i bili brawo.

Parade nie była wspaniałym baletem, lecz dziełem przełomowym. Po raz pierwszy wypchnięto modernizm na środek sceny, aby stworzył część

Rozdział 12

głównego nurtu kultury. Twórcy *Parade* nie tylko chcieli ściągnąć sztukę z piedestału kultury wysokiej – uważali, że pokazują esencję prostego artystycznego piękna przyziemnej codzienności[13].

Również i tym razem obecność Gabrielle podczas tego awangardowego wydarzenia była bardzo na miejscu: balet Cocteau współgrał z jej własną drogą (ich przyjaźń była wręcz nieunikniona). Czerpiąc z codziennej garderoby i wykorzystując skromne materiały, Gabrielle była wówczas projektantką, która pokazywała, że demokratyzacja w modzie jest możliwa. I choć na początku jej śmiałe nawiązania do bezklasowości zostały podchwycone jedynie przez bogatą klientelę, z biegiem czasu proste projekty i „skromne" materiały przeniosły się z salonów na ulice. W całej Francji i za granicą kobiety mogły kopiować styl Gabrielle, który pozwalał, by więcej pań niż kiedykolwiek wcześniej przyłączyło się do zabawy w modę.

Rozdział 13

„PAMIĘTAJ, ŻE JESTEŚ KOBIETĄ"

Kilka dni po premierze *Parade* kobieta uważana wówczas za najwspanialszą aktorkę klasyczną we Francji, Cécile Sorel, wydała dla uczczenia baletu przyjęcie, na które zaprosiła nowatorską mieszankę gości. Byli wśród nich Arthur i Gabrielle. Cécile Sorel rozumiała, że choć Arthur jest jednym z najbardziej rozchwytywanych kawalerów Paryża, obecność Gabrielle, „awangardowej" projektantki mody, przyda wieczorowi większej klasy.

Przyjęcie Sorel dawno odeszłoby w niepamięć, gdyby nie uwiecznił go przyszły powieściopisarz, dyplomata Paul Morand, który starał się uczestniczyć w wielu imprezach towarzyskich w Paryżu w tamtych dziwnych wojennych latach. Na niekonwencjonalnej liście gości Sorel znaleźli się: szef Moranda Philippe Berthelot, jeden z najwyżej postawionych francuskich dyplomatów; modny artysta, niezmiernie bogaty i szalony hiszpański malarz José Maria Sert; dwukrotnie rozwiedziona i bardzo niekonwencjonalna kochanka Serta, słowiańska mecenaska sztuki i muza artystów Misia Edwards; literacki giez i artysta Jean Cocteau; playboy biznesmen Arthur Capel oraz jego kochanka Gabrielle, krawcowa wywodząca się z nizin społecznych.

Choć Morand uległ swojemu snobizmowi i zasugerował, że sam wcale nie był obecny na przyjęciu, a w dodatku nazwał niekonwencjonalną mieszankę

Rozdział 13

gości zaproszonych przez Sorel „groteskową", z zainteresowaniem odnotował obecność Gabrielle. To niezwykłe osiągnięcie – wejście „zwyczajnej" projektantki na salony paryskiej elity – fascynowało tkwiącego w Morandzie powieściopisarza. I choć zauważył, że Gabrielle była najmniej ważną pod względem towarzyskim osobą na przyjęciu, nazwał ją „Coco Chanel, która zdecydowanie wyrasta na wielką osobowość".

Drugą rzeczą, na którą Morand zwrócił uwagę podczas wieczoru u Cécile Sorel, była szokująca zmiana, jaka zaszła w Cécile i Gabrielle: obie obcięły włosy. „W ciągu kilku ostatnich dni zapanowała wśród kobiet moda na krótkie włosy. Wszystkie je obcinają: najpierw madame Letellier [kochanka zmarłego Edwarda VII] i Coco Chanel, potem Madeleine de Foucault, Jeanne de Salverte itd."[1].

Jean Cocteau powiedział Morandowi, że „ta moda została zapoczątkowana w celach dobroczynnych: by zebrać wszystkie obcięte włosy (...) i za pieniądze z ich sprzedaży wspomóc rannych". Cóż, świadczy to jedynie o tym, jak daleki był Cocteau od zrozumienia tych kobiet.

Zawsze mówiono, że to właśnie na przyjęciu u Sorel w połowie 1917 roku Gabrielle poznała Misię Edwards[2]. Kobiety poznały się jednak już rok wcześniej, w 1916. Ich spotkanie przerodziło się w dozgonną przyjaźń, która z powodu swojej wielkiej złożoności i konfliktów okryła się złą sławą.

Tradycyjnie to właśnie Misi Edwards przypisuje się udoskonalenie wizerunku Gabrielle, twierdząc, że poszerzyła jej horyzonty i odkryła przed Chanel coś więcej niż tylko sportowców i interesy. Taka opinia umniejsza jednak rolę samej Gabrielle i pozycję, którą już wtedy zajmowała jako kochanka obytego w świecie mężczyzny. Po pierwsze, na temat Arthura wiadomo tak niewiele, że nie sposób oszacować siły jego wpływu na Gabrielle. Po drugie, ponieważ Gabrielle ukrywała tak liczne szczegóły swojego ówczesnego życia, informacje na temat jej spotkań z osobistościami świata kultury nieustannie czerpie się z pamiętnika Misi Edwards[3]. Misia była niezwykłą kobietą o ogromnym wpływie na kulturę, lecz także niepoprawną egocentryczką, i pisząc w późniejszych latach życia pamiętnik, chciała przede wszystkim zasygnalizować swoją rolę w rozwoju i karierze licznych dwudziestowiecznych artystów.

Choć Misia była absolutnie szczera, twierdząc, że Gabrielle odegrała w ich czasach niezwykle ważną rolę, równocześnie uważała, że bez niej, Misi, świat nie doceniłby talentu Chanel, śmietanka towarzyska nie przyjęłaby jej tak serdecznie i Gabrielle nie nawiązałaby relacji z artystami, którzy tworzyli te gorączkowe, twórcze czasy. Misia napisała: „Ktoś mógłby powiedzieć, że łatwo wydobyć blask pięknego diamentu. Ale to właśnie mnie przypadł w udziale przywilej wydobycia go z tego szorstkiego kamienia i stania się pierwszą osobą, którą ten blask oczarował"[4].

Misia nie była pierwszą osobą, która odsłoniła przed Gabrielle kulturę, lecz jako pierwsza zapoznała ją z rdzeniem paryskiej awangardy. Artyści ci byli jednak niewiarygodnymi snobami, którym tak bardzo poprzewracało się w głowach, że nawet przedstawienie przez osławioną Misię Edwards – muzę i mecenaskę tak wielu z nich – nie wystarczało, by przyjęli Gabrielle do swojego grona. Chanel pewnie i tak by do nich dotarła dzięki swej osobowości i oryginalności. W przeciwieństwie do Misi, nieocenionej w roli muzy i mecenaski, Gabrielle miała charakter artystki. Awangardowe kręgi zaakceptowały ją przede wszystkim dlatego, że ich członkowie dostrzegli w niej pokrewną duszę.

Wspominając tamten wieczór w 1916 roku, kiedy poznała Gabrielle, Misia napisała:

> Natychmiast zwróciłam uwagę na ciemnowłosą młodą kobietę (...). Emanowała urokiem, któremu nie mogłam się oprzeć (...). Wydawała się (...) obdarzona nieskończonym wdziękiem, a gdy przy pożegnaniu zachwyciłam się jej przepięknym, obszytym futrem płaszczem z czerwonego aksamitu, natychmiast go zdjęła i włożyła mi na ramiona, mówiąc z czarującą spontanicznością, że chętnie mi go podaruje (...). Ten piękny gest tak bardzo mnie urzekł, że potem myślałam już tylko o niej.
>
> Następnego dnia nie mogłam się doczekać, kiedy ją spotkam przy rue Cambon (...). Kiedy przyjechała, rozmawiały o niej dwie kobiety, nazywając ją „Coco". Nie wiem (...), ale poczułam nagłe zniechęcenie (...). Po co tak wyjątkowej osobie tak prostacki przydomek?
>
> Godziny pędziły jak za sprawą czarów (...), mimo że (...) prawie się nie odzywała (...). Tego samego wieczoru poszłam z Sertem na kolację w jej apartamencie (...). Tam, pośród niezliczonych parawanów *coromandel*, znaleźliśmy Boya Capela (...). Sert był naprawdę oburzony zdumiewającym zauroczeniem, jakie wzbudziła we mnie nowa przyjaciółka (...). Ja sama byłam raczej

zaskoczona, że poznana wieczór wcześniej kobieta tak szybko zdążyła zająć ważne miejsce w moich myślach[5].

Opis Misi znajduje potwierdzenie w powieści Moranda *Lewis et Irène* – w której Irène tak bardzo przypomina Gabrielle – gdy Morand kreśli wyjątkowy charakter swojej bohaterki:

Irène zdobyła wielką popularność. W Paryżu mieszkało mnóstwo kobiet interesu, lecz były one tylko utalentowanymi krawcowymi, aktorkami, którym się poszczęściło (...) i które interesowało generowanie zysków, ustawienie się, zdobycie akceptacji, znajomości ze sławnymi mężczyznami, przez co pokazywały granice swoich ambicji (...). Irène była lubiana ze względu na jej wdzięk, bezpretensjonalność (...), bezpośredni sposób bycia, prosty i władczy umysł. Zalecano się do niej. Lewis nie był zazdrosny[6].

Polityczne przekonania Arthura współgrały z przekonaniami mężczyzn prowadzących wojnę, a jego wsparcie i środki finansowe nadal stanowiły źródło stymulacji dla Gabrielle. Często zdarzały im się jednak rozłąki. Arthur nie potrafił dochować wierności, a Gabrielle była coraz bardziej niezależna.

Arthur, podobnie jak bardzo wielu ludzi, martwił się, że konflikt zbrojny zagraża spójności społecznej, i poczuł potrzebę napisania drugiej książki. Jedną z jej najważniejszych przesłanek była nowa pozycja kobiet. Ogłaszał, że życie kobiet uległo zmianie, cieszył się, że ich niższość okazała się jedynie „złudzeniem przeciwnej płci". Jego własna kochanka wyrabiała sobie nazwisko jako kobieta pracująca, a jej rosnąca „równość" była doskonałym przykładem tego, za czym opowiadał się Arthur.

Biorąc pod uwagę to, z czego później Gabrielle zwierzyła się Morandowi, mówiąc o swoim związku z Arthurem, opis stworzonej przez Moranda postaci Lewisa, którego czasami denerwowała ambicja jego kochanki Irène i jej dążenie do samodzielności, wydaje się zrozumiały:

Zastanawiał się, jak jej się udało zyskać tak wielką samowystarczalność. Nigdy się nie spóźniała, podejmowała gości, pisała liściki (...) i niezmiennie odnosiło się wrażenie, że nic ją to nie kosztuje. Na biurku Irène zawsze było czysto, porządkowała je codziennie przed południem (...). Niczego nie zostawiała przypadkowi, korzystała ze wszystkiego[7].

Mimo pełnej energii otwartości i postępowego myślenia Arthura jego działaniom zdecydowanie zbyt często brakowało jakiejkolwiek spójności z przekonaniami. A życie z Nową Kobietą bez wątpienia było znacznie trudniejsze niż pisanie o nim. W praktyce „równość" Gabrielle czasami okazywała się chyba zbyt wielkim wyzwaniem.

W rozmowach prowadzonych z Paulem Morandem po drugiej wojnie światowej Gabrielle zacytowała radę, której udzielił jej Arthur: „Pamiętaj, że jesteś kobietą", a potem dodała: „Stanowczo zbyt często o tym zapominałam"[8]. Arthur prosił, by Gabrielle była mniej ambitna i mniej przeintelektualizowana. Irène, bohaterka powieści Moranda, mówi do Lewisa: „Mam zrezygnować z pracy. Sam widziałeś, próbowałam, ale nie mogę siedzieć bezczynnie (...). Jestem wyspą (...), prostą, odizolowaną, na której nie potrafisz żyć (...). Możemy tak dalej? To nas rozdzieli"[9]. Choć Gabrielle ukrywała słabość, którą prawdopodobnie czuła, równocześnie rozkwitała i delektowała się swoją nową władzą. Dlatego słowa Arthura, który namawiał ją, by pamiętała, że jest kobietą, nie wpłynęły na jej postępy. Za to w postępach Arthura zaszła niespodziewana zmiana. Zazwyczaj jego romanse z innymi kobietami nie powodowały żadnych zawirowań w uczuciach, lecz już wkrótce jego uwagę miał pochłonąć ktoś, kto nawet na chwilę nie zapominał, że jest kobietą.

Czcigodna Diana Wyndham (z domu Lister) była najmłodszą córką Thomasa Listera, czwartego barona Ribblesdale'a, który doskonale uosabia edwardiańskiego arystokratę na portrecie Johna Singera Sargenta. Ribblesdale był żołnierzem, posiadaczem ziemskim i krawcem, a jego zatwardziale beztroski styl życia znajdował odzwierciedlenie w jawnej arogancji. Zrodziła się ona z pewności siebie zdobytej w świecie, który tak naprawdę od jakiegoś czasu trwał jednak w stanie zagrożenia. Rolnicza fortuna Ribblesdale'ów i im podobnych została nadszarpnięta przez przemysłowe bogactwo nowej, miejskiej arystokracji, do której zaliczały się takie rodziny jak familia Arthura Capela. Natomiast miejska arystokracja już wkrótce miała się otworzyć na jeszcze nowszy wariant w osobie Gabrielle Chanel.

Rozdział 13

Dzieci dawnych wyższych klas miały być ostatnim pokoleniem, które dorastało w starym świecie. Wielu jego przedstawicieli zginęło w wojennej rzezi, a spora część tych, którzy ocaleli, rozumiała, choć jeszcze nie do końca, że w powietrzu wisi ogromna zmiana. Podajmy drobny przykład: uprzywilejowana córka lorda Ribblesdale'a Diana Wyndham zgłosiła się na ochotnika do prowadzenia karetki niedaleko linii frontu.

Diana była wysoką, szczupłą, błękitnooką dziewczyną, której delikatna szczerość współgrała z czymś, co dobrze znająca ją osoba określiła niedawno mianem „pewnej naiwności", dodając, że „była przeuroczą dziewczyną, niezwykle kobiecą aż do dnia śmierci"[10]. Ogromne tragedie życiowe wcześnie ukazały opanowanie Diany. Gdy miała trzynaście lat, zmarła jej matka, w pierwszym miesiącu wojny owdowiała – zaledwie siedemnaście miesięcy po ślubie z czcigodnym Percym Wyndhamem – a w 1915 roku straciła także obu braci.

W przeciwieństwie do Gabrielle ta młoda kobieta ze swoją nieskomplikowaną kobiecością obudziła w Arthurze Capelu męstwo. Wkrótce odwiedził ją niedaleko linii frontu. Wszelkie niezadowolenie, jakie mógł czuć z powodu coraz większych sukcesów i niezależności Gabrielle, musiało sprawić, że ta urocza młoda Angielka wydała mu się jeszcze bardziej ponętna.

Zazwyczaj zainteresowanie Arthura Dianą Wyndham przypisuje się wyłącznie ambicji społecznej: jego „nowe" pieniądze połączyły się z tradycją. Jedyną rzeczą, której ani Arthur, ani jego kochanka Gabrielle nie byli w stanie osiągnąć, była szlachetna spuścizna Diany Wyndham. W długo ukrywanych i niedawno odnalezionych listach Arthura do Diany[11] zauważamy jednak, że zarówno szczerość jego uczucia, jak i oczywistość jego wątpliwości są znacznie bardziej subtelne od czystej ambicji. W tamtym okresie nieustannych wielkich zmian Arthur – jak wielu innych – tęsknił do jakiegoś rodzaju pewności. Niejasno upatrywał jej w stabilności, którą zdawała się uosabiać Diana i jej szacowna rodzina.

Jeśli jakimś cudem Diana nie słyszała wcześniej o Arthurze Capelu, wkrótce dowiedziała się o jego długoletnim romansie z niezwykle modną Coco Chanel. Arthur nie krył przed Dianą, że w wieku trzydziestu pięciu lat czasami czuje się zmęczony życiem. Choć wyznał jej, że obudziła jego uśpione serce i nie chce już dłużej bez niej żyć, w jego listach pobrzmiewa wyraźna nuta wątpliwości. Napisał:

> Jeszcze raz przeczytałem twoje listy, w których piszesz rzeczy bardzo prawdziwe – kochanie zbyt wielu ludzi to udręka. Tak naprawdę to największa udręka w moim życiu, która zatruła motyli miód, ale teraz nie tęskno mi już do poznawania nowych krajów, chyba że po to tylko, by ujrzeć zachód słońca w twoich błękitnych oczach[12].

Następnie, prawie wbrew sobie, Arthur dopuszcza nutę ambiwalencji: „Może to tylko chwilowy nastrój, który przebrzmi, a może nie"[13]. Inne listy pokazują, że wątpliwości miał nie tylko Arthur, lecz także Diana, co stało się typową cechą ich romansu. Przede wszystkim przez wiele miesięcy Arthur nieustannie czuł się rozdarty między Dianą a Gabrielle.

Wiedział, że Gabrielle jest jedną z najbardziej niezwykłych kobiet, jakie kiedykolwiek spotka. Urzekła go jednak prostota Diany, kontrastująca z najbardziej mieszczańskimi kręgami Francji, w których się obracał. A Diana, choć sama z łatwością odnajdowała się w londyńskich wyższych sferach, przyjaźniąc się z najwytworniejszymi ludźmi w Anglii, pewniej czuła się na angielskiej wsi niż wśród arcywyrafinowanych paryżan. Nużyły ją ogromne różnice dzielące jej życie i życie Arthura[14], a przyjaciele utwierdzali ją w niepewności, donosząc, że gdy Diany nie ma w Paryżu, Arthur czasami pokazuje się w towarzystwie Gabrielle. Nasza wiedza na temat uczuć Gabrielle w tamtym okresie jest ograniczona, lecz wiemy, że obustronne wątpliwości Arthura i Diany kilkakrotnie doprowadzały ich do zakończenia romansu. W jednym szczególnie przejmującym liście pisał do niej:

> Tamtego ranka, kiedy się rozstaliśmy, zstąpiłem do piekła (...) i o mało nie oszalałem. Wczoraj rano przyszło odreagowanie. Ujrzałem swoje życie takim, jakie było, zanim cię poznałem, i postanowiłem na nowo podjąć jego wątek i wywiązać się ze zobowiązań (...). Jak zwykle do akcji wkroczył los, by wczorajszego dnia obrócić moje postanowienie w czyn. Potem na dwadzieścia cztery godziny odnalazłem spokój, przynajmniej od tych wszystkich piekielnych wątpliwości i wahania. Dziś rano przyszedł twój list, o jeden dzień za późno. Trzeba by to długo i bezsensownie wyjaśniać, lecz sytuacja wygląda teraz tak, że nie mogę się ożenić.
>
> (...) jestem całkiem pewien, że nie moglibyśmy być szczęśliwi z tak małą wiarą w siebie (...). Zapomnij o tym wszystkim na jakiś czas, pozwól mi znaleźć

Rozdział 13

sposób, by się wyzwolić (albo zrobić to drugie), a będę cię kochał tak samo, choć teraz wiem, że nie ma sensu próbować budować naszego domu na piasku.

Au revoir mon petit Buggins (...), nie chcę tego już więcej (...)

Boy[15]

Choć Arthur wrócił do Gabrielle i najwidoczniej nie czuł się na siłach, żeby wycofać się z danych jej obietnic, ten smutny epizod nie zakończył jego romansu z Dianą i wkrótce ponownie wrócili do swojej huśtawki niezdecydowania. W liście, który chyba najlepiej ukazuje filozofię Arthura, Capel napisał:

Ześlizgnąłem się z każdego przeklętego stoku i wzgórza. Nie znoszę głównej drogi i tłumu. Świat, który znam, stworzyłem sam. Ten drugi budzi moje obrzydzenie. Jego standardy moralne, przekonania i ambicje nic dla mnie nie znaczą. Fantazja, Współczucie i Złudzenie towarzyszyły mi w łóżku od zawsze i nigdy nie zamieniłbym ich na Rozwagę, Pozycję ani Władzę, chyba że chodziłoby o pozycję, w której dwoje tworzy jedność – rumień się, moje słońce (...).

To wszystko, moja „blondynko", jest bardzo skomplikowane i nic mnie nie obchodzi, dlaczego uwielbiam twoje usta, twoje wielkie błękitne oczy i twój dzielny uśmiech, kiedy twoja dusza daje mi złudzenie, że rozmawia z moją duszą (...).

Bądź szczęśliwa, a i ja będę szczęśliwy.

Wędrowiec Boy[16]

Arthur pragnął, by to, co uważał za „złudzenie" miłości łączącej go z Dianą, było prawdziwe, natomiast Gabrielle powiedziała później Paulowi Morandowi, iż bawiła się wówczas tak wspaniale, że „zapomniała o miłości". Kiedy jednak odzyskała zmysły i na chwilę przerwała nieustanną aktywność, intuicja podpowiedziała jej, że coś jest nie tak. Tymczasem Arthur, pędząc ze spotkań z dowódcami wojsk i politykami we Francji do ich odpowiedników w Londynie, nie wspominał (bo nigdy tego nie robił) o swoich spotkaniach i listach do angielskiej rywalki Gabrielle.

W listopadzie 1917 roku prezydent Francji Raymond Poincaré poprosił Georges'a Clemenceau, który wówczas miał siedemdziesiąt sześć lat, by został premierem. Drażliwy i skłonny do lekkomyślnej brawury Clemenceau był już premierem w latach 1906–1909. Nie cieszył się sympatią ani prawicy, ani lewicy, lecz przede wszystkim nalegał na jedność. Przezwyciężając na chwilę różnice polityczne, zdołał – jak nikt przedtem – natchnąć rodaków wolą walki, by wygrać wojnę[17]. Po mianowaniu Clemenceau na premiera Arthur natychmiast poprosił o audiencję u niego, oferując oddanie swojej floty w służbę francuskiemu rządowi i zaopatrzenie kraju w węgiel. Clemenceau przyjął propozycję Capela, ich przyjaźń rozkwitła i Arthur coraz częściej był wzywany, by pośredniczyć w kontaktach na wysokim szczeblu między Wielką Brytanią a Francją. Zdobywszy już poważanie w roli oficera łącznikowego w korpusie kawalerii generała Allenby'ego, został (oficjalnie) jednym z dwóch – obok Edwarda Spearsa – najważniejszych oficerów pośredniczących w kontaktach między rządami Francji i Anglii.

Wiosną 1918 roku ulubiona siostra Arthura, obdarzona żywiołowym charakterem, kapryśna Bertha, obejrzała w Paryżu pokaz nowej kolekcji Chanel w pozłacanym salonie przy rue Cambon (Gabrielle jako jedna z pierwszych projektantek kazała modelkom przechadzać się tam i z powrotem po wybiegu i prezentować jej stroje). 1 kwietnia „Vogue" opisał tę kolekcję jako pomysłową, podziwiając „jedwabistą miękkość" dżersejowych sukienek „tak mocno przylegających do ciała". Cytując słowa kobiet z wyższych sfer noszących kreacje Chanel, na przykład księżnej Radziwiłłówny, „Vogue" napisał, że „wiele dobrze ubranych kobiet" miało na sobie różne wersje szarego jedwabistego „kostiumu" Gabrielle z dżerseju haftowanego złotem „zaledwie kilka dni wcześniej na lunchu w Ritzu". Podczas tego samego lunchu księżniczka Violette Murat wystąpiła w jednej z haftowanych sukienek Gabrielle z „niebieskiego jedwabistego dżerseju", a pani Hyde i mademoiselle d'Hinnisdal także włożyły na tę okazję sukienki od Gabrielle.

Podczas pokazu nagły huk eksplozji, który sprawił, że z okien wypadły szyby i zadrżały pobliskie budynki, wyrwał Berthę Capel i inne kobiety z egocentrycznej zadumy.

Paryż był pod ostrzałem jednego z ogromnych niemieckich dział dalekiego zasięgu (zwanego grubą bertą), jakich nigdy wcześniej tam nie widziano. Pociski spadały w dwudziestominutowych odstępach. Przyjaciółka Berthy, która towarzyszyła jej podczas pokazu, zapamiętała, że gdy huknął pierwszy pocisk,

„drobne, wychudzone modelki niewzruszenie szły dalej. »Niezwykła rzecz – powiedziała [Bertha] – oglądać pokaz łagodnej kolekcji wiosennej, podczas którego bomby nadają rytm krokom modelek«"[18]. Działa zasypywały miasto pociskami z odległości stu dwudziestu kilometrów. Niespodziewane bombardowanie mogło trwać kilka dni bez przerwy. Szczególnie pomyślnego dla Niemców dnia francuską stolicę mogło dosięgnąć nawet dwadzieścia pocisków. Od marca do sierpnia 1918 roku spowodowały śmierć ponad dwustu osób i zraniły setki kolejnych. Nadrzędny cel ostrzału miał jednak wydźwięk psychologiczny. Niemcy chcieli osłabić morale paryżan. Tymczasem ambasador Wielkiej Brytanii lord Derby z rozdrażnieniem zwierzył się swojemu pamiętnikowi:

> (...) jedna z wielu głupich spraw, z jakimi zadzwoniło dziś Ministerstwo Wojny, dotyczyła tego, gdzie dokładnie spadły pociski grubej berty (...). Przecież właśnie o tym nie wolno nam rozmawiać i (...) takie informacje nie powinny mieć dla ministerstwa żadnego znaczenia – chyba że ich ludzie po prostu boją się tu przyjechać – więc powiedziałem Capelowi (...) żeby lepiej nie wysyłał żadnej odpowiedzi[19].

Niektóre kobiety mieszkające wówczas w Ritzu przychodziły do salonu Chanel przy rue Cambon – stojącego po drugiej stronie ulicy, naprzeciwko tylnego wejścia do hotelu – szukając odpowiedniego stroju, na wypadek gdyby w nocy zaczęło się bombardowanie. Pytały, co poleciłaby Gabrielle zamiast delikatnych koszul nocnych, gdy nagle przyjdzie im szukać schronienia w hotelowej piwnicy. Przedsiębiorcza Chanel wymyśliła i zaoferowała bogatym uchodźczyniom kolekcję męskich szkarłatnych piżam. Szykowna młoda projektantka oznajmiła, że są one nie tylko dopuszczalne, lecz także stylowe. Już wkrótce powielała je w surowym bladym jedwabiu i co odważniejsze klientki wpadały w zachwyt: „To było bardzo szykowne, bardzo śmiałe i bardzo nowatorskie, gdyż tak naprawdę piżamy zdobyły popularność zaledwie trzy albo cztery lata później, na weneckim Lido"[20].

Latem 1918 roku Niemcy doszli do wniosku, że ich jedyną szansą na zwycięstwo jest pokonanie aliantów, zanim zdążą ich wesprzeć przytłaczające siły ze Stanów Zjednoczonych. Tymczasem Stary Tygrys, jak nazywano wówczas Clemenceau, jeździł wzdłuż linii frontu od sztabu do sztabu, ciskając gromy na generałów i podbijając serca żołnierzy, dzięki temu że kuśtykał od okopu do okopu, aby podnieść ich na duchu i zagrzać do walki. Wyrzucił francuskiego naczelnego dowódcę Philippe'a Pétaina i zastąpił go Ferdinandem Fochem. Paryż bombardowano z powietrza, działa w oddali nadal zrzucały na miasto pociski i walki po raz kolejny dotarły prawie do stolicy. Znowu nastąpił eksodus. Ci, którzy mogli, uciekali samochodami, a reszta wciskała się do zatłoczonych pociągów i innych środków transportu, które udało się znaleźć.

Podczas gdy Arthur i Diana nie mogli się zdecydować co do swoich wzajemnych uczuć, Gabrielle była na łasce ich niepewności. Czasami Arthur przestawał się z nią widywać, lecz nie był w stanie całkowicie z niej zrezygnować.

Mimo morderczej pracy i kłopotów sercowych Arthur jakimś cudem zrobił duże postępy w pisaniu nowej książki. Narzekał w niej na zaniedbanie sztuki macierzyństwa i dominujący system małżeństw z rozsądku, wskazując matki, które wydają córki za mąż dla pieniędzy: „Co się dzieje z miłością i cnotą, gdy handluje się urodą i złotem?". Uważał, że naturalnym skutkiem takiego więzienia dla kobiet jest ich zwracanie się ku cudzołóstwu i że „cnotę zastępuje dyskrecja"[21]. Wierzył, że „taka koncepcja małżeństwa to zbrodnia, potworna zbrodnia przeciwko kobiecie (...). Inteligencja, uroda i cnota to najcenniejsze dary rasy. One wszystkie zależą od macierzyństwa"[22]. Wojna zwracała myśli Arthura ku odnowie społeczeństwa i dlatego dokonał nowej oceny macierzyństwa. Przynajmniej częściowo musiał mieć na myśli Dianę, kiedy pisał: „Angielska arystokracja (...) nie daje córkom posagu i pozwala, aby jej dzieci połączyła miłość (...). W przyszłości rola kobiet będzie polegała na urzeczywistnieniu Utopii poprzez zrodzenie pokolenia, które będzie umiało w niej rozkwitnąć"[23].

W końcu wiosną 1918 roku Arthur i Diana podjęli ostateczną decyzję. Arthur zdołał jakoś przekazać tę wieść Gabrielle: oznajmił jej, że poznał inną kobietę, którą poprosił o rękę. Być może Gabrielle nie była w stanie dłużej znosić tego, co już czuła, i sama sprowokowała to wyznanie. Ale bez względu na to, co podejrzewała – albo na co wręcz szykowała się od kilku miesięcy – słowa Arthura ją zdruzgotały.

Nigdy nie była zwyczajną kochanką, której musiały wystarczyć oklepane, wyświechtane wyjaśnienia. I choć coraz większe sukcesy zdawały się jedynie

Rozdział 13

dodawać jej czaru, pewien komentator, dochodząc do wniosku, że ta odważna „królowa mody musiała mieć odrobinę prostactwa tam, gdzie można było wyczuć niskie pochodzenie”, odkrył, że „mimo to jest uroczą i wdzięczną istotą. Ani nachalną, ani służalczą (...), obdarzoną wyrobionym, subtelnym umysłem”[24]. Czyżby ta sama cecha, która przyciągnęła Arthura do Gabrielle – jej odmienność – okazała się dla niego zbyt dużym wyzwaniem?

Zdobywając finansową niezależność, a nawet fortunę, Gabrielle najwidoczniej się wyzwoliła – a także naraziła na ból. Pamiętamy przecież prorocze słowa Capela – „Jesteś dumna, będziesz cierpieć” – i jego odkrycie, że wbrew temu, co mu się wydawało, wcale nie podarował jej zabawki, lecz wolność[25].

Rozdział 14

SAMA

Na wieść o tym, że Arthur zamierza się ożenić, Gabrielle poczuła się słaba i opuszczona. Straciła, być może na własne życzenie, jedynego mężczyznę, którego kiedykolwiek naprawdę kochała. Wyglądało na to, że zadając się z kurtyzanami i kochankami, które usiłowała przewyższyć, okazała się niewystarczająco dobra, by się z nią ożenił. Arthur bardziej niż ktokolwiek inny pomógł Gabrielle zostać osobą, jaką chciała być. Teraz wszystko wskazywało na to, że niezależność, której tak pragnęła, została zdobyta kosztem jej serca. Okropnie zrezygnowana Irène Moranda mówi Lewisowi, że postępowała źle, tak bardzo poświęcając się pracy. Z drugiej strony wiedziała, że nie ma już odwrotu:

> To nie jest gra, którą można ot tak podjąć albo porzucić. Lenistwo to ozdobnik, który nadaje człowiekowi lekkości. Praca to twarde prawo przynoszące poważne skutki, które dopiero dziś zaczynam rozumieć (...). Wszystko, co się dzieje, to moja wina (...). Wytłumaczę ci to, czego nie śmiesz mi powiedzieć: byłeś ze mną po to, by być szczęśliwym i żyć w spokoju, a nie po to, by zmieniać swój dom w placówkę handlową[1].

Rozdział 14

Gabrielle nie była w stanie zmienić tego, kim się stała. Nawet jeśli intuicja przygotowała ją na wiadomość, którą usłyszała od Arthura, i Chanel zdołała ukryć przed nim głębię swoich uczuć, jego ostateczne odejście złamało jej serce. Nie mogła przewidzieć, że wojna zmieniła podejście Arthura do zaangażowania i że honor nakaże mu podjąć decyzję.

Gdy przekazał Gabrielle wiadomość o zbliżającym się ślubie, nie mogła dłużej mieszkać w jego mieszkaniu. Wówczas, gdy do Paryża zbliżali się Niemcy i z oblężonego miasta uciekały tysiące ludzi, na ratunek Gabrielle przybyła Misia Edwards. Jej przyjaciel w pośpiechu opuścił piękne mieszkanie i Misia oznajmiła Gabrielle, że ta powinna w nim zamieszkać. Ogromne okna na parterze przy quai Debilly 46 wychodziły z jednej strony na Sekwanę, a z drugiej na Trocadéro. Na ścianach w holu wisiały lustra, które zdobiły także alkowę, a sufit lśnił od eleganckiego czarnego lakieru. Wśród mebli na parterze dominował ogromny Budda, a w powietrzu wisiał lekki zapach kakao. Niedawny właściciel był zdeklarowanym opiumistą i bał się, że pozostanie w upadłym mieście pozbawi go źródeł zaspokajania nałogu. Gabrielle po raz pierwszy znalazła się w mieszkaniu, za które płaciła z własnej kieszeni. Przystąpiła do urządzania go wedle własnego gustu.

Oprócz znalezienia schronienia dla Gabrielle Misia „podesłała" przyjaciółce pewną parę, która miała się nią opiekować: Josepha Leclerca i jego żonę Marie. Obydwoje okazali się oddanymi sługami Gabrielle. Wcześniej, w 1913 roku, Arthur podesłał jej w tym samym celu madame Aubert do mieszkania przy rue Cambon. Kobieta naprawdę nazywała się mademoiselle de Saint-Pons i to właśnie jej Gabrielle była wdzięczna za „rady i wskazówki"[2]. Mimo ognistorudych włosów madame Aubert pozostawała dyskretnie na uboczu. Niewidoczna dla gości, dbała o to, by życie przy rue Cambon biegło gładko. Gabrielle nie mogła się bez niej obyć, zwłaszcza w trudnych chwilach. Kobieta była tak dyskretna, że później wnuczka siostry Gabrielle powiedziała: „Prawie nikt jej nie znał". Madame Aubert pozostała asystentką Gabrielle aż do drugiej wojny światowej.

Tymczasem Arthur napisał do Diany jeden z tych listów, w których pragnął z nią być i jednocześnie próbował zachować realistyczne podejście do ich związku: „Nie przejmuj się swoimi skrupułami, są w pełni uzasadnione (...), ale czy ma to jakiekolwiek znaczenie, skoro się kochamy, moja Buggins?"[3].

Podjąwszy w końcu decyzję o ślubie, Diana powiadomiła o tym listownie swojego przyjaciela, dyplomatę Duffa Coopera. Jednocześnie wyrażała niechęć do tego pomysłu i dawała do zrozumienia, że niektórzy go nie pochwalają. Na przykład to, że Arthur był „w połowie Francuzem i nie lubił wiejskiego życia", było w oczach jej ciotki prawdziwą skazą. Mimo to Diana znalazła wsparcie u ojca i sióstr. W rodzinie krążyła opinia, że jej siostra, lady Laura Lovat, była niezwykle rozważną, a nawet skłonną do kontrolowania innych młodą kobietą i nigdy nie „pozwoliłaby" młodszej siostrze poślubić człowieka, który nie zdobyłby jej, czyli Laury, aprobaty. Tymczasem Diana napisała do Duffa Coopera: „Chorowałam, omal nie przegraliśmy wojny, i chyba ostatecznie wyjdę za Capela (...). Nie spodziewam się niczego oprócz obelg, ale wolę takie małżeństwo niż (...) ślub *de convenance* i jestem zupełnie pewna, że taka decyzja stworzy mi ogromne możliwości i doda życiu uroku"[4].

Błagała go, żeby napisał i powiedział, że to go cieszy. I że jej „czarnulek" mu się podoba, bo ona go uwielbia[5]. Szykując się do życia w małżeństwie, Arthur znalazł wspaniałe mieszkanie przy avenue du Bois. Następnie poprosił swoją siostrę Berthę, by zamieszkała z nim jako ktoś w rodzaju przyzwoitki, gdyż w ten sposób chciał oznajmić światu, że nie żyje już z Gabrielle.

Rozpoczęła się krwawa walka w celu wyparcia niemieckiej armii z Paryża i Arthur był bardzo zajęty, pełniąc rolę sekretarza politycznego. Z powodu wyjątkowych okoliczności cofnięto wszystkie urlopy i dlatego przygotowania do ślubu Capela z Dianą, który miał się odbyć w szkockiej posiadłości jej siostry i szwagra, Beaufort Castle, zostały zawieszone.

Tradycyjnie śluby w rodzinie Capelów odbywały się w październiku, lecz mimo wcześniejszego ociągania się Arthur i Diana pobrali się znacznie wcześniej, 3 sierpnia 1918 roku[6] w kaplicy rodziny Lovat. Głównym świadkiem był szwagier Diany lord Lovat. Najwidoczniej Arthur musiał natychmiast wrócić do służby, bo w następną sobotę (10 sierpnia) brytyjski ambasador lord Derby odnotował w swoim dzienniku, że część osób zmierzających do Paryża, by zjeść z nim lunch, nie zdążyła na pociąg po przeprawie promowej, „ale Capelowie (do niedawna Diana Wyndham) przywieźli ich samochodem z Hawru". Następnego dnia nowożeńcy gościli u lorda Derby'ego wraz z kilkoma innymi osobami i Diana zwierzyła się lordowi, że odwlekali ślub z jej winy,

Rozdział 14

gdyż nie mogła się zdecydować. „Małżeństwo będzie sukcesem – stwierdził ambasador – bo to naprawdę dobry facet, choć trochę nieokrzesany, ale ona go utemperuje. Albo rankiem w dniu ślubu, albo dzień wcześniej przeszła na religię rzymskokatolicką i podejrzewam, że tak naprawdę to właśnie ta zmiana była powodem jej niezdecydowania”[7].

Lord Derby nie wiedział, jak bardzo się pomylił co do najważniejszej przyczyny wątpliwości Diany: w rzeczywistości chodziło o Gabrielle. Lecz co się działo z trzecim elementem tego trójkąta, zmuszonym do pozostania w cieniu przez ostatnie tygodnie i miesiące?

Napięcie związane ze zbliżającą się datą ślubu Arthura tak bardzo dawało się Gabrielle we znaki, że tuż przed zaręczynami przeżyła załamanie nerwowe. Nieświadoma tego jej przyjaciółka Antoinette Bernstein, żona dramaturga Henriego Bernsteina, napisała do Gabrielle list, wyrzucając jej, że ją zaniedbuje. Stoicka, lecz przejmująca odpowiedź Gabrielle ukazuje cierpienie, z którym się wówczas zmagała. Powtarzała zarówno sobie, jak i Antoinette, że jakoś to przeżyje. Wyczuwa się wielki wysiłek, jaki musiała podjąć, by przezwyciężyć emocjonalne wyczerpanie.

Droga przyjaciółko,

nie oskarżaj mnie, współczuj mi, bo właśnie przeżyłam trzy bardzo złe tygodnie! Jak to zwykle bywa, czuję się już znacznie lepiej. Nadal mam tysiące zmartwień. Zamierzam pozostawić je tutaj [w Paryżu]. Więc jeśli chcesz mnie jeszcze ugościć, mogę wyruszyć pod koniec następnego tygodnia. Napisz szybko.

Z wyrazami miłości

Coco[8]

Inny list, wysłany przez sekretarkę Gabrielle i dotyczący wynajęcia domu, nawiązuje do tego, że „ostatnio mademoiselle Chanel nie czuje się najlepiej i nie była w stanie odpisać natychmiast”[9].

18 sierpnia, tydzień po powrocie Arthura i jego żony do Paryża, Gabrielle uciekła z miasta, próbując pozostawić za sobą „tysiące zmartwień”. Pojechała szukać pocieszenia u przyjaciół Henriego i Antoinette Bernsteinów, tak jak obiecała, w alpejskim uzdrowisku Uriage. Miała tam spędzić resztę lata. Rzekomo dołączyła do wielkiego corocznego eksodusu wywołanego sierpniowym upałem w stolicy. Tak naprawdę poddawała się uzdrowiskowym zabiegom,

które miały jej pomóc dojść do siebie i „wyleczyć się" z Arthura. Jak się okazało, przez większość pobytu Gabrielle Antoinette Bernstein była nad morzem w Deauville razem z matką. Jednak wkrótce po przyjeździe Gabrielle Antoinette przywiozła swoją córeczkę Georges, by zobaczyła się z ojcem w willi, w której Gabrielle zamieszkała z Henrim na czas ich „metodycznej i długotrwałej kuracji". Antoinette została tam mniej więcej tydzień, a potem wróciła do Deauville. Tymczasem w Paryżu ambasador Wielkiej Brytanii zapisywał w dzienniku:

> Capel to nieoceniony (...) łącznik z Clemenceau, ale bardzo się obawiam o jego zdrowie. Jest wyjątkowo neurasteniczny [tak wówczas określano chwiejność emocjonalną graniczącą z załamaniem nerwowym] i z pewnością sam uważa, że zaczyna tracić zmysły (...). Choć ze mną rozmawia swobodnie, doniesiono mi, że gdy zostaje w domu sam, godzinami siedzi bez słowa i nie można go skłonić do żadnej pracy. Odsyłam go na dwutygodniowy urlop[10].

Ogromny stres związany z pracą Arthura na wojnie u wielu wywołałby jakiś rodzaj kryzysu emocjonalnego. Ponadto Capel przez wiele miesięcy żył w napięciu, prowadząc mimo sercowych rozterek romans z Dianą. Nigdy nie był w stanie usunąć na dobre ze swojego umysłu źródła tych rozterek – Gabrielle. Nie zawarł sakramentu małżeństwa z lekkim sercem, a doniosłość tej decyzji przytłoczyła go i doprowadziła do załamania nerwowego. Nie wiedząc o tym, Gabrielle i Capel przechodzili ten sam kryzys.

Gdy Gabrielle próbowała dojść do siebie z dala od Paryża, pewna młoda komentatorka, Simone de Caillavet, odnotowała wielkie zdziwienie z powodu relacji łączących Gabrielle, Henriego Bernsteina i jego żonę. Zauważyła, że Antoinette i Gabrielle są „równie wychudzone" i skomentowała ich „żarliwą wzajemną przyjaźń". Simone nie miała pojęcia, „jakiego rodzaju więzi łączą elementy tego enigmatycznego tria"[11]. Henri Bernstein był niepoprawnym kobieciarzem i człowiekiem o dość intensywnej i melodramatycznej osobowości przywodzącej na myśl dramatyczne zakończenia jego sztuk o miłości, które w tamtych czasach odnosiły tak wielkie sukcesy. Gabrielle przyjechała w góry ogarnięta poczuciem odrzucenia i straty, a chwila zapomnienia z uwodzicielskim starszym mężczyzną mogła jej zapewnić upragnione wytchnienie od skrywanej rozpaczy.

Rozdział 14

Gabrielle i Henri Bernstein nie spędzali jednak całego czasu sam na sam. Do willi zjeżdżali goście. Przybyła Adrienne z przyjaciółką, byłą tancerką. Na zdjęciach kobiety i Henri spacerują, piknikują na letnich górskich pastwiskach. Wszystkie kobiety mają na sobie różne modele dżersejowej spódnicy i luźnego żakietu z paskiem od Chanel. Na innym zdjęciu widać je w lnianych kostiumach Gabrielle. Jej wielbicielkami zostały modne kobiety, które po raz pierwszy były gotowe wyglądać bardzo podobnie. Wcześniej krawcowa musiała wprowadzać niekończące się drobne modyfikacje, bo jedną z największych obaw pań było włożenie takiego samego kostiumu jak ktoś inny.

Na kolejnych zdjęciach Gabrielle ukazuje się jako olśniewająca przedstawicielka „nowoczesności", z włosami obciętymi na pazia, w piżamie ze zgrzebnego jedwabiu – ten sam styl wyniosła niedawno na wyżyny elegancji w schronie w piwnicach Ritza. Nawet Henri Bernstein nosił taką „ekstrawagancką" piżamę. Na jednym zdjęciu przedstawiającym kilkoro gości Antoinette jest jedyną osobą, która się nie uśmiecha. Młoda Nadine Rothschild była przekonana, że Antoinette „ignorowała romans między swoim mężem a Gabrielle z powodu »kosztownego zamiłowania« do modnych ubrań i znajdowała »wystarczającą rekompensatę« w wielu »fantastycznych strojach« Gabrielle, w które ta ubierała ją za darmo"[12].

Potworna wojna, która kosztowała życie tak wielu ludzi, wreszcie dobiegała końca. 29 września 1918 roku najwyższe dowództwo niemieckiej armii poinformowało cesarza Wilhelma II, że sytuacja militarna jest beznadziejna. Nie mając innego wyjścia, jak tylko przyjąć zalecenie dowódcy, cesarz zwrócił się do aliantów o natychmiastowe zawieszenie broni. Późniejsze negocjacje coraz bardziej się przeciągały, a sytuacja społeczna w Europie uległa jeszcze większemu pogorszeniu. W Niemczech wybuchła rewolucja, cesarz abdykował i 9 listopada ogłoszono powstanie republiki. W końcu, 11 listopada, podpisano rozejm w słynnym prywatnym wagonie marszałka Focha, w tym samym lesie Compiègne, w którym Gabrielle wielokrotnie jeździła konno z Etienne'em Balsanem i ich wspólnymi przyjaciółmi. W ciągu wojny zginęło albo odniosło rany jedenaście procent Francuzów, około sześciu procent Brytyjczyków i dziewięć procent Niemców. Ta liczba była wręcz niewyobrażalna: ogółem około dziewięciu i pół miliona ludzi straciło życie.

Choć rozejm położył kres walkom, potrzeba było kolejnych sześciu miesięcy negocjacji na konferencji pokojowej w Paryżu, by zwycięscy alianci określili warunki pokoju z Niemcami i innymi pokonanymi narodami. W czasie tych sześciu miesięcy Paryż praktycznie został siedzibą rządu światowego, gdyż negocjacje położyły kres panowaniu pokonanych imperiów i na nowo nakreśliły mapę świata. Powołano do życia nowe kraje, a osławiony odwetowy traktat pokojowy obarczał Niemcy całą winą za konflikt, nakazując wypłatę zadośćuczynienia aliantom. Wielu uważało to za przesadę. Jako wiceminister do spraw politycznych brytyjskiej delegacji Arthur był bardzo zajęty przez wiele miesięcy. Jak wiadomo, jeśli celem traktatu było spacyfikowanie, unieszkodliwienie lub trwałe osłabienie Niemiec, plan się nie powiódł: wersalski traktat pokojowy okazał się żyzną glebą dla korzeni drugiej wojny światowej.

Po tym jak małżeństwo Arthura zmusiło Gabrielle do opuszczenia Paryża, Chanel zamieszkała w wynajętej willi na zielonych, oddalonych od centrum przedmieściach zwanych Garches, skąd roztaczał się widok na stolicę. Gabrielle wracała tam po długich dniach pracy, by zakosztować spokoju w towarzystwie swoich psów, do których w ostatnich latach bardzo się przywiązała. Jeśli miała jakieś wątpliwości co do tego, czy w wieku trzydziestu pięciu lat nadal może być uważana za atrakcyjną kobietę, były one absolutnie zbędne. Henri Bernstein przedstawił jej swoją dawną kochankę, piękną byłą kurtyzanę Liane de Pougy – wówczas już księżną Ghikę. Opisując wizytę Gabrielle i Bernsteina, de Pougy stwierdziła: „Bernstein (...) przyprowadził (...) krawcową Gabrielle Chanel – gust wróżki, oczy i głos kobiety, fryzura i figura łobuziaka"[13]. Gabrielle nie narzekała na brak wielbicieli. Gdy w końcu podpisano zawieszenie broni, Paryż oszalał. Chanel widywano na imprezach w towarzystwie nowego kochanka, kolejnego przystojnego playboya Paula Eduarda Martíneza de Hoza. De Hoz był członkiem Jockey Clubu i potomkiem jednej z najbogatszych argentyńskich rodzin.

Król Jerzy V przybył do Paryża, aby świętować rozejm. Liczne i wytworne grono zebrało się w mieszkaniu Capelów, chcąc oglądać paradę z balkonu. Pewna Angielka, bywalczyni salonów i żona dyplomaty, lady Helen d'Abernon, późniejsza klientka Gabrielle, opisała to tak:

Rozdział 14

> Dzień był deszczowy i z początku daleko mu było do wspaniałości, choć oddano salwy z karabinów, a wojsko i gapie stali wzdłuż ulic aż do Pól Elizejskich (...).
>
> Większość poranka spędziłam w towarzystwie monsieura Bondy'ego, spokojnego, lecz czarującego pisarza, a czasami podchodził do nas „Boy" Capel, by na chwilę usiąść. *Jeune ménage* – jego i Diany – wydaje się dziwnie dobrany. Capel jest ciekawym świata mężczyzną o dość osobliwym wyglądzie, bardziej przypomina Francuza niż Anglika. Ma za sobą dość urozmaiconą i niepozbawioną romantyzmu przeszłość, lecz interesuje się – i to z powodzeniem – światem wielkich finansów. Diana jest bardzo ładna i ma urok wszystkich Listerów, ale sprawia wrażenie nie do końca zasymilowanej, małej egzotycznej postaci wśród tych olśniewających, hałaśliwych, błyskotliwych Francuzów. Wydają się metaliczni, ale nie sądzę, by z natury byli twardzi – raczej wrażliwi w chłodny, nieco zwierzęcy sposób. Lubię ich i podziwiam, choć zdaję sobie sprawę, że są tak odmienni od Anglosasów, jak to tylko możliwe[14].

Napomykając o przepaści dzielącej Francuzów i Anglosasów oraz zauważając, jak bardzo francuski jest Arthur i jak „nie do końca zasymilowana" wydaje się Diana w gronie „olśniewających" ludzi, Helen D'Abernon nieświadomie wykazała się wielką przenikliwością. Oprócz dzielących młodą parę wielkich różnic kulturowych istniała także „niepozbawiona romantyzmu przeszłość" Arthura pod postacią Gabrielle. Choć bardzo się starał, nie umiał o niej zapomnieć.

Mimo to rodzina Capelów miała się powiększyć i w kwietniu 1919 roku, podczas pobytu w Szkocji u siostry, lady Lovat, Diana urodziła dziewczynkę. Na chrzcie nadano jej imiona Ann Diana France Ayesha Capel. Była upragnionym dodatkiem do życia Arthura.

Choć Arthur i jego błękitnooka żona prowadzili intensywne życie towarzyskie, Diana nie okazała się tak potulna i uległa, jak mógł przypuszczać Capel, wybierając ją zamiast niezwykłej i obdarzonej dużym temperamentem Gabrielle Chanel. Mijały miesiące, lecz czas nie łagodził różnic dzielących młodych małżonków.

Na przykład wcześniej Arthur nie widział niczego niezwykłego w kupowaniu Dianie ubrań w salonie Gabrielle w Biarritz, lecz po ślubie Diana zaczęła się temu sprzeciwiać. Arthur nie posłuchał. Dlaczego miałaby się nie ubierać u najbardziej fascynującej projektantki w Paryżu? W rodzinie Diany zawsze było wiadomo, że Diana nie lubi Gabrielle[15].

Tymczasem Arthur uznał, że nie jest w stanie dłużej żyć bez Gabrielle, i wrócił do niej, do jej willi pod miastem. Nawet jeśli nie powiedział o tym Dianie, jego żona szybko domyśliła się prawdy. W późniejszym okresie bardzo cierpiała, nie mogąc się zgodzić na ten stary jak świat trójkąt. Wielkanoc 1919 roku spędziła w samotności, płacząc. Choć Arthur czuł ciężar poczucia winy, zignorował wszystkie sprzeciwy ze strony Diany i jego wizyty u Gabrielle stały się jeszcze częstsze.

W Paryżu było niewiele osób, którym Diana mogła się zwierzyć, ale nauczyła się szukać wsparcia u starszej przyjaciółki z Anglii, lady Portarlington, która przybywała i dotrzymywała Dianie towarzystwa, gdy ta wiedziała, że Arthur jest z Gabrielle. Posiadanie kochanki było wówczas tak powszechne, że Paryż byłby bardziej zaskoczony wynikłymi z tego nieporozumieniami niż samym romansem. Poza tym prawie wszyscy lubili Arthura. Nieszczęście Diany wywołane tym, co usłyszała od Berthy – która oznajmiła, że jej brat „zwyczajnie nie potrafi zapomnieć o Gabrielle" – wzbudziło w młodej cudzoziemce nienawiść do Paryża[16]. Dlatego zaczęła spędzać więcej czasu w Anglii, gdzie łatwo było wytłumaczyć jej obecność: Arthur był bardzo zajęty, więc odwiedzała przyjaciół i rodzinę. Poza tym wskrzesiła dawny flirt ze starym przyjacielem Duffem Cooperem. Mimo to, choć niedawne małżeństwo Coopera z piękną bywalczynią salonów lady Dianą Manners nigdy nie zdołało wpłynąć na jego działania, przyjemny flirt z Dianą Capel nie rozwinął się w romans z prawdziwego zdarzenia[17].

Na balu w rocznicę zwycięstwa wydanym w listopadzie 1919 roku Cooper rozmawiał z Dianą, która „bardzo dobrze wyglądała w złotych spodniach"[18] (kobieta nosząca spodnie nadal była uważana za coś niezwykłego, ta para prawie na pewno pochodziła od Chanel). Ciekawe, czy Diana i Cooper rozmawiali o Gabrielle. Gdy wcześniej tego samego dnia Arthur po raz kolejny wyszedł z domu, prawdopodobnie nie powiedział Dianie, że będzie świadkiem na ślubie siostry Gabrielle Antoinette.

Nie znalazłszy Francuza, który zechciałby się z nią ożenić, Antoinette zakochała się w dziesięć lat młodszym lotniku z Kanady. Oscarowi Flemingowi, synowi bogatych, lecz ortodoksyjnych protestantów z Ontario, Antoinette wydała się fascynująca i wyrafinowana. Cokolwiek Gabrielle sądziła na temat tego szalonego romansu, piękna koronkowa suknia ślubna, która znalazła się w jej kolekcji na tamten sezon, najprawdopodobniej została zaprojektowana dla Antoinette.

Rozdział 14

Niedługo po przyjeździe nowożeńców do Kanady, wraz z pokojówką Antoinette i licznymi kuframi ubrań, Antoinette zaczęła słać do Gabrielle i Adrienne błagalne listy, prosząc o bilet powrotny. Niewiele wiadomo o losach najmłodszej z sióstr Chanel w Kanadzie, lecz najwyraźniej ojciec Oscara nalegał, by jego syn skończył studia prawnicze w Toronto, i uważał, że nauka pójdzie mu lepiej, jeśli wyjedzie do Toronto sam. Pokojówka Antoinette wkrótce opuściła swoją panią, ale Antoinette musiała pozostać w Ontario z rodziną męża. Prawie nie mówiła po angielsku i była rozpaczliwie nieszczęśliwa. W listach, które przychodziły z Paryża, zaklinano ją, żeby wytrwała. Może mogłaby zaproponować sklepom w Detroit ubrania Chanel ze swojej wyprawy ślubnej? Na ten temat wiadomo jedynie tyle, że Antoinette się nie poszczęściło[19].

Dwa dni przed Bożym Narodzeniem w 1919 roku Diana zadzwoniła do Duffa Coopera, by powiedzieć, że właśnie przyjechała do Londynu. Tymczasem Arthur wyruszył na południe Francji, gdzie miała do niego dołączyć za dwa tygodnie[20].

Diana zjadła lunch z Duffem Cooperem i swoją przyjaciółką lady Rosslyn, a potem flirtowała z Cooperem, gdy ich taksówka wlokła się zatłoczonymi ulicami Londynu. Cooper podrzucił Dianę z powrotem do Asprey's na podwieczorek z lady Rosslyn, ale zauważył, że Diana zapomniała książki. Zawrócił, zobaczył, że Diana nadal stoi z przyjaciółką przed Asprey's, oddał książkę i odjechał. Nazajutrz, czytając gazetę, zdał sobie sprawę, dlaczego stojąca na chodniku lady Rosslyn wyglądała tak marnie. Miała przekazać Dianie okropną wieść, którą lord Rosslyn dostarczył jej telegraficznie i na którą nie sposób było nikogo przygotować.

Szczegóły były mgliste, ale kilka godzin wcześniej, gdy Arthur jechał na południe Francji, najwidoczniej w jego samochodzie pękła opona. Samochód koziołkował i wybuchł, a Arthur zginął w pożarze. Choć samochód spłonął prawie do cna, mechanik Arthura Mansfield zdołał ujść z życiem, odnosząc ciężkie rany. Duff Cooper napisał: „24 grudnia 1919. Pierwszą rzeczą, jaką zobaczyłem dziś rano w »Daily Express« była wiadomość o śmierci Boya Capela, męża Diany, który w poniedziałek [22 grudnia] zginął w wypadku samochodowym na południu Francji. Byłem bardzo wstrząśnięty". Arthur prawie na pewno spędził noc poprzedzającą ten tragiczny dzień z Gabrielle[21]. Potem wyruszył z Mansfieldem w tysiąckilometrową podróż na południe.

Kilka tygodni później, kiedy lady Rosslyn powiedziała Duffowi Cooperowi, jak potworną rzeczą było przekazanie Dianie wieści o śmierci Arthura, dodała ponurą uwagę na temat mechanizmów ich małżeństwa. Powiedziała: „Jakże nieznośne stawały się stosunki Diany z Capelem, który całkowicie przestał z nią żyć i prawie w ogóle się do niej nie odzywał. Wyznał, że działa mu na nerwy i ledwie może ścierpieć jej obecność"[22].

W tych okolicznościach wydaje się dziwne, że Arthur i Diana planowali się spotkać dwa tygodnie później. Czyżby zamierzał zacząć życie z żoną od nowa i – co mogłoby się z tym wiązać – oficjalnie zakończył romans z Gabrielle przed wyjazdem na południe? A może po prostu pożegnał się z Gabrielle w Garches, mając zamiar zakończyć małżeństwo podczas spotkania z żoną na południu Francji, po Bożym Narodzeniu? Którąkolwiek z tych decyzji podjął, pozostaje nam posępne wrażenie, że choć zakończenie tej historii musiało być smutne przynajmniej dla jednej z trzech wspomnianych osób, to ów koniec okazał się naprawdę tragiczny.

Nigdy się nie dowiemy, jakie myśli zaprzątały głowę Arthura, kiedy pędził na południe, do Cannes, by spędzić święta z siostrą Berthą, zamiast być wtedy z żoną i córeczką. Ale nazajutrz, bardzo wczesnym rankiem, towarzysz Arthura i Gabrielle z czasów Royallieu hrabia Léon de Laborde, który w pewnym okresie najprawdopodobniej był kochankiem Gabrielle, zadzwonił do jej drzwi. Zapukał, zburzył ciszę tej cichej enklawy, krzyknął. Nikt nie otworzył. De Laborde nie chciał się poddać i w końcu portier Gabrielle Joseph stanął w drzwiach. Opierał się przed przekazaniem wieści Gabrielle i chciał poczekać do rana. Ale Léon nalegał, że Gabrielle powinna się dowiedzieć. W końcu zeszła po schodach. W białej piżamie, z potarganymi włosami, spojrzała na niego, „sylwetka młodości w białym atłasie"[23].

Léon powiedział Gabrielle wszystko, co wiedział. Do wypadku doszło dzień wcześniej, późnym wieczorem, na drodze między Saint-Raphaël a Cannes, kiedy Arthur i Mansfield już prawie byli u celu. Léon dodał, że Arthur musiał być bardzo zmęczony.

Gdy to mówił, twarz Gabrielle przybrała umęczony wyraz, ale Chanel nie płakała. Siedziała tylko, całkowicie nieruchoma.

Kilka minut później bez słowa weszła po schodach z powrotem na górę. Ubrała się i wzięła torbę podróżną. Nie, nie chciała czekać. Chciała, żeby Léon natychmiast zawiózł ją na południe. Gdy ruszali, nad Paryżem rozlewało się poranne światło.

Rozdział 14

Gabrielle nie uległa błaganiom Léona i nie chciała odpocząć podczas męczącej podróży na południe. Dotarli do Cannes następnego dnia wieczorem. Mimo późnej pory Léon jeździł od hotelu do hotelu, pytając, czy nie zatrzymała się tam lady Michelham (siostra Arthura). Wykonał kilka telefonów. W końcu ją znaleźli. Bertha była zrozpaczona. Gabrielle błagała, by pozwolono jej zobaczyć Arthura, zanim zostanie pochowany (najprawdopodobniej właśnie dlatego jechała w takim pośpiechu i bez odpoczynku), lecz jej prośby nie zostały wysłuchane. Najwidoczniej Arthur był tak bardzo poparzony, że już zamknięto trumnę.

Bertha nalegała, by Gabrielle i Léon zamieszkali w jej apartamentach. Zgodzili się, ale Gabrielle nie chciała iść do sypialni i resztę nocy spędziła na szezlongu. Nazajutrz nie chciała towarzyszyć Bercie i Léonowi w pierwszym nabożeństwie za zmarłego w pobliskiej katedrze Fréjus, gdzie miano mu oddać honory wojskowe. Gabrielle zażądała, by szofer Berthy zawiózł ją na miejsce wypadku.

Później ten człowiek opowiedział Bercie, że w miejscu gdzie na skraju drogi nadal leżał sczerniały szkielet samochodu kapitana, postanowił trzymać się na uboczu. Patrzył, jak Gabrielle okrąża samochód, dotykając go, jakby była niewidoma. Potem usiadła na słupku milowym obok. I wreszcie kobieta ze złamanym sercem pochyliła głowę i załkała. Kiedy Arthur się ożenił, Gabrielle go „straciła". Lecz póki żył, nadal była nadzieja, że w końcu wróci. Za każdym razem gdy ją opuszczał, istniała taka szansa. Tym razem jej nie było. Szofer stał dyskretnie w pewnej odległości i miał wrażenie, że Gabrielle płacze całymi godzinami.

28 grudnia 1919 roku „Le Gaulois" doniósł, że „ciało kapitana Arthura Capela, rycerza Legii Honorowej odznaczonego Mons Star, który zginął w wypadku samochodowym, przyjechało wczoraj rano [do Paryża] i zostało złożone w krypcie kościelnej Saint-Honoré d'Eylau". 2 stycznia gazeta ogłosiła, że „pogrzeb kapitana Arthura Capela, komandora Orderu Imperium Brytyjskiego, (...) odbędzie się jutro, w sobotę 3 stycznia, w południe".

Znaczna część paryskiej socjety zebrała się w kościele, który tamtego dnia wypełnił się po brzegi[24]. Przybyła również liczna angielska delegacja pod przewodnictwem ambasadora Wielkiej Brytanii lorda Derby'ego, a także zaprzyjaźnieni z Arthurem brytyjscy oficerowie. Były obecne siostry Diany wraz z mężami, ale sama Diana, podobnie jak kochanka Arthura Gabrielle Chanel, nie przyszła. Arthur został pochowany na cmentarzu na Montmartrze, gdzie później wzniesiono wielki grobowiec. Nieuchwytność tego wyjątkowego człowieka znalazła odzwierciedlenie w braku nazwiska, daty i epitafium. Na grobie napisano jedynie:

FAMILLE CAPEL

W listach kondolencyjnych skierowanych do Diany przyjaciele pisali, jak ważnym człowiekiem był dla nich Arthur i jak bardzo go kochali[25]. Jedna z sióstr Diany wspomniała o jego „duszy pielgrzyma", pisząc, że „nigdy nie wydawał się do końca zakotwiczony" w tym świecie. „Jego kraina pozostała niezbadana, nie uważasz?" Jeden z przyjaciół napisał: „Był takim dziwnym, wyjątkowym atrakcyjnym człowiekiem. I pewnie dlatego czujesz się tak, jakby nastąpił koniec świata (...). Wszyscy tutaj [w Paryżu] jesteśmy nieopisanie wstrząśnięci, ze wszystkich stron słyszę słowa współczucia i żalu"[26]. Clemenceau powiedział: „Był stanowczo zbyt dobry, by pozostać wśród nas", a jeden z przyjaciół napisał: „Boy był najlepszym, najbardziej lojalnym i oddanym przyjacielem, jakiego można mieć, i kochaliśmy go jak brata (...). Z każdym dniem coraz bardziej uświadamiamy sobie ogrom tej straty"[27].

Wiele lat później Gabrielle także dodała do tego żałobną i definitywną elegię: „Jego śmierć była dla mnie potwornym ciosem (...). Wraz z Capelem straciłam wszystko. Pozostawił we mnie pustkę, której nie wypełniły późniejsze lata"[28]. Śmierć Arthura naprawdę wydawała się Gabrielle „końcem świata". Przez jakiś czas walczyła o przetrwanie.

Jeśli na pewien okres zrezygnowała z pracy, to najwyżej na kilka dni, gdyż odkryła, że to właśnie praca lepiej niż cokolwiek innego odciąga jej myśli od śmierci Arthura. Na szczęście Gabrielle była u szczytu sławy i w jej salonie przy rue Cambon rzadko panował zastój.

Rozdział 15

ZACZYNANIE OD NOWA

Trzy miesiące przed śmiercią Arthura Gabrielle podpisała umowę. Miała zatrzymać lokal przy rue Cambon 21, lecz równocześnie musiała przenieść salon i prywatne mieszkanie do znacznie większej siedziby znajdującej się przy tej samej ulicy, tyle że pod numerem 31. Pod tym adresem po raz pierwszy została zarejestrowana w Paryżu jako krawcowa. W pięciopiętrowym budynku przy rue Cambon 31 miała projektować, spotykać się z klientkami i promować swoją działalność. Pod numerem 31 mieścił się jej zdecydowanie największy salon mody, który do dziś pozostaje najważniejszym miejscem w imperium Chanel.

W pierwszych miesiącach po śmierci Arthura szofer Gabrielle co sobotę wiózł ją do jej ustronia w Garches. Tam, zwolniona z obowiązku udawania, pogrążała się w smutku. Czasami jej wierni słudzy, Joseph i Marie Leclerc, zaczynali się martwić. Gabrielle kazała urządzić sypialnię na czarno. Żal nie przyćmił jednak całkowicie jej zdrowego rozsądku ani kondycji fizycznej i umysłowej. Gdy pierwszej nocy poszła do swojego czarnego jak grób pokoju, jego melancholia ją przytłoczyła i Chanel wyszła z powrotem na korytarz, prosząc Marie, by pościeliła jej gdzie indziej.

W lutym 1920 roku londyński „Times" opublikował testament Arthura. Jego wykonawcami w Wielkiej Brytanii byli ojciec Diany i jej szwagier, odpowiednio lordowie Ribblesdale i Lovat. W Paryżu Arthur wybrał do tego przyjaciół: bankiera Evelyna Toulmina i Armanda de Gramonta, księcia de Guiche.

Swoim siostrom, Henriette i Edith, zostawił dwadzieścia tysięcy funtów. Ulubionej siostrze Bercie nie zostawił nic, wiedząc, że jest dobrze sytuowana (na początku 1919 roku Bertha zawarła zaaranżowane małżeństwo z Hermanem Sternem, synem niezwykle bogatego kolekcjonera sztuki lorda Michelhama. Herman był ociężały umysłowo i nigdy nie żył ze swoją żoną. Ale najwidoczniej taka była umowa zawarta przez Berthę i jej przebiegłą teściową, która chciała, by to syn odziedziczył większość rodzinnej fortuny. Bertha dotrzymała obietnicy i nie urodziła Hermanowi dzieci, a w zamian zapewniono jej finansową niezależność do końca życia. Wygląda na to, że Arthur odegrał ważną rolę w negocjacjach, które zapewniły jego dość zwariowanej siostrze spokojną przyszłość)[1].

Gabrielle Chanel i kobiecie o nazwisku Yvonne Viggiano, hrabinie de Beauchamp, Capel pozostawił czterdzieści tysięcy funtów. Rozporządzając fortuną bez ograniczeń, które czasami towarzyszą myślom o śmierci, nie podjął próby ukrycia tego dotychczas nieznanego aspektu swojego życia. Yvonne Viggiano była młodą, niedawno owdowiałą włoską hrabiną, z którą najwidoczniej łączył go ważny związek. Niczego więcej nie wiemy – poza tym, że miała syna.

Resztę majątku zostawił Dianie „na życie, a potem dla naszego dziecka". Przed odjęciem sum zapisanych innym osobom jego stan posiadania wynosił ponad siedemset tysięcy funtów (co dziś odpowiadałoby mniej więcej dziesięciu milionom funtów). „The Times" odnotował, że Arthur rozdysponował swój ogromny majątek w niespełna stu słowach.

Na myśl o uczuciowych komplikacjach obecnych w krótkim życiu Arthura – w chwili śmierci miał on trzydzieści osiem lat – i jego żalu z powodu opuszczenia Gabrielle przypominają się słowa, które skierował do Elisabeth de Gramont: „Łatwiej (...) zorganizować handel węglem niż swoje życie prywatne"[2].

Ci, którzy zadali sobie trud, by ogarnąć wzrokiem nie tylko zawodową działalność Gabrielle, zauważyli, że trzy miesiące po śmierci Arthura nie zaczęła jeszcze wychodzić z rozpaczy, w którą ją ona wpędziła. Jej żałoba rozgrywała się w mrocznej, złożonej modzie.

Rozdział 15

Na początku wiosny Gabrielle przeprowadziła się z dwoma owczarkami niemieckimi Soleil i Lune, ich trojgiem szczeniąt, dwoma terierami Pepitą i Popee (ostatnim prezentem od Arthura) oraz z Josephem i Marie Leclercami i ich córeczką Suzanne do ogromnej willi urządzonej w stylu art nouveau, Bel Respiro. Zaledwie kilkuminutowy spacer dzielił ją od La Milanaise, domu, który wynajmowała rok wcześniej. Zawsze mówiono, że kupiła Bel Respiro[3]. Rzeczywiście to zrobiła, lecz dopiero rok po tym, jak się wprowadziła. Stało się tak dlatego, że z początku właściciel zgodził się tylko na wynajem. Oficjalnie przeprowadzka miała pomóc Gabrielle zacząć życie od nowa u boku przyjaciół Henriego i Antoinette Bernsteinów mieszkających dwa domy dalej. Prawda była jednak znacznie dziwniejsza i do dziś pozostawała nieznana.

Wprowadziwszy się do Bel Respiro, Gabrielle kazała pomalować okiennice na głęboką czerń. Spotkało się to ze zdecydowaną dezaprobatą sąsiadów, ale Gabrielle nie była w nastroju, żeby się nimi przejmować. Tak naprawdę właśnie te czarne okiennice były pierwszym znakiem, że Bel Respiro ma być jej schronieniem i zarazem czymś w rodzaju mauzoleum jej wspomnień. I to nie bliskość sąsiadów, lecz właśnie te wspomnienia były najważniejszą przyczyną przeprowadzki.

Co niezwykłe, okazuje się bowiem, że Bel Respiro należało do Arthura – był to ten sam dom, który rok wcześniej kupił dla siebie i Diany[4].

To wyjaśnia tajemnicze słowa zawarte w liście Diany do Duffa Coopera, napisane niedługo po śmierci Arthura i zatytułowane „Bel Respiro". Diana wyznała Cooperowi: „Byłam, nadal jestem i chyba już będę tak okropnie, rozpaczliwie nieszczęśliwa (...). Nie mogę napisać nic więcej, bo nie ma nic do powiedzenia (...). Muszę prowadzić życie samotniczki, inaczej nie mogę spać (...). Chyba powinnam wkrótce stąd wyjechać i wrócić do Anglii"[5].

Diana rzeczywiście niedługo potem opuściła Francję i prawie nigdy więcej do niej nie wracała.

Tymczasem Gabrielle była nie tylko świadoma tego, że Bel Respiro to dom Arthura i Diany, lecz właśnie z tego powodu go wybrała. Jak mogłaby lepiej pogrążyć się w pamięci o Arthurze niż poprzez zamieszkanie w jego domu? Nie przejmowała się tym, że Diana niedawno wyjechała ani że wdowa po Capelu wie, kto podpisał umowę najmu (najwidoczniej Diany nie obchodziło, że nową lokatorką będzie dawna kochanka jej męża). Gabrielle zależało tylko na tym, by poprzez mieszkanie w tym domu w jakiś dziwaczny sposób „żyć" z Arthurem. Ponadto jej obecność w jego posiadłości miała wymazać z życia Arthura Dianę, którą Gabrielle zamierzała stopniowo „zastąpić".

Przez kilka miesięcy Chanel wiodła pęknięte życie i tak naprawdę nikt oprócz Josepha i Marie nie wiedział, co się z nią dzieje. Gabrielle, która zawsze umiała w jednej chwili przejść z rzeczywistości w fantazję, w stanie połowicznego załamania nerwowego robiła to tym chętniej. Codziennie kazała się jednak wieźć do salonu w Paryżu i jej interesy kwitły. Choć czuła się wrakiem i często znajdowała się na krawędzi łez, praca naprawdę była jedyną rzeczą, która chroniła ją przed upadkiem. Można się tylko zastanawiać, jak zareagowała na wieść o tym, że w czerwcu tego samego, 1920 roku Diana Capel urodziła drugą córeczkę. Dziewczynce dano na imię June. Została poczęta zaledwie trzy miesiące przed śmiercią swojego ojca.

Wydarzeniem, dzięki któremu Gabrielle w końcu zaczęła dochodzić do siebie, był sierpniowy ślub Misi Edwards z José Marią Sertem, który był kochankiem Misi od dwunastu lat.

Wcześniej starania Misi o to, by wyciągnąć Gabrielle z rozpaczy, okazały się nieskuteczne. Dlatego po ślubie namówiła Chanel, by ta wyjechała z Paryża i wybrała się z nimi do Wenecji. Skuszona perspektywą odmiany, szansy na wyrwanie się ze stanu, który zaczął graniczyć z obłędem, Gabrielle przyjęła zaproszenie Misi i zostawiła Paryż za sobą. Od tamtej pory Sertowie byli jej najbliższymi przyjaciółmi.

Jako młoda kobieta Misia kupiła salon i została jedną z niekwestionowanych królowych Paryża. Paul Morand opisał ją wówczas jako „piękną panterę, władczą, krwiożerczą i frywolną". Powiedział również, że była „błyskotliwa w perfidii i wyrafinowana w okrucieństwie"[6].

Misia Godebska dorastała w świecie *haute bohème*, w którym artyści spotykali się ze śmietanką towarzyską. Była obdarzona talentem muzycznym. W wieku dwudziestu jeden lat wyszła za Tadeusza Natansona, założyciela dwumiesięcznika „Revue blanche", a następnie, by spłacić długi męża, poślubiła bajecznie bogatego magnata prasowego, monstrualnego Alfreda Edwardsa. Pełna perwersyjnej nonszalancji, Misia nie dbała o dyskrecję i nie przejmowała się skandalami, które wywoływało jej zachowanie.

Rozdział 15

Burzliwa przyjaźń Misi z Siergiejem Diagilewem rozpoczęła się na ich pierwszym spotkaniu, gdy po godzinach rozmowy Diagilew dostrzegł wysoki poziom muzycznej i artystycznej kultury Misi. Diagilew i jego impresario Gabriel Astruc wiedzieli, że aby odnieść jakikolwiek sukces, potrzebują mecenatu zaabsorbowanego sobą świata artystycznej mody. Astruc nazywał tych mecenasów „*mes chers* snoby" i pozyskiwał ich z wielką klasą. Podobnie jak te „snoby" Misia była bogata. Jej wyczucie sztuki sięgało jednak znacznie głębiej niż snobizm albo moda. Jej hojność wobec nieudolnego finansowo artystycznego geniusza Diagilewa przeplatała się z nieustannymi sporami, pojednaniami i słowiańskimi deklaracjami oddania. Bez Misi wiele dzieł Diagilewa mogłoby nigdy nie sięgnąć sceny.

Paul Morand powiedział, że Misia była „żniwiarzem geniuszy, a oni wszyscy się w niej kochali: Vuillard, Bonnard, Renoir, Picasso". Lista ta obejmowała także Toulouse-Lautreca, Ravela i Debussy'ego oraz takich poetów jak Verlaine, Mallarmé i Apollinaire. Po rozwodzie Misia związała się z José Marią Sertem, mistrzem hedonizmu, dzięki któremu poznała swoją niespełnioną jeszcze zmysłowość. W Sercie Misia w końcu znalazła towarzysza życia. Jej spontaniczne imprezy dla artystycznej bohemy miały w sobie coś zaraźliwego i fascynującego, odzwierciedlając raczej nowszy Paryż niż „wystudiowany majestat" starszego *haut monde.* Świeżo upieczona panna młoda od początku uczyła się ignorować seryjne zdrady Serta, a nawet traktowała je z „opryskliwym podziwem".

W drodze do Wenecji Sertowie i Chanel zatrzymali się w Padwie, gdzie Gabrielle poszła z Misią do bazyliki Świętego Antoniego. Misia uparcie twierdziła, że to położy kres rozpaczy Gabrielle, że święty Antoni obdaruje ją spokojem. Gabrielle miała pewne opory, ale ponieważ nieustannie znajdowała się na krawędzi płaczu, uległa namowom. W miejscu gdzie nadal stoi główny ołtarz autorstwa Donatella, Gabrielle stanęła przed figurką świętego.

Prosząc o pomoc w dojściu do siebie po nieustannej żałobie, ujrzała przed sobą mężczyznę opierającego czoło o kamienną posadzkę. „Miał taką smutną i piękną twarz, było w nim tyle surowości i bólu, a jego wyczerpana głowa dotykała ziemi z tak wielkim zmęczeniem, że dokonał się we mnie cud". Natychmiast poczuła wstyd. „Jak mogłam porównywać swój smutek (...) ze smutkiem kogoś tak cierpiącego? Popłynęła we mnie energia. Wzięłam się w garść i postanowiłam żyć dalej"[7]. Gabrielle uwierzyła, że nie jest sama, że mężczyzna, którego kocha, jest obok niej, „po drugiej stronie", i już jej „nie opuści". Powiedziała sobie, że dopóki czuje, że Arthur na nią czeka, nie ma prawa płakać. „Nieważne, że przez jakiś czas muszę być sama jeszcze *po tej stronie*"[8]. Później Gabrielle opowiedziała przyjaciółce o tym, jak kobieta „która obróciła się w cień, wyszła z tamtego kościoła odmieniona"[9].

W Wenecji wskrzeszona Gabrielle lepiej zrozumiała fascynację Misi Sertem, wybitnym hiszpańskim malarzem. Energiczny, niski i tryskający życiem José Maria Sert był przepełniony żarliwą pewnością siebie i jednocześnie czaiło się w nim coś okrutnego. Miał obsesję na punkcie sztuki, żywił nieposkromioną namiętność do kobiet i – wspomagany alkoholem i regularnymi dawkami morfiny – żył w świecie pełnym absurdalnej fantazji, dramatyzmu i przygód. O jego hucznych imprezach krążyły legendy.

Nawet artyści z Montmartre'u i Montparnasse'u, ze snobizmem spoglądający na artystyczne umiejętności Serta, darzyli uznaniem jego zdolność budowania atmosfery za pomocą imponujących wyborów oraz zestawiania przedmiotów z dziełami sztuki. W Wenecji Sert mówił o dziełach sztuki z erudycją, która według zachwyconej Gabrielle „tworzyła niekończące się powiązania". Zabierał ją do muzeów i kościołów, pokazywał posępny splendor miejskich budynków. Zafascynowana i urzeczona, chłonęła to wszystko jak inteligentne, oczarowane dziecko. Podobnie jak wiele osób przed nią, Gabrielle poddała się kołysaniu melancholijnego, wodnistego raju la Serenissimy i przez resztę życia regularnie do niego powracała.

W końcu to jednak nie historia zmotywowała Gabrielle. Obdarzona umysłem artystki intuicyjnie wyczuła, że pielęgnując w sobie pewne bezlitosne lekceważenie przeszłości, człowiek jest w stanie lepiej kreować teraźniejszość. Nie uwłaczając przeszłości, Gabrielle mogła powiedzieć do Misi: „Och, do diabła z tymi Botticellimi i da Vinci", i szły się powłóczyć, odkrywając niezwykłe skarby w sklepach ze starociami przy bocznych uliczkach albo przenosiły się z restauracji do luksusu modnych salonów. To była Wenecja, gdzie Gabrielle ujrzała dzieła sztuki w pałacach, dla których zostały stworzone, gdzie spotykała się z przyjaciółmi Sertów, międzynarodową i wenecką socjetą lubującą się w teraźniejszości równie mocno jak w rozpamiętywaniu znakomitej przeszłości swoich przodków.

Troje podróżników przypadkiem natknęło się na Diagilewa podczas rozmowy ze wspólną przyjaciółką, wielką księżną Marią Pawłowną (starszą),

Rozdział 15

i zostało na lunch. Samej wielkiej księżnej pozostało niewiele, ale była łaskawa i wdzięczna, że jej i jej dzieciom udało się uciec przed rewolucyjnym spustoszeniem. Podczas rozmowy Diagilew wspomniał o swoich nieprzemijających problemach finansowych. Jego choreograf Massine prowadził próby do nowej inscenizacji *Święta wiosny*, która miała się odbyć w Paryżu. Jej koszt był ogromny. Przede wszystkim dlatego, że Diagilew upierał się przy wielkiej orkiestrze (usiłując wskrzesić powojenną fortunę Ballets Russes, stanął przed pewnym problemem: widownia się zmieniła i zarówno francuscy, jak i rosyjscy mecenasi sztuki potracili swoje majątki).

Diagilew rzekomo nie zwracał uwagi na Gabrielle ani podczas tamtej rozmowy, ani podczas kilku kolejnych spotkań w Wenecji[10]. Wiemy jednak, że Chanel nie tylko była na premierze *Święta wiosny*, premierze *Parade* w 1917 roku i na wydawanych później przyjęciach, lecz także znalazła się na paryskiej premierze pierwszego powojennego baletu Diagilewa i Strawińskiego *Pulcinella* w maju 1920 roku. Kobieta, którą Morand opisał jako „wielką osobowość", najwidoczniej była w tamtych chwilach cicha i potulna. Jak już wspomniałam, później Misia wmawiała światu, że w pierwszych latach ich przyjaźni Gabrielle chodziła za nią jak cień. Sugeruje to niezmiennie, że przedstawiciele artystycznej bohemy, z którymi Chanel się zadawała – i czasami miewała romanse – lubili ją jedynie ze względu na jej pieniądze. Najważniejszym powodem ich przyjaźni z Gabrielle była jednak ona sama. Co zaś się tyczy jej powściągliwego sposobu bycia w tamtym okresie, wynikał on raczej z żałoby niż z tego, że była potulna i trzymała się na uboczu.

Po Wenecji niezmordowani Sertowie zabrali Gabrielle do Rzymu. „Przyjechaliśmy znużeni i wycieńczeni i musieliśmy zwiedzać miasto przy świetle księżyca, dopóki nie zmogło nas wyczerpanie. W Koloseum [Sert] przypomniał sobie kolekcje Thomasa de Quinceya i mówił cudowne rzeczy o architekturze i o przyjęciach, które można by wydawać wśród ruin"[11]. Wspominając nienasycone apetyty Serta i jego niezdolność do robienia czegokolwiek na małą skalę, Gabrielle powiedziała: „Był równie hojny i niemoralny jak człowiek renesansu". Jego wiecznie dobry humor, erudycja i encyklopedyczna wiedza na temat najdziwniejszych spraw uczyniły go w oczach Gabrielle idealnym towarzyszem podróży. Powiedziała, że „ta ogromna, włochata małpa z farbowaną brodą, przygarbionymi plecami i olbrzymimi okularami w szylkretowej oprawie – istnymi kołami – uwielbiała wszystko, co kolosalne"[12]. Oprowadzał ją po muzeach Wenecji, wszystko objaśniał. Znalazł w niej „uważną ignorancję (...), którą przedkładał nad całą swoją erudycję"[13]. Według Gabrielle Sert przypominał „jakiegoś olbrzymiego gnoma, który w swoim garbie niczym w czarodziejskim worku nosił zarówno złoto, jak i śmieci. Łączył w sobie fatalny gust i wyjątkową zdolność oceny sytuacji, bezcenność i obrzydliwość, diamenty i gówno, uprzejmość i sadyzm, zalety i wady o zdumiewającej skali"[14].

Wracając do Paryża, Gabrielle nie znajdowała się już w stanie emocjonalnego wycofania i Sertowie uznali ją za uleczoną. Coco Chanel nigdy nie doszła do końca do siebie po stracie Arthura i już zawsze nosiła w sercu blizny. Mimo to jej potężna żądza życia i rozwoju była zbyt silna, aby trwać w niej w uśpieniu dłużej niż tylko przez jakiś czas. Orzeźwiona szalonymi przygodami Sertów postanowiła „żyć".

Jedną z pierwszych oznak tego bardziej pozytywnego stanu umysłu była pewna dramatyczna decyzja. Istnieje kilka wersji tej historii. Jedna głosi, że Gabrielle zjawiła się w hotelu Diagilewa i zapytała, czy mogłaby się z nim zobaczyć. Druga, która subtelnie przesuwa ciężar władzy, mówi, że Chanel poprosiła go, by sam do niej przyszedł. Można podejrzewać, że prawdziwa była ta druga wersja i opis Gabrielle jest zgodny z prawdą:

> Rozumiałam, że to wielka tragedia. Uciekł z Londynu, bo nie był w stanie spłacić długów (...). „Mieszkam w hotelu Ritz, przyjdź się ze mną spotkać, nie mów Misi". Przyszedł do mojego apartamentu (...). Dałam mu czek (...). Chyba myślał, że jest fałszywy (...). Nigdy do mnie nie napisał, nie zdradził się nawet słowem[15].

Zdumiony impresario, który miał nadzieję, że to Misia Sert wybawi go z kłopotów finansowych, otrzymał ogromną sumę pieniędzy od Gabrielle na ponowną inscenizację *Święta wiosny.* Jej prośba, by nikomu o tym nie mówił, na nic się nie zdała: niedyskrecja służyła Diagilewowi w równym stopniu jak jego serdecznej przyjaciółce Misi, która natychmiast o wszystkim się dowiedziała. Zazwyczaj ten hojny gest Gabrielle przypisuje się jej prężeniu kulturalnych muskułów: nie tylko Misia mogła nadawać sprawom bieg. W przeciwieństwie do Misi, dla której prowadzenie salonu było niemal *raison d'être*, artystki drzemiącej w Gabrielle nie interesowała sztuka mająca w centrum jej własną osobę (jak już zauważyliśmy, nie interesowała jej władza dla samej

Rozdział 15

władzy, była ona przede wszystkim środkiem do celu: zazwyczaj do swobody wykonywania pracy, a przez to do zachowania niezależności). Gabrielle nigdy nie była odporna na czar kreatywności i w Diagilewie interesowało ją przede wszystkim to, że okazał się kolejnym artystą pracującym. Wszystko, co robiono dobrze – choćby nawet cechowało się skromnością – niezmiennie ją urzekało. Tyle że w Ballets Russes Diagilewa nie było niczego skromnego.

Maestro Siergiej Diagilew był niezwykłą istotą, osobliwą, roztrzepaną mieszanką impulsywności i kaprysów, hojności i skąpstwa, połączonych z zapierającą dech w piersiach umiejętnością manipulowania ludźmi. Nie miał absolutnie żadnych skrupułów w związku z bezwzględnym oddaniem swoim celom, które dotyczyły niemal wyłącznie jego sztuki. Mówiąc o nim, ktoś zauważył, że „niełatwo było oprzeć się presji ze strony Diagilewa. Jego oponent opadał z sił nie z powodu logiki argumentów Siergieja, lecz wyłącznie pod naciskiem jego woli”[16]. Determinacja Diagilewa sprawiała, że był arogancko wybiórczy wobec swoich towarzyszy i być może dopiero w Wenecji po raz pierwszy naprawdę zauważył Gabrielle. I być może właśnie w Wenecji Gabrielle lepiej go zrozumiała. Z pewnością najbardziej atrakcyjna wydała jej się jego egzotyczna cudzoziemskość. Później opisywała go jako „najbardziej uroczego przyjaciela”. Mówiła: „Uwielbiałam jego zapał do życia, jego namiętności, burkliwość, tak nieprzystającą do wspaniałej, legendarnej postaci”[17].

Spotkawszy po raz kolejny tę silną, charyzmatyczną osobistość, której trzy przedstawienia widziała już na scenie, Gabrielle z ochotą przyjęła rolę katalizatora powrotu najbardziej skandalicznego z nich: *Święta wiosny*.

Wojna nie była łaskawa dla Igora Strawińskiego. Rzadko grano jego muzykę i z trudem wiązał koniec z końcem, mieszkając z rodziną w neutralnej Szwajcarii. Dzięki sukcesowi premiery *Pulcinelli*, uświetnionej scenografią i kostiumami Picassa, wszystko miało się jednak zmienić. Strawiński nie tylko odzyskał pozycję w centrum Ballets Russes, lecz także ponownie stał się muzycznym ulubieńcem większości paryskich salonów.

Przez wiele lat *le tout Paris* wraz z europejską śmietanką towarzyską hulał na rytualnych karnawałach w rabelaisowskiej Wenecji, a liczne wystawne bale pieczołowicie opisywano w magazynach poświęconych stylowi. „Vogue” był tak zachwycony *Carnevale*, że festiwal stał się wyłącznym tematem lutowych numerów. Zimowa wycieczka do Wenecji przełamywała nudę mroźnego sezonu, a w emocjonalnym mętliku powojennych lat wyjątkowo gorliwie odrzucano zahamowania, szykując się na niedostatki Wielkiego Postu. Dla tych, którzy nie byli w stanie wyjechać do Wenecji, organizowano liczne imprezy w Paryżu, w prywatnych salach balowych. Bale kostiumowe cieszyły się już popularnością, a ponieważ wiele młodych osób uważało, że życie jest w zasadzie bezwartościowe, z nihilistycznym zapałem szukano ucieczki w imprezowaniu. Odzwierciedlając związek tej postawy z mrocznymi podtekstami *Carnevale*, *Pulcinella* Strawińskiego wyniosła modę na bale kostiumowe poza teatralną scenę.

Gdyby Diagilew nie postawił weta, Picasso prawdopodobnie ubrałby tancerki we współczesne stroje. Wówczas silna więź sztuki współczesnej z modą zostałaby bardziej podkreślona. Jak stwierdził Strawiński, nowa żona Picassa, tancerka Ballets Russes Olga Chochłowa, „miała do pokazania wiele nowych strojów od Chanel"[18]. Olga Chochłowa była wielbicielką kreacji Chanel, jeszcze zanim poślubiła Picassa w 1918 roku, ale gdy zdobyła większą sławę, koszty przestały ją krępować. I choć Picasso zaspokajał swój nienasycony apetyt na erotyczne doznania poza małżeństwem, karmił także namiętność swojej młodej burżuazyjnej żony do awangardowej mody, która obejmowała wiele kreacji Coco Chanel.

Po premierze *Pulcinelli* towarzyski i ekstrawagancki młody książę Persji Firuz, ówczesny ulubieniec paryskiej socjety, wydał legendarny bal kostiumowy dla *beau monde* (wkrótce potem zginął, prawdopodobnie z rąk zabójcy). Mężczyźni z elektrycznymi latarkami stali na skrzyżowaniach, kierując samochody gości ku imitującemu pałac budynkowi wynajętemu przez byłego więźnia i przyjaciela Cocteau (były skazaniec prowadził nielegalne kluby nocne i regularnie musiał uciekać przed policją).

Przy tej okazji „Wypito ogromne ilości szampana. Strawiński się wstawił, poszedł do sypialni, pozbierał wszystkie puchowe poduszki, kołdry i podgłówki, a potem zrzucił je przez poręcz do wielkiego holu"[19]. Bitwa na poduszki, jaka się potem rozpętała, wzbudziła tyle entuzjazmu, że impreza trwała do trzeciej. Właśnie na tym balu Gabrielle po raz kolejny spotkała Strawińskiego. Potem wyjechał na prowincję.

Nadal w świątecznym nastroju, przyjaciel Misi i Picassa, „nieludzki tyran towarzyski" hrabia Etienne de Beaumont, wydał jedno ze swoich wspaniałych

Rozdział 15

przyjęć, które regularnie zdobiły paryski kalendarz na wiosnę. Od początku maja do końca czerwca w całym mieście organizowano szereg imprez, na których *beau monde* bawił się z przyjaciółmi, próbując prześcignąć się nawzajem w dziwaczności kostiumów i zachowań.

Etienne de Beaumont i jego żona Edith znajdowali się wówczas na szczycie paryskiej elity. Po wojnie młoda para szybko została dwojgiem najważniejszych gospodarzy w Paryżu, a imprezy w ich spektakularnym *hôtel particulier* w sercu modnego siódmego *arrondissement* słynęły z wyraźnego posmaku nowoczesności. „Vogue" zachwycał się, opisując „nieustanne kolacje i bale" i przyczyniając się do zapewnienia Beaumontom pierwszego miejsca w umysłach paryżan. Ich przyjaźnie i mecenaty nad wszelkiego rodzaju artystami, między innymi Picassem, Brakiem, Satiem, Cocteau i Massine'em, oraz reputacja ludzi śmiałych i skłonnych do ekshibicjonizmu zaczęły kiełkować pewnego wieczoru w 1918 roku, gdy czarni muzycy zagrali amerykański jazz, prawdopodobnie po raz pierwszy we Francji[20].

Apogeum corocznej rozrywki był wiosenny bal kostiumowy u Beaumontów łączący siedemnastowieczne maski dworskie z najbardziej radykalną awangardą. Spektakle te zawsze miały temat przewodni, którym w 1919 roku było „pozostawienie odkrytą tej części ciała, którą gość uważa za najbardziej interesującą"[21]. Bez względu na to, jak niesamowite były kostiumy gości, Beaumont zawsze starał się je przyćmić, wkładając jeden przedziwnie androgyniczny kostium za drugim. Zawsze projektował je osobiście. Etienne de Beaumont lubił mężczyzn. Jego żona Edith lubiła kobiety. Poza tym darzyli się nawzajem wielką czułością.

Beaumont poprosił Gabrielle o pomoc w zaprojektowaniu niektórych kostiumów na wiosenny bal w 1919 roku. Niczego nie lubił bardziej niż akcentować swoją władzę poprzez manipulowanie przyjaciółmi, więc zazwyczaj trzymał wszystkich w niepewności co do zaproszenia. Zawsze dbał o to, aby pominąć parę osób, które oczekiwały, że je dostaną, oraz ignorował ludzi „z handlu". Gdy ku swojemu zakłopotaniu Misia odkryła, że nie zaprosił jej przyjaciółki Gabrielle Chanel, zaprotestowała, rezygnując z własnego zaproszenia. Zamiast tego w wieczór balu zabrała Gabrielle „z Sertem i Picassem w roli eskorty (...), by wmieszać się w tłum szoferów stłoczonych przed domem i patrzeć na wchodzących do środka gości w kostiumach". Musieli tworzyć osobliwy kwartet: Picasso, znany części gości, Misia i Sert, doskonale znani większości z nich, oraz Gabrielle, dla większości nieznana, lecz rzucająca się w oczy jako kobieta niezwykle elegancka.

Misia powiedziała, że doskonale się bawili, odprowadzając gości wzrokiem. Bez względu na to, jak postępowe były postawy klasy wyższej wobec sztuki i bohemy, jej przedstawiciele nadal nurzali się w dusznych, przestarzałych nawykach wyższości społecznej. Etienne de Beaumont bez żadnych skrupułów wykorzystał umiejętności Gabrielle, ale odrzucił ją jako gościa. Niedługo potem on i jego żona zrozumieli jednak rosnące znaczenie Chanel i aż nazbyt chętnie włączali ją do swojego wyrafinowanego grona.

Powszechnie uważa się, że po zdobyciu władzy Gabrielle konsekwentnie traktowała *haut monde* z taką samą protekcjonalnością, jakiej wcześniej doświadczyła z jego strony. Chanel była jednak daleko bardziej złożoną i ambiwalentną istotą.

Rozdział 16

„NAJDZIWNIEJSZE I NAJWSPANIALSZE LATA”[1]

W 1921 roku, po kilku miesiącach w małym bretońskim kurorcie, Strawiński nie mógł się skupić z powodu braku stymulacji i wrócił do Paryża w poszukiwaniu domu dla przewlekle chorej żony i czwórki dzieci. Jego sytuacja finansowa była niepewna. Dowiedziawszy się o jego problemach, Gabrielle zaproponowała, by wprowadził się wraz z rodziną do Bel Respiro. Nie szczędziła wydatków, tworząc to piękne i kojące ustronie. Pod koniec września świta Strawińskiego, obejmująca dalszą rodzinę oraz służbę i opiekunki do dzieci, osiedliła się w luksusie Bel Respiro.

Pisząc do starego przyjaciela, Strawiński wydawał się spięty. Przeprosił za zwięzłość listu i wyznał, że jego nerwy „są w kiepskim stanie”. Prawdopodobnie nawiązywał do emocjonalnych komplikacji, które narastały w willi[2]. Strawiński zakochał się w Gabrielle. Gdy ta wyraziła zatroskanie o żonę kompozytora Katarinę, udzielił jej „bardzo rosyjskiej” odpowiedzi: „Ona wie, że cię kocham. Komuż innemu, jeśli nie jej, miałbym się zwierzyć z czegoś tak ważnego?”[3].

Strawiński zaczął się wymykać z Bel Respiro, by odwiedzać Gabrielle w Ritzu, gdzie wynajęła apartament na czas pobytu jego żony w domu. Muzyczną oryginalność kompozytora podkreślała jego błyskotliwa, charyzmatyczna i wielce ambitna natura. Nie był przystojny, lecz jego zapadające w pamięć, wyraziste rysy ciekawie kontrastowały z wyjątkowo eleganckim wyglądem. Jego powściągliwość dodawała atrakcyjności złożonej osobowości. Gabrielle powiedziała: „Lubiłam go (...), bo był bardzo miły, bo często ze mną wychodził, i dlatego że bardzo przyjemnie jest się uczyć (...) od takich ludzi jak on"[4]. Chodzili po klubach, bywali na przyjęciach, a raz – z Misią i Sertem – wybrali się na paryskie targi. Uwieczniono to na fotografii wielkości zdjęcia paszportowego, którą zrobili, by upamiętnić owo wydarzenie.

Gabrielle nie znała się na muzyce, ale Strawiński postanowił ją uczyć. Jak zwykle okazała się pojętną uczennicą. Namiętnie pokochała jego utwory. Natomiast on namiętnie pokochał Gabrielle i już wkrótce zaczął się ich romans. Chanel po raz kolejny dała się uwieść słowiańskiemu umysłowi, któremu najwidoczniej nie potrafiła się oprzeć: najpierw Misia, potem Diagilew, a teraz Igor Strawiński.

Mimo że z powodu tego romansu nerwy kompozytora zostały wystawione na ciężką próbę, jego pobyt w Bel Respiro okazał się bardzo owocny pod względem twórczym. Strawiński nie tylko ukończył wspaniały *Koncert na kwartet smyczkowy*, lecz także skomponował *Wesele* (*Les Noces villageoises*), balet, z którym zmagał się od kilku lat. Po raz pierwszy usłyszano go w 1923 roku w okazałej miejskiej rezydencji Winnaretty Singer, księżnej de Polignac i dziedziczki ogromnej fortuny maszyn do szycia Singera. Prowadzony z wielkim zaangażowaniem salon muzyczny Winnaretty był jednym z najbardziej wpływowych tego typu salonów w Paryżu, a tamtego wieczoru byli w nim Strawiński, Diagilew, cały Ballets Russes i grono innych gości. Księżna, która była już jedną z klientek Gabrielle, została zapytana: „Dlaczego nie zaprosiłaś Chanel?", na co w osławionym, władczym stylu odpowiedziała: „Nie zabawiam swoich dostawców"[5]. Winnaretta Singer podziwiała pracowite kobiety będące autorkami swojego sukcesu – niechęć do zaprzyjaźnienia się z Gabrielle mogła równie dobrze wynikać z zazdrości: Winnaretta była jedną z najważniejszych mecenasek Strawińskiego.

Znamy niewiele szczegółów, lecz podczas romansu Strawińskiego z Gabrielle kompozytorowi udało się dokończyć utwór pisany w hołdzie dla Claude'a Debussy'ego, *Symfonię na instrumenty dęte* (*Symphonies d'instruments à vent*), uznany za najważniejsze z jego dzieł tamtej dekady. Oszczędny, miejski wydźwięk kompozycji wiązał się z tym, że powojenna odbudowa miasta stała się ważnym aspektem całej artystycznej działalności w Paryżu. *Symfonie*

Rozdział 16

uważa się za początek nowego rozdziału w muzyce Strawińskiego, dla którego nie było jeszcze gotowej etykiety i który plasował się w samym sercu nowoczesnej wrażliwości[6]. Bez wątpienia ten krótki, lecz intensywny okres w Bel Respiro wyzwolił kompozytora, umożliwiając mu rozwiązanie niektórych długotrwałych problemów muzycznych.

Być może Rosjanina i jego kochankę dzieliła przepaść, ale nietrudno zrozumieć, dlaczego to uosobienie nowoczesnej kobiety zafascynowało człowieka, którego talent działał jak siła burząca resztki romantyzmu w muzyce. Po wojnie atmosfera intelektualna uległa przemianie za sprawą poczucia daremności i najzwyklejszego niedopasowania pokaźnej części przeszłości. Inny kompozytor, Pierre Boulez, powiedział później: „Trzeba było znaleźć coś radykalnie nowego, a nawet obcego zachodniej tradycji, by muzyka mogła przetrwać i wejść w epokę współczesności. Geniusz Strawińskiego należał do tego niebywale utalentowanego pokolenia i był jednym z najbardziej twórczych z nich wszystkich".

Siedem lat po skomponowaniu *Święta wiosny* Strawiński wprowadził ważne zmiany, przygotowując nową inscenizację. Jedno z jego dzieci wspominało później, że dom często wypełniał się „echem fortepianu" rozbrzmiewającym „muzyką tak potężną, że aż nas przerażała"[7]. W tej nowej wersji wspaniałej muzyki do baletu Strawiński kreślił zarys bardziej miejskiego, kosmopolitycznego modernizmu niż we wcześniejszym, raczej folklorystycznym wydaniu. Była to właśnie atmosfera emanująca z Bel Respiro i z samej Gabrielle. Artystyczna wyobraźnia Strawińskiego siłą rzeczy była stymulowana romansem z kobietą, która uosabiała sens modernizmu włączonego przez kompozytora do *Święta wiosny*.

Gdy 15 grudnia 1920 roku Diagilew ponownie wystawiał swój balet, inscenizację poprzedziła skandaliczna reputacja *Święta*. Nastrój wyczekiwania był tak wyraźny, że sukces wydawał się wręcz nieunikniony. Jeden z zachwyconych krytyków napisał, że publiczność najzwyczajniej potrzebowała czasu, by nadążyć za nowoczesnością wielkiego dzieła kompozytora. Gabrielle, która umożliwiła ten sukces swoim wsparciem finansowym, powiedziała później: „Uwielbiałam Ballets Russes (...). Kiedy Diagilew mówił: »Pokazanie tego na scenie będzie kosztowało fortunę« (...), wcale się nie przejmowałam"[8]. Oznajmiając, że pieniądze to „rzecz przeklęta" i że w związku z tym „należy je trwonić", Gabrielle za pośrednictwem swojego mecenatu wcielała w życie motto, zgodnie którym jedynym prawdziwym sensem bogactwa jest to, że pieniądze nas „wyzwalają". „Trwoniła" je nie tylko na *Święto wiosny* Strawińskiego. Przez kilka następnych lat – choć przy zachowaniu jak największej dyskrecji – była jedną z najważniejszych mecenasek Diagilewa i Strawińskiego.

Już pierwszego wieczoru okrzyknięto *Święto wiosny* klasyką. Gabrielle wzięła udział w wielkiej, wystawnej kolacji, którą wydał Diagilew dla uczczenia otwarcia nowego sezonu. Wśród gości znaleźli się najważniejsi tancerze, Picasso z żoną, Strawiński, Misia oraz choreograf i główny tancerz Léonide Massine. Massine był tak zdenerwowany, że upił się w sztok i rzekomo „przypalił dłoń Picassa papierosem (Picasso nawet nie drgnął)"[9]. Diagilew właśnie odkrył, że Massine, jego ówczesny kochanek, ma romans z jedną z tancerek.

Legendarna zaborczość Diagilewa sprawiła, że nie był on w stanie wybaczyć Massine'owi. I choć reakcja na romans Léonide'a doprowadziła Diagilewa do załamania nerwowego, impresario był nieugięty i zabronił swojemu utalentowanemu przyjacielowi dalszego występowania w Ballets Russes.

Choć wydarzenie to wydaje się szczególnie dramatyczne, emocjonalne wstrząsy takiego czy innego rodzaju były nie tylko stałym składnikiem życia za kulisami Ballets Russes, lecz także integralnym elementem istnienia baletu. Jakimś cudem Diagilewowi i jego trupie udawało się tworzyć atmosferę nieustannego chaosu, z której wyczarowywali niezwykły balet. Twórczy chaos Picassa miał jednak zupełnie inny rytm i malarz poprzysiągł, że nigdy więcej nie będzie współpracował z tymi szalonymi Rosjanami. Osławione i pozbawione wszelkich skrupułów pasja i zaangażowanie Diagilewa miały jednak tak ogromną moc przekonywania, że udało mu się jeszcze raz skusić malarza, który zazwyczaj nie zmieniał zdania. Nawet rodak Diagilewa, Strawiński, z pewnością zaznajomiony z osobliwościami rosyjskiego temperamentu, oznajmił kiedyś:

> Prawie nie sposób opisać perwersji świty Diagilewa (...). Pamiętam próbę w Monako, podczas której nasz pianista zaczął z wielkim zaciekawieniem wyglądać zza pulpitu. Podążyłem wzrokiem za jego spojrzeniem, zobaczyłem monakijskiego żołnierza w trójgraniastym kapeluszu i zapytałem pianistę, o co chodzi. Odpowiedział: „Pragnę mu się poddać"[10].

Kiedy Misia dowiedziała się o filantropijnym geście Gabrielle wobec Diagilewa, poczuła, że straciła status jedynego źródła inwencji, zwłaszcza w odniesieniu do Diagilewa i Ballets Russes. Co niebywałe, miała do Chanel pretensję o to, że ta dała Diagilewowi pieniądze na przygotowanie *Święta wiosny*.

Rozdział 16

Potem, usłyszawszy o następnym hojnym geście Gabrielle, powiedziała: „Ogarnia mnie smutek, kiedy pomyślę, że Strawiński przyjął od ciebie pieniądze"[11].

Misia była zafascynowana Gabrielle i miało tak pozostać do końca jej życia. Dzięki swej niezwykłej intuicji rozumiała, że Gabrielle jest inna, na swój sposób całkowicie oryginalna. Uważała jednak wielkiego Diagilewa za swoją „własność". Gdy filantropijne gesty Gabrielle wtargnęły na terytorium Misi, ta wpadła we wściekłość.

Sukces twórczy Gabrielle i jej wyjątkowa osobowość umacniały jej pozycję w paryskiej socjecie. Choć wyłącznie najbardziej postępowi przedstawiciele *haut monde* byli gotowi spędzać czas w towarzystwie „krawcowej", Gabrielle spotykała się z najwybitniejszymi muzykami, artystami i pisarzami w Paryżu. Budziła ciekawość zarówno *haut monde*, jak i artystycznej bohemy. Pozwoliła się uwieść nie kolejnemu bogaczowi z wyższych sfer, lecz artyście. Ten konkretny artysta, Strawiński, nie należał do zwyczajnych kompozytorów walczących o uznanie, a romans Gabrielle z wybitną postacią był intrygującym i dającym do myślenia interludium. Choć czasami zaprzeczała temu romansowi, powiedziała również coś, co dla niej najwidoczniej było bliższe prawdy: że Strawiński „był cudowny". Ich związek potwierdził niezwykłą zdolność Chanel do zamieszkiwania dwóch światów, które pod wieloma względami wzajemnie się wykluczają: świata socjety, *haut monde*, i świata artystów.

Umiejętność ta rodziła napięcie w centrum twórczości Gabrielle i coś, z czym Chanel musiała się zmagać przez resztę życia. Jak wszyscy prawdziwi artyści, miała obsesję na punkcie rzeczywistości i funkcjonalności oraz ich osobliwej relacji z pięknem. Właśnie takie wyjątkowe miejsce szykowała dla siebie w świecie mody: dyskretny funkcjonalizm.

Artystka drzemiąca w Gabrielle intuicyjnie czuła, że jeśli artysta za bardzo zwiąże się z władzą, może dojść do wyjałowienia jego kreatywnego ducha. A jednak luksus będący ważną częścią tego, co promowała, niepozbawiony był ekskluzywności i nierozerwalnie wiązał się z władzą. Jako krawcowa Gabrielle ubierała bogatych i wpływowych ludzi, którzy korzystali ze swojego luksusu, żeby pokazać bogactwo i władzę. Jako artystka prostoty i minimalizmu nieustannie popadała w ukryty konflikt i narażała się na konfrontacje. Pracowała w samym środku paradoksu. Mimo to, w przeciwieństwie do wielu swoich przyjaciół artystów, nie była buntowniczką, której działania opierały się na zniszczeniu. Jej fascynacja, wręcz obsesja na punkcie młodych i młodości, wyrastały z innych pobudek. Dla Gabrielle młodość była siłą życiodajną i twórczą, a nie destrukcyjną. Ubierając bogatych, jakby byli biedni – sfrustrowany Poiret nazwał to *pauvre de luxe* – nieustannie balansowała na cienkiej linie. Na linie, z której mimo wszystko nie spadła, bo w przeciwieństwie do buntowniczek Gabrielle nie atakowała kultury.

Z upływem lat jej wizerunek rósł, biorąc początek właśnie w tamtym okresie. Tworzy on obraz towarzysko potulnej ignorantki o silnej osobowości, która pomogła jej osiągnąć wysoką pozycję w świecie mody dzięki instynktownemu tworzeniu odpowiednich ubrań. Najwidoczniej pod okiem Misi Sert i dzięki jej koneksjom Gabrielle zdołała również opanować zasady komunikacji obowiązujące we wspólnocie artystów. Taki obraz odmalowała Misia, żeby dodać blasku sobie samej. To wizerunek utrwalany przez wszystkich kolejnych biografów Chanel. Ale to bzdura. Sugeruje, że kontakty Gabrielle z artystami sprowadzały się jedynie do miłego spędzania wolnego czasu. Tak naprawdę jej przyjaźń z tymi ludźmi była jednak ważna zarówno dla tego, kim była, jak i dla kulturalnego wpływu, który już wtedy wywierała.

Gabrielle nie została osobą ważną pod względem artystycznym dzięki staraniom Misi. Misia chciała poznać Chanel, gdyż niezawodne wyczucie twórczych możliwości innych ludzi pozwoliło Misi dostrzec w projektantce coś, co ta miała w sobie już wcześniej i czego ogromną moc Misia opisywała potem w pamiętnikach. Wizerunek nieco żałosnej Gabrielle opiera się na zawoalowanym snobizmie, który subtelnie dyskredytuje zarówno ogromną inteligencję Gabrielle, jak i jej wyjątkowy charakter. Dzięki tej intrygującej samoświadomości sama Chanel sygnalizowała, jak to się stało, że pewne cechy pozwoliły jej podjąć wyzwanie i osiągnąć wspaniały sukces. „Byłam samoukiem. Uczyłam się źle, chaotycznie. A mimo to gdy życie zetknęło mnie z tymi, którzy uchodzili za najwspanialszych i najbardziej błyskotliwych ludzi moich czasów, ze Strawińskim albo z Picassem, nie czułam się ani głupia, ani zawstydzona"[12]. Następnie wyjaśniła, dlaczego tak się działo: „To, czego nie można się nauczyć, rozgryzłam sama (...). Właśnie dzięki temu osiąga się sukces"[13].

Kiedy Strawiński poznał Gabrielle, miała już na swoim koncie osiągnięcia, które w tamtych czasach musiały się wydawać oszałamiające. Choć wyrażała swoją nowoczesność z ogromną finezją, wielu i tak było tym wstrząśniętych.

Rozdział 16

Pomijając bardzo nieliczne wyjątki, jedynymi niezależnymi finansowo kobietami były wówczas te, które odziedziczyły majątek. Do wspomnianych wyjątków zaliczały się przede wszystkim kurtyzany i aktorki, które zarabiały same – tylko jakim kosztem? Jak się przekonaliśmy, zdolność tych kobiet do prawdziwie niezależnego działania była znacznie ograniczona szeregiem ważnych wymogów społecznych. Jednym z wybitnych wyjątków współczesnych Gabrielle, uważanym za fascynującą siłę napędową – w dodatku bardzo niebezpieczną – była pisarka i aktorka Colette. Colette, która przez lata obnosiła się ze swoją odmiennością (była biseksualistką, mieszkała z kochanką i występowała na scenie półnaga, prowokacyjnie obściskując się z kobietą), przeobraziła się dzięki niezwykle ciężkiej pracy z kobiety całkowicie zależnej w kobietę niezależną finansowo.

Jednym ze sposobów, w jakie Gabrielle wyrażała swoją niezależność, było przyjaźnienie się z koterią artystów, pisarzy i muzyków, która czyniła z Paryża ośrodek sztuki modernizmu. Najswobodniej czuła się wśród tych ludzi, którzy przez swoją pracę stali się wyrzutkami. Dla Gabrielle życie artystów i to, jak ich postrzegano, niewiele się różniło od życia kurtyzan, które także egzystowały w centrum i równocześnie na peryferiach społeczeństwa.

O ile nam wiadomo, w przeddzień sylwestra 1920 roku Gabrielle, Strawiński i grono zaprzyjaźnionych z nimi artystów bawili się na przyjęciu, które później opisał Paul Morand. Opowiada on, że „zaczęło się znów u Chanel przy rue Cambon. Bufet urządzono w przymierzalniach. Obecna była spora część świetniejszej bohemy. Wielu spośród tych ludzi przyjaźniło się potem z Chanel do końca życia. Znaleźli się wśród nich: główny tancerz Diagilewa Serge Lifar, Satie, malarz André de Segonzac, rzeźbiarz Jacques Lipchitz, który w 1922 roku miał wyrzeźbić popiersie Gabrielle, drugi obok Picassa twórca kubizmu Georges Braque, sam Picasso, malarz Luc-Albert Moreau, Jean Cocteau, jego ponury nastoletni chłopak i ówczesne objawienie literackie Raymond Radiguet, Misia i José Maria Sert, Elise Toulemon (Caryathis), szokująco modernistyczny pisarz Blaise Cendrars oraz kilku młodych kompozytorów, których później znano jako Les Six:

> Dzięki obecności Rosjan impreza była całkiem piękna (...). Auric [jeden z członków Les Six] poranił palce na fortepianie i po klawiszach ciekła krew.

Jean [Cocteau], powykrzywiany, zachęcał księżną de Gramont do urywanego kankana (...), Drieu i Larianoff podpierali ściany poddasza, Chanel z nogami w powietrzu chrapała na kanapie. Strawiński pił swój amoniak. J.M.S. [José Maria Sert] brał lekcję pływania w pozrzucanych płaszczach. Massine działał na środku parkietu, bardzo szybko, zupełnie sam, a potem runął jak głaz, a Rehbinder (...) brał wódkę za Wołgę. Ansermet [dyrygent Diagilewa], któremu Misia chciała obciąć brodę, owinął głowę ręcznikiem, a Twój uniżony sługa wrócił do domu rano bez kapelusza i krawata[14].

Osobisty udział Gabrielle w wielkich kulturowych zmianach dokonujących się w tamtych latach uczynił z niej niezwykle interesującą kobietę. Jako ktoś, kto również był zaangażowany w tworzenie nowego świata – bez względu na to, czy o tym mówił czy nie – Strawiński nie mógł nie zauważyć tej odmiany w Chanel i z pewnością podziałała ona na niego elektryzująco. W późniejszych latach nieprzyzwoita skłonność Gabrielle do przedstawiania Strawińskiego jako młodszego i mniej wyrafinowanego mężczyzny, niż był w istocie, mogła stanowić reakcję na to, że w dyskusjach poświęconych temu okresowi jego życia praktycznie ją pomijano.

Choć w centrum pobudek kierujących środowiskiem muzycznym tkwił snobizm, kobietą, która później podjęła się tworzenia spuścizny Strawińskiego, równie dobrze mogła powodować zazdrość o Gabrielle. Mowa o Wierze Sudiejkin, która nawiązała romans ze Strawińskim wkrótce po tym, jak Gabrielle go porzuciła, i która ostatecznie została drugą żoną Strawińskiego.

Tymczasem choć Misia była zafascynowana i Gabrielle, i Strawińskim, jednocześnie czuła się urażona ich romansem i gdy nadarzyła się okazja, zrobiła wszystko, by go zniszczyć. Choć wspólni przyjaciele pary widzieli, że Strawiński darzy Gabrielle głębokim uczuciem, jego żona Katarina przyjmowała obojętność męża z niemal nadludzkim wdziękiem, skupiając się przede wszystkim na dobru własnym i dzieci.

Misia rozgłaszała, że przeraża ją myśl, iż Strawiński mógłby się rozwieść ze swoją nieszczęsną żoną, by poślubić Gabrielle. Sert zobowiązał się „porozmawiać" z kompozytorem i oświadczył mu: „[Capel] powierzył [Gabrielle] mojej opiece, a wiadomo, że taki mężczyzna jak ty (...) to zwykłe łajno"[15]. Sert „podsycał ból" Strawińskiego, a Misia podgrzewała atmosferę, mówiąc Gabrielle, że Strawiński jest zrozpaczony, i dopytując się, czy Chanel za niego wyjdzie.

Rozdział 16

Wywoławszy ten dramat, Sertowie byli bardzo rozbawieni cierpieniem Strawińskiego i rozgłosili całą historię wśród przyjaciół, opowiadając ją między innymi Picassowi. W końcu Gabrielle błagała o zakończenie tego spektaklu i prosiła, by Strawiński „wrócił". Wracał codziennie. Nawet jeśli Chanel nie czuła głębi namiętności, którą odczuwał jej rosyjski kochanek, to jej umysł, emocje i inteligencja zaangażowały się w zupełnie nowy sposób. Pomijając inne sprawy, przyjemna świadomość bycia kochaną przez inteligentnego i niezwykle kreatywnego mężczyznę musiała być pokrzepiająca po męczących miesiącach żałoby.

Bardzo rosyjska dusza Strawińskiego pozwalała Gabrielle uciec od siebie samej w fascynujący krajobraz mentalny i uczuciowy. Chanel powiedziała później: „Rosjanie mnie intrygowali. W każdym mieszkańcu Owernii [którą czasami uznawała za swoje rodzinne strony] kryje się człowiek ze Wschodu, choć nie zdajemy sobie z tego sprawy: Rosjanie odkryli przede mną Wschód"[16]. Gabrielle stwierdziła, że według niej „wszyscy Słowianie są (...) naturalnie wytworni". W Strawińskim musiała również dostrzec głęboką powagę będącą centralnym elementem życia artysty. Powiedziała kiedyś: „Nic już mnie nie interesowało (...) zupełnie nic, tylko ezoteryka"[17]. Romans ze Strawińskim pomógł Gabrielle, która nadal w głębi serca trwała w żałobie, pewniej stanąć na nogach i poczuć, że żyje.

Poza tym ponownie wniósł w jej życie humor, choć oczywiście w szalonej, rosyjskiej wersji. Ktoś, kto nie był z nią wystarczająco blisko, by mieć pewność co do romansu, napisał później:

> Niebawem rozeszły się plotki o wielkim flircie ze Strawińskim, nikt wszakże nie wie, jak daleko to zaszło. Wiem tylko, że kiedyś po wielkim przyjęciu wydanym przez nią w ogrodzie Ritza poprosiła o szklankę wody, Strawiński zaś – czy to dla żartu, czy może w ataku zazdrości – podał jej dużą szklankę wódki. Coco wypiła mocny alkohol niemal duszkiem, wstała i upadła na podłogę. Musiano zawieźć ją do szpitala, ale żadnych poważnych konsekwencji nie było[18].

W końcu, kiedy Ballets Russes wyjeżdżał na tournée do Hiszpanii, Strawiński poprosił Gabrielle, by pojechała razem z nim. Powiedziała, że niedługo do niego dołączy. Nie wiadomo, czy naprawdę miała taki zamiar, bo ostatecznie pozwoliła, aby pewne okoliczności uniemożliwiły jej wyjazd – i Strawiński czekał na próżno.

Rozdział 17

DYMITR PAWŁOWICZ

9 lutego 1921 roku, niedługo po tym jak Strawiński wyjechał z Paryża z Diagilewem i Ballets Russes, pewien młody człowiek odnotował wieczór z Gabrielle u piosenkarki Marthe Davelli, z którą Gabrielle i Arthur piknikowali na plaży Saint-Jean-de-Luz w 1915 roku. Ten pamiętnikarz napisał o Chanel, że „nie widział jej od dziesięciu lat". Wspominając, że „nie zająknęła się słowem o Boyu Capelu", dodał, że była przesympatyczną towarzyszką i prawie wcale nie zmieniła się z wyglądu. Gabrielle odwiozła go do domu „i nagle znaleźliśmy się w zadziwiająco przyjaznej atmosferze"[1].

Autorem pamiętnika jest wielki książę Dymitr Pawłowicz, wnuk cara Aleksandra II i kuzyn cara Mikołaja. Żaden wcześniejszy biograf Gabrielle nie miał dostępu do pamiętnika Dymitra Pawłowicza. Jednak to właśnie dzięki nim możliwe było nie tylko zrewidowanie informacji o ważnych aspektach ich późniejszego związku, lecz także poznanie przebiegu ich osławionej, acz tajemnej wyprawy, w którą wyruszyli razem niedługo po pierwszym spotkaniu.

W wieku trzydziestu lat Dymitr Pawłowicz miał już za sobą bardzo burzliwe życie. Jego matka zmarła przy porodzie, a ponowne małżeństwo ojca, jedenaście lat później, doprowadziło do wygnania Dymitra, który ostatecznie wraz z siostrą Marią trafił pod opiekę ciotki i wuja. Wielki książę Siergiej

Rozdział 17

kochał swoich młodych podopiecznych, lecz gdy podrośli, ich wzajemne relacje stały się napięte. W 1905 roku, kiedy wuj zginął od wybuchu podłożonej przez anarchistów bomby, Dymitra posłano do akademii wojskowej. Miał wówczas czternaście lat. Osobowość lub los wszystkich mężczyzn, których kochał – swojego nauczyciela, ojca i cara – sprawiały, że Dymitr nie był w stanie zaspokoić potrzeby bliskości mężczyzny, którego mógłby darzyć pełnym podziwem. Jako młody i inteligentny patriota łączył tradycję z czymś, co uważał za otwartość umysłu. Choć pragnął służyć ojczyźnie w jakiś znaczący sposób, czuł jednocześnie, że się do tego nie nadaje z powodu braku pewności siebie.

W 1916 roku był jedną z osób zaangażowanych w konspirację mającą na celu zamordowanie „świętego człowieka" – Grigorija Rasputina, który w godny ubolewania sposób podporządkował carycę swojej woli. Po dramatycznej akcji zamachowcy zawinęli Rasputina w zasłonę, związali go sznurem, a następnie wrzucili do rzeki Newy przez przerębel. Gdy wyłowiono ciało, okazało się, że Rasputin przeżył otrucie i rany postrzałowe, aby w końcu umrzeć przez utonięcie. Starania Dymitra o poprawę sytuacji w ojczyźnie były w większości nieskuteczne. Ukrywał nieśmiałość i wszelką głębię charakteru pod ładnym wyglądem i osobowością czarującego playboya, więc trudno mu było zdobyć poważanie u innych ludzi.

Za zamordowanie Rasputina Dymitr został zesłany na front perski. Dlatego gdy w 1918 roku większość rosyjskiej rodziny carskiej – w tym jego ojciec, brat i ciotka – została zamordowana przez bolszewików, Dymitr jako jeden z nielicznych uniknął rzezi. Przez całe życie wielkie przywileje członka carskiego rodu przynosiły mu cierpienie, zabierając wszystkie ważne dlań osoby, nie licząc siostry, wielkiej księżnej Marii. Życie tak wcześnie wypełnione tragediami mogło uniemożliwić Dymitrowi tworzenie bliskich więzi z kimś innym niż siostra.

Pod koniec wojny opuścił Teheran i udał się do Wielkiej Brytanii, gdzie pozwolono mu zamieszkać. Tam studiował, przygotowując się do ewentualnej przyszłej roli cara. Poza tym prowadził życie towarzyskie, wykazując wyraźną słabość do aktorek i baletnic. Siostra Dymitra opisała jego życie przed rewolucją takimi słowami:

> Miał ogromną fortunę i bardzo mało obowiązków (...), niezwykle dobry wygląd szedł w parze z wielkim urokiem, a ponadto Dymitr był uważany za

ulubieńca cara (...). Żaden inny młody książę w Europie nie rzucał się w oczy w towarzystwie bardziej niż on, zarówno w ojczyźnie, jak i za granicą. Kroczył złotą ścieżką (...). Jego los był wręcz zbyt olśniewający[2].

Oszałamiająco uprzywilejowane, a jednak izolujące wychowanie słabo przygotowało Dymitra do wprowadzenia zmian koniecznych do odniesienia sukcesu w nowym życiu na Zachodzie. Jak większość rosyjskich arystokratów wskutek rewolucji Dymitr nie tylko stracił praktycznie całą fortunę, lecz także został miażdżąco zdeklasowany.

Tak Maria opisywała życie towarzyskie arystokratycznych emigrantów: „Atmosfera, jaka się wokół nas wytworzyła, nie miała prawie nic wspólnego z ludźmi czy interesami kraju, w którym zamieszkaliśmy. Wiedliśmy osobne życie"[3]. Wszyscy stracili rodzinę i ledwie uszli z życiem. I choć przeważnie ocierali się o ubóstwo, nie mówili o tym, co stracili, i nie opowiadali o „wstrząsającej ucieczce z Rosji". „Wszyscy próbowali jak najlepiej wykorzystać obecną sytuację (...). Czasami bywaliśmy nawet weseli w pewien obojętny, błahy sposób"[4].

Choć Dymitr wydawał się przystosowany do nowego życia, zachowywał się tak, jakby uszła z niego energia spożytkowana na ucieczkę z kraju (i utratę ojczyzny) – podobnie jak wielu innych emigrantów był tak emocjonalnie wypalony, że naprawdę nie potrafił zacząć życia od nowa. Choć wielu z nich nadal było młodymi ludźmi, skutecznie się wyobcowali, wiodąc zubożałe namiastki dawnego życia. Kilkoro dopuściło nawet do przeobrażenia się w salonowe karykatury wcześniejszych wersji siebie: prezentowało ubrania projektantów albo grywało w filmach, a ich szlachetna krew służyła za wabik na klientów i widzów. Dymitr Pawłowicz zrezygnował z lukratywnego kontraktu filmowego w Hollywood.

Tymczasem w 1919 roku Dymitr przyjechał do Paryża z Anglii, gdzie zalecał się do pięknej czterdziestodwuletniej amerykańskiej dziedziczki Consuelo Vanderbilt, byłej żony księcia Marlborough. Consuelo opisała Dymitra jako „wyjątkowo przystojnego mężczyznę, jasnowłosego i eleganckiego, o dużych błękitnych oczach w wąskiej twarzy. Miał ładne rysy i skradający się chód dzikiego zwierzęcia, któremu dorównywał harmonijnym wdziękiem"[5]. Amerykanka szybko zakończyła jednak ten najkrótszy z romansów i została szczęśliwą żoną Jacques'a Balsana. Balsan był sławnym lotnikiem i starszym bratem Etienne'a, kochanka Gabrielle z czasów Royallieu.

Rozdział 17

Przez wiele lat mówiono, że Gabrielle poznała Dymitra Pawłowicza przez Marthe Davelli w Biarritz w 1920 roku. Dzięki pamiętnikowi Dymitra[6] wiemy już jednak, że choć Gabrielle i Dymitr rzeczywiście poznali się przez Marthe Davelli, nastąpiło to w 1921 roku w Paryżu, a nie w Biarritz. Co więcej, kolacja u Marthe Davelli w 1921 roku nie była ich pierwszym spotkaniem. Dymitr zapisał w pamiętniku, że widzieli się już dziesięć lat wcześniej, w 1911 roku. Bez wątpienia doszło do tego podczas jednej z okresowych wizyt Dymitra u ojca, wielkiego księcia Pawła, który mieszkał w Saint-Cloud pod Paryżem.

Pochodzenie Dymitra, jego serdeczny sposób bycia i doskonały wygląd natychmiast zapewniły mu wstęp do *haut monde* i w wieku dwudziestu lat – w 1911 roku – słynął już z życzliwej i beztroskiej osobowości. Z pewnością poznał Gabrielle dzięki koneksjom Arthura. Jako wytrawny jeździec – Dymitr reprezentował Rosję na olimpiadzie w 1912 roku – mógł również grywać w polo z Arthurem i Etienne'em podczas pobytów we Francji.

Najistotniejszym aspektem pamiętnika Dymitra jest jednak to, że rzuca nowe światło na jego związek z Gabrielle. Skąpe informacje na ten temat pochodziły dotychczas z późniejszych, dość kąśliwych słów Chanel skierowanych między innymi do Paula Moranda, w których sugerowała, że po prostu wpuściła tego przystojnego młodego arystokratę do swojego łóżka. Komentarze Gabrielle skutecznie ukrywały przed nami to, co ujawnia pamiętnik Dymitra: że na początku ich romansu była zupełnie bezbronna.

Nazajutrz po spotkaniu na kolacji u Marthe Davelli Dymitr jeszcze raz wpadł do Gabrielle i Marthe, przyprowadzając z sobą ludzi, których nazwał „całą starą gwardią"[7]. Po „zadziwiająco nudnej kolacji" w Ritzu Dymitr wyśledził tam Chanel i zaprosił ją do swojego apartamentu, gdzie „została do czwartej rano"[8]. Nazajutrz odbiło się to na porannej grze Dymitra w tenisa, a później para zjadła wspólny lunch. Kilka razy zobaczono ich razem i zaczęto plotkować o ich schadzkach.

Misia i Diagilew „uwielbiali plotki i mieli talent do intryg, które rozdmuchiwali do niepokojących rozmiarów"[9]. Misia błyskawicznie odkryła tożsamość nowego kochanka Gabrielle i wysłała złośliwy telegram do Diagilewa i Strawińskiego, którzy byli wówczas w Hiszpanii. Napisała: „Coco to mała handlarka, która woli wielkich książąt od artystów". Diagilew zasłynął tym, że niezwłocznie przesłał telegram Chanel, dodając, aby pod *żadnym pozorem* nie pokazywała się teraz w Hiszpanii, gdyż Strawiński chce ją zabić. Telegram

Misi rozwścieczył Gabrielle, nie chciała dać wiary jej zapewnieniom o niewinności i nie odzywała się do niej tygodniami. Ten epizod sygnalizował ostateczny koniec romansu Gabrielle ze Strawińskim.

Przypadkowe spotkanie Gabrielle z młodym księciem okazało się zatem niespodziewaną drogą, którą oddaliła się od emocjonalnego ferworu Strawińskiego. Romans z Igorem był dla niej stymulującą afirmacją życia, lecz równocześnie pewnym obciążeniem. Doskonale ukrywana, lecz ciągle obecna żałoba sprawiła, że Gabrielle nie była w stanie lub nie chciała się zaangażować w tak wielkim stopniu jak Strawiński. Szał zazdrości, w który kompozytor wpadł po jej odejściu, musiał być tym większy, że został porzucony nie tylko dla młodego rodaka, lecz także dla członka rodziny królewskiej.

Tymczasem Gabrielle i Dymitr nadal odbywali codzienne spotkania, a po tygodniu wielki książę „wpadł do Ritza, żeby się pożegnać" w drodze do Kopenhagi, gdzie przez kilka tygodni miał bawić u przyjaciół. Sir Charles i lady Lucia Marlingowie byli ambasadorską parą w Teheranie, która opiekowała się Dymitrem na zesłaniu. Potem sir Charles został ambasadorem Wielkiej Brytanii w Danii.

Po tej przyjemnej wycieczce Dymitr pojechał do Berlina. Tam spotkał się z byłymi carskimi oficerami i arystokratami, którzy obwołali go następcą cara w nowej imperialnej Rosji. Dymitr miał dość ambiwalentny stosunek do takiej roli i twierdził, że propozycja go zaskoczyła. Najwyraźniej nie był szczególnie utalentowanym taktykiem, bo po powrocie do Paryża miał do siebie żal, że podjął jakąkolwiek współpracę: prasa w Rosji, Francji i Wielkiej Brytanii krytykowała go za to, iż rzekomo zgłosił się na pretendenta do tronu.

Jedna z krewnych Dymitra, wielka księżna Wiktoria, pojechała nawet do stolicy Francji, by go poinformować, że prawowitym carem jest jej mąż Cyryl, i dodała, że Dymitr powinien „zostać rozstrzelany jako zdrajca za roszczenie sobie pretensji to takiej roli"[10]. Dymitr był przerażony gwałtowną reakcją frakcji rosyjskiej społeczności w Paryżu, więc po tym wydarzeniu zrzekł się wszelkich pretensji do rosyjskiego tronu. Wspomniany epizod bardzo go przygnębił i właśnie w tym stanie emocjonalnego wyczerpania ponownie spotkał się z Gabrielle.

Wygląda na to, że Dymitr, który nigdy nie był skory do wyjawiania swoich uczuć, wolał się zwierzać kobietom niż mężczyznom. Podzielił się z Chanel niektórymi swoimi troskami i powiedział, że dopóki sytuacja się nie uspokoi,

Rozdział 17

będzie najlepiej, jeśli wyjedzie do Londynu. W pamiętniku zanotował: „W wyniku zaciekłej perswazji Gabrielle postanowiłem jednak pojechać do Menton [na południu Francji] albo do Monte Carlo i rozkoszować się z nią słońcem”[11]. Gabrielle nalegała „uroczo i wzruszająco”, mówiąc, że wyruszy w tę podróż dla dobra Dymitra. Choć nie był zupełnie bez grosza, na sumieniu młodego mężczyzny mocno ciążyła świadomość, że to przede wszystkim Gabrielle sfinansuje te wakacje. W końcu dał się jednak przekonać.

Gabrielle postanowiła kupić nowy samochód na tę wyprawę. Można sobie wyobrazić, w jak wielkim stopniu jej pokaźna fortuna kierowała teraz jej decyzjami. Chanel pojechała z Dymitrem do jednego z najwspanialszych salonów samochodowych w mieście i po bardzo krótkich oględzinach kupiła kabriolet rolls-royce'a silver cloud. Dymitr zachwycał się tym, jak „świetnie” pojazd się prowadzi. Wyruszyli na próbną przejażdżkę do Rouen, spędzili tam noc i wrócili nazajutrz. Rozstali się, ale jeszcze tego samego dnia Dymitr wpadł do Ritza zobaczyć się z Gabrielle. Był zakłopotany, kiedy ludzie uznali, że poczerwieniał od alkoholu. A zwyczajnie opalił się podczas przejażdżki kabrioletem. Dymitr nie był obojętny na plotki ani na to, że pewien rodak, który dowiedział się o jego planach, próbował mu wyperswadować pomysł wyjazdu z Gabrielle na riwierę.

Mimo to, w nieco wojowniczych nastrojach, potajemnie wyjechali. Ta atmosfera tajemnicy nadała ton następnym trzem tygodniom. Ponadto podsunęła kochankom pomysł, by zostać w Menton, gdzie raczej nie mogli spotkać nikogo znajomego. Okazało się jednak, że hotel nie spełnił ich oczekiwań, Gabrielle miała „potworne koszmary” i w końcu wyruszyli do Riviera Palace w Monte Carlo – jednego z najbardziej luksusowych hoteli na riwierze. Dołączyli do nich osobista służąca Gabrielle i lokaj Dymitra. Życzliwy olbrzym Piotr służył Dymitrowi od lat, opiekując się swoim panem z oddaniem przez całe jego niepewne dzieciństwo i młodość, a potem jadąc z nim nawet na zesłanie do Persji.

Szybko ustalił się rytm dnia: Gabrielle wstawała późno, Dymitr grał rano w golfa, spotykali się na lunchu, a potem odbywali malownicze wycieczki rollsem z otwartym dachem. Po drodze często odkrywali małe kościółki albo stare wioski, na przykład maleńką Coaraze wysoko wśród wzgórz nad Niceą. Na początku jadali w hotelowych apartamentach, ale potem, nie przejmując się już tak bardzo, że ktoś ich zobaczy, zaczęli schodzić do hotelowej restauracji i zaglądać do paru lokali w mieście. Gabrielle i Dymitr mieli wybredne podniebienia i jedną z ich ulubionych restauracji zostało nadzwyczaj modne Ciro's mieszczące się w jedynej części Monte Carlo, którą uznawano wówczas za wystarczająco modną dla wyższych sfer. Była oddalona o mniej więcej sto metrów od Galerie Charles III i kasyna w centrum, gdzie Gabrielle i Dymitr spędzali większość wieczorów. Dymitr był zatwardziałym hazardzistą: wygrywał – i przegrywał – ogromne sumy.

Napisał, że Gabrielle robiła „wszystko, co w jej mocy", by go zabawić. Lękała się, że spokojne życie go znudzi. Wręcz przeciwnie: spokojny rytm ich wspólnych dni połączony z „rzadką dobrocią" Chanel pokrzepiał Dymitra i na nowo ożywiał jego umysł. Choć sam przed sobą przyznawał, że ich związek „jest najdziwniejszy, jak tylko to możliwe", delektował się radosnym towarzystwem Gabrielle, doceniając jej „dobry nastrój" i „zaskakującą słodycz". W ciągu kilku wspólnie spędzonych tygodni Gabrielle pomogła Dymitrowi się pozbierać – i zrobiła to tak skutecznie, że napisał: „Nie sposób byłoby znaleźć w tej chwili lepszą przyjaciółkę niż najdroższa Coco".

Dymitr napisał, że nie był zakochany w Gabrielle i nigdy nie rozmawiali o przyszłości, ale był jej oddany i wzruszała go czułość, z jaką się nim opiekowała. Dlatego fragmenty jego pamiętnika zdecydowanie korygują typowy obraz tego związku przedstawiający Dymitra jako chorego z miłości młodego arystokratę wzdychającego do Gabrielle, drapieżnej amazonki.

Pamiętnik Dymitra z tego okresu ukazuje wyraźną obawę przed „odkryciem" jego związku z Chanel przez rówieśników. I choć martwił się, że Gabrielle, którą uważał za „zaskakująco spostrzegawczą", będzie się przejmowała tymi obawami, pocieszał się myślą, iż ona uważa tak samo. Choć bardziej prawdopodobne było to, że reputacja Dymitra zostanie narażona na szwank przez Gabrielle, nie widziano by niczego nowego w tym, iż wielki książę spędza czas z kochanką. Obawy Dymitra, że ktoś go zobaczy z Gabrielle, wynikały przede wszystkim ze strachu, że mógłby zostać uznany za jej utrzymanka. Wszyscy wiedzieli nie tylko o bogactwie Chanel, lecz także o ubóstwie rosyjskiej arystokracji. Jeszcze większą tajemnicą jest to, dlaczego sama Gabrielle miałaby się obawiać plotek i „spojrzeń znajomych".

Świeżo zdobyta fortuna Gabrielle po części zależała od stworzenia reputacji Chanel jako osoby publicznej. Ale choć słynna projektantka nigdy nie dopuściłaby do tego, by plotki wywarły wpływ na jej romanse, niechęć do

Rozdział 17

pokazywania się z Dymitrem mogła być związana z obawą, by jej niedawny kochanek Strawiński nie poznał dalszych szczegółów jej nowego związku. Inne wytłumaczenie mogło dotyczyć jej nowego statusu. Została postacią, której życie poddawano – w coraz większym stopniu, podobnie jak życie Dymitra – regularnej kontroli publicznej. Ostatnie miesiące wyczerpały ją emocjonalnie. Interludium na riwierze było chwilą, w której próbowała na chwilę odzyskać prywatne życie.

Kiedy Arthur przedstawił Gabrielle swoje plany zawarcia małżeństwa, Chanel nie tylko cierpiała emocjonalnie, lecz także była zmuszona wyprowadzić się z jego apartamentu i zamieszkać sama. Od tamtej pory szkoliła się w stylu nowoczesnej kobiety, którą najlepiej opisuje słowo emancypacja. W sytuacji, w jakiej znalazła się z Dymitrem, rozkoszowała się umiejętnością poświęcenia własnego życia, cieszenia się takim rodzajem autonomii, którego nie mogła zasmakować przytłaczająca większość ówczesnych kobiet. Pozostając outsiderką, Gabrielle mogła – gdyby tylko zechciała – żyć, ciesząc się wolnością *haut monde*, lecz bez niektórych jego obciążeń. Osiągnęła niezależność najlepszych kurtyzan, lecz z tą zasadniczą różnicą, że utrzymywała się z pracy niezwiązanej z kochankiem. Zrealizowała swój cel: stała się naprawdę niezależna.

Mimo nici smutku biegnącej przez całe życie Gabrielle jej naturalny optymizm i witalność okazały się ostatecznie niezwyciężone. Cechy te nie tylko wysunęły się na pierwszy plan wspomnianego interludium z Dymitrem Pawłowiczem, lecz po raz pierwszy dawało się w nich zauważyć coś jeszcze. Choć mogła się czuć bezbronna i wrażliwa, tym razem miała przewagę. Nie znaczy to, że w przeszłości była bierną kobietą podporządkowaną męskim kaprysom. Relacje Chanel z mężczyznami nigdy nie były aż tak proste. Gdy postanawiała ujawnić swój urok i charyzmę, wielu dawało się uwieść. Przy całej swojej sile charakteru pozostała bardzo kobieca i teoretycznie wcale nie chciała rządzić mężczyznami.

Bez względu na to, jakie obawy nękały Dymitra i Gabrielle, ich leniwe tygodnie na riwierze były azylem pełnym spokoju i porządku dla księcia i balsamem dla stroskanego ducha Chanel. Wakacje upłynęły im bez problemów, jeśli pominąć pewne dramatyczne zdarzenie w drodze powrotnej do Paryża.

Gdy nadeszła pora, by opuścić południe, postanowili podzielić drogę powrotną na odcinki. Przygotowawszy rolls-royce'a, planowali pojechać wzdłuż riwiery, a potem skręcić ku Marsylii i ruszyć starą drogą do Paryża. Dymitr chciał zdążyć na urodziny ukochanej siostry. Rankiem 27 kwietnia podróżników zaskoczyła nieprzyjemna pogoda: było zimno i mokro, a gdy wyjechali z Monte Carlo, droga zrobiła się bardzo śliska. Wybrawszy „niską trasę" do Nicei i Cannes, Dymitr jechał powoli i bardzo ostrożnie.

W wyniku czegoś, co nazwał „przeklętym nieporozumieniem", przejechali obok miejsca, w którym półtora roku wcześniej zginął Arthur. Dymitr napisał, że zauważył krzyż tam, gdzie doszło do wypadku (dopiero od niedawna wiadomo, że postawiła go Gabrielle). Dymitr był udręczony tym niezwykle niefortunnym incydentem. Wspominał potem druzgocące wrażenie, jakie widok tego miejsca zrobił na Chanel. Zamilkła, pogrążona w „okropnej melancholii", i jechali w ulewnym deszczu w zupełnej ciszy. Tymczasem, jako doświadczony kierowca, Dymitr chcąc nie chcąc zwrócił uwagę na tajemniczość przyczyny wypadku Arthura – zauważył, że droga na tym odcinku była zupełnie równa, a wzdłuż niej nie biegły nawet rowy. Choć Dymitr i Gabrielle usiłowali zapomnieć o bolesnym epizodzie, ciążył im przez resztę dnia. Po dotarciu do Marsylii bardzo wcześnie udali się na spoczynek.

Siła reakcji Gabrielle na widok miejsca, w którym zginął Arthur, pokazuje, że Chanel wcale nie doszła do siebie po stracie. Jedynie nieliczni z nas są gotowi poświęcić więcej niż tylko odrobinę wyobraźni myślom i uczuciom innych ludzi, zadowalając się raczej pozorami, które ci nam oferują, niemal wszyscy więc dali się przekonać pozorom stworzonym przez Gabrielle. Jej prawdziwe uczucia były ukryte pod powłoką ogromnej witalności. Dawno temu, w jej smutnym dzieciństwie, inteligencja i buntownicza natura wyrobiły w niej nawyk chronienia siebie, nieodsłaniania się prawie przed nikim.

Mimo tej powściągliwości – i choć większość uważała jej związek z Arthurem za dość niepewny – w gronie najbliższych przyjaciół panowała ukryta opinia, że łączy ich głęboka więź. Urzeczony urokiem Gabrielle, jej bystrym umysłem, inteligencją i wesołością Arthur zwrócił uwagę także na jej uderzającą powagę i czystą, zapierającą dech w piersiach siłę – na cechy dodatkowo ubarwione jej wielką kobiecością. Ale to właśnie ta sama siła, która pozwoliła jej odnieść tak liczne sukcesy, doprowadziła do tego, że stracił odwagę i ją odtrącił. Uważał, że dokonał lepszego wyboru: wybrał Dianę – a potem tego żałował.

Rozdział 17

Czy taka oto była prawdziwa przyczyna wypadku Arthura na drodze do Cannes, którą pokonywał, aby spędzić święta z siostrą? Nie potrafił w zadowalający sposób rozstrzygnąć swojego dylematu: zostać z Dianą czy wrócić do Gabrielle. Czy zmęczenie Arthura pod koniec tej długiej podróży na południe stało się ostatnim czynnikiem, który pogłębił jego wyczerpanie psychiczne i popchnął go ku śmierci? Myśl, że mógł popełnić samobójstwo, musiała przyjść Gabrielle do głowy, kiedy siedziała obok wraku samochodu zmarłego kochanka i płakała.

Następnego dnia Gabrielle i Dymitr opuścili starą Marsylię. Jechali dalej, zachwycając się Aix-en-Provence, Awinionem i Orange, i wieczorem dotarli do Lyonu. Nazajutrz zmienili zaplanowaną trasę i okrężną drogą ruszyli do Vichy. Późniejsze zapiski w pamiętniku Dymitra pokazują, że choć on sam nie miał o tym pojęcia, wybór następnego odcinka ich podróży wcale nie był przypadkowy. Gabrielle udawała, że oddaje sprawy w ręce przypadku, lecz tak naprawdę ułożyła plan.

Gdy wyjechali z Lyonu, zaświeciło słońce, więc jechali dalej z opuszczonym dachem. Po lunchu zboczyli z głównej drogi i ruszyli „przez wieś". Rolls imponująco dobrze radził sobie na krętej drodze pośród odludnych wyżyn. Dymitr odnotował częste przystanki, podczas których podziwiali dramatyzm krajobrazu Owernii, gdzie szczyty gór często przykrywa śnieg. Dotarłszy do Vichy, był pod mniejszym wrażeniem, uznając je za płaskie i nieatrakcyjne. Pogoda się zmieniła i kurort bez turystów prezentował się smętnie. Było już po sezonie i Dymitr cieszył się, że nie spotkali nikogo znajomego. Spacerując po mieście bez wyraźnego celu, nie wiedział, że jego towarzyszka ułożyła misterny plan: w głębi ducha ponownie przeżywała swoją młodość. O ile nam wiadomo, Gabrielle nie bywała w Vichy od czasu nieudanego debiutu na scenie, od którego zdążyło upłynąć przeszło piętnaście lat. Jak bardzo zmieniło się jej życie!

Nazajutrz zaproponowała wycieczkę do Thiers, gdzie od XV wieku produkowano sztućce. Musiała przedstawić tę propozycję z wielkim entuzjazmem, bo Thiers leży prawie czterdzieści kilometrów w przeciwnym kierunku niż ich cel, czyli Paryż. Tym razem nie żartowała: chciała odwiedzić miejsca ze swojego dzieciństwa.

Podczas gdy Dymitr robił niewinne uwagi na temat Thiers, Gabrielle ponownie przeżywała swoje wspomnienia, w których jej ojciec kupował nożyczki i noże, by sprzedać je potem na południu. Dymitr napisał, że po niedobrym posiłku „pospacerowali po okolicy"[12]. Najpierw poszli krętymi górskimi drogami przez kasztanowe i sosnowe lasy. Następnie Gabrielle najprawdopodobniej zaproponowała, by ruszyli wzdłuż rzeki Dore do oddalonego zaledwie dziesięć kilometrów Courpière, w którym przyszła na świat jej matka.

Jak dziwnie musiała się czuć, patrząc na miejsce, w którym matka zostawiła ją i jej rodzeństwo, by wyruszyć na poszukiwanie męża nicponia – na przykościelny cmentarz, gdzie bawiła się mała samotna Gabrielle. Nie dała po sobie poznać, jak ważny jest dla niej ten odległy zakątek Owernii, ale jej myśli na pewno wypełniła przeszłość. Jadąc jednym z najbardziej luksusowych samochodów świata i ciesząc się opinią jednej z najbardziej awangardowych projektantek, uosabiała kobiecą nowoczesność. O jej względy zabiegała paryska elita, do jej przyjaciół zaliczali się najsławniejsi artyści, pisarze i muzycy tamtych czasów, a teraz podróżowała w towarzystwie wielkiego księcia. Czy czuła się jak zwyciężczyni, wspominając krewnych z Courpière, którzy nazwali ją bezużyteczną i załamywali ręce nad „biedną Jeanne" uganiającą się za niecnym Albertem Chanelem? Jeanne, której broniła, pytając: „Czyż przynajmniej nie poślubiła mężczyzny, którego kochała?".

Gabrielle nie tylko wzniosła się wysoko ponad tamte upokorzenia, lecz również porzuciła stan umysłu obarczający ją ciężarem dawnych ocen. I choć to właśnie pochodzeniu zawdzięczała upartość i otwartą nieustępliwość, pod pozostałymi względami już dawno przerosła swoje korzenie. Jak na ironię, to właśnie wrodzona umiejętność przetrwania pozwoliła jej wykonać skok od przemiany ograniczającej się do świata fantazji do takiej, która znajdowała oparcie w rzeczywistości i ciężkiej pracy. Były to dwa przeciwstawne, lecz uzupełniające się aspekty natury Gabrielle. Jak każdy artysta dużego kalibru, miała niezwykłą wyobraźnię, która pozwoliła jej najpierw stworzyć siebie na nowo, a potem kreować stroje dla kobiet. Poza tym posiadała konieczną przeciwwagę dla bujnej wyobraźni: zmysł praktyczny.

Powiedziała: „Ludzie mówią, że jestem typową mieszkanką Owernii. Nie mam w sobie niczego z mieszkanki Owernii. Niczego, niczego! Co innego moja matka. W tamtej części świata (...) byłam głęboko nieszczęśliwa (...), karmiłam się smutkiem i strachem, regularnie myślałam o płaczu"[13]. Także

Rozdział 17

ona nienawidziła swojego dzieciństwa. Tymczasem tamtego dnia, 2 maja 1921 roku, gdy zdecydowała się na potajemny powrót do jego dalekich zakątków, na drugim końcu świata jedna z jej najbliższych towarzyszek z młodości przeżywała ciężkie chwile.

Siostra Gabrielle, Antoinette, nadal słała z Kanady rozpaczliwe listy do Gabrielle i Adrienne, a one nadal ją namawiały, by wytrwała. Antoinette zupełnie jednak nie pasowała do swojego nowego życia. Jakiś czas wcześniej Gabrielle wysłała młodego Argentyńczyka z listem polecającym do teścia Antoinette. Powody, jakimi się kierowała, przepadły razem z listem, ale być może posłaniec był emisariuszem, który miał ocenić rozmiary nieszczęścia Antoinette. Młody człowiek wydał się dziewczynie zabawny, więc kilka dni później uciekła z rodzinnego domu męża i porzucając wszystko, wyjechała do Buenos Aires.

Bez względu na to, co naprawdę przyspieszyło jej wyjazd, jej losy po przyjeździe do Argentyny pozostają tajemnicą. Wiemy jedynie, że wszelkie jej nadzieje na rozpoczęcie nowego życia szybko się rozwiały, gdyż 2 maja poddała się i odebrała sobie życie. Prawie na pewno śmierć nastąpiła wskutek przedawkowania narkotyków. Do chwili niedawnego odkrycia aktu zgonu[14] uważano, że zmarła rok wcześniej, w 1920 roku, padłszy ofiarą powojennej epidemii hiszpańskiej grypy[15]. Możliwe, że Gabrielle i Adrienne nigdy nie poznały prawdziwej przyczyny śmierci Antoinette. Z drugiej strony niewykluczone, że to właśnie one sfabrykowały historię o hiszpańskiej grypie, aby zatuszować rozpaczliwy koniec życia Antoinette i uniknąć piętna kolejnego samobójstwa w rodzinie.

Nigdzie nie odnotowano reakcji Gabrielle na samobójstwo siostry. Antoinette była jednak częścią przedsięwzięcia Gabrielle i Adrienne mającego odmienić ich życie i ciężko pracowała dla starszej siostry. Czerpała z tego pewne korzyści, lecz tak naprawdę zaznała jedynie otoczki ich nowego życia. Nie miała rozwagi Adrienne, która w końcu zapewniłaby jej małżeństwo z ukochanym mężczyzną. Nie miała też natchnionej, łamiącej zasady oryginalności swojej siostry Gabrielle. Ostatecznie nieszczęsnej Antoinette zabrakło uporu i siły osobowości. Nie udało jej się ani „dobrze wyjść za mąż", ani stać się prawdziwą Nową Kobietą, zależną wyłącznie od siebie samej. Być może nie ma to z nią żadnego związku, ale Gabrielle na wiele lat odeszła od tradycji kultywowanej przez wszystkie domy mody i nie prezentowała sukni ślubnej na zakończenie pokazu.

Gabrielle widywała się z Adrienne i sporadycznie z braćmi, którzy dzwonili niekiedy na rue Cambon. Regularnie wysyłała jednemu z nich czeki i opiekowała się André, synem zmarłej siostry Julii-Berthe, który przeważnie przebywał poza Paryżem, w szkołach z internatem. Poza tym miała bardzo ograniczony kontakt z dalszą rodziną. Wraz ze śmiercią Antoinette straciła kolejną więź z dzieciństwem i stała się trochę bardziej samotna. Po latach, nawiązując do swoich relacji, powiedziała, że nikt w jej rodzinie się nie zestarzał: „Nie wiem, jak zdołałam uniknąć rzezi”[16].

Po sekretnej podróży w przeszłość z Dymitrem ich wspólna wyprawa dobiegała końca. Dymitr napisał, że Gabrielle „była smutna, że jutro kończy się nasza wycieczka”. Mieli do pokonania jeszcze wiele kilometrów. Ostatniego dnia wstali wcześnie rano i jechali w deszczu, a potem w gęstym śniegu, aż w końcu zatrzymali się na rozgrzewającą kawę. Dymitr zanotował, że gdy ruszali w dalszą drogę, „jezdnia była pokryta śniegiem, a wieś wyglądała rosyjsko. To było dość smutne i poruszające”[17]. Strudzeni podróżnicy w końcu dotarli do Paryża, gdzie Dymitr jeszcze raz zapytał swój pamiętnik, dlaczego właściwie jechali z Vichy okrężną drogą.

Wyśmiewał plotki o tym, jakoby podczas tej „przygody” poślubił Gabrielle, ale był mniej ubawiony innymi pogłoskami, które szerzyły się pod ich nieobecność i mówiły, że został jej utrzymankiem. Mimo to następnego wieczoru poszedł ją odwiedzić. Poruszony jej niezdolnością ukrycia „smutku z powodu zakończenia naszej wyprawy”, opuścił apartament dopiero o drugiej w nocy. Następnego dnia po południu Gabrielle „rozchmurzyła się, ale mimo to była bardzo wzruszająca”[18].

Rozdział 18

SZCZĘŚLIWA PIĄTKA

Praca już dawno stała się dla Gabrielle schronieniem, w którym mogła odsunąć uczucia na bok. Mówiła, że projektowanie daje jej energię. Przetrwała uczuciowe burze dwóch ostatnich lat i jej kreatywność wydawała się niepowstrzymana. Hrabiny Rehbinder, de Castries, Sjorza, de Noailles, Doubazow i Moustiers, księżne Radziwiłł i Murat, madame Miguel Yturbe (żona jednego z wcześniejszych wielbicieli Gabrielle), czcigodna pani Anthony'owa Henleyowa, mademoiselle Gabrielle Davelli, mademoiselle Cécile Sorel, mademoiselle Gabrielle Dorziat i Misia Sert stanowiły zaledwie część grona dam z towarzystwa i gwiazd, które kierowały swe kroki do salonu Chanel.

Jesienią 1920 roku „Vogue" zachwycał się „doskonałym gustem (...) i niezwykłą percepcją współczesnej kobiety" w wydaniu Gabrielle oraz komentował jej różnorodne propozycje. Pewien kapelusz, wówczas ostatni krzyk mody, uznano za „bardzo elegancką rzecz o konserwatywnej linii, lecz ozdobioną pikowanym wzorem pokrywającym większość powierzchni (...)", stwierdzając, że „jest zarówno ciepły, jak i ładny". Następnie zwrócono uwagę na „wieczorne szale, spowijające ciało peleryny, wspaniałe płaszcze z aksamitu o nasyconych barwach, wyszywane złotem i wzbogacone futrem wydry lub sobola, o bardzo prostym kroju", a także na suknie z koronki i tiulu i na „obcisłe suknie":

„Wszystkie te hafty zostały zaprojektowane specjalnie dla Chanel, a jej koronki są niezwykłe i charakterystyczne".

Magazyny wielokrotnie zachwalały jej kreacje, gdyż u Chanel znajdowały coś, co „Vogue" opisał jako „unikanie skrajności, dzięki czemu każdy model z tego salonu pasuje do zadziwiająco różnych typów kobiet". Zwracając uwagę na to, że Gabrielle kieruje się zasadami, które z początku mogły się wydawać nieciekawe – pragmatyzmem i prostotą – magazyn podziwiał jej niezawodną umiejętność tworzenia „wielu nowych efektów w każdym kolejnym sezonie"[1].

Pisano o „wyjątkowo praktycznych i dobrze zaprojektowanych kostiumach", wśród których znalazły się „szyte na miarę garnitury w czerni, beżu i szarości". To kolory, które miały się stać znakami rozpoznawczymi Chanel, znajdując stałe miejsce w jej kanonie. Oprócz kostiumu szytego na miarę były jeszcze „surduty pozbawione bocznych szwów, przylegające po bokach i ozdobione haftem albo guzikami". Sukienki miały luźny tył „połączony z mocno dopasowanym przodem podkreślającym linię figury i brak gorsetu".

To Poiret, a nie Gabrielle (jak często się słyszy) po raz pierwszy spróbował pozbyć się gorsetu. Choć podkreślające figurę szmizjerki Chanel z lat dwudziestych z pozoru oznaczały większą swobodę, często były uszyte z przezroczystego materiału i dla większości kobiet włożenie ich bez jakiegoś rodzaju gorsetu wydawało się nie do pomyślenia. Być może Gabrielle była bezlitosna dla kobiet, które nie miały tak szczupłej figury jak ona, ale równocześnie zbyt dbała o interesy, by nie zauważyć, iż nie każdy posiada równie dziewczęcą figurę. Dlatego sprzedawała gorsety. Spełniały według niej dwojakie zadanie: nie tylko „ściągały" nadmiar ciała, lecz również spłaszczały biust. Gabrielle zaczęła projektować, ponieważ uznała ówczesne sukienki za niepasujące do nowych czasów. Zasadniczo rzecz biorąc, tworzyła ubrania dla siebie. Dlatego jej kreacje wyglądały zdecydowanie najlepiej na kobietach o tak androgynicznych figurach jak jej własna.

Wakacje z Dymitrem Pawłowiczem pomogły Gabrielle odzyskać – nadal jeszcze kruche – poczucie równowagi i w tym polepszonym stanie mogła skuteczniej wcielić w życie jedno z najważniejszych przedsięwzięć swojego życia. Między jesienią 1920 a wiosną 1921 roku poznała innego młodego mężczyznę. Nazywał się Ernest Beaux. Nie został jej kochankiem. Zamiast tego stworzył z Gabrielle chanel n°5 – perfumy, które miały się stać najsłynniejszym zapachem na świecie. Wielką część pierwszej połowy życia Gabrielle spowija niepewność, lecz historia tej ikony wśród perfum – stworzonej właśnie mniej więcej w tym czasie – także stanowi ważny czynnik w kształtowaniu jej legendy. Oczywiście legenda to nie to samo co historia – a historia chanel n°5 okazuje się niezwykle odporna na próby rekonstrukcji.

Pojawienie się n°5 nosi jednak typowe cechy trwałego elementu magii wszystkich wspaniałych woni: tajemnicy otaczającej składniki i sposób powstania zapachu. Pochodzenie wszystkich eleganckich perfum najłatwiej powiązać ze starymi alchemikami, którzy owiani tajemnicą, gwarantowali wyjątkowość swoich wytworów, trzymając „wiedzę" w ukryciu. Perfumiarze nigdy nie mieli o sobie tak wygórowanego mniemania jak alchemicy, ale można się doszukać pewnych łączących ich podobieństw. Także ci pierwsi z pewnością rozumieli, że parają się sztuką, w której mimo zastosowania praktycznych metod, proces i jego rezultaty często pozostają nieuchwytne.

Bez względu na to, co pisano i mówiono, tak naprawdę nie wiadomo, jak ani kiedy Gabrielle Chanel poznała utalentowanego młodego perfumiarza Ernesta Beaux. Co jeszcze istotniejsze, nikt nie wie, kiedy dokładnie powstał zapach chanel n°5. Okres od pierwszego spotkania jego twórców do powstania, wyprodukowania i rozpoczęcia sprzedaży chanel n°5 otacza aura tajemnicy. Jej głównym powodem było jednak to, że Gabrielle i Beaux od początku rozumieli, co jest w tym wszystkim najważniejsze.

Najczęściej ta historia brzmi następująco: Gabrielle uznała, że chce, by jej ubraniom towarzyszył zapach, i latem 1920 roku Dymitr Pawłowicz zapoznał ją z Ernestem Beaux, którego znał dzięki powiązaniom Beaux z rosyjskim dworem. Gabrielle i Beaux postanowili wspólnie stworzyć perfumy Chanel. W pierwszych miesiącach 1921 roku wyprodukowano chanel n°5 i rozpoczęto sprzedaż. Wielu twierdzi, że nastąpiło to w maju. Pamiętamy jednak, że zgodnie z zapiskami w pamiętniku Dymitra on sam poznał Chanel dopiero rok później – w lutym 1921 roku – więc jest niemal niemożliwe, by Gabrielle i Beaux stworzyli, zapakowali perfumy i wypuścili je na rynek między lutym i majem tego roku. Albo to nie Dymitr zapoznał Chanel z Beaux, albo – jeśli jednak to zrobił – sprzedaż perfum rozpoczęła się później.

Choć później Chanel stała się jedną z najsłynniejszych „marek" na świecie, możliwe, że gdyby nie sława n°5, większość z nas nigdy nie usłyszałaby o Coco ani o jej roli w zrewolucjonizowaniu życia kobiet. Choć w 1921 roku Gabrielle zaczęła już kształtować elementy swojej legendy, stworzenie chanel n°5 popchnęło ten proces jeszcze dalej. Jedno i drugie było dziełem Chanel Company. Rok 1921, rzekomą datę powstania n°5, spowija niepewność. No i kim był Ernest Beaux, człowiek, który pomógł pierwszym perfumom Chanel osiągnąć tak ogromny sukces?

Ojciec Beaux był jednym z kierowników francuskiego przedsiębiorstwa perfumeryjnego Alphonse Rallet & Co., które dostarczało perfumy na rosyjski dwór. Ernest dołączył do firmy, pracował pod okiem światłego kierownika, który zachęcał go do poznawania zarówno nowych składników perfum, jak i współczesnej kultury i sztuki. Był już słynnym perfumiarzem, gdy rewolucja zmusiła jego i jego współpracowników do opuszczenia Rosji.

Rallet Company znalazła siedzibę pod Grasse na południu Francji, dokąd Beaux przybył pod koniec 1919 roku – straciwszy wszystko – by zacząć nowe życie. Beaux słynął z eksperymentowania ze składnikami syntetycznymi, między innymi z syntetycznymi aldehydami (aldehydy to składniki organiczne obecne w różnych materiałach naturalnych, na przykład w olejku różanym i esencji cytrusowej). Jego osławiony pierwszy zapach, Boquet de Catherine, stworzony rzekomo w 1913 roku, najprawdopodobniej zawierał syntetyczne aldehydy, które miały się okazać ważnym składnikiem chanel n°5. W latach 1919–1920 Beaux dalej eksperymentował z formułą Bouquet de Catherine.

W 1946 roku wygłosił mowę, w której opisał swój wkład w stworzenie chanel n°5. Zapytany o powstanie zapachu, powiedział: „Nastąpiło to dokładnie w roku 1920, po moim powrocie z wojny". Pamiętamy jednak, że w rzeczywistości wrócił z wojny w 1919 roku. Następnie Beaux dodał, że n°5 powstał „w czasie konferencji w Cannes", która jednak odbyła się na początku stycznia 1922 roku. Powiedział zatem, że perfumy Chanel N°5 powstały zarówno w roku 1921, jak i w 1922. Ostatecznie wiemy jedynie tyle, że w którymś momencie 1920 lub 1921 roku Beaux poznał Gabrielle i rozpoczęli pracę nad nowym zapachem. Podobnie jak w wypadku samej Chanel prawdziwa historia powstania n°5 została przemieniona w legendę.

Choć Misia Sert często niesłusznie przypisywała sobie autorstwo triumfów swojej „protegowanej" Gabrielle, poniższa historia jest jednak wiarygodna. Lucien Daudet, sekretarz cesarzowej Eugenii, żony Napoleona III, dał Misi zaskakującą recepturę kosmetyku, którą odkrył w dokumentach cesarzowej.

Rozdział 18

Była to receptura słynnej wody toaletowej Sekret Medyceuszy, stworzona przez perfumiarza szesnastowiecznej królowej Katarzyny Medycejskiej, żony króla Francji Henryka II. Nie były to ani perfumy, ani normalny krem kosmetyczny, lecz esencja, która rzekomo w cudowny sposób opóźniała efekty starzenia. Misia twierdziła, że dostrzegła możliwości drzemiące w tej recepturze, natychmiast pokazała ją Gabrielle i zaproponowała wypuszczenie na rynek wody toaletowej bazującej na tej formule – i wszystko wskazuje na to, że mówiła prawdę. Ponieważ nazwisko Gabrielle „było na ustach wszystkich, samo w sobie dawało gwarancję sukcesu"[2].

Pomysł Misi spodobał się Gabrielle, która kupiła formułę i – według pani Sert – obie wzięły się do pracy, „prowadząc żmudne eksperymenty z ciężkim flakonem, bardzo prostym, wręcz aptecznym, lecz za to w stylu Chanel i z nutą elegancji, której przydawała wszystkiemu"[3]. W tym miejscu powinniśmy oczywiście docenić wkład Misi w powstanie pierwszej wersji charakterystycznego flakonu chanel n°5.

Misia powiedziała, że kilka tygodni później Gabrielle wypuściła na rynek l'eau de chanel i odniosła „sukces, który przekroczył nasze najśmielsze oczekiwania. To było niewiarygodne"[4]. Jej słowa znajdują potwierdzenie w przechowywanym w archiwum Chanel dokumencie dotyczącym produktu do pielęgnacji skóry nazwanego l'eau de chanel, podpisanym i opatrzonym przez Misię datą: lipiec 1919. Eau de chanel mogła być ważnym krokiem na drodze ku n°5.

Gabrielle miała na punkcie czystości obsesję graniczącą z nerwicą i nie znosiła, gdy ktoś „nie pachniał dobrze". Jej podziw dla *grandes cocottes* po części wynikał z ich przyjemnego zapachu. Za to wspominając kobiety ze śmietanki towarzyskiej, Chanel często mówiła: „No tak, te kobiety w sukniach balowych, których zdjęcia podziwiamy z nutką nostalgii, były brudne (...). Były brudne. Dziwisz się? Ale tak właśnie było"[5]. Oczywiście nie wszystkie kobiety z wyższych sfer unikały wody, ale Gabrielle faktycznie miała niezwykle czuły węch. Potępiając „niemytą" klasę wyższą, czuła odrazę także do prostych kwiatowych zapachów, które jej zdaniem miały kamuflować złe nawyki.

Ujęła to tak:

> Uwielbiam kobiety i chciałam im dać ubrania, w których byłoby im wygodnie, w których mogłyby prowadzić samochód, a jednocześnie takie, które podkreślają kobiecość i kobiece ciało. Dobrze ubrana kobieta jest najbliższa

kobiecie rozebranej. Chciałam jej podarować zapach, ale zapach sztuczny (...). Nie potrzebuję róż, lilii ani górskiej doliny: chcę zapachu, który jest *złożony*[6].

Gabrielle pragnęła zapachu stworzonego dla czystego kobiecego ciała, takiego, który subtelną węchową wiadomością dopełniałby wizerunku młodej, postępowej kobiety – niezależnej, modnej i godnej pożądania. Co ważne, chciała również zapachu, który trwa.

Z bardzo nielicznymi wyjątkami zapachy były wówczas domeną perfumiarzy, którzy także je sprzedawali. Jeden rzadki wyjątek, Paul Poiret, już znacznie wcześniej rozkręcił wraz ze swoim krawcem biznes kosmetyczno-perfumeryjny. Jednak choć znacznie wyprzedził swoje czasy, wkrótce został w tyle, bo najjaśniejszym blaskiem świeciła gwiazda Chanel. Gabrielle była mistrzynią zbijania kapitału na intuicji własnej i cudzej, a praktyczne źródła jej sukcesu nieodmiennie wiązały się z łączeniem wyjątkowych zdolności twórczych z talentem przedsiębiorczości. Zawsze otaczała się małą grupką ludzi, zazwyczaj niewidocznych dla opinii publicznej, którzy wspierali ją i inspirowali. W grupce tej panowała dość duża rotacja, ale garstka z tych osób trwała przy Gabrielle przez wiele lat. W tym wypadku człowiekiem, który okazał się katalizatorem najnowszego przedsięwzięcia, był natchniony perfumiarz Ernest Beaux.

Z początku może się wydawać, że wprowadzenie przez Gabrielle kosztownych, choć prostych ubrań było dokładną przeciwnością tego, czego szukała w perfumach: złożonej wytworności. Dla Gabrielle te dwie idee były jednak całkowicie komplementarne. Nigdy nie wątpiła, że jej „proste" ubrania są tak naprawdę sztuczne. Mawiała: „Sukienka jest czymś sztucznym, sfabrykowanym". W ten sam sposób wierzyła, że perfumy nie powinny próbować naśladować natury – powinny raczej być syntezą naturalności. Dlatego jej perfumy miały być destylatem złożonych elementów umieszczonym we flakonie wytwornej prostoty.

Misia powiedziała, że dzięki swojemu „geniuszowi" Gabrielle dostrzegła w ich eau de Chanel początek czegoś nowego, a sukces wody podsunął Chanel myśl, by wyjść poza kosmetyki i produkować także perfumy. Zazwyczaj to Gabrielle przypisuje się autorstwo oryginalnej koncepcji chanel n°5: syntezy zapachów. Jak głosi słynna historia, to właśnie ona przedstawiła pomysł Ernestowi, który następnie wcielił go w życie.

Rozdział 18

Krąży wiele opinii dotyczących oryginalności chanel n°5: na przykład często się mówi, że były to pierwsze syntetyczne perfumy na świecie. Nieprawda. Był to jednak pierwszy syntetyczny zapach stworzony w latach dwudziestych. Natomiast pierwsze znane nam „nowoczesne" perfumy, w których pojawiły się składniki syntetyczne, to Fougère Royale stworzone przez Paula Parqueta dla Houbigant jeszcze w 1882 roku (innymi „nowoczesnymi" perfumami wykorzystującymi syntetyki były te o nazwie Jicky, stworzone przez Aimé Guerlaina w 1889 roku).

Beaux był wszakże jednym z pierwszych perfumiarzy, którzy pojmowali znaczenie aldehydów, a jego błyskotliwość polegała na umiejętności doskonałego łączenia naturalnych i chemicznych elementów w taki sposób, by te naturalne były wzmacniane przez te chemiczne. Równie ważna wydaje się jego świadomość, że to właśnie aldehydy zapewniają perfumom stabilność, dzięki której zapach wydobyty z flakonu jest znacznie trwalszy. Wykorzystanie tych substancji chemicznych miało zrewolucjonizować branżę luksusowych perfum.

Gdy Beaux poznał Gabrielle, nadal eksperymentował z bouquet de Catherine, który zawierał wyraźny element aldehydowy. Na początku niedawnej wojny, świadomy drażliwości, jaką mogła wówczas wzbudzać imienniczka perfum – Katarzyna Wielka, postanowił zmienić im nazwę. Co ciekawe, zdecydował się na zwyczajny numer i nazwał je Rallet N°1. Beaux prawie na pewno przedstawił Gabrielle efekty swoich eksperymentów nad rallet n°1. Podczas wspomnianego wykładu powiedział: „Przyszedłem zaprezentować swoje dzieła, dwie serie: numery od 1 do 5 i od 20 do 24. Wybrała kilka z nich, między innymi n°5". Beaux wspominał, że zapytał wówczas Gabrielle: „Jak mam je nazwać?". Odpowiedziała: „Organizuję pokaz kolekcji 5 maja, czyli piątego miesiąca roku. Zostawmy nazwę N°5"[7].

Gabrielle była przesądna i podobno Cyganka przepowiedziała jej kiedyś, że piątka będzie jej szczęśliwą liczbą. Jej znak zodiaku, Lew, to piąty znak z kolei. Poza tym prawdopodobnie wiedziała, że piątka – dla dawnych alchemików symbol kosmosu – oznacza podstawowy składnik ciał niebieskich. Historia mówiąca, że nigdy nie zapomniała pięcioramiennej gwiazdy na mozaikowej posadzce w klasztorze w Aubazine, może być owocem myślenia życzeniowego jej bardziej współczesnych wielbicieli. Bez względu na to, skąd brały się jej przesądy, głęboko wierzyła, że numer pięć przynosi jej szczęście.

Gabrielle i Beaux odkryli w sobie nawzajem idealnych partnerów. Świadomość Ernesta kulturowych i artystycznych zmian, jakie dokonywały się wokół niego, bez wątpienia wpłynęła na efekt jego działań. Tymczasem Gabrielle szukała dokładnie tego, co osiągnął Beaux: luksusowej syntezy natury. Mimo to – nawet jeśli rzeczywiście było tak, że ambitna inteligencja umożliwiła jej wtrącenie paru sugestii (później wspominała: „Ależ ja mu działałam na nerwy!"), ostatecznie to jednak Beaux zasługuje na znacznie większe uznanie za stworzenie perfum Gabrielle. Perfumy te zdobyły tak wysoki status w Chanel Company, że dziś nazywa się je tam „skarbem".

Chanel i Beaux wzajemnie się uzupełniali. Stojąc w obliczu tak misternie zbudowanej legendy n°5, nigdy się nie dowiemy, które z tych dwojga dało początek idei leżącej w sercu tajemnicy tych perfum: zapachu będącego syntezą „kobiety". Dla Gabrielle były to perfumy symbolizujące kobietę nowoczesną: innymi słowy ją samą. Kiedy Beaux jej oznajmił, że duża liczba rzadkich składników, zwłaszcza jaśminu, sprawi, iż perfumy będą „bardzo drogie", rzekomo odpowiedziała: „W takim razie dodaj jeszcze więcej jaśminu. Chciałabym stworzyć najdroższe perfumy na świecie"[8].

Instynkt Gabrielle, posiadającej niezwykłe wyczucie czasów, w których żyła, podpowiedział jej już wiele lat wcześniej, że sposób prezentowania tego, co się sprzedaje, stanowi klucz do sukcesu. W 1922 roku sama Chanel bez wątpienia stała się ważnym elementem własnego przesłania. Jej wyraziście skrojone, modne ubrania, krótkie włosy (w 1921 roku nadal przez wielu uważane za skandaliczne), jej majątek, kochankowie i niezależność – pod tymi wszystkimi względami Gabrielle wyprzedzała swoje czasy. Krótko mówiąc, choć życie prywatne sławnych i bogatych szanowano wówczas nieskończenie bardziej niż dziś, Gabrielle i tak fascynowała ludzi, którzy nigdy jej nawet nie spotkali. Wcześniej w żurnalach wspominano o „Gabrielle Chanel" jako o nazwisku projektantki, która stworzyła tę czy inną poszukiwaną sukienkę albo kapelusz. Teraz wyróżniała się z grona projektantów tym, że pisały o niej rubryki towarzyskie. Była równie ciekawą postacią jak jej znakomite klientki. Na przykład w październikowym numerze magazynu „Femina" z 1921 roku widzimy Gabrielle na zdjęciu z hrabiną Doubazow w „pięknym ogrodzie w okolicach Biarritz".

Gabrielle przesunęła dawne granice dopuszczalności i ustanowiła nowe. Skoro wygląd jest sposobem komunikacji – a w pracy Chanel kryła się jej

Rozdział 18

zdolność komunikowania – próbowała pokazać kobietom, jak najlepiej mogłyby się dostosować do życia w radykalnie odmienionym współczesnym świecie. Jak ich wygląd ułatwi im poradzenie sobie w nowym społeczeństwie? Gabrielle – jak sama twierdziła – rozwijała swój styl zgodnie z własnymi potrzebami i, pośrednio, zgodnie z potrzebami innych przedstawicielek swojej płci. Jeśli moda wyraża i uwidacznia daną chwilę, Gabrielle czyniła to w sposób radykalny. Zamiast bowiem podążać po prostu za tym, co się dzieje wokół, i zwyczajnie to odzwierciedlać, wyprzedzała rzeczywistość i kreowała ją.

Nieustannie doskonaląc wizerunek, jakiego dla siebie pragnęła – choć nigdy nie interesował jej status rewolucjonistki – Gabrielle bez wątpienia stała się jedną z pierwszych „nowoczesnych kobiet". Mówiąc: „Pewnego dnia w 1919 roku obudziłam się sławna"[9], nie była jednak szczera. Zdobyła uznanie dzięki latom ciężkiej pracy i starannego kształtowania swojego wizerunku. Po drodze zrozumiała, podobnie jak najlepsze kurtyzany, że wizerunek jest czymś, co trzeba pielęgnować. Dlatego w małym i bardzo rzadkim czarno-beżowym katalogu znajdujemy nie tylko wybraną gamę perfum i kosmetyków, które dwa lata później – w 1924 roku – Gabrielle stworzyła dla swoich klientek, lecz także dokument ukazujący kwintesencję filozofii reklamowej Domu Mody Chanel[10].

Już pierwsze zdanie wstępu do tego małego katalogu zapoznaje nas nie tylko z ideą wyjątkowego luksusu, lecz także z czymś, co są w stanie w pełni zrozumieć jedynie koneserzy. Gabrielle przyciąga wielbicieli, wzbudzając w nich przyjemne poczucie przynależności do grona wybrańców posiadających tajemną „wiedzę":

> Zapach luksusowy: to wyrażenie straciło znaczną część swojej wartości z powodu nadmiernego i niewłaściwego użycia (...). Zapachy Chanel zostały stworzone wyłącznie dla koneserów oddanych idei (...) oryginalnego zapachu odmiennego niż wszystkie inne (...). Mademoiselle Chanel udało się wyprodukować (...) zapachy, które tak dobitnie przywołują styl Chanel, że znajdują miejsce wśród jej najwspanialszych dzieł. Dla elitarnej klienteli cena to cecha drugorzędna. Mademoiselle to rozumie (...). Te składniki zostały połączone w probówkach mistrzów perfumiarstwa (...).
>
> Mademoiselle Chanel z dumą oferuje wtajemniczonej klienteli drogocenne krople perfum zamknięte w prostych flakonach i pudełkach ozdobionych jedynie ich bielą (...).

> Nigdy nie myślano o nich jako o luksusowych zapachach dla całego społeczeństwa (...). Muszą pozostać ekskluzywne (...) i trafiać do ekskluzywnych odbiorców obdarzonych doskonałym gustem[11].

Podobnie jak u alchemików klientka Chanel dostaje zaproszenie do wybranego, nieco tajemniczego grona, które czyni z niej kogoś wyjątkowego. W latach dwudziestych luksusowe perfumy sprzedawano we flakonach będących „triumfem" nadmiaru w wykonaniu dmuchacza szkła. Miały sygnalizować obiecującą zawartość, więc nadawano im kształt amorków, sugestywnych kobiecych ciał albo bogato zdobiono egzotycznymi elementami, nawiązując do uwodzicielskiej tajemniczości Wschodu.

Autorstwo projektu charakterystycznych dla chanel n°5 „prostych flakonów i pudełek ozdobionych jedynie ich bielą" również pozostaje tajemnicą. W 1973 roku długoletni adwokat Gabrielle Robert Chaillet powiedział, że zaprojektowała je sama: „Gdy tylko znalazła swoje perfumy (...), zaprojektowała coś niezwykle prostego i przez to niezwykle wyrafinowanego (...). Flakon nigdy się nie zmienił. Jest powszechnie znany. Możemy zamieścić całostronicową reklamę w najmodniejszym magazynie, nie umieszczając w niej niczego oprócz samego flakonu. Nie potrzebujemy podpisu"[12]. Ile byliby skłonni dać reklamodawcy XXI wieku za taki poziom znajomości marki?

Inna historia mówi, że pierwsze flakony zostały wyprodukowane przez firmę Brosse i były kopią jednego z przyborów toaletowych Arthura Capela. Trzecia wersja głosi, że w 1924 roku, kiedy Gabrielle miała zawrzeć umowę w celu zabezpieczenia dystrybucji swoich perfum, flakon został zaprojektowany przez Jeana, syna modnego artysty Paula Helleua. Właśnie ta historia może być prawdziwa, gdyż wiemy, że Jean Helleu zaczął pracować dla Gabrielle w latach dwudziestych i pozostał w Chanel Company do końca swojej kariery zawodowej.

Według adwokata Gabrielle po dokonaniu wyboru spośród próbek przedstawionych przez Beaux Gabrielle jadła wieczorem kolację z przyjaciółmi w największej restauracji w Cannes. Na stole przed sobą postawiła perfumy Chanel N°5 w atomizerze i spryskiwała nimi powietrze za każdym razem, kiedy obok ktoś przechodził. „Efekt był zdumiewający. Wszystkie kobiety, które obok niej przeszły, zatrzymywały się i wąchały powietrze. Udawaliśmy, że niczego nie zauważyliśmy"[13].

Rozdział 18

Podobno gdy Beaux spełnił prośbę Gabrielle i dostarczył jej próbki, Chanel wróciła do Paryża z setką flakoników. Kiedy klientki wchodziły do przymierzalni, ekspedientki w salonie rozpylały wokół perfumy. Szczególnie uprzywilejowane klientki otrzymywały małą próbkę zapachu n°5 w prezencie, a gdy pytały Gabrielle, gdzie można kupić te perfumy, odpowiadała, że natknęła się na nie poza Paryżem i zapomniała gdzie. Tymczasem poganiała Beaux, by dostarczył jej większą ilość, którą wcześniej u niego zamówiła. Ten tłumaczył, że produkcji nie da się przyspieszyć (jak wspomniałam na początku tego rozdziału, to prawie niemożliwe, by Dymitr przedstawił Gabrielle Ernestowi na początku 1921 roku, bo kilka miesięcy później perfumy trafiły już do produkcji). W końcu Beaux był gotów. Tymczasem Chanel sprytnie wzbudziła zainteresowanie zapachem wśród klientek i wszystko wyglądało tak, jakby po prostu spełniała ich żądania. W ten sposób zaczęła sprzedawać niewielkie ilości perfum w swoich trzech salonach: w Deauville, Biarritz i w Paryżu.

Ważnym elementem charakterystycznego flakonu chanel n°5 jest mała czarna litera C w czarnym kółku na pieczęci przy szyjce. Na zakrętce widać dwie kolejne litery C złączone z sobą tyłem. Dzięki wspomnianemu wyżej małemu katalogowi Chanel wiemy, że co najmniej od 1924 roku na flakonach n°5 widniało to charakterystyczne logo. Choć nie możemy mieć pewności, kto zaprojektował te minimalistyczne flakony w stylu *art déco*, równie genialny projekt graficzny przedstawiający dwie splecione litery C z pewnością pochodzi od samej Gabrielle. To oczywiście prawda, że dwie litery C nawiązują właśnie do niej – do Coco Chanel – i później stały się logo Domu Mody Chanel. Pewne dokonane przez nas odkrycie ukazuje jednak inne możliwe znaczenie tych splecionych liter.

Gabrielle była zafascynowana symboliką i otaczała się przedmiotami o bogatym znaczeniu (najwidoczniej umiała też stawiać tarota). Często używała na przykład pszenicy, tradycyjnego symbolu dobrobytu. Poza tym uwielbiała lwy – symbol jej znaku zodiaku – wykonane z drewna, srebra, brązu i alabastru (wykorzystywała je również jako znak firmowy na guzikach). W 1921 roku zamówiła w Baccarat okazały kryształowy żyrandol opatrzony liczbami i literami. Ten olbrzymi posągowy przedmiot wisi obecnie w mieszkaniu Gabrielle przy rue Cambon. Pośród jego wielkich szklanych wisiorów przedstawiających owoce i kwiaty z kryształów i kamieni półszlachetnych można zauważyć powtarzające się metalowe figurki cyfry pięć („szczęśliwej" liczby Gabrielle), litery B oznaczającej Boya (Arthura) Capela oraz kilka podwójnych liter C oznaczających Coco Chanel.

W paryskim klubie polo, w którym tak często grywał Arthur, stoi ogromny srebrny puchar z napisem „Arthur Capel Cup". Ufundowała go jego siostra Bertha, by uczcić pamięć brata. Prawie na pewno zrobiła to w porozumieniu z Gabrielle. U góry pucharu widnieje przedziwna ozdoba jak na puchar polo z tamtych czasów: wypukłe splecione okręgi albo złączone tyłem litery C. Po raz pierwszy wręczono ten puchar zawodnikowi w sierpniu 1920 roku, zaledwie osiem miesięcy po śmierci Arthura. Te litery mogą reprezentować nazwiska Arthura i Gabrielle. Ponieważ Arthur nadal był dla niej najważniejszy, mogła zasugerować Bercie taką właśnie ozdobę. Gabrielle i Arthur zostali połączeni – jeśli nie w rzeczywistości, to przynajmniej w symbolicznej fantazji.

Jeśli chodzi o nazwę perfum, twierdzenie, jakoby n°5 był pierwszym zapachem nazwanym numerycznie, a nie opisowo, jak dyktowała ówczesna moda, jest niezgodne z prawdą. Jak już wiemy, Ernest Beaux ustanowił precedens kilka lat wcześniej, zmieniając nazwę swojego Bouquet de Catherine na Rallet N°1. Jednak choć rallet n°1 wypadł później z perfumeryjnego repertuaru, pozornie nieokreślona nazwa Chanel N°5 zyskała własny, bardzo nowoczesny blichtr. Podsycił on kształtującą się legendę n°5, której pomogła jedna z najdłuższych i najbardziej wyrafinowanych kampanii reklamowych XX wieku. Jej pierwszy obraz został stworzony przez zaprzyjaźnionego z Gabrielle karykaturzystę Sema. Widoczna na nim krótkowłosa dziewczyna w błękitnej sukience, takiej samej, jaką nosiła wówczas Gabrielle, z zachwytem wyciąga ręce do ogromnego flakonu chanel n°5.

Bez względu na to, jak naprawdę wyglądała historia stworzenia i wypuszczenia na rynek chanel n°5, niedługo po powrocie Gabrielle i Dymitra z południa Francji, pod koniec wiosny 1921 roku, Gabrielle zaprosiła Dymitra (wraz z jego wiernym sługą Piotrem), by zamieszkał z nią w Bel Respiro, dawnym domu Arthura. Przez jakiś czas ta elegancka willa na skraju Paryża stała się miejscem spotkań zaprzyjaźnionych z Dymitrem imigrantów i awangardowych artystów bliskich Gabrielle. Potem, gdy Paryż zamknął swoje drzwi

Rozdział 18

i wyjechał na wakacje, Gabrielle wynajęła dom nad Zatoką Biskajską, niedaleko od kwitnącego południowego kurortu w Arcachon.

Zakątki tego malowniczego wybrzeża Atlantyku odwiedzane były latem przez garstkę artystów i pisarzy – zarówno tych, którzy wystrzegali się bardziej rozwiniętych kurortów, jak i tych o zasobniejszych portfelach, którzy woleli wypoczywać w bardziej oddalonych willach. Morska piana uderzała o mur ogrodu białej willi, a kochanków doglądał Piotr oraz wierni Gabrielle Joseph i Marie. W ciągu dwóch miesięcy spędzonych nad morzem dni spokojnie zlewały się z sobą, wypełnione pływaniem, spacerami po plaży albo po pobliskich lasach sosnowych. Choć kilkoro przyjaciół miało w sąsiedztwie wille, para rzadko przyjmowała gości. Najwidoczniej spokojne życie przez jakiś czas odpowiadało Gabrielle i Dymitrowi.

Gdy lato dobiegło końca, Gabrielle zaangażowała się w przedsięwzięcie, które rozpoczęła jeszcze w Paryżu. Już od jakiegoś czasu nocowała w apartamencie w Ritzu. Jednak tuż przed wakacjami opuściła zaciszne Bel Respiro i zamieszkała w eleganckim osiemnastowiecznym *hôtel particulier* przy Faubourg Saint-Honoré.

Gabrielle uważała, że tracąc Arthura, utraciła towarzysza życia, i to przekonanie uczyniło z niej kobietę z gruntu samotną. W pewnym sensie wyzwoliło ją również i ostatecznie zawiodło jeszcze wyżej. Wyswobadzając Gabrielle z pewnych prywatnych ograniczeń towarzyszących faktycznej zależności od mężczyzny, pozbawiło ją jednak emocjonalnej kotwicy.

W 1921 roku Gabrielle miała trzydzieści osiem lat, lecz wyglądała prawie dziesięć lat młodziej. Była niezwykle atrakcyjna, miała sporą fortunę, duże doświadczenie i cieszyła się rosnącym prestiżem społecznym. Jej problemy uczuciowe w połączeniu z coraz większą władzą przyniosły jednak swego rodzaju rozczarowanie. W latach dwudziestych w Gabrielle zaszła pewna zmiana: teraz równie dobrze to ona mogła inicjować związki. Tymczasem w połączeniu z dumą osobistą i osiągnięciami jej autentyczna skromność, która szła ramię w ramię z pewnością siebie, czasami niknęła pod zasłoną ogromnej siły charakteru. W rezultacie jej subtelność dostrzegały jedynie nieliczne, bliskie jej osoby.

Poczynając od Strawińskiego, przez mniej więcej dziesięć lat Gabrielle miewała wysoko postawionych kochanków, czasami kilku naraz. Później powiedziała: „Moje życie miłosne stało się bardzo zagmatwane, bo człowiek, którego kochałam, zginął"[14]. Jednocześnie po śmierci Arthura Gabrielle zaangażowała się w życie zawodowe z tak wielką inicjatywą i wigorem, że jej nazwisko stało się znane daleko poza granicami Francji. Później zdobyła jeszcze większą sławę i większe bogactwo, ale to właśnie w tamtym okresie jej życie wypełniał rodzaj emocjonalnej i artystycznej energii, dzięki której została nie tylko dyskretną mecenaską sztuki, lecz także stworzyła coś w rodzaju kulturalnego salonu, zmieniając swój okazały dom w jeden z artystycznych ośrodków Paryża.

Te lata można spokojnie uznać za punkt kulminacyjny życia Gabrielle. Wzrost (choć niektórzy mogliby to nazwać potwierdzeniem) jej statusu był nierozerwalnie związany z życiem, jakie wiodła, a ono z kolei odzwierciedlało się w jej ubraniach. Była absolutnym uosobieniem nowoczesnej kobiety. W latach spędzonych przy Faubourg Saint-Honoré stała się jedną z najbardziej eleganckich kobiet na świecie.

Rozdział 19

„CAŁA W BIELI, OBWIESZONA PERŁAMI"

Hôtel de Lauzan przy Faubourg Saint-Honoré 29 został zbudowany w 1719 roku dla księżnej de Rohan-Montbazon. Zdobiły go ogromne, zadbane ogrody biegnące aż do avenue Gabriel. Być może nieprzypadkowo nowa lokatorka wybrała właśnie ten adres. Wszak to przy avenue Gabriel spędziła najszczęśliwsze lata z Arthurem Capelem, zanim pojawiła się Diana Wyndham.

Gabrielle zajęła ogromne pokoje na parterze Hôtel de Lauzan, a właściciel, hrabia Pillet-Will, został piętro wyżej. Gdy Gabrielle powiedziała, że „wnętrze tego domu jest naturalną projekcją duszy", dodając, że „Balzac miał rację, przywiązując do niego równie wielką wagę jak do ubrania", doskonale wyraziła zarówno swoje kredo, jak i zamiary. Jej natychmiastową reakcją na Faubourg Saint-Honoré była radość płynąca z uznania wspaniałości tego miejsca. Wygląd głównych pomieszczeń po raz ostatni zmieniano w poprzednim wieku. Gabrielle nie znosiła zielonkawych, pozłacanych i wyłożonych boazerią ścian, których nie wolno jej było zmieniać. Podobno poprosiła Sertów, żeby na nowo udekorowali i umeblowali jej nowy dom.

Wiemy, że Gabrielle była pod wrażeniem gustu José Marii, ale w kontekście jej przyszłych domów, w tym apartamentu przy rue Cambon i domu, który później dla siebie zbudowała, ta wersja nie jest przekonująca. Możliwe, że

Sertowie podsunęli jej jakieś pomysły, ale trudno sobie wyobrazić, by na tym etapie życia Gabrielle nie wypracowała jeszcze własnego stylu. Na początku lat dwudziestych wszelka stylistyka podlegała ciągłym zmianom i w kwestii dekoracji wnętrz Gabrielle ciążyła – jak spora część jej kręgu znajomych – ku odmianie nowoczesnego baroku. Ta otwarta estetyka przemawiała do dość różnych osobowości, które dowolnie mieszały stare z nowym, tworząc czasami zdumiewające zestawienia. W rezultacie człowiek spoglądał na przedmioty z większą uwagą.

W kilku pokojach Gabrielle zasłoniła pozłacane ściany lustrami, które sięgały od podłogi aż po sufit, a następnie dodała meble w stylu Ludwika XIV korespondujące z podstawowym motywem orientalnym. Przyjął on postać licznych składanych parawanów *coromandel*, które stały się charakterystycznym elementem wnętrz Chanel i wśród których po raz pierwszy mieszkała w apartamencie Arthura. W jednym z salonów postawiła ogromną sofę w stylu regencji przykrytą pomarańczowym aksamitem, umieszczając ją naprzeciw jednego ze swoich olbrzymich składanych chińskich parawanów. Na stolikach do kawy stały lampy z ogromnych kryształowych kul umocowanych jedna na drugiej, z abażurami z pergaminu (te same eleganckie lampy zdobią teraz apartament Gabrielle przy rue Cambon, podobnie jak kilka parawanów *coromandel*). W małej bibliotece z naturalną jasną boazerią leżały piękne stare dywany, a wszystkie meble i zasłony były beżowe. Ten kolor może się wydawać nieciekawy, ale Gabrielle wykorzystała go z takim powodzeniem, że później stał się jednym z jej znaków firmowych.

Piękne klasyczne popiersie z marmuru odbijało się w lustrze nad kominkiem. Gabrielle przywiozła te dwa elementy wystroju z wyprawy z Sertami do Włoch, a obecnie one także znajdują się przy rue Cambon. Jedną ścianę sypialni Gabrielle zajmowały lustra, a jej łóżko przykrywała narzuta z ciemnego futra zamknięta ramą kremowych, jedwabnych zasłon opadających z drewnianego baldachimu. Za kolejną przykrytą atłasem kanapą stały parawany *coromandel*, nad małym srebrnym stolikiem wisiał ogromny kryształowy żyrandol, a na ścianie luster wisiało olbrzymie lustro weneckie ozdobione na krawędziach kwiatami z kryształu. To zdumiewające arcydzieło rzemiosła, dziś wiszące w apartamencie Gabrielle, zostało zakupione na wyprzedaży u legendarnej, eleganckiej i narcystycznej markizy Luisy Casati, która jakiś czas wcześniej zbankrutowała. To, że Gabrielle zachowała później kilka z tych

Rozdział 19

wyjątkowych elementów wystroju, potwierdza, że już wówczas podstawy jej stylu dekoracji wnętrz były dobrze rozwinięte.

Gabrielle uwielbiała złoto oraz beż i czerń. Podobnie jak Misia, kochała także kryształy. Komentując gust Misi, powiedziała jednak, że przed poślubieniem Serta jej mieszkanie było „stertą przedmiotów". Bardzo hojnie umeblowane mieszkanie Misi z początku doprowadziło Gabrielle i Arthura do wniosku, że Misia handluje antykami. Arthur bezwstydnie zapytał: „To wszystko na sprzedaż?". Gabrielle nie znosiła tego, co nazywała „doktryną klamotów". Mówiąc o Misi, powiedziała: „To wszystko piętrzy się pod ścianami, gromadzi pod stołami i mnoży na schodach, nie można domknąć szafek"[1]. Mimo to Paul Morand, człowiek o niezwykle osobliwym i snobistycznym guście, opisał apartament Misi słowami pozbawionymi krytyki: „kryształy, połysk, ogólna atmosfera wyśmienitego rokoko". Bez wątpienia Gabrielle zawdzięczała co nieco estetyce Misi i Serta, lecz wyznawała teraz doktrynę luksusu, wielkości i przestrzeni, w której umieszczała własne elementy.

Do wspaniałego apartamentu przy Faubourg Saint-Honoré Gabrielle sprowadziła Josepha Leclerca, który został szambelanem całego zastępu służących. Oni wszyscy opiekowali się swoją panią i nieustannie napływającym strumieniem jej gości. W ciągu dnia Gabrielle doskonaliła i sprzedawała ubrania, które czyniły ją ikoną nowoczesności, a nocą stawała się rozchwytywaną paryską osobistością. Ostatecznie wolała towarzystwo artystów i to właśnie w tamtym okresie zbliżyła się do Jeana Cocteau. Choć trudno zdefiniować spuściznę albo „szkołę" Cocteau, którego jedni uwielbiali, a inni piętnowali, został on rzecznikiem modernizmu. Jego osławiony urok osobisty i błyskotliwe rozmowy były ulotne, lecz prawie niemożliwe do podrobienia, i nawet przeciwnicy Cocteau uważali, że „jego życie to dzieło sztuki", a „jego najlepszą częścią jest mowa". Krytykowano go za tanie chwyty, pretensjonalność i bezmyślność. Tymczasem on mówił: „Poeta jest sobie winien to, by być bardzo poważnym człowiekiem, lecz z grzeczności udawać, że jest odwrotnie"[2]. Przez ponad dwadzieścia lat uczucia Gabrielle do tego człowieka oscylowały między miłością i niechęcią.

Po niedawno zakończonej wojnie artyści nieustannie toczyli spór: jaką tematyką powinni się teraz zająć i jak ją prezentować? Okrutna, nihilistyczna atmosfera wyrosła z brutalności wojny oznaczała, że bezceremonialnie odrzucano wiele wartości artystycznych i kulturalnych, aż w końcu artyści doszli do anarchii dadaizmu. Jeden z jej twórców, przyjaciel Gabrielle Tristan Tzara, powiedział, że „dada" znaczy nic i właśnie o to chodzi: o nic. Dadaizm miał być „inwentarzem ruin sztuki i społeczeństwa pozostawionych przez próżnię wojny". Choć Gabrielle w pewnym sensie podzielała te odczucia, bardziej interesowało ją poszukiwanie odpowiedzi na pytanie, co mogłaby zrobić, żeby współgrać z chaotycznymi czasami, w których żyła. Zdecydowanie zaznaczała swoją obecność w centrum wydarzeń. Wiodła niezwykle postępowe i nieburżuazyjne życie, a niezależność i seksualnie wyzwolona postawa Gabrielle znajdowały odzwierciedlenie w jej krótkich włosach i prostych ubraniach.

Przy Faubourg Saint-Honoré rzuciła się w wir, który stał się najbardziej ekspansywnym towarzysko czasem w jej życiu. Jednym z jej pierwszych przedsięwzięć było sprowadzenie wspaniałego fortepianu i ustawienie go w pustym pokoju. Gabrielle rzadko rezygnowała z luksusu przyjaźni z byłymi kochankami i zdążyła już odnowić zażyłość ze Strawińskim. Dlatego Strawiński przychodził do jej apartamentu przy Faubourg Saint-Honoré, przyprowadzając z sobą ludzi z wyższych sfer i artystów. Byli wśród nich Diagilew, jego kochankowie, tancerze Ballets Russes, Misia i José Maria Sert, Erik Satie oraz grono innych artystów i kompozytorów, między innymi Les Six, do których należeli Georges Auric, Darius Milhaud i Francis Poulenc. Muzycy grali i imprezowali do późna z zaprzyjaźnionymi z Gabrielle przedstawicielami wyższych sfer i takimi artystami jak Braque, Modigliani, Juan Gris i Francis Picabia.

Tymczasem mieszkający piętro wyżej hrabia Pillet-Will nie mógł znieść głośnej muzyki współczesnej i zawarł z sublokatorką przyjacielski układ. Miała zapłacić ładną sumkę za resztę jego ogromnej rezydencji, a hrabia obiecał poszukać sobie innego lokum.

W 1921 roku Jean Cocteau zaproponował *Młodych małżonków z wieży Eiffla* (*Les Mariés de la Tour Eiffel*), parodię paryskiego ślubu utrzymaną w anarchicznej, doskonałej atmosferze swojego baletu *Parada* (*Parade*). Olga Picasso

Rozdział 19

namówiła wówczas męża, by wynajął willę pod Paryżem na pierwsze miesiące życia ich małego synka. Picasso został zaproszony do loży Misi, by towarzyszyć Gabrielle na premierze baletu. Nigdy nie potrafił się zdecydować co do Cocteau, którego doprowadzał do wściekłości, przekomarzając się z nim. Razem z Gabrielle lubili jednak jego błyskotliwość werbalną, cięty język oraz palącą i bezwstydnie nieszczerą potrzebę przyjaźnienia się z *haut monde*. Gdyby Picasso i Gabrielle mieli wgląd do jego pamiętnika, zachwyciliby się jego uwagą o „aktorkach bez teatru, którymi są kobiety z towarzystwa"[3].

Gabrielle znała już wtedy Picassa od jakiegoś czasu. Znalazła się w małym gronie gości obecnych na jego ślubie w 1918 roku, kiedy Olga miała na sobie suknię jej projektu, a Cocteau napisał: „Olga w białym atłasie, trykotach i tiulu – bardzo w stylu Biarritz"[4]. Gdy Picasso dostał klaustrofobii w swojej willi i przyjechał do miasta w poszukiwaniu przyjaciół, nie chciał zostawać sam w nocy w mieszkaniu swoim i Olgi. Najwidoczniej perspektywa samotności go przerażała. Dlatego Gabrielle udostępniła mu na stałe jeden ze swoich jasnych, przestronnych pokoi przy Faubourg Saint-Honoré. W tamtych czasach często widywała Picassa. Ujęła to tak:

> (...) byłam ogarnięta namiętnością [do niego]. Był podły. Fascynował mnie jak jastrząb, przepełniał mnie strachem. Czułam, kiedy zjawiał się w pobliżu: coś się we mnie kuliło. Nie wiedziałam jeszcze, że już jest, ale czułam, że wszedł do pokoju. I wtedy go zauważałam. patrzył na mnie w taki sposób (...) że drżałam[5].

Misia zauważyła tę wzajemną fascynację dwojga swoich przyjaciół i robiła, co mogła, by nie dopuścić do powstania między nimi jakiejkolwiek prawdziwej zażyłości. Ale wszelka kontrola, jaką dawniej mogła sprawować nad Gabrielle, znikła w chwili, gdy Chanel wypisała czek dla Diagilewa na *Święto wiosny*. Gabrielle w typowy dla siebie sposób nieszczególnie przejmowała się tym, że w pobliżu jest żona Picassa, i widywała się z malarzem w jego mieszkaniu przy rue de la Boétie. Pielęgnując jej „namiętność", spędzili z sobą kilka nocy – być może więcej – przy Faubourg Saint-Honoré. Ponieważ jednak Picasso zawsze szybko żądał od kobiet seksualnej i uczuciowej uległości, a Gabrielle pod wieloma względami miała równie ognisty i ogromny temperament jak on, ich romans nie mógł trwać długo.

Gdy w 1921 roku „Vogue" napisał, że „projektanci nadal pokrywają swoją drogę do sukcesu haftem", siostra Dymitra Pawłowicza wielka księżna Maria Pawłowna postanowiła wykorzystać tę modę. Marii Pawłownie brakowało pieniędzy – jak wszystkim rosyjskim emigrantom – i pod wpływem chwili zaproponowała Gabrielle, że mogłaby robić hafty do ubrań za niższą cenę. Gabrielle była zaskoczona propozycją, ale zgodziła się, by Maria spróbowała. Mimo osobistych problemów i dramatów starania Marii o dostosowanie się do nowego losu były imponujące. Opisując trudne położenie członków rosyjskiej arystokracji, powiedziała, że zostali oni „wyrwani ze swojej wspaniałej ziemi (...), nadal odziani w fantastyczne kostiumy. Musieli je jednak zdjąć (...), sprawić sobie inne, codzienne ubrania, i przede wszystkim nauczyć się je nosić".

W ciągu zaledwie trzech miesięcy Maria Pawłowna otworzyła zakład, który stał się bardzo zyskownym warsztatem realizującym hurtowe zamówienia. Nazywał się Kitmir, pracowały w nim Rosjanki haftujące na maszynach ubrania dla domów mody, a w szczególności dla Domu Mody Chanel. Maria osobiście zaprojektowała wiele haftów, posiłkując się wspomnieniami z akademii sztuki: były to motywy rosyjskie i zupełnie nowe wzory.

Zazwyczaj przyjmuje się, że Gabrielle zaczęła ozdabiać ubrania haftami pod wpływem swojego kochanka, wielkiego księcia Dymitra Pawłowicza. To nieprawda. Gabrielle znalazła się pod wpływem Rosjan – Diagilewa, Ballets Russes i Strawińskiego – zanim nawiązała romans z Dymitrem. Ozdabiała ubrania haftem od 1917 roku. Ponadto dzięki współczesnym opisom wiemy, że nie tylko Gabrielle używała haftu do dekoracji odzieży – robili to także inni projektanci.

Choć Maria Pawłowna zachwycała się widokiem swoich haftów noszonych przez klientki Gabrielle, niestety tylko nieliczne z jej dzieł zachowały się do dziś. Maria pozostawiła nam za to jeden z najlepszych opisów Gabrielle przy pracy. Patrząc na postać nakreśloną przez wielką księżnę, widzimy, że proces twórczy Gabrielle, po raz pierwszy uwieczniony przez Marie-Louise Delay w Biarritz, w zasadzie pozostał niezmieniony. Dopiero znacznie później – w epoce projektantów płci męskiej, którzy projektowali wyłącznie za pośrednictwem rysunków – cięcie, upinanie i modelowanie materiału na ciele modelki zasłynęło wyjątkowością. Tak naprawdę była to jednak typowa metoda pracy tradycyjnych krawców.

Gdy Gabrielle udrapowała tkaninę na modelce, by zobaczyć, jak układa się w ruchu, zaczynała pracować z innym materiałem, na przykład z delikatnym perkalem, i robiła to dopóty, dopóki projekt przeniesiony na ciało dziewczyny

Rozdział 19

jej nie zadowolił. Na podstawie pierwszego modelu, zwanego *toile*, jej *première* kroiły docelową tkaninę, z której szyły ostateczną wersję ubrania. Dzięki opisowi Marii Pawłowny widzimy, że prawdziwe i piękne ciało kobiety zawsze było i na zawsze pozostało kluczowym elementem inspiracji Gabrielle. Figura i karnacja dziewczyny zawsze inspirowały ją do przekształcania kawałka materiału w coś, co z powodzeniem można nosić (Gabrielle upierała się przy bardzo szczupłych modelkach, które w przeważającej większości były ciemnowłose, tak jak ona). Maria Pawłowna opisała fascynację, jaką budziło w niej przekształcanie jej haftowanych materiałów w ubrania:

> Przez wiele następnych lat obserwowałam twórczy geniusz Chanel (...). Nigdy nie projektowała na papierze i tworzyła sukienkę albo według pomysłu, który już miała w głowie, albo na bieżąco. Nadal widzę, jak siedzi na taborecie (...) przy ogniu w kominku (...) ubrana w (...) długą spódnicę i sweter, z rękawami podciągniętymi nad łokcie (...).
>
> Wzywała modelki czekające na schodach (...) czasami godzinami i w różnych stadiach roznegliżowania (...), jedną po drugiej. Dziewczyna wchodziła do pokoju i zbliżała się do mademoiselle Chanel, która siedziała (...) z nożyczkami w dłoni.
>
> – *Bonjour, mademoiselle.*
>
> – *Bonjour*, Jeanne.
>
> Była to jedyna chwila, kiedy Chanel spoglądała na twarz modelki (...). Gdy dziewczyna podchodziła, Chanel, z głową lekko przechyloną w bok, oceniała pierwsze wrażenie. Potem zaczynały się przymiarki (...). Asystentka od przymiarek stała obok i podawała szpilki. Nie odzywał się nikt oprócz Chanel, która wygłaszała nieprzerwany monolog. Czasami wydawała polecenia albo wyjaśniała jakiś szczegół. Czasami krytykowała i pruła to, co (...) już zostało uszyte. Stara asystentka od przymiarek słuchała wszystkiego w milczeniu z nieprzeniknionym wyrazem twarzy (...), Chanel, skupiona na pracy (...) mówiła dalej, na nikogo nie zwracając uwagi.
>
> Widywałam ludzi piastujących wysokie stanowiska (...), słuchałam rozkazów wydawanych przez tych, którym urodzenie lub pozycja dawały prawo rozkazywania. Nigdy wcześniej nie spotkałam jednak osoby, której każde słowo wywoływałoby uległość i której władza została ustanowiona przez nią samą, z niczego.

Mniej więcej o piątej przynoszono kawę, czasami z kanapkami. Jeśli praca dobiegła końca, Gabrielle wstawała, przeciągała się, a modelki, skazane na czekanie na zewnątrz, w końcu mogły się rozejść. Jeśli czas naglił, Gabrielle szybko wypijała kawę, a potem znowu brała się do pracy. Parę „służalczych pracowniczek wyższego szczebla i czasami jakiś przyjaciel siedzieli na dywanie", a Gabrielle niestrudzenie pracowała dalej. „Dyskutując o wszystkim i o wszystkich z niezmierną pewnością siebie, wydawała zdecydowane opinie o ludziach i zdarzeniach. Potrafiła je równie szybko zmienić. Parła naprzód, a jej siła przekonywania była zdumiewająca"[6].

Maurice Sachs był młodym ambitnym naciągaczem, który czasami pełnił funkcję sekretarza Cocteau i załatwiał sobie drobne zlecenia jako pisarz, a pod koniec dekady został przenikliwym kronikarzem swoich czasów. W swoim portrecie Gabrielle napisał: „Stworzyła osobowość kobiety, jakiej Paryż wcześniej nie widział". Był zaskoczony tym, „że jest taka drobna". Scharakteryzował ją słowami: „Bardzo szczupła, miała krótko ostrzyżone czarne włosy i zrośnięte brwi, a kiedy się śmiała, jej oczy robiły się wyraziste i błyszczące". Stwierdziwszy, że „prawie zawsze" nosiła proste czarne ubrania, dodał:

> Wkładała ręce do kieszeni [co wówczas nadal jeszcze było niezwykłą rzeczą u kobiety] i zaczynała mówić. Potok słów był nadzwyczaj szybki, spontaniczny, lecz potrafiła jasno sprecyzować, co ma na myśli. Nie było w tym ogólników i odchodzenia od tematu, co tak często zatrzymuje kobiety przy sprawach nieistotnych i nie pozwala im dotrzeć do sedna. Ciąg jej myśli był całkowicie jasny (...). Miała doskonały zmysł praktyczny: lubiła kierować, organizować, porządkować i rządzić[7].

Gabrielle ratowała pewna sprzeczna z tym wszystkim cecha, szczególnie rzadka u osób lubiących sprawować kontrolę. Jej dawna pracowniczka powiedziała później: „[Chanel] nienawidziła rzeczy zaplanowanych. Nie miała tego zmysłu organizacyjnego co my". A Jean Cocteau stwierdził: „Jakimś cudem pracowała w modzie według zasad, które zdają się mieć wartość jedynie dla artystów"[8].

Jednocześnie Sachs uważał, że wydając polecenia z tak wielką pewnością i przekonaniem, Gabrielle „była generałem: jednym z tych młodych generałów Imperium, w których dominuje duch podboju". Gabrielle miała jeszcze jedną cechę wspólną z wojskowymi: „nieśmiałość, która ogarniała ją, gdy tylko schodziła z pola bitwy”[9].

Dwa razy do roku, przed pokazem kolekcji, atmosfera u Chanel robiła się napięta, a Gabrielle bardziej zdenerwowana. Jak to bywa w wypadku wielu artystów pracujących pod presją, to właśnie te trudne warunki często dawały początek ubraniom odnoszącym największe sukcesy. Maria Pawłowna wielokrotnie wpadała w zdumienie, widząc, jak chaos dni poprzedzających pokaz w ostatniej chwili w cudowny sposób przemienia się w kolekcję. W przeddzień pokazu przy rue Cambon Gabrielle organizowała „próbę” dla siebie i personelu, w salonie pod pracownią. Wszystko, co uznała wówczas za nieodpowiednie, było „natychmiast wyrzucane” albo odsyłane do zmiany, z którą jakimś cudem musiano zdążyć do rana. Maria była zaintrygowana „językiem sukienek”, tym, jak doskonale Gabrielle znała ich różne cechy i atuty, oraz tym, że to właśnie ten ujednolicony zestaw ich wzajemnych powiązań wzbudzał u Gabrielle największą troskę w końcowej fazie. „Ani jeden szczegół nie uchodził jej uwagi. Była tak skupiona na pracy, że (...) zapominała nawet o mówieniu”.

Przez cały ten czas „nad salonem wisiała nabożna i pełna szacunku cisza, ekspedientki siedziały w rzędzie wzdłuż ścian”, potakująco kiwały głowami i wyrażały aprobatę najwyżej przez uniesienie brwi. Pokazy mody Gabrielle stawały się niezwykle popularne i co sezon wejście przy rue Cambon oblegał tłum oburzonych klientek. Wpuszczano tylko z zaproszeniami. Największych odbiorców (zagraniczne domy, przede wszystkim ze Stanów Zjednoczonych) zapraszano w pierwszej kolejności, a dopiero potem przychodziła kolej na mniejsze i rodzime przedsiębiorstwa. Taka selekcja oczywiście sprawiała, że jeszcze bardziej zabiegano o wstęp. W późniejszych latach imponujący był widok policjantów odkomenderowanych, aby strzec drzwi do salonu Chanel przy rue Cambon.

Gdy po raz pierwszy pokazano hafty Marii Pawłowny – prawdopodobnie wiosną 1922 roku – księżna dołączyła do Gabrielle i grupki jej przyjaciół, zajmując najmniej wygodne, lecz zarazem najbardziej uprzywilejowane „miejsca (...) na najwyższych stopniach schodów, z których można było obserwować, co się dzieje” (obwieszone lustrami ściany tej klatki schodowej były częścią modernistycznego wystroju zrobionego przez Gabrielle na początku

22. (*powyżej*) Rysunek Johna Singera Sargenta przedstawiający Dianę Wyndham, młodą Angielkę, która zechce przywłaszczyć sobie kochanka Gabrielle

23. (*po prawej*) Puchar Arthura Capela w rozgrywkach polo w Deauville, ufundowany przez jego siostrę Berthę – niewykluczone, że w porozumieniu z Gabrielle

24. (*u góry po lewej*) Siergiej Diagilew i Igor Strawiński; ok. 1920. Z oboma panami Gabrielle utrzymywała intymne relacje

25. (*u góry po prawej*) Zgodnie z ruchem wskazówek zegara: Igor Strawiński, José Maria Sert, Gabrielle i niezrównana Misia Sert

26. (*powyżej*) Wielki książę Dymitr Pawłowicz

27. (*po prawej*) Gabrielle w ogrodzie swojej nowej rezydencji przy Faubourg Saint-Honoré 29; wczesne lata dwudzieste

28. (*u góry*) Gabrielle i Dymitr Pawłowicz; 1921

29. Pierwszy rysunek perfum Chanel N°5, autorstwa Sema; ok. 1921–1922

30. (*u góry po lewej*) Kostiumy projektu Chanel do spektaklu *Le Train bleu* (1924) były elementem decydującym o jego nowoczesności. Lydia Sokolova, Anton Dolin, Jean Cocteau, Leon Wójcikowski, Bronisława Niżyńska

31. (*u góry po prawej*) Lydia Sokolova, Anton Dolin, Bronisława Niżyńska i Leon Wójcikowski w *Le Train bleu*

32. (*po lewej*) Lubow Czerniczewa jako Kaliope w *Apollon musagète*; 1929

33. (*u góry*) Poeta Pierre Reverdy, którego Gabrielle straciła z powodu jego inklinacji religijnych

34. (*u dołu*) Paul Morand, literat, autor wspomnień o Gabrielle

35. Bendor, II książę Westminsteru

36. Eaton Hall, rezydencja księcia Westminsteru w hrabstwie Cheshire

37. Gabrielle z Winstonem i Randolphem Churchillami na polowaniu na dziki we francuskich posiadłościach Bendora; 1928

38. (*u góry*) Marion Moorhouse w „małej czarnej" projektu Chanel; 1926

39. (*po lewej*) Chanel w markowym już dżerseju, dwukolorowych butach i sztucznej biżuterii. Biarritz; 1928

40. Gabrielle z Misią Sert i panią Berthelot na weneckim Lido, José Maria Sert stoi z tyłu; ok. 1930

lat dwudziestych). Aż do końca życia zajmowała to rytualne miejsce, by nadzorować pokaz kolekcji w dole.

Te osławione schody pozostały nietknięte. Salon poniżej, choć unowocześniony, nadal jest urządzony w tych samych kolorach: beżowe dywany, białe ściany i wyróżniające się czarne poręcze z kutego żelaza. Gabrielle powiedziała kiedyś: „Spędziłam życie na schodach". Lustrzana klatka schodowa była kręgosłupem jej domu. Wszystko, co się działo przy rue Cambon, można było z niej obserwować. Jednak Gabrielle w zawoalowany sposób nawiązywała do innych schodów, tych w klasztorze w Aubazine, które stały się centralnym elementem jej młodości. Osierocone dziewczęta wdrapywały się po ich kamiennych stopniach i schodziły na dół kilka razy dziennie.

Pokaz ubrań z haftami Marii Pawłowny trwał trzy pełne godziny – nie było to niczym niezwykłym – lecz w gnieździe Gabrielle u szczytu schodów Maria zdumiewała się szybkością, z jaką Gabrielle chłonęła i oceniała zainteresowanie widowni. Na długo przed ostatnią prezentacją Chanel oznajmiła oszołomionej młodej rosyjskiej księżnej, że pokaz odniósł sukces.

Największe zamówienia na hafty – oraz na wszystkie ubrania Chanel – przychodziły z Ameryki, co wkrótce stało się normą. Wyrafinowany, lecz na wskroś swobodny i sportowy duch amerykańskiego społeczeństwa docenił „język" Gabrielle równie szybko jak Francja, a prawdopodobnie nawet szybciej.

Maria wiele się nauczyła od Gabrielle – zwłaszcza jej obycia w świecie. Choć z początku sposób, w jaki wyrażano się o klientkach „za ich plecami", szokował młodą arystokratkę, ostatecznie doszła do wniosku, że w zasadzie „wszelkie szlachetne uczucia idą na zmarnowanie" w zetknięciu z klientelą *haute couture*: „Mademoiselle Chanel zrobiła wiele, bym nabrała praktyczniejszego podejścia do życia. Po drodze niektóre z moich złudzeń uległy zniszczeniu".

Gabrielle ze swoją „zwykłą szczerością" odwiodła siostrę Dymitra od purytańskiego przekonania, że zadawanie sobie trudu i dbanie o wygląd jest niestosowne. Powiedziała Marii: „Kreowanie się na uchodźczynię to wielki błąd (...), w końcu ludzie zaczną cię unikać. Jeśli chcesz robić interesy, przede wszystkim powinnaś wyglądać na zamożną".

Odraza Gabrielle do amatorszczyzny imponowała jej pracowniczkom. Maria została nauczona sztuki makijażu i Gabrielle poleciła jej schudnąć. Pewnego dnia, rozpaczając nad długimi włosami Maria, Chanel oznajmiła: „Nie,

Rozdział 19

naprawdę nie mogę już patrzeć na ten twój nieładny kok (...). Będzie musiał zniknąć". Zręcznie wyjęła spinki z włosów Marie, a następnie „chwyciła nożyczki i obcinała włosy garściami". Po późniejszym udoskonaleniu tego „cięcia" Maria Pawłowna stała się modniejsza i nosiła krótkie włosy[10].

Na początku 1920 roku Cocteau zaprosił Gabrielle na „widowisko koncertowe" obejmujące sztukę, muzykę i rozrywkę. Nosiło tytuł *Le Boeuf sur le toit* (Wół na dachu). Przedstawienie sfinansował hrabia Etienne de Beaumont, libretto napisał Cocteau, muzykę skomponował Darius Milhaud z Les Six, a scenografia była dziełem malarza i projektanta Raoula Dufy'ego. *Le Boeuf*... odzwierciedlał fascynację wszystkim, co amerykańskie, i odniósł ogromny sukces wśród awangardowej publiczności. W styczniu 1922 roku, kiedy stały bywalec baru Gaya – miejsca spotkań paryskich artystów – otworzył większą restaurację przy rue Boissy d'Anglas, pozwolono mu nadać jej nazwę na cześć spektaklu Cocteau: Le Boeuf sur le Toit. Restauracja, przez wielu angielskich entuzjastów zwana Barem Nieróbstwa, z dnia na dzień stała się jednym z najmodniejszych miejsc spotkań artystów i ich przyjaciół. Szybko zaczęła rywalizować z Moulin Rouge i Maxim's – było w niej gwarno, elegancko i „rozrywkowo", należało się tam pokazywać. Gabrielle wraz z zaprzyjaźnionymi artystami i przedstawicielami wyższych sfer wkrótce zostali jej stałymi klientami.

Le Boeuf był jednym z pierwszych barów goszczących ludzi, których nazwano „kawiarnianym towarzystwem". Dał początek nowemu rodzajowi salonu: salonowi publicznemu. Tam otwarcie okazywano swoje preferencje seksualne – Le Boeuf wydawał się miejscem dla każdego. Oprócz pięknych kobiet i mężczyzn, pięknych chłopców, chłopców przebranych za dziewczęta i dziewcząt przebranych za chłopców, byli tam również poeci, malarze, muzycy, aktorzy, tancerze, utytułowani, bogaci i sławni. Każdy mógł rozmawiać z każdym. Gawędzili, tańczyli, atmosfera gęstniała od możliwości.

W tamtym okresie opium, morfina i kokaina były w zasadzie wszechobecne. I choć nie tylko przedstawiciele elity społecznej i artystycznej regularnie zażywali jeden lub kilka z tych popularnych narkotyków, sporo osób spośród tej grupy beznadziejnie się od nich uzależniło. Trzy z bardziej znanych przypadków to Jean Cocteau, homoseksualna księżniczka Violette Murat, gospodyni salonu goszczącego ważnych artystów i muzyków, oraz inna przyjaciółka

Gabrielle – Misia Sert. Cocteau został opiumistą, lecz podobnie jak księżniczka Murat zażywał także kokainę, z kolei zapotrzebowanie Misi Sert na morfinę ostatecznie wzięło nad nią górę. Choć Diagilew zawetował zażywanie jakichkolwiek narkotyków w swoim towarzystwie, mówiło się, że sam brał kokainę[11].

Listę bywalców Le Boeuf sur le Toit już wkrótce czytało się jak spis przedstawicieli ówczesnej awangardy połączonej z modną europejską elitą. Codziennie wieczorem można było się tam natknąć na André Gide'a w czarnej pelerynie, na cudowne dziecko literatury Raymonda Radigueta, na Jeana Cocteau i Maksa Jacoba, błyskotliwego półalkoholika, półwłóczęgę, homoseksualnego Żyda nawróconego na katolicyzm i poetę. Do tego byli jeszcze „niemalujący": kubański dadaista Francis Picabia, pochodzący z Rumunii inicjator dadaizmu Tristan Tzara, grono muzyków i kompozytorów, w tym Francis Poulenc i Georges Auric, Marie Laurencin, malarz rytownik i przyszły ilustrator surrealizmu, kolejny malarz Valentine Hugo, Misia i José Maria Sert, którego tubalny głos zawsze górował nad rejwachem, dandys Strawiński w „musztardowych spodniach, czarnej marynarce, niebieskiej koszuli, żółtych butach, gładko ogolony i z przylizanymi jasnymi włosami"[12], kolejni Rosjanie i Erik Satie, „faun z bródką i grzmiącym śmiechem". Następnie można było spotkać Diagilewa i jego świtę: protosurrealistę André Bretona z kumplami, Maurice'a Sachsa w towarzystwie jakiegoś pięknego chłopca albo dziewczyny, a także licznych zapomnianych już pomniejszych luminarzy i barwnych nieznajomych.

Le Boeuf zaczął reprezentować nie tylko wrzawę, rozczarowanie i ekscesy tamtego okresu – to miejsce odzwierciedlało także każdy aspekt intensywnej, wręcz gorączkowo twórczej atmosfery tamtych międzywojennych lat w Paryżu. W tym samym czasie została scementowana przyjaźń Gabrielle z Cocteau. Artysta, któremu zarzucano, że nie ma własnej drogi i chadza cudzymi, napisał o swoim spektaklu *Le Boeuf sur le toit*, streszczając atmosferę tamtych czasów: „Unikam tu podmiotu i symbolu. Nic się nie dzieje, a to, co się dzieje, jest tak prymitywne, tak niedorzeczne, jakby w ogóle się nie działo"[13]. Oszałamiająco różnorodna działalność artystyczna Cocteau zrażała wielu, ale jak zawsze przenikliwy angielski poeta W.H. Auden zdołał uchwycić coś, co Cocteau miał do zaoferowania, i zobaczył, że jest to coś ważnego. Dzięki jego słowom dostrzegamy nowoczesność Cocteau i zaczynamy rozumieć, dlaczego Gabrielle poświęcała mu tak dużo uwagi:

Rozdział 19

> Od czasu do czasu pojawia się artysta (...), który w pracy stosuje różne środki wyrazu i którego produkcje w każdej z tych dziedzin są tak rozmaite, że trudno dostrzec jakikolwiek wzór albo spójną linię rozwoju (...). Zarówno publiczność, jak i krytycy czują się niezadowoleni (...). Koledzy artyści (...) są w równym stopniu podejrzliwi jak zazdrośni o mężczyznę, który stosuje różne [środki wyrazu]. Interesuje się przede wszystkim naturą danego środka wyrazu i skrywanymi przez niego możliwościami (...), jako osoba otwarta na świat zewnętrzny, tak mało dbająca o „autoekspresję", jest naturalnie wyczulony na chwilę obecną, a przez to ulega ciężarowi pragnienia bycia eleganckim za wszelką cenę. Na to można odpowiedzieć tylko tak: bycie „na czasie" nie jest wstydem samo w sobie: Cocteau nigdy nie szedł za modą, choć czasami ją wyznaczał[14].

W 1919 roku Cocteau poznał nad wiek dojrzałego szesnastoletniego pisarza Raymonda Radigueta, w którym się zakochał i którego „chłodna bezczelność, raz spontaniczna, innym razem wyrachowana", budziła w ludziach albo odrazę, albo fascynację. Pomijając wyjątkową nieczułość tego młodzieńca, jego zdumiewająca dojrzałość i związek z wielkim bywalcem salonów Jeanem Cocteau oznaczały, że nie tylko stał się znany, lecz również postawił sobie za punkt honoru poznanie całego Paryża. Dlatego był częstym gościem przy stole Gabrielle.

Co jakiś czas Radiguet odrzucał swojego hałaśliwego kochanka i mentora, by uciec w alkohol, opium albo kobiety (lub w to wszystko naraz). Z opium zapoznała go madame Warkowska, bywalczyni Le Boeuf sur le Toit. W lekkim i modnym stylu skomentowała wszechobecność narkotyku: „Opium? O co tyle hałasu? Paliłam już podczas pierwszej komunii w Szanghaju"[15]. Gdy Radiguet nie wypełniał nakazu Maksa Jacoba („Trzeba coś robić"), pisał z zapałem. Cocteau wspominał: „Pisał tak, jak Beau Brummel się ubierał. Bez tików, bez patyny, ale z wyjątkowym talentem (...) do sprawiania, by nowe wyglądało tak, jakby już kiedyś było widziane". Nawiązując do słynnego polecenia, które Diagilew wydał Cocteau – „Zaskocz mnie" – Radiguet odparł z niezwykłą dojrzałością: „Elegancja polega na tym, żeby nie zdumiewać"[16]. Te dwa nakazy – „sprawić, by nowe wyglądało tak, jakby już kiedyś było widziane" oraz „elegancja polega na tym, żeby nie zdumiewać" – tak doskonale charakteryzowały filozofię Gabrielle, że mogłyby się stać jej mottem.

Jesienią 1922 roku Cocteau zapytał Gabrielle, czy zechciałaby zaprojektować kostiumy do unowocześnionej wersji *Antygony* Sofoklesa. Temat sztuki – bunt przeciwko establishmentowi – był wówczas niezwykle atrakcyjny. W scenografii Picassa i do muzyki Arthura Honeggera z Les Six aktor Charles Dullin grał Kreona (był to ten sam Charles Dullin, który towarzyszył Gabrielle na premierze *Święta wiosny* w 1913 roku; jego kochanka Caryathis wolała wówczas obejrzeć balet w towarzystwie... drugiego kochanka).

Cocteau powiedział: „Chciałem, by kostiumy dla moich księżniczek zaprojektowała mademoiselle Chanel, bo to nasza wiodąca projektantka, a nie wyobrażam sobie córek Edypa traktujących z góry »małą krawcową« (...). Wybrałem ubrania z ciężkiej szkockiej wełny, a projekty mademoiselle Chanel okazały się mistrzowskie, instynktownie właściwe"[17]. Rzeczywiście, kostiumy Gabrielle miały moc i były przekonujące, a „Vogue" napisał, że przypominają „antyczne szaty odkryte po wiekach". Jednak kiedy w chwili złości podczas przymiarki Gabrielle poczuła, że jej wkład nie został doceniony, chwyciła koniec włóczki wystający ze zrobionego na drutach płaszcza bohaterki i ciągnęła go tak długo, że w końcu nie było czasu naprawić sprutej części. Bohaterka wystąpiła w jednym z prywatnych płaszczy Gabrielle.

Charles Dullin powiedział: „Wiele osób z wyższych sfer przychodziło na przedstawienia ze względu na Chanel, Picassa albo Cocteau". Sztuka odniosła sukces i choć tacy ludzie jak André Gide i poeta Ezra Pound wyrażali się o niej pochlebnie, to ostatecznie najwięcej pochwał zebrali nie współpracownicy Gabrielle, lecz ona sama: za kostiumy.

W marcu 1923 roku takie elitarne magazyny jak „Vogue" pisały, że „Gabrielle Chanel jest teraz sławna dzięki temu, jak traktuje młodzieńczą sylwetkę stworzoną do krótkiej spódniczki, osiągniętą przez niezliczone eleganckie kobiety". Będąc liderką mody, Gabrielle równocześnie była niejako „poza" nią. Dlatego „Vogue" napisał: „Nie interesuje się modą, chyba że własną, improwizuje, tworząc sukienki, które (...) się nie starzeją".

Miesiąc później magazyn stwierdził: „Istnieje nie tylko kolekcja Chanel, lecz także „styl" Chanel stworzony z młodości, gibkości (...). [Jego] nieco sportowy, a mimo to bardzo kobiecy wygląd tak dobrze trafił w potrzeby naszych czasów, że kobiety przyjęły go z entuzjazmem, gdy tylko się pojawił". Sama Gabrielle

Rozdział 19

zawsze była najlepszą reklamą swoich ubrań i „Vogue" napisał: „Mademoiselle Chanel (...) nosi ubrania uwielbiane przez swoje klientki z tak wielkim szykiem (...), że jej śmiałość budzi podziw, a jej sukces zasługuje na oklaski!". Natomiast w sierpniu, mniej więcej w czasie gali Diagilewa, magazyn zachwycał się: „Snoby dałyby wszystko, by tam być tamtego wieczoru! Tylko pomyślcie: po prawej markiza de Ludres (...), hrabina de Beaumont (...), księżna de Gramont (...), hrabina de Requena, madame Sert, wielka księżna Maria, hrabina de Chevigné" (wszystkie oprócz de Requeny były ubrane przez Gabrielle). „Vogue" ciągnął dalej: „A obok Gabrielle Chanel, cała w bieli, obwieszona perłami".

Trzy inne wielkie wydarzenia tamtego lata oddają smak rozrywek, jakich kosztowała Gabrielle: bajeczny doroczny bal kostiumowy u de Beaumontów, przyjęcie Diagilewa z okazji premiery baletu *Wesele* Strawińskiego, które odbyło się w Le Boeuf sur le Toit, i osławione przyjęcie na cześć Strawińskiego wydane przez bogatych bywalców salonów, amerykańskich ekspatriantów Sarę i Geralda Murphych, którzy rzekomo zainspirowali Scotta Fitzgeralda do stworzenia postaci Nicole i Dicka Diverów w *Czuła jest noc*.

Gabrielle nie tylko bywała co najmniej raz w tygodniu w Le Boeuf, lecz także odwiedzała inne restauracje i kluby oraz regularnie organizowała przyjęcia przy Faubourg Saint-Honoré. Zdumiewające, jak ogromną miała energię i że w ogóle udawało jej się wcisnąć pracę w tak napięty harmonogram spotkań towarzyskich. Nic dziwnego, że wielokrotnie wspominała o nieustannym braku czasu. Lapidarny liścik do Etienne'a de Beaumonta nawiązuje do spotkania, które „nie było warte zachodu", w innym oznajmiała mu, że nie da rady przyjść: „Przykro mi, ale dziś jestem zajęta", a w jeszcze innym odrzucała zaproszenie, przyznając w końcu: „Jestem zbyt zmęczona, wybacz mi"[18].

Głównymi rywalami Gabrielle byli projektanci: Lanvin, Paquin, Cheruit, Patou i Poiret, ale Chanel coraz wyraźniej wysuwała się na prowadzenie. Jakimś cudem między licznymi spotkaniami towarzyskimi Gabrielle nie tylko znajdowała czas na pracę, lecz również się jej poświęcała. Efektem tego wielkiego poświęcenia były ubrania, które z każdym kolejnym sezonem otrzymywały więcej pochwał. Magazyny nieustannie dawały swój znak jakości czemuś, co „Vogue" opisał jako jej „niezmiennie niska i szczupła sylwetka". Rozgłaszał, że Gabrielle szyje ubrania, „które dzisiejszej nowoczesnej kobiecie podobają się najbardziej i są najlepiej dostosowane do jej życia. Ubrania tworzone przez tę projektantkę są proste, twarzowe i przede wszystkim młodzieńcze".

Komentatorów intrygowało to, że Gabrielle potrafi być „urzekająca i konsekwentna, lecz nie monotonna. Jest świadectwem nieskończonej różnorodności zamkniętej w wąskich granicach". Opisywano długie, proste płaszcze z lekkiej wełny albo krepy, obszyte na przykład krepą z nadrukiem, z której robiono także prostą sukienkę pod spód (było to jedno ze sprytnych rozwiązań stosowanych przez Gabrielle i stało się jej znakiem rozpoznawczym). Innym szczegółem będącym charakterystycznym elementem jej stylu była kamelia, prawdopodobnie wykorzystana po raz pierwszy w 1922 roku jako motyw haftu zdobiącego bluzkę.

Kwiat budził skojarzenia z czymś egzotycznym i zakazanym. Namiętna historia Aleksandra Dumasa *Dama kameliowa* była ulubioną lekturą Gabrielle, a noszenie kamelii uchodziło powszechnie za sygnał gotowości kobiety do bycia uwiedzioną. Proust nosił kamelię w hołdzie dla *La Traviaty* Verdiego, także zainspirowanej powieścią Dumasa, a to z kolei mogło zainspirować Gabrielle. Kamelia ma dodatkową zaletę, bo nie wydziela zapachu, a zatem nie konkurowała z perfumami Gabrielle. W 1924 roku zrobione z materiału podobizny tego kwiatu były częstym dodatkiem do jej ubrań.

Tymczasem „Vogue" opisał „proste wieczorowe płaszcze z tafty (...), piękne, całe w haftach, z futrzanymi kołnierzami. Wąskie sukienki noszone pod nimi są często wyszywane koralikami. Mają nowy, głęboki, owalny *décolletage* z tyłu" (ten głęboki *décolletage* na plecach oraz krótkie, wyszywane koralikami sukienki z frędzlami, które stały się tak charakterystyczne dla lat dwudziestych, to innowacje, które przypisuje się właśnie Gabrielle).

Pokazując swe nadzwyczajne umiejętności wykorzystania takich cennych materiałów jak jedwab, krepa, satyna, szyfon, koronka i koraliki, Gabrielle nadal w innowacyjny sposób używała dżerseju, wprowadzając między innymi trykot w stylu szkockiej Fair Isle. Wykorzystywała tę wygodną dzianinę, gładką z jednej strony i o gęstszym splocie z drugiej, chętniej niż inni projektanci. Jej niemal ascetyczna elegancja idealnie pasowała do płynnego ruchu tego materiału, a zastosowanie gładkich i wzorzystych trykotów leżało u podstaw przekonania o niebywałej szykowności szczególnego rodzaju swobody Gabrielle. Wielki zwrot ku bardziej „aktywnym" ubraniom dla kobiet nie był wyłącznie jej udziałem, lecz niewątpliwie należała do ich pierwszych i najważniejszych orędowników (już w 1921 roku otworzyła pracownię „sportową").

Sama Gabrielle zawsze była szczupła, ale najwidoczniej nawet ona poświęcała sporo czasu i zachodu, by taką pozostać. Całym sercem pokochała

Rozdział 19

zwyczaj odwiedzania uzdrowisk, gdzie poddawano się „kuracjom" wyszczuplającym i oczyszczającym. Z jednego z takich miejsc napisała do Antoinette Bernstein: „Jestem zmęczona odpoczywaniem (...). Myślę wyłącznie o walce z tłuszczem. Czuję się zupełnie otępiała", i miała nadzieję, że „skorzysta" na tych narzuconych sobie męczarniach[19].

Latem 1923 roku Sara i Gerald Murphy rzekomo przekonali właściciela Hôtel du Cap w Antibes, żeby nie zamykał hotelu na wakacje. Jakiś czas wcześniej Gabrielle i zaprzyjaźnieni z nią artyści, tacy jak Picasso, śmiały i towarzyski polski malarz Mojżesz Kisling i Cocteau odkryli niezniszczone jeszcze wioski rybackie, między innymi Saint-Tropez, ale to właśnie otwarcie Hôtel du Cap latem miało ustanowić precedens, zwiastując zmiany na znacznie większą skalę. Do tamtej pory luksusowe hotele i wille na riwierze odwiedzano głównie w sezonie: zimą i wiosną. W środku lata wszystkie nadmorskie kurorty tradycyjnie zamykały się z powodu upałów. Jak pamiętamy, Gabrielle pojechała na południe z Dymitrem Pawłowiczem w marcu, a hotel, w którym się zatrzymali, zamykano już w maju. Wraz z nastaniem letniego sezonu nad morzem opalanie stało się bardzo modne. Gabrielle zdecydowanie jako jedna z pierwszych osób paradowała z opalenizną (choć, jak wiemy, jej przyjaciółka Marthe Davelli zażywała kąpieli słonecznych już podczas pierwszej wojny światowej).

Gabrielle często przypisuje się zapoczątkowanie jakiegoś trendu, na przykład obcinania włosów albo noszenia krótkich spódniczek, dlatego że stała się kwintesencją wysokiej mody. Miała niezawodne wyczucie chwili, a jej działania były zauważane i naśladowane. Gdy w 1908 roku tancerka wiodąca szalone życie prywatne, Caryathis, obcięła włosy w ataku furii, większość osób uznała ją za nieatrakcyjnie ekscentryczną skandalistkę. Kilka lat później, w 1917 roku, kiedy Gabrielle obcięła włosy, jak zwykle trafiła na idealny moment i kobiety poszły za jej przykładem. W latach dwudziestych wszyscy modni bogacze interesowali się tym, co Gabrielle nosi, dokąd chodzi, jaki sport uprawia i gdzie się bawi. Z opalaniem było tak samo. Z nadmorskiego Saint-Jean-de-Luz napisała do przyjaciółki: „Na początku nadal byłam chora, ale to chyba dlatego, że za dużo zjadłam, a to obrzydliwe! Panował okropny upał i moje biedne kobiety [jej szwaczki] były w opłakanym stanie, poparzone słońcem i przez to dość szpetne. Sama wyglądałam jak rak"[20]. Ostatecznie za jej przykładem poszły tysiące.

W grudniu 1923 roku paryską awangardą wstrząsnęła nagła śmierć utalentowanego Raymonda Radigueta. Książka tego chłopca *Le Diable au corps* (Diabeł wcielony) stała się tak popularna, że sprzedawano ją nawet na rogach ulic i na dworcach, aż w końcu zapewniła mu sławę. Czytająca Francja, zakochana w Radiguecie, była przerażona jego nagłą i przedwczesną śmiercią. Podczas pobytu z przyjaciółmi nad morzem nabawił się duru brzusznego, a potem, już w Paryżu, po raz kolejny uciekł od Cocteau do hotelu na drugim końcu miasta. Tam poderwał dziewczynę, z którą spotykał się sporadycznie, poprawiając swoją drugą książkę *Le bal du Comte d'Orgel* (Bal u hrabiego d'Orgel). Zmogło go przeziębienie i lekarz zdiagnozował zapalenie płuc. Sceptyczny Cocteau zadzwonił do Gabrielle, która natychmiast posłała do pacjenta własnego lekarza. Ten od razu rozpoznał dur brzuszny i zrozumiał, że jest już za późno. Mimo to wysłał Radigueta do szpitala. Matka młodego pisarza, nie zdając sobie sprawy z powagi sytuacji, opuściła syna na noc, a ten pod jej nieobecność umarł w samotności. Cocteau nie spędził z nim ostatniej nocy, nie chciał go zobaczyć po śmierci ani nawet nie przyszedł na pogrzeb.

Jak zwykle opinie na temat reakcji Cocteau były podzielone. Zachowywał się jak „kapryśna królowa" czy może był tak zrozpaczony, że rzeczywiście nie powinien przychodzić? Gabrielle zapłaciła za lekarza, a następnie zorganizowała i opłaciła pogrzeb, który opisano jako „przecudnie zrobiony". Artystyczny Paryż przybył gromadnie. Valentine Hugo napisała: „Byliśmy w głębokiej rozpaczy". Była pod wrażeniem białej trumny, białego karawanu i białych kwiatów, wśród których tkwił tylko jeden bukiet czerwonych róż. Wszystko zaprojektowała Gabrielle. Żałobnicy szli w długiej procesji bulwarem ku cmentarzowi Père-Lachaise, na którym spoczywało już tak wielu innych pisarzy.

Tymczasem od kilku miesięcy Gabrielle spędzała czas z innym artystą pióra.

Rozdział 20

REVERDY

Data zaginęła, ale w którymś momencie, mniej więcej w 1922 roku, Gabrielle nawiązała inny romans, tym razem ze starym przyjacielem Picassa, poetą Pierre'em Reverdym.

Reverdy przyjaźnił się z wieloma malarzami i poetami przedwojennego Montmartre'u, przycupniętego na szczycie wzgórza w północnym Paryżu. Gdy dołączyli oni do powojennego artystycznego eksodusu w stronę Montparnasse'u, nowego Montmartre'u w południowej części miasta, Reverdy został. W 1916 roku, razem z Maksem Jacobem i szalonym modernistycznym poetą Guillaume'em Apollinaire'em zaczęli wydawać jeden z najbardziej postępowych i najważniejszych magazynów literackich tamtego okresu, krótkotrwały „Nord-Sud". Tytuł nawiązywał do linii metra łączącej te dwa artystyczne królestwa Paryża, których mieszkańcy walczyli o modernizm na okładkach magazynu Reverdy'ego.

Jego wielki przyjaciel Georges Braque uważał, że choć znaczna większość francuskich poetów zupełnie nie rozumie sztuki nowoczesnej, Reverdy stanowi „prawie jedyny wyjątek". Publikacja Reverdy'ego poświęcona Picassowi była jedną z niewielu, które podziwiał sam malarz. Elegancki snobizm *haut monde* przyciągał Reverdy'ego i jednocześnie go odrzucał. Pisarz zasłynął powiedzeniem, że woli towarzystwo artystów i że „życie w socjecie to jedna wielka piracka przygoda, w której sukces wymaga ogromnej pobłażliwości".

Gabrielle nie miała takich rozterek, gdy chodziło o przyjaźnienie się z *haut monde*, choć ostatecznie żaden z jego przedstawicieli nie pozostał jej towarzyszem tak długo jak wspaniała Misia Sert. Gabrielle była bardziej odporna emocjonalnie, pewniej stała na nogach niż Reverdy, wykorzystując cięty dowcip jako kopię, którą się broniła i dzięki której zachowywała sprawność umysłową. Opisując socjetę jako „nieodparcie nieuczciwą", powiedziała: „Ci ludzie bawią mnie bardziej niż inni. Sprawiają, że się śmieję"[1]. Osławiona pewność siebie Gabrielle, błędnie i protekcjonalnie uznawana za element zaszczepiony przez Sertów, była czymś, co Chanel posiadała z natury i w obfitości, jeszcze zanim ich poznała. Dlatego pewna siebie i pełna gracji Gabrielle czuła się w *haut monde* jak wśród równych sobie. Reverdy w zasadzie przegrywał na tych wszystkich frontach. Dlaczego zatem zostali kochankami?

Choć Gabrielle znajdowała się w centrum modnej socjety, równocześnie pozostawała niekonwencjonalną outsiderką. Mimo oślego uporu Pierre'a Reverdy'ego i poczucia dumy, które przewyższało nawet dumę Gabrielle, prawdopodobnie zakochała się w nim właśnie dlatego, że nie należał do śmietanki towarzyskiej. Reprezentował coś, co dla niej było nieskończenie wspanialsze. Prawie pół wieku później, kiedy zmarł, powiedziała ze smutkiem: „On nie umarł. Poeci (...), wiesz, oni nie są tacy jak my: oni wcale nie umierają". Była to nieśmiertelność, do jakiej tęskniła sama Gabrielle, choć wtedy jeszcze nie wiedziała, że ją zdobędzie[2].

Gabrielle i Reverdy znali się jakiś czas, zanim nawiązali romans. Zapoznał ich Picasso albo Misia po śmierci Arthura, kiedy Reverdy przestał wydawać „Nord-Sud". W tamtym okresie serce i umysł Gabrielle były całkowicie pochłonięte Arthurem, ale jej cierpienie sprawiło, że lepiej współodczuwała „udręczony i niepokojący liryzm" Reverdy'ego.

Gabrielle była ogromnie praktyczną i pragmatyczną kobietą, lecz równie ważna część jej wiodła spontaniczne i niepragmatyczne życie w sferze wyobraźni. Świat fantazji wyglądał zupełnie inaczej niż absorbująca przestrzeń rzemiosła, którą zamieszkiwała podczas pracy. Jednocześnie nadal wierzyła, podobnie jak Arthur Capel i teozofowie, w „czwarty, piąty i szósty wymiar" oraz w tolerancję i próbę zrozumienia religii „innych niż własna". Znalazła wielkie pocieszenie w idei, zgodnie z którą „śmierć jest niczym, człowiek zwyczajnie

Rozdział 20

przechodzi w inny wymiar". Pokrzepiona myślą, że „nigdy nie tracimy wszystkiego i coś się dzieje po drugiej stronie", powiedziała: „Wierzę w to, co nierzeczywiste, wierzę we wszystko, co wypełnia tajemnica", i dodała: „Ale nie wierzę w spirytualizm"[3]. Takie przekonania wzbudziły w Gabrielle empatię wobec ponurego temperamentu Reverdy'ego. Ponadto utwierdziły ją w poczuciu, że Reverdy dosięga czegoś większego, co wykracza poza wszystko, z czym sama się utożsamiała. To ją onieśmielało i było ważnym składnikiem czegoś, co z czasem przeobraziło się w rodzaj szacunku, jaki okazywała Reverdy'emu po latach.

Takie myśli i przekonania doprowadziły do tego, że Gabrielle stała się orędowniczką dzieł tego dziwnego i coraz bardziej odizolowanego mężczyzny. Zapewne zgodziłaby się z przesadzoną opinią surrealisty André Bretona, że Reverdy był „największym poetą naszych czasów". Gdy Gabrielle go poznała, w większym stopniu stała się sobą. Jej buntowniczość, która zawsze tkwiła tuż pod powierzchnią, znalazła odzwierciedlenie w miłości do Reverdy'ego, którą czekała nieuchronna konfrontacja z establishmentem. Tak naprawdę Gabrielle miała gdzieś establishment. Demonstrując typową dla siebie zdolność do paradoksu, mimo że mogła zdobyć najelegantszych mężczyzn Paryża i obracała się wśród przedstawicieli *haut monde*, zupełnie nie przejmowała się tym, że zdobyła kochanka, który jest poetą, z trudem wiąże koniec z końcem, pracując jako korektor w wieczornej gazecie, i często zostaje praktycznie bez grosza.

Jako mężczyzna dumny ze swoich przodków – wolnomyślnych rzemieślników z Dolnej Langwedocji, najbardziej wysuniętej na południe części Sewennów – o południowych korzeniach, tak jak Gabrielle, Reverdy delektował się z nią zmysłowymi, ziemskimi przyjemnościami oferowanymi przez jedzenie i wino. Jego posępny, wyrazisty wygląd był równie mroczny jak aparycja jego kochanki i choć Reverdy'ego cechowała namiętna elokwencja, potrafił milczeć tak jak Chanel. Gabrielle utożsamiała się z jego bolesnym dzieciństwem i prawdopodobnie opowiedziała swojemu ziomkowi z południa o własnych nieszczęściach i druzgocącym pobycie w zamkniętym klasztorze w Aubazine.

Reverdy poświęcił dla Gabrielle żonę Henriette, szwaczkę z Montmartre'u, która budziła podziw u jego przyjaciół malarzy: Modiglianiego, Grisa i Braque'a. Chcieli malować jej prostotę i piękno. Gdy Reverdy'emu nie udało się zarobić na życie pisaniem, on i Henriette stanęli na skraju nędzy, Henriette zaczęła szyć, by jakoś ich utrzymywać. Tymczasem jej mąż wykazał większy talent do robienia sobie wrogów niż do zdobywania przyjaciół. Cocteau dość kąśliwie opisał go jako „fałszywy, niewykształcony, wybuchowy i niesprawiedliwy umysł"[4], lecz musiał przyznać, że z dziełami Reverdy'ego było wprost przeciwnie.

Poeta Louis Aragon, dadaista i ojciec surrealizmu, zaobserwował w oczach Reverdy'ego „ten ogień gniewu niepodobny do wszystkich, które kiedykolwiek widziałem". W przeciwieństwie do Gabrielle Reverdy nie był w stanie znaleźć w swojej przeogromnej dumie bodźca napędowego. Podobnie jak Gabrielle był jednak siedliskiem wielkich paradoksów i choć okazywał arogancką dumę, bywał zarazem niezwykle skromny. Uznając, że osiągnięcie równowagi jest prawie niemożliwe, oscylował między oddawaniem się przyjemnościom a skrajną, ascetyczną abstynencją. Był błyskotliwym mówcą, lecz potrafił milczeć jak grób i wszystko, co robił, cechowała skrajność: jedzenie, picie, palenie i stosunki z kobietami. Dogodziwszy sobie ponad miarę, popadał najpierw w odrazę, a następnie w nieubłagane obrzydzenie do samego siebie. Takie skłonności i towarzysząca im ponurość w żaden sposób nie ograniczały jednak jego zdolności kochania kobiet – nieważne, że później dopadały go wyrzuty sumienia. Jednak nie tylko wyrzuty sumienia kazały mu co jakiś czas uciekać od Gabrielle z Faubourg Saint-Honoré i wracać do żony na Montmartrze. Gabrielle budziła w nim strach przed uwiązaniem.

Choć wahanie Reverdy'ego między obsesją na punkcie Gabrielle a opieraniem się jej musiało być emocjonalnie wyczerpujące dla nich obojga, ona była przygotowana do znoszenia tak zmiennych zachowań i gwałtownych wybuchów. Pewnego dnia Gabrielle podejmowała gości w Hôtel de Lauzan. Był wśród nich Aimé Maeght, sprzedawca dzieł sztuki zaprzyjaźniony z większością ważnych artystów tamtego okresu, między innymi z Brakiem i Giacomettim. Reverdy zjawił się z koszem na ramieniu. Kompletnie ignorując Gabrielle i jej gości, zszedł po schodach na trawnik, gdzie zaczął spokojnie zbierać ślimaki i wkładać je do kosza.

Niepokój Reverdy'ego związany z dostatnim życiem i bogactwem umieścił Gabrielle w samym centrum jego wątpliwości. Jego miłość do niej wypływała jednak z czegoś znacznie ważniejszego niż fakt dostrzeżenia jej wytworności. Sporo osób czyni z życia sztukę i choć stanowi to niezaprzeczalnie ważny wkład w owo życie, nie należy tego mylić ze sztuką samą w sobie. Tym, co przyciągało Reverdy'ego do Gabrielle bardziej niż styl życia, który reprezentowała, była jednak jej siła, jej *joie de vivre*, jej wyobraźnia i kreatywność. Reverdy rozumiał także, że ta kobieta jest w istocie równie prosta jak on.

Rozdział 20

Gabrielle zarzucała mu, że masochistycznie odpycha nawet ulotne szanse na szczęście. Mówiła mu, że uczynił ze swojego nieszczęścia „zasadę". Ale poczucie odosobnienia Reverdy'ego było wręcz niezwyciężone: uważał, że najtrwalszymi więziami łączącymi ludzi są bariery, które ich dzielą. Pytał: „Co by się stało z marzeniami, gdyby ludzie byli szczęśliwi w prawdziwym życiu?". Nie żeby sama Gabrielle była szczególną orędowniczką szczęścia. Z biegiem czasu coraz bardziej powszechne przekonanie, że człowiek ma prawo do szczęścia, zaczęło ją irytować. Mimo to cechował ją ogromny głód życia oraz pozytywne, twórcze siły, jakie mu towarzyszą. Stała na ziemi pewniej niż Reverdy i nie kusił jej mistycyzm, który wywierał coraz większy wpływ na poetę. Walcząc o to, by czuwać nad Reverdym i koić jego poczucie winy, próbowała go przy sobie zatrzymać, by mocniej osadzić go w rzeczywistości.

Oferując wsparcie w formie swojej siły i umiejętności, pomagała mu z wielkim taktem i hojnością, składała wizyty jego wydawcom, płaciła im granty, które mieli mu przekazać, a także kupowała jego rękopisy. To właśnie Gabrielle sfinansowała wydanie jego pierwszego tomiku poezji *Cravates de chanvre* (Sznur konopny do wieszania ludzi). A wszystko to robiła w sekrecie, aby ocalić jego okropną dumę. Reverdy odsuwał się od kolejnych przyjaciół, między innymi od surrealistów, którzy widzieli w nim swojego idola, i czasami Gabrielle próbowała między nimi mediować. W końcu pozostało tylko niewielu, którzy nadal znosili jego potworne ataki furii: Picasso, Gris, Braque, Max Jacob – wspólni przyjaciele Reverdy'ego i Gabrielle. Można przypuszczać, że Gabrielle i Reverdy zadawali emocjonalne cierpienie także sobie nawzajem.

Stopniowo jego nieobecności w jej domu wydłużały się, aż w 1924 roku wyszedł i już nie wrócił. Ostatecznie, ku zdumieniu przyjaciół, Reverdy całkowicie wycofał się ze świata. W towarzystwie zawsze mu wiernej Henriette zamieszkał w małym domku obok benedyktyńskiego opactwa w Solesmes w Kraju Loary.

Fakt, że Gabrielle obdarzyła zaufaniem mężczyznę, był niezwykły. W późniejszych latach, bez względu na zamieszanie, jakie wywołał w jej życiu związek z Reverdym, nigdy nie przestała go podziwiać i nadal była wielbicielką jego poezji. Nie przeszkadzało jej to, że Reverdy był żonaty ani że ich romans przebiegał burzliwie. Z kolei on aż do śmierci słał Gabrielle egzemplarze wszystkich swoich dzieł, opatrując je wzruszającymi dedykacjami:

Droga Coco
Czas, który mija
Pogoda za oknem
Czas, który ucieka
Z mojego nieokreślonego życia, które straciłem z oczu
Tu odnajduje się znowu mroczniejszy niż noc
Lecz jasne pozostaje to, że całym swoim sercem daję ci miłość
A reszta się nie liczy[5].

Mimo wielkich starań Gabrielle straciła kolejnego mężczyznę i po odejściu Reverdy'ego była zdruzgotana. Choć osoby z zewnątrz nie rozumiały ich związku, widziały, że tę dziwną parę łączyła głęboka więź. Jakiś czas później wytrwały stary komentator paryskiej komedii zachowań opat Mugnier słusznie zauważył, że uczucie Gabrielle zachęciło Reverdy'ego do pisania i że po tym romansie ona również nie była już taka jak przedtem.

Komentarz matki Cocteau, która nazwała ten związek „powrotem wieśniaczki do wieśniaka", choć wygłoszony ze snobistyczną wyższością, do pewnego stopnia oddał istotę relacji Gabrielle i Reverdy'ego. Właściwie nie do końca można ich było nazwać wieśniakami – obydwoje bardzo oddalili się od swoich korzeni i żadne z nich nie mogłoby już żyć wśród swoich krewnych ani zdobyć ich akceptacji – była to jednak pozostałość odziedziczonej przez nich więzi z ziemią i tradycją. Mimo napięć towarzyszących ich związkowi Gabrielle odkryła w Reverdym kogoś, kto pełnił tak ważną rolę, że choć nie zdołał zastąpić Arthura, na nowo połączył ją z sielską naturą jej korzeni, niosąc emocjonalne i duchowe pocieszenie. Reverdy napisał do niej: „Dobrze wiesz, że cokolwiek się stanie – a Bóg wie, jak wiele już się stało – nie możesz myśleć o sobie inaczej jak o kimś nieskończenie dla mnie cennym, na zawsze".

Odejście Reverdy'ego było brutalnym ciosem dla serca Gabrielle. Nietrudno było jej jednak nabrać zwyczaju zatajania głębi swoich uczuć, ponieważ światy, w których się poruszała, słynęły z wyjątkowego egotyzmu i myślenia wyłącznie o sobie. Mimo to można przypuszczać, że w ciągu całego swojego życia spotkała najwyżej garstkę ludzi zdolnych zrozumieć tak niezwykle inteligentną, pełną paradoksów i nieufną kobietę, gdyż posiadali niezbędną do tego wyobraźnię emocjonalną.

Rozdział 20

W tym samym 1924 roku Cocteau jeszcze raz poprosił Gabrielle o zaprojektowanie kostiumów do nowej produkcji Ballets Russes *Le Train bleu* (Niebieski pociąg), którą zapoczątkował atak furii Diagilewa. Po śmierci Radigueta Cocteau pojechał do Monte Carlo, aby odpocząć od swoich muzykalnych przyjaciół: Strawińskiego, Poulenca i Aurica. Bez względu na komedie, jakie wyczyniał, był naprawdę zdruzgotany śmiercią swojego młodego *amour* i musiało upłynąć wiele lat, by doszedł do siebie.

W Monte Carlo przebywał krytyk muzyczny Louis Laloy, człowiek o wielkiej ogładzie, lecz uzależniony od opium. Powstała w 1913 roku jego okryta złą sławą *Le Livre de la fumée* (Książka palacza), historia opium i podręcznik dla jego amatorów, cieszyła się wielką popularnością wśród opiumistów w powojennej Europie. Cocteau napisał: „Moje duchowe cierpienie stało się tak ogromne, tak przytłaczające, że Laloy w Monte Carlo zasugerował, bym ukoił je w ten sposób"[6], i tak, podobnie jak Poulenc, Auric i Laloy, zaczął palić na poważnie. Opuszczając Monte Carlo kilka tygodni później, był już uzależniony, a w przyszłości nałóg wielokrotnie doprowadzał go do opłakanego stanu. Choć Gabrielle narzekała na Cocteau, cały czas go wspierała i kilkakrotnie zapłaciła za jego odwyk. Warto pamiętać o opinii ówczesnego eksperta w dziedzinie uzależnienia od narkotyków: „Uzależnienie biorące początek po trzydziestce [w wieku Cocteau] nie wynika z poszukiwania dreszczyku emocji ani przyjemności, tak jak u bardzo młodych ludzi". Cocteau nie szukał wrażeń, lecz rozpaczliwie próbował wynurzyć się z głębin depresji.

Początkowo balet *Le Train bleu* był rekompensatą za zaangażowanie Cocteau w rozwiązanie sporu Diagilewa z ambitnym, lubiącym flirtować ukraińskim tancerzem Serge'em Lifarem, który wyszedł przed szereg. Akcja baletu rozgrywała się w kurorcie i stała się pretekstem dla niezwykłych popisów gimnastycznych ówczesnego kochanka Diagilewa, młodego Irlandczyka Antona Dolina (który naprawdę nazywał się Patrick Kay). Lekka fabuła Cocteau opierała się na popisach Dolina przed grupą graczy w golfa i tenisa. Występowały w niej także plażowe piękności obojga płci, szukające przygody.

Muzykę skomponował Darius Milhaud, a choreografię miała stworzyć ponura, lecz utalentowana siostra Niżyńskiego Bronisława. Scenografią zajął się kubistyczny rzeźbiarz Henri Laurens, a kostiumy zaprojektowała Gabrielle. Plażowa scenografia riwiery Laurensa, pełna przekrzywionych kubistycznych samolotów i przechylonych plażowych domków, była utrzymana w naturalnych odcieniach, wyraźnie podkreślając kostiumy Gabrielle o jaskrawych, dynamicznych kolorach.

Diagilewowi nie spodobała się kurtyna zaprojektowana przez Laurensa. Przypomniał sobie, że w bałaganie panującym w pracowni Picassa widział płótno ze słynnymi obecnie olbrzymimi kobietami, i postanowił je kupić. Diagilew był zachwycony pierwotną namiętnością tych kobiet i jego potężna moc przekonywania zadziałała nawet na przebiegłego i upartego Picassa. Diagilew był tak zadowolony z obrazu, że od tamtej pory jego wspaniała, powiększona wersja – namalowana przez emigranta z Rosji księcia Aleksandra Konstantynowicza Szerwaszydzego – pełniła rolę kurtyny w Ballets Russes.

Niebieski pociąg, do którego nawiązuje tytuł baletu, był wówczas szczytem elegancji. Uruchomiony zaledwie dwa lata wcześniej, woził bogaczy między Calais i Riwierą Francuską wyłącznie w wagonach pierwszej klasy. Wyjeżdżał z Paryża wieczorem, słynął z wyśmienitej kuchni, a w drodze do Marsylii, dokąd docierał następnego ranka, zatrzymywał się trzy razy. Później docierał do najważniejszych kurortów na riwierze, a w końcu prawie do granicy z Włochami. Zawdzięczał swoją nazwę bogatym pasażerom, którzy ochrzcili go tak ze względu na piękne ciemnoniebieskie wagony. Pędził na południe w poszukiwaniu przyjemności i wytchnienia, ucieleśniając najnowocześniejsze wyrafinowanie i romantyzm. W każdym z wagonów sypialnych było tylko dziesięć przedziałów i każdy wagon miał swojego opiekuna. Wśród pierwszych pasażerów znaleźli się książę Walii, Charlie Chaplin, F. Scott Fitzgerald, Evelyn Waugh, J.M. Barie, Somerset Maugham i Gabrielle Chanel. W latach międzywojennych niebieski pociąg przewiózł prawie każdego, kto się wówczas liczył i kto zapragnął pojechać na południe Francji.

Ubrani w niezwykle modne stroje plażowe Gabrielle niepożądani pasażerowie Cocteau – żigolaki, panienki do towarzystwa i cwaniaki różnej maści – byli „upartą nowoczesną młodością, która odpycha nas z bezczelną pogardą (...). Te wspaniałe dziewczyny, które przechadzają się i przeklinają z rakietami tenisowymi pod pachą, stając między nami a słońcem"[7]. Cocteau komentował radykalną zmianę, zwracając uwagę na zachowanie młodych ludzi po wojnie. Przejawiali oni tendencję do pogardzania autorytetami, jaka rozkwitła już w małych grupkach artystów na początku wieku, a teraz była wystarczająco rozpowszechniona, by Cocteau mógł zrobić o niej balet.

Rozdział 20

Sporą część klienteli Gabrielle tworzyły młode kobiety należące do tej właśnie kategorii: chłopczyc z krótkimi włosami pragnących emancypacji. Ich bogactwo i przywileje sprawiały, że wydawały się wyzwolone, lecz niektórzy zwracali uwagę, iż niezależność to coś więcej niż udawanie niezależności dzięki pieniądzom branym od ojców, mężów lub kochanków.

Gabrielle była obecna na wielu próbach *Le Train bleu* i doskonale znała wewnętrzne konflikty i napięcia towarzyszące pracy nad produkcją Diagilewa. Dzięki Ballets Russes Diagilew stworzył wokół siebie – zresztą jak zawsze – atmosferę wielkiej rodziny, która bez względu na dzielące ją różnice ciągle trzyma się razem. Generowana przez Diagilewa nerwowość i energia towarzysząca eksperymentowaniu były siłą napędową dla jego grona „świętych potworów" i często urastały do form graniczących z chaosem. Choć Gabrielle uważała ich wszystkich za ogromnie irytujących, podobnie jak jej przyjaciel Cocteau czerpała jednak inspirację z bardzo niefrancuskiego podejścia Rosjan do świata. Logistyka, pieniądze, scenografia, muzyka, fanatyczne oddanie, romanse, zdrady, artyzm i gwałtowne emocje – wszystkie te elementy wraz z ich twórczymi i destrukcyjnymi możliwościami są oczywiście obecne w każdej produkcji. Ale Diagilew i Ballets Russes doprowadzili je do skrajności. Rosjanie byli całkowicie odmienni od pełnych ogłady, skupionych na sztuce przedstawicieli francuskiej burżuazji i arystokracji. W pewnym sensie byli po prostu bardziej interesujący: bardziej autentyczni, bogatsi w możliwości niż niesamowita skrępowana wytworność spotykana w paryskich salonach.

Diagilew, onieśmielający despota, był rozkapryszony, sarkastyczny i mściwy. Słynął z oburzającego faworyzowania, lecz jednocześnie posiadał niezwykły talent artystyczny. Jego despotyzm musiał czasami budzić niechęć współpracowników, ale rozumieli go i pewnie nie chcieliby dalej dla niego pracować, gdyby nie dostrzegali jego wielkiego daru. Praca na granicy katastrofy oznaczała zazwyczaj, że aż do ostatniej chwili nie było wiadomo, czy produkcja Diagilewa wzbudzi podziw premierowej publiczności. I w wypadku *Le Train bleu* było podobnie.

Na próbie generalnej prawie wszystko szło nie tak. W wydaniu Gabrielle oznaczało to odrzucenie połowy kostiumów. Serge Lifar powiedział później: „To nie były kostiumy stworzone do tańca". Gabrielle zwyczajnie nie wzięła pod uwagę konieczności dostosowania ubrań do choreografii. Tancerze, którzy nie mogli ich przymierzyć wcześniej, odkryli, że nie sposób się w nich odpowiednio poruszać. Gwiazda przedstawienia Lydia Sokolova miała na sobie jaskrawy różowy dziergany kostium kąpielowy, który jednak był luźny i utrudniał partnerowi złapanie jej podczas różnych podrzutów i chwytów (Sokolova, która naprawdę nazywała się Hilda Munnings, została pierwszą angielską członkinią Ballets Russes w 1913 roku; zatańczyła wymagającą żeńską główną rolę w ponownej inscenizacji *Święta wiosny* w 1920 roku). Kolczyki Sokolovej ze sztucznych pereł – które stały się jednym z najmodniejszych dodatków w latach dwudziestych – były tak ciężkie, że rzekomo utrudniały jej słyszenie muzyki. A przylegający do głowy czepek kąpielowy, który kazała jej włożyć Gabrielle, szybko stał się obowiązkowym gadżetem każdej modnej pływaczki.

Później Diagilew kilkakrotnie prosił Gabrielle o unowocześnienie kostiumów tancerzy do kilku produkcji. Miała między innymi modnie ubrać gospodynię w *Les Biches* (1924) Diagilewa i Poulenca oraz przeprojektować kostiumy trzech muz w *Apollon musagète* (1929). Były to cudownie proste trykotowe tuniki z krawatami od Charveta wijącymi się wokół ciał tancerzy. W tych produkcjach Gabrielle przeważnie nie interesowała osobista chwała i projektantka angażowała się na równi z innymi, by osiągnąć wspólny sukces.

Problemy podczas próby kostiumowej *Le Train bleu* wydały się Diagilewowi nie do rozwiązania. Uciekł aż do ostatniego rzędu balkonu i pytał, co, na Boga, mogliby włożyć tancerze tamtego wieczoru. Ostatecznie wszyscy tancerze i maszyniści teatralni, a także Diagilew, Niżyńska, Cocteau, Gabrielle i krawcowe zostali tamtego popołudnia w teatrze i wprowadzili do baletu spore zmiany. Wśród tych najbardziej radykalnych znalazło się rozprucie i przeprojektowanie połowy modnych strojów plażowych. Zostały one ponownie zszyte przez krawcowe w ciągu zaledwie kilku godzin. Jakimś cudem wszyscy zdążyli, kurtyna poszła w górę i wieczorem 13 czerwca 1924 roku balet *Le Train bleu* oceniono jako „wyjątkowo nowatorski i nowoczesny", ogłaszając go wielkim sukcesem.

Cocteau i Diagilew pokazali *le tout Paris* i sporej liczbie artystów na widowni mieszankę teatru, tańca, muzyki, pantomimy i satyry. Całość znacznie wykraczała poza klasyczną definicję baletu, który tradycyjnie osadzano w wydumanych światach mitu i baśni. Nie chodziło jedynie o to, że ci dwaj *agents provocateurs*, Diagilew i Cocteau, wyzwolili balet i wyprodukowali spektakl oparty na „potężnym uroku chodnika". Tak samo jak w *Parade* stworzyli nowy i zupełnie nowoczesny rodzaj przedstawienia teatralnego. Zrobili kolejny zdecydowany krok na drodze rozwoju sztuki modernizmu, czerpiąc przede wszystkim ze współczesnego życia. W tym kontekście poproszenie o zaprojektowanie kostiumów Coco Chanel, synonimu nowoczesności, było całkowicie słusznym posunięciem.

Integralnym składnikiem obsesji Diagilewa na punkcie każdego aspektu pracy jego grupy był zaciekły perfekcjonizm, z jakim podchodził do kostiumów swoich tancerzy. Dlatego w latach dwudziestych Gabrielle i Misia Sert stały się jego dodatkowymi „oczami". W pewnym sensie pełniły rolę kierowniczek do spraw gustu, miały ostatnie słowo w kwestii „odpowiedniości" koloru, długości, ozdób i ogólnego uroku kostiumów. Nauczone pierwszymi błędami Gabrielle, przede wszystkim dbały o to, aby kostiumy „pracowały" w ruchu.

W latach 1922–1937 Gabrielle zaprojektowała kostiumy do kilku kolejnych produkcji Cocteau, między innymi do *Orfeusza, Króla Edypa* i do *Rycerzy Okrągłego Stołu.* Proszono ją również o stworzenie kostiumów do kilku filmów, takich jak słynne *Reguły gry* (*La Règle du jeu*) Jeana Renoira z 1939 roku. Kąśliwa satyra Renoira na francuską klasę wyższą, przywołująca chaos panujący w kraju przed drugą wojną światową, jest dla wielu jednym z najwspanialszych filmów, jakie kiedykolwiek nakręcono. Gabrielle mogła sprawiać wrażenie niezwykle zadufanej w sobie, ale bardzo niewiele mówiła o pracy, którą wykonała dla teatru i filmu. W późniejszych latach często pytano ją w wywiadach o niektóre wspaniałe przedstawienia, do jakich szyła kostiumy, tak dalekie od jej typowego życia zawodowego. Gabrielle pozostawała jednak frustrująco powściągliwa, rzadko wspominała o znakomitym towarzystwie obecnym na premierach i o swoim zaangażowaniu w te ważne dzieła sztuki. Na przykład zapytana o premierę *Le Train bleu* chciała wspominać jedynie artystów. Dawała do zrozumienia, że gdy chodzi o sztukę, śmietanka towarzyska przestaje się dla niej liczyć.

Rozdział 21

W CENTRUM

Gabrielle uważała umiejętności oraz technikę rzemieślniczą za całkowicie odrębne od działalności artystycznej. Choć sama zawsze zdecydowanie oponowała przeciwko nazywaniu siebie artystką, pamiętamy też, że była kobietą paradoksu.

W miarę jak mijał XX wiek, a rozróżnienie między artystą a rzemieślnikiem coraz wyraźniej się zacierało, Gabrielle zaczęła traktować takie podejście jako mylne oraz pretensjonalne i tym bardziej stanowczo twierdziła, że jest tylko rzemieślniczką, krawcową, *nie* artystką. Deklarowała, że o modzie mówić należy „bez poezji, bez literatury. Ubranie to nie tragedia ani obraz, lecz czarująca i efemeryczna kreacja, nigdy wiecznotrwałe dzieło sztuki"[1]. Trwała na stanowisku, że choć *couture* może mieć świadomość sztuki, to jednak pozostaje tylko techniką, działalnością handlową. Bez względu na to, jaki sukces osiągały jej kreacje, Gabrielle twierdziła, że to nie „usprawiedliwia wmawiania sobie przez projektantów, że są artystami, myślenia o sobie w ten sposób, ubierania się czy zachowywania jak artyści"[2].

Czyniła wyraźne rozróżnienie między rzemiosłem a sztuką. I chociaż – paradoksalnie – miała w sobie wiele z artystki, wolała mówić o właściwym projektantom instynktownym wyczuciu czasów, w których żyją:

Rozdział 21

> Tworzenie to dar artystyczny, efekt współpracy projektanta z jego czasami (...). Nie osiąga on sukcesu dlatego, że nauczył się szyć sukienki (szycie sukien a dyktowanie mody to dwie różne sprawy); moda nie istnieje tylko w ubraniach, moda jest w powietrzu, niesie się na wietrze, możesz ją poczuć i nią oddychać, jest na niebie i na autostradzie, wszędzie, łączy się z ideami, obyczajami towarzyskimi, wydarzeniami (...).
>
> Moda powinna wyrażać ducha miejsca i chwili. Tu właśnie handlowy slogan: „Klient ma zawsze rację", zyskuje precyzyjny i jasny sens; ten sens pokazuje, że moda – podobnie jak okazja – to coś, co trzeba chwycić za włosy[3].

Dodawała, że „moda wędruje ulicami, nieświadoma tego, że istnieje, dopóki sama, na swój indywidualny sposób, jej nie wyrażę. Moda, podobnie jak krajobraz, to stan umysłu – mój własny"[4].

Gdyby poszukać tego, co sprawiało, że Gabrielle wyróżniała się na tle współczesnych, źródła jej oryginalności nie znajdzie się w żadnej konkretnej, pojedynczej rzeczy. Kryła się ona w połączeniu elementów, jakie brało się z bezbłędnego instynktownego wyczucia epoki. Jej spostrzegawczość i intuicja oraz odziedziczony po ojcu spryt przedsiębiorcy dawały jej doskonałe wyczucie tego, „co wisi w powietrzu". Te zalety, w połączeniu z inteligencją, uczyniły z niej mistrzynię interpretowania i przedstawiania jej współczesnym ich epoki.

Wielki dar Gabrielle polegał na zwracaniu bacznej uwagi na fakturę chwili. Jeśli można powiedzieć, że moda naświetla ją bądź wyraża, to Gabrielle jest tego doskonałym przykładem. Działając jak barometr, dawała swojemu światu co, czego chciał, zanim on sam uświadomił sobie, czego chce. Jej dzieła były zawsze o krok do przodu, ponieważ intuicyjnie wyczuwała swoje czasy lepiej niż ktokolwiek inny.

W ocenie Gabrielle geniusz kreatora mody krył się w zalecie, która pozwalała *jej samej* żyć tak intensywnie, mianowicie w umiejętności antycypowania: „Wielki kreator mody jest bardziej kimś, kto stale ma na uwadze przyszłość, niż wielkim mężem stanu (...). Moda to nie sztuka, lecz praca. Jeśli sztuka wykorzystuje modę, to wystarczający komplement". Dalej uzasadnia konieczność podążania za modą, podążania z duchem czasu: „Warto podążać za modą, nawet jeśli jest brzydka. Ten, kto się od niej separuje, natychmiast staje się postacią komiczną, a to budzi przerażenie. Nikt nie jest na tyle potężny, aby być potężniejszym od mody"[5].

Te inteligentne komentarze, jedne z najlepszych, jakie poczyniono kiedykolwiek na temat mody, ujawniają w dużym stopniu motywację Gabrielle. Wypływają ze skromności w traktowaniu swojej pracy oraz głębokiego szacunku dla tego, co według niej stanowiło pracę prawdziwego artysty. Jednocześnie Gabrielle nigdy nie okazywała wielkim współczesnym artystom nabożnej czci. Chętnie przebywając w ich towarzystwie, słusznie sądziła, że w pewnym ważnym sensie jest im równa.

Zmysł twórczy Gabrielle naprowadził ją na nowe, bogate złoże kreatywności. W 1924 roku założyła własne warsztaty jubilerskie, a kierowanie nimi powierzyła hrabiemu Etienne'owi de Beaumontowi, który od dawna zlecał najlepszym jubilerom wykonanie projektowanej przez siebie biżuterii, przeznaczonej na prezenty dla przyjaciół. Gabrielle poprosiła też François Hugo, który wówczas szefował należącemu do niej zakładowi produkcji dżerseju w Asnières, aby przygotował dla niej kilka projektów. Ponieważ już wówczas istniał duży popyt na repliki biżuterii, Gabrielle mogła zwrócić się do bardzo różnych wysoko wykwalifikowanych rzemieślników takich jak madame Gripoix oraz jej mąż, sławni projektanci sztucznej biżuterii, zatrudnieni wcześniej u Poireta. Gabrielle czerpała natchnienie z rozmaitych źródeł. Mimo że ubiory były ascetyczne, uwielbiała egzotykę, fascynowały ją też wzory renesansowe i bizantyjskie. W latach dwudziestych dodała do swoich powściągliwych kreacji liczne sznury sztucznych pereł oraz wielkie, kolorowe kamienie w naszyjnikach, broszkach i wisiorach. Pod koniec lat dwudziestych wylansowała nawet modę na asymetryczne kolczyki: jeden z czarną, drugi z białą perłą (często sygnalizowała, że jej biżuteria to imitacja przez wybór nienaturalnie wielkich kamieni).

Carmel Snow, która miała wkrótce zostać niezwykle wpływową redaktorką „Harper's Bazaar", opisała powrót swojej siostry, Christine, z Paryża. Gdy Christine zaprezentowała kobietom ze swojej rodziny nabytą w Paryżu garderobę, jej matka była zbulwersowana sukienką od Chanel uszytą z dżerseju i ozdobioną wątpliwej jakości futerkiem:

> Co gorsza Christine przystroiła ją niezliczonymi sznurami sztucznych pereł. Po pierwsze, żadna dama nie zakładała więcej niż jednego sznura pereł przed

Rozdział 21

ósmą wieczór. Po drugie, jeśli już, to prawdziwe. Christine przyznała, że sama Coco Chanel nosiła bajeczne klejnoty do swoich dżersejowych sukienek i swetrów, ale że wszystkie paryżanki, których nie stać było na taki luksus, nosiły teraz sztuczną biżuterię Chanel[6].

Gabrielle też nosiła sztuczną biżuterię. Ba, zasłynęła łączeniem jej ze swoimi bajecznymi klejnotami, z których wiele dostała w prezencie od kochanków. Sztuczna biżuteria tworzona była dla mniej zamożnych ludzi od tysięcy lat. Tamte klejnoty jednak tradycyjnie kopiowały „autentyczne", gdy tymczasem nadnaturalnie wielka biżuteria Gabrielle ostentacyjnie eksponowała swoją fałszywość. Prestiż jej twórczyni sprawił, że klientki podchwyciły ten trend. Kobiety, które często miały cenne kolekcje *autentycznych* kamieni szlachetnych, zapragnęły imitacji zrobionych przez Gabrielle. Ona sama uważała, że

> Kosztowna biżuteria nie udoskonala kobiety, która ją nosi... jeśli kobieta wygląda nijako, to pozostanie nijaka... maniakalne pragnienie wprawiania innych w oszołomienie budzi moją odrazę; biżuteria nie jest po to, aby wzbudzać zazdrość ani tym bardziej zdumienie. Powinna pozostać ozdobą i rozrywką... Biżuteria od jubilerów mnie nudzi; miałam pomysł, żeby namówić François Hugo do zaprojektowania klipsów, broszek...[7]

Jeśli biżuteria miała wyglądać dobrze, musiała być sztuczna. Z właściwym sobie upodobaniem do paradoksu Chanel wierzyła, że zbyt dużo pieniędzy zabija luksus. Poleciła rozłożyć na części wiele swoich bezcennych klejnotów i przeprojektować je zgodnie z własnymi pomysłami. Znany jubiler Robert Goossens powie po latach: „Rozłożyłem wiele klejnotów Mademoiselle. Nie wiem, czy były od Wielkiego Księcia Dymitra czy od księcia Westminsteru, ale pamiętam rubinowy naszyjnik... od Cartiera, z którego zrobiłem kolczyki. Mademoiselle dała je komuś w prezencie... Były to rzeczy niepowtarzalne"[8].

W ciągu dnia Gabrielle często nosiła dużo biżuterii, za to wieczorami nieraz nie zakładała jej w ogóle. Miała bardziej wyrafinowane pojęcie o luksusie niż wielu bogaczy: „Na biżuterię powinno się patrzeć niewinnym, naiwnym okiem, mniej więcej tak, jak cieszy się widokiem kwitnącej przy drodze jabłoni z pędzącego samochodu. Tak postrzegają ją zwykli ludzie; biżuteria określa w ich mniemaniu pozycję społeczną"[9]. Także w mniemaniu wielu bogatych. Gabrielle robiła wszystko, żeby postawić na głowie biżuteryjny snobizm, a jednocześnie wyprzedzała swoją epokę, podważając koncepcję tego, co „prawdziwe".

Pracowała niesłychanie ciężko, prezentując co roku dwie duże kolekcje, a zamówień było coraz więcej. W 1942 roku, kiedy zatrudniała około trzech tysięcy pracowników, perfumy Chanel N°5 sprzedawały się bez przestojów w salonach w Paryżu, Deauville i Biarritz. Nie wiadomo, jak wyglądało zapotrzebowanie, ale Gabrielle chciała sprzedawać ich więcej. Doradzał jej teraz stary znajomy, Théophile Bader, właściciel największego paryskiego domu towarowego Galeries Lafayette. Bader zapowiedział, że nie będzie sprzedawał jej perfum, dopóki nie dostanie większej ilości niż ta, którą produkował obecnie Ernest Beaux w Grasse. Przekonał też Gabrielle, że musi koniecznie poznać jego dwóch znajomych, braci Pierre'a i Paula Wertheimerów. Wertheimerowie, inteligentni i twardo stąpający po ziemi biznesmeni, kierowali Les Parfumeries Bourjois, największą kosmetyczno-perfumeryjną firmą we Francji, i mieli ambicję zbudować na fundamentach sukcesu ojca imperium kosmetyczne. Gabrielle najprawdopodobniej poznała ich na torze wyścigów Longchamp i tam też zawarła z nimi umowę.

Paul miał dość introwertyczną osobowość, za to Pierre odznaczał się urokiem, któremu prawie nie sposób było się oprzeć. Uwielbiał konie, kobiety i był zapalonym kolekcjonerem. Mówiono, że jest bezwzględny w interesach. Podobnie jak Rothschildowie, Wertheimerowie byli dawno sfrancuziałą żydowską rodziną o niemieckim pochodzeniu. Zachowywali też daleko posuniętą dyskrecję co do rozmiarów własnego imperium – dyskrecję, która w przyszłości będzie się manifestować w sposobie, w jaki będą kontrolować imperium Gabrielle.

Pierre Wertheimer i Gabrielle pozostali w burzliwych i skomplikowanych relacjach przez prawie pół wieku. Na zmianę potrzebowali się i nienawidzili, ale też nie potrafili się rozstać. Rozstrzygali różnice zdań w zaciekłych starciach, w których każda ze stron niezmordowanie próbowała wywalczyć choć odrobinę szacunku u partnera-oponenta, zarazem kochanego i nienawidzonego. Gabrielle potrafiła niemal na tym samym oddechu mówić o Pierze Wertheimerze: „ten łajdak, który mnie oszukał", i: „ten drogi Pierre".

Rozdział 21

Na początku znajomości Gabrielle nie interesowała się szczegółami zawartej przez nią transakcji. Później powie o sobie: „Prowadzę interesy, nie będąc kobietą interesu”, i wyzna, że myślenie o takich sprawach jak arkusze księgowe śmiertelnie ją nudzi. Potrafiła pod koniec dnia podliczyć pieniądze w kasie, ale nie w tym rzecz; jej zdolność zarabiania bajońskich sum była bardziej instynktowna. Umiejętność pomnażania pieniędzy zawdzięczała swoim chytrym chłopskim przodkom, a także niepohamowanemu pędowi do tworzenia. Twierdziła, zresztą zgodnie z prawdą: „Nie jestem ani trochę lekkomyślna, mam duszę szefa”, jednak owa dusza była jednocześnie szalenie kreatywna i poszukująca. Gabrielle nie była artystką, lecz jej sposób tworzenia nosił znamiona artyzmu.

Kobieta, którą Picasso określi później jako „najpraktyczniejszą osobę na świecie”, powie: „Porządek to zjawisko subiektywne”. Było to spostrzeżenie twórcy, który doskonale rozumiał słowa Apollinaire'a: „Wyprowadzanie porządku z chaosu, oto na czym polega tworzenie”.

Gdy Gabrielle usłyszała od Wertheimerów, że jeśli chce, aby rozprowadzali jej perfumy, to będą musieli stworzyć spółkę, odparła ponoć: „Twórzcie spółkę, proszę bardzo, nie obchodzą mnie wasze interesy (...). Wystarczy mi dziesięć procent kapitału”. Ta wypowiedź stanie się później zarzewiem niemałych sporów. Gabrielle miała na myśli dziesięć procent zysków ze sprzedaży perfum, ale Wertheimerowie zinterpretowali to inaczej. Prawnik Gabrielle René de Chambrun, będzie po latach przekonany, że to lęk przed utratą kontroli nad domem mody skłonił Gabrielle do zrzeczenia się perfum w zamian za dziesięć procent sporego już wtedy przedsięwzięcia.

Partnerstwo ustanowione w 1924 roku między Wertheimerami i Gabrielle charakteryzować będą kłótnie, nienawiści i konflikty rozwiązywane na drodze sądowej. Ale też znajdzie się w nim miejsce na wzajemny szacunek i prawdziwą przyjaźń, aczkolwiek często doprawioną niechęcią. Mimo to leitmotivem Gabrielle na nadchodzące pół wieku stało się zdanie: „Podpisałam coś tam w 1924 i dałam się oskubać”. Jej wspólnicy nie byli bez winy, ale dowiedziawszy się na przykład, że za poznanie jej z Wertheimerami Bader otrzymał dwadzieścia procent udziałów w spółce (to częsta praktyka w świecie interesów), Gabrielle potraktowała to jako dowód skrajnej protekcjonalności.

Stale spiskowała przeciwko Wertheimerom i przez lata odpłacała im pięknym za nadobne. Możliwe, że została „oskubana", ale też nie chciała przyznać, że umowa, na którą przystała, nawiązując współpracę z nowymi dystrybutorami – Wertheimerami – zawierała kruczki.

Bardzo prawdopodobne, że mimo instynktownego wyczucia swoich czasów Gabrielle nie rozumiała nowatorskiej natury układu, w ramach którego stopniowo stawała się częścią przedsiębiorstwa nowego typu. Złożoność jej kontaktów z Wertheimerami wykraczała daleko poza zwykłe relacje między handlowcem a dostawcami. Sięgały one dużo dalej niż w największych starych międzynarodowych przedsięwzięciach handlowych, w których kupiec i jego pośrednicy podróżowali do dalekich zakątków świata w karawanach koni czy wielbłądów lub na statkach, mając do dyspozycji jedynie własne zdolności negocjacyjne, kontakty i umiejętność dobijania targu z dostawcami.

Nowa spółka Gabrielle była zalążkiem dwudziestowiecznej korporacji, a sprzedawanym towarem była, zasadniczo, ona sama. Z jednej strony się tym szczyciła, z drugiej miała dwuznaczny stosunek do tego, że była jednym z prekursorów XX wieku i wszystkiego tego, co umożliwiły jego zdobycze: demokracja, mechanizacja i rozwój handlu. Jako kobieta, która w większym stopniu niż ktokolwiek inny udostępni modę milionom kobiet na całym świecie, Gabrielle przeżywała dylematy wielkiej indywidualistki w początkach epoki masowej kultury i masowej konsumpcji.

Jakim sposobem dobrzy rzemieślnicy i rzemieślniczki, którzy wytwarzali guziki, szamerunki, wstążki oraz koronki i tkali ręcznie najróżniejsze piękne materiały, oraz *premières* Gabrielle, które wykorzystywały ich dzieła w mrówczej pracy ręcznej, mogli rywalizować z szybkimi i tanimi mechanicznymi metodami stosowanymi w prawie każdej dziedzinie produkcji? Imperium Gabrielle miało jeszcze za jej życia stać się korporacją, a w latach po jej śmierci rozwinąć się w coś reprezentatywnego dla nowoczesnych czasów: korporację globalną. Jej nazwisko stało się tożsame z korporacją.

W 1924 roku Ernest Beaux opracował dla Gabrielle kolejne perfumy o nazwie Cuir de Russie. Dwa lata później dołączyły do nich Bois des Îles, a w 1927 roku jeszcze jedne, Gardénia. Jednak pomimo intensywnych akcji promocyjnych Wertheimerów perfumy te nie powtórzyły sukcesu chanel n°5. I choć lwia część zysków szła do kieszeni braci, zdecydowanie największą część swego majątku Gabrielle będzie zawdzięczać tym jednym perfumom.

Rozdział 21

W nadchodzących latach firma, którą Wertheimerowie nazwali Les Parfums Chanel, lansować będzie perfumy Gabrielle w coraz bardziej finezyjnych kampaniach reklamowych. Młody geniusz Raymond Radiguet udowodnił, że – podobnie jak Gabrielle – ma dar wyczuwania ducha epoki w tej dziedzinie, kiedy przewidywał: „Mówię o reklamie... W niej, bardziej niż w czymkolwiek innym, widzę przyszłość wzniosłości, tak zagrożonej we współczesnej poezji".

Francja poniosła w czasie pierwszej wojny światowej dotkliwe straty materialne. Po wojnie, choć nie doszło do rewolucji w ekonomii, gospodarkę napędzały nowe dziedziny, takie jak produkcja samochodów, i w latach dwudziestych życie dużej części ludzi systematycznie się poprawiało. Jednocześnie struktura głównego nurtu francuskiego społeczeństwa i jego postawy pozostały zasadniczo niezmienione. Po co komu zmiany? Panował boom gospodarczy. A w ramach powojennej „rekonstrukcji", tradycjonaliści oraz rząd wzywali kobiety do troski o domowe ognisko i do rodzenia większej liczby dzieci.

Francuska Nowa Kobieta stawała się jednak coraz bardziej widoczna, spędzała coraz mniej czasu w domu i rodziła zatrważająco mało dzieci. Nie dość, że wkraczała w dziedziny tradycyjnie uznawane za męskie, to jeszcze, co najmniej od połowy lat dwudziestych, nosiła różne wersje maskujących piersi i biodra sukienek Gabrielle o prostej linii, a także krótko obcięte włosy. Stąd zyskała przydomek *la garçonne*, chłopczyca; w świecie anglojęzycznym zaistniała jako *flapper*.

W 1922 roku pikantna, bestsellerowa powieść Victora Margueritte'a pod tytułem *La Garçonne** – od której wzięło się to określenie – przedstawiła światu nowoczesną młodą kobietę, uosabiającą społeczne, intelektualne oraz techniczne zmiany wkraczające w życie mieszczańskie. „Kobieta wyemancypowana", prezentowana w mass mediach jako wiodąca diametralnie inne życie niż dotychczas, prowadziła samochód, latała samolotami i była pełną werwy młodą osobą, która całkowicie panowała nad własnym życiem. Atrakcyjna, pewna siebie, często dosyć agresywna, była także niezależna finansowo i żądna przygód. Nigdy się nie zatrzymywała, podróżowała sama i odnosiła sukcesy

* Wyd. polskie *Chłopczyca*, tłum. L. Staff, Łódź 1991. Wszystkie przypisy oznaczone gwiazdką pochodzą od tłumaczek.

w którymś z niedawno wymyślonych zawodów. Czesała gładko swoje krótkie włosy, paliła tytoń i nosiła spodnie, a nawet męskie garnitury. Choć wszelkiego rodzaju dwuznaczność stała się widocznym aspektem społeczeństwa, to jednak większość kobiet ubierających się w prowokacyjny sposób w istocie praktykowała raczej „wizualny język wyzwolenia" niż wyzwolenie samo w sobie.

Dla większości z nich „emancypacja" oznaczała niewiele więcej niż określony wygląd. Rzeczywiście radykalnie odmieniło się życie nieznacznej liczby kobiet, takich jak Gabrielle. W Paryżu należały do nich Colette, modna biseksualna malarka Tamara Łempicka, która zażywała kokainę z ludźmi tego pokroju co André Gide, dziedziczka przedsiębiorstwa żeglugowego Nancy Cunard, która znała Gabrielle, nosiła ubiory Chanel i bulwersowała swoją klasę społeczną nie tylko braniem narkotyków, lecz także obciętymi na jeża włosami, chodzeniem w męskich garniturach i mieszkaniem z czarnoskórym kochankiem. W tej grupie były też biseksualna rosyjska tancerka Ida Rubenstein i czarna tancerka Josephine Baker, której przesycona erotyzmem, wyzywająca kobiecość zrobiła furorę w Paryżu w roku 1925.

O ile ambicje większości Francuzek faktycznie wzrosły tylko nieznacznie, to w istocie to, co na sobie nosiły, przekazywało męskiej części społeczeństwa komunikat: „Jesteśmy wam równe". Popularna w latach dwudziestych piosenka dobrze wyraża niepokoje, jakie wzbudzało to rozciągnięcie granic:

> Hej, hej, kobiet dziś coraz mniej,
> Hej, hej, z facetami też coś dzieje się.
> Panie dziś jak faceci, faceci dziś jak panie
> Kogut to czy kurka – kto zgadnie?
> Tak trudno ich odróżnić dziś, ojej!

Victor Margueritte opisał bohaterkę *Chłopczycy* Monique Lerbier jako ucieleśnienie „prawa kobiety do seksualnej równości w miłości". Jej przedmałżeńskie kontakty seksualne, także z kobietami, wzbudziły powszechne oburzenie. Margueritte uważał fryzurę na pazia za „symbol niezależności, jeśli nie władzy"[10]. Antoine, paryski fryzjer, który zapoczątkował modę na krótko ścięte włosy, żartował tymczasem, że wykreował fryzurę na pazia, aby pomścić Samsona, pozbawiając Dalilę włosów, a więc mocy oczarowywania mężczyzn. Toczyły się niezliczone debaty i spory, ojcowie wyrzekali się

Rozdział 21

krótkowłosych córek i doszło nawet do kilku morderstw w afekcie. Lew salonowy Boni de Castellane biadolił, że „nie ma już kobiet; zostali nam tylko chłopcy stworzeni przez Chanel".

A jednak, w tej erze zamętu, Gabrielle miała coraz mniej wątpliwości odnośnie do tego, co robiła. Pewna swojej kobiecości, nie czuła, że rywalizuje z mężczyznami. Chciała *przestrzeni*, w której mogła działać na równi z nimi. To oczywiście pociągało za sobą rywalizację, ale nie oznaczało, że próbowała stać się taka sama jak oni. W nadchodzących latach wypowie jedno ze swoich szalenie lekceważących twierdzeń: „Kobiety, które chcą wyglądać jak mężczyźni, mężczyźni, którzy chcą wyglądać jak kobiety – jedni i drudzy to nieudacznicy".

Stereotyp „chłopczycy" przedstawiał ją jako apolityczną konsumentkę, która oczekuje od życia przede wszystkim dobrej zabawy. Niektórzy późniejsi historycy widzieli w Gabrielle i takich jak ona forpoczty powstającego właśnie współczesnego konsumpcjonizmu, eksploatującego kobiety w pogoni za zyskiem[11]. Choć to zbyt duże uproszczenie, „emancypacja" była chwilami dość iluzoryczna[12]. W 1923 roku „Vogue" pisał o godzinach spędzanych przez „pewną nieszczęsną kobietę" w sali gimnastycznej i u masażystki, a także o pigułkach i „gumowych pasach" używanych w celu osiągnięcia „idealnej sylwetki". W innym artykule pisano o tym, „jak uwodzicielski jest prosty krój naszych zimowych sukienek, jak wspaniale podkreśla smukłość kobiecej sylwetki", ale dalej przyznano, że jest to właściwie niemożliwe do osiągnięcia bez użycia gorsetu: „Nie było innego sposobu uzyskania pożądanej sylwetki".

Jeden ze współczesnych pisarzy stwierdził w przypływie szczerości, że „w obecnej modzie" zapanowała „tyrania wolności", a to dlatego, że moda skłaniała kobiety do stosowania desperackich środków, i dodał, iż „efekt skrajnej elegancji (...) powoduje, że nikt nie podejrzewa, iż jego uzyskanie zajęło dwie godziny, tak wiele zależy od triumfalnego złudzenia prostoty". Ten opis mógłby się odnosić do Gabrielle, bo wiemy, że przygotowanie się do wyjścia zajmowało jej mniej więcej tyle czasu. Nasz komentator przyznał jednak, że jeśli współczesne ubranie dawało „złudzenie wolności", to wolność była w istocie *celem* nowego stylu. Jeśli jednak fryzura na pazia i krótkie sukienki nie były tak „wyzwalające", jakimi je przedstawiano, a wiele kobiet było wybitnie niewyzwolonych, to dlaczego młode kobiety podchodziły do nich z takim entuzjazmem?

Być może odpowiedź kryje się w tym, że jeśli *wyglądałaś* na wyzwoloną dzięki temu, w co się ubierałaś, twoje ubranie stopniowo stawało się autentycznym elementem osobistej emancypacji. Noszenie krótkich włosów i sukienek pozwalało kobietom kreować fantazję o swoich idealnych, wyzwolonych „ja" poruszających się swobodnie w społeczeństwie. Sprawiając wrażenie wyzwolonych, kobiety przydawały tej koncepcji pewnej mocy politycznej i bezsprzecznie prowokowały opinię publiczną. *Wygląd* „chłopczycy" był obrazem wolności osobistej. Nosząc ubiory proponowane przez Gabrielle, kobiety przyswajały sobie to, co stało się częścią sensu mody: odrzucenie dotychczasowych ograniczeń.

Obecność na ulicach nowej mody – kopii mody lansowanej przez Gabrielle – sprawiała, że temat kobiecej tożsamości zajmował istotne miejsce w umysłach ludzi. We Francji toczyły się zagorzałe debaty polityczne, a krótkie włosy i krótkie sukienki kobiet stawały się centralnym wątkiem mitologii kulturowej całej epoki. Budząc oburzenie, frustrację, zazdrość oraz podziw, Gabrielle i jej zwolenniczki stwarzały swoim wyglądem sugestywny wizualny język dla niepokojów i zmian rozgrywających się wokół[13]. I chociaż dla większości kobiet ubiór był na razie tylko fantazją o wyzwoleniu, moda sama w sobie stanowiła potężny język znaków zapowiadający początek nowego świata.

Sukienki Gabrielle były nieraz ozdabiane, ale też przypominały pokrowce, które dawno pozbyły się choćby śladu wcięcia w talii. Biodra i biust popadły w niełaskę, a na wspomniane gorsety musiał być rzeczywiście duży popyt. Talie zrównały się z biodrami, a kobiece ubiory miały w najlepszym razie lekko dopasowany krój. Zwłaszcza uniwersalny styl sportowy Gabrielle zdobywał coraz większą popularność i był często naśladowany. „Vogue" pisał, że jej „sukienki, które tak dobrze odpowiadały potrzebom czasu i sprawiały, że noszące je kobiety wyglądały młodo, zdobyły ich twórczyni światową sławę"[14].

Być może najbardziej legendarnym z fasonów Gabrielle stał się ten, który zasłynął jako „mała czarna". Sukienka była „mała", bo dyskretna. Nie wiadomo do końca, jak powstała; znamy wersję Gabrielle, opowiedzianą w późniejszych latach. Pewnego wieczoru w 1920 roku była w teatrze. Przyglądając się siedzącym wkoło kobietom w jaskrawych, krzykliwych kolorach, nie wytrzymała i powiedziała do swojej towarzyszki: „Te kolory są nie do zniesienia. Do cholery, ubiorę te kobiety na czarno! Tak oto narzuciłam czerń (...). Czerń

Rozdział 21

znosi wszystko inne dookoła. Kiedyś tolerowałam kolory, ale traktowałam je jako monochromatyczne całości. Francuzi nie mają wyczucia segmentów kolorystycznych"[15].

Uprzedzając krytykę, Gabrielle stwierdziła, że błędem jest myśleć, iż ubierając kobiety na czarno, odbierze im całą oryginalność. Wierzyła raczej, że z pozoru jednakowy ubiór pomoże kobietom odsłonić ich indywidualność. W swoich kolekcjach z 1926 roku Gabrielle – która sama wcześniej ubierała się w czerń – przedstawiła kilka niebywale prostych czarnych sukienek na dzień. Czerń, kolor tradycyjnie wykorzystywany w uniformach lub w okresie żałoby, był ogólnie uznawany za niestosowny dla kobiet przy innych okazjach. Gabrielle jednak przynajmniej od 1917 roku projektowała długie, piękne, czarne suknie wieczorowe.

Teraz zreinterpretowała ten kolor i nadała mu inny styl w elegancko oszczędnych krojach. Jako pierwsza zaprezentowała czarne sukienki przeznaczone do noszenia o dowolnej porze dnia, a później powiedziała: „Przede mną nikt nie ośmieliłby się ubierać na czarno". Sukienki przeznaczone na dzień były wykonane z wełny albo krepy marokańskiej; te na wieczór – z luksusowych tkanin takich jak krepa jedwabna, atłas i aksamit. Ich podstawowa struktura pozostała zwodniczo prosta, ale równoważyły ją dodatki takie jak pasy wysadzane klejnotami lub kryształem górskim albo białe kołnierzyki, mankiety i dużo biżuterii. Czasami Gabrielle przypinała do czarnej sukienki rzucającą się w oczy ozdobę w postaci białej kamelii zrobionej z różnych materiałów (później najbardziej lubiła wpinać ją we włosy).

Choć czarne kreacje Gabrielle miały się przyjąć na całym świecie, pierwsza reakcja na elegancką oszczędność ich linii nie była jednogłośnie pozytywna. Amerykański „Vogue" jednak trafnie przewidywał, że mała czarna stanie się „rodzajem uniformu dla wszystkich współczesnych kobiet o dobrym guście". Jej „prostota" pomoże kobietom przezwyciężyć obawę, która do tej pory spędzała im sen z powiek: że ktoś je zobaczy w takiej samej sukience, jaką noszą inne. Był to kluczowy element filozofii Gabrielle: kobieta w czarnej sukience kierowała uwagę tyleż na swój ubiór, ile na siebie samą. Amerykański „Vogue" chwycił w lot przesłanie Gabrielle i w artykule redakcyjnym wyraził słynną myśl, że te sukienki są jak czarne, produkowane masowo samochody Forda. Tym samym miały się stać standardowym ubiorem dla mas. Detalem sezonu stał się dodany przez Gabrielle kapelusik w kształcie hełmu. Kapelusiki te początkowo budziły opór osób takich jak jej przyjaciel Sem – „To nic innego jak zwykłe sitka do herbaty z miękkiego filcu, które kobiety wbijają sobie na głowy (...) wszystko znika, pochłonięte przez tę elastyczną kieszeń" – ale owe „sitka do herbaty" szybko stały się przebojem.

Gabrielle powie później, że kobiety myślały dotychczas „o każdym kolorze, z wyjątkiem jego braku". Choć deklarowała, że „nie ma nic trudniejszego do zrobienia niż mała czarna" i że dużo prościej jest zastosować sztuczki egzotyki, jako pierwsza w swoich czasach w pełni zdawała sobie sprawę z tego, że czerń i biel mają to, co opisała jako „absolutne piękno (...). Ubierz kobiety na bal w biel albo czerń, a nie dostrzeżesz nikogo poza nimi"[16].

Mimo że miała opinię osoby żywiącej urazę do wyższych sfer, od lat dwudziestych zaczęła zatrudniać ich przedstawicieli. W przyszłości powie: „Zatrudniałam ludzi z socjety nie żeby pofolgować swojej próżności albo ich upokorzyć (znalazłabym inne sposoby zemsty, gdybym jej szukała), lecz dlatego, że byli mi przydatni"[17]. Utrzymywała, że dzięki rozległej sieci kontaktów dostępnych arystokratom była zawsze na bieżąco, nie musząc uczestniczyć w każdym wydarzeniu towarzyskim. Dzięki obserwacjom i osobistym doświadczeniom Gabrielle stała się twardsza i rzeczywiście nie darzyła szacunkiem wielu ludzi o wysokiej pozycji społecznej. Jej arystokratyczni pracownicy z pewnością byli jej potrzebni – jako wysłannicy i ambasadorowie Chanel. Gabrielle wykorzystywała starą europejską arystokrację z pełną świadomością, że przydaje ona jej salonom aury ekskluzywności w oczach często snobistycznych klientek. Coś takiego byłoby zgoła niemożliwe przed wojną, kiedy projektant mody nie miał „wstępu" do socjety. Ale czasy się zmieniły i pracę musiało podjąć wielu z tych, którzy wcześniej nie wiedzieli, co znaczy to słowo.

Gabrielle wyznała z brutalną szczerością: „Kiedy zabierałam na wycieczkę eleganckich przyjaciół, zawsze to ja płaciłam, ponieważ ludzie z towarzystwa robią się zabawni i uroczy, gdy są pewni, że nie będą musieli płacić za swoje przyjemności. Kupowałam, krótko mówiąc, ich dobry humor". Jednocześnie twierdziła, że uważa ich za „tak nieuczciwych, iż nie można się im oprzeć", i na swój sposób autentycznie współczuła im zubożałej dystynkcji. Jej popisy brawury często przysłaniały fakt, że nie tylko pomagała wielu członkom arystokracji, ale też uważała ich za sympatycznych.

Rozdział 21

Pomimo tego, że urodziła się chłopką, naturę miała pod wieloma względami patrycjuszowską i utożsamiała się z niektórymi cechami kojarzonymi z klasą wyższą. „Tak, ludzie z socjety bawią mnie bardziej od innych. Odznaczają się dowcipem, taktem, czarującym brakiem lojalności, kulturalną nonszalancją i arogancją, która jest bardzo specyficzna, bardzo uszczypliwa i zawsze czujna; wiedzą, kiedy stawić się o wyznaczonej porze i kiedy wyjść"[18] (nad wszelką ambiwalencją, jaką mogła odczuwać w stosunku do tej części społeczeństwa, górowała głęboka antypatia do mieszczaństwa. Uważała jego tradycyjną małoduszność za coś wstrętnego).

Wielu arystokratycznych wygnańców z Rosji, podobnie jak wschodnich Europejczyków, przypadkowych Francuzów czy Anglosasów z klasy wyższej zatrudnianych przez Gabrielle to ludzie, którzy nie znaleźliby zatrudnienia nigdzie indziej. Salony mody Chanel stały się dla wielu z nich schronieniem. Tutaj, jeśli byli chętni zająć się handlem, mogli także zachować godność. Gabrielle ceniła ich na swój sposób, zwłaszcza Rosjan. Pianista Artur Rubinstein wspominał smutną historię pewnej wytwornej Rosjanki, dla której nastały ciężkie czasy; część jej rodziny zginęła z rąk bolszewików. Desperacko poszukiwała pracy i znalazła zatrudnienie u Gabrielle[19]. Stary służący z *château* siostrzeńca Gabrielle wspominał, jak Chanel przygarnęła podstarzałą, zrujnowaną rosyjską hrabinę: „Mademoiselle kazała nam (...) wkładać z powrotem do pudełeczka staruszki grosze, które oszczędzała z wielkim wysiłkiem i dawała nam jako napiwki. Przykazano nam udawać przed hrabiną, że zatrzymywaliśmy pieniądze, aby nie ranić jej uczuć"[20].

Teraz, kiedy klientkami Gabrielle były niektóre z najznamienitszych i nadających ton Europejek i Amerykanek, licząca się w towarzystwie, niesłychanie modna i wyjątkowo zadufana w sobie pisarka księżna Marthe Bibesco regularnie pokazywała się w kreacjach Chanel. Gabrielle zaprojektowała nawet na jej zlecenie garderobę przeznaczoną do noszenia w czasie lotu samolotem. Gabrielle mogła „pracować" dla Bibesco, ale jej renoma była teraz tak wielka, że Bibesco odmalowała zawoalowany portret Gabrielle – aczkolwiek ironiczny i protekcjonalny – w jednej ze swoich modnych powieści. Gabrielle została w niej przedstawiona jako projektantka o imieniu Tote, dyktatorka mody, która

> oskubuje z pieniędzy około dziesięciu stolic i co najmniej trzy kontynenty... wszystkie kobiety, które noszą swetry od Tote, jej kwiat [gardenię], sukienkę

albo prążkowaną apaszkę, mają swoje siostry bliźniaczki i mogłyby rozpoznać swoje sobowtóry w Nowym Jorku, Londynie, Rzymie albo Buenos Aires (...). Dwukolorowa apaszka Tote zrobiła z nich wyznawczynie tej samej religii (...).

Można powiedzieć, że cywilizacja zaczyna się od klientek Tote i na nich kończy. Czy produktem, który wymienia na najtwardsze waluty świata, nie jest po prostu jej inteligencja? Ta drogocenna materia, niewymierna, niewyczerpana i stale się odnawiająca, którą raz na pół roku zalewa światowe rynki?[21]

Gabrielle była mistrzynią rozwijającej się sztuki reklamy i wykorzystywała unowocześnioną formę autopromocji wprowadzonej przez bardziej sprytnych projektantów mody przed wojną. Wielkie kurtyzany i aktorki, a później znawczynie mody, prezentowały swoją urodę i nowe kreacje projektantów mody na wyścigach, tej najważniejszej z platform towarzyskich. Teraz, wraz z odejściem wielkich kurtyzan, najważniejszymi promotorkami mody stały się bywalczynie salonów.

Nie zapominając o niebywałej próżności większości swoich klientek, Gabrielle co jakiś czas darowała sukienkę zubożałej młodej kobiecie z dobrej rodziny. Zainteresowanie publiki zwiększało się, kiedy zapraszała niektóre z tych młodych kobiet do prezentowania jej strojów na pokazach. W różnych okresach na liście osób zatrudnionych przy rue Cambon można było znaleźć niektóre z przyjaciółek Gabrielle, takie jak Misia Sert. Do obowiązków Misi należała praca ekspedientki – Gabrielle często podziwiała jej pracę w charakterze agentki męża. Misia występowała też czasem jako modelka Chanel, a jej nazwisko działało jak magnes.

Przyjaciel Cocteau kanciarz Maurice Sachs nigdy nie znalazł zatrudnienia w salonie Gabrielle, ale otrzymał od niej spore fundusze na urządzenie dla niej biblioteki w Hôtel de Lauzan. Sachs sprzeniewierzał duże miesięczne sumy, które mu wypłacała, wynajął apartament w hotelu, zatrudnił sekretarkę oraz szofera i rzucił się w wir trwonienia pieniędzy. Jednocześnie kupował słabej jakości „dzieła", które Gabrielle powinna była czytać. To dość niezwykłe, że Chanel, osoba o takiej przenikliwości, dała się oszukać temu czarującemu i przymilnemu młodemu pasożytowi.

Europa sprawiała wrażenie, jakby coraz bardziej gorączkowo przed czymś uciekała, a wszelkie głosy protestu zagłuszali ci pochłonięci żądzą przeżycia – za wszelką cenę – każdej możliwej osobistej „przygody". Awangardowy

Rozdział 21

jak zawsze Paryż miał pierwszych czarnych muzyków jazzowych; to w Paryżu po raz pierwszy zapanował szał na bluesa; ostatnim krzykiem mody stały się spontaniczne przyjęcia i kluby, a imprezowicze z zapałem rzucali się w narkotyczny szał i ekstatyczny, żywiołowy taniec prawie do upadłego. A w samym sercu tego Paryża była błyskotliwa Coco Chanel. Georges Auric z Les Six wspominał, że „naturalnie prowadziła luksusowe życie, z rodzaju tych, które trudno sobie dziś wyobrazić. Miała wszystko, co najlepsze. Dostawała mnóstwo prezentów i często bywała na salonach. Lubiła przebywać w znakomitym towarzystwie"[22]. Maurice Sachs opisał ją jako tę, która była „otoczona tłumem wielbicieli, zapraszała do swojego stołu i rozdawała przywileje oraz pensje" – „pensje Grande Mademoiselle", jak nazywał je wydawca Bernard Grasset. Sachs napisze później, że „w Paryżu można było mierzyć puls świata", dodając, że Gabrielle była w samym jego centrum.

Choć prowadziła teraz wystawne życie, miała poznać kogoś, kto przebijał ją pod tym względem w sposób prawie niewyobrażalny.

Rozdział 22

BENDOR

Latem 1924 roku Gabrielle spędzała wakacje w południowej Francji z Dymitrem Pawłowiczem Romanowem, zubożałym księciem, który bywał jej kochankiem w ciągu ostatnich trzech lat (malarka Marie Laurencin, podobnie jak kilka innych osób, była przekonana, że Gabrielle potajemnie wzięła z nim ślub). Tymczasem książę Westminsteru, znany jako Bendor*, prawdopodobnie najbogatszy człowiek w Anglii, niedawno odszedł od żony.

Gabrielle cieszyła się teraz niekwestionowanym prestiżem. Była gorliwie promowana zarówno w prasie modowej, jak i w rubrykach towarzyskich; udzieliła wywiadu i została sfotografowana dla „Harper's Bazaar" przez wszechwładnego fotografa wyższych sfer barona de Meyera. De Meyer ożenił się z Olgą Caracciolo, ponoć nieślubną córką króla Edwarda VII. Mimo żydowskiego pochodzenia, dzięki koneksjom żony, własnemu mistrzostwu oraz finezji towarzyskiej de Meyer wkupił się w łaski socjety. W Londynie prowadził z Olgą jeden z najbardziej wpływowych salonów (związek de Meyerów, długi i szczęśliwy, był białym małżeństwem; oboje woleli partnerów tej samej

* Jego przydomek prawdopodobnie pochodził od heraldycznego określenia *azur a bend'or*, oznaczającego herb podzielony na niebieskie i złote pola.

Rozdział 22

płci. Jedną z najsłynniejszych kochanek Olgi była mecenaska artystów Winnaretta Singer). Artykuł de Meyera o Gabrielle otrzymał tytuł: „Mlle Chanel dzieli się z baronem de Meyerem opiniami na temat dobrego gustu".

Tymczasem amerykański magazyn „Women's Wear Daily" doniósł, że „książę Walii zakończył zachwycająco nieformalną wizytę w Paryżu cichym lunchem z przyjaciółmi (...) w hotelu Ritz (...). Towarzyszyła mu pani Vera Bate (...), dobrze znana w angielskich kołach myśliwskich. Miała na sobie jeden z eleganckich [dzianinowych] płaszczy Chanel o długości do połowy uda". Prawdopodobnie to wielki przyjaciel Very Bate hrabia Léon de Laborde, adorator Gabrielle z czasów Royallieu, przedstawił Chanel Verę (pochodzenie Angielki było owiane tajemnicą. Krążyły pogłoski, że była ona nieślubną córką niemieckiego księcia Teck, który w czasie wojny zrzekł się tytułu i otrzymał angielski tytuł hrabiego Athlone).

Związki Very Bate z członkami rodziny królewskiej tłumaczyły zapewne jej poufałość w stosunku do członków otoczenia nonszalanckiego księcia Walii. Wielokrotnie opisywano ją jako osobę o „wielkim apetycie na życie", który łączyła z wielkim wyczuciem ubioru. Wydaje się też, że regularnie brakowało jej gotówki. Z odnalezionej niedawno listy pracowników salonu Chanel na rue Cambon dowiadujemy się, że Vera Bate była zatrudniona przez Gabrielle w „dziale reklamy" od 1921 roku; jej koneksje czyniły ją bezcenną dla kreowania wizerunku Chanel. Jej pospieszny ślub z Frederickiem Bate'em pod koniec wojny zakończył się rozwodem niedługo po urodzinach córeczki. Bez względu na to, jakie było jej prawdziwe pochodzenie, Vera obracała się w najmodniejszych kręgach Anglii. Była żywą reklamą salonu i Gabrielle powierzyła jej funkcję kierowniczki. Ubrana wyłącznie w kreacje Chanel, była ważną ambasadorką Gabrielle u Brytyjczyków. Przyjaźniła się między innymi z Winstonem Churchillem i jego wielkim przyjacielem, księciem Westminsteru.

Gabrielle zaprosiła Verę do Hôtel de Paris w Monte Carlo na Boże Narodzenie. W zatoce przycumowany był ogromny jacht księcia Westminsteru, „Flying Cloud". Książę ubłagał Verę, aby namówiła Gabrielle na wspólną kolację na jachcie. Gabrielle była niechętna, ale po długich perswazjach przyjęła zaproszenie. Zaraz potem dostała jednak telegram, w którym Dymitr Pawłowicz ogłaszał swoje przybycie do Monte Carlo i szybko odwołała udział w kolacji u księcia Westminsteru. Dymitr stwierdził, że chętnie sam obejrzałby słynny jacht, więc Bendor zatelefonował i zaprosił również młodego rosyjskiego arystokratę. Gabrielle powiedziała Dymitrowi, że źle robi: „Losowi nie można nic narzucać". Wieczór na pokładzie przebiegł jednak w miłej atmosferze, a konwersacja toczyła się wartko. Po kolacji wszyscy zeszli na ląd, żeby zatańczyć i zabawić się w kasynie. Po latach Cocteau powie o Bendorze: „Widziałem, jak obstawia na każdym stole. Zapomniałby o rozgrywkach, gdyby nie pełen szacunku lęk, jaki czują krupierzy przed książętami i miliarderami"[1].

Bendor zaprosił Gabrielle na ponowne spotkanie. Znów nie mogła się zdecydować. Jej apartament hotelowy został zasypany kwiatami, które napływały później również do Paryża. Listy, orchidee i kosze z owocami dostarczane były prosto z rezydencji Bendora w Anglii, Eaton Hall w hrabstwie Cheshire. Bendor przysłał jej samolotem własnoręcznie złowionego łososia. W Wielkanoc książę przyjechał do Paryża, rzekomo po to, aby towarzyszyć przyjacielowi, księciu Walii. Poprosił Verę Bate i księcia o pomoc w pozyskaniu względów Gabrielle, a potem osobiście dostarczył do Hôtel de Lauzan ogromny bukiet. W końcu Gabrielle zmiękła i przyjęła zaproszenie na następną kolację na pokładzie statku, tym razem dla stu gości, w porcie Bayonne, niedaleko od Biarritz. Gdy wieczór się zakończył i wszyscy goście wyszli, Bendor zrobił jedną ze swoich zwyczajowych sztuczek: kazał podnieść kotwicę i popłynęli wzdłuż wybrzeża. Jego niesłychana wytrwałość i specyficzny romantyzm wreszcie się opłaciły. Gabrielle została zdobyta.

Komentarz przyjaciółki na temat ich związku jest interesujący, choć nie wiemy, jak trafny: „Coco zachowywała się przy Westminsterze jak mała dziewczynka, nieśmiała i uległa. Nie odstępowała go na krok. Jej życie było bajką. Ich miłość nie była zmysłowa". Tymczasem Gabrielle twierdziła: „Gdybym nie spotkała Westminstera, popadłabym w szaleństwo. W moim życiu było za dużo emocji, za dużo gorączki. Odgrywałam w życiu moje powieści, ale w jakim marnym stylu! Żyłam zbyt intensywnie, wiecznie rozdarta między tym a tamtym, między jednym a drugim mężczyzną, z tym biznesem [domem mody Chanel] na głowie… Wyjechałam do Anglii w oszołomieniu"[2].

Choć do Anglii już niepostrzeżenie zakradały się zmiany, po pierwszej wojnie światowej życie wielu arystokratów wydawało się płynąć dalej tym samym rytmem. Książę Westminsteru był bogatszy od króla, a Eaton Hall, olbrzymia wiejska rezydencja – którą lubił nazywać „dworcem Saint Pancras" – funkcjonowała na dobrą sprawę tak samo jak w poprzednim stuleciu. Zatrudniała ogromną liczbę służących – jeszcze w 1931 roku pracowało tam dziesięć

Rozdział 22

pokojówek i trzydziestu ośmiu ogrodników. Podobną proporcję służby zachowano w innych częściach rezydencji. W tamtym roku, 1924, po zaledwie czterech latach zakończyło się drugie małżeństwo Bendora – z Violet Rowley. Violet była kobietą o wspaniałej osobowości i niespożytej energii, ale nie dała księciu męskiego potomka, którego tak rozpaczliwie pragnął, a jej „twardy charakter utrudniał życie. Było to małżeństwo, które potrzebowało przynajmniej jednego ugodowego partnera"[3]. Pierwsza żona księcia, Shelagh West, i jej krewni przez lata obdzierali go ze skóry. To doświadczenie zmieniło go stopniowo z ufnego i wielkodusznego człowieka w kogoś, kto panicznie boi się zostać wykorzystany.

W dzisiejszych czasach, kiedy wielkie pieniądze i wielkie przywileje uważa się często za rzecz niesmaczną, Bendora przedstawia się zwykle jako swego rodzaju monstrum, człowieka zmienionego we własną karykaturę przez swój ogromny majątek, jachty, domy, romanse i liczbę żon (w sumie będzie miał ich cztery). Ocenianie przeszłości według naszych współczesnych miar jest jednak błędem. Trafnie pisze o tym w *Posłańcu* Leslie Poles Hartley: „Przeszłość to obca kraina, wszystkie jej wydarzenia mają inne wymiary"[4].

Książę Westminsteru miał niewątpliwie wiele wad i ograniczeń, ale trudno przyjąć właściwą perspektywę wobec tego człowieka i jego dziwnego życia, jeśli nie weźmie się pod uwagę jego czasów. Jeden z najbardziej dystyngowanych służących Bendora napisał o tych, którzy pracowali dla niego w Eaton Hall:

> Każdy z nas cieszył się zaszczytem pracy w jednym z najwspanialszych domów, gdzie wszystko było najlepszej jakości i utrzymywano najwyższe standardy. Najlepsze możliwe warunki służby i podniecenie towarzyszące wielkim wydarzeniom wynagradzały nam długie godziny pracy (...). Czasy się zmieniły, tradycje służby uległy skomercjalizowaniu. Gdy były jeszcze utrzymywane, stanowiły – w swoim najlepszym wydaniu – satysfakcjonujący i godny schemat relacji międzyludzkich[5].

Ten sam człowiek utrzymywał, że Bendor był „powszechnie kochany i podziwiany przez wszystkich, którzy dla niego pracowali"[6].

Oboje rodzice księcia romansowali na boku, ale zgodnie z panującą wówczas konwencją pozostali w związku małżeńskim. Ich syn, choć pod wieloma względami mentalnie ciągle tkwił w epoce wiktoriańskiej, nie cierpiał prywatnej nieuczciwości oraz publicznej hipokryzji i był niechętny kompromisom. Takie połączenie cech było niefortunne w życiu prywatnym. Bendor nie rozumiał, jak niewątpliwe zalety, takie jak stanowczość, odwaga i zdolności przywódcze, które w tak godny podziwu sposób okazywał w czasie wojny, można skutecznie demonstrować w czasie pokoju. Drugą rzeczą, która utrudniała mu życie i powodowała, że nazywano go głupim osłem, były jego problemy z wysławianiem się.

Rzadko czuł się w obowiązku wyłożyć swoje poglądy (a robił to gwałtownie), lecz wówczas, jak się wydaje, jego uwagi były istotne dla sprawy. Obok przynależności do angielskiej arystokracji, dla której powściągliwość w wyrażaniu uczuć była warunkiem przyjęcia do grona dżentelmenów, edukacja Bendora w połączeniu z armią wzmocniły to, co zapewne zaczęło się jako nieśmiałość i przerodziło w niezdolność do wyrażania myśli. W zależności od punktu widzenia książę Westminsteru może być postrzegany albo jako sztywny, napuszony świętoszek, albo obarczony skazą człowiek honoru, który nie umiał radzić sobie ze swoimi czasami, zwłaszcza w okresie pokoju (poniekąd przypominał w tym Winstona Churchilla).

Gdy Bendor poznał Gabrielle, był już człowiekiem nerwowym i niespokojnym, który potrafił znienacka wybuchać gniewem. Realizował się w działaniu, a nie w dywagacjach czy snuciu teorii, lecz nie był płytki. Karykaturalne przedstawienia Bendora jako potwora są, pomijając wszystko inne, uwłaczające dla Gabrielle. Dlaczego miałaby zadawać się z kimś tak obrzydliwym? Jako stuprocentowo niezależna kobieta dysponowała własnym, ogromnym kapitałem. Był on niczym w porównaniu z fortuną Westminstera, ale ambicje Gabrielle leżały gdzie indziej. Naprawdę nie potrzebowała jego niewiarygodnego bogactwa.

Marie Laurencin powiedziała diaryście opatowi Mugnierowi, że „mademoiselle Chanel i Misia Sert to kobiety znudzone, ta druga z powodu przesytu". Opisując pustkę duchową dużej części paryskiej socjety, Mugnier zauważył, że Gabrielle była „królową na pustyni". Czy to między innymi dlatego dała się uwieść księciu Westminsteru, człowiekowi, który za sprawą swej bajecznej fortuny stał się podobnym do niej, wysoko postawionym outsiderem?

Gabrielle dotrzymywała teraz Bendorowi towarzystwa, kiedy tylko mogła. Książę był mężczyzną wysokim i niedźwiedziowatym, znanym z nieumiejętności robienia czegokolwiek na małą skalę, i chociaż nieraz zapraszał na

Rozdział 22

weekend do Eaton Hall sześćdziesięciu gości, coraz częściej wolał mniejszą liczbę – jak to nazywał – „prawdziwych ludzi". Odznaczał się nieugiętym uporem i było go równie łatwo znudzić jak ucieszyć. W gruncie rzeczy był prostym człowiekiem. Gabrielle często spotykała się z nim w jednej z jego licznych wiejskich posiadłości, gdzie popisywała się kunsztem w polowaniu, łowieniu ryb i zabawianiu przyjaciół księcia. Przez szkocką posiadłość księcia, Reay Forest, „dzicz o powierzchni ponad dwustu tysięcy hektarów" w górach, płynął jeden z najbardziej znanych strumieni, w których odbywały swoje wędrówki łososie. Były to też jedne z najlepszych terenów łowieckich w Szkocji. To właśnie stąd w październiku 1927 roku Churchill napisał do swojej żony Clementine:

> No i jestem na biegunie północnym! Zeszłej nocy niespodziewanie dobrze się nam łowiło (...). Miejsce Violet [księżnej] zajęła Coco. Łowi od świtu do nocy i w dwa miesiące zabiła pięćdziesiąt łososi. Jest b. sympatyczna, wspaniała i silna, mogłaby równie dobrze rządzić mężczyzną, jak też imperium. Bennie w dobrej formie i jak sądzę niezmiernie rad, że znalazł równą sobie – jej umiejętności są dobrą przeciwwagą dla jego władzy. Jesteśmy na rzece tylko we trójkę[7].

Gabrielle jeździła też często do drugiego z ulubionych miejsc Bendora, Mimizan w Landach w południowo-zachodniej Francji, gdzie polowali na dziki. Zarówno do posiadłości w Szkocji, jak i do Mimizan trudno było dojechać samochodem, dlatego książę często podróżował ze Szkocji do Francji swoim drugim ogromnym jachtem, „Cutty Sarkiem", przerobionym niszczycielem Royal Navy. Gabrielle żeglowała nieustraszenie, co było w oczach Bendora jeszcze jedną z jej zalet, ale w rzeczywistości morze ją nudziło. Mimo to często towarzyszyła mu w niecierpliwym przenoszeniu się z jednej posiadłości do drugiej. Oprócz włości w Szkocji i w Landach książę miał też *château* w pobliżu Deauville oraz rezydencję w Londynie. Gabrielle przyzwyczaiła się, że w czasie jazdy koleją z Westminsterem dwa wagony pulmanowskie i cztery wagony towarowe zajmowały bagaże oraz psy księcia.

Churchill dobrze się bawił na polowaniu na dziki w Landach i – kilka miesięcy wcześniej – tak pisał do Clementine o swoim podziwie dla Gabrielle:

> Przyjechała słynna Coco i jestem nią zachwycony. To niezwykle zdolna i miła kobieta – bez dwóch zdań najsilniejsza osobowość, z jaką Bennie miał do tej

pory do czynienia. Polowała z zapałem cały dzień i po obiedzie pojechała do Paryża, a dziś ocenia i poprawia sukienki na niekończącej się procesji modelek. W sumie w niecałe trzy tygodnie opracowała dwieście fasonów. Niektóre zmieniała po dziesięć razy. Wszystko robi własnoręcznie: upina, przycina, przyszywa i tak dalej. Z nią – Vera Bate, z domu Arkwright. To Pani szefowa sztabu? A może jedna z adiutantek?[8]

Żona Churchilla odpisała, że spodobał jej się opis mrożącego krew w żyłach polowania na dziki, „ale jeszcze bardziej ekscytujący (...) jest Twój raport o »Coco«. Muszę przyznać, że bardzo chciałabym ją poznać. Musi być genialna".

Ta „genialna" kobieta powie później o Bendorze, którego opisała jako „ostatniego z królów", że „największa przyjemność, jaką mi dawał, to możliwość obserwowania go w akcji". Niektórzy z jego przyjaciół mieli podobne odczucia. Bendor, z pozoru fajtłapa, był świetnym myśliwym. Wyznawszy, że „mężczyzna musi być kompetentny, by mnie przy sobie zatrzymać", Gabrielle opisała ich wspólne lata jako „życie w wielkiej czułości i przyjaźni". Bendor był dla niej „uosobieniem kurtuazji i życzliwości. (...) Należy do pokolenia dobrze wychowanych mężczyzn (...). Jest prostotą zamkniętą w ciele mężczyzny; odznacza się nieśmiałością królów, ludzi, którzy są odizolowani od innych za sprawą swojej pozycji i bogactwa"[9].

Owo bogactwo pozwoliło Bendorowi folgować swojej fascynacji biżuterią, którą obsypywał Gabrielle przy każdej okazji. Chanel dostała już cenne klejnoty od Dymitra Pawłowicza, ale dzięki Bendorowi jej kolekcja rozrosła się do bajkowych rozmiarów. Westminster był dla Gabrielle „uosobieniem elegancji. Nigdy nie zakłada niczego nowego – musiałam pojechać kupić mu nowe buty – i od dwudziestu pięciu lat chodzi w tych samych marynarkach". Fakt, że był najbogatszym człowiekiem w Anglii, skomentowała w ten sposób: „Tego nie wie nikt, nawet on sam – zwłaszcza on sam". Dodała, że wspomina o tym,

> ponieważ na tym poziomie bogactwo przestaje być czymś wulgarnym i nie może być przedmiotem zazdrości, gdyż przybiera katastroficzne proporcje. Mówię o tym przede wszystkim dlatego, że uczyniło ono z Westminstera ostatniego przedstawiciela ginącej cywilizacji (...). Pokazując mi luksus Eaton Hall (...), lord Lonsdale powiedział: „Gdy nie będzie właściciela, nie będzie już

Rozdział 22

tego, co tutaj widzimy". (...) Jego inteligencja kryje się w wyostrzonej wrażliwości. Miewa rozkosznie absurdalne pomysły. Potrafi chować urazę jak słoń[10].

W 1927 roku Gabrielle otworzyła butik przy Davies Street w londyńskim Mayfair. Lokalu użyczył jej Bendor, który miał w pobliżu dom. Już niebawem Gabrielle ubierała księżnę Yorku i inne gwiazdy z londyńskiego firmamentu: Daisy Fellowes – siostrzenicę Winnaretty Singer, Juliet Duff – córkę Lady Ripon, Babę d'Erlanger, która wychowała się w domu Byrona, Paulę Gellibrand (markizę de Casa Maury), lady Mary Davies, żonę Duffa Coopera Dianę, lady Northcliffe – żonę magnata prasowego Alfreda, Olgę de Meyer oraz żonę Williama Arbuthnot-Lesliego. Brytyjski „Vogue" donosił:

> Stroje przeznaczone do sportów biorą początek z wiejskich strojów dziennych, które przechodzą do miast, a tweedy Chanel właśnie kończą ten proces. W karczek wpina białą pikowaną gardenię. Jej „bieliźniane akcenty" naśladowane są wszędzie – aplikacje, różne taśmy, mankiety i żaboty. Zapoczątkowała sztuczną biżuterię noszoną na każdą okazję, nawet na plaży[11].

Zapytana, dlaczego jej zdaniem spodobała się Westminsterowi, Gabrielle odparła, że dlatego, iż jest Francuzką. Nie „próbowała go uwieść". Angielki, jak stwierdziła na podstawie własnych doświadczeń, głównie z arystokratkami, „myślą tylko o jednym: jak zdobyć mężczyznę, każdego mężczyznę". Dodała, że sama się tym nie interesuje, i sformułowała ciekawy wniosek, że Angielki są „albo czystymi duchami (duszami), albo stajennymi, ale jedne i drugie to łowczynie. Polują z użyciem koni albo własnych dusz"[12].

Romans Gabrielle z Westminsterem stał się jednym z głównych tematów rubryk towarzyskich po obu stronach Atlantyku. Śledząc każdy zwrot akcji w tym zapierającym dech związku, dziennikarze prześcigali się w obstawianiu terminu zaręczyn. Zarówno Westmister, jak i Gabrielle zachowywali jednak zawsze wielką dyskrecję co do ewentualnych planów małżeńskich. Wielu sądziło, że przeszkodą w ślubie będzie pochodzenie Gabrielle, ale mogli się mylić. Czterdziestosześcioletni Bendor miał już ugruntowaną pozycję i nie czuł presji dbania o ten aspekt swojej reputacji. Był po dwóch rozwodach, położył niemałe zasługi dla kraju i przykładnie dbał o swoje posiadłości oraz służbę, a jego myśli o małżeństwie nie krępowała już zbytnia dbałość o konwenanse.

Bendor potrzebował przede wszystkim kobiety, która by nim „pokierowała", wyleczyła go z nudy, była na tyle wyrafinowana, aby wybaczyć mu skoki w bok, i wreszcie – dała mu dzieci (miał tylko dwie córki z pierwszego małżeństwa). Bendor nigdy nie przebolał śmierci swojego czteroletniego syna przed kilku laty i bardzo pragnął męskiego potomka. Gabrielle spełniała wszystkie powyższe kryteria: była niezależną, silną kobietą o wielkim majątku, zawdzięczającą wszystko samej sobie i w dodatku zdolną do uległości. Wyraziła to jasno w dojrzałym i bardzo francuskim komentarzu: „Pójście na ustępstwa nie upokarza kobiety". Książę był nią zafascynowany i na razie – jak się wydawało – jedyny szkopuł polegał na tym, że nie było wiadomo, czy dostanie upragnionego potomka.

Gabrielle chwilowo porzuciła obsesję na punkcie niezależności i przypomniała sobie, że w sercu zawsze marzyła o pewności, jaką daje małżeństwo, a teraz także o dzieciach. Była „poślubiona" swojemu domowi mody, ale nie wykluczała małżeństwa. Lubiła przytaczać słowa pewnego Francuza z XVIII wieku: „Anglicy są najlepsi na świecie w poślubianiu swoich kochanek bez pytania ich o przeszłość"[13]. W 1927 roku Gabrielle miała czterdzieści cztery lata i robiła wszystko, żeby zajść w ciążę, wypełniała nawet ściśle polecenia lekarzy.

Tymczasem Bendor poczuł się znudzony przyjaciółmi Gabrielle. „On nie potrafił zrozumieć Misi – powiedziała – a ona nie potrafiła zrozumieć Anglików. Bulwersował go Sert, który odpiłowywał łabędziom dzioby, żeby umarły z głodu, albo zrzucał psy do kanału Grande w Wenecji". Dlatego we dwoje spotykali się głównie z towarzystwem Bendora.

Podświadomie próbując scementować swój związek, Gabrielle i Bendor „stworzyli" dwa wspólne domy. Jeden z nich to klasyczny, duży wiejski dom w Szkocji, o którego roli w romansie Chanel – Westminster do dziś niewiele wiadomo. Rosehall House, bo tak się nazywał, znajdował się w hrabstwie Sutherland i został kupiony przez Bendora, aby wspólnie z Gabrielle mogli cieszyć się tam większą intymnością. Gabrielle nie podobał się jego wystrój, więc urządziła go w swoim słynnym już stylu. Dom ten obecnie – już od wielu lat – jest w stanie ruiny. Prostota jego wystroju, z charakterystycznymi dla Chanel odcieniami beżu oraz gzymsami nad kominkiem w malowanym drewnie, była jak na owe czasy mocno radykalna. Pozostaje on jedynym urządzonym przez Gabrielle domem poza Francją i Szwajcarią.

Rozdział 22

Kilkoro przyjaciół Bendora miało wille na Riwierze Francuskiej, która stała się niesłychanie modnym miejscem. Zaczęli przyjeżdżać tam na wakacje nie tylko Francuzi, ale też zamożni Brytyjczycy i Amerykanie. W Monte Carlo otwarty został także jeden z nowych salonów Gabrielle. Drugim domem duetu Chanel – Westminster miała być La Pausa, położona w najwyższej części wioski o nazwie Roquebrune. Roztaczał się z niej spektakularny widok na położone w dole Menton oraz granicę włoską z jednej strony, a z drugiej na zatokę w kierunku Monako. Za domem, w oddali, wznosiły się podnóża Alp. Gabrielle kupiła dwuhektarowy stary gaj oliwny, w którym stały już trzy budynki, główna willa i dwie mniejsze dla gości. Znajomy Gabrielle, hrabia Jean de Segonzac, odremontował własną pobliską willę, zlecając pracę młodemu lokalnemu architektowi Robertowi Streitzowi.

Streitz otrzymał od Gabrielle i Bendora zaproszenie na koktajl na pokładzie „Flying Cloud", zacumowanego nieopodal Cannes. Przypłynęli tam na wernisaż malarstwa przyjaciela Gabrielle Francisa Picabii. Streitz szybko naszkicował imponujący plan, który Gabrielle zatwierdziła bez wahania. Zaproponował wyburzenie domu i odbudowanie go według jej gustu. Przy okazji Gabrielle wyjawiła architektowi istotny fragment swojej przeszłości. Wymarzyła sobie wielkie, centralnie umieszczone kamienne schody, jak te w klasztorze w Aubazine, starte przez setki chodzących po nich przez wieki stóp. Streitz pojechał nawet je zobaczyć. Spotkał się tam z matką przełożoną, która twierdziła, że pamięta Gabrielle.

Gabrielle od początku z zapałem angażowała się w to przedsięwzięcie i przynajmniej raz w miesiącu przyjeżdżała z Paryża Niebieskim pociągiem sprawdzać postępy prac. Była wymagającą klientką – omawiała każdy pojedynczy szczegół, od koloru tynku aż po stare, ręcznie wypalane dachówki (użyto ich dwadzieścia tysięcy). Materiały na resztę domu były nowe i drogie, lecz Gabrielle wymyśliła, że La Pausa powinna stwarzać wrażenie, jakby była wiekowa: stolarz musiał nawet „postarzyć" starannie wykonane okiennice. Gabrielle podpisała projekt Streitza i „był to jedyny podpis, jaki sobie złożyliśmy. Nigdy nie zawieraliśmy żadnej umowy, nie wymienialiśmy korespondencji. Słowo Mademoiselle było dla mnie jak szczere złoto. Dziewięć miesięcy po ukończeniu La Pausy wszystkie rachunki zostały zapłacone bez zwłoki"[14].

Dom został zbudowany wokół wewnętrznego, pięknie ocienionego dziedzińca, do którego prowadziło eleganckie sklepione wejście w stylu rzymskim.

La Pausa była klasyczną śródziemnomorską willą, funkcjonującą jako współczesny dom. W pokojach zbudowano duże kominki – Gabrielle nie lubiła centralnego ogrzewania – a podłogi i boazerię zrobiono z angielskiej dębiny. Na życzenie Bendora dużą część mebli sprowadzono z Anglii. Zanim jeszcze przystąpiono do urządzenia wnętrz, dekoracji oraz aranżacji ogrodu – jak na owe czasy bardzo oryginalnej, z lawendą, mnóstwem fioletowych irysów i trawnikami usianymi krokusami oraz hiacyntami – budowa pochłonęła sześć milionów franków, czterokrotność sumy pierwotnego zakupu. Wszystko zostało wykonane według wskazówek księcia, „z najlepszych materiałów i z zapewnieniem najlepszych warunków pracy". Nie wiadomo, które z nich poniosło te wszystkie koszty, ale pod aktem kupna widnieje podpis Gabrielle i data 9 lutego 1929. Piękno La Pausy rozsławiło jej architekta, który zawsze będzie mówił, że ta willa przyniosła mu szczęście.

Przez lata La Pausa zyskała wśród przyjaciół Gabrielle opinię wyjątkowego miejsca. Spostrzegawcza Bettina Ballard, która miała wkrótce zostać korespondentką amerykańskiego „Vogue" w Paryżu i która zaprzyjaźniła się z Gabrielle w latach trzydziestych, napisze później: „La Pausa była najwygodniejszym, najbardziej relaksującym domem, w jakim byłam"[15]. Faktycznie design budynku, w połączeniu ze stylem gościnności Gabrielle, był niezwykły jak na tamte czasy. Kiedy zaczynała się moda na Lazurowe Wybrzeże, Gabrielle torowała drogę nowemu stylowi spędzania wakacji przez bogaczy. Bettina Ballard opowiadała dalej:

> W domu lubiła mieć spokój, chyba że akurat chciała się z kimś widzieć. Goście cieszyli się tym samym przywilejem. (...) Rano dom tonął w błogiej ciszy (...).
>
> Gdy miałaś ochotę się gdzieś wybrać, wsiadałaś do jednego z małych, skromnych samochodów, a szoferzy zawozili cię na plażę albo do Monte Carlo na zakupy. Rano nie zachęcano gości do żadnych zajęć. Lunch był takim momentem dnia, kiedy goście zbierali się razem. Nikt go nie opuszczał – było zbyt zabawnie, żeby nie przyjść. Długa jadalnia miała z jednej strony bufet, na którym było wszystkiego po trochu: gorący włoski makaron, angielska pieczeń wołowa na zimno, różne francuskie dania (...). Chanel nie cierpiała, jeśli służący plątali jej się pod nogami; Ugo nienagannie prowadził dom i sprawiał, że nie było w zasięgu wzroku nikogo ze służby poza nim[16].

Rozdział 22

Pierwszym majordomusem w La Pausa był rosyjski wygnaniec admirał Castelain, który wprowadzał luźną atmosferę i stwarzał wrażenie, jakby w domu nie było innych służących. Gabrielle traktowała go jak przyjaciela.

W roku 1929 budowano starannie nową willę Gabrielle i Bendora, a tymczasem ich romans powoli rozpadał się w gruzy. Niewykluczone, że starania Gabrielle o zajście w ciążę spowodowały, iż Bendor powrócił do dawnych zwyczajów i igraszek z pięknymi kobietami. Gabrielle nie była skora do zazdrości, ale wyskoki Bendora w takim momencie odebrały jej poczucie bezpieczeństwa. Niemożność zajścia w ciążę była dla tej władczej kobiety ponurym przypomnieniem, że w ostatecznym rozrachunku nie ma kontroli nad życiem. Nie wiemy tego na pewno, ale wydaje się bardzo prawdopodobne, że sfuszerowana aborcja w czasie romansu z Etienne'em Balsanem spowodowała u niej bezpłodność (swoją drogą ciekawe, czy Arthur Capel ożeniłby się z Gabrielle, gdyby zaszła w ciążę). Gabrielle była nieszczęśliwa i sfrustrowana. Te uczucia czasem przechodziły w gniew, który wyładowywała na Westminsterze. Był to bardzo zły pomysł, ale dzięki temu człowiek, któremu niewielu miało odwagę się sprzeciwić, jeszcze przez jakiś czas pamiętał, dlaczego pragnął Gabrielle i wracał do niej z prezentami, ze swoim dawnym entuzjazmem i czułością.

Tymczasem determinację Gabrielle, żeby zajść w ciążę, podgryzał inny problem: miłość do pracy. Gabrielle nie potrafiła uciec od wewnętrznego przymusu pracy, która była nierozerwalnie złączona z jej życiem i osiągnięciami. Marzyła o dziecku, ale kiedy tylko ulegała mężczyźnie, zaczynała tęsknić za pracą i jej ukochaną siostrą – niezależnością. W rzeczywistości traktowała bycie równą mężczyźnie – a może w ogóle każdemu – jako wielkie wyzwanie i dlatego ktoś tak potężny jak Westminster wydał się jej tak zachęcający.

Chociaż jej położenie jako kobiety odzwierciedlało czasy, w jakich przyszło jej żyć, nie potrafiła też przez wiele lat znaleźć równowagi w tym nieodłącznym elemencie każdego związku, jakim jest władza. Gdy dochodziła do głosu głęboko kobieca część jej natury, mówiła wzruszająco: „Nigdy nie chciałam ciążyć mężczyźnie bardziej niż wróbelek", a jednak „druga Gabrielle" miała niepohamowany zapał do tworzenia, organizowania i dowodzenia. Swój dylemat wyraziła z bolesną precyzją: „Żeby ze mną żyć, mężczyzna musiałby być silny – inaczej byłoby mu trudno. Ale gdyby był silniejszy ode mnie, życie z nim byłoby niemożliwe dla mnie"[17].

Jakkolwiek próbowała z tym walczyć, stawiała pracę na pierwszym miejscu. Nie do końca uświadomione motywy, które nią kierowały, zawsze wygrywały z pragnieniem uczuciowego spełnienia i spokoju. Westminster próbował przyciągnąć ją z powrotem do siebie, ale jednocześnie sam zaczął się od niej oddalać.

Stawką była jej duma, a Gabrielle nieuchronnie zmierzała do rozczarowania. Już nie młoda, za długo żyła w świetle reflektorów, żeby pogodzić się z publicznym upokorzeniem. Mimo że rozczarowanie niemożnością urodzenia dziecka potajemnie sprawiało jej ból, ta kobieta postrzegana jako osoba twarda, a nawet bezduszna, swoim zwyczajem ukrywała własne cierpienie przed wszystkimi oprócz jednej czy dwóch osób.

Jedną z tych, którzy po śmierci Arthura nie opuścili jej w potrzebie, była Misia Sert. Gabrielle mówiła o Misi okropne rzeczy, z których większość była prawdą. Stwierdziła, że Misia nie ma poczucia umiaru ani rozsądku i przypomina stepową koczowniczkę:

> Jest rozpaczliwie głodna sukcesu i głęboko, wręcz bluźnierczo spragniona klęski. Dla siebie, której nienawidzi, dla mężczyzny, któremu służy (...). Aspiruje do wielkości, uwielbia się nią otaczać, obwąchiwać ją, osiągać albo bagatelizować (...).
>
> Nie miała za grosz wstydu ani uczciwości, miała w sobie za to wielkość i niewinność, które przerastały wszystko, co zwykle obserwuje się u kobiet (...) i z tego powodu ją uwielbiałam (...). W kobiecie kryje się wszystko, a Misia była wszystkimi kobietami naraz[18].

Gabrielle kochała Misię pomimo jej wad. Więcej – w przyszłości stwierdzi, że Misia to *jedyna* kobieta, która pozostała jej prawdziwą przyjaciółką.

Na razie jednak Misia także przeżywała ciężkie chwile i Gabrielle pospieszyła jej z pomocą. Namówiła ją, aby przyłączyła się do rejsu „Cutty Sarka" wzdłuż wybrzeży Dalmacji. W związku Gabrielle i Bendora zdarzały się sporadyczne napięcia, ale sytuacja Misi była dużo poważniejsza: jej małżeństwo się rozpadło.

Sert dał się zauroczyć smukłej, narcystycznej gruzińskiej księżniczce o skłonności do autodestrukcji, Russadanie Mdiwani. Połowa paryskiego *haut monde* była zresztą oczarowana jej urodą. Bracia Russadany, powodowani biedą, wykorzystali swój egzotyczny urok oraz tytuły i pożenili się z amerykańskimi gwiazdami filmowymi i dziedziczkami, zyskując przydomek „żeniących się Mdiwanich".

Tymczasem Misia zaliczała kolejne postawy z repertuaru zachowań skrzywdzonej żony. Jak zwykle czekała na zakończenie tej kolejnej z licznych miłostek starzejącego się męża, ale tym razem jej wrodzona tolerancja zawiodła. Lekkomyślna Misia sama zakochała się w egocentrycznej i pełnej energii młodej kobiecie, która niszczyła jej małżeństwo.

Kiedy Misia poznała Gabrielle, Sert był zaskoczony siłą namiętności żony do innej kobiety. Teraz namiętność żony do jego kochanki sprawiała, że jeszcze gwałtowniej pożądał Russadany. Młoda Gruzinka do tego stopnia splotła swoje życie z ich życiem, że wszyscy troje przestali rozumieć samych siebie i własne emocje. Sert, nawykły do świata „mody, ludzi bogatych i o nieokreślonym talencie, porzucił lekkość Misi, opartą na solidnych podstawach sztuki, dla frywolności Russie, opartej na nihilistycznej podstawie szyku"[19]. Z czasem Gabrielle sama uległa czarowi tej zachwycającej istoty, ale na razie, w godzinnych rozmowach przez telefon, karciła Misię i ostrzegała, że związując się z tą dziewczyną, prowadzi niebezpieczną grę. Misia odparła, że owładnęły nią siły, które popychają ludzi do katastrofy, i jedyne, co jej pozostaje, to próbować łagodzić nieszczęście.

Coraz większe dawki morfiny nie pomagały jej już dystansować się od własnych emocji i stanęła naga wobec całej swojej rozpaczy. Paul Morand wspominał swój podziw dla jej „radości życia, zawsze skrytej pod maską złego humoru; tej idealnej wewnętrznej równowagi, nawet w chwilach rozpaczy". Obu kobietom musiało być rzeczywiście bardzo trudno zachować słynną zimną krew i ukrywać swoje prawdziwe uczucia przed każdym – oprócz siebie nawzajem – na wycieczkowym jachcie Bendora.

Na pokładzie „Cutty Sarka" Gabrielle i Misia odebrały radiogram. Borys Kochno, sekretarz Diagilewa, zawiadamiał z Wenecji, że kierownik baletu jest bardzo chory; muszą natychmiast do niego przyjechać. Gabrielle namówiła Bendora, żeby popłynęli do Wenecji, i obie wyruszyły na poszukiwanie przyjaciela. Znalazły go w Hôtel des Bains na wyspie Lido, zalanej słońcem, które skrzyło się na lekko pofalowanej wodzie. Przy jego łożu zastały pięknego młodego Borysa Kochnę i Serge'a Lifara (obaj w różnych okresach byli jego kochankami). Diagilew był umierający. Cukrzyca, której leczenia uparcie odmawiał, weszła w końcowe stadium. Z powodu rosnącej gorączki raz po raz tracił przytomność. Widok Gabrielle i Misi tchnął w niego nadzieję – spadła mu temperatura, poweselał, rozmawiał o planach na przyszłość i nowych podróżach. Dwie noce później Misia i Gabrielle zostały wezwane z hotelu do jego łoża. Nad ranem, na kilka chwil przed wschodem słońca nad tym wodnym rajem, który tak ukochał, wielki Siergiej Diagilew odszedł w spokoju.

Jak nieraz już przedtem, w kasie Ballets Russes nie było wystarczających funduszy, dlatego Gabrielle zapłaciła za przyjaciela ten ostatni raz. Zajęła się też wszystkimi szczegółami pogrzebu. Gdy następnego dnia niewielki kondukt wyruszył z hotelu we wczesnych godzinach rannych – by nie denerwować turystów – podobno Kochno i Lifar uklękli i szli dalej na kolanach. Ktoś usłyszał, jak Gabrielle mamrocze oschle: „Wstańcie!". Usłuchali natychmiast. Kiedy biała gondola „powiozła śmiertelne szczątki magika" na San Michele, tę samotną wenecką wysepkę umarłych, a żałobnicy patrzyli, jak opuszczają trumnę do grobu, trzeba było Lifara powstrzymać siłą, żeby się za nią nie rzucił.

Czterdzieści dwa lata później Igor Strawiński, najwspanialszy chyba kompozytor XX wieku, zmarł w Nowym Jorku. Rodzina uszanowała jego ostatnią wolę, którą było spocząć obok Diagilewa.

Rozczarowana flirtami Bendora Gabrielle spędzała teraz więcej czasu z przyjaciółmi. Martwiąc się o Misię, udostępniła jej na stałe pokój w Hôtel de Lauzan. Cocteau mieszkał tam już od pewnego czasu pod skrzydłami Gabrielle ze swoim nowym kochankiem, pisarzem Jeanem Desbordes'em.

Matka Cocteau powiedziała opatowi Mugnierowi, że Jean „mieszka u mademoiselle Chanel, w ogrodach przy alei Gabriele". Mugnier napisał:

> Towarzyszyłem księżnej Bibesco tu i tam, a potem (...) wybrałem się do Mlle Chanel, która nas zaprosiła. Byli tam Sertowie, Jean Cocteau, pewna młoda Angielka [Vera Bate], która pracuje z Coco Chanel (...). W ogrodzie Mlle Chanel (...) tryska ogromna fontanna (...) w salonie słuchałem Wagnera z gramofonu i gawędziłem z różnymi ludźmi. Pomyślałem, że Chanel ma bardzo uroczą twarz. Nawiasem mówiąc, bardzo uprzejma[20].

Gabrielle udzielała się towarzysko nie tylko dla podtrzymywania przyjaźni. Dbając o swój *image*, na przekór socjecie, która często skrycie czekała

Rozdział 22

na jej porażkę, podejmowała gości bardzo wystawnie i często była widywana poza domem. Na krótko przed śmiercią Diagilewa świętowała występ Ballets Russes razem z Misią, Diagilewem oraz ich świtą, Picassem, Cocteau oraz Rouault, a także ze Strawińskim i Prokofiewem. Na zakończenie kolejnego sezonu Ballets wydała jeszcze jeden ze swoich wspaniałych balów. Hôtel de Lauzan tonął w najprzedniejszym szampanie, kawior wysypywał się z półmisków, ogrody rozświetlały lampiony, zespół czarnych jazzmanów grał najmodniejszą współczesną muzykę. Serge Lifar, obecnie najważniejszy tancerz Ballets, który w przyszłości nazwie Gabrielle swoją „matką chrzestną", tak wspominał ten wieczór:

> Wypiliśmy morze szampana (...). Coco jak zwykle zaczęła czarować mężczyzn. Mruczała jak kotka i każdemu wydawało się, że można ją uwieść. Potem nagle wyszła. Zniknęła o drugiej nad ranem, żeby nie stracić snu piękności. Pozwalała mężczyznom wierzyć, że wiele może się wydarzyć[21].

W 1929 roku Henri Bernstein opisze wspaniałość jej przyjęć „w oprawie niezliczonych, rozszalałych białych piwonii, tych subtelnych, radosnych, poruszających przyjęć, które były przedmiotem zazdrości paru osób (tych, którzy mimo ogromu cudownych holi na Faubourg Saint-Honoré nie dostali zaproszenia)[22].

Do lutego 1930 roku Bendor znalazł sobie nową żonę, Loelię Ponsonby, jedną z „młodych zdolnych", córkę pierwszego lorda Sysonby. Sprowadził ją do Paryża na potwornie krępujące spotkanie ze swoją byłą kochanką. Loelia, co zrozumiałe, uznała Gabrielle za osobę niesympatyczną i opisała jako „małą, ciemną i małpią (...). Była obwieszona najróżniejszymi naszyjnikami i bransoletkami, podzwaniającymi przy najlżejszym ruchu (...). Przycupnęłam, w znacznie mniej korzystnej pozycji, na stołku u jej stóp, czując, jak mnie bada wzrokiem, czy będę odpowiednią żoną (...) naprawdę głęboko wątpiłam, czy ja i mój tweedowy kostium zdaliśmy ten egzamin"[23].

Tymczasem prostolinijna kuzynka Loelii lady Ponsonby nie była zachwycona ani Loelią, ani jej nowym mężem, ani rosnącym znaczeniem sławy. Opisując przyjęcie weselne w pałacu Świętego Jakuba, stwierdziła, że choć książę jak to hulaka, może być ponętny i mieć styl (...), jego wielka, obwisła twarz pocętkowana od rozpusty (...) dała mi do myślenia (...). Przed urzędem stanu cywilnego zebrał się chyba największy tłum, jaki kiedykolwiek widziano na weselu (...). Żeby wzbudzić autentyczny entuzjazm, musisz być albo bardzo bogaty, albo bardzo niemoralny – a jeśli jesteś naraz bardzo bogaty, bardzo niemoralny i do tego księciem – większość ludzi straci dla ciebie głowę[24].

Szesnaście lat później Gabrielle powie o swoim życiu z Bendorem, że zmęczyły ją „ta ohydna nuda i lenistwo, do których prowadzi bogactwo". Gabrielle miała bogactwo, ale lenistwo jej nie zagrażało; nigdy nie przestała pracować ze świadomością celu, którym było znalezienie sobie i innym solidnego punktu oparcia w nowoczesnym świecie. O życiu Westminstera powie: „Trudno nie zadać sobie pytania, czy (...) ta groteskowa kraina baśni (...) to nie zły sen"[25].

Nakarmiłam ogromne jądro apatii, które skrywa się pod moim niepokojem, i eksperyment został zakończony (...). Łowienie łososi to nie jest życie. Wolę każdy rodzaj ubóstwa od tego rodzaju nieszczęścia. Moje wakacje się skończyły. Kosztowały mnie majątek; zaniedbałam dom, porzuciłam interes i obsypywałam prezentami setki służących.

A jednak Bendor powiedział Gabrielle, że nie zdoła przyzwyczaić się do życia bez niej. Chanel wiedziała, że to dlatego, iż imponowała mu jej umiejętność odmowy. „Był to dla niego szok. Wytrąciło go to z równowagi"[26].

Jako kochanka księcia i pod wieloma względami równa jemu, Gabrielle żyła przez kilka lat z człowiekiem uważanym przez wielu za samolubnego playboya. Później uważała, że po jej odejściu Westminster znów dał się otoczyć pasożytom żerującym na zamożnych ludziach. Mimo to jego oddany pracownik i przyjaciel napisze o nim:

Kierował największym majątkiem ziemskim w kraju przez pięćdziesiąt cztery lata, od czasów królowej Wiktorii do czasów Elżbiety II, od społeczeństwa arystokratycznego do egalitarystycznego, by nie powiedzieć socjalistycznego. Powinien być oceniany nie według zasług oddanych krajowi w czasie wojny, osobistych zalet i wad charakteru, lecz przez pryzmat sukcesów lub porażek w wypełnianiu obowiązków wynikających z posiadania takiego majątku[27].

Rozdział 22

Nawet po rozstaniu Gabrielle mówiła o nim: „Pozostaliśmy przyjaciółmi. Kochałam go albo myślałam, że kocham. Na jedno wychodzi"[28].

Westmister i Loelia Ponsonby pozostali małżeństwem przez siedemnaście lat, ale przez długi czas, przed rozwodem, żyli w separacji. Dopiero w swojej czwartej żonie, Anne Sullivan, Westminster odnajdzie wreszcie kobietę gotową docenić jego zalety i radzić sobie z jego dziwactwami. Spędzi z nią swoje ostatnie, dobre sześć lat życia przed śmiercią w 1953 roku.

Rozdział 23

KRACH

„Specyfiką naszych czasów są gwałtowne zmiany w świecie wartości, jak twierdzą niektórzy. Poniekąd naiwna to myśl, zważywszy, że w naszych czasach dominuje tylko jedna wartość: pieniądz – najpierw gdy jest go dużo, później, gdy go brakuje". Tak napisała pamiętnikarka Elisabeth de Gramont we właściwym jej wyważonym i sardonicznym tonie, kiedy w listopadzie 1929 roku, po krachu na Wall Street, gorączka lat dwudziestych sięgnęła szczytu. De Gramont pisała o tym, jak w poprzedniej dekadzie „wszystkie wartości, jedyne, które pozostały na tym świecie (...) strzelały w górę niczym słupek rtęci", opisywała samochody luksusowych marek – rolls-royce'y, hispano-suizy, mercedesy – oraz rozrzutny tryb życia spekulantów ekonomicznych i wojennych, jak i to, że artyści nazywali ten czas złotym wiekiem, ponieważ „wszystko, od arcydzieł po bohomazy, sprzedawało się za astronomiczne sumy". Ludzie o skromnych dotychczas dochodach wynajdywali nowe ambicje, kupowali zamki, stajnie wyścigowe oraz jachty, a ceny nieruchomości rosły w zawrotnym tempie. Gdy padły banki, wielu ludzi zostało z jedną dziesiątą swojego pierwotnego kapitału.

Pewien majętny Anglik, który przeczekiwał burzę w paryskim hotelu, pisał, jak w sąsiednim pokoju zastrzelił się jakiś mężczyzna, stara Amerykanka wyskoczyła przez okno, tuląc do piersi kota, a inna kobieta uniknęła śmierci wskutek przedawkowania środków nasennych tylko dlatego, że jej pekińczyk podniósł alarm. „Straciłem mnóstwo pieniędzy – pisał Anglik – Coco Chanel wpadła w popłoch, a Misia Sert (...) nie wystawiała nosa ze swojego apartamentu na najwyższym piętrze Meurice"[1], sławnego paryskiego hotelu.

Gabrielle też trochę panikowała w tym czasie wielkiego niedostatku, ale świetnie ukrywała to przed swoimi mniej licznymi niż zwykle klientkami i ciągle zarabiała. Była w korzystnej sytuacji, bo w kilka krótkich lat od wprowadzenia chanel n°5 stały się one najlepiej sprzedającymi się perfumami na świecie.

Tymczasem wierny kochanek Adrienne Chanel baron Maurice de Nexon zyskał po śmierci ojca prawo do spadku i ożenku. W kwietniu 1930 roku „mademoiselle Gabrielle Chanel, projektantka odzieży zamieszkała przy rue Faubourg Saint-Honoré 29", została świadkiem Adrienne na cichej ceremonii ślubnej w Paryżu. W tym dniu jej myśli krążyły zapewne wokół pewnej niesławy, jaką się okryła na początku swojej kariery, gdy postanowiła oficjalnie zamieszkać z fanatykiem koni Etienne'em Balsanem. Czy żałowała? Zapewne nie, ale z całą pewnością dostrzegała ironię w tym, że niedawno porzuciła mężczyznę, który został mężem innej kobiety, a jej ciotka po tylu perturbacjach zaczynała właśnie życie małżeńskie. Na tej skądinąd radosnej uroczystości obecni byli niektórzy z jej starych znajomych z Royallieu, także Etienne.

Tego lata Misia stale gościła w La Pausie. Nie pogodziła się z odejściem Serta (nigdy nie będzie jej to dane), a mimo to ożywiała atmosferę w willi, zabawiając licznych gości. Dymitr Pawłowicz, który też bawił na południu Francji, poznał Gabrielle z królem Hollywood Samuelem Goldwynem. Kiedy sytuacja gospodarcza Ameryki pogarszała się z miesiąca na miesiąc, Goldwyn robił wszystko, by ludzie o tym zapomnieli, i Hollywood lśniło bardziej niż kiedykolwiek. Zaprosił Gabrielle do poważnych rozmów. Była niechętna, ale Goldwyn nie dawał za wygraną. Chciał, by przyjechała do fabryki snów.

Goldwyn rozumiał, że teraz, kiedy miliony Amerykanów są bez pracy, obcinanie kosztów byłoby błędem. Wiedział, że jego filmy muszą być jeszcze bardziej widowiskowe w swoim eskapizmie. Wiedząc, że musi przyciągnąć do kin bardziej średniozamożnych widzów, przeczuwał, że kobiety przyjdą do kina chętniej, jeśli będą wiedziały, że zobaczą na ekranie najnowsze kreacje najsłynniejszej paryskiej dyktatorki mody. Zaoferował Gabrielle bajońską sumę miliona dolarów rocznie, jeśli zgodzi się przyjeżdżać do Hollywood dwa razy w roku i ubierać jego aktorki na planie i poza planem. Wielki biznesmen Goldwyn nie rozumiał jej wahania. Miała ubierać kobiety, o których śniły miliony ludzi. Aktorki będą reklamować Chanel nie tylko w każdym pałacu snów na świecie, ale też w każdym miejscu, w jakim się pojawią. Gabrielle w końcu się zgodziła.

Wiosną 1931 roku wypłynęła do Hollywood, zabierając z sobą dla towarzystwa Misię. Było to nadzwyczajne przedsięwzięcie i nikt nie wątpił, że w tych trudnych czasach tak olbrzymia suma pieniędzy się przyda. Postanowiły, że bez względu na to, czy próba ubierania Hollywood zakończy się powodzeniem czy nie, będą się dobrze bawić. Myśl o ubieraniu niektórych z najsłynniejszych kobiet świata nie onieśmielała Gabrielle. Ale czy będzie potrafiła przekonać je, że potrzebują właśnie jej kreacji, a nie żadnych innych? Dziennikarze dowiedzieli się o przyjeździe Chanel i gdy tylko przypłynęła do Nowego Jorku, oblegli ją tłumnie. Powiedziała reporterom „New York Timesa":

> To tylko wizyta. Zobaczę, co film ma mi do zaoferowania i co ja mogę mu zaproponować. Nie zrobię ani jednej sukienki. Nie wzięłam nawet nożyczek. Później, kiedy wrócę do Paryża, może zaprojektuję suknie na sześć miesięcy naprzód dla aktorek występujących w filmach pana Goldwyna. Prześlę z Paryża rysunki, a moi krawcy w Hollywood uszyją suknie[2].

Reporterzy zauważyli, że Gabrielle była lekko oszołomiona dziesiątkami osób proszących o wywiad i komitetem powitalnym zebranym przed jej apartamentem w hotelu Pierre. Odpowiadając na pytania, stwierdziła, że długie włosy będą znowu modne, a elegancka kobieta powinna być ubrana dobrze, ale nie ekscentrycznie. Powiedziała też, że perfumy na bazie kwiatów nie dodają kobiecie tajemniczości, że brzydzi się mężczyznami, którzy używają perfum, i że wcześniej o modzie decydowali arbitrzy mody, a obecnie ton nadają młode kobiety.

W drugim wywiadzie Gabrielle mówiła o tym, że świat mody może poprzeć kino swoim autorytetem, choć nadmieniła, że nie jest całkiem pewna, co z tego wyjdzie, kiedy dotrze do Kalifornii. Dziennikarz „New York Timesa" opisał Gabrielle jako „kobietę, która zarabia tworzeniem czarujących ubiorów.

Rozdział 23

Nie wygłasza przemówień, nie ma w sobie teatralnej afektacji, odpowiada krótko i rzeczowo". Gabrielle powiedziała, że nigdy nie widuje swoich klientek, a jej praca jest „bezosobowa". Gdy suknia zostaje zaprojektowana, rola Chanel się kończy. Rzadko ma okazję oglądać swoje dzieło później, a jeszcze rzadziej ochotę na to. Cała Gabrielle! Gdy coś było gotowe, przestawało ją interesować; nudziła się i przechodziła do czegoś innego: „Musiałam oczyścić sobie pamięć, wymieść z niej wszystko, co pamiętałam. Potrzebowałam też doskonalić to, co zrobiłam. Byłam narzędziem Losu w niezbędnym procesie oczyszczania"[3].

Miała ubierać największe gwiazdy tamtych czasów: Normę Talmadge, Clarę Bow, Glorię Swanson, Lillian Gish, Inę Claire, Gretę Garbo. Co ciekawe, z dokumentów salonu przy rue Cambon wynika, że dowcipna i inteligentna Ina Claire była prywatnie klientką Gabrielle już od 1926 roku. To właśnie jej stroje stały się jedną z najlepszych reklam Domu Chanel w Stanach. Tymczasem światy filmu i mody zakładały się, czy Gabrielle uda się narzucić modowy dyktat krnąbrnym gwiazdom srebrnego ekranu, kobietom, które nie grzeszyły dobrymi manierami ani elegancją stylu.

Gdy Gabrielle i Misia przyjechały do Hollywood, znów obstąpiły Gabrielle tłumy reporterów. Wydano na jej cześć przyjęcie z udziałem sław. Poznała na nim kilka aktorek, dla których miała pracować: Gretę Garbo, Marlenę Dietrich, Claudette Colbert. Na przyjęciu znaleźli się też uznani reżyserzy George Cukor i Erich von Stroheim. Ten drugi oczarował Gabrielle. „Straszny kabotyn, ale za to w jakim stylu" – powiedziała o nim. Tymczasem rzecznik prasowy Goldwyna nazwał Gabrielle „najpotężniejszym mózgiem w historii mody".

Na innym przyjęciu George Cukor przedstawił Chanel swoje nowe „odkrycie" – Katherine Hepburn.

Gabrielle zwiedziła studia filmowe, obserwowała kręcenie filmów, oglądała ubrania, rozmawiała z producentami kostiumów i dowiadywała się, co dobrze wypada przed kamerą, a co nie. Jej zadaniem było stworzyć kreacje podkreślające osobowości gwiazd. Miała zaprojektować kostiumy, które pozostaną modne przez co najmniej dwa lata, bo tyle trwała produkcja filmu. Beverly Hills nie zrobiło na niej wrażenia, a rygory pracy w studiu filmowym bulwersowały tę kobietę, która walczyła o swoją niezależność jak lwica. Nie mogła się oprzeć wrażeniu, że gwiazdy to „służący producentów", mierziło ją też wielu aktorów. „Wystarczy powiedzieć, że dziewczyny były piękne i wszędzie wokół było mnóstwo piór (...). Doskonale wiadomo, że wszystko, co jest »super« jest takie samo. Superseks, superprodukcje (...)". Lubiła jednak później przytaczać zdanie, skierowane do niej przez Garbo jakiś czas później: „Bez pani nie odniosłabym sukcesu w moim małym kapeluszu i prochowcu"[4].

Kobieta, która ubierała panie w modne prochowce, nie była zachwycona spotkaniem z gwiazdami i producentami i nie mogła się doczekać powrotu do Francji. Po drodze zatrzymała się jeszcze raz w Nowym Jorku, żeby odbyć szereg niezmiernie pożytecznych, jak się okazało, spotkań. Poznała Carmel Snow, wówczas redaktorkę „Harper's Bazaar", Margaret Chase, redaktorkę „Vogue", oraz Condé Nasta, niezwykłego wydawcę magazynów z żyłką do interesów, mieszkającego w luksusowym trzydziestopokojowym apartamencie na Park Avenue. Nast zbił majątek na firmie wydawniczej i miał pod swoimi skrzydłami „Vogue" i „Vanity Fair". O jego manipulacjach i machinacjach krążyły legendy. Gabrielle zawsze będzie miała trudne relacje z tym utalentowanym, lecz pozbawionym skrupułów człowiekiem.

Tym, co w Ameryce zrobiło na Gabrielle chyba największe wrażenie i wywarło trwały wpływ na jej poglądy, był sposób, w jaki sprzedawano ubrania w wielkiej metropolii Nowego Jorku. Przy okazji wycieczki po najbardziej eleganckich domach towarowych, między innymi po Bloomingdale's, Macy's i Saks, Chanel zwiedziła też dzielnicę ubraniową na Siódmej Alei i zafascynowała się olbrzymim sklepem z tanią odzieżą na Union Square, Klein's.

Samuel Klein zaczął swój biznes w 1912 roku z kapitałem sześciuset dolarów, a w 1931 roku był już właścicielem największego na świecie sklepu z odzieżą dla kobiet, sprzedającego rocznie ubrania warte dwadzieścia pięć milionów dolarów. Była to wówczas fortuna. Klein nie bawił się w estetykę, w jego sklepie nie było wykładzin ani ekspedientek. Sukienki (wyłącznie podróbki) wisiały na prostych metalowych ramach, a klientki wybierały je same i przymierzały w zatłoczonych przymierzalniach. Klein się nie reklamował, stawiał na szybką sprzedaż i mniej więcej dziesięcioprocentowe marże. Jeśli sukienka w cenie 7,95 dolarów się nie sprzedała, po dwóch tygodniach obniżano cenę o dolara. Pod koniec następnych dwóch tygodni obniżano ją po raz kolejny. Niektóre sukienki sprzedawano za dolara. Wielkie napisy w jidysz, po ormiańsku, polsku i angielsku ostrzegały: „Nie próbuj kraść, wszędzie są nasi detektywi". Dzisiaj tego typu sklepy są czymś powszechnym, ale w 1933 roku Gabrielle nie mogła się im nadziwić.

Rozdział 23

Klein powoli wchodził do amerykańskiego panteonu, a Gabrielle wróciła do Francji utwierdzona w swoich prognozach dla projektantów mody: kopiowanie wzorów jest nie do uniknięcia, a polityka sprzedaży Kleina to zapowiedź tego, co ich czeka. Kreatorzy mody nie chcieli się z tym pogodzić i w każdym sezonie robili, co mogli, aby zapobiec wykradaniu ich pomysłów. A Gabrielle mówiła: „Moda nie istnieje, dopóki nie wyjdzie na ulice. Moda, która pozostaje w salonach, znaczy tyle co bal kostiumowy”[5]. Twierdziła, że skoro i tak nie jest w stanie zrealizować wszystkich swoich pomysłów, lubi widzieć, gdy są wykorzystywane, i nie rozpacza jak inni projektanci, widząc podróbki własnych projektów: „Jakim trzeba być sztywnym, leniwym, pozbawionym wyobraźni i wiary w zmysł twórczy, żeby bać się podróbek! Moda, im bardziej przelotna, tym jest doskonalsza. Nie można chronić czegoś, co już jest martwe”[6] (Gabrielle chciała przez to powiedzieć, że przeszła nad tym do porządku).

U progu trzeciej dekady XX wieku Gabrielle doszła do przekonania, że *haute couture* niechybnie przeniesie się „z salonów na ulice”. Jej coraz mniej zindywidualizowane i coraz prostsze fasony były względnie łatwe do powielenia; wymagały też mniej materiału niż dotychczas i mogły być kopiowane z użyciem tańszych tkanin. Nowe materiały syntetyczne takie jak sztuczny jedwab doskonale naśladowały te rzadsze, takie jak jedwab naturalny, a kopie *haute couture* były produkowane za ułamek kosztów. Wychodzenie mody na ulice zaczynało się od rysunków sporządzanych potajemnie na pokazach. Domy mody specjalizujące się w imitacjach zarabiały tańszymi wersjami ubiorów drogich projektantów. Pomysły podchwytywały prywatne krawcowe, aż wreszcie docierały one do odbiorców taniego, masowego przemysłu odzieżowego, „kobiet na ulicy”.

Chanel, chcąc udowodnić, że rzeczywiście nie ma nic przeciwko temu, aby jej ubiory były kopiowane, w 1932 roku zorganizowała dobroczynny pokaz mody w londyńskim domu księcia Westminsteru (pozostała w bliskim kontakcie z księciem). Krawcowe i producenci odzieży mogli przychodzić na pokaz specjalnie po to, aby kopiować jej projekty. W ciągu kilku dni zjawiło się około pięciuset gości z wyższych sfer i świata rozrywki. „Daily Mail” donosił, że „wiele pań przyprowadziło swoje krawcowe, gdyż ta kolekcja nie jest na sprzedaż (...). Mademoiselle Chanel zezwoliła na kopiowanie”. Inni paryscy projektanci zazdrośnie strzegli swoich prac i ostro potępiali inicjatywę Gabrielle.

Goldwyn, niezrażony nagłym powrotem Gabrielle do Francji, zgodził się, aby kostiumy do nowego filmu z Glorią Swanson, *Tonight or never*, zaprojektowała, kiedy aktorka będzie w Europie. Gdy Swanson przyjechała do Paryża, zaprojektowane dla niej przez Chanel stroje uznano za doskonałe. Jednak po dwóch sezonach dyktatu Gabrielle gwiazdy podniosły bunt i odmówiły noszenia kostiumów tej samej projektantki we wszystkich swoich filmach. Przekonane, że Hollywood liczy się bardziej niż Paryż, nie dbały o to, że odrzucają samą Coco Chanel. W efekcie Gabrielle poczuła się zwolniona z kontraktu z Goldwynem i nie wróciła więcej do Hollywood. „The New Yorker" opublikował dowcipny felieton o powodach jej ucieczki:

> Dzięki występom w filmach Gloria może stroić się w najdroższe fatałaszki (...). Suknie zaprojektowała Chanel, paryska krawcowa, która niedawno odbyła głośną wyprawę do Hollywood, lecz podobno wyjechała z tego światowego centrum nauki i kultury obrażona. Powiedziano jej, że jej sukienki nie wzbudziły należytej sensacji. Dama wygląda w nich jak dama, a Hollywood chce, aby wyglądała jak coś więcej.

Gabrielle i Goldwyn pozostali jednak w kontakcie, gdyż oboje czerpali korzyści z tej znajomości. Sukces Gabrielle w Hollywood jeszcze bardziej podniósł jej status we Francji; stała się międzynarodową sławą. Przysłużył się też Goldwynowi, który dla prestiżu dbał o to, aby jego filmy nadal kojarzono z nazwiskiem projektantki.

Poiret był na krawędzi bankructwa – wierzyciele przejęli wszystko, co miał – a wielu rywali Gabrielle, żeby przetrwać, obniżało ceny. Dwa honoraria z Hollywood w wysokości miliona dolarów były więc dla niej znaczącym wsparciem w tych trudnych czasach. Straciła wiele angielskich i amerykańskich klientek, które miały do niej wrócić dopiero na koniec kryzysu, ale na jej ubiory ciągle stać było wiele bogatych kobiet w Indiach i w Ameryce Południowej. „Vogue" tymczasem ogłosił światu, że Coco Chanel zrewolucjonizowała Hollywood, ubierając aktorkę Inę Claire w białą atłasową piżamę.

Dzięki hollywoodzkiemu przedsięwzięciu w tym trudnym okresie – podobnie jak w czasie pierwszej wojny – Gabrielle umocniła swoją sławę. Kryzys, który nastał w latach trzydziestych, po krachu giełdowym z 1929 roku, miał jednak druzgocący wpływ na niemal każdy kraj na świecie. Gabrielle nie

Rozdział 23

traciła optymizmu – powiedziała, że jak Goldwyn wierzy, iż najlepszym sposobem na przetrwanie w chudych latach jest utrzymanie najwyższych standardów – ale był to napięty okres także dla niej. W 1930 roku miała obroty rzędu stu dwudziestu milionów franków i dwa tysiące czterystu pracowników w dwudziestu sześciu pracowniach, ale w 1932 została zmuszona do obniżenia cen o połowę. Choć udawało jej się utrzymać taką armię pracowników, chwilowo ograniczyła ilość luksusowych tkanin, z których szyto suknie. Na producentów jedwabiu padł blady strach, kiedy przyszedł jej do głowy pomysł sukni wieczorowych z bawełny. Dostała od angielskiej firmy Ferguson Brothers zaproszenie do współpracy przy lansowaniu bawełnianych tkanin i tak oto w wiosennej propozycji na rok 1931 znalazło się trzydzieści pięć sukni wieczorowych z piki, batystu, muślinu i organdyny. Kolekcja zyskała dużą popularność.

Ostatecznie Gabrielle nie tylko zatrzymała przy sobie swoje najzamożniejsze klientki, takie jak Daisy Fellowes, lady Pamela Smith, madame Martínez de Hoz z Ameryki Południowej oraz Amerykanki Laura Corrigan i Barbara Hutton, ale też do roku 1935 kondycja finansowa jej firmy znacznie się polepszyła. Jej klientela powiększyła się na tyle, że trzeba było zwiększyć liczbę pracowników do czterech tysięcy. Książę Westminsteru pozwolił Chanel zaadaptować na jej potrzeby jego liczący dziewięć sypialń londyński dom przy Audley Street. W latach 1930–1934 stał się on centrum kosmetycznego biznesu Gabrielle. Wierząc w rozwój przez poszerzanie asortymentu, wprowadziła trzy nowe zapachy: n°22, glamour i gardénia. Podobnie jak inni projektanci, aby utrzymać zainteresowanie swoją osobą, rekomendowała teraz różne towary i projektowała dla innych producentów.

W czasie wielkiego kryzysu młoda nowojorska dziedziczka Maybelle Iribarnegaray odkryła, że jej mąż ma romans z Coco Chanel. Był rok 1933. Paul Iribarnegaray, który lubił, kiedy nazywano go Iribe, był krępym Baskiem o bardzo dziwnym akcencie i nieraz wykorzystywał swoje miłostki do rozwijania niepospolitego talentu. Był obok Sema najzdolniejszym i najbardziej wziętym karykaturzystą przedwojennej Francji. Miał wyśmienitą, ostrą kreskę. Szybko rozszerzył działalność i założył świetnie prosperującą firmę designerską produkującą meble, tkaniny, tapety i biżuterię, a jej sukces wyniósł go do rangi arbitra smaku. Później, w pierwszym roku wojny, pozbywszy się swojej pierwszej żony, aktorki

Jane Diris, która niedługo potem zmarła na gruźlicę, wyjechał do Ameryki, zdobył Maybelle i spędził w Stanach następne dziesięć lat, głównie w Hollywood.

Iribe pracował przy kilku najważniejszych filmach legendarnego Cecila B. DeMille'a, między innymi *Dziesięciu przykazaniach* – wówczas najbardziej widowiskowym obrazie w historii kina – i został członkiem kierownictwa artystycznego studia Paramount. Projektował także suknie i scenografie, a niekiedy również reżyserował. Był dowcipny i inteligentny, miał urok wazeliniarza, ale zyskał też opinię aroganckiego i kłótliwego. Pewnego dnia, kiedy na krytyczne uwagi DeMille'a o jego scenografii do *Króla królów* odpowiedział złością, ten stracił cierpliwość i go zwolnił. Iribe też stracił cierpliwość i wyjechał z Hollywood do Francji z żoną i jej dwojgiem dzieci. Za pieniądze Maybelle otworzył sklep przy rue Fabourg Saint-Honoré – niedaleko od mieszkania Gabrielle w Hôtel de Lauzan – i wrócił do projektowania mebli oraz biżuterii. Zawsze był żądny bogactwa, sławy, a także akceptacji elit, i zazdrościł Cocteau, staremu znajomemu i koledze po fachu, który z taką łatwością przeniknął do *haut monde*.

Po powrocie do Paryża Iribe ogłosił swoim mottem luksus, rzemiosło oraz nacjonalizm. Był niewolnikiem pieniędzy i wydaje się, że zarabiał je i tracił w szalonym tempie. Na razie jednak zbijał ogromne sumy, za które nabył luksusowy samochód, jacht oraz dom w Saint-Tropez, wiosce rybackiej, która właśnie stała się jednym z najbardziej ekskluzywnych miejsc urlopowych bogaczy oraz sław. Colette ostatnio tam nie bywała, bo, jak ostrzegali ją przyjaciele, miejsce to roiło się od „ludzi z rodzaju tych fotografowanych przez »Vogue«". Sama dała się sfotografować „Vogue", niemniej lamentowała nad najazdem turystów i samochodów na jedno z jej ulubionych miejsc. Pewnego dnia rano, po wyjściu ze sklepu papierniczego została osaczona przez hordę turystów. Napisała potem do przyjaciółki: „Powiedziałam im, co o nich myślę"[7].

Sytuacja Iribe'a znacznie się jednak pogorszyła. Jego anielsko cierpliwa żona pospieszyła mu z pomocą i załatwiła mu zlecenie od Chanel. Tymczasem rodzice Maybelle naciskali córkę, aby powściągnęła rozrzutność męża; obawiali się, że zrujnuje ona ich oboje. Niefrasobliwość Iribe'a, w połączeniu z jego niewiernością, doprowadziła do ostatecznego rozpadu ich małżeństwa i Maybelle wróciła do Ameryki z dwojgiem swoich dzieci.

Romans Gabrielle i Iribe'a był na razie dobrze strzeżonym sekretem, ale już wkrótce odkryli go niechcący Colette i jej kochanek Maurice Goudeket (Gabrielle poznała Colette na początku lat dwudziestych. Nigdy bliżej się nie

Rozdział 23

zaprzyjaźniły, ale mając wielu wspólnych przyjaciół, wielokrotnie się spotykały). Pod koniec roku 1931, „przyciśnięci kryzysem", jak wyraziła to Colette, i w tarapatach finansowych – „Dobry Boże, jak nam teraz z Maurice'em ciężko" – byli zmuszeni sprzedać swoje wiejskie ustronie pod Paryżem.

La Gerbière był przyjemnym domem otoczonym drzewami, położonym wysoko w wiosce Montfort-L'Amaury, w której mieszkał kompozytor Maurice Ravel. Gabrielle przyjechała sama z Paryża i uzgodniła z Maurice'em Goudeketem kupno nieruchomości na spacerze po ogrodzie. Colette dowiedziała się o wszystkim, dopiero gdy dom został sprzedany. Domyśliła się, że Gabrielle zamierzała zapraszać tam Iribe'a na miłosne schadzki: miało to być – jak wyraziła się Colette – „ich miłosne gniazdko".

Po tej transakcji zostało jej poczucie, że Gabrielle to osoba bezwzględna. Te dwie niezwykłe kobiety mogły nie czuć do siebie wielkiej sympatii, ale darzyły się głębokim szacunkiem. Gabrielle nazwała Colette – trafnie zresztą – „tą bardzo inteligentną kobietą" i dodała: „Jedyne dwie pisarki, które do mnie przemawiają, to madame de Noailles i Colette".

Pewnego dnia w 1933 roku, kiedy każdy, kto się liczył w towarzystwie, spędzał lato na południu Francji, Misia spotkała Colette i podzieliła się z nią ploteczkami o planowanych zaręczynach Gabrielle z Iribe'em. Colette napisała później do przyjaciółki: „Właśnie usłyszałam, że Iribe żeni się z Chanel. Czy nie przeraża cię to? Bardzo interesujący z niego demon"[8]. Pierwsza żona Iribe'a była serdeczną przyjaciółką Colette. Pisarka go nie lubiła. Uważała go za nazbyt przymilnego i była podejrzliwa wobec jego upartego dążenia do sukcesu. Opisała go jako bladego i pomarszczonego, dodając, że „grucha jak gołąb". Jego przyjaciel Paul Morand miał odmienne zdanie:

> Po powrocie do Paryża, przewidziawszy katastrofę za oceanem (...) i przeczuwając, że nadchodzi czas nieszczęścia, Iribe czuł, że trzeba walczyć z tym przekleństwem losu i zginąć jako francuski rzemieślnik, za jednostkę oraz jakość. Zakochany w ojczyźnie, do której wracał i która go rozczarowała, publikował „Témoin"[9].

Iribe założył pismo „Le Témoin" przed pierwszą wojną światową, a teraz przekonał Gabrielle do sfinansowania jego powrotu na rynek. Magazyn w nowym wydaniu – z sugestywnymi grafikami Iribe'a – służył wspieraniu rosnącego w siłę francuskiego nacjonalizmu. Na jednej z ilustracji w roli Marianny, symbolu Francji, wystąpiła Gabrielle. Iribe umieścił ją przed gremium złozonym z drwiących sędziów: Roosevelta, Chamberlaina, Mussoliniego i Hitlera. Był teraz zagorzałym patriotą, który gardził obecnym rządem. Gwałtowne nastroje antyrepublikańskie – te same, które niedawno wyniosły Hitlera do władzy w Niemczech – dały początek kilku skrajnie prawicowym ruchom, które stawiały sobie za cel obalenie francuskiej Trzeciej Republiki i wprowadzenie silnego, zcentralizowanego ustroju. Jedno z najsilniejszych stronnictw prawicowych, Action Française pod kierownictwem François Maurras'a, żądało przywrócenia we Francji monarchii. Iribe nie był monarchistą, ale uważał demokratyczny rząd za nieskuteczny.

„Le Témoine" promował patriotyzm za pomocą antyniemieckich i antyżydowskich haseł. Pismo było przeciwne wszelkim obcokrajowcom i żądało Francji dla Francuzów. Mimo to w 1934 roku Gabrielle była zszokowana tak jak reszta Paryża, kiedy demonstracja czterdziestu tysięcy prawicowców oraz weteranów wojennych skończyła się jedną z najbardziej krwawych jatek od czasu Komuny Paryskiej w 1871 roku. Zginęło szesnaście osób, ponad dwa tysiące zostało rannych, prawicy niewiele zabrakło do zwycięstwa, a komuniści i socjaliści odsunęli na bok różnice zdań i utworzyli wspólnie nową partię – Front Ludowy.

Po ponad dekadzie zabawiania gości oraz „widowisk" Gabrielle zrezygnowała z mieszkania w Hôtel de Lauzan na Faubourg Saint-Honoré i przeprowadziła się do dużego apartamentu w Ritzu. Jego okna wychodziły na rue Cambon. Meble i przedmioty, które chciała zatrzymać, zostały przeniesione do mieszkania na trzecim piętrze, urządzonego w kamienicy Chanel przy rue Cambon 31. Tutaj trzymała swoją garderobę. Obiecała sobie, że gdy zatęskni za prawdziwym domem, będzie jeździć na wypoczynek na południe, do La Pausy.

Decyzja o przeprowadzce do Ritza była przypuszczalnie wynikiem docinków ze strony Iribe'a. Powiedział jej, że jej styl życia jest demoralizujący i że nie rozumie, po co jej takie luksusy. Jeśli zacznie żyć prościej, może Iribe zdecyduje się z nią związać. Wyjaśnił, że nie cierpi skomplikowanych ludzi. Gabrielle spełniła jego życzenie, wprowadzając się do dwóch pokojów w pobliskim domu jednorodzinnym. Niedługo potem Iribe zapytał: „Myślisz, że potrafię żyć w takiej norze?", i przeniósł się do Ritza. W krótkim czasie Gabrielle zrobiła to samo.

Przeprowadzka z Faubourg Saint-Honoré do miejsca, które miało własną służbę, oznaczała, że Gabrielle musiała zakończyć długą znajomość

Rozdział 23

z oddanym majordomusem Josephem. Joseph zjawił się u niej przed szesnastoma laty, w przeddzień ślubu Misi, jako „prezent" od niej. Gabrielle i kierownik jej służby rozstali się w gniewie – jej brak sentymentów bywał okrutny. Mimo to lojalny Joseph nigdy nie skrytykował publicznie swej byłej pracodawczyni.

Prowadzenie domu mody oraz pracowni krawieckich i jubilerskich pochłaniało duże sumy. Możliwe, że na decyzji Gabrielle o przeprowadzce z Faubourg Saint-Honoré do Ritza zaważyły też skutki wielkiego kryzysu i konieczność cięcia wydatków. Gabrielle pozwoliła sobie tym razem skorzystać z pomocy Iribe'a. Po latach narzekań na Wertheimerów, którzy odpowiadali za dystrybucję jej perfum, rozpoczęła z nimi spór sądowy o „naruszenie jej praw". Iribe tryskał takim optymizmem, że Gabrielle przeceniła jego umiejętności negocjatorskie i poprosiła go o pomoc.

Jej pozwy przeciwko Wertheimerom skłoniły braci do próby usunięcia Chanel ze stanowiska prezesa zarządu. We wrześniu 1933 roku Gabrielle wręczyła Iribe'owi swoje pełnomocnictwo i wydelegowała go na posiedzenie zarządu. Iribe lekkomyślnie odmówił podpisania protokołu obrad, dając obecnym pretekst do zwolnienia go z funkcji. W ramach dalszej reorganizacji firmy w 1934 roku Wertheimerowie usunęli w końcu Gabrielle ze stanowiska prezesa. Była oburzona, ale niewiele mogła zrobić.

Lato 1934 roku spędzała ponownie w Roquebrune, w La Pausie. Gościła tam wtedy między innymi kompozytora Poulenca, tancerza Serge'a Lifara oraz Horsta P. Horsta, młodego niemieckiego fotografika. Częstym gościem w La Pausie był również włoski hrabia Luchino Visconti, przyszły reżyser filmowy. Gabrielle znała go od lat. W tamtym czasie, zawstydzony swoim arystokratycznym lenistwem, Visconti zajął się hodowlą koni wyścigowych. Poznał Gabrielle i jej przyjaciół w Wenecji – na Lido albo w weneckim pałacu swoich szwagierek, Madiny i Niki Arrivabene – a później spotkał się z nimi w Paryżu. Serge Lifar wspominał, że wszyscy, którzy liczyli się w towarzystwie, zjeżdżali do Wenecji i uważali się za

> jedynych w swoim rodzaju, pięknych i ekscytujących (...). W tych latach (...) byli w Wenecji wpływowi ludzie, tacy jak Visconti oraz „dożowie" Volpi.

> Towarzystwo w Paryżu i w Rzymie utrzymywało z sobą stały kontakt i zamieniało się miejscami. W Paryżu witali mnie ci sami ludzie, których spotykałem w Londynie, Rzymie czy Wenecji, stolicach tej osi triumfalnej światowości[10]

Biograf włoskiego reżysera napisał, że „Visconti kochał Natalie Lelong [przyrodnią siostrę Dymitra Pawłowicza], która miała romans z Serge'em Lifarem, ale także z paroma innymi kobietami; Chanel miała romans z Viscontim, który kochał też Niki Arrivabene. Wszyscy się kochali i wszyscy byli piękni, biseksualni i pociągający"[11].

Po przyjeździe do Paryża Visconti, choć był chorobliwie nieśmiały, dzięki własnemu pochodzeniu i urodzie zapewnił sobie wstęp do paryskiego odpowiednika wyrafinowanego weneckiego towarzystwa. Miał nieustające zaproszenie na słynne lunche i obiady u Gabrielle, gdzie zastawał „najbardziej olśniewające, najsławniejsze i najciekawsze umysły". Niekiedy towarzyszyła mu jedna czy druga z jego szwagierek. Jedna z nich zapamiętała te wydarzenia jako „tak eleganckie, że można było umrzeć z wrażenia".

Chociaż Visconti nie do końca rozumiał Gabrielle, z czasem dobrze ją poznał. Nazywał ją „La Belle Dame Sans Merci" i wspominał później jej „cierpienia, przyjemności czerpane z ranienia, potrzebę karania, jej dumę, rygor, sarkazm, jej zabójczą wściekłość, jej uporczywe dążenie do celu, wahania nastrojów, jej geniusz twórczy"[12]. Był koneserem wnętrz – sam urządził kilka wspaniałych mieszkań – i podziwiał to, co Gabrielle stworzyła w La Pausie. Zauważył, że jej ogrody były „niezwykłe", i wspomniał, że Gabrielle „jako pierwsza zaczęła sadzić rośliny »biedaków« takie jak lawenda i drzewa oliwkowe, odrzucając lilie (...) i kwiaty tego rodzaju. Dom urządzony był w beżach, były tam skórzane i zamszowe sofy, meble prowansalskie i hiszpańskie, wtedy już niemodne – wszystko w miękkich kolorach, jak malowidła Zurbarana"[13].

Po latach borykania się z własnym homoseksualizmem Luchino Visconti wreszcie pogodził się z nim i podjął kilka ważnych decyzji. Odrzucił konserwatywny, arystokratyczny tryb życia i komfort płynący z posiadania rodziny – w którą niemniej nadal głęboko wierzył – i postanowił zaznaczyć swoją obecność w świecie poprzez sztukę. Zakochał się (nie on jeden) bez pamięci w fotografiku Horście, który zasłynął niedawno serią ponętnych fotografii Gabrielle. Horst wspominał, że Chanel

Rozdział 23

> pokłóciła się z „Vogue" [a właściwie z Condé Nastem] i zabroniła publikacji jakichkolwiek swoich zdjęć w tym magazynie. Wysłano mnie do niej. Gdy ją sfotografowałem, stwierdziła, że suknie wyszły dobrze, ale kobieta na zdjęciach to nie ona. „Jak mogę zrobić pani dobre zdjęcie, skoro pani nie znam" – odparłem. Więc zaprosiła mnie na obiad. Niedługo przedtem posprzeczała się z Iribe'em (...) i myślała o nim, gdy robiłem zdjęcia. Ogromnie się jej spodobały. „Ile płacę?" – zapytała. „Nic – odparłem. – Możliwość zrobienia pani takiego zdjęcia starcza mi za zapłatę" – i tak zostaliśmy przyjaciółmi[14].

Latem 1935 roku Gabrielle czekała w La Pausie na Iribe'a, który spędził poprzednie tygodnie w Paryżu. Zadzwonił, żeby powiadomić, że przyjedzie kuszetką z Paryża jutro rano i zaproponował, aby rozpoczęli dzień od meczu tenisa. Według niektórych źródeł Iribe był w trakcie rozgrzewki, kiedy Gabrielle weszła na kort. W połowie pierwszego seta podeszła do siatki i poprosiła, żeby nie puszczał takich mocnych piłek. Iribe popatrzył na nią znad ciemnych okularów, zatoczył się i upadł. Doznał rozległego zawału. Dwa dni później zmarł w pobliskiej klinice, nie odzyskawszy przytomności. Wiele lat później Chanel wyzna, że obwinia się za jego śmierć, ponieważ namówiła go na kontynuowanie gry, choć skarżył się, że jest mu słabo[15].

Gabrielle była zdruzgotana. Czuła się, jakby skończyło się także jej życie. Jej romans z Iribe'em był może burzliwy, ale ten dominujący mężczyzna pobudzał ją do życia i wspierał. Wyjątkowo pozwoliła sobie lekko się na nim oprzeć.

Nocami cierpiała jeszcze bardziej, sama, zdrętwiała od żalu i bezsenności. Od razu przyjechała do niej Misia. Wezwano lekarza, który przepisał Gabrielle środek uspokajający Sedol na ukojenie nerwów i lepszy sen. Chanel powie później, że przyjmowała go nie po to, by normalnie żyć, ale żeby „jakoś się trzymać".

Jeszcze raz „opuścił" ją mężczyzna, jeszcze raz została sama. Wydaje się, że zawsze, gdy kogoś traciła, przypominała sobie odejście ojca i przeżywała emocjonalny kryzys. Tym razem był on wyjątkowo wyniszczający. Nie dość, że odczuła ponownie ból tamtego rozstania, to jeszcze w okrutny sposób przypomniano jej, że ona też jest śmiertelna. Nie była w stanie przetrzymać nocy bez leku uspokajającego, który tłumił żal na kilka godzin i chronił przed poczuciem, że umarła, dopadającym ją za każdym razem, kiedy zamykała oczy. Szybko uzależniła się od błogosławionej ulgi, jaką jej przynosił, i nawet gdy okres kompletnej beznadziei minął, dalej co wieczór wstrzykiwała sobie sedol, który pomagał jej się odprężyć i zasnąć.

Dużo później, w latach sześćdziesiątych, szwajcarski lekarz Gabrielle powiedział jej asystentce Lilou Marquand, że Gabrielle złamała sobie nogę w kostce na nartach w Szwajcarii. Miało to miejsce prawdopodobnie w roku po śmierci Iribe'a, kiedy Gabrielle rzeczywiście pojechała na narty z Etienne'em de Beaumontem i innymi przyjaciółmi. Dostała morfinę na uśmierzenie bólu. Lilou Marquand, słysząc to, powiedziała: „Ból zniknął, ale uzależnienie zrobiło swoje". Marquand, która dobrze znała Gabrielle, przyznała, że „wiedziało o tym niewiele osób". Sama Gabrielle chyba zapomniała o owym incydencie. Lecz nawet jeśli lekarz nie powiedział jej wszystkiego, czy „naprawdę sądziła, że wstrzykuje sobie tylko odrobinę morfiny z dodatkiem witamin?"[16]. Chanel wierzyła jednak w swoje prawdy i z czasem jedną z nich stało się przeświadczenie, że aplikuje sobie zwykły środek uspokajający.

Przedstawiony przez Gabrielle opis jej związku z Iribe'em daje nam pewne pojęcie o tym, jak wiele znaczył dla niej ten mężczyzna. Powiedziała, że był

> bardzo przewrotnym stworzeniem, bardzo czuły, bardzo inteligentny, bardzo samolubny i nadzwyczaj wyrafinowany (...). Był Baskiem, zdumiewająco wszechstronnym w sferze myślenia i estetyki, a tam, gdzie wchodziła w grę zazdrość – prawdziwym Hiszpanem. Dręczyła go moja przeszłość. Chciał przeżyć ze mną jeszcze raz całą przeszłość przeżytą bez niego i przestudiować cały stracony czas, każąc mi się z niego tłumaczyć[17].

Można podejrzewać, że Iribe był, obok Reverdy'ego, tym mężczyzną, przed którym Gabrielle odsłoniła najwięcej szczegółów z własnej przeszłości. Razem z Iribe'em wyruszyła na wycieczkę „szlakiem mojej młodości" i odwiedziła klasztor w Aubazine w dalekim Corrèze.

Jednak wiele lat później stwierdziła też:

> [Iribe] wykończył mnie, zrujnował mi zdrowie. Moja rosnąca sława przyćmiewała jego gasnący blask. Kochał mnie, podświadomie (...), po to żeby uwolnić się od tego kompleksu i zemścić za to, czego mu odmówiono. Reprezentowałam dla niego Paryż, którego nie mógł posiąść i opanować (...). Byłam mu przynależna[18].

Pod koniec sierpnia 1935 roku, po śmierci Iribe'a, Gabrielle nie czuła się jeszcze na siłach, żeby wrócić do Paryża, i została do późnej jesieni na południu.

Rozdział 23

Pierwszy raz entuzjazm, który za każdym razem popychał ją do tworzenia nowej kolekcji, nie ściągnął jej z powrotem do Paryża. Miała tyle samo lat co Iribe – pięćdziesiąt dwa – i czuła się wykończona. Być może uświadomiła sobie, że jej fenomenalna energia się kiedyś wyczerpie. Kierowała firmą, udzielając wskazówek dotyczących nowej wiosennej kolekcji do Paryża przez telefon, w długich rozmowach. Wiele lat później, gdy jeden z jej długoletnich pracowników stracił ojca, Gabrielle zaprosiła go na spotkanie w Ritzu:

> Posadziła mnie obok siebie i powiedziała – na zawsze zapamiętam tę ponadgodzinną rozmowę (...): – „Życzę panu mnóstwo namiętności, mnóstwo miłości – to się zdarza w życiu! Ale jest tylko jeden przyjaciel, który chroni przed żalem – wystarczy zapukać do drzwi, on już tam będzie: praca!".

Gdy praca weszła jej w nawyk, stała się jedynym znanym jej antidotum na jej liczne boleści. Pozwalała jej osiągnąć stan zbliżony do spokoju ducha. Dlatego po powrocie do Paryża rzuciła się w jej wir.

Cocteau poprosił ją o zaprojektowanie kostiumów do opery, którą zaczął pisać – *Król Edyp*, a Jean Renoir o garderobę do swojego nowego filmu *Reguły gry*. Gabrielle niedawno przedstawiła swemu przyjacielowi Jeanowi, synowi malarza Renoira, swojego byłego kochanka Luchina Viscontiego. Wyjaśniła, że młody włoski hrabia pragnie pracować w filmie. Mimo chorobliwej nieśmiałości arystokraty obaj przypadli sobie do gustu i Visconti zaczął obserwować wielkiego reżysera przy pracy. Po roku Renoir był pod takim wrażeniem, że przyjął go do swojej ekipy filmowej. Jeszcze później Visconti wspaniałomyślnie przyznał się do tego, że Gabrielle była osobą, która pomogła mu odnaleźć jego prawdziwe powołanie.

Chanel wróciła do Paryża tamtej jesieni nie tylko po to, by pracować, ale żeby stoczyć bitwę. Przygotowywała się do konfrontacji z problemem, który narastał systematycznie od kilku ostatnich lat, ale któremu dotąd nie chciała stawić czoła. Pierwszy raz od ponad piętnastu lat miała poważną konkurentkę: kobietę nazwiskiem Elsa Schiaparelli. Byli inni rywale – Mainbocher czy Marcel Rochas – ale to „ta Włoszka", jak nazywała ją Gabrielle, zaczęła budzić takie zainteresowanie, jakie od czasów pierwszej wojny światowej wydawało się przynależne tylko Gabrielle.

Rozdział 24

„SCHIAP MIAŁA MNÓSTWO, ALE ZŁEGO"

Schiaparelli była utalentowaną, ekscentryczną włoską arystokratką, która zaczęła od projektowania swetrów i spódnic. Odniosły one wielki sukces. Tworzyła także ubiory chwalone za ich powściągliwą elegancję, ale prawdziwą sławę miały jej przynieść inteligentne i prowokujące projekty. Od połowy do końca lat trzydziestych często przygotowywała je we współpracy z Salvadorem Dalim (w tamtym czasie Dalí współpracował także z Gabrielle, Cocteau i Balanchine'em przy różnych przedsięwzięciach scenicznych). Żeby uczcić jej sukces, w 1935 roku brytyjski „Vogue" poświęcił jej okładkę numeru bożonarodzeniowego. Młoda brytyjska gwiazda fotografii Cecil Beaton sfotografował słynną z urody hinduską księżniczkę Karam z Kapurthali w sukniach wieczorowych Schiaparelli uszytych na wzór sari oraz inne jej kreacje w surrealistycznej scenerii. Tam, gdzie Gabrielle okazywała powściągliwość, Schiaparelli była ekstrawagancka. Stworzyła serię ubrań w kolorze, który określiła jako „jaskrawy, niemożliwy, bezczelny, twarzowy, życiodajny, wściekły kolor w formie czystej". Był nim słynny róż.

Jednymi z pierwszych sławnych klientek Schiaparelli były Anita Loos, autorka książki *Mężczyźni wolą blondynki,* Mae West oraz Daisy Fellowes. Po triumfalnym zainstalowaniu się przy placu Vendôme, kilka kroków od salonu

Rozdział 24

Gabrielle na rue Cambon, Schiaparelli powiedziała: „Chanel wylansowała marynarskie swetry i krótkie spódniczki, ja wzięłam jej sweter, zmieniłam krój i proszę – już po Chanel!". Gabrielle sądziła, że myśl ukryta w najodważniejszych kreacjach Schiaparelli – że świat jest zabawny, absurdalny i bezcelowy – nie przetrwa długo. Ale ekstrawagancja i surrealizm jej „guzików w kształcie rybek, małpich kapelusików, rękawiczek w formie lisich łbów i skunksowych futer" doskonale odzwierciedlały ducha tamtych czasów. Bettina Ballard zauważyła trafnie, że Schiaparelli

> zajęła się modą, żeby sławić surową elegancję brzydkiej kobiety (...). Surowy szyk sprawił, że doskonale wpasowała się w te ekstrawaganckie lata przed drugą wojną światową. Wściekły róż (...) był symbolem jej myślenia. Panował snobizm na szokowanie, a ona wiodła prym w tej sztuce (...). Paryż był spragniony szoku, a Elsa Schiaparelli dostarczała mu go w formie dobrze skrojonych ubrań o niezaprzeczalnej elegancji[1].

Szokowanie odbiorcy przed pierwszą wojną stało się świadomym celem artystycznym modernistów, a dla powojennych dadaistów i surrealistów było już normą.

Schiaparelli nie tylko otaczała się artystami, podobnie jak Gabrielle, lecz także namawiała ich do współtworzenia jej kreacji. (Gabrielle wierzyła w prymat sztuki nad rzemiosłem i pracując z artystami, usuwała się na drugi plan). Schiaparelli nieustannie zachęcała swoich artystów do eksperymentowania, im bardziej sugestywnie i skandalizująco, tym lepiej. Bettina Ballard przytacza słowa wielkiego projektanta Cristobala Balenciagi, który zauważył złośliwie, że Schiaparelli „»była jedyną prawdziwą artystką w świecie mody«, co wcale nie znaczy, że jego zdaniem sztuka i projektowanie ubiorów powinny iść z sobą w parze"[2]. Gabrielle oczywiście myślała podobnie. Balenciaga był jednym z jej nielicznych kolegów po fachu, których naprawdę szanowała.

Chanel została zepchnięta do defensywy, lecz miała dobrą broń: dogłębne zrozumienie mody. Ogłosiła, że nowość niekoniecznie musi być nowoczesna. Poszła jeszcze dalej: ona nie oferuje powierzchownych, sezonowych zmian. Oferuje „styl", a to nie to samo co moda. Kiedy krytykowała Schiaparelli, zarzucano jej, że od lat przed pierwszą wojną światową była na czele awangardy w modzie, a teraz się jej sprzeniewierza. Ripostowała, że ona osiąga nowoczesność przez odniesienie do tradycji klasycznej i zrozumienie bardziej fundamentalnej prawdy o swoich czasach. Gabrielle w swoim najlepszym wydaniu stworzyła styl będący prawie „poza modą". Projektowała dla stulecia, w którym moda utraciła w dużej mierze swój elitarny charakter, a jej koncepcje były inspirowane potężną, nową estetyką – można ją określić jako wyrafinowanie bez elitaryzmu. Rozwścieczona tym, że jej nie rozumiano, skonstatowała ostro i błyskotliwie, iż „futuryzm" Schiaparelli to złudzenie optyczne, niemające „nic do powiedzenia na temat przyszłości". Gdy się nad tym zastanowić, surrealizm rzeczywiście opiera się na „złudzeniu optycznym", a według Gabrielle nie na tym polegały ubieranie się ani styl.

W latach trzydziestych kobiece ciało stopniowo odzyskiwało kształt, a dyktatura kanciastej chłopczycy – dziewczyny o płaskim biuście i fryzurze na pazia z lat dwudziestych – została obalona. Ubrania nadal wyszczuplały, ale zaczęły znowu uwydatniać krągłości kobiecego ciała, podkreślając linię biustu, talii i bioder. Modne były gładkie, ponętne tkaniny takie jak atłas oraz cięcie materiału po skosie, które podkreślało krzywizny ciała. Góra sukienki często przypominała bluzę, talię podkreślano ciasno ściągniętymi paskami, spódnice były dopasowane w biodrach, a niżej bardzo kobiece, szerokie i o płynnej linii. Cięcie po skosie było wynalazkiem Madeleine Vionnet, projektantki, którą Gabrielle podziwiała za uproszczony, „architektoniczny" styl. Vionnet nie lubiła wszystkiego, co deformowało kobiecą sylwetkę, a jej ubiory cieszyły się wzięciem właśnie dlatego, że akcentowały naturalny kształt kobiecego ciała. Prostota fasonów Vionnet, wzorowana na greckich rzeźbach, w rzeczywistości wymagała długiej pracy – najpierw wycinano z materiału miniaturowe projekty i upinano je na miniaturowych laleczkach, a następnie odtwarzano je w skali 1:1 na żywych modelkach.

Gabrielle zaczęła używać wielkich kokard przy karczku i watowanych ramion (uważa się, że wprowadziła je Schiaparelli), dzięki którym talia wyglądała na jeszcze mniejszą. Spódnice znacznie zwiększyły swoją długość, do piętnastu centymetrów nad ziemią, wróciły do łask długie suknie wieczorowe. Kreacje na wieczór ujawniały pragnienie ucieczki od trudnej atmosfery finansowej tamtego okresu i stały się bardziej luksusowe, czasem wręcz przesadnie kobiece. Ogromnym powodzeniem cieszyły się atłasy w pastelowych kolorach. Gabrielle uległa temu trendowi i opracowała własne wersje modnych bladych, kremowych i brzoskwiniowych różów.

Rozdział 24

Jej kostiumy były szyte w tamtym czasie z lekko dopasowanych tweedów. Nakładano je na kontrastujące, rozpięte pod szyją białe koszule, tak aby widoczne były mankiety albo żaboty. Ówczesnym znakiem firmowym Gabrielle stały się te same białe kołnierze i mankiety jako kontrastujące elementy czarnej sukienki. Kontrast czerni i bieli stał się motywem wielu jej ubiorów na dzień, wzbogaconych o elementy w kolorze zielonym, czerwonym, brązowym, fioletowym i musztardowym. Od połowy lat trzydziestych używała nowego wzorzystego rozciągliwego materiału zwanego lastexem – później znanego jako lateks – unowocześnionej wersji jej ulubionego dżerseju.

Schiaparelli tworzyła teraz żakiety z głębokim wcięciem w talii i sztywnym, wystającym peplum, zakładane na wąskie spódnice z bardzo gęstymi plisami. Gabrielle została uznana przez niektórych za projektantkę dla mało asertywnych, niepewnych kobiet, które wybierały elegancką dyskrecję, bo nade wszystko bały się posądzenia o „zły smak". Coraz bardziej awangardowe projekty Schiaparelli przeznaczone były dla kobiety, która uważała się za odważną i zwracała na siebie uwagę właśnie dzięki świadomemu „złemu smakowi" projektantki. Miłośniczki Schiaparelli, pewne siebie i lubiące być w centrum uwagi, kochały zainteresowanie, jakie budziły ich czerwone rzęsy, czarne rękawiczki ze szkarłatnymi paznokciami, naleśnikowate kapelusze i błękitne atłasowe pantalony widoczne pod uniesionym rąbkiem czarnej sukni wieczorowej.

Czasopisma i gazety codzienne z upodobaniem śledziły rywalizację tych dwóch jakże różnych projektantek, a „Vogue" donosił, że nowy styl „nie ma już płynnej linii ani nie jest sentymentalny, lecz swobodny, śmiały i prosty". W 1934 roku „Time" umieścił Schiaparelli na okładce i obwieścił, że Chanel nie nadaje już tonu w świecie mody. Schiaparelli to jeden z „garstki domów, które awansowały do rangi arbitrów ultranowoczesnej *haute couture* (...). Pani Schiaparelli jest bardziej szalona i oryginalna niż większość jej współczesnych i to właśnie w odniesieniu do niej najczęściej używa się słowa »geniusz«". Surrealistyczne ubiory Schiaparelli były wyzwaniem dla dobrego smaku i odkryły dla mody czar egzotyki i skandalu kojarzony dotąd wyłącznie z kostiumami balowymi. Schiaparelli bez wątpienia wyniosła surrealizm do rangi najwyższej formy elegancji.

Suknia wieczorowa zaprojektowana przez Włoszkę razem z młodym Dalim miała spódnicę z nadrukowanym naturalnej wielkości homarem, a jej stanik zdobiły rozrzucone gdzieniegdzie listki „pietruszki". Kreacja spotkała się z ogromnym zainteresowaniem, kiedy Beaton sfotografował w niej Wallis Simpson, kochankę księcia Walii. Dalí był niepocieszony, że nie pozwolono mu ochlapać sukni prawdziwym majonezem. Młody Balenciaga, którego ascetyczne ubiory były mimo wszystko kobiece i ultranowoczesne i pozostają dla niektórych kwintesencją elegancji XX wieku, poczyni zdumiewająco wnikliwą obserwację: „Widzicie, Coco miała mało gustu, ale dobrego. Schiap miała mnóstwo, ale złego".

Wiosną 1936 roku odbyły się we Francji wybory. Ku rozpaczy prawicy frekwencja była wysoka, a władzę objęła lewicowa koalicja. Wielu wierzyło, że nowy Front Ludowy przeforsuje wreszcie długo odkładane reformy. Bogacze na prawicy obawiali się, że kraj znalazł się na skraju komunizmu, a lewica tymczasem hucznie obchodziła 1 maja. Léon Blum, socjalistyczny przywódca koalicji, został wykpiony w parlamencie za swoją żydowskość przez prawicowego posła Xaviera Vallata, który stwierdził: „Po raz pierwszy w swej historii ten stary galijsko-rzymski kraj będzie rządzony przez Żyda. Ośmielam się wypowiedzieć na głos to, co myśli w głębi duszy cały nasz kraj: byłoby lepiej (...), gdyby rządził nami ktoś, kto wywodzi się z tej ziemi (...), a nie jakiś chytry talmudysta". Ten przejaw rosnącego antysemityzmu potwierdziła jedna z gazet w nagłówku: „Francją rządzi Żyd".

Tymczasem robotnicy, bojąc się, że nie uzyskają upragnionego rozszerzenia praw – płatnego urlopu, zasiłków rodzinnych, ubezpieczenia bezrobotnych – wzięli udział w największej w historii Francji demonstracji klasy robotniczej, zanim jeszcze nowy premier rozpoczął urzędowanie. Zastrajkowali pracownicy przemysłu lotniczego i samochodowego, a niedługo potem zdarzyła się rzecz dotąd niespotykana: do strajku przyłączyli się pracownicy przemysłu odzieżowego. W kraju zawrzało. Ku zdumieniu Gabrielle niezadowolenie rozlało się także na jej pracowników. Pewnego ranka wejście do salonu przy rue Cambon zagrodziła jej grupa pracownic, które uśmiechały się do fotoreporterów. Jej wściekłość zdała się na nic. Pracownice nie wpuściły jej i musiała się wycofać na drugą stronę ulicy do Ritza.

Wezwany pilnie adwokat Chanel René de Chambrun doradził rozwścieczonej dyktatorce mody, aby zachowała spokój, i namówił ją na spotkanie

Rozdział 24

z pracownicami. Gdy jednak Gabrielle wyszła z Ritza tylnymi drzwiami i jeszcze raz przeszła przez rue Cambon, ponownie nie wpuszczono jej do salonu. Chambrun radził czekać na dalszy rozwój sytuacji. W końcu nowy premier Léon Blum zasiadł do rozmów z delegacją robotników i przez całą noc debatował z nimi nad porozumieniem. Miało ono zapewnić francuskim pracownikom prawa, jakich nigdy dotąd nie mieli.

Strajk trwał jeszcze kilka dni, ale do jego zakończenia również pracownicy Gabrielle zapewnili sobie prawo do podwyżek oraz zrzeszania się w związkach zawodowych, czterdziestogodzinny tydzień pracy oraz dwa tygodnie płatnego urlopu w ciągu roku. Niemcy i Wielka Brytania wprowadziły już zasadę negocjacji w sprawie umowy zbiorowej – Francja uczyniła to dopiero teraz, w ugodzie nazwanej porozumieniami z Matignon. Gabrielle była oburzona. Natychmiast zwolniła trzysta pracownic, ale René de Chambrun i jej dyrektorzy finansowi ostrzegali, że jeśli nie ustąpi, i to szybko, nie zdoła przedstawić nowej jesiennej kolekcji. Po latach Gabrielle wciąż pomstowała na „dominację" robotników, którzy przecież powinni być jej wdzięczni za pracę. W gruncie rzeczy reprezentowała klasyczną postawę konserwatysty o chłopskim pochodzeniu. Wszystko, co miała, wypracowała sobie w pocie czoła. Dlaczego jej pracownicy nie mieliby robić tego samego?

Jak zawsze jednak Gabrielle miała w sobie wiele sprzeczności, a nawet paradoksów. Choć jej poglądy polityczne nie były zbyt finezyjne, nie można zapominać o jej inteligencji ani o tym, że zachowała resztki głęboko zakorzenionej niechęci do establishmentu. W efekcie reprezentowała bardziej ambiwalentne poglądy niż prosty, prowincjonalny konserwatyzm. Mimo widomej niechęci do lewicowej polityki w 1936 roku zaprojektowała kostiumy do filmu *Marsylianka*, wyreżyserowanego przez jej przyjaciela Jeana Renoira i sławiącego prawa obywateli Francji zjednoczonych w walce z wyzyskiem. W tym samym roku została drugim sponsorem skrajnie lewicowego magazynu Pierre'a Lestringueza „Futur". Zaprojektuje też, zgodnie z napisami końcowymi, kostiumy do filmu Renoira *Reguły gry* – jego bezlitosnej satyry na establishment.

W latach bezpośrednio przed drugą wojną światową bogaci Francuzi nie ufali swojemu rządowi i lokowali kapitał za granicą. Bank Francji stracił miliardy franków, wzrastało poczucie destabilizacji.

W grudniu 1936 roku przyjechał do Paryża Winston Churchill z synem Randolphem. Zjadł z Gabrielle (i Cocteau) kolację w jej apartamencie w Ritzu. Churchill przyjechał wyperswadować swemu przyjacielowi Edwardowi VIII plan poślubienia kochanki, Wallis Simpson. Przy kolacji wybuchnął płaczem na wzmiankę o abdykacji króla. Kilka dni później musiał jednak dopomóc królowi dokonać poprawek w przemówieniu abdykacyjnym. W następnym roku książę Windsoru – bo taki tytuł uzyskał Edward VIII po zrzeczeniu się tronu – poślubił rozwódkę Wallis Simpson, a Gabrielle wysłała młodej parze prezenty. Niedługo potem rząd Frontu Ludowego kierowany przez Léona Bluma utracił władzę na rzecz Camille'a Chautemps. Po kilku szybkich zmianach we francuskim rządzie w marcu 1938 roku Hitler wysłał wojska do swej rodzimej Austrii, która z entuzjazmem połączyła się z Trzecią Rzeszą.

Pod koniec lat trzydziestych Gabrielle nietypowo dla siebie zainteresowała się motywem ucieczki od rzeczywistości, popularnym wtedy wśród projektantów oraz ich klientek. Zdobny i rozrzutny romantyzm, wzorowany na stylu dziewiętnastowiecznym, nostalgicznie przywoływał „lepsze czasy". W klimacie zamętu politycznego, w tych latach nastąpiło prawdziwe apogeum wyjątkowo ekstrawaganckich balów kostiumowych, które Gabrielle często uświetniała swoją obecnością. Wzięła udział w balu hrabiego de Beaumonta, w przyjęciu u ambasadora amerykańskiego oraz w niesamowitym przyjęciu lady Mendl na siedemset osób w Wersalu. Gospodyni, w kostiumie z diamentów i białej organdyny, grała rolę dyrektorki cyrku na arenie pełnej kucyków, klaunów i akrobatów ubranych w białe atłasowe stroje. Gabrielle towarzyszył tego wieczoru stary przyjaciel Arthura Capela książę de Gramont, a goście tańczyli na parkiecie podtrzymywanym przez tysiące sprężynek, które kołysały się w rytm ich ruchów.

Ubiory Gabrielle na dzień zachowywały charakterystyczną prostotę, za to przy kreacjach na wieczór niekiedy zapominała o swej sławnej powściągliwości – być może dlatego, że nie była odporna na panujący wokół polityczny chaos ani na konkurencję stwarzaną przez grupkę utalentowanych nowicjuszy takich jak Balenciaga. Wyjątkowo w pracach Gabrielle z tamtego okresu widać ślady niezdecydowania, dające wrażenie mniejszej pewności siebie. Chociaż miała sporo racji w swojej krytyce wad Schiaparelli, na kostiumowym balu sezonu nieświadomie zdradziła, jak bardzo czuje się niepewna, okazując jej pogardliwą wyższość.

Rozdział 24

Rezydencja malarza André Dursta – już przedtem bardziej podobna do planu filmowego niż do mieszkania – została zamieniona w scenerię elegijnej powieści Alaina Fourniera o utraconych czasach *Mój przyjaciel Meaulnes*. Durst wymyślił sobie bal, który będzie odtworzeniem tego opisanego w powieści. Wśród gości była Bettina Ballard:

> Goście szybko wczuli się w bajkowy klimat. Wchodzili przy basenie. Jedna grupka przyszła przebrana za stado ptaków, inna jako trzy drzewa stąpające uroczyście w kierunku gości (...). Maria de Gramont, jako gepard, mknęła przez pola z Bébé Bérardem, baraszkującym lwem.
>
> Omal nie doszło do katastrofy, kiedy Chanel (...) poprosiła Schiaparelli (...) do tańca, a potem, niby niechcący, wmanewrowała ją w świece (...). Ogień został ugaszony, Schiaparelli także – przez rozbawionych gości oblewających ją wodą sodową. Incydent ten niezmiernie wzbogacił katalog krążących o tym przyjęciu anegdot i dostarczył Paryżowi tematu do konwersacji na wiele dni[3].

Dbając o to, aby pozostawać w centrum uwagi, Gabrielle udzielała się towarzysko i była widywana na licznych wielkich balach kostiumowych w widowiskowych strojach nawiązujących do poprzedniego wieku. Co ciekawe, z dzisiejszej perspektywy w tych ubiorach po raz pierwszy wygląda nieco przestarzale. Ubrania z minionej epoki po prostu nie pasują do kobiety, która wywarła tak ogromny wpływ na styl ubierania się w swoich czasach. Jak na ironię osoba, która w latach przed pierwszą wojną światową i po niej zasłynęła za sprawą radykalnego uproszczenia kobiecego ubioru, w przeddzień kataklizmu razem z innymi szukała schronienia w ekscesach przeszłości.

Nagłówek hotelu Ritz z datą 1938

Najdroższa Coco

Przyjechałem chwilę po tym, jak opuściłaś rue Cambon po popołudniu olbrzymich „nękających bólów". Nie zapominaj o mnie! Chciałbym jutro rano zobaczyć się z Tobą (...). Zatelefonuję do Ciebie (...).

Droga piękna mała Coco

Napiszę do Ciebie (...). Wcześniej, kiedy Hugo powiedział mi, że wisisz na telefonie po drugiej stronie, wystraszyłem się na śmierć (...) i troszkę trzęsły mi się nogi (...) kompulsywna czułość ścisnęła mnie za gardło (...). Po tej rozmowie miałem (...) wyobrażenie Twojej twarzyczki, była na niej melancholia, jakiej nigdy przedtem nie widziałem (...) melancholia tego rodzaju, który jest prawdopodobnie (...) właściwy wyłącznie Tobie (...).
Przesyłam Ci uściski. Żadne z nas nie może umrzeć.

La Pausa
1938
Droga piękna Chanel

(...) Coraz bardziej boję się do Ciebie telefonować, dostaję palpitacji, ból ściska mnie w gardle i nie rozumiem ani w ząb tego, co do mnie mówisz (...). Muszę Ci powiedzieć, na czym stoję (...), i lepiej będzie Ci to napisać niż nie mówić wcale.

Przesyłam uściski i kocham Cię.
Twój Salvador

La Pausa, Roquebrune
Koniec roku 1938

Drogi piękny ptaszku

Gala [żona] *wyjechała (...). Kiedy tu byłaś, prawdziwie zaczarowałaś La Pausa. Przyzwyczajam się do nie widywania tego obrazka (...). Jedno jest pewne, nasze spotkanie staje się czymś bardzo „dobrym" i bardzo ważnym (...).*

Całuję z całego serca
Twój Salvador[4]

„Salvador" to Salvador Dalí, z którym Gabrielle przez parę miesięcy miała romans. Kilka lat później będzie bagatelizować sprawę i twierdzić, że pozwoliła sobie na tę miłostkę, żeby zirytować Galę. Z szeregu listów Dalego do

Rozdział 24

Gabrielle widać jednak wyraźnie, że geniusz malarstwa zakochał się w niej i był nią zachwycony. Choć komunikował się z nią (świadomie lub nie) w dość surrealistycznym stylu, widać, że nie był głupcem i cenił bogactwo jej osobowości. Oznaczało to między innymi, że „widział" jej melancholię. Z pewnością zgodziłby się z tą jej opinią: „Przejawiam kontrasty (...), do których nie mogę przywyknąć: sądzę, że jestem zarazem najbardziej nieśmiałą i odważną osobą, najweselszą i najsmutniejszą. Nie mam w sobie gwałtowności; to kontrasty, wielkie przeciwieństwa ścierają się we mnie"[5].

Paraliżujący lęk przed samotnością sprawiał, że Gabrielle wciąż tęskniła za uczuciem i bliskością. Po śmierci Iribe'a jednak wyzbyła się złudzeń. Wydawała się pogodzona z myślą, że nic nie trwa wiecznie i człowiek bierze z życia ile może, póki może. Coraz częściej przedstawiała się jako osoba twarda i niezwyciężona, ale brało się to właśnie z opisanych przez nią gwałtownych sprzeczności. Z jednej strony była bardzo silna, z drugiej – zawsze pozostała podatna na zranienie. Mogła więc powiedzieć: „Taka już jestem. Czy dobrze to wyjaśniłam? Doskonale. Jestem też przeciwieństwem wszystkiego tego"[6]. Trudno więc uwierzyć do końca jej zapewnieniom, że romans z Dalim jej nie poruszył i miał na celu jedynie zrobienie na złość jego żonie, jakkolwiek mogła być irytująca.

Gabrielle krążyła między La Pausą a Paryżem, zapraszając regularnie jednego lub kilkoro ze swoich przyjaciół, aby pomieszkali sobie w jej willi pod jej nieobecność. W latach trzydziestych jednym z tych gości był Pierre Reverdy. W poprzedniej dekadzie Reverdy zamknął się w klasztorze pod Paryżem, ale od czasu do czasu, znużony ascezą, wracał do świata. W pewnym okresie oznaczało to także sporadyczne „powroty" do Gabrielle.

W listach do Chanel z lata 1938 roku Dalí powtarza wielokrotnie: „Przeraża mnie koszmar, jaki zafundowała Ci Russie". Chodzi o Russadanę, młodą Gruzinkę, z którą ożenił się José Maria Sert.

Russadana od dłuższego czasu była uzależniona od morfiny, a w ostatnich miesiącach chorobliwie schudła. Kiedy przyjechała z Sertem na dłuższy pobyt do La Pausy, wyglądała strasznie, ciągle miała gorączkę, kaszlała. Gabrielle zaopiekowała się nią. Sert „nie wierzył" w chorobę, a przy tym był zbyt samolubny, żeby na serio interesować się pogarszającym się zdrowiem żony.

Gabrielle zaprowadziła Russadanę na prześwietlenie. Wynik badań nie był zaskoczeniem: księżniczka miała zaawansowaną gruźlicę. Lekarze zalecili jej wyjazd do sanatorium, ale wyniszczona młoda kobieta absolutnie nie chciała o tym słyszeć. Gabrielle obmyśliła więc podstęp: powiedziała Russadanie, że musi pojechać do swojego lekarza do Szwajcarii, i poprosiła ją, aby jej towarzyszyła. W pociągu Russie pokazała Gabrielle sińce na ciele. Sert, widząc, że wyjeżdża, wpadł w furię i dotkliwie ją pobił. Russadana nazwała swoje siniaki „ostatnimi podarunkami od Serta".

W Szwajcarii Chanel nakłoniła Gruzinkę do pójścia do kliniki. Na wieść o ich wyjeździe Misia natychmiast pojechała za nimi, żeby zobaczyć się z Russie. W klinice kilkakrotnie odmówiono jej prawa do odwiedzin, tłumacząc, że każde wzruszenie może być dla pacjentki śmiertelne. Zrozpaczona Misia wróciła do Paryża w przekonaniu, że to Gabrielle nie pozwoliła jej zobaczyć się z umierającą, a nie lekarze. Możliwe, że miała rację. Misia strasznie cierpiała, nie mogąc zobaczyć się z kobietą, która zniszczyła jej małżeństwo, a którą mimo to uwielbiała.

Niespodziewanie i dość żałośnie uzależnienie Russadany od morfiny podobno do tego stopnia nie dawało jej teraz spokoju, że – choć śmiertelnie chora na gruźlicę – nie mogła wytrzymać bez działki. Jak zawsze pomysłowa Gabrielle wystarała się o większą ilość i przyniosła Russadanie duży kosz marcepanowych „kwiatów" zamówionych u Fauchona w Paryżu, każdy z „dawką" morfiny w środku[7].

Niedługo po ślubie Russadany i Serta, na obiedzie u Roberta Rothschilda opat Mugnier rozmawiał z Misią o tym, co nazwał jej „osobliwą sytuacją towarzyską". Opisał ją wzruszająco w swoim dzienniku, przyznając, że zdumiewa go jej brak jadu i to, że „w dodatku nie mówi źle o mężu"[8]. Kiedy 16 grudnia 1938 roku cierpienia Russadany Mdiwani-Sert dobiegły końca, nie pozwolono Misi się z nią pożegnać. Jean Hugo (prawnuk Wiktora, pisarz i artysta; jego pokojowe usposobienie skłoniło Sachsa do nazwania go człowiekiem, który nie ma wrogów) napisał, że Russadana leżała uśmiechnięta, gdy ksiądz Conan Doyle udzielał jej ostatniego namaszczenia. Oszalały Sert przyszedł na pogrzeb z niebieską puchową kołdrą, którą chciał okryć ciało. Kołdra okazała się za duża do trumny, ale Sert nie dawał za wygraną. Gabrielle też za wszelką cenę chciała położyć w trumnie swoje lilie. Pokłócili się; był to przygnębiający widok[9].

Rozdział 24

Kilkanaście tygodni wcześniej, 21 września, zachodnie mocarstwa pozostawiły Czechosłowację własnemu losowi, woląc *appeasement* od konfrontacji z Niemcami. Następnego dnia Churchill wyraził odczucia większości ludzi, pisząc na łamach „Timesa":

> Podział Czechosłowacji, dokonany pod naciskiem Anglii i Francji, jest równoznaczny z całkowitą kapitulacją zachodnich demokracji wobec gróźb ze strony nazistów. Ta porażka nie przyniesie pokoju i bezpieczeństwa ani Anglii, ani Francji.

Jego słowa okażą się oczywiście prorocze. A czasu było coraz mniej.

Rozdział 25

WOJNA

Tymczasem paryskie wiosenne kolekcje na 1939 rok prezentowały dalszy ciąg historyczno-eskapistycznych motywów. „Vogue" pisał, że „Paryż, światowy, wyrafinowany – Paryż, gdzie kobieta rzadko uważana jest za piękność, zanim ukończy trzydzieści pięć lat – ten Paryż stał się nagle kompletnie niewinny, malowniczy, skromny, dziewczęcy". Pisząc o „wdzięku skromności" w kreacjach wieczorowych, magazyn opowiadał: „Możesz wybierać pomiędzy prowokującą, cygańską skromnością sukni Chanel, chłopskim stylem Mainbochera albo skromnością osiemnastowieczną, która jest w każdej kolekcji"[1]. Stroje Gabrielle na dzień pozostały proste, ale w propozycjach na wieczór ona także miała urocze „chłopki" i prezentowała obfite spódnice z różnokolorowej tafty, haftowane bluzki z bufkami, krótkie kubraczki i chustki na głowę wiązane pod szyją. Nadal przypinała do ramion lub z boku szyi swoje charakterystyczne kamelie (z materiału), wprowadziła też kilka elementów w barwach narodowej flagi, czerwono-biało-niebieskich. Amerykańska stacja radiowa NBC (National Broadcasting Corporation) przeprowadziła z nią wywiad w Paryżu. Schiaparelli też udzieliła wywiadu, ale osobno.

W styczniu 1939 roku po sukcesie faszystów generała Franco prawie pół miliona republikańskich żołnierzy oraz cywilów uciekło z Hiszpanii do sąsiedniej

Rozdział 25

Francji; w lutym na wygnanie udał się ich śladem rząd republikański. Po rozgromieniu armii w Madrycie zapanował faszyzm i głód. W marcu Hitler dokonał inwazji na Czechosłowację, a trzy tygodnie później Mussolini zajął Albanię, zdobywając doskonały przyczółek do zaatakowania do Grecji. Francuski przywódca koalicji rządzącej Edouard Daladier ogłosił wprowadzenie nadzwyczajnych uprawnień i rozpoczął rozmowy z Wielką Brytanią i Związkiem Radzieckim w sprawie sojuszu, który miał powstrzymać Hitlera przed atakiem na Polskę. Ku zdumieniu Londynu i Paryża Stalin zdecydował się jednak podpisać pakt o nieagresji z Niemcami. To otworzyło mu możliwość odzyskania terytoriów nad Bałtykiem, w Rumunii i w Polsce, odebranych Rosji sowieckiej po pierwszej wojnie światowej, i oznaczało, że równowaga sił zmieniła się na korzyść Niemiec.

Tuż po powrocie Gabrielle do Paryża z La Pausy Daladier ogłosił powszechną mobilizację. Niedługo potem wspaniale poinformowana Janet Flanner, od pięćdziesięciu lat paryska korespondentka „New Yorkera", pisała o tym, jak przeobraziła się stolica:

> Najbardziej emocjonujące sceny rozgrywały się na dworcu Gare de l'Est, gdzie tysiące żołnierzy wsiada do pociągów jadących w kierunku północnej granicy (...). Większość ma na sobie mundury i stalowe hełmy (...). Ich matki, żony, ojcowie i siostry przeważnie nie ronią łez, dopóki pociągi z żołnierzami nie odjadą (...). Nie ma flag ani kwiatów, ani przenikliwych okrzyków: *Vive la patrie!* jak w 1914. Morale odjeżdżających żołnierzy jest doskonałe, ale dziwnie „wyrozumowane". Mówią inteligentnie, nie emocjonalnie. „(...) Przestańmy żyć w tym groteskowym napięciu i załatwmy to raz na zawsze" (...). Niewielu Francuzów ekscytuje się na myśl o pójściu na śmierć (...). Jednak wszyscy (...) wydają się podzielać przekonanie, że w tej wojnie – jeśli do niej dojdzie – będzie szło o teorię życia, a także, ostatecznie, o jego praktykę[2].

Wśród milionów powołanych do wojska znalazł się siostrzeniec Gabrielle André Palasse. Chanel poprosiła go, aby odwiedził ją w drodze do komisji poborowej. Martwiła się, bo André nigdy nie był okazem zdrowia. Zgodnie z przewidywaniami tych Francuzów i Anglików, którzy uważali, że appeasement to strata czasu, Hitler najechał na Polskę. 3 września Wielka Brytania i Francja wspólnie wypowiedziały Niemcom wojnę.

Trzy tygodnie później Gabrielle podjęła najdramatyczniejszą decyzję od ogłoszenia wojny: zamknęła dom mody i zwolniła większość pracowników. Czynny pozostał jedynie butik przy rue Cambon 31 sprzedający perfumy oraz biżuterię. Natychmiast posypały się na nią gromy. Wielu pracowników myślało, że była to zemsta za strajk z 1936 roku; inni uważali, że Gabrielle porzuca swoje „obowiązki". W Paryżu mówiono, że poczuła się przyćmiona przez Schiaparelli. Związek zawodowy próbował nakłonić ją do zmiany decyzji, argumentując, że jej pracownicy znajdują się w ciężkiej sytuacji życiowej. Gdy to nie przyniosło skutku, zaapelował do jej poczucia odpowiedzialności wobec klientek. Gabrielle pozostała nieprzejednana. Po kilku tygodniach interweniował rząd: czy zgodzi się pracować „dla prestiżu Paryża"? Odpowiedziała, że nikt nie może zmusić jej do pracy wbrew jej woli. Dom Chanel pozostanie zamknięty.

Niektórzy twierdzą, że Gabrielle miała wyrzuty sumienia po poprzedniej wojnie, na której skorzystała finansowo, i przyrzekła sobie, że to się więcej nie powtórzy. Bardziej przekonujące wydaje się jej własne twierdzenie, że chociaż zawdzięcza swój sukces poprzedniej wojnie, to ma wrażenie, iż w tej nie będzie miejsca na modę. Zamierzała domknąć sprawy w firmie, a po wojnie zająć się czymś innym: „Miałam poczucie, że nastąpił kres pewnej epoki. I że nikt już nie będzie szył sukien [miała na myśli *haute couture*]"[3].

Gabrielle była już niemłoda, lecz jej przeczucia były ciągle nad wyraz trafne. Z perspektywy czasu możemy powiedzieć, że wraz z wojną wybiła ostatnia godzina dla wielkiej tradycji *haute couture*. Przyjaciel Chanel Pierre Reverdy napisał z klasztoru w Solesmes, chwaląc jej decyzję: „Celem życia jest znalezienie punktu równowagi w tym, co jest z natury niestabilne"[4].

Gdy żołnierze niemieccy i francuscy stali naprzeciwko siebie po obu stronach Renu, Gabrielle dostała wiadomość od siostrzeńca: André jest na pierwszej linii obrony. Krótko po tym zabrała się do zrywania prawie wszystkich związków z przeszłością i powiadomiła w listach braci Luciena i Alphonse'a, że nie będzie dłużej wspierać ich finansowo. „Nie możesz na mnie więcej liczyć, dopóki okoliczności są, jakie są" – napisała. Lucien, wzruszony jej rzekomą biedą, odpisał, ofiarując część swoich oszczędności. Gabrielle oczywiście nadal była milionerką i nie potrzebowała pomocy.

Rozdział 25

Jej szofer został powołany do wojska, zatrudniła więc nowego, na wszelki wypadek miała w pogotowiu samochód i skonsolidowała swoje mieszkanie w Ritzu. Zapłaciła za wybudowanie schodów prowadzących z jej dwupokojowego apartamentu do małej sypialni na poddaszu. Sypialnia była urządzona bardzo prosto, wręcz ascetycznie i mieściła niewiele poza łóżkiem. Jedynymi ozdobami były w niej piękna rosyjska ikona, którą dostała od Strawińskiego, dwa posążki na kominku oraz zegarek Arthura podarowany jej przez jego siostrę Berthę. Ciągle idealnie odmierzał czas. Na białych ścianach nie było obrazów. „O, nie, nic z tych rzeczy – powiedziała. – To sypialnia, nie salon"[5]. Jednak nawet w salonie miała tylko jeden obraz, dzieło Dalego przedstawiające kłos pszenicy. Często mówi się, że był to prezent od malarza. To nieprawda; Gala podstępem nakłoniła Gabrielle do kupienia go. Gabrielle *nie potrzebowała* malarstwa tak, jak potrzebowała rzeźby. Rzeźba, podobnie jak jej kreacje, była trójwymiarowa, w przeciwieństwie do malarstwa, które tylko *gra* przestrzenią trójwymiarową. Gabrielle istotnie otaczała się rzeźbami wszelkiego rodzaju. Miała gromadkę dużych zwierząt, głównie jeleni i lwów, klasyczne popiersia, wielkiego Buddę, a nawet popiersie skompromitowanego księdza Thomasa Capela, stryja Arthura. Nie wiemy, czy zachowała tę pamiątkę po Arthurze w błędnym przeświadczeniu o zasługach Thomasa, czy może dlatego, że bawiła ją jego wątpliwa reputacja.

Po rozpoczęciu działań wojennych wielu bogaczy, na skutek poboru pozbawionych męskiej części służby, zamknęło swoje rezydencje, wysłało dzieci na wieś, poukrywało klejnoty oraz dzieła sztuki i przeprowadziło się do hoteli. Oprócz Gabrielle do Ritza sprowadziła się między innymi także Schiaparelli z ukochaną córką Gogo, bajecznie bogaci reprezentanci socjety lady Mendl oraz Daisy i Reginald Fellowes, rozmaici arystokraci, panie, które za nic w świecie nie chciały opuścić Paryża, kilku znaczących polityków oraz aktor Sacha Guitry. W pierwszych tygodniach po wypowiedzeniu wojny nie było walk, żołnierze pozostawali bezczynni, a wojna wydawała się czymś nierealnym. Maski przeciwgazowe leżały nieużywane i zapanował nastrój odprężenia; wydawało się, że nie będzie potrzeby czynić wyrzeczeń, odbywały się liczne gale charytatywne, otwarto ponownie większość teatrów i kin. Zimowy czas w 1939 roku, kiedy życie towarzyskie prawie wróciło do normy, zyskał miano „dziwnej wojny".

W lutym 1940 roku Daladier nie był już premierem, a jego miejsce zajął Paul Reynaud. Dziwna wojna nagle się skończyła: Hitler najechał i zajął Danię oraz Norwegię, a Luftwaffe zbombardowała lotniska na północy Francji. Film *Reguły gry* Jeana Renoira, z aktorami ubranymi przez Gabrielle, został wygwizdany podczas premiery i wycofany z kin. Ta satyra na klasy wyższe, ukazane jako kapryśne i dogadzające sobie, została kilka tygodni po wybuchu wojny uznana za „niepatriotyczną".

Niemieckie czołgi przekroczyły granice Holandii i Belgii, dywizje pancerne ruszyły na Ardeny. 10 maja Neville Chamberlain podał się do dymisji, a nowym premierem Wielkiej Brytanii został Winston Churchill, który nie obiecywał rodakom nic prócz „krwi, znoju, łez i potu". Pod koniec maja w Londynie i Paryżu zapanował popłoch, kiedy czołgi generała Rommla przetoczyły się przez północną Francję, spychając wojska alianckie nad kanał La Manche. Zawsze gdy pozwalała na to pogoda, Luftwaffe ostrzeliwała setki tysięcy żołnierzy alianckich czekających na ratunek na plażach Dunkierki. Od końca maja do pierwszych dni czerwca, w najsłynniejszej operacji ratunkowej tej wojny, zamiast prognozowanych przez Churchilla najwyżej trzydziestu tysięcy Royal Navy z pomocą wielkiej flotylli ochotniczych łodzi różnych rodzajów ewakuowała do Anglii ponad trzysta tysięcy żołnierzy.

4 czerwca Niemcy bombardowali już przedmieścia Paryża. Rząd polecił wszystkim, którzy byli w stanie, ewakuować się z miasta. Miliony mężczyzn, kobiet i dzieci uciekały teraz z Paryża przed nadciągającą niemiecką armią każdym możliwym pojazdem albo na piechotę. Głównymi drogami prowadzącymi na zachód i na południe sunęły sznury samochodów i konnych wozów, „wyładowane dziecięcymi kołyskami, bagażami, pościelą i jedzeniem, w gorącym letnim słońcu"[6]. Do „exodusu", jak nazwano tę ucieczkę, dziesięć dni później dołączył sam rząd, wyjeżdżając na południe do Tours w konwoju limuzyn.

Po ogłoszeniu wojny Dalí napisał do Gabrielle z willi w Arcachon, niedaleko od hiszpańskiej granicy, gdzie schronił się wraz z Galą. Martwił się o nią:

> wysłałem Ci dwa telegramy i bezustannie wyczekujemy na wiadomość, że przemyciłaś gdzieś swoją twarzyczkę. Wyobrażam sobie, że leżysz zagrzebana pod zwałem zmartwień, wszak kultywujesz we wszystkim, co robisz, „fanatyzm obowiązkowości"! (...). Tylko wielkie i bardzo „ważne" rzeczy będą „widoczne" w czasach, które nas czekają (...). Kiedy się spotkamy, gdzie?

Rozdział 25

W innym, późniejszym liście opowiada jej o nocnych bombardowaniach Arcachon i żałuje, że nie może na nią patrzeć: „Jak słodko jest chwycić Cię za rękę pod rogiem obrusa (...). Bądź ostrożna we wszystkim, co robisz, wiem, że masz w sobie tę szaloną i bezużyteczną lekkomyślność, biegasz jak kogucik, nie bojąc się niczego”[7].

W pierwszym tygodniu czerwca, jak większość mieszkańców Paryża, „szalona” Gabrielle ledwie zdążyła uciec przed zbliżającą się hitlerowską armią. Po zamknięciu domu mody i zwolnieniu wszystkich poza pracownicami butiku poleciła swojemu dyrektorowi Georges'owi Madoux przewieźć wszystkie księgi rachunkowe oraz archiwa do tymczasowego biura, które kazała mu zorganizować w hotelu Midi. Madoux dostał jednak wezwanie do wojska i zdecydował się najpierw ratować swoją rodzinę i dobytek, a dopiero później administracyjne centrum Domu Mody Chanel.

Są różne wersje tego, co dokładnie robiła Gabrielle w tych niepewnych dniach, ale wiemy, że wyjechała z Paryża z pospiesznie zatrudnionym kierowcą swoim samochodem. Benzyna była racjonowana, sytuacja na drogach niejasna. Gabrielle zdecydowała się nie szukać schronienia w La Pausie, gdyż po nalocie RAF-u na Turyn i wypowiedzeniu przez Mussoliniego wojny aliantom Włosi rozpoczęli bombardowanie Riwiery. Cocteau uciekł z Aurikiem i jego żoną do Aix-en-Provence, ale Gabrielle postanowiła tam też nie jechać.

Po długiej i wyczerpującej podróży przez Francję dojechała do Pau w Pirenejach i skręciła do położonej jeszcze dalej w górach wioski Corbères-Abères. Tutaj swoje *château* miał André Palasse. Gabrielle zatrzymała się tam na kilka tygodni. Kupiła tę posiadłość dla siostrzeńca w 1926 roku – umowę kupna wynegocjował dawny kochanek Gabrielle Etienne Balsan, który mieszkał w pobliżu – i latem często spędzała tam czas z André i jego rodziną.

Wkrótce do *château* zaczęli napływać inni uchodźcy. Według relacji Gabrielle Labrunie, córki André, byli to pracownicy jej ciotecznej babki, którzy nie mieli się gdzie podziać. W sumie zebrało się ich piętnaścioro. Madame Labrunie wspomina, że niektórzy „byli zagubieni, skołowani (...) dość starzy (...) i już niezdolni do pracy (...). Spodziewano się, że w Paryżu zrobi się bardzo niebezpiecznie, więc wszyscy przyjechali do Corbères”[8]. Jedną z uciekinierek była ciężarna dziewczyna o imieniu Annick, córka płomiennorudej madame Aubert, długoletniej prawej ręki Gabrielle. W Corbères-Abères znalazła się też przyjaciółka Gabrielle, bywalczyni salonów Marie-Louise Bousquet.

14 czerwca Niemcy zajęli Paryż. Rząd koalicyjny Reynauda upadł, a nowym premierem Francji został marszałek Pétain, który 16 czerwca wystąpił o rozejm. Tydzień później wczesnym rankiem do Paryża przyjechał Hitler ze swoją świtą. Towarzyszyli mu między innymi jego architekt Albert Speer oraz neoklasycystyczny rzeźbiarz Arno Breker. Hitler wybrał się na osławioną błyskawiczną wycieczkę po zdobytym mieście. Zatrzymali się na chwilę w Operze, a potem pojechali na Pola Elizejskie i do pałacu Trocadéro. Tam Hitler zrobił sobie słynne zdjęcie przy murze nad Sekwaną, z wieżą Eiffla w tle. Na placu Inwalidów podumał krótką chwilę przy nagrobku Napoleona. Panteon zrobił na nim wrażenie swoim rozmiarem, ale inne pomniki świetności Paryża nie wzbudziły jego zainteresowania. Zachwycił się za to rue de Rivoli, a wojskowy gubernator Paryża zarekwirował dla siebie i swoich współpracowników tamtejszy Hôtel Meurice.

Führer zakończył objazd przed dziewiątą rano. „Całe życie marzyłem o zobaczeniu Paryża – powiedział Speerowi. – Nie umiem nawet wyrazić, jak bardzo jestem szczęśliwy, że to marzenie się spełniło". Później zwierzył się swojemu architektowi, że często zastanawiał się nad zniszczeniem tego miasta, ale doszedł do wniosku, że lepiej skoncentrować się na dalszej rozbudowie Berlina, bo „gdy skończymy, Paryż będzie tylko jego cieniem".

Francja zdecydowała się uznać własną klęskę militarną. 21 czerwca na polanie w tym samym lesie Compiègne, przez który Gabrielle przejeżdżała tyle razy z Etienne'em Balsanem i przyjaciółmi, w tym samym wagonie, gdzie sprzymierzeni przyjęli kapitulację Niemiec w pierwszej wojnie światowej, Niemcy podyktowali swoje warunki francuskiej delegacji. Gabrielle Labrunie wspomina, że gdy wieść o kapitulacji Pétaina bez walki dotarła do odległych Pirenejów, jej cioteczna babka zamknęła się w pokoju i płakała przez kilka godzin.

Po kilku tygodniach spędzonych w górskiej kryjówce Gabrielle stwierdziła, że nie czuje się tam dobrze. Dalí miał rację: naprawdę „nie bała się niczego", poza jednym – samotnością. 14 lipca wysłała telegram do katalońskiego przyjaciela Picassa rzeźbiarza Apel·lesa Fenosy, który uciekł z Paryża do Tuluzy: „Przyjeżdżam do Tuluzy w poniedziałek po południu. Proszę, znajdź mi jakieś lokum. Pozdrowienia, Gabrielle Chanel".

Apel·les Fenosa był republikańskim uchodźcą. Przybył do Paryża w 1938 roku bez środków do życia. Picasso pomógł mu uciec z Hiszpanii,

Rozdział 25

a Cocteau na początku 1939 roku poznał go z Gabrielle. Prace Fenosy cieszyły się już wtedy dużym wzięciem i Gabrielle zamówiła u niego swoją podobiznę (przez dłuższy czas Picasso bezskutecznie prosił, aby go wyrzeźbił. Fenosa zrobił to w końcu, zachęcony przez Gabrielle).

Fenosa był dynamicznym, pociągającym człowiekiem i niedługo po jego pierwszym spotkaniu z Gabrielle rozpoczął się ich romans. Gabrielle chciała, żeby przeprowadził się do Ritza, gdzie już wtedy mieszkała, lecz on, jako komunista, czuł się niekomfortowo w burżuazyjnych wnętrzach hotelu. Cocteau zaproponował mu zamianę: Fenosa weźmie jego mieszkanie na placu Świętej Magdaleny, a Cocteau zajmie pokój zaoferowany Fenosie przez Gabrielle w Ritzu. Pod koniec jesieni wykryto u Fenosy obustronne zapalenie wyrostka sutkowatego, a Cocteau powiedział swojemu kochankowi, ubóstwianemu przez kobiety Jeanowi Marais'mu, który służył wtedy w wojsku, że Fenosa jest bardzo chory i lekarze Gabrielle się nim opiekują. Gabrielle była wówczas poza Paryżem i słała telegramy z prośbą o wiadomości o jego zdrowiu.

Ich romans trwał ponad rok i mówiło się, że obydwoje są sobie bardzo bliscy. Dalí trafnie przeczuwał, że „został wdowcem". Fenosa ogromnie podziwiał Gabrielle i powiedział później: „była nieprzeciętnie inteligentna i dobra dla mnie. To kobieta, która nigdy nie pozostawiała niczego przypadkowi". W końcu jednak poczuł się zmuszony zerwać romans, podając dwie przyczyny rozstania. Podobno „krążyły dwie albo trzy historie o otaczających ją mężczyznach, co w jej przypadku było normą (...), ale poszło przede wszystkim o narkotyki!". Fenosa był wielkim przeciwnikiem narkotyzowania się. Twierdził, że nie chce sam się uzależnić, i tłumaczył: „Narkotyki nas rozdzieliły. Jeśli kochasz kogoś, kto je bierze, to albo sam zaczynasz brać, albo druga osoba je rzuca". Postawił Gabrielle ultimatum: „Rzucasz narkotyki albo odchodzę". Odszedł[9].

Po wojnie Gabrielle pomstowała na niektórych ze swoich znajomych – takich jak pisarz i przyszły mąż stanu André Malraux – którzy „wyniszczali" się narkotykami. I choć zaprzeczała temu, czego nie chciała, żeby inni – lub ona sama – o niej myśleli, jak powie po latach jej przyszła asystentka: „Nie znaczyło to, że nie umiała kłamać jak z nut"[10]. Kiedy Fenosa upierał się, żeby w ogóle nie brała narkotyków, zdołała przekonać samą siebie, że wcale nie jest uzależniona, bo potrafi utrzymać to pod kontrolą.

Gabrielle pozostała w *château* André Palasse'a kilka tygodni, a potem wyruszyła do Tuluzy. Fenosa skontaktował się z kilkoma ich wspólnymi znajomymi, którzy byli niedaleko – między innymi z Cocteau – i kazał im przyjechać do Vernet-les-Bains, gdzie spędzali razem czas w domu przyjaciół. Cocteau z ulgą przywitał się z Jeanem Marais'm, zdemobilizowanym po klęsce Francji i zawieszeniu działań wojennych. Marais wystąpił w 1937 roku w inscenizacji *Króla Edypa* Cocteau, do której Gabrielle zaprojektowała kostiumy.

Gdy już było wiadomo, że Niemcy nie zbombardują Paryża, Gabrielle zapragnęła tam wrócić. Niebawem wyruszyła wraz z Marie-Louise Bousquet i z pewną lekarką w podróż pełną wrażeń. Bousquet znała kogoś, kto miał czterdzieści pięć litrów benzyny – kupiły ją i wiozły w kanistrach w morderczym skwarze. Dojechały do Vichy, gdy kończył się ostatni litr. Teraz kiedy Vichy było stolicą południowej części Francji, która decyzją Hitlera nie została wzięta pod okupację, podróżni musieli zatrzymywać się tam na kontrolę dokumentów przed wjazdem do okupowanego sektora północnego. Rząd „państwa Vichy" kierowany przez Pétaina i Pierre'a Lavala miał swoje siedziby w hotelach kurortu (Laval pozostał szefem rządu Vichy przez dwie kadencje i podpisał nakazy deportacji wielu Żydów do obozów śmierci, za co został rozstrzelany po wyzwoleniu). Ambasador amerykański William Bullitt rozmawiał z członkami nowego rządu, a następnie wysłał do prezydenta Roosevelta depeszę, w której napisał:

> Francuscy przywódcy chcą odciąć się od wszystkiego tego, czym była Francja przez ostatnie dwa pokolenia. Ich fizyczna i moralna klęska jest tak absolutna, że bez słowa skargi zgodzili się, aby Francja została prowincją hitlerowskich Niemiec. (...) Prości ludzie na wsi są tacy jak zawsze. To klasy wyższe zawiodły na całej linii[11].

O tej właśnie klęsce klas wyższych mówiła pośrednio satyra Renoira i dlatego zdjęto ją z afisza. Wydaje się stosowne, że to Gabrielle, której stosunek do tej warstwy społecznej zawsze był ambiwalentny, zaprojektowała garderobę do tego filmu.

W Vichy Marie-Louise i Gabrielle zjadły obiad w Hôtel du Parc. Zdumiał je panujący tam nastrój świętowania. Gabrielle wspominała później: „Wszyscy śmiali się i pili szampana"[12]. Jej ironiczny komentarz na temat tej świątecznej atmosfery rozwścieczył pewnego jegomościa, który uspokoił się, dopiero gdy poprosiła go o to żona.

Rozdział 25

Pozostawało pytanie, gdzie spędzą noc. „Pewien pan zaoferował mi swoje łóżko pod warunkiem, że będę je z nim dzielić. Udało mi się uprosić właściciela hotelu i pozwolił mi przenocować na stryszku, gdzie panował niemiłosierny upał. Co godzina wstawałam i szłam do łazienki, żeby odetchnąć świeżym powietrzem". Dla Marie-Louise przygotowano szezlong w pralni[13].

Z pomocą prefekta policji udało im się zdobyć więcej benzyny i Gabrielle, Marie-Louise i lekarka pojechały dalej. Po drodze trafiły na blokadę, przez którą nie przepuszczano nikogo oprócz wracających do domu Belgów. Zjechały na boczne drogi, te jednak były zakorkowane, bo inni kierowcy wpadli na ten sam pomysł. Poruszały się wolno i na żadnym postoju nie mogły znaleźć nic do jedzenia. Wreszcie, w innym miasteczku uzdrowiskowym, gdzie ludzie byli bardzo podenerwowani, bo wszystkie miejsca w hotelach zostały zarezerwowane, a nikt z gości nie przyjechał, zaoferowano im trzy duże pokoje z osobnymi łazienkami.

Na spacerze Gabrielle spotkała chłopca, któremu udało się wyłudzić od niej pieniądze. Natychmiast oddał je matce i powiedział Gabrielle: „Teraz możemy zjeść kolację". Kobieta miała z sobą drugie dziecko i była w ciąży. Kiedy pokazała Chanel prawie pustą portmonetkę, Gabrielle uświadomiła sobie jej nędzę.

Gdy dotarły wreszcie do Paryża, na rue de Rivoli i na placu Zgody widać było tylko niemieckich żołnierzy. Nad Ritzem, jak nad wszystkimi większymi hotelami, powiewała swastyka. MBF, niemieckie dowództwo okręgu okupacyjnego Francji (Militärbefehlshaber in Frankreich), miało siedzibę w Hôtel Majestic przy alei Klébera. Stąd kierowano administracją, gospodarką oraz utrzymywaniem porządku. Tutaj także natychmiast rozpoczął swoją pracę Propaganda Abteilung (Wydział Propagandy) Josepha Goebbelsa. Wszędzie wisiały plakaty oznajmiające: „To Anglicy i Żydzi doprowadzili was do tej żałosnej sytuacji". Rozdawano jedzenie i papierosy oraz plakaty z wizerunkiem hitlerowskiego żołnierza opiekującego się dziećmi, opatrzone sloganem: „Opuszczone narody, pokładajcie wiarę w niemieckim żołnierzu". Wszędzie widniały niemieckie nazwy ulic, tablice i hasła.

Francją rządziła teraz duża liczba organizacji, których kompetencje częściowo się pokrywały. Wielu hitlerowskich oficerów we Francji pracowało pod bezpośrednim kierownictwem Berlina, a MBF w Paryżu zawsze staczało potyczki z Ministerstwem Spraw Zagranicznych Ribbentropa, reprezentowanym przez niemiecką ambasadę. Koniec końców silniejszą pozycję uzyskał protegowany Ribbentropa Otto Abetz, któremu nadano przydomek „król Otto I".

Przy wejściu do wszystkich zarekwirowanych hoteli stali uzbrojeni żołnierze. Gabrielle odmówiono wstępu do Ritza bez ausweisu i powiedziano, że musi poprosić o niego komendanta. Istnieje kilka wersji dalszego przebiegu wypadków, wiadomo jednak, że ostatecznie Gabrielle udało się zdobyć pozwolenie na pozostanie w Ritzu. Jej wspaniały apartament był jednak zajęty przez niemieckich oficerów. Zaproponowano jej mały pokoik od strony rue Cambon. Zgodziła się.

Rozdział 26

PRZETRWANIE

Misia była oburzona, że Gabrielle zgodziła się zamieszkać w obskurnym pokoiku i wybrała hotel przejęty przez wroga. Te okoliczności były jednak dla Gabrielle po prostu nieistotne. Miała piękne domy i eleganckie rzeczy, ale była do nich przywiązana tylko do pewnego stopnia. Zawsze potrafiła wyrzec się przywiązania do rzeczy. Jej najważniejszym instynktem było teraz przetrwanie. Środek, który miał jej zapewnić przetrwanie – sklep – był po drugiej stronie ulicy, przy rue Cambon. Gabrielle nie dbała, co myślą o niej inni, i zapytała Misię, jaki jest sens przenosić się gdzie indziej. Prędzej czy później wszystkie hotele i tak zostaną „przejęte". Tymczasem w butiku Chanel na rue Cambon 31 panował duży ruch: niemieccy żołnierze kupowali chanel n°5 dla swoich kobiet. Mimo że produkcja perfum została ograniczona, były one w sprzedaży przez cztery lata okupacji Francji.

Pomimo wojny około dziesięciu projektantów mody we Francji pracowało dalej. Niedobory wszystkich materiałów, które dawały im się we znaki przez cały ten okres, sprawiały, że mieli kłopoty z przygotowaniem nowych kolekcji. Schiaparelli i Mainbocher wyjechali w końcu do Ameryki, Edward Molyneux uciekł do Londynu. Pokazy tych projektantów, którzy zostali, były oglądane przez garstkę Francuzek, personel niemieckiej ambasady i paru członków niemieckiego dowództwa. Hitlerowscy oficjele przyprowadzali żony – były wśród nich Emma Göring i Suzanne Abetz, żona człowieka, którego Rzesza nazywała swoim ambasadorem. Po długich i trudnych negocjacjach Lucien Lelong, przewodniczący Chambre Syndicale de la Couture Parisienne*, odwiódł Niemców od planów przeniesienia całego paryskiego krawiectwa do Wiednia i Berlina. Przekonał ich, że paryska moda może być tworzona *wyłącznie* w Paryżu. Udało mu się też zatrzymać osiemdziesiąt procent stanu zatrudnienia, pomimo wzrastającego zapotrzebowania na robotników w nastawionym na szybką ekspansję niemieckim przemyśle zbrojeniowym. Lelong uzyskał nawet dla projektantów specjalne pozwolenia na zakup drogich materiałów poza systemem kartkowym. Zmianę profilu klienteli szybko zauważyły jednak wszystkie domy mody. Lelong powie później:

> Nowa klasa bogaczy, spekulantów i kolaborantów, dzięki swoim żonom spowodowała nagłą zmianę w świecie mody. Starych bogaczy oraz klientelę arystokratyczną (...) zastąpili ludzie od masła, jajek i sera [zwani BOEF], zepsuci pieszczoszkowie wojny. Ci nuworysze doprowadzili do powstania luksusowych gotowych ubiorów, nieznanych przed 1939 rokiem (...), a nowa klientela przyniosła ogromny sukces tej modzie, która nie była modą ekskluzywną, lecz bardzo dobrze ją naśladowała i w dodatku była tańsza[1].

Gabrielle opisze ten okres jako „zupełnie pozbawiony godności", „obrzydliwy bałagan"[2].

Po przerwie otwarto znowu tor wyścigów w Longchamp, a niemieccy oficerowie, którzy mieli darmowy wstęp na trybuny, nawiązywali znajomości z paryską socjetą. Duża część tego towarzystwa postanowiła „wierzyć" w propagandowy mit francusko-niemieckiej wymiany kulturalnej. Ci Niemcy oraz francuscy germanofile wyolbrzymiali znaczenie braterstwa wszystkich artystów i rzekomy bezsens podziałów narodowych. „Dżentelmeńscy" niemieccy oficerowie zaczęli być zapraszani na salony, które wznawiały działalność po przerwie. Marie-Louise Bousquet dalej urządzała swoje znane środowe

* Zrzeszenia przedstawicieli czołowych domów mody.

Rozdział 26

obiady, a swój słynący z dobrego jadła stół zaopatrywała na czarnym rynku. Zapraszała rozmaitych członków hitlerowskiego dowództwa, między innymi szefa propagandy Gerharda Hellera oraz równie kulturalnego oficera-powieściopisarza Ernsta Jüngera (po wojnie Nancy Mittford i Evelyn Waugh nader chętnie pokazywali się na obiadach u Marie-Louise Bousquet).

Ernst Jünger uważał Hitlera i Żydów za odstręczających w równym stopniu i obracał się w towarzystwie paryżan sympatyzujących z Vichy, takich jak pisarz Paul Morand, który bez wahania zaoferował swoje usługi kolaboracyjnemu rządowi. Przez pewien czas był cenzorem filmowym, a później ambasadorem Vichy w Rumunii. Eksmąż Misi Sert José Maria wrócił do niej po śmierci swojej młodej żony, lecz w czasie wizyt w Madrycie romansował z żoną niemieckiego ambasadora. Nie było do końca jasne, jakie znajomości utrzymywał podczas wojny, ale zawsze udawało mu się zdobywać dobre jedzenie, urządzać imprezy i nie przejmować się obecnością na nich Niemców. Okupanci i paryżanie zabawiali się wspólnie także w salonie amerykańskiej dziedziczki Florence Gould.

Kilkoro pisarzy, takich jak André Gide, André Malraux czy Colette, postanowiło pozostać na południu, poza strefą okupacyjną, a Cocteau wrócił w pośpiechu do Paryża, mówiąc: „Wszędzie dzieją się cuda, a ja jestem niezmiernie ich ciekaw". Napisał do przyjaciela artysty Christiana Bérarda, także palacza opium: „Uważam te dni za ekscytujące, szkoda, że Martel nie miał w sobie za grosz ciekawości"[3]. Thierry de Martel, jeden z najznakomitszych francuskich neurochirurgów, w pierwszej wojnie światowej stracił syna, a sam został ciężko ranny. Teraz, po ogłoszeniu zawieszenia broni, poczuł się tak rozczarowany upadkiem moralnym swojego kraju oraz katastrofalną sytuacją międzynarodową, że odebrał sobie życie. Francja była w głębokim szoku. Cocteau doskonale znał okoliczności śmierci lekarza, dlatego brutalność jego osądu jest przerażająca. Nie potrafił już wtedy pojąć fizycznej i moralnej potworności okupacji ani wyobrazić sobie, do czego są w stanie posunąć się ci, którzy podbili jego kraj. Opiumowo-kokainowe szaleństwo, jakiemu oddawał się od kilku lat, w dużym stopniu otępiło go i odebrało mu czucie.

Było wielu Francuzów, którzy – jak to ujął ambasador William Bullitt, pozostali „tacy jak zawsze". Jednakże – choć trudno pisać pokrótce o czymś tak doniosłym jak okupacja bez uciekania się do uproszczeń – można powiedzieć, że rażąca obojętność Cocteau była odbiciem pewnego aspektu tragedii Francji z 1940 roku. Życie intelektualne i artystyczne od czasu wycieńczającego koszmaru pierwszej wojny nabrało jeszcze większej, mrocznej intensywności. Po tym, co stało się we Francji, wielu ludzi doszło do przekonania, że zapanowała przemoc i irracjonalność, a europejskie społeczeństwo znalazło się w kryzysie. Poeta Paul Valéry pisał: „Uświadomiliśmy sobie, że cywilizacja jest tak samo krucha jak ludzkie życie". Od pierwszej wojny światowej kraj był w ciągłym wewnętrznym sporze politycznym – między prawicą a lewicą, między katolickim konserwatyzmem i faszyzmem a komunizmem – i wielu już na progu tej nowej wojny było zmęczonych i ogarniętych pesymizmem. „Francuzi wyczerpali w mordowni w czasie pierwszej wojny światowej całe swoje zasoby dumy narodowej, wiary w swoich przywódców, a nawet grozy i oburzenia z powodu własnego losu"[4]. Po tym wszystkim wielu będzie po prostu chciało zapomnieć tamte „mroczne lata", jak nazwano okres między 1940 a 1944 rokiem.

Bitwa o Francję trwała zaledwie sześć tygodni i zakończyła się totalną wojskową klęską. Pétain podpisał rozejm i połowa kraju, wraz z Paryżem, została opanowana przez tysiące niemieckich żołnierzy. Rząd Vichy Pétaina z własnej inicjatywy pozbył się instytucji demokratycznych i rozpoczął prześladowania trzech najbardziej niepożądanych w jego mniemaniu elementów społecznych: wolnomularzy, Żydów i komunistów. Vichy od początku prowadziło także politykę kolaboracji z hitlerowcami. Do końca wojny do pracy w niemieckich fabrykach zwerbowano sześćset pięćdziesiąt tysięcy cywilnych robotników francuskich, kolejne sześćdziesiąt tysięcy wywieziono do nazistowskich obozów koncentracyjnych, trzydzieści tysięcy cywilów rozstrzelano jako zakładników lub członków ruchu oporu. Cztery tysiące Żydów zginęło we francuskich obozach, a prawie osiemdziesiąt tysięcy wysłano stamtąd na śmierć do Auschwitz[5].

Niedawno zmarły Charles Péguy – uważany za bohatera zarówno przez członków Ruchu Oporu przeciwnych antysemickim prawom Vichy, jak i przez sam rząd Vichy – napisał: „W czasie wojny moim bratem jest ten, który się nie poddaje, kimkolwiek jest, skądkolwiek pochodzi i do którejkolwiek z partii należy (...). Ten zaś, który się poddaje, jest moim wrogiem"[6]. To, że przeciwne strony mogły obwołać tego samego człowieka swoim bohaterem, wskazuje na złożoność francuskich reakcji na okupację i uwidacznia, do jakiego stopnia „wrogowie mogli dzielić z sobą tyle samo poglądów co z sojusznikami".

Rozdział 26

Od lat sześćdziesiątych wiadomo, że „heroiczna reinterpretacja mrocznych lat [przez de Gaulle'a], (...) wedle której większość nieszczęść, jakie spadły na Francję, była dziełem tylko i wyłącznie Niemców (...) i w której de Gaulle oraz Resistance umieścili prawdziwą Francję", była wielką przesadą. Propaganda generała głosząca, że ogół Francuzów – wyjąwszy garstkę zdrajców – stał murem za nim i za ruchem oporu, była konstruowana w wierze, że to najlepszy sposób, aby postawić rodaków na nogi.

Jednakże w latach sześćdziesiątych, gdy we Francji zaczęto podważać stworzoną przez de Gaulle'a bohaterską wersję własnej przeszłości i przypominać, że miliony wielbiły przecież Pétaina, przyszło także zrozumienie, iż prawa, na jakich działała Francja Vichy były reprezentatywne dla większości Francji. Kraj musiał zmierzyć się z faktem, że to Vichy dyskryminowało Żydów i wolnomularzy i że to francuscy policjanci – a nie Niemcy – aresztowali Żydów oraz komunistów i wywozili ich do obozów koncentracyjnych. Resistance stanowiło maleńki ułamek społeczeństwa, a większość ludzi przyjęła rolę *attentistes* – tych, którzy biernie obserwowali bieg wydarzeń. Dzięki stopniowemu odwracaniu owych błędnych proporcji te postawy nie są już skrywane. Przytłaczająca większość ludzie rozumie, że historię okupacji powinno się przedstawiać raczej w wielu odcieniach szarości niż w czerni i bieli. Ma to ogromne znaczenie dla naszego zrozumienia tego, jak Gabrielle miała spędzić dużą część wojny.

Prestiż, jakim cieszyli się we Francji intelektualiści, nadawał szczególne znaczenie temu, co robili w czasie wojny. Duża grupa uciekła na nieokupowane południe, ale dla wielu najpewniejszym – a wręcz jedynym – sposobem uniknięcia osobistej kompromitacji był wyjazd za granicę. Wielu artystom i intelektualistom dopomogli w tym na początku wojny Francuzi albo obcokrajowcy. Dużą rolę odegrał pospiesznie zorganizowany American Emergency Rescue Committee. Większość z tych osób – wśród nich liczni znajomi i przyjaciele Gabrielle – wyjechała do Ameryki. Na emigrację udali się tacy artyści jak Salvador Dalí, Max Ernst, André Breton i Jacques Lipchitz, Man Ray (Emmanuel Rudzitsky) i Fernand Léger, reżyserzy René Clair i Jean Renoir. Wyemigrowało też wielu pisarzy, na przykład André Masson, katolicki filozof Jacques Maritain oraz Antoine de Saint-Exupéry.

Część z nich wypłynęła z Marsylii z legalnymi albo podrobionymi wizami, inni zostali przemyceni przez granicę hiszpańską. Niektórzy, jak choćby rosyjski emigrant malarz Marc Chagall, późno zdali sobie sprawę, że oni także muszą uciekać. Chagall, człowiek o pokojowym usposobieniu, naiwnie wierzył, że francuskie obywatelstwo ochroni go przed antysemityzmem i zgodził się wyjechać dopiero, gdy zapewniono go, że w Ameryce są krowy. Marcel Duchamp popłynął do Nowego Jorku w 1942 roku. Ci, którzy wyjechali z Francji, byli często szkalowani za opuszczenie ojczyzny „w godzinie największej próby". Artyści stanowili oczywiście maleńki ułamek populacji i przez pewien czas wielu z tych, którzy zostali, widziało w marszałku Pétainie swoją największą nadzieję. Spragnieni powrotu choćby namiastki stabilizacji, wmawiali sobie, że podjęcie przerwanej pracy nie tylko jest konieczne do tego, by nie umrzeć z głodu, ale też należy do ich obowiązków. Doskonale wpisywało się to w niemiecką strategię podporządkowania sobie Francji.

Otto Abetz, niemiecki ambasador, był protegowanym ministra spraw zagranicznych Rzeszy Joachima von Ribbentropa. Obaj byli wielkimi frankofilami, ale mieli złowrogie zamiary. Abetz podziwiał francuską kulturę, kuchnię i wino. Ponadto miał francuską żonę. Wierzył także, że Francuzi powinni znać swoje miejsce.

Przedstawił Hitlerowi plan, który przewidywał, że Francja stanie się „państwem satelickim" i będzie zmuszona zaakceptować swą „permanentną słabość". Niemcy mieli wykorzystać w tym celu wewnętrzne spory w tym kraju oraz nadzieje na przymierze z Rzeszą. Wiedząc, że postawa konfrontacyjna zjednoczy Francuzów przeciwko Niemcom, Abetz postępował zgodnie z zaleceniami Hitlera: „Należy robić wszystko, aby pogłębiać wewnętrzne podziały, a co za tym idzie, słabość Francji". Niemniej jednak zawsze działał ostrożnie i przywiązywał dużą wagę do propagandy, a Propaganda Abteilung i ambasada bezustannie z sobą rywalizowały. Wydział Propagandy liczył tysiąc dwustu pracowników i kontrolował prasę, radio, literaturę, propagandę, kino i kulturę, w tym teatry, sztuki plastyczne i muzykę. Miał na celu pogłębianie niemieckich wpływów, podważanie dominującej roli kultury francuskiej w Europie oraz propagowanie kolaboracji. Abetz uważał, że uwodzenie jest lepsze od prezentowanego przez Wydział Propagandy surowego podejścia, które nie wykluczało morderstw i represji. W 1942 roku wygrał tę bitwę i jego Instytut Niemiecki stał się ośrodkiem kolaboracji kulturalnej. Organizował wystawy,

Rozdział 26

wykłady, popularne kursy języka niemieckiego oraz koncerty promujące najbardziej uznanych niemieckich muzyków[7].

Od początku Abetz zachowywał się uprzejmie i był zwolennikiem jak najszybszego powrotu do „normalności" po okupacji. Niesamowity Jacques Copeau, który swoje życie zawodowe poświęcił walce z ciasnotą umysłową mieszczańskiego teatru bulwarowego, został dyrektorem Komedii Francuskiej, narodowego teatru, a przyjaciel Gabrielle tancerz Ballets Russes Serge Lifar został mianowany przez Vichy dyrektorem zespołu baletowego paryskiej Opery. Zawsze gładki i przymilny, Lifar nie przejmował się zbytnio koniecznością przypochlebiania się niemieckim panom. Odbył tournée po Rzeszy i chełpił się, że Führer „dotknął" go w czasie swojej wizyty w paryskiej Operze. Hitler tak bardzo podziwiał to miejsce, że podobno znał na pamięć rozkład miejsc.

Przedstawiciele Wolnej Francji w Londynie dowiedzieli się o przechwałkach Lifara i ogłosili przez BBC, że wydano na niego wyrok śmierci. Dawny przyjaciel Gabrielle hrabia Etienne de Beaumont, tak samo nieporuszony obecnością Niemców jak Lifar, rozpaczliwie pragnął tego stanowiska, lecz jego próby zjednania sobie Niemców zdały się na nic. Maurice Sachs, który oszukał Gabrielle przy kompletowaniu jej biblioteki, był jednym z tych, którym wojna dała sposobność do przekraczania wszelkich zasad moralnych. Z powodzeniem ukrywał też swoją żydowskość. Po rozpoczęciu okupacji mieszkał przez jakiś czas z niemieckim oficerem, zaczął grać na czarnym rynku i spędził trochę czasu w burdelu dla homoseksualistów. Na początku 1942 roku wyjechał do Rzeszy, gdzie został operatorem dźwigu. Nie posiadał się z radości, kiedy gestapo odkryło, jak zręcznym jest donosicielem. Zginął po zajęciu Niemiec przez aliantów, ponoć z rąk towarzyszy z więziennej celi.

Otwarto ponownie kina i teatry w strefie okupowanej, działające teraz pod czujnym okiem personelu propagandowego Abetza. Zachęcano do kręcenia nowych filmów, a wydawcy gazet i książek otrzymali pozwolenie na wznowienie druku. Jednocześnie ich nowi mocodawcy tępili wszystko, co „dekadenckie", antyniemieckie bądź prożydowskie. Niedługo po zawieszeniu działań wojennych, kiedy rząd Pétaina zaczął wcielać w życie antysemickie zakazy na południu, większość prawicowych intelektualistów w całym kraju oraz część lewicowych opowiedziała się w duchu za tym aspektem represji.

Francja nie była bynajmniej ewenementem, jeśli chodzi o antysemityzm. Wielu Europejczyków, także obywateli Wielkiej Brytanii, było umiarkowanymi antysemitami, niektórzy mniej umiarkowanymi od innych. Bardziej skrajni spośród tych nad Sekwaną marzyli o faszystowskiej Francji, która zbuduje oczyszczoną Europę w sojuszu z Niemcami. Otto Abetz dostał zadanie „zabezpieczenia" wszelkich dzieł sztuki, publicznych i prywatnych, zwłaszcza tych należących do Żydów. Przystąpił do tego z zapałem. Wiele dzieł sztuki odebrano właścicielom i zgromadzono w paryskim muzeum Jeu de Paume, a wiele innych wywieziono do Niemiec. Największym złodziejem był Göring, który „rabował na iście heroiczną skalę". Gdyby różne niemieckie wydziały nie toczyły z sobą bratobójczej wojny, niewątpliwie opuściłoby kraj dużo więcej dzieł sztuki. Niektóre dzieła uznano po prostu za zbyt dekadenckie. W 1943 roku rozpalono przy Jeu de Paume stos, na którym spłonęły prace takich artystów jak Picasso, Jean Miró i Max Ernst. Picasso tymczasem sprzedawał swoje obrazy tym niemieckim oficerom, którzy prywatnie doceniali jego geniusz.

Okupacja wyzwoliła w ludziach naturalne pragnienie ucieczki od rzeczywistości i chociaż Francja była w gruncie rzeczy jednym wielkim więzieniem, z najbardziej zniewolonymi odbiorcami sztuki w historii, dla artystów, którzy byli na tyle chętni do „współpracy", aby wystawiano ich dzieła, okres ten okazał się dziwnie owocny. Okupacja była nie do opisania dla tych, którzy jej doświadczyli, a tych, którzy jej nie doświadczyli, wprawiała w skrajną konsternację. Jedno wiadomo na pewno: było w zasadzie niemożliwością utrzymać się w zawodzie i nie współpracować z wrogiem. Prawie każda działalność wymagała licencji, a tej udzielano tylko za zgodą Niemców. Bez licencji nie wolno było wydawać książek, inscenizować spektakli, pokazywać filmów, organizować wystaw ani koncertować. Niewielu artystów zdobyło się na to, żeby zrezygnować z pracy w tych warunkach. Zakazane były wszelkie oznaki nastrojów antyniemieckich, a jakiekolwiek ślady obecności Żydów w sztuce zostały wyeliminowane[8].

Pozornie łagodna polityka kulturalna okupanta wzięła się z przekonania, że rozrywka utrzyma ludność w nieświadomości i zadowoleniu. Tymczasem prawdziwy stosunek Niemców do kultury francuskiej był niejednoznaczny i niewolny od zazdrości oraz pogardy. Zazdrość o prymat francuskiej kultury w Europie łączyła się z pogardą wobec jej rzekomej dekadencji. Niemiecka fascynacja Francją miała więc dwie strony: podziw współistniał w niej z postawą wyższości. A te francuskie przymioty, które czyniły kraj tak

Rozdział 26

pociągającym – wyrafinowanie i *douceur de vivre*, słodycz cywilizowanego życia – jednocześnie w oczach okupanta strącały Francję na pozycję kraju drugorzędnego. Mimo to wielu intelektualistów i artystów doznało takiej ulgi, widząc, że ich nowi „panowie" to ludzie kulturalni i pełni podziwu, że nie zauważali, co się za tym kryło. Serge Lifar i Jean Cocteau, którzy pracowali dalej, jak wielu artystów przedtem i potem, wykazywali osłupiającą polityczną naiwność. Ciągle jeszcze nie wiadomo, jak ocenić to, co robiła Gabrielle w latach wojny.

Pod koniec lata 1940 roku, kiedy Gabrielle wróciła do Ritza i zgodziła się zamieszkać w małym pokoiku, który jej zaoferowano, na jej polecenie przeniesiono wszystkie najcenniejsze meble z powrotem do mieszkania nad salonem przy rue Cambon. Cokolwiek myślała prywatnie o okupacji, miała teraz do załatwienia dwie pilne sprawy. Jedną z tych rzeczy chciała zrobić; druga z nich była uciążliwa i została jej narzucona.

Kiedy zamknęła dom mody, jej pracownicy zostali bez pracy i bez odszkodowania. Po zawieszeniu broni Niemcy podjęli kampanię propagandową mającą pokazać, że Francja stanęła na nogi i ponownie otwarto instytucje edukacyjne, firmy, sądy i tym podobne. W tym czasie zwolnionym pracownikom udało się postawić Gabrielle przed sądem pracy. Chanel broniła się, że zwolniła ich bez wypowiedzenia ani rekompensaty w ramach „aktu wojennego" albo „wyjątkowej sytuacji". Sąd odrzucił tę argumentację i została zobligowana do wypłacenia pracownikom należnej odprawy.

Drugie zadanie Gabrielle było trochę innej natury. We wrześniu 1940 roku Niemcy zaczęli zwalniać większość z trzystu tysięcy jeńców internowanych przed rozejmem, ale jej siostrzeniec, André, pozostawał w niewoli. Ciotka, zmartwiona jego delikatnym zdrowiem, postanowiła doprowadzić do jego uwolnienia. Młody znajomy arystokrata Louis de Vaufreland powiedział jej, że zna Niemca, który mógłby jej pomóc. Dżentelmen ów, Hans Günther baron von Dincklage, mówił biegle po francusku i po angielsku (jego matka była Angielką) i był archetypowym Aryjczykiem. Wysoki, jasnowłosy i niebieskooki, uosabiał towarzyskość i czar. Zasugerował Gabrielle, żeby skontaktowała się w tej sprawie z jego starym znajomym kapitanem kawalerii Theodorem Mommem[9].

Momm, którego rodzina pracowała w branży odzieżowej, miał za zadanie przeorganizować francuski przemysł tekstylny, tak aby zyski z niego szły na wspieranie niemieckiej machiny wojennej. Gabrielle dopięła swego. Momm kazał otworzyć małą tkalnię na północy Francji. Następnie przekonał przełożonych, że właścicielką zakładu jest słynna Chanel i że najlepszą osobą do jego prowadzenia będzie jej siostrzeniec. Gabrielle odetchnęła z głęboką ulgą, kiedy André został wreszcie zwolniony.

Gabrielle i von Dincklage zdążyli już wtedy kilkakrotnie się spotkać. Urok i kultura Niemca wydały się Chanel bardzo uwodzicielskie. Jeśli miała z początku jakiekolwiek wątpliwości, czy powinna zadawać się z Niemcami, to odsunęła je na bok. Chanel i von Dincklage zostali kochankami. Ten romans miał przetrwać kilka lat.

Gabrielle starała się zachować jak największą dyskrecję i ograniczała się głównie do przebywania w swoim mieszkaniu na rue Cambon i w pokoju w Ritzu oraz do odwiedzin u wąskiego grona przyjaciół, do którego zaliczali się Sertowie, Serge Lifar, Jean Cocteau, Antoinette d'Harcourt i Marie-Louise Bousquet. Oprócz tego miała przystojnego kochanka. W okupowanym mieście, gdzie trzeba było opowiedzieć się po którejś ze stron, Gabrielle chyba wmówiła sobie, że może romansować z Niemcem i żyć odgrodzona od świata. Osoba o jej inteligencji nie mogła wierzyć, że katastrofalne wydarzenia w jej kraju i poza nim jej nie dotyczą.

Postawa Gabrielle niewiele jednak miała wspólnego z inteligencją; w grę wchodziło coś bardziej podstawowego. W młodości nauczyła się cenić przetrwanie wyżej niż większość innych rzeczy i właśnie ono było jednym z jej najbardziej oczywistych celów w czasie wojny. Jak zauważył niedawno ktoś, kto znał ją jako chłopiec: „Myślę, że nie była to kwestia polityki. Chciała dbać o własne interesy i utrzymać dotychczasowy styl życia"[10]. Może się to wydawać haniebne, ale wielu czuło podobnie. Gabrielle, jak większość jej przyjaciół, dbała o to, by nie interesować się zanadto okupacyjnymi represjami.

Często powtarza się, że choć Chanel była milionerką, gdy tylko kondycja jej firmy się pogarszała, jak wielu ludzi pochodzących z biednych środowisk reagowała irracjonalnym lękiem przed powrotem do nędzy. Być może chcąc uspokoić sumienie po tym, jak z powodu rzekomej biedy zerwała związki z braćmi, zaczęła angażować się w różne akcje dobroczynne – na przykład w pierwszych miesiącach wojny objęła patronat nad pułkiem Jeana Marais'go.

Rozdział 26

Dysponowała wolnym czasem i oddała się temu przedsięwzięciu całym sercem, dbając o każdy najmniejszy szczegół. Inne swoje dzieła miłosierdzia utrzymywała w ścisłej tajemnicy. Ofiarowała na przykład duże sumy szpitalowi psychiatrycznemu, w którego prowadzenie zaangażowana była dawna kurtyzana Liane de Pougy[11]. W późniejszych latach skontaktowała się z prawnikiem klasztoru w Aubazine i wsparła anonimowo tę instytucję (uważa się także, że przez lata bardzo dyskretnie odwiedzała zakonnice w tym klasztorze)[12].

Wracając do jej związku z Niemcem, to, co robiła, wynikało po części z wielu przeżytych miłosnych strat, które znieczuliły jej serce. Cocteau powie wręcz, że Chanel była „pederastą"; jej seksualne apetyty były męskie i wyruszała na podboje miłosne jak mężczyzna. Taka postawa pomagała jej zaspokajać potrzeby seksualne, ale nie dawała jej emocjonalnego punktu zaczepienia. Gabrielle nie była bez winy w swoich nieudanych związkach, ale tyle już razy straciła miłość, że przestała wierzyć, iż uczucie może przetrwać.

Nie ulegało wątpliwości, że gdyby przed wielu laty Arthur Capel się jej oświadczył, to wyszłaby za niego. Całkiem możliwe, że ich małżeństwo w końcu by się rozpadło. Gabrielle wierzyła w potrzebę zachowania różnic między mężczyznami a kobietami, ale zarazem chciała być traktowana na równi z mężczyznami. Jednakże jej czasy, jej wychowanie i pozycja społeczna, w połączeniu z jej silną osobowością, często to uniemożliwiały. Kiedy była młoda, rzadko dawano kobietom tego rodzaju swobodę. Capel, człowiek skądinąd postępowy, wolał pojąć za żonę kobietę bardziej konwencjonalną. Jak na ironię, Diana Wyndham rozumiała swobodę inaczej niż on i nie mogła pogodzić się z tym, że miał kochankę.

Gabrielle była więcej niż równa większości mężczyzn, lecz – pozbawiona wzorca choćby w miarę przyzwoitego związku rodzicielskiego, w którym to jeden, to drugi partner uzyskuje przewagę, ale w sumie równowaga sił zostaje zachowana i obydwoje czują się kochani, potrzebni i wartościowi – nie miała się na czym oprzeć. Wiedziała, że pragnie dłuższego, stabilnego związku, lecz w dużej mierze brakowało jej emocjonalnej dojrzałości potrzebnej do stworzenia takiej relacji. W młodości rozkoszowała się tym, że jest kobieca i uwodzona, ale taki sposób bycia jej nie wystarczał, nie dawał jej pola do wykorzystania własnych umiejętności i inteligencji.

Wydaje się, że nie potrafiła stworzyć związku, w którym nie byłaby stroną dominującą albo zdominowaną i który nie skazywałby jej na frustrację. Doskonale radziła sobie z praktyczną stroną życia swojego i innych; przyjaciele wiele, wiele razy byli jej głęboko wdzięczni za niezbędne życiowe wsparcie. Lecz, podobnie jak jej wielka znajoma Colette, która na forum publicznym zmagała się z problemem miłości i niezależności, Gabrielle uznała prawdziwą odwzajemnioną miłość za prawie niemożliwą. W życiu i w perypetiach miłosnych tych dwóch bardzo inteligentnych kobiet można rozpoznać dwie wersje tego samego problemu: „Czy możliwa jest miłość bez całkowitego poddania się drugiemu i utraty tożsamości? Czy wolność warta jest samotności, którą się za nią płaci?”[13].

Colette na swój sposób doszła do lepszego rozwiązania. Gabrielle nigdy nie uodporniła się na uczuciową niepewność i samotność. Z czasem cierpienie i rozczarowanie uczyniło ją w równym stopniu tą, która uwodziła, i tą, która była uwodzona. Dawno nauczyła się cieszyć związkami opartymi na seksie, które nie musiały wiązać się z miłością. Chociaż nie miała złudzeń, to jednak pozostała podatna na urazy, ponieważ była samotna i chciała czuć się kochana.

Gabrielle była wyrafinowaną, światową kobietą, a von Dincklage był uroczym, doświadczonym rozpustnikiem i wiele kobiet uległo już jego czarowi. Poza tym Gabrielle miała już pięćdziesiąt osiem lat, a czterdziestopięcioletni von Dincklage dawał jej poczucie, że jest ciągle atrakcyjna. To, jaki był jego stosunek do okupacji, i to, jak przedstawiała go sobie Gabrielle, nie może pozostać bez wpływu na naszą ocenę jej kolaboracji.

Chociaż Gabrielle pokazywała się teraz publicznie rzadziej niż przed wojną i dbała o to, aby nie widywano jej z niemieckim kochankiem, to przecież nie spędziła okupacji zamknięta w swoim pokoju. Jednak jej zdolność wyparcia była tak ogromna jak u Colette, która napisała o tym okresie: „Jakaś łatwowierność, jakieś roztargnione przemęczenie sprawiły, że karmiłam się złudzeniami”[14].

Colette potrzebowała pieniędzy na utrzymanie siebie i swojego żydowskiego męża Goudeketa, a nie należała do tych, którzy zaprzestali pisania, ani też nie pracowała dla ruchu oporu. Ba, pisała dla „niektórych z najbardziej odrażających profaszystowskich publikacji, a także utrzymywała serdeczne stosunki z ich wydawcami”[15]. Gdy poproszono ją o podpisanie petycji przeciwko aresztowaniu żydowskiego dyrektora Francuskiej Biblioteki Narodowej, odmówiła, tłumacząc, że może to naprowadzić Niemców na trop męża. Jednocześnie obydwoje udzielali się towarzysko na kolaboracyjnych salonach José Marii Serta i Florence Gould.

W sierpniu 1941 roku wspólna znajoma Gabrielle i Colette, sławna piosenkarka i aktorka Arletty urządziła parapetówkę w swoim nowym mieszkaniu. Miała tu zamieszkać z kochankiem, niemieckim oficerem. Wśród gości Arletty znaleźli się jej przyjaciele: Lili de Rothschild (która zginie w obozie koncentracyjnym Ravensbrück), Colette, Maurice Goudeket, Marie Laurencin, Misia i Gabrielle. Później, przecząc, jakoby wybór partnera seksualnego wskazywał na jej brak patriotyzmu, odpowiedziała słynnym zdaniem: „Mam francuskie serce, ale mój tyłek jest międzynarodowy". Po wyzwoleniu została postawiona przed sądem i skazana na karę więzienia za kolaborację.

Syn Antoinette d'Harcourt w niedawnym wywiadzie wyraził opinię, że związek Gabrielle miał „na celu przede wszystkim korzyści materialne. Różnił się od zachowania Arletty w czasie wojny. Dla Arletty był to *coup de coeur* [poryw serca], a dla Chanel były to *coups de portefeuille* [porywy portfela]". Choć twierdzenie, że w związku Gabrielle z von Dincklagem chodziło „tylko o pieniądze", nadmiernie upraszcza sprawę, to jednak ostatnia uwaga Jeana d'Harcourta jest interesująca: „Przez całą wojnę miała samochód, kierowcę i benzynę. Było to bardzo niecodzienne, chyba że było się ministrem w rządzie Vichy, bo nikt inny takich rzeczy nie miał!"[16].

Gabrielle dość często chodziła na przyjęcia do przyjaciół takich jak Serge Lifar, kierownik baletowy Opery, którzy pracowali pod rozkazami wroga lub po prostu dla niego. Utrzymywała też kontakty towarzyskie z tymi, którzy mieli zwyczaj zadawać się z Niemcami. André de Segonzac odbył tournée po Niemczech i Austrii z grupą francuskich artystów. Sacha Guitry zabawiał Niemców na scenie oraz na organizowanych przez nich przyjęciach i kolacjach. Gabrielle przychodziła na kolacje do Morandów, gdzie spotykała takich ludzi jak Cocteau, prawicowy poeta Jouhandeau z żoną Caryathis, pisarka Louise de Vilmorin, Misia i José Maria Sert, a także niektórych członków niemieckiego dowództwa. Jednym z ulubionych gości na francuskich spotkaniach towarzyskich był Gerhard Heller, ważna figura w dziale literatury Propaganda Abteilung. Heller, bywalec chyba wszystkich paryskich salonów, zniewalał ludzi swoim urokiem. Zwiódł wielu francuskich pisarzy, którzy uwierzyli, że wcale nie chce zniszczyć francuskiej hegemonii kulturalnej – zrobi to samo z dużą częścią francuskiej publiki w swoich wspomnieniach wydanych w 1981 roku.

W 1941 roku Misia dobiegała siedemdziesiątki i zaczęła dyktować swoje pamiętniki Boulosowi Ristelhueberowi, młodemu sekretarzowi Serta. Boulos był niesamowicie chudy, a do tego miał śmiertelnie bladą cerę, którą skrywał pod grubym makijażem, przez co, niestety, wyglądał jeszcze dziwaczniej. On i Misia mieli wspólnych przyjaciół i dzielili pasję do muzyki. Misia znalazła w tym boleśnie delikatnym stworzeniu łagodnego i współczującego kompana. Ich przyjaźń okazała się niespodziewanym dobrodziejstwem dla starzejącej się muzy, której świat kurczył się szybko wraz z postępującą utratą wzroku. Boulos Ristelhueber ogromnie podziwiał Misię i w czasie wojny widywał ją prawie codziennie.

Chociaż Misia nigdy nie przestała kochać Serta, po śmierci młodej Russadany jej były mąż pozostał pogrążony w smutku. Misia ponownie została gospodynią przy jego stole, ale choć Sert wspierał ją finansowo, nie zamieszkali znowu razem. Tymczasem Sert, który był zajadłym wrogiem Niemców i nienawidził okupacji, nie miał większych kłopotów z odnalezieniem się w nowej rzeczywistości i został ni mniej, ni więcej tylko ambasadorem Franco w Watykanie. Misia też nie znosiła okupacji. Jednak, choć gorąco wspierała Żydów, przymykała oko na wątpliwe moralnie poczynania Serta i jej przyjaciół.

Dziennik Boulosa Ristelhuebera pozwala nam zerknąć na okupowane miasto Gabrielle i jej przyjaciół:

> 17 grud. Paryż smutniejszy niż kiedykolwiek. Atmosfera katastrofy. Fałszywe pogłoski plenią się dziko. Nic, zupełnie nic nie wiadomo!
>
> 19 grud. (...) Serge Lifar mówi o dzisiejszym koncercie (...) [Dyrygował na nim wspaniały dyrygent Herbert von Karajan, ukarany po wojnie za przynależność do partii nazistowskiej].
>
> 20 grud. Kolacja z Misią na jej łóżku. Dosiada się do nas Picasso i opowiada o swoim nieszczęsnym rozwodzie z Olgą (...)
>
> 21 grud. Dość smutny lunch z Jeanem Cocteau (...). Odstawiłem go do Colette (...) i pojechałem spotkać się z Jeanem Marais'm. O czwartej po południu wstąpiłem do Coco Chanel – była taka sympatyczna, że dobrze mi to zrobiło (...)

Rozdział 26

27 grud. (...) ustawy antyżydowskie (...) zmieniają Paryż w więzienie (...)

28 grud. (...) Na wczorajszej kolacji u Barnesów Misia (...) postawiła się ważnemu niemieckiemu urzędnikowi (...)

29 grud. Wieczór u Misi z Coco Chanel i François d'Harcourtem. Coco wygłasza tyradę przeciwko Żydom. Rozmowa zbacza na niebezpieczne tory, biorąc pod uwagę pochodzenie Antoinette [Antoinette d'Harcourt była z Rothschildów] i obecność księcia [książę François d'Harcourt był mężem Antoinette] (...) Szofer Serta zawiózł mnie do domu w takich ciemnościach, że połowę drogi przejechaliśmy chodnikiem.

Nowy Rok, 1942. Gęsty śnieg, Paryż cały przykryty bielą: wszędzie szarozielone mundury. Z tymi opuszczonymi ulicami – nie licząc garstki koni i mężczyzn pchających ręczne wózki – Paryż wygląda jak miasto w Prusach Wschodnich.

22 stycz. Jean Cocteau (...) pokazuje mi wspaniałe fotografie z dawnych dni (...) Gide w wieku piętnastu lat (...) Georges Auric i Raymond Radiguet, nadzy w niewielkiej kępie trzcin (...) Misia i Coco w strojach do jujitsu[17].

We wpisie z 11 stycznia Boulos skomentował udrękę Misi z powodu wyjazdu Serta do Hiszpanii i jego pobytu z kochanką, a następnie zrelacjonował wizytę z Cocteau i Jeanem Marais'm w całodobowej aptece w celu „wykupienia recepty". Marais'mu prawie udało się odzwyczaić Cocteau od opium, więc musiała to być recepta „na morfinę, od której zarówno Misia, jak i Boulos byli beznadziejnie uzależnieni".

Przez lata Misia i Gabrielle odbyły wiele wspólnych podróży do Szwajcarii, niby to w celu odwiedzenia tej czy tamtej kliniki. Prawie na pewno celem tych wypraw był przede wszystkim odbiór kolejnych partii morfiny nie tylko dla Misi, ale też dla Gabrielle.

Po wojnie wykupienie „recepty" Gabrielle zlecała komuś innemu. Jej asystentka Lilou Marquand zdradziła, że wiedziała o tym, iż „ktoś jeździł do Szwajcarii po morfinę dla niej z glejtem od Chanel Inc."[18].

Paryżanie rozpaczliwie potrzebowali czegoś, co odwróci ich uwagę od wojennych niedostatków – teatry, kina, opera, balet, jak też rewie, kabarety i burdele robiły świetny interes. Kawiarnie i restauracje były pełne sław, starych bogaczy, czarnorynkowych nowobogackich oraz Niemców pragnących zakosztować słynnych przyjemności „Wesołego Pa-ri". Goście nie garnęli się do przerwania zabawy przed godziną policyjną i powrotu do domu o 23.00 metrem – korzystali z niego prawie wszyscy, samochody były nieosiągalnym luksusem – więc zostawali w klubach nocnych i kawiarniach, często czynnych do białego rana. Colette napisała do przyjaciółki, że kompozytor Georges Auric poważnie zranił się w nogę na imprezie z Marie-Laure de Naoilles oraz pewnym niemieckim oficerem: „Nocny klub, druga nad ranem, szampan, wypadek"[19].

Boulos Ristelhueber był inteligentnym i wrażliwym człowiekiem, ale mógł tylko częściowo zrozumieć historię i zawiłości przyjaźni, które odnotowywał w dzienniku. Chyba najbardziej skomplikowana z nich była przyjaźń Misi i Gabrielle. Od swojego pierwszego spotkania w 1916 roku walczyły z sobą, krzywdziły się nawzajem, zazdrościły sobie, kochały się, a czasem nienawidziły. Gabrielle pociągała szalona, słowiańska dusza Misi, kobiety podobnie jak ona sama niezwykle bogatej w „ten osobliwy przymiot, który nazywają dobrym smakiem", jak ujął to Morand. Potrafiły bez końca snuć razem intrygi i dzielić się plotkami, ale równie ochoczo wykorzystywały je przeciwko sobie. Były też dla siebie prawdopodobnie jedynymi niezawodnymi przyjaciółkami. Od początku utrzymywały szalenie bliskie kontakty, które były częstym tematem plotek. Ich liczni wspólni przyjaciele mieli różne zdania w kwestii, czy Gabrielle i Misia były kochankami. Jest prawie pewne, że w różnych okresach rzeczywiście tak było.

Gabrielle i Misia były koneserkami kobiecego piękna i pójście razem do łóżka – czy w ogóle z kobietą – nie budziłoby w nich jakiegokolwiek dyskomfortu. Były libertynkami, przeżyły epokę, która coraz bardziej otwierała się na seksualne eksperymenty. Gabrielle spędzała dni pracy, dopasowując swoje dzieła do kobiecych ciał. Powie później, że w swoich projektach inspirowała się między innymi kształtem kobiecego ciała. To, co robiła, nosiło wystarczające znamiona sztuki, aby na wiele sposobów odnosiło się do niej twierdzenie Coleridge'a: „Wielki umysł musi być obupłciowy"[20]. Podobnie można odnieść do niej myśl Virginii Woolf: „Pisanie [i ogólnie tworzenie sztuki] z myślą o płci jest rzeczą zgubną. Bycie tylko i wyłącznie kobietą albo tylko i wyłącznie

Rozdział 26

mężczyzną jest rzeczą zgubną; trzeba być osobą kobieco-męską albo męsko-kobiecą"[21]. Wydaje się, że Gabrielle, choć kochała mężczyzn i pragnęła być przez nich kochana, z biegiem czasu coraz częściej szukała olśnień i pocieszenia u osób tej samej płci.

Tuż przed wojną i zaraz po jej wybuchu jedną z jej kochanek była wspomniana wcześniej księżna Antoinette d'Harcourt. Ta piękna i udręczona kobieta potrzebowała, jak się wydaje, ukochanego opium, aby lepiej wyrażać własną namiętność i inteligencję. Jej syn Jean wspomina, że Gabrielle była przed wojną częstym gościem w *château* d'Harcourtów w Normandii[22]. Gabrielle przypuszczalnie miała romans z Antoinette. Wiele wskazuje na to, że młodsza z kobiet bawiła się dodatkowym dreszczykiem romansu z jeszcze jedną kobietą. Jej drugą kochanką była Arletty. Pewnego dnia Antoinette straciła poczucie czasu, a może jej „błąd" był zamierzony. Gdy Gabrielle kończyła spotkanie z młodą pięknością, wychodząc napotkała przybywającą Arletty[23].

W 1943 roku Salvador Dalí napisał powieść z kluczem *Ukryte twarze*, istny katalog złośliwości i duchowej pustki dużej części paryskiego świata towarzyskiego. Cécile Goudreau, sprytna, dowcipna i światowa kobieta o ciętym języku to najprawdopodobniej Gabrielle[24]. Dalí opisuje ją jako miłośniczkę opium, a zarazem kusząco drapieżną lesbijkę: „Mówiąc to, Cecylia wyciągnęła się wygodnie na otomanie i przysunęła do siebie czarny stolik z akcesoriami do palenia opium. Betka położyła się obok i przytuliła lekko do niej. Cecylia ruchem szybkim i naturalnym objęła ją za szyję i przyciągnęła jej twarz do swojej"[25]. Przed uwiedzeniem Betki Cecylia, „ze zręcznością starego wytrawnego mandaryna", wprowadza swą młodą towarzyszkę w rytuały palenia opium.

Z czasem Gabrielle stała się bardziej ostrożna w ujawnianiu tego rodzaju skłonności. Ponadto gdy jej legenda zacznie przeradzać się w mit, będzie stanowczo zaprzeczać posądzeniom o jakiekolwiek transgresje seksualne czy narkotyczne. Na razie jednak, podczas wojny, kontynuowała romans ze swoim Niemcem. Później oświadczy butnie: „Ludzie sądzą, że bije ze mnie uraza i złośliwość. Myślą... cóż, myślą, co chcą, a człowiek pracuje, myśli o sobie i ich nie zauważa"[26].

Gabrielle i Arletty były naturalnie tylko dwiema z najbardziej znanych licznych Francuzek, które romansowały z Niemcami. Tego rodzaju kontakty z wrogiem stały się najsilniej działającym na masową wyobraźnię aspektem kolaboracji i w ramach czystek, które urządzono po wyzwoleniu, tysiącom kobiet postawiono zarzut „kolaboracji łóżkowej". Wielu z nich na znak hańby ogolono głowy i namalowano na czaszkach swastyki. Niektóre pędzono nago ulicami, inne zlinczowano, zanim zdążyły stanąć przed sądem. Szczególnie brutalnie potraktowano prostytutki.

W tym czasie każda kobieta widywana w towarzystwie Niemca narażała się na zarzut kolaboracji łóżkowej. Chociaż często „wydawały" je inne kobiety, nienawiść do nich w dużym stopniu brała się z poczucia osobistej i narodowej kastracji, jakiego doświadczali francuscy mężczyźni żyjący pod okupacją. Powojenne ściganie sądowe tych kobiet było uważane za część procesu oczyszczania społeczeństwa, niemniej warto pamiętać, że odegrały one także rolę kozłów ofiarnych dla mężczyzn, którzy czuli się w czasie wojny impotentami.

Niezależnie od potępienia, jakie mogło je za to spotkać, Francuzki romansowały – nie da się ukryć – z wrogiem. Często były to kobiety w taki czy inny sposób bezbronne: młode, samotne albo rozwiedzione, które po raz pierwszy zetknęły się z Niemcami w miejscu pracy. Do połowy 1943 roku około osiemdziesiąt tysięcy kobiet ze strefy okupowanej wystąpiło do Niemców o alimenty dla dzieci urodzonych z tych związków. Gabrielle, u której bezwzględność towarzysząca lękowi przed starością łączyła się z głębszą samotnością, także była na swój sposób bezbronna.

Kim więc był jej niemiecki kochanek, człowiek, który tak samo jak ona twierdził, że nienawidzi wojny?

Rozdział 27

VON DINCKLAGE

W pewnych kręgach paryskiej elity Hans Günther von Dincklage już przed wojną zyskał sobie opinię przystojnego, czarującego niemieckiego dyplomaty o szacownym pochodzeniu. Jego znajomy wspominał, że „posiadał on ten rodzaj urody, który lubią zarówno mężczyźni, jak i kobiety (...). Jego szczera twarz sugerowała połączenie niewinności i grzeszności. Był bardzo wysoki, bardzo szczupły, miał bardzo jasne włosy (...). Świetnie tańczył i umiał wspaniale zabawiać ludzi"[1].

Von Dincklage urodził się w 1896 roku. Jego matka, Marie-Valerie Kutter-Micklefield, była Angielką, a ojciec, baron Georg-Jito von Dincklage, pochodził ze zubożałego, lecz znakomitego rodu. Chłopiec wychowywał się w rodzinnym zamku w Szlezwiku-Holsztynie i w wieku siedemnastu lat, jak niegdyś jego ojciec, wstąpił do kawalerii, 13. Królewskiego Pułku Ułanów. Hans Günther doskonale jeździł konno – „jego ciało posiadało gibkość urodzonego dżokeja" – i świetnie grał w polo[2]. W I wojnie światowej brał udział w walkach na froncie rosyjskim, które zakończył w stopniu starszego porucznika. Nie mając „cywilnego" wykształcenia ani zawodu, do którego mógłby wrócić, po wojnie parał się różnymi zajęciami. Wydaje się, że nie miał w związku z nimi żadnych skrupułów. „Najpierw był członkiem jednego z tych ochotniczych korpusów, które organizowały wojnę domową w Republice i przez lata nękały ją groźbą powstań, (...) później, w czasie inflacji, zajął się spekulanctwem"[3].

W 1924 roku wszedł w spółkę z producentem odzieży, z którym łączyły jego rodzinę ważne interesy, i reprezentował firmę w różnych europejskich krajach, między innymi w Szwajcarii. W tym samym roku namówił dobrze urodzoną młodą kobietę, Maximilianę von Schoenebeck, aby z nim uciekła. Catsy, jak często nazywano Maximilianę, była córką barona von Schoenebecka, zapalonego kolekcjonera dzieł sztuki, który miał zamek w Baden. Matka Catsy była Żydówką. Jej przyrodnia siostra, pisarka Sybille Bedford, opisała ją jako „atrakcyjną, z natury szczęśliwą, witalną młodą kobietę, która ubogacała życie innych". Jej rodzina z czasem doszła do przekonania, że von Dincklage to dla niej „życiowa katastrofa"[4]. W 1928 roku młoda para przeniosła się do Sanary-sur-Mer na południu Francji. Sanary, do niedawna skromna wioska rybacka, przeobraziła się w ekskluzywny nadmorski kurort. Odkryte przez francuskich artystów – między innymi przez Cocteau – miasteczko cieszyło się szczególną popularnością wśród rodaków von Dincklagego.

Po krachu na giełdzie w 1929 roku Hans Günther utracił swoją część udziałów w spółce włókienniczej. W roku 1930 określał siebie jako „niezależnego kupca" i objął stanowisko nadzorcy transportu w Sanary[5]. Na początku 1933 roku został krajowym przedstawicielem francuskiego producenta kas sklepowych i regularnie podróżował do Niemiec, rzekomo po to, aby studiować tam produkcję kas. Te wyprawy były jednak tylko przykrywką dla jego drugiej pracy – na rzecz nowego niemieckiego rządu[6].

Pomógłszy Catsy wydać jej znaczny spadek, po dojściu Hitlera do władzy absolutnej na początku 1933 roku, von Dincklage „ulokował swoje nadzieje w narodowym socjalizmie". W maju tego roku zamieszkał z żoną w Paryżu „celem nawiązywania kontaktów"[7]. Trudno oprzeć się pokusie porównania tego gracza w polo z drugim miłośnikiem tej dyscypliny sportu, kochankiem Gabrielle z czasów poprzedniej wojny. Arthur Capel cierpiał na typowe dla tamtych czasów *ennui* i grzeszył uczuciową nonszalancją. Jednak wciągnięty w wojnę i rozdarty między Gabrielle Chanel a Dianą Wyndham, pomimo ostatecznej porażki, jak się wydaje, dojrzał w sensie emocjonalnym i moralnym. Capel i von Dincklage nie mogli się bardziej różnić.

Po wzmocnieniu się władzy Hitlera wielu wybitnych niemieckich Żydów uciekło przed Gestapo do Sanary, gdzie żyli jako uchodźcy. Niebawem kurort stał się czymś w rodzaju niemieckiej kolonii artystycznej, zyskując przydomek „stolicy literatury niemieckiej". Wśród mieszkających w nim znamienitych uchodźców byli: wdowa po Mahlerze Alma, Bertolt Brecht, Arnold Zweig, Ludwig Marcuse oraz władczy Tomasz Mann ze swoją wielopokoleniową rodziną. W niewielkim kontyngencie angielskich emigrantów znaleźli się Aldous i Maria Huxley, Julian Huxley z żoną oraz D.H. Lawrence i jego niemiecka żona Frieda.

Matka Catsy (beznadziejnie uzależniona od morfiny) zamieszkała w Sanary ze swoim nowym włoskim mężem nieco wcześniej i zdążyła zaprzyjaźnić się z wieloma ważnymi lokalnymi niemieckimi figurami, między innymi z Ute von Stöhrer, której mąż był wówczas niemieckim ambasadorem w Kairze. Nikt w Sanary, nawet Tomasz Mann, który mieszkał z rodziną w willi Stöhrerów, nie wiedział, że von Stöhrer pracował też dla niemieckiego wywiadu[8].

Latem 1933 roku von Dincklage został attaché kulturalnym niemieckiej ambasady w Paryżu. Tajemnicza praca attaché wymagała podejmowania tajnych działań i rzeczywiście, w tamtym czasie francuskie Deuxième Bureau, biuro wywiadu wojskowego, już zbierało materiały do teczki von Dincklagego. Z kolei w sierpniu 1933 roku on sam wysłał już raport propagandowy do swoich hitlerowskich przełożonych w Niemczech[9].

Mniej więcej w tym samym czasie młodsza siostra Catsy, Sybille, zasłyszała rozmowę, która wywołała u niej głęboki wstrząs. Czekając z przyjacielem Aldousem Huxleyem w Barcelonie na start samolotu do Sanary, siedziała za dwojgiem eleganckich Niemców. Po kilku chwilach zorientowała się, że ludzie ci rozmawiają o jej siostrze i von Dincklagem. Kobieta powiedziała:

> – Może są mu coś winni (...) zawsze się mówiło, że był zamieszany w jakiś ekstremistyczny prawicowy studencki gang w czasie naszej tak zwanej rewolucji (...) Pomagał tłumić komunistyczny pucz, niektórzy nawet mówią, że brał udział w zamordowaniu Róży Luksemburg [w 1919].
>
> – Za młody – odparł mężczyzna. – Choć mógł tam być... może stał na straży przy murze? (...)
>
> – Kiedy próbowała uciec przez okno – powiedziała ona. – Strach bierze na samą myśl (...). On jest *bardzo* reprezentacyjny (...), ta jego międzynarodowa ogłada (...) usypia podejrzenia Francuzów. Ale czy nie zapominamy o tym, że ma żonę Żydówkę? (...)

– Wiesz, chyba słyszałem, że von Dincklage się rozwodzi. Za granicą nikomu nie wolno się o tym dowiedzieć.

– A... to by miało sens. Rasowa czystość w domu, liberalizm za granicą. Szybki, cichy rozwód zaaranżowany przez nasze władze...

[Młoda Sybille popatrzyła na Huxleya] Wiedziałam, że zrozumiał (...). Wsunął rękę do płaszcza i wyciągnął (...) butelkę w skórzanym futerale (...) odkręcił nakrętkę i podał mi[10].

Tymczasem von Dincklage oficjalnie odszedł ze stanowiska w ambasadzie w czerwcu 1934 roku[11], tłumacząc przyjaciołom, że został zwolniony z funkcji attaché, ponieważ miał żonę Żydówkę. Opuścił Catsy, zarzekając się, że to nic osobistego. Catsy, osoba wielkoduszna, kochała go nadal, uwierzyła więc w te bajki i liczyła na jego powrót. Na razie wróciła do Sanary, gdzie wciąż mieszkali jej matka i ojczym.

Von Dincklage dużo teraz podróżował z różnymi misjami zleconymi przez rząd Hitlera, głównie do Aten i państw bałkańskich. Przebywał w Marsylii na dzień przed zabójstwem jugosłowiańskiego króla Aleksandra i francuskiego ministra spraw zagranicznych Louisa Barthou. W Tunisie znalazł się akurat w okresie trwania systematycznej, agresywnej propagandy antyfrancuskiej[12]. Co jakiś czas odwiedzał też Catsy w Sanary. Dość ją lubił, poza tym starał się utrzymać ich separację w tajemnicy, bo nie chciał, aby jej znamienici i użyteczni paryscy przyjaciele źle o nim myśleli[13]. Przez pewien czas niektórzy w Sanary podejrzewali go o to, że był agentem, który tylko udawał dyplomatę[14]. Podejrzenia te miały się potwierdzić. Von Dincklage pilnie obserwował działania i miejsca pobytu ważnych członków żydowskiej społeczności emigracyjnej, a jednocześnie zbierał informacje na temat pobliskiego portu w Tulonie, najważniejszej francuskiej bazy marynarki wojennej.

Musiał jednak przynajmniej udawać, że ma pracę. Jego bliski znajomy, rosyjski emigrant Alex Liberman – przyszły przyjaciel Gabrielle, a później także dyrektor wydawniczy Condé Nast Publications w Nowym Jorku – znalazł von Dincklagemu zatrudnienie w charakterze dziennikarza[15]. W 1935 roku von Dincklage doznał jednak poważnej porażki w pracy propagandowej dla rządu Hitlera. W styczniu tegoż roku opublikowano w Paryżu książkę pod tytułem *Das Braune Netz* [Brunatna siatka][16]. Jej podtytuł brzmiał: *Jak zagraniczni agenci Hitlera przygotowują wojnę*. Miała ona za cel ostrzec Zachód przed potencjalnym

„nazistowskim szpiegostwem oraz działaniami piątej kolumny poza granicami Niemiec". Książka zawierała listę wszystkich znanych nazistowskich agentów, kraj po kraju. Listę francuską otwierał Otto Abetz (przyszły ambasador). Jedną z ważniejszych postaci na liście agentów działających we Francji był von Dincklage.

O prawdziwości tez zawartych w książce miał świadczyć między innymi szereg wykradzionych von Dincklagemu raportów dla jego przełożonych. Książka, w której znalazł się wybór cytatów z cotygodniowych raportów wysyłanych przez von Dincklagego do Berlina, demaskowała jego działalność i ukazywała „rozmaite kanały wykorzystywane wspólnie przez Goebbelsa i Gestapo do wykonywania powierzonych im zadań za granicą". List von Dincklagego do paryskiego korespondenta jednej z większych niemieckich gazet ujawnia jego pseudonim: „Odwiedził mnie dziś Kofink, przypuszczalnie będę mógł go wykorzystać. Zadzwoni do Pana wkrótce z wiadomością dla Spatza. Spatz to ja. Gdy to nastąpi, proszę bezzwłocznie poinformować mnie telefonicznie"[17].

(*Spatz*, czyli wróbel – ten, który „ćwierka" i skacze z miejsca na miejsce – to przezwisko, którym określał się żartobliwie von Dincklage w kontaktach z francuskimi przyjaciółmi).

Autorzy *Das Braune Netz* piszą dalej: „każde poselstwo ma swojego von Dincklagego. Gangster, spekulant, agent Gestapo – ta domieszka charakteryzuje dyplomatów Hitlera (...). Jego raporty ukazują rozliczne metody, którymi prowadzona jest zagraniczna działalność propagandowa oraz jeden punkt wspólny wszystkich tych metod: szpiegostwo"[18]. Strona za stroną von Dincklage opisuje szczegółowo swoje obserwacje, powiązania oraz sugestie dla swoich niemieckich mocodawców. Mówi o swoim „szerokim kręgu francuskich znajomości" i dodaje, że „krąg ten rozszerza się z dnia na dzień". Ma nadzieję wykonywać dzięki niemu „z bardzo zadowalającym skutkiem swoją misję społeczną"[19].

Ta niezwykła książka ukazała się najpierw po niemiecku, ale już w 1936 roku opublikowano jej wersję francuską oraz angielską i wieść o zawartych w niej rewelacjach stopniowo rozeszła się w Paryżu. Musiało to bardzo zaniepokoić von Dincklagego. Chociaż jako mistrz podstępu i obłudy byłby przekonujący w zapewnieniach, że *Das Braune Netz* to obelżywy stek bzdur, epizod ten musiał stanowić dla niego poważną przeszkodę na drodze do awansu do elity nazistowskiego wywiadu.

Trudno się dziwić, że po publikacji książki von Dincklage wyjechał na kilka miesięcy z Paryża. W tym czasie przekonał Catsy, że musi się z nią rozwieść.

Dokumenty rozwodowe nie podają prawdziwego powodu rozstania – którym było oczywiście żydowskie pochodzenie Maximiliany von Schoenebeck – i uzasadniają je niemożnością spłodzenia potomka[20]. Kiedy von Dincklage wrócił do Francji, Catsy miała do niego żal, ale nie przestało jej na nim zależeć i zgodziła się utrzymywać rozwód w tajemnicy[21]. W Paryżu jej eksmąż mieszkał dalej pod tymi samymi świetnymi adresami co zawsze, a jednocześnie podtrzymywał swoją reputację wielkiego donżuana. Małżeństwo z Catsy nie przerwało jego miłosnych podbojów, a tylko wzbogaciło je o dodatkowy dreszczyk. Teraz von Dincklage poprosił Alexa Libermana o przedstawienie go hrabinie Hélène Dessoffy.

Hélène Dessoffy i jej mąż Jacques „mieli dość pieniędzy, żeby nie musieć pracować, i poświęcali większość swojej energii na kupowanie i odnawianie domów. Hélène była córką wysokiego rangą oficera marynarki wojennej, długonogą, palącą jednego papierosą za drugim kobietą o końskiej twarzy i (...) kpiarskim, ciętym dowcipie"[22]. Nie tracąc czasu, von Dincklage niebawem rozpoczął z nią „namiętny romans". Hélène nie wiedziała, że gdy jej kochanek przyjeżdżał na południe, aby pobyć z nią w Sanary (ona i jej mąż żyli „w zasadzie osobno i zwykle mieszkali w oddzielnych willach"[23]), odwiedzał także mieszkającą niedaleko swoją byłą żonę. Równocześnie kontynuował długofalową obserwację Żydów w Sanary oraz francuskiego portu marynarki wojennej w Tulonie, po drugiej stronie wzgórza. Po rozwodzie romans z Hélène dostarczał mu jeszcze jednego uzasadnienia dla przyjazdów na południe[24].

Przedstawione powyżej fakty dają pewne pojęcie o charakterze i różnorodności zajęć von Dincklagego, który wykorzystywał swój urok osobisty do zaskarbiania sobie łask rozszerzającego się kręgu paryskiego. Znajdujemy dziwne, mylące strzępy informacji o nim z końca lat trzydziestych, nieraz sprzeczne z sobą, tak jak pogłoski, które będą krążyć później o von Dincklagem i Gabrielle. Jeśli przypomnimy sobie, że von Dincklage chciał utrzymać swój rozwód w tajemnicy, poniższy opis wyda się z początku co najmniej zagadkowy: „Baron Hans Günther von Dincklage świętował swój niedawny rozwód w barze w Ritzu, gdzie prawie zamieszkał i gdzie demonstrował fachową wiedzę na temat kobiet, wina, jedzenia oraz cygar (...). Krążył po barze, zawierał przyjaźnie i opowiadał najnowsze dowcipy"[25].

Rozdział 27

Kiedyś kierownik hotelu z oburzeniem kazał von Dincklagemu opuścić jego gabinet, gdy Niemiec próbował zawrzeć z nim czarnorynkową umowę zakupu niemieckich win. Powiedział, że robi to „na prośbę naszego wspólnego przyjaciela Joachima von Ribbentropa. Nie muszę panu przypominać, jak ważna jest to postać w rządzie Trzeciej Rzeszy". Kierownik wpadł w furię i wyrzucił go z gabinetu. Powiedział żonie, że von Dincklage „może poruszać się po hotelu, nie mogę go stąd wyrzucić. Ale mogę zakazać mu wstępu do biur i piwnic!", i dodał: „Nie myśl, że mam paranoję, kiedy mówię, że inwazja na Francję już się rozpoczęła. Ten człowiek jest szpiegiem!"[26]. Możliwe, że świadomość rosnącej potęgi Niemiec sprawiła, iż von Dincklage nie dbał już tak bardzo o utrzymanie w tajemnicy swojego rozwodu, co wyjaśniałoby jego huczne świętowanie w Ritzu.

Po podpisaniu w 1938 roku układu monachijskiego, w którym Włochy, Francja i Wielka Brytania zezwoliły na niemiecką aneksję Kraju Sudeckiego – a więc na rozbiór Czechosłowacji przez Rzeszę – bardziej przewidujący Żydzi zareagowali niezwłocznie. Alex Liberman doradził wszystkim swoim przyjaciołom zerwać kontakty z von Dincklagem i wszystkimi niemieckimi znajomymi we Francji. Ostrzegł także Hélène Dessoffy, że von Dincklage to prawdopodobnie szpieg. Hélène poszła za jego radą i z ogromną niechęcią zakończyła romans z von Dincklagem. Kiedy jej przyjaciele także uznali podejrzenia Libermana za uzasadnione, Hélène była jednocześnie wściekła na jego dwulicowość i przygnębiona utratą kochanka[27].

Według szwajcarskiego raportu powołującego się na francuski wywiad[28] von Dincklage otrzymał w 1938 roku rozkaz opuszczenia Francji, ponieważ został „spalony" przez Deuxième Bureau (chociaż książka o brunatnej siatce ukazała się prawie trzy lata wcześniej, wielu domniemanych agentów zdołało jakoś przekonać Francuzów, że była to po prostu antyniemiecka propaganda). Niebawem jednak znalazł się znowu we Francji. Po wybuchu wojny, wydalony stamtąd po raz drugi, znowu wyjechał do Szwajcarii. Do rozpoczęcia okupacji Francji kursował tam i z powrotem między Francją a Szwajcarią, stale ściągając na siebie podejrzenia. Szwajcarzy, którzy zaczęli go obserwować, odkryli, że von Dincklage przebywa w klinice na „leczeniu nerwów", nie omieszkali jednak zauważyć: „Jest to symptomatyczne, ponieważ doskonale wiadomo, że niemieccy szpiedzy od niedawna stosują taki wybieg celem uniknięcia kontroli policyjnych"[29].

Po rozpoczęciu niemieckiej okupacji Paryża w 1940 roku znajdujemy von Dincklagego ponownie w jego ulubionym mieście, z nowym nabytkiem: domem jednej z jego ostatnich kochanek, majętnej Żydówki, która uciekła wraz z mężem na nieokupowane południe. Raporty policyjne potwierdzają, że między kwietniem a listopadem 1940 roku von Dincklage został „urzędnikiem państwowym" odpowiedzialnym za wycenę towarów w dziale włókiennictwa dowództwa wojskowego Wehrmachtu w Paryżu. Tę przykrywkę zawdzięczał niewątpliwie protekcji Theodora Momma[30].

Tuż po zawieszeniu działań wojennych, w czerwcu 1940 roku, kiedy połowa mieszkańców Paryża, w tym Gabrielle, wzięła udział w „exodusie", rosyjska kochanka i przyszła żona Alexa Libermana Tatiana du Plessix także uciekła w inny rejon strefy okupowanej ze swoją małą córeczką. Spotkała się tam z Libermanem i nerwowo wyczekiwała z nim na wizy wjazdowe do Ameryki. W międzyczasie zdecydowała się na niebezpieczną wyprawę do Paryża, skąd chciała zabrać ważne dokumenty i swoje rzeczy. Libermanowi, który z pewnością zabroniłby jej tej podróży, powiedziała, że jedzie do Vichy uporządkować dokumenty niedawno zmarłego męża, bohatera ruchu oporu. Pojechała do Paryża ukryta pod materacami na skrzyni ładunkowej ciężarówki. Wjeżdżających do stolicy oraz wyjeżdżających z niej poddawano dokładnym kontrolom, jednak komórki podziemia za wysokimi opłatami szmuglowały ludzi w obie strony.

W połowie swojej ekspedycji, idąc aleją Klébera, Tatiana z przestrachem zdała sobie sprawę, że ktoś woła ją po imieniu. Obracając się, zobaczyła von Dincklagego, który w mundurze oficerskim wysiadał właśnie z mercedesa. Jak już wiemy, prawie nikt oprócz Niemców nie jeździł wówczas samochodami. Tatiana zapytała von Dincklagego:

– Co ty tutaj robisz? – na co on odparł:

– To, co do mnie należy.

– A co to teraz znaczy? – drążyła Tatiana.

– To samo, co zawsze, od kilkudziesięciu lat – odparł beztrosko von Dincklage. – Pracuję w wywiadzie wojskowym.

Tatiana powiedziała mu, że jest „skończonym draniem! (...) Udawałeś biednego dziennikarzynę, zdobyłeś nasze współczucie, uwiodłeś moją najlepszą przyjaciółkę [Hélène Dessoffy], a teraz mi mówisz, że cały czas nas szpiegowałeś!"[31].

Okazało się, że von Dincklage wiedział wszystko o ostatnich poczynaniach Tatiany i ostrzegł ją, żeby nie zostawała w Paryżu zbyt długo. Poprosił ją o przekazanie wiadomości hrabiemu Dessoffy'emu, mężowi Hélène. Francuski wywiad przechwycił jej listy do von Dincklagego i Hélène znalazła się w więzieniu. Jeśli jej mężowi uda się jej jakoś przekazać, żeby zeznała, że była to z jej strony świadoma kolaboracja, von Dincklage może wydostać ją z więzienia. Tatiana przekazała wiadomość, ale Hélène zdecydowała się nie kłamać pod przysięgą. Po wojnie została oczyszczona z zarzutów kolaboracji[32]. W tamtym czasie Gabrielle też miała (skromne) przeżycia związane z takim samym oskarżeniem.

Pewnego dnia latem 1942 roku w Ritzu nagle „zaroiło się od niemieckich żołnierzy". Przy wejściu postawiono straże i przystąpiono do rewizji we wszystkich pokojach. Wcześniej, o świcie, w hotelu pojawiło się dwóch członków ruchu oporu, którzy uprowadzili Gabrielle z jej apartamentu. Kierownik twierdził, że nic o tym nie wiedział (w rzeczywistości jego żona sympatyzowała z Resistance), a Gabrielle, której zawiązano oczy, nie miała pojęcia, dokąd ją zabrali. Trzy godziny później, po przesłuchaniu, na którym pytano ją o jej związki z Lifarem i von Dincklagem, została odstawiona z powrotem do hotelu. Otrzymała ostrzeżenie, że kolaborantom grozi oszpecenie lub śmierć; pouczono ją także, aby zmieniła swoje postępowanie: „Jest pani Francuzką, i to ważną. Jest pani dobra dla Francji, a Francja jest dobra dla pani"[33].

Na wieść o tym, jak potraktowano Gabrielle, von Dincklage wpadł w furię i wraz z generałem von Stülpnaglem zażądał od dyrektora Ritza wyjaśnień. Dyrektor stwierdził, że nie ma im nic do powiedzenia.

Jedna z kobiet zatrudnionych w butiku Chanel, która widziała się z von Dincklagem co najmniej kilka razy, wspominała tymczasem, że *nigdy* nie chodził w mundurze. Może Tatiana du Plessix w gniewie źle zapamiętała jego strój. Jednak jeżeli kiedykolwiek nosił mundur, to dbał o to, aby nie przychodzić w nim na spotkania z Gabrielle w jej apartamencie przy rue Cambon. Kochankowie wyjeżdżali też poza Paryż. Niejeden raz bawili w Szwajcarii i jeździli przez strefę okupowaną do La Pausy. Jesienią 1942 roku architekt Robert Streitz, członek ważnej komórki ruchu oporu, poprosił von Dincklagego o interwencję w sprawie pewnego żydowskiego fizyka aresztowanego przez

Gestapo. Von Dincklage, jak się zdaje, próbował interweniować, ale ostatecznie do uwolnienia fizyka doprowadził ktoś inny[34].

Można odnieść wrażenie, że Gabrielle nie miała do czynienia z żadnymi innymi Niemcami poza von Dincklagem, przeczy temu jednak syn jej dawnej kochanki Antoinette d'Harcourt, który wspomina, jak kilka razy poszedł z matką na przyjęcia wydawane przez Gabrielle przy rue Cambon. Można było na nich spotkać niejednego niemieckiego oficera: „Nie wiem dokładnie, jakiej byli rangi, ale z pewnością byli to bardzo wysocy oficerowie. Większość mówiła po francusku, nie po niemiecku, ale z niemieckim akcentem"[35]. Wiele wskazuje na to, że Antoinette d'Harcourt wykorzystywała te spotkania do zbierania informacji dla nacjonalistycznego Imperialnego Ruchu Synarchicznego (Mouvement synarchique d'empire), tajnej prawicowej organizacji antykomunistycznej założonej w 1922 roku.

Wiosną 1943 roku von Dincklage złożył swoim mocodawcom nadzwyczajną ofertę – jak to ujęto w tajnym dokumencie policyjnym – „usług Coco Chanel (lesbijki) ze sławnej firmy perfumeryjnej, które pozwolą wykorzystać jej anglosaskie kontakty dla dobra niemieckich służb wywiadowczych"[36].

Prawdopodobnie nigdy nie dowiemy się, do jakiego stopnia Gabrielle była świadoma działalności von Dincklagego. Decydując się na romans z Niemcem, poszła na kompromisy w wielu sprawach. Jeśli, podobnie jak jej przyjaciele, przymykała oko na to, co się działo, to przypuszczalnie prowadziła związek ze swoim Niemcem w bardzo podobny sposób jak Arletty. Wybrała niewiedzę.

Oceniaiając Gabrielle, powinniśmy pamiętać o jej podstawowej motywacji w czasie wojny: tak jak Colette – oraz milionom innych Francuzów – chodziło jej o to, żeby przeżyć. Nie znaczy to wcale, że była gotowa szpiegować na rzecz Niemców. Czy von Dincklage ją o to poprosił? Można podejrzewać, że spodziewał się odmowy i z właściwą sobie przebiegłością zaoferował jej „usługi" swemu przełożonemu bez jej wiedzy (choć nie dowodzi to w żaden sposób jej niewinności, Gabrielle zawsze mocno sympatyzowała z Brytyjczykami i była zrozpaczona, kiedy Niemcy zajęli Francję).

Kiedy pod koniec lata 1943 roku wróciła z von Dincklagem z La Pausy, maquis (francuscy partyzanci) przekazali wiadomość, że von Dincklage znalazł się na ich czarnej liście. Wrócił na nią także tancerz Serge Lifar, który nader chętnie zadawał się z wrogiem. W tym czasie on i von Dincklage potajemnie przeprowadzili się do Ritza, gdzie pomieszkiwali teraz z Gabrielle. Liberalny

Rozdział 27

personel hotelowy nie uważał tego, że Coco Chanel mieszka z dwoma mężczyznami, za godne większej uwagi, jednak czynna proniemiecka postawa obu tych mężczyzn przydawała sprawie pikanterii. Żona kierownika powiedziała, że Gabrielle:

> ... nigdy nie pokazywała się w hotelu z jednym ani z drugim. Nikogo to nie obchodziło, mimo to usilnie starała się zachować to w tajemnicy. Wiedziałam o nich, ponieważ miałam informatorkę w osobie pokojówki, która informowała mnie na bieżąco. Zazdrościła jej, ale nie tego, że Madame była wielką kreatorką mody – to było dla niej bez znaczenia – tylko mieszkania z dwoma imponującymi facetami, które wydawało jej się szczytem marzeń. Co to był za luksus![37]

Na początku 1944 roku Gestapo aresztowało Antoinette d'Harcourt. Po wybuchu wojny Antoinette pracowała jako kierowca ambulansu na polach bitew, ale później zaczęła wykorzystywać ten pojazd do przerzucania ludzi w różne miejsca, na przykład do granicy szwajcarskiej. Jej syn Jean wspomina: „Po roku była »spalona«, więc musiała przestać – przypuszczalnie właśnie z powodu tej działalności została aresztowana"[38]. Młoda księżna była traktowana bezwzględnie i umieszczono ją na pół roku w izolatce osławionego więzienia we Fresnes pod Paryżem, a potem przeniesiono do innego, Romainville, także w okolicach Paryża. Ledwo uniknęła deportacji do Buchenwaldu.

Biograf Arletty opisuje Synarchię jako „przychylną Mussoliniemu (...) miała ona w swoim gronie niektóre z najbardziej wpływowych osób we francuskim establishmencie, dążących do utrzymania francuskiej jedności narodowej"[39]. Jej członkowie preferowali, jak mówi Jean d'Harcourt, koncepcję „rewolucji elit, nie ulicy (...) celem Synarchii było służyć jako ogniwo między Pétainem i Lavalem z jednej strony, a de Gaulle'em i Massiglym [jednym z wyższych rangą dyplomatów de Gaulle'a] z drugiej, unikając w ten sposób rozlewu krwi" po wyzwoleniu[40].

Kiedy syn Antoinette Jean, wówczas mały chłopiec, otrzymał zgodę na widzenie z matką, ze wzruszenia przez cały kwadrans wizyty oboje nie byli w stanie wydusić słowa i tylko trwali w uścisku. Jean d'Harcourt wspominał, jak „po wojnie matka nie chciała rozmawiać z Chanel i jej noga więcej nie postała w jej sklepie"[41]. Przed wojną księżna ubierała się u Gabrielle. Jean dodał:

> Matka ogromnie podziwiała Arletty. Uważała jej romans z Niemcem wyłącznie za sprawę uczuć (...). Nigdy jej nie zdradziła (...). Matka była wierna w swoich przyjaźniach. Jedyną osobą, z którą zerwała przyjaźń z powodu wojny, była Chanel, która rozgrywała podwójną, a może potrojną grę[42].

Wiemy o podejrzeniach Antoinette co do Gabrielle, ale z dużą dozą prawdopodobieństwa niestety nigdy nie zdołamy ich potwierdzić, przede wszystkim dlatego że całe archiwum Antoinette d'Harcourt spłonęło w pożarze.

W 1943 roku zdarzył się w życiu Gabrielle dziwaczny epizod. Prawdopodobnie za namową von Dincklagego zdecydowała się pomóc wynegocjować porozumienie pokojowe. Nie była osamotniona w wierze, że rokowania to najszybszy sposób zakończenia wojny (jej przyjaźń z ludźmi takimi jak Westminster i Churchill mogła dostarczyć jej dodatkowego bodźca). Najpierw wezwała na rue Cambon kapitana Momma, któremu przedłożyła swój plan. Momm, jak pamiętamy, był przyjacielem von Dincklagego i pomógł wydostać z więzienia André Palasse'a.

Gabrielle wpadła na pomysł, że zostanie posłańcem, który zainicjuje rozmowy pokojowe między Churchillem a niemieckim dowództwem naczelnym. Churchill miał wracać po konferencji teherańskiej przez Madryt – Gabrielle utrzymywała, że zgodził się zobaczyć z nią po drodze. Z początku oszołomiony, Momm dał się przekonać i zawiózł jej „propozycję pokojową" do Berlina. Propozycja najpierw została zignorowana, ale później zainteresował się nią nowy dyrektor niemieckiego wywiadu zagranicznego ambitny młody pułkownik Walter Schellenberg. Ryzykując życiem, sam szukał sposobu nawiązania rozmów z aliantami i pomysł Gabrielle mu się spodobał. Nadał ekspedycji kryptonim operacja „Modellhut" (Wzór Kapelusza). Co jeszcze ciekawsze, podobno na początku 1944 roku Gabrielle pojechała do Berlina pod eskortą von Dincklagego, aby spotkać się tam z Schellenbergiem (wiemy o tym między innymi z zeznań Schellenberga na jego późniejszym procesie)[43].

Schellenberg zdecydował, że Gabrielle powinna jechać do Madrytu i zorganizować przez brytyjskiego ambasadora sir Samuela Hoare'a spotkanie z Churchillem. Gabrielle zażyczyła sobie, aby dla zapewnienia jej bezpieczeństwa u Brytyjczyków Niemcy sprowadzili internowaną we Włoszech

Verę Bate-Lombardi, znajomą Churchilla. W tym punkcie wersje wydarzeń przedstawione przez obie kobiety się różnią. Vera utrzymywała później, że Gabrielle wysłała niemieckiego oficera do Włoch z listowną prośbą do niej, aby wróciła do Paryża i pomogła jej wznowić działalność Domu Mody Chanel[44]. Vera odmówiła i zaraz potem została aresztowana jako brytyjska agentka (była przekonana, że stała za tym Gabrielle). Gabrielle twierdziła, że wstawiła się za Verą i wydostała ją z rzymskiego więzienia.

Vera przyjechała do Paryża i – jak powiedziała później – usłyszała tam od Gabrielle, że ma pomóc jej otworzyć salon w Madrycie, nie w Paryżu. Zdecydowała się dać temu wiarę, choć jak się okazało później, obie kobiety nie ufały sobie nawzajem. Po przyjeździe do Hiszpanii Gabrielle przypuszczalnie udała się na spotkanie z brytyjskim ambasadorem, aby przedstawić mu swój plan. Ambasador poinformował ją, że Churchilla nie ma obecnie w Hiszpanii; jest chory i wraca do Anglii przez Egipt i Tunezję (jest bardzo mało prawdopodobne, aby Churchill w ogóle zgodził się na spotkanie z Gabrielle w tamtym czasie). W czasie rozmowy z ambasadorem Gabrielle nie wspomniała, że Vera także jest w Madrycie. Był to błąd, gdyż Vera chwilę przedtem przyjechała do ambasady i w innym gabiniecie właśnie denuncjowała Gabrielle jako niemiecką agentkę[45].

Kiedy jej prośba o zgodę na powrót do Włoch została odrzucona, Vera od razu napisała do Churchilla. Błagała go o pomoc, zarzekając się, że nie jest szpiegiem, lecz lojalną brytyjską obywatelką. Gabrielle także napisała do Churchilla, wyjaśniając, że była „zmuszona zwrócić się do kogoś dość ważnego, żeby ją [Verę] uwolnić, i dostać zgodę na przywiezienie jej tutaj [do Madrytu]". W dalszej części listu przyznała, że zdała sobie sprawę, iż postawiła Verę w kompromitującej sytuacji, bo niemiecka wiza w paszporcie Very „wygląda nieco podejrzanie". Zasugerowała, że jedno skinienie Churchilla ułatwi Verze powrót do Włoch, gdzie chciała odszukać męża. Na koniec pozdrowiła go czule i zapytała o zdrowie jego i jego syna Randolpha[46].

Dalsze informacje na temat sknoconej ekspedycji Gabrielle są dość mętne. Wydaje się, że wróciła do Paryża. Vera została w Madrycie, skąd słała do Churchilla najróżniejsze pisma z błaganiem o pomoc. Brytyjczycy jednak nabrali już podejrzeń co do Very Bate-Lombardi. W latach dwudziestych wyszła za mąż po raz drugi, za Włocha, pułkownika Lombardiego, i przed wojną przez pewien czas francuskie Ministerstwo Spraw Wewnętrznych podejrzewało ich oboje o szpiegostwo. Od roku 1929 zainteresowało się również Gabrielle – jako jedną z osób, z którymi się zadawali. Duża część informacji na temat Gabrielle zawartych w jej końcowym dossier jest absurdalnie nieścisła[47], wiemy jednak, że Francuzi podejrzewali Lombardich o to, że są podwójnymi agentami[48]. Kiedy w 1931 roku zarządzono powtórne śledztwo, Francuzi nie znaleźli wystarczających dowodów przeciwko Lombardim i zupełnie nic przeciwko Gabrielle[49].

Brytyjskie Ministerstwo Spraw Zagranicznych, dowództwo sił alianckich oraz gabinet premiera przeprowadziły własne śledztwo. Po kilku miesiącach, w grudniu 1944 roku, stwierdzono, że nic nie wskazuje na to, aby Vera została „wysłana do Madrytu przez niemieckie służby wywiadowcze, tak samo jasne jest, że Mme Chanel (...) wyolbrzymiła (...) znaczenie Mme Lombardi, żeby przekonać Niemców, że jeśli pozwolą jej wyjechać do Madrytu, to może im się ona przydać. Mme Lombardi wspominała mgliście o jakiejś dziwnej koncepcji negocjowania warunków pokoju". Gabinet premiera uznał, że Vera powinna otrzymać zgodę na powrót do Włoch, jednakże nie była „bynajmniej antyfaszystką", nie została „oczyszczona z wszelkich podejrzeń" i była „w dalszym ciągu na cenzurowanym"[50]. Bez względu na to, jak naprawdę wyglądały szczegóły tego niejasnego epizodu i czy ten megalomański plan pośredniczenia w zakończeniu wojny był dziełem Very czy Gabrielle, cała rzecz zakończyła się fiaskiem.

Podczas gdy modny Paryż uparcie nie chciał stawić czoła temu, co się działo, władze przestały udawać, że prowadzą jakąś francusko-niemiecką wymianę kulturalną. Tymczasem teatry były pełne, a Gabrielle zaczęła pomagać Cocteau w przygotowaniu nowej inscenizacji *Antygony*. Przeprowadziła się też z powrotem do swojego apartamentu na rue Cambon. Czyżby usiłowała odseparować się od wszelkich związków z niemieckim dowództwem?

Rankiem 6 czerwca 1944 roku, w D-Day, Amerykanie, Kanadyjczycy, Brytyjczycy oraz żołnierze Wolnej Francji rozpoczęli fenomenalny desant w Normandii*. Był to początek alianckiej inwazji na okupowaną Francję. W najbardziej skomplikowanej i największej w historii operacji desantowej wylądowało na osiemdziesięciokilometrowym pasie wybrzeża ponad sto pięćdziesiąt tysięcy żołnierzy. Simon, lord Lovat, kawaler Orderu za Wybitną Służbę oraz

* Brali w nim udział także Polacy.

Rozdział 27

Wojskowego Krzyża Zasługi, syn szwagierki Arthura Capela Laury brał udział w desancie. Na przekór rozkazom, które zabraniały tak ryzykanckich akcji na polu walki, lord Lovat rozkazał swemu osobistemu dudziarzowi, młodemu Billowi Millinowi (ubranemu w kilt, który jego ojciec nosił w pierwszej wojnie światowej), poprowadzić żołnierzy na brzeg przy akompaniamencie szkockich dud. Zdjęcie Lovata idącego na czele brygady stało się jednym z symboli tych słynnych lądowań. Niemcy powiedzieli później, że nie zastrzelili Billy'ego tylko dlatego, że wzięli go za szaleńca. Ten akt brawury spodobałby się Arthurowi Capelowi.

Gdy paryżanie czekali na przybycie wyzwolicieli, w Normandii toczyły się zażarte walki, tymczasem w Vichy Pétain zadeklarował, że „bitwa rozgrywająca się obecnie na naszej ziemi nas nie dotyczy". Alianci posuwali się wolno w stronę Paryża, walcząc o każdą piędź ziemi. 26 czerwca de Gaulle był już w Paryżu i ogłosił powstanie nowego rządu, a na początku czerwca Amerykanie znaleźli się na przedmieściach Chartres, 90 kilometrów na południowy zachód od Paryża. Ruch oporu, choć skłócony wewnętrznie, zgodził się z planem de Gaulle'a: Paryż powinien sam się wyzwolić.

Niemieccy żołnierze wycofywali się wprawdzie po trosze od jakiegoś czasu, jednak w dalszym ciągu aresztowali i wywozili ludzi do obozów, a nad gmachem senatu w Ogrodzie Luksemburskim ciągle powiewała swastyka. W ciągu jednego czy dwóch dni ważniejsze instytucje znalazły się w rękach wyzwolicieli, a mimo to jeszcze tydzień później można było spotkać Niemców w Paryżu.

Szykując się do opuszczenia Paryża ze swoimi rodakami, von Dincklage poprosił Gabrielle, żeby wyjechała razem z nim. Zaproponował, że wymkną się do neutralnej Szwajcarii, ale Gabrielle odmówiła. Była butna i zdecydowana stawić czoła wszystkiemu, co się stanie. 17 sierpnia trwała ewakuacja ważniejszych kolaborantów przez niemiecką armię: ponad dwadzieścia tysięcy francuskich milicjantów i faszystów walczyło o miejsca w odjeżdżających pociągach i na ciężarówkach. Co pewien czas były one bombardowane przez aliantów i sabotowane przez bojowników Wolnej Francji, którzy zorganizowali w Paryżu powstanie przeciwko Niemcom. Resistance oraz de Gaulle postawili sobie za punkt honoru, aby to Francuzi – a nie nadciągający alianci – wyzwolili stolicę. Serge Lifar usłyszał, że Niemcy chcą go ewakuować, i schronił się u Gabrielle na rue Cambon. Pétain, twierdzący, że jest więźniem, został zabrany przez Niemców wraz ze szczątkami rządu Vichy do zamku Hohenzollernów Sigmaringen koło Stuttgartu. Paul Morand już tam był.

Gabrielle i Lifar widzieli ostatni niemiecki czołg dudniący po rue de Rivoli, słyszeli odgłosy ostatnich starć ulicznych między Niemcami a Wolnymi Francuzami i oglądali zawieszenie francuskich flag nad gmachem Opery. Naczelny dowódca wojsk sprzymierzonych w Europie generał Dwight Eisenhower nie uważał Paryża za cel o zasadniczym znaczeniu. Alianci spychali niemieckie wojska w stronę Renu; ich głównym zadaniem było dotrzeć do Berlina przed Armią Czerwoną i tam zakończyć konflikt. Eisenhower uważał, że jest za wcześnie na bitwę o Paryż, ale de Gaulle był nieugięty. Zdeterminowany, żeby „wyzwolić" Paryż, zagroził aliantom, że skieruje do stolicy francuską 2. Dywizję Pancerną.

W wewnętrznie skłóconym ruchu oporu istniało silne skrzydło antygaullistowskie, jednak Paryż – jako siedziba rządu – był dla niego łakomym kąskiem i sprawa uwolnienia stolicy od Niemców jednoczyła wszystkich. Opinie na temat przechwałek gubernatora wojskowego generała Dietricha von Choltitza, że był on „wybawcą Paryża", do dziś są podzielone. Von Choltitz sprzeciwił się ponawianym kilkakrotnie rozkazom Hitlera, który upierał się, że „miasto nie może wpaść w ręce wroga, chyba że przedtem legnie w zgliszczach", i 25 sierpnia poddał się w hotelu Meurice, nowo utworzonej kwaterze sił Wolnej Francji[51].

Dzień później, kiedy de Gaulle prowadził swoich żołnierzy przez plac Zgody do Łuku Triumfalnego i połowa Paryża wyległa na ulice, aby ich powitać, José Maria Sert wydał przyjęcie na pięćdziesiąt osób, aby wspólnie z przyjaciółmi oglądać paradę zwycięstwa ze swojego balkonu. Byli tam Gabrielle, Lifar i Etienne de Beaumont oraz wielu innych ich przyjaciół „kolaborantów". Kiedy de Gaulle wsiadał do samochodu, kule strzelca wyborowego strzaskały okna mieszkania Serta. Goście skryli się pod stołami i za drzwiami. Kiedy odważyli się wyjść, Sert – który z właściwą sobie brawurą pozostał na balkonie – przeprosił ich za tę „niedogodność".

29 sierpnia, po przybyciu amerykańskiej 28. Dywizji Piechoty, skierowanej do Paryża po drodze do Berlina, ulicami Paryża przeszła łączona francusko-amerykańska parada wojskowa, również tym razem przez Łuk Triumfalny. Gdy pojazdy przemierzały kolejne ulice, coraz większe tłumy rozradowanych ludzi witały Armée de la Libération i Amerykanów jako swoich wyzwolicieli.

Zaraz po wyzwoleniu rozpoczęło się oczyszczanie kraju z kolaborantów. Zanim mogły rozpocząć się zorganizowane, prawomocne procesy,

Rozdział 27

przedstawiciele Wolnej Francji, a czasem żądny zemsty lud, pospiesznie zwoływali sądy doraźne, *épuration sauvage*. Nieraz były one pretekstem do załatwiania osobistych porachunków. W ramach czystek wykonano kilka tysięcy egzekucji. Jednocześnie w miasteczkach i wsiach całego kraju kobiety oskarżone o „łóżkową kolaborację" były wywlekane z domów i upokarzane na oczach wszystkich. Chociaż golenie głów kobiet za seksualną niewierność nie było niczym nowym, nie jest jasne, dlaczego potraktowano w ten sposób od dziesięciu do trzydziestu tysięcy kobiet, dla większego poniżenia pędząc je nago wśród szydzących tłumów. Do dziś trwają debaty o tym, czego oczekiwali ludzie po tych aktach zemsty i jak interpretowali kolaborację. Kruchy rząd de Gaulle'a był przerażony zajadłością tej ludowej wendetty, ale mając niewielką realną władzę, po prostu czekał, aż nienawiść wygaśnie. Do dziś są to jedne z najciemniejszych kart historii wyzwolenia[52].

Gabrielle była osobą publiczną i też przeżyła próbę „oczyszczenia". Została aresztowana przez dwóch przedstawicieli Wolnej Francji. Z niewzruszoną godnością jak najszybciej opuściła swój pokój w Ritzu, nie chcąc, żeby żołnierze znaleźli ukrytego w łazience Serge'a Lifara. Do dziś trwają spekulacje, dlaczego po kilkugodzinnym przesłuchaniu została zwolniona. Jak się wybroniła, skoro jej przyjaciółka Arletty, która także mieszkała z Niemcem, została wtrącona na cztery miesiące do więzienia, a przez następne osiemnaście była trzymana w areszcie domowym? Mamy jedną poszlakę. W grudniu 1944 roku szef sztabu kwatery głównej sił sprzymierzonych napisał „ściśle tajny" list dotyczący uwięzienia w Hiszpanii Very-Bate Lombardi. Gabrielle i Vera podawały różne wersje tego, co wydarzyło się po fiasku operacji „Modellhut". Obie napisały do Churchilla listy, które przeczyły sobie nawzajem.

Wśród dotyczących tego epizodu raportów i listów z kwatery głównej sprzymierzonych znajdujemy jeden, w którym zapisano, że „Mme Chanel od tego czasu [w grudniu 1944 roku] jest poddawana przesłuchaniom przez francuskie władze". Gdy Vera błagała w Hiszpanii Churchilla, by pomógł jej wrócić do męża do Włoch, Brytyjczykom zależało też na tym, aby wyjaśnić powód wizyty kobiet i ustalić, czy któraś z nich nie jest niemiecką agentką[53].

Czy alianci dowiedzieli się jednak o tym, że Gabrielle przypuszczalnie wróciła do Berlina, aby powiadomić Schellenberga o fiasku swojej misji? Nie wiemy, co ją do tego skłoniło. Jeśli odrzucimy hipotezę, że była niemiecką

41. (*u góry*) Towarzystwo na nartach; Gabrielle siedzi pośrodku, z tyłu stoją Etienne i Edith de Beaumont

42. (*po lewej*) Gabrielle w kostiumie z dżerseju. Do łask przywrócony został pasek; ok. 1931

43. (*po prawej*) Pierwsza, pamiętna wizyta Gabrielle w Stanach Zjednoczonych. Nowy Jork; 1931

44. (*u góry*) Gabrielle z angielskimi modelkami, stoi lady Pamela Smith; 1932

45. (*pośrodku*) Ze swoim fotografem Cecilem Beatonem; ok. 1937

46. Gabrielle z projektantem swojej biżuterii Fulkiem di Verdurą i jego dziełem; 1937

47. Gabrielle z Salvadorem Dalim; ok. 1938

48. (*powyżej*) Apel·les Fenosa rzeźbi popiersie Gabrielle; ok. 1939

49. (*po prawej*) Bliska przyjaciółka Gabrielle Maggie van Zuylen i tancerz Serge Lifar

50. (*dalej po prawej*) Baron Hans von Dincklage, kochanek Gabrielle w czasie drugiej wojny światowej i po wojnie (tu w wieku 54 lat)

NA SĄSIEDNIEJ STRONIE

51. (*u góry*) Na słynnych schodach kamienicy przy rue Cambon 31, przed pokazem uświetniającym powrót Gabrielle pod ten adres w 1954 roku

52. (*po lewej*) Modelka w kostiumie projektu Gabrielle z 1954 roku; zdjęcie z amerykańskiego wydania „Vogue'a" mające przypomnieć dokonania słynnej projektantki

53. (*po prawej*) Suzy Parker w jednym z trzech ujęć dla amerykańskiego wydania „Vogue'a"; 1954

54. Gabrielle w swojej charakterystycznej pozie, ponownie okryta splendorem sławy; 1959

55. Marie-Hélène Arnaud, Gisèle Francome, Paule Rizzo i Mimi d'Arcangues – cztery spośród kilku modelek, które dodały blasku Maison Chanel; 1958

56. Rzeźby Gabrielle w salonie przy rue Cambon: przed kominkiem dzieło Jacques'a Lipchitza, na kominku klasyczny tułów i maski

57. Rue Cambon: na kominku popiersie Thomasa Capela, na stole astrologiczne lwy Gabrielle, w głębi parawan *coromandel*

58. Gabrielle w sile wieku w swoim salonie z żyrandolem pełnym osobistych symboli; ok. 1969

59. Trumna Gabrielle przyozdobiona kwiatami w czasie mszy żałobnej w kościele Świętej Magdaleny w Paryżu. W pierwszym rzędzie stoją modelki w markowych strojach Chanel; 13 stycznia 1971

agentką – a nie możemy jej poprzeć żadnymi dowodami – to pozostanie nam chyba tylko jeden wniosek. Pomysł hiszpańskiej misji wziął się z wybujałego egotyzmu, a lekko obłąkańcza wiara Gabrielle, że może przyczynić się do zakończenia wojny, mogła wynikać z pragnienia zasłynięcia z czegoś innego niż tylko *haute couture*. Asystentka Gabrielle powie po latach:

> Co rano bardzo dokładnie czytała gazety, od krótkich wiadomości po wyniki wyścigów. Szef „France Soir" był zdumiony jej wiedzą o wydarzeniach międzynarodowych. Nie umiała nic na to poradzić: stawiała się w sytuacji głowy państwa. Rozważała różne decyzje (...). Czuła się zatroskana, zarówno jako symbol narodowy, jak i dyrektorka firmy. Słuchając jej, można by pomyśleć, że była odpowiedzialna za sytuację. Uważała za godne ubolewania, że wielcy mężczyźni nie zasięgali jej rady. Już podczas wojny wbiła sobie do głowy, że zmusi Churchilla do podpisania pokoju. Miała projekty dla Europy, które Mendès France ocenił jako wnikliwe, i zastanawiała się, dlaczego „L'Express" ich nie powtórzył[54].

Podobnie jak garstka myślących, a nie tylko inteligentnych projektantów mody Gabrielle doszła do przekonania, że moda jest w gruncie rzeczy bezwartościowa – choć określiła precyzyjniej niż niemal każdy jej poprzednik, o co tak naprawdę w niej chodzi. Jej dążenie do bycia twórczynią „stylu", a nie tylko mody miało dla niej szczególne znaczenie, bo oznaczało coś mniej efemerycznego. Gabrielle postawiła w życiu na pracę, a jej praca polegała na tworzeniu domu mody. Bez tego straciłaby swoją *raison d'être*. Miała rację, mówiąc: „Mam duszę szefa", potrzebowała czuć się ważna. Sukces jej politycznej misji zapewniłby jej miejsce w podręcznikach historii, które w jej odczuciu byłoby współmierne do jej inteligencji. Jej rewizyta u kogoś tak wysoko postawionego jak Schellenberg miała zapewne na celu udowodnienie sobie, że traktują ją poważnie w znacznie donioślejszych sprawach niż projektowanie sukienek. Podobnie jak wielu wyjątkowych artystów Gabrielle rozumiała własną wartość, bo całą sobą żyła w teraźniejszości, ale też nie doceniała wartości tego, co zrobiła dla swego stulecia. Poprzez ubrania i styl życia wniosła autentyczny wkład w pierwsze stulecie nowoczesności; rozumiała je lepiej aniżeli wielu polityków.

Rozdział 27

Wobec braku twardych dowodów pozostają nam spekulacje na temat przyczyn szybkiego zwolnienia Gabrielle przez ruch oporu. Nie mogła zawdzięczać go wyłącznie swojej sławie – wiemy, że popularność Arletty wśród rodaków nie zapewniła jej wolności. Przypuszczalnie najbliższe prawdy jest rutynowe domniemanie: ktoś wpływowy zasygnalizował, żeby nie wszczynać żadnego postępowania przeciwko Gabrielle. Uważa się, że kiedy brytyjscy żołnierze dotarli do Paryża, kilku oficerom polecono dopilnować, żeby była bezpieczna. Nie mogli jej znaleźć. Nie było jej w Ritzu ani na rue Cambon, a żaden z pracowników hotelu nie chciał udzielić im informacji. W końcu znaleziono ją w skromnym hoteliku na przedmieściach. Mówiono, że sam Churchill kazał ustalić jej miejsce pobytu[55].

Churchill lubił Gabrielle, a jeden z jego najbliższych przyjaciół, książę Westminsteru, był jej dawnym kochankiem; Gabrielle pozostawała z nim w bliskich relacjach. Możliwe, że to książę poprosił premiera o osobistą interwencję. Dodatkowym bodźcem mogła być dla Churchilla świadomość, że Gabrielle może mieć coś do powiedzenia na temat domniemanych pronazistowskich sympatii księcia i księżnej Windsoru, z którymi była zaprzyjaźniona. Byłoby to bardzo niepożądane.

Podczas gdy wielu rodaków Gabrielle było zdumionych tym, że „uszło jej to na sucho", młody angielski dziennikarz Malcolm Muggeridge zachwycał się:

> Wykorzystała genialnie proste posunięcie z rodzaju tych, dzięki którym Napoleon odniósł sukces jako generał: wywiesiła w oknie swojego *emporium* kartkę, że perfumy dla weteranów są bezpłatne. Ci natychmiast zaczęli ustawiać się w kolejce po chanel n°5. Byliby wściekli, gdyby francuska policja tknęła choć jeden włos na jej głowie! Zyskawszy dzięki temu trochę spokoju, zaczęła szukać pomocy, gdzie się tylko da (...), unikając przy tym pojawiania się w towarzystwie znanych i oskarżanych o kolaborację osób, takich jak Maurice Chevalier, Jean Cocteau, Sacha Guitry i wiele innych znakomitości[56].

Prawnik Gabrielle René de Chambrun, jako zięć premiera rządu Vichy Pierre'a Lavala, sam trzymał się w cieniu. Doradził Chanel zrobić to samo i na pewien czas opuścić Francję. Gabrielle znała i lubiła neutralną Szwajcarię i postanowiła udać się tam na dobrowolne wygnanie.

Przed wyjazdem otrzymała pocztówkę od młodego amerykańskiego żołnierza, który odwiedził ją w Ritzu na początku 1945 roku[57]. Hans Schillinger powiedział jej wtedy, że przysyła go jej przyjaciel, sławny już wówczas fotograf Horst, który na początku wojny uciekł z Francji do Stanów Zjednoczonych. Horst zdołał przeszmuglować swojego rodaka Schillingera do Stanów, gdzie ten młody człowiek wstąpił do armii amerykańskiej. Horst powiedział mu, że jeśli znajdzie się w Paryżu, to niech „przekaże serdeczności Coco". Schillinger nie omieszkał tego zrobić. Uważa się, że Gabrielle z kolei poprosiła Schillingera, żeby napisał do Ritza i dał jej znać, jeśli kiedykolwiek spotka kogoś o nazwisku Hans Günther von Dincklage.

Schillinger rzeczywiście trafił na von Dincklagego i rzekomo napisał do Gabrielle pocztówkę z wiadomością, że wystarał się o jego zwolnienie z obozu jenieckiego w Hamburgu. W rzeczywistości było inaczej. Gabrielle wręczyła Schillingerowi znaczną sumę – dziesięć tysięcy dolarów – i poprosiła, aby „pojechał do Austrii, odnalazł von Dincklagego, przekazał mu pieniądze i jeśli to możliwe, zawiózł go do jego domu w Szlezwiku-Holsztynie". Wiemy o tym, ponieważ wiosną 1945 roku Schillinger i von Dincklage zostali aresztowani przez brytyjskie władze wojskowe. Brytyjczycy odnotowali, że Schillinger „najwyraźniej towarzyszył baronowi von Dincklagemu z zamiarem przewiezienia go do jego rodzinnej posiadłości w Gettorf. Von Dincklage miał przy sobie 8948 dolarów amerykańskich, które po jego aresztowaniu zostały skonfiskowane"[58]. Ponieważ nie było możliwości sprowadzenia von Dincklagego z powrotem do Francji, Gabrielle – świadoma zarzutów, jakie na niej ciążyły – zimą 1945 roku roztropnie przeprowadziła się do Lozanny.

Rozdział 28

WYGNANIE

Gabrielle żyła w ciągłym ruchu od kilku dekad, ale dopiero szwajcarskie wygnanie zapoczątkowało w jej życiu okres pustego nomadyzmu. Przed wybuchem wojny przez kilka lat spędzała dnie na rue Cambon, a noce po drugiej stronie ulicy, w Ritzu. Regularnie wyjeżdżała na kilka dni z Paryża, zatrzymując się w domu przyjaciółki, w hotelach kurortów nadmorskich bądź w La Pausie na południu Francji. Wyjeżdżając z Paryża do Szwajcarii, straciła jednak coś ważniejszego od jakiegokolwiek mieszkania – swoją firmę, swoją arcyważną *pracę*. Na rue Cambon zawsze było coś, co odwracało jej uwagę od nadmiernych rozmyślań: albo trwały prace nad nową kolekcją, albo było tuż po jej prezentacji. Miała do omówienia z pracownikami dodatki na nowy sezon, spędzała godziny z modelkami, na których trzeba było wypróbować wszystkie pomysły, przyjmowała znajomych, pochlebców i pracowników, którzy przychodzili z zapytaniami i komentarzami.

Bezczynność w czasie wojny była dla Gabrielle dość frustrująca, ale w Szwajcarii nie miała nawet pocieszenia pobliskiej rue Cambon. Oprócz garstki przyjaciół jedynym stałym punktem życia przez ponad dwadzieścia pięć lat była dla niej praca. Kochankowie, znajomi, rodzina, miejsce zamieszkania wiecznie się zmieniali. Gabrielle była żywą ilustracją Heraklitowej myśli, że życie polega na ciągłych zmianach, a odrzucać je to tak, jak odrzucać istotę naszej egzystencji.

Cokolwiek mogła mówić, wybrała zmianę jako sposób życia. „Boję się tylko nudy" – powie później. Ciągły ruch był jedyną rzeczą, która pomagała jej zapanować nad tym lękiem. Wiedziała też, że stałe dążenie naprzód, bez oglądania się na przeszłość, najbardziej sprzyja tworzeniu. Prawie jak rewolucjonistka stwierdziła, że ma w sobie „głębokie upodobanie do destrukcji i ewolucji", i dodała: „Moda powinna wyrażać ducha miejsca, chwili (...) moda ma sens w czasie, ale nie w przestrzeni"[1].

Bez punktu zaczepienia w postaci firmy – zarówno budynku, jak i możności projektowania – bezustanny ruch Gabrielle stracił sens i stał się bezcelowy. Bardzo ją to uwierało. Wyjeżdżając z Lozanny, przenosiła się z jednego wspaniałego szwajcarskiego hotelu do drugiego i z powrotem. Wcześniej twórczo wykorzystywała swoją energię, teraz nie znajdowała ujścia dla niepokoju i „wykazywała pewne znużenie", rozczarowanie życiem, jak wyraził to jej stary przyjaciel Paul Morand.

Morand, który pracował dla rządu Vichy, niedawno schronił się w Szwajcarii z innymi uchodźcami politycznymi, żeby uniemożliwić wydanie na niego prawomocnego wyroku w kraju. Stracił prawie wszystko. Ten zubożały, szkalowany dawny członek francuskiej elity literackiej zimą 1946 roku przyjął zaproszenie Gabrielle do Sankt Moritz. Tam, w hotelu Badrutt Palace, przesiedzieli kilka wieczorów, w czasie których Gabrielle opowiedziała mu swoją historię. Pozbawiona zajęcia i już niemłoda, nieuchronnie wracała myślami do przeszłości. (Były to wieczory wspomniane na początku tej książki, a ich zapis Morand opublikuje po latach jako „wspomnienia" Gabrielle pod tytułem *L'Allure de Chanel*. We wstępie Morand zauważa, że „nie mając co robić po raz pierwszy w życiu", Gabrielle „niecierpliwiła się").

Pisząc o tym, jak „zrzuciła z siebie ciężar małomówności", Morand wspominał głos Gabrielle, „który wylewał się z jej ust niczym lawa, słowa, szeleszczące jak wyschłe liście winorośli, jej repliki, rzeczowe i błyskawiczne (...), słowa, które były coraz bardziej lekceważące, coraz bardziej sprzeczne, jednoznacznie obciążały winą, słyszałem je wszystkie"[2]. Słyszał jej wątpliwości co do tego, kiedy wrócić na rue Cambon, i to, że czuła się zarazem „uwięziona w przeszłości i owładnięta przez czas odzyskany". Była częścią epoki, która nagle stała się „jej obca (...), w jej wciąż błyszczących oczach, pod łukami brwi

Rozdział 28

silnie zaakcentowanych ołówkiem gościła melancholia"[3]. Choć Gabrielle ukazana przez Moranda jest onieśmielająco bystra i dobrze poinformowana, jej gwiazda powoli przygasa.

Rozmawiali w pałacowych wnętrzach szwajcarskiego hotelu. Zbyt inteligentna, by nie mieć autoświadomości, Gabrielle zauważyła: „Brak mi równowagi (...), za dużo mówię", ale też: „Szybko zapominam i co więcej (...) lubię zapominać. [Oczyszczanie umysłu pomagało jej tworzyć]. Rzucam się na ludzi, żeby przekonać ich do mojego punktu widzenia"[4]. Często gęsto sobie przeczyła i choć „zawsze zapominała" – jako prawdziwa kobieta paradoksu, oświadczyła także: „Nigdy niczego nie zapomniałam". Przekonana, że „starzenie się dodaje uroku Adamowi i jest tragedią Ewy", miała teraz więcej czasu, niż by sobie życzyła, na kontemplowanie własnej jesieni życia. Z jednej strony gardziła kobietami, które nie potrafiły starzeć się z godnością, z drugiej nie umiała pogodzić się z myślą, że sama przestanie kiedyś istnieć. Zauważyła, że pojęcie „młodości jest czymś bardzo nowym, kto mówił o niej dwadzieścia lat temu?", i dodała, że w 1939 roku po raz pierwszy przyszło jej na myśl, iż nie jest już młoda: „Nie wyobrażałam sobie, że mogłabym się zestarzeć. Zawsze obracałam się wśród inteligentnych, przyjemnych ludzi, przyjaciół. A tu nagle znalazłam się sama, oddzielona od wszystkich, których lubiłam. Wszyscy byli za oceanem [ma na myśli tych, którzy uciekli do Stanów]"[5]. Miała jednak towarzystwo. Odwiedzali ją starzy, dobrzy przyjaciele, jak choćby Visconti, była też garstka nowych szwajcarskich przyjaciół i nowa towarzyszka Maggie van Zuylen.

Marguerite Namétalla była Egipcjanką (podobno kiedyś sprzedawała fiołki), żoną dyplomaty barona Egmonta van Zuylen, mieszkającego w ogromnym, wzorowanym na średniowieczny zamku Haar w Holandii. Odznaczała się elegancką urodą, miała bladą skórę, zielone oczy i uwielbiała opowiadać o swoim „niebogatym pochodzeniu". Jej zięć, Guy de Rothschild, napisał, że była „dowcipna i wesoła, żywa i prowokująca, łączyła w sobie zuchwałość i fantazję. Jej poczucie humoru, całkowicie naturalne i pozbawione nieśmiałości, (...), cięte riposty oraz talent do parodiowania sprawiały, że przypominała bohaterkę sztuki"[6]. André Malraux zadeklarował, że „Chanel, generał de Gaulle i Picasso to trzy najważniejsze postacie naszych czasów", a o Maggie van Zuylen powiedział: „Jej intelekt to inteligencja w najczystszej postaci, nieobciążona żadnym intelektualnym bagażem".

„Maggie radziła sobie świetnie w każdej rozmowie, bo choć miała świadomość swego braku kultury, nigdy się nad nim zbytnio nie zastanawiała"[7]. Jej żywiołowość była kusząca, a Gabrielle czuła się odnowiona w towarzystwie tej światowej, witalnej młodszej kobiety. Zostały kochankami. W zimie 1945/1946 zabawiały się nawzajem swoim skrzącym się i cierpkim dowcipem. Wiele lat później Paul Morand napisał w swoim dzienniku, że zanim Gabrielle „stała się wyłącznie lesbijką, mieszkałem z nią oraz z Mme de Zuylen w »Beau Rivage«, dzieliłem z nimi prywatne życie (...) w Lozannie. Nie były zażenowane, kiedy zastawałem je razem w łóżku"[8].

Gabrielle jak dotąd przechytrzała swoje demony, „nigdy nie odpoczywając". Wciąż uciekała przed wszystkim, co było dla niej zbyt bolesne, i wykorzystywała przenosiny z hotelu do hotelu jako nową metodę zapominania.

Czy usiłowała zapomnieć także o powiększającym się gronie zmarłych przyjaciół, kochanków i krewnych, które przypominało jej o upływie czasu? Jej dwaj bracia, z którymi na początku wojny tak zdecydowanie zerwała wszelkie więzi, zmarli (Lucien na zawał serca niedługo po rozpoczęciu wojny), nie zobaczywszy się więcej z siostrą. Gabrielle rzadko rozmawiała o swojej rodzinie. Należała do tych, którzy osiągnęli w życiu więcej, niż można się było spodziewać po ich pochodzeniu, i w efekcie oddalili się od swoich korzeni. Ciągle jednak czuła ich siłę, przypominały jej o dzieciństwie, które co dzień wspominała i od którego przez całe życie starała się uciec. Czy to wskutek poczucia niższości czy irytacji więzami rodzinnymi, z których nie miała emocjonalnego, psychicznego ani finansowego pożytku, zdecydowała raz na zawsze odciąć się od korzeni.

Usunęła ze swego życia prawie wszystkich swoich krewnych, oprócz ciotki, Adrienne i siostrzeńca André Palasse'a oraz jego rodziny. Sprowadziła André wraz z rodziną do Szwajcarii, z nadzieją że polepszy to jego zdrowie, lecz niestety André umarł w końcu na gruźlicę.

W 1942 roku przyjaciel Gabrielle Max Jacob zmarł w obozie internowania Drancy na przedmieściach Paryża; jego siostrę i brata już wcześniej wywieziono do Auschwitz. W tym samym roku książę Dymitr Pawłowicz zmarł w więzieniu innego rodzaju – w szwajcarskim sanatorium, gdzie przez ponad rok zmagał się z gruźlicą. W 1948 roku w Rzymie odeszła Vera Bate-Lombardi. Przedtem jednak ogłoszono wiadomość o śmierci starego przyjaciela Gabrielle José Marii Serta. Z Chanel łączyła go, jak wyraziła to Gabrielle,

Rozdział 28

relacja „z wszystkimi tymi drobnymi napięciami, jakie może wywołać starcie tak twardych charakterów jak nasze". Sert, „wspaniałomyślny i niemoralny niczym człowiek renesansu", nie zrobił nic, żeby ograniczyć tempo pracy, jedzenie, alkohol i narkotyki, które według lekarzy wpędzały go do grobu. Pewnego dnia w listopadzie 1945 roku padł martwy w trakcie pracy nad olbrzymim malowidłem ściennym w katedrze Vichy.

Misia nie wiedziała, że Sert stał nad grobem, i zrozpaczona napisała później: „Bez niego nie miałam po co żyć"[9]. Już wcześniej straciła ukochanego brata, a jej rozwiedziona bratanica, która teraz z nią mieszkała, zginęła później w wypadku samochodowym, pozostawiając ją bardziej osamotnioną niż kiedykolwiek. Misia coraz częściej sięgała po morfinę. Był to dla niej jedyny sposób na opanowanie lęku przed nieuchronnością śmierci i pogłębiającym się w miarę upływu czasu bólem. Utrzymywała się przy życiu, coraz częściej uciekając przed rzeczywistością w narkotyczne odurzenie: „W czasie obiadowych pogawędek czy włóczęg po pchlim targu odwracała się na chwilę, żeby wbić sobie igłę, nie podnosząc nawet spódnicy"[10]. To właśnie odróżniało Misię od Chanel, jej przyjaciółki i byłej kochanki. Obie dawno osiągnęły stan, w którym nie potrafiły obejść się bez środków odurzających. Jednak podczas gdy Misia uległa nałogowi i używała narkotyków w coraz większych ilościach, Gabrielle nigdy nie znalazła się w takim położeniu. Była uzależniona, ale dzięki wielkiej sile charakteru nigdy nie pozwoliła morfinie nią zawładnąć; to *ona* kontrolowała morfinę.

Pozyskiwanie narkotyków stało się niebezpieczne, lecz Misia coraz mniej dbała o utrzymanie nałogu w tajemnicy. „Raz w Monte Carlo weszła do apteki i prosto z mostu poprosiła o morfinę, a pełna zgrozy Gabrielle błagała, żeby była ostrożniejsza"[11]. W tych powojennych latach Misia jeździła do Szwajcarii, żeby pobyć z przyjaciółką, ale też po to, żeby odebrać swoje dostawy, jak za dawnych lat robiła to z Chanel. Niebawem znaleziono listę klientów dilera narkotyków w Paryżu, a na niej nazwisko Misi. Została aresztowana i wrzucona do jednej celi z innymi narkomanami, prostytutkami i kloszardami. Przyjaciele wydostali ją stamtąd po dwudziestu czterech godzinach, ale Misia miała już siedemdziesiąt sześć lat i to przeżycie dogłębnie nią wstrząsnęło.

Od tej pory Misia bała się otwierać komukolwiek drzwi i jeszcze bardziej zapamiętale szukała zapomnienia w chemii. We wrześniu 1950 roku, już prawie do cna wyniszczona, pojechała ostatni raz do Szwajcarii, żeby odwiedzić

Gabrielle i odebrać ostatnią partię narkotyków. Po powrocie do Paryża nie wstawała z łóżka. Miesiąc później jej służąca wezwała przyjaciół do jej łoża. Misia umierała. Gabrielle przyjechała i czuwała przy niej, aż Misia znalazła się w tej milczącej przestrzeni, która poprzedza zgon. Późną nocą spokojnie przestała oddychać. Wczesnym rankiem następnego dnia Gabrielle w swoim stylu przejęła dowodzenie. Kazała przenieść ciało Misi do należącego kiedyś do Serta wielkiego łoża z baldachimem, a potem „oddała przyjaciółce ostatnią posługę".

Ułożyła Misi włosy, zrobiła pośmiertny makijaż i nałożyła biżuterię. Misia była ubrana na biało, otoczona białymi kwiatami, jej pierś przepasywała różowa wstążka z bladą różą na środku. Tak Misia została zaprezentowana przez Chanel jej pogrążonym w żałobie przyjaciołom. Biografowie Godebskiej piszą, że Gabrielle odmłodziła swoją przyjaciółkę i że Misia wyglądała „piękniej niż kiedykolwiek". Powieściopisarka Nancy Mitford z większym realizmem, w typowej dla siebie figlarnej dygresji, napisała: „Dolly (...) właśnie wróciła od Misi Sert. Mlle Chanel stroiła zwłoki. „Coco pomalowała jej paznokcie – wydało mi się to miłym gestem – ale muszę przyznać, że przesadziła z makijażem"[12]. Pogrzeb odbył się w polskim kościele na rue Cambon, koło butiku Chanel.

Odszedł najpierw Sert, a teraz Misia. Cokolwiek Gabrielle mówiła o przyjaciółce, tych dwoje było dla siebie nawzajem źródłem siły i pocieszenia w niezmiennie namiętnej przyjaźni trwającej ponad trzydzieści lat. Gabrielle powiedziała kiedyś: „Ktokolwiek mówi o Sercie, mówi o Misi", i tak rzeczywiście musiała czuć. Wraz z odejściem niereformowalnego Serta i jego kobiety Gabrielle straciła niezmiernie istotne źródło rozrywki, irytacji i wsparcia w swoim życiu, a jej świat został pomniejszony. Twierdziła: „Znacznie bardziej boję się kobiet niż mężczyzn", a także: „Kobiety mnie nie bawią. Nie czuję do nich przyjaźni (...). Nie biorą udziału w grze, tylko oczekują, że inni będą grać za nich"[13]. Tymczasem o Misi, która podobnie jak Gabrielle nie była „ani dobra, ani zła", Chanel powie: „To moja jedyna przyjaciółka"[14].

Teraz, gdy siedziała w tym szwajcarskim hotelu z Paulem Morandem, jej bezwzględne słowa ukazywały budzącą respekt, twardą powierzchowność, z którą niewielu miało odwagę bądź wyobraźnię się spierać. Jednak ukryta w swoim arsenale słów raz na jakiś czas, oprócz światowości, Gabrielle ujawniała też swoje drugie „ja", nieśmiałe, kruche i samotne. Ta wrażliwa kobieta,

Rozdział 28

która przyznała: „Wszędzie znajdowałam tylko samotność (...), byłam sama już w wieku sześciu lat", oświadczy butnie: „To samotność wykuła mój wybuchowy charakter i pokryła brązem moją dumną duszę oraz moje krzepkie ciało". Jednocześnie wyznała: „Mam w sobie śmiertelny lęk przed samotnością i żyję w całkowitym osamotnieniu. Zapłaciłabym za to, żeby nie być sama". (Prawdę mówiąc, często to robiła. Podczas corocznych wycieczek do Włoch brała sobie kochanków, co skomentowała później: „Nie jeździ się do Włoch dla panów. Ale ja zawsze płaciłam"[15]). Gdy czytamy jej uwagę: „Posłałabym nawet po policjanta na służbie, byle nie jeść obiadu sama", mimo woli przypomina się pozostający gdzieś w tle von Dincklage.

Od aresztowania przez Brytyjczyków w 1945 roku Hans Günther mieszkał w Szlezwiku-Holsztynie (położonym w brytyjskiej strefie okupacyjnej) z ciotką, baronową Weber-Rosenkranz[16]. We wrześniu 1949 roku znajdujemy go jednak ponownie w Szwajcarii, w hotelu Beau Rivage w Lozannie. Między grudniem 1949 a styczniem 1950 roku przebywała tam również Gabrielle[17]. Udało im się jakimś sposobem zaaranżować spotkanie.

Von Dincklage mógł cieszyć się z Gabrielle wygodnym stylem życia, a ona nie musiała już zapraszać na obiad „policjanta na służbie" ani odpierać myśli, że „jeśli się potknę, wiem, że czeka na mnie melancholia z rozdziawioną paszczą"[18]. Von Dincklage był nadal atrakcyjnym mężczyzną i zachował urok pochlebcy. Nawet jeśli w jego uczuciach do Gabrielle była jakaś krztyna szczerości, trudno uwierzyć, że znalazł się u boku Gabrielle wiedziony czymś więcej niż wygodą.

Tymczasem Gabrielle, równie silna i bezpośrednia jak podatna na zranienie i samotna, wspominała słowa Arthura Capela, który prosił, aby pamiętała, że jest kobietą. Przyznała, że dla przypomnienia stawała przed lustrem, które ukazywało jej:

> dwoje groźnie ściągniętych brwi, nozdrza szerokie jak u klaczy, włosy czarniejsze niż sam diabeł, usta jak szczelina, przez którą wylewają się żale serca, drażliwego, lecz nie samolubnego (...). Ciemna, cygańska skóra, przy której moje zęby i moje perły wydają się dwa razy bielsze, ciało, wysuszone jak winorośl bez owoców, dłonie robotnicy (...).
>
> Surowość lustra odbija moją własną surowość (...) wyraża to, co jest dla mnie swoiste, pokazuje osobę wydajną, pełną optymizmu i pasji, realistkę,

bitną, kpiącą i sceptyczną, która czuje się Francuzką. Wreszcie – złotobrązowe oczy, strzegące dostępu do mojego serca: widać, że jestem kobietą. Biedną kobietą[19].

Ta sama „biedna kobieta" wierzyła, że znalazła się na świecie nie bez powodu i stwierdziła: „Dlatego przetrwałam, dlatego kostium, który miałam na sobie na wyścigach w 1913, można nosić i w 1946, gdyż nowe warunki społeczne są wciąż takie same jak te, które pchnęły mnie do zajęcia się modą". Pamiętając o zapoczątkowanej przez siebie rewolucji, opisywała swoją pracę „na rzecz nowego społeczeństwa". Dotychczasowe ubiory były jej zdaniem przeznaczone dla kobiet „bezużytecznych", które nie robiły nic dla siebie ani z własnym życiem. Gabrielle stwierdziła, że projektuje dla aktywnych, pracujących kobiet i dodała, że „kobieta aktywna potrzebuje czuć się swobodnie w swoich ubraniach. Musisz móc podwinąć rękawy"[20]. Mimo pędu do wypełniania swego przeznaczenia i głębokiego pragnienia niezależności Gabrielle przyznała też wnikliwie i z pewnym żalem: „Należę do tej rasy szalonych kobiet, które myślą tylko o swojej pracy"[21].

Zdradziła, że nigdy naprawdę nie zaznała szczęścia, ale dodała też: „Nigdy nie miałam czasu na bycie nieszczęśliwą, poświęcenie się drugiemu człowiekowi albo posiadanie dzieci. To chyba nie przypadek, że żyłam sama"[22].

Pytając samą siebie, dokąd się teraz udać, Gabrielle w dalszym ciągu patrzyła w przyszłość: „Nie wiem, ale dokądś wyjadę, to jeszcze nie koniec". Na wieść o tym, że Europa jest w ruinie, pomyślała, że choć czuje, iż Europa jest jej matką, to gdyby kontynent został z tyłu za resztą świata, chętnie by go opuściła, tak jak swoją rodzinę, aby zacząć nowe życie: „Chcę być częścią tego, co się dzieje. Dlatego pojadę, gdzie będzie trzeba (...). Będzie trzeba zająć się czymś innym. Jestem gotowa na nowy początek"[23].

Ta odmowa poddania się okolicznościom, w połączeniu z gotowością na „nowy początek", jest u kobiety sześćdziesięciotrzyletniej bardzo imponująca. Mimo nieustępliwości i werwy Gabrielle nie miała już jednak tej samej energii co przed trzydziestu laty. Ale ikona Coco Chanel do tego stopnia zrosła się z jej prawdziwą osobowością, że nie potrafiła się jej wyrzec. To, czym się w końcu zajęła, nie było tak nowatorskie, jak mogła sobie wyobrażać, gdy mówiła te słowa w 1946 roku.

Rozdział 28

Kiedy Gabrielle zgodziła się ze swoim prawnikiem René de Chambrunem, że powinna opuścić Francję i na jakiś czas zamieszkać w Szwajcarii, zadała mu pytanie, czy pomoże jej stanąć do walki z jej partnerami Wertheimerami. Była przekonana, że bracia oszukali ją ponownie w czasie wojny i oświadczyła Chambrunowi: „Chcę zemsty"[24].

Przez kilka lat przed wojną, przekonana, że ich pierwsza umowa została zawarta nieuczciwie, Gabrielle miała sporadyczne potyczki z Wertheimerami. Na początku lat trzydziestych bracia zaczęli produkcję perfum Chanel w swojej firmie Bourjois. Przekazali prawa do ich sprzedaży stworzonym przez siebie zagranicznym filiom; również z nich oddawali Gabrielle dziesięć procent zysków. Rozwścieczyło ją to. Wierzyła, że rozrost biznesu powoduje obniżenie jakości, i coraz bardziej sfrustrowana domagała się zwolnienia z oryginalnej umowy. Wojna przeszkodziła jej w wejściu na drogę sądową, ale jej konflikt z partnerami jeszcze bardziej się pogłębił.

Kiedy wybuchła wojna, przed wyjazdem z Francji do Ameryki, Wertheimerowie sprytnie powierzyli prowadzenie firmy kuzynowi, ten zaś równie sprytnie wyznaczył nieżydowskiego przemysłowca Félixa Amiota do roli fikcyjnego szefa przedsiębiorstwa. Kontynuował on sprzedaż perfum Chanel podczas okupacji. W tym samym czasie Wertheimerowie rozpoczęli produkcję chanel n°5 w Ameryce, gdzie produkowali ich jeszcze więcej, wykorzystując naturalne olejki z południa Francji, niezgodne z oryginalnymi recepturami.

Po wojnie dalej prowadzili tę działalność, a Gabrielle dostawała śmiesznie niskie pieniądze z tytułu praw autorskich. Chambrun i wezwany do pomocy prezes francuskiej izby adwokackiej doradzili jej: „Zyskasz znacznie więcej, jeśli załatwisz to polubownie, a nie w sądzie". Gabrielle cieszyła się jednak na myśl o walce i nie zgodziła się. Wertheimerowie argumentowali, że wnieśli ważny finansowy wkład w Parfums Chanel i zbudowali światowy biznes, w którym Gabrielle nie ma już żadnego udziału. Przestała być osobą publiczną i była za stara, by móc zaoferować swój talent, młodość oraz sławę, którymi cieszyła się, kiedy wprowadzała na rynek n°5. Gabrielle ogarnęła szewska pasja: „A więc jestem za stara! Myślą, że jestem za stara, te... gnojki!".

Przez dwa miesiące przed wejściem sprawy na wokandę Gabrielle pilnie pracowała. Na koniec wręczyła Chambrunowi kilka małych flakoników i poprosiła, aby przekazał je żonie. Czy Gabrielle mogłaby produkować „w domu" podobne flakoniki? Chambrun odparł, że tak, ale tylko z przeznaczeniem na prezenty. Josée de Chambrun uznała perfumy za rewelacyjne, podobnie jak rosyjski „nos" wezwany, żeby zweryfikować jej opinię. Gabrielle zleciła więc perfumerzyście w Szwajcarii przygotować sto takich buteleczek jej różnych perfum. Buteleczki różniły się od oryginalnych, a nazwy perfum poprzedzono na nich słowem „Mademoiselle", dzięki czemu były jednocześnie jej i „inne". Następnie rozesłała je jako „prezenty" do najelegantszych domów towarowych w Nowym Jorku. Wertheimerowie zapytali jej prawnika: „Czego ona *chce*?", i niedługo potem zawarli ugodę pozasądową.

Wertheimerowie pogrywali sobie brutalnie z Chanel podczas wojny, ale umieli też przegrywać i warunki nowej umowy były niezwykle korzystne dla Gabrielle. Uzyskała prawo wytwarzania perfum Mademoiselle Chanel w każdym miejscu na świecie – była to skuteczna groźba dla jej partnerów, której nigdy nie spełniła; miano wypłacić jej znaczne odszkodowanie wraz z odsetkami za sprzedaż Parfums Chanel w USA, Brytanii i Francji, a w Szwajcarii – „jej lennie, jej królestwie" – przyznano jej swego rodzaju monopol. Uzyskała też prawo do dwóch procent z całej sprzedaży brutto perfum Chanel na świecie.

Na końcu tej zażartej prawniczej bitwy, w którą zaangażowała się ze świętym oburzeniem, wielką przyjemnością i dużym sprytem, Gabrielle stała się multimilionerką. Po podpisaniu ugody zaprosiła Chambrunów na rue Cambon, żeby to uczcić. „Mój drogi Króliczku – powiedziała do René – zarobiłam już w życiu mnóstwo pieniędzy, ale jak wiesz, dużo także wydałam. Teraz dzięki tobie nigdy więcej nie będę musiała pracować (...). Mam zamiar nic już nie robić". Było to w roku 1947.

Po procesach dwudziestu czterech ważniejszych przestępców wojennych w Norymberdze w procesie ministerstw Walter Schellenberg uzyskał najniższy wymiar kary. W 1951 roku zatelefonował do Gabrielle. Niedługo przedtem został zwolniony z więzienia i miał pod fałszywym nazwiskiem zamieszkać z żoną w Szwajcarii. Był bez grosza i planował wydanie pamiętników. Jako dawny szef tajnej policji Hitlera dostał propozycje od kilku agentów literackich i zgodził się przedstawić wyczerpującą relację ze swojej wojennej działalności. Nie wiadomo, czy jego agent dowiedział się o tym od Schellenberga, czy może sam odkrył jego związki z Gabrielle, w każdym razie człowiek ten szantażem zmusił ją do wypłacenia mu „dużej sumy pieniędzy" w zamian za milczenie.

Rozdział 28

Szwajcarzy dali Schellenbergowi do zrozumienia, że nie jest u nich mile widziany. Schellenbergowie przeprowadzili się więc do Włoch i zamieszkali w domu nad Lago Maggiore. Podobno wszystkie rachunki opłacała za nich Gabrielle. Schellenberg zachorował na raka i zmarł na początku 1952 roku. Jego żona napisze później do przyjaciela von Dincklagego kapitana Momma: „madame Chanel zaoferowała nam finansowe wsparcie w trudnej sytuacji i dzięki niej mogliśmy pobyć razem jeszcze kilka miesięcy"[25]. We wspomnieniach Schellenberga, wydanych później pod tytułem *Das Labyrinth*, nie ma wzmianki o Gabrielle ani o jej ekspedycji do Hiszpanii z Verą Bate-Lombardi, nazwanej przez Schellenberga operacją „Modellhut". Pod koniec 1952 roku von Dincklage pojechał odwiedzić panią Schellenberg w Düsseldorfie, aby odebrać dwa „przedmioty", które wdowa pragnęła przekazać Gabrielle. Nie mamy na to dowodów, ale owe „przedmioty" to z dużym prawdopodobieństwem były dokumenty.

Gabrielle miała w Szwajcarii dużo wolnego czasu, zaczęła więc myśleć o zabezpieczeniu mitu Coco Chanel. Ponieważ nie tworzyła go już w modzie, chciała, aby ktoś opowiedział jej życie w bardziej oficjalny sposób, niż uczynił to Morand w ich rozmowach. Na swoją ghostwriterkę wybrała poetkę i powieściopisarkę Louise de Vilmorin, szacowną postać o znakomitej literackiej reputacji. De Vilmorin miała liczne romanse – po wojnie jej kochankami byli jednocześnie brytyjski ambasador Duff Cooper oraz jego żona Diana. W ostatnich latach życia była towarzyszką pisarza André Malraux, wówczas francuskiego ministra kultury. Gabrielle podziwiała jej inteligencję, ogładę i ironię. W 1947 roku zasiadły razem w Wenecji do odtwarzania przebiegu życia Gabrielle.

De Vilmorin nie miała skłonności do moralizowania, ale też nie potrafiła na tyle wyciszyć własnej osobowości, aby na pierwszym planie znalazła się jej bohaterka. Oprócz tego doprowadzało ją do szału, że Chanel nie potrafiła opowiedzieć o swoich wczesnych latach bez owijania w bawełnę. Gabrielle nie była zadowolona z jej tekstu, zwłaszcza gdy nie spotkał się on z pozytywną reakcją żadnego z amerykańskich wydawców. Ich przyjaźń przetrwała jednak ten epizod. Później Gabrielle wypróbowała jednego z niesamowitych braci Kessel, Georges'a, pogrążonego w samobójczej depresji byłego kochanka

Colette, którego wyniszczył przed czasem nałóg opiumowo-kokainowo-morfinowy. I ta próba zakończyła się klapą. Niezrażona Gabrielle próbowała przez resztę życia nakłonić szereg pisarzy do pomocy w konstruowaniu i rekonstruowaniu jej legendy.

Zaraz po Kesselu pojawił się dziennikarz i pisarz Gaston Bonheur, a po nim młody powieściopisarz Michel Déon, który niedawno pomagał Salvadorowi Dalemu przy jego wspomnieniach i właśnie opublikował swoją debiutancką powieść, cieszącą się dużym powodzeniem. Déon, który spędził w jej towarzystwie dużą część lat 1951–1953, niedawno opisał Gabrielle jako „wyjątkową, a jednocześnie denerwującą i błyskotliwą kobietę". Podróżował z nią z Paryża do Lozanny, z Roquebrune do Rzymu i do Nowego Jorku, wiernie notując jej opowieści. Przyjął zasadę niekwestionowania jej słów. Ona mówiła, on słuchał i robił notatki.

Déon jest teraz dziarskim dziewięćdziesięciolatkiem i jednym z tuzów francuskiej literatury. Jego ironia i chytry dowcip znajdują przeciwwagę w ogromnej serdeczności. Nietrudno sobie wyobrazić, że Gabrielle była nim oczarowana. W rozmowie, nawiązując do gromadzenia materiałów do powieści, Déon opisuje siebie jako „rabusia", zafascynowanego jej „skomplikowaniem i ponętnością".

Wspomina, jak słuchał z przejęciem tej kobiety czterdzieści lat starszej od niego, „która widziała i przeżyła wszystko", i wzruszył się jej stwierdzeniem, że „ludzie nieśmiali dużo mówią, ponieważ nie wytrzymują, kiedy w trakcie rozmowy zapada milczenie. Potrafię wyciągnąć jakikolwiek idiotyzm, żeby tylko zapełnić czymś ciszę. Trajkoczę, przechodzę od jednego tematu do drugiego, żeby cisza nie miała żadnych szans. Wyczuwam natychmiast, kiedy ludzie nie cieszą się moim towarzystwem (...). Mam coś w rodzaju nerwowego słowotoku. Mówię z żarem. Wiem, że jestem nie do zniesienia"[26].

Gabrielle zdobyła się na niezwykłe wyznanie wobec młodego Jeana Caua, ówczesnego sekretarza Jeana Paula Sartre'a, któremu zdradziła, że w istocie onieśmielali ją wszyscy, od modelek przez pomniejszych pracowników aż po chłopca na posyłki. „Na szczęście nikt albo prawie nikt o tym nie wie", dodała.

Déon był zarazem na tyle spostrzegawczy i obdarzony wyobraźnią, że uznał Gabrielle pomimo jej wad za osobę życzliwą i intrygującą. Zaproponowała mu, żeby pojechał z nią do Szwajcarii jej cadillakiem, lecz on wolał pozostać niezależny i odbył tę podróż swoim samochodem, czarnym mg. Gabrielle

Rozdział 28

zabrała w drogę „dwa czarne cadillaki. W jednym, prowadzonym przez szofera w liberii jechała ona, a w drugim jej dwie osobiste służące, jedna ze słynną szkatułką z biżuterią w zniszczonych przez detergenty dłoniach. Podróżując w takim oto konwoju, w pół drogi zatrzymała samochód i wsiadła do mojego kabrioletu, z różową woalką z gazy na głowie, niczym pasażerka samochodu z początków XX wieku"[27]. Młody pisarz otrzymywał od Gabrielle comiesięczną wypłatę i raz na jakiś czas wracał do Paryża, aby napisać artykuł i zapłacić czynsz. Spędzał tyle czasu poza Paryżem, słuchając Gabrielle, że jego dziewczyna zmęczyła się czekaniem i go rzuciła.

Déon, który kilkakrotnie spotkał się z von Dincklagem w Szwajcarii, pisze o tym, jak Gabrielle „dalej udawała, że nie miał on nic wspólnego z wojną we Francji". (W 1950 roku napisano w szwajcarskim raporcie policyjnym: „Dzisiaj VD wciąż sprawia wrażenie człowieka bardzo chłodnego i próbuje przy każdej okazji narzucać innym swoją wolę"). Déon opowiada z przekąsem anegdotkę, która pokazuje, do jakiego stopnia ten starszy mężczyzna, wówczas pięćdziesięciosiedmioletni, zachował swój urok i umiejętność zniewalania. Pewnej nocy Gabrielle wcześnie położyła się spać, a Déon i von Dincklage wyruszyli do klubu nocnego, gdzie spotkali nową niemiecką przyjaciółkę Déona, tancerkę klubową. Von Dincklage tak skutecznie ją omotał, że Déon nie mógł się nadziwić, jak szybko dziewczyna zostawiła go dla jego starszego kolegi[28].

(Między rokiem 1953 a 1954 von Dincklage zniknął z życia Gabrielle. Wiemy tylko, że Chanel w dalszym ciągu wypłacała mu uposażenie i że pod koniec życia osiedlił się na hiszpańskiej wyspie, gdzie spędzał czas, malując obrazy o tematyce erotycznej).

Po ciężkiej walce z przeciwnościami pod koniec 1953 roku Michel Déon stworzył wreszcie trzystustronicowy maszynopis opisujący historię życia Gabrielle. Czekał na jej opinię, ale się nie doczekał. Wreszcie Chanel przesłała mu wiadomość za pośrednictwem przyjaciela Hervé Mille'a, redaktora „Paris Match" i jednego z powojennych paryskich arbitrów smaku: „Na tych trzystu stronach nie ma jednego zdania, które nie byłoby jej, ale gdy widzi tę książkę, dochodzi do wniosku, że nie tego oczekuje Ameryka".

Déon zrozumiał, w czym rzecz. Spisał opowieść Gabrielle słowo po słowie, bez interpretowania jej, pozostawiając wszystkie fantazje nietknięte. Rozumiał, że w głębi duszy Gabrielle doskonale wie, iż fantazje, które pomagały jej przeżyć, są dobrym tematem do rozmowy, ale – jak mówi – „nie nadają się do wyłożenia kawa na ławę". Jako pisarz Déon był wrażliwy na to, jak wielką władzę miała nad nią wyobraźnia: „Co mnie w niej autentycznie urzekło, to jej ciągłe odwoływanie się do tej dziwnej, wyobrażonej jakości egzystencjalnej. [A także] jej czarująca impulsywność, delikatna szczodrość – gdy o nic jej nie prosiłeś – nadzwyczajna intuicja w sprawach muzyki, poezji, dramatu"[29].

Zamiast krytykować życiowe fantazje Gabrielle, „tę dziwną, wyobrażoną jakość egzystencjalną", Déon jest na tyle subtelny, by zauważyć, że bez nich Gabrielle nie mogłaby przeżyć. Cenił też jej szacunek dla prawdy oraz uczciwości pisarskiej, więc gdy powiedziała: „Michel, to jest mój głos, ale ja nie chcę go słyszeć", odparł, że to rozumie i pozostali przyjaciółmi. Później zniszczył maszynopis. Pytany dlaczego, odpowiada: „Wiedziałem, że prędzej czy później ktoś zgłosi się do mnie z propozycją wykorzystania go i jeśli nie będę miał tego jedynego egzemplarza, nie będę mógł tego zrobić"[30]. Gabrielle znalazła w nim prawdziwego sojusznika, kogoś, kto doceniał jej połączenie doskonałego rozeznania prawdy i emocjonalnej potrzeby fantazjowania. Déon nie osądzał jej, raczej głęboko współczuł jej dziecinnych lęków i „niezdolności do porzucenia marzeń, żeby zmierzyć się z rzeczywistością".

Rozdział 29

POWRÓT: 1954

Wiosną 1953 roku Gabrielle wyjechała do Stanów Zjednoczonych. Przez trzy miesiące gościła w Nowym Jorku u Maggie i Egmonta van Zuylen. W weekendy spotykali się głównie w gronie dawnych znajomych Chanel – na przykład na Long Island spędziła czas z fotografem Horstem. Pojawiła się też Mona Williams, później von Bismarck.

Mona została uznana przez kilkoro projektantów, w tym Gabrielle, za najlepiej ubraną kobietę na świecie; to o niej Cole Porter napisał w jednej z piosenek: „Co z tego, że pani Williamsowa jest najlepiej ubraną kobietą w mieście?". Jej mąż (który zmarł kilka miesięcy później) był ponoć najbogatszym człowiekiem w Ameryce. Gabrielle często gościła w willi Williamsów na Capri, należącej niegdyś do cesarza Tyberiusza. Przed wojną miała przelotny romans z Harrisonem, który powiedział jej, że jego piękna światowa żona (jej najsłynniejsze zdjęcie, w sukience od Chanel, zrobił Cecil Beaton) „to modelka, tylko modelka", i usiłował zdobyć Gabrielle dla siebie. Odpowiedziała, że gdyby poprosił ją rok wcześniej, popłynęłaby z nim do Stanów. A tak „wydawało się, że to za późno".

Wizyta Gabrielle w Stanach miała po części charakter zawodowy. Nowojorski oddział Chanel Parfums poprosił ją o pomoc w zmianie wystroju jego nowych biur. Gabrielle z zapałem podjęła się tego zadania i stworzyła luksusowe, a zarazem stonowane wnętrza. Oprócz stanowiących jej znak firmowy chińskich parawanów *coromandel* przywiezionych z Francji wzbogaciła wystrój wnętrz o swoje ulubione beżowe dywany. Były one kojącym tłem dla miodowych ścian obitych słomianymi matami oraz ciepłego drewna obitych różowobeżową skórą staroświeckich francuskich krzeseł. Pokoje zdobiły też afrykańskie brązy oraz obrazy Auguste'a Renoira i Henriego Rousseau.

W latach wojny i tuż po niej Gabrielle prawie nigdy nie mówiła o projektowaniu. Bieg wydarzeń kierował ją jednak ponownie w stronę tej pracy. W Nowym Jorku postarała się, żeby przedstawiono ją Alexowi i Tatianie Libermanom, którzy w 1940 roku uciekli z Francji do bezpiecznej Ameryki. Liberman, człowiek zarazem utalentowany i niesamowicie ambitny, awansował na stanowisko dyrektora artystycznego „Vogue". Wspominał, jak dyrektor handlowy Domu Mody Chanel hrabia Kutuzow, przedstawiony jej przez Dymitra Pawłowicza, „sprowadził Chanel do naszego domu i tak oto zostaliśmy wielkimi przyjaciółmi". Był to ten sam Alex Liberman, który tuż przed wojną namówił swoich francuskich przyjaciół do zerwania przyjaźni z von Dincklagem.

Liberman dobrze się bawił w towarzystwie Gabrielle: „Uwielbiałem ten proustowski aspekt (...), historie, legendy, jej związki z Diagilewem, Picassem, Cocteau i Reverdym. Można się było uczyć od niej wyrafinowania (...). Tatiana i Chanel z pozoru dobrze się dogadywały, ale wydaje mi się, że nie darzyły się wielką sympatią"[1]. Możliwe, że przyczyną ich wzajemnej niechęci był romans Gabrielle z von Dincklagem, który tak perfidnie oszukał przyjaciółkę Tatiany Hélène Dessoffy.

W 1950 roku sensacyjny styl Schiaparelli stał się przeżytkiem i Włoszka musiała zamknąć swój dom mody. Między dwiema wojnami światowymi niektóre z najlepszych i najbardziej wpływowych paryskich domów mody były kierowane przez kobiety, ale kilka już przestało istnieć. Jeanne Lanvin zmarła w 1946 roku, a wielka Madeleine Vionnet zamknęła firmę w 1939. Podziwiana przez Chanel, Marlenę Dietrich, Katherine Hepburn i Gretę Garbo Vionnet opisywała siebie jako „wroga mody", twierdząc, że interesuje ją wyrażanie ponadczasowej wizji kobiety.

Rozdział 29

Powojenny projektant Christian Dior, który stał się sławny z dnia na dzień w 1947 roku, napisał później, że pierwsi wielcy krawcy XX wieku urozmaicali swoje projekty głównie „kunsztownie wykonanymi dodatkami". Po epoce kreacji i ozdób Poireta:

> To Madeleine Vionnet i Jeanne Lanvin wreszcie przeobraziły wielkie krawiectwo, wykonując suknie ze swoich kolekcji własnymi rękami i nożyczkami. Wzór stał się całością i w końcu dół oraz góra sukienki były wykrawane zgodnie z tą samą zasadą. Madeleine Vionnet dokonywała prawdziwych cudów: była geniuszem w stosowaniu materiału i wymyśliła słynne cięcie po skosie, dzięki któremu suknie międzywojennych kobiet miękko układały się na ciele. Piękno sukni, uwolnionych od elementów ozdobnych z 1900 roku i dekoracyjnych motywów Poireta, polegało teraz wyłącznie na kroju[2].

Inna kobieta, Nina Ricci, była jedną z najlepszych projektantek dla eleganckich starszych kobiet, a rzeźbiarka Germaine Krebs, znana jako Madame Grès, otworzyła swój dom mody w 1942 roku. Jako ostatnia z wielkich kreatorów mody zdecydowała się opracować kolekcję gotowej odzieży, nazywając to „prostytucją". Dior ze znajomością tematu opisał okres międzywojenny jako „wiek wspaniałych kreatorów mody. Najwybitniejsza z nich była Mlle Chanel, która przyćmiewała całą resztę (...). Jej osobowość i gust odznaczały się stylem, elegancją oraz autorytetem. Ona i Madeleine Vionnet, choć wiele je różni, mogą uważać się za wielkie twórczynie współczesnej mody"[3].

Po wojnie dominowali w świecie mody mężczyźni: Marcel Rochas, Lucien Lelong, Jean Patou, Edward Molyneux, Cristóbal Balenciaga, Mainbocher oraz garstka innych młodych projektantów. Jednocześnie wielu komentatorów zgadzało się z Diorem, że powojenna moda jest niespójna i często wręcz brzydka: „Kapelusze są za duże, spódnice za krótkie, żakiety za długie, buty za ciężkie (...), a najgorsza z tego wszystkiego jest ta koszmarna czupryna upięta wysoko nad czołem i spływająca po plecach francuskich rowerzystek". Dior zdawał sobie sprawę, że styl *zazou* narodził się z potrzeby „wyrażenia sprzeciwu wobec okupacji oraz powagi reżimu Vichy", ale i tak uważał go za odpychający[4].

Gdy w wojennym, odciętym od świata Paryżu piszczała bieda, amerykańscy projektanci i producenci odzieży gotowej zyskali rangę arbitrów kobiecego stylu i chcieli uczynić Nowy Jork nową światową stolicą mody. Niedługo potem, przy wsparciu magnata włókienniczego Marcela Boussaca, młody Dior przystąpił do przywracania głównej roli Paryżowi. W lutym 1947 roku był mróz, a francuska prasa strajkowała, mimo to rozeszła się pogłoska, że szykuje się coś niezwykłego. Na pierwszy pokaz Diora zgłosiło się więcej chętnych, niż mogło się zmieścić w jego eleganckim lokalu przy avenue Montaigne. O wyznaczonej porze w zatłoczonym salonie panował nastrój nerwowego wyczekiwania. Byli tam przedstawiciele paryskiej elity, a także ci, którzy śledzili modę oraz ją komentowali, między innymi Carmel Snow, wszechwładna amerykańska redaktorka „Harper's Bazaar". Obok zainstalował się zespół „Vogue'a" pod przewodnictwem Michela de Brunhoffa, który nigdy nie odzyskał swej słynnej radości życia po tym, jak Niemcy zastrzelili mu syna.

Znienacka, szybkim krokiem weszła pierwsza dziewczyna; następne wychodziły jedna za drugą. Widzowie byli oszołomieni. Pokazy mody miały tradycyjnie bardzo leniwe tempo, modelki dawały dziennikarzom oraz kupującym czas na dokładne obejrzenie nowej kolekcji. Dior polecił swoim dziewczynom iść szybko i zmysłowo, co miało zwiększyć poczucie dramatyzmu. Każda szła „prowokującym, rozkołysanym krokiem, wirując w nabitym po brzegi pomieszczeniu i potrącając popielniczki sztywnym kloszem plisowanej spódnicy. Wszyscy siedzieli jak na szpilkach, nie chcąc uronić żadnego wątku tego doniosłego dramatu"[5].

Pokaz został jednogłośnie okrzyknięty triumfem. Madeleine Vionnet, wówczas już ponadsiedemdziesięcioletnia, przyznała: „Dawno nie widziałam czegoś tak pięknego", ale to komentarz Carmel Snow błyskawicznie obiegł świat: „To... rewolucja – powiedziała Diorowi. – Twoje sukienki są cudowne: mają taki nowy styl [ang. *new look*]!". Trafiła w sedno. W branży odzieżowej zawrzało. Zainwestowano miliony dolarów w nowe dostawy, które – jeśli New Look się przyjmie – z dnia na dzień staną się przestarzałe. Zaopatrzeniowcy słali do Stanów depesze z Paryża, w których wieszczyli „katastrofę. Kobiety polecą do tego stylu jak pszczoły do miodu". Carmel Snow powiedziała w wywiadzie dla NBC: „Niech Bóg ma w opiece tych, którzy wykupili dostawę przed pokazem Diora. To geniusz. Wszystko zmienił"[6].

Po latach wyrzeczeń i surowych ograniczeń materiałowych New Look Diora (właściwie nazywany „Coralle", od płatków kwiatu) z dnia na dzień pozbył się wzorowanych na stylu militarnym twardych, kanciastych watowanych ramion i przykrótkich spódnic oraz żakietów. W ich miejsce proponował

Rozdział 29

bardziej miękkie, kobiece, wcięte w talii żakiety, a także spódnice uszyte z wielu dziesiątek metrów materiału. Dopasowane ramiona, zgrabne rozkloszowane spódnice, góry sukienek usztywnione ciasnymi gorsetami oraz prowokacyjnie podkreślony biust stwarzały wrażenie ciała jako archetypu kobiecej formy.

Dior, który opisał swoje kreacje jako „efemeryczną architekturę dedykowaną pięknu kobiecego ciała", po pierwszym pokazie został ostro skrytykowany przez establishment za sprzeniewierzenie się duchowi oszczędności. Zaprotestował brytyjski minister handlu, pojawiły się zarzuty o dekadencję i „obniżenie standardów moralności publicznej". Niektórym kobietom nie w smak było zakrywanie nóg, a w czasie sesji zdjęciowej na paryskim targowisku modelki zostały zaatakowane przez właścicielki straganów, które zarzuciły im rozrzutność. Ale tak naprawdę liczyło się tylko to, że zarówno kobiety, jak i mężczyźni zakochali się w Diorowskiej gloryfikacji wszystkiego, co delikatne i kobiece.

New Look w mgnieniu oka przywrócił Paryżowi pozycję centrum światowej mody. Wspominając reakcje na te luksusowe i przesadnie kobiece ubiory, jedna z bywalczyń salonów powiedziała: „Kobiety pozbawione tego wszystkiego przez pięć długich lat rzuciły się na modę jak wygłodniałe zwierzęta"[7]. Rzeczywiście, New Look odniósł tak ogromny sukces, że na początku 1950 roku mniej więcej siedemdziesiąt pięć procent eleganckiej odzieży eksportowanej z Francji pochodziło z domu mody Diora. W ciągu jednego roku Dior stał się najsłynniejszym projektantem na świecie.

Gabrielle, zaciekawiona i poirytowana tym, co uważała za nieuzasadnione zamieszanie, wróciła do Francji, żeby zobaczyć New Look na własne oczy. Spotkanego przypadkiem przyjaciela Christiana Bérarda, który robił ilustracje kolekcji Diora, zbeształa, że pracuje dla kogoś, kto „rujnuje francuską *couture*". Bérard, beznadziejnie uzależniony opiumista, był klasycznym paryskim celebrytą, znanym ze swoich dekoracji teatralnych, szkiców modowych, plotek i dowcipu. Rozdrażniony arogancją Gabrielle odparł: „Ach, przestańże wreszcie uważać się za Francję i piać jak ten kogut!".

Jednak dużo bardziej niż rozmiar sukcesu Diora bulwersował Gabrielle powrót do wielu aspektów kobiecego ubioru, od których tak pracowicie starała się kobiety wyzwolić. Był to paradoks, że Dior, utalentowany, łagodny i nieśmiały homoseksualista, narzucił kobietom ponownie *belle époque*, tyle że w unowocześnionej wersji. Kobieta znów miała być wielbiona jako obraz. Była niezwykle eleganckim, usztywnionym, zamkniętym w gorsecie, ograniczonym symbolem. Jej kostium, podkreślający drobną talię, obfity biust i elegancko kobiece biodra, czynił z niej ideał. Mimo jego niewątpliwego piękna obraz ten przedstawiał kobietę jako uwielbiany przedmiot i pozbawiał ją swobody, którą cieszyła się od tylu lat. Niektóre z tych ślicznych i wdzięcznych kostiumów były tak skonstruowane, że mogłyby same utrzymać się w pionie. *Couture* Diora spełniała wiele funkcji, ale na pewno symbolizowała powrót do większej uległości, której oczekiwano od kobiet w latach powojennych.

Kiedy w czasie jej wizyty w Stanach w 1953 roku reporterzy zapytali Gabrielle – ubraną w jedną ze swoich garsonek z przedwojennej kolekcji – co myśli o New Look, odparła: „Popatrzcie na mnie". Wyrafinowana moda, którą Dior i jego koledzy tworzyli pod koniec lat czterdziestych, była całkowitą antytezą filozofii ubioru Gabrielle.

Górne piętra butiku przy rue Cambon 31 przez wiele lat stały puste. Po wojnie Gabrielle czasem wracała do Paryża i „przechodziła przez ciche pracownie, gdzie walały się żałosne pozostałości tkanin, przewróconych manekinów, rdzewiejące maszyny do szycia. Życie stanęło tam w miejscu"[8]. Bez pracy jej domy, pieniądze oraz klejnoty przynosiły jej tylko nudę.

W 1954 roku, gdy – jak napisze później amerykański „Vogue" – dla tych urodzonych po 1939 roku „Chanel" było tylko nazwą na buteleczce perfum, w pewnych kręgach osób urodzonych przed 1939, wieść o jej powrocie wywołała dreszcz podniecenia. Gabrielle zaprzeczała i odgrywała nieskorą. Wreszcie, po wielu zabiegach, a nawet fortelach, do których musiała się uciec, żeby sprowadzić z powrotem niektóre ze swoich najlepszych *premières*, a także zatrudnieniu jako modelek dobrze urodzonych młodych paryżanek, na początku 1954 roku otworzyła ponownie swój dom mody. Zrobiła to po części z potrzeby przezwyciężenia nudy, ale chyba liczyła też, że powrót zrekompensuje jej to, co poświęciła i straciła na rzecz Domu Mody Chanel. Rozgorzały gorączkowe spekulacje. Co skłoniło ją do ponownego otwarcia firmy w wieku *siedemdziesięciu jeden* lat? Jak będzie wyglądała jej pierwsza kolekcja?

Powrót Gabrielle był dyktowany także niechęcią do aktualnych trendów w modzie. Jednak prawdopodobnie decydującego impulsu dostarczyła jej wizyta w Szwajcarii Pierre'a Wertheimera. Latem 1953 roku Wertheimer przyjechał przekazać jej niepokojące wieści. Magazyny o modzie cytowały słynne słowa Marilyn Monroe, że w łóżku nie ma na sobie nic oprócz n°5, ale nie zmieniało to faktu, że po raz pierwszy od trzydziestu lat sprzedaż tych perfum spadła. Wertheimer przekonywał, że to jeszcze nie powód do zmartwień, perfumy ciągle przynosiły znaczne zyski. Gabrielle nie wybuchnęła gniewem, jak się tego spodziewał, lecz zaproponowała, aby wprowadzili na rynek następny zapach. Wertheimer odparł, że nie zrobią na tym interesu. Z jednej strony Paryż nie dyktował już tonu w świecie mody, perfum i kosmetyków, z drugiej – żywot tych wszystkich rzeczy z każdym rokiem stawał się coraz krótszy. Gabrielle nie upierała się przy swoim, a Pierre stwierdził z ulgą, że wreszcie zmiękła. Był w błędzie.

Zaraz po tym spotkaniu Gabrielle wróciła do Paryża, ponownie zainstalowała się w Ritzu i zaczęła pozbywać się wszystkich swoich budynków na rue Cambon, oprócz numeru 31. Pod tym numerem odnowiła wnętrze butiku na parterze, wielki salon, gdzie zawsze prezentowała swoje kolekcje, oraz apartament na trzecim piętrze i mieszczące się wyżej pracownie. Znowu zaczęła w dzień pracować i przyjmować gości przy rue Cambon, a noce spędzać po drugiej stronie ulicy, w Ritzu. Sprzedała też swoją willę na południu Francji. La Pausa została kupiona przez Emery'ego Revesa, agenta literackiego Churchilla. Winston Churchill – stosownie, jak się wydaje – spędzi w tym jednym z najwspanialszych dzieł Gabrielle dużą część ostatnich lat życia i napisze tam swoje wojenne pamiętniki. Gabrielle kupiła później z myślą o emeryturze dom w Szwajcarii, ale we Francji nie utrzymywała już domu poza Paryżem.

Sprzedała La Pausę ze świadomością, że będzie potrzebować każdego centyma. Jednak wyrzeczenie się willi oznaczało przede wszystkim powrót do prawdziwego życia: pracy. La Pausa, zarazem dyskretna i luksusowa, była symbolem nowego sposobu spędzania czasu wolnego, którego jednym z twórców była Gabrielle. Tam dzieliła się najlepszymi aspektami życia, które stworzyła. Chanel była apodyktyczna, a jednocześnie nie ferowała wyroków, a w La Pausie panowała bardzo tolerancyjna atmosfera. Zauważyła kiedyś: „Nieskończenie bardziej cieszy mnie dawanie niż otrzymywanie, czy to w pracy, w miłości czy w przyjaźni"[9]. Decyzja o pozbyciu się La Pausy była częścią życiowego remanentu, który przedsięwzięła przed swoim wielkim powrotem do świata. Teraz liczyła się przede wszystkim wiara w przyszłość. Domy i wiele przedmiotów odeszły w przeszłość. Gabrielle pragnęła odrodzić się w pracy, nie na wakacjach. Z takiego myślenia zrodziła się jeszcze jedna, głębsza decyzja.

Wracając do hotelu, pracy oraz kreowania mody, raz na zawsze zerwała z życiem osoby prywatnej. Czasy, wychowanie i charakter Gabrielle nie pozwoliły jej odnaleźć emocjonalnego spełnienia; w ogóle przestała wierzyć w jego istnienie. Praca i wizerunek publiczny to jedyne sfery, w których zawsze osiągała satysfakcję, dlatego postanowiła poświęcić czas, który jej pozostał, na życie w świetle jupiterów. Odtąd będzie kształtować swoją legendę.

Wiara – choć może lepszym słowem jest tutaj *credo* – Gabrielle, że tylko ona wie, jak kobiety powinny się ubierać, wydaje się dzisiaj bombastyczną przesadą. Współczesne gwiazdy *couture* – Dior, Givenchy, Fath – sprawiały, że kobiety wyglądały pięknie i czuły się piękne w ubiorach, które były teatralne, przepyszne i romantyczne, ale też podporządkowane jednemu celowi: ucieczce od realiów współczesności. Przez pewien czas po wojnie dokładnie tego domagał się świat. Kobiety ubierane przez mężczyzn dyktatorów mody zamieniały się bądź to w wyrafinowane archetypy, bądź w eksperymenty geometryczno-kolorystyczne; ciało nieraz zupełnie znikało pod kostiumem. Kreacje o linii tuby, namiotu, syreny, litery A lub H szyto z tkanin w barwie cytrynowożółtej, pomarańczowej i jasnoniebieskiej. Kupujący zaczęli skarżyć się na brak zdecydowanego trendu.

Na pozór radykalne i nowoczesne, te style były w istocie ukłonem w stronę czasów, kiedy kobieta spełniała po prostu funkcje dekoracyjne. Projektanci sugerowali nimi, że nie ma żadnych trudnych realiów, z którymi kobieta musi się zmagać, subtelnie pozbawiając ją w ten sposób siły. Spódnice były nieraz tak wąskie, że trudno było w nich chodzić, zaś gorsety, żakiety i sukienki znowu usztywniano „babcinymi" fiszbinami. Najbardziej pożądanym wzorem sylwetki był kształt klepsydry. W tych ubiorach nie chodziło o wygodę, zmieniały one kobietę w piękny miraż. Ubierać się znowu znaczyło tyle, co się stroić; wróciła teatralność. Na tym tle lament Gabrielle: „Mężczyźni nie powinni ubierać kobiet. Robią to źle, ponieważ nimi gardzą", brzmiał z początku jak zwykłe zrzędzenie.

Tymczasem na wieść o planowanym powrocie Chanel Balenciaga, człowiek łagodny i utalentowany, a przy tym wielki wielbiciel dorobku paryskiej kreatorki mody, oświadczył: „Chanel to wieczna bomba. Nikt z nas nie potrafi

Rozdział 29

jej rozbroić", i posłał jej bukiet w kształcie serca. Gabrielle nie umiała się zdobyć na opuszczenie gardy i przyniosła sobie ujmę, wydrwiwając znamienitego admiratora.

Gabrielle spędziła początki swojego życia zawodowego na walce z poglądem, że ubranie powinno być przebraniem. Sukces pozwolił jej zająć miejsce Poireta, wielkiego twórcy, jak to określała, „kostiumów", iluzji, i stać się paryską dyktatorką mody *par excellence*. Ten wielki wyczyn udał się jej jednak nie tylko dlatego, że była twardo stąpającą po ziemi realistką, której nie podobały się „kostiumy", lecz z dużo ciekawszych powodów. W swoim życiu oraz w projektach bezustannie przekonywała swoich współczesnych, że żyją w epoce „praktycznej". To oznaczało mniej służących, więcej maszyn, bardziej miejskie życie, a także szybsze tempo.

W tym wszystkim Gabrielle zachęcała ludzi, aby zaakceptowali czasy, w których przyszło im żyć, i na tym polegała jej wielka zasługa. Namawiała ich do porzucenia nostalgii i eskapistycznej fantazji o przeszłości i do przyjęcia z dobrodziejstwem inwentarza tego wieku maszyn, który pomimo jego wad i problemów był jedynym, jaki mieli. Najlepsze ubiory Gabrielle dawały kobietom poczucie siły i radość z uczestniczenia w tym nowym świecie, a przy tym wyglądały kształtnie, ponętnie i elegancko w zupełnie nowy sposób. Wiele elementów, które wylansowała, stało się nieodzowną częścią garderoby nowoczesnej kobiety: krótkie włosy, prochowce, spodnie noszone na dzień i na wieczór, kostiumy kąpielowe, a do nich biżuteria i okulary przeciwsłoneczne, torebki na ramię, a także, oczywiście, wszechobecna mała czarna.

Gabrielle upowszechniła pogląd, że jeśli moda się nie przyjmuje i nie widać jej na ulicy, to nie jest to moda, lecz ekscentryczny wybryk. Utorował on drogę jej największemu darowi dla świata: demokracji w modzie. W tym też krył się niestety jej największy dylemat. Chanel postulowała demokratyczną wiarę w świat (*haute couture*), który jest z definicji zamknięty dla większości (ekskluzywny). W odróżnieniu od innych wielkich krawców, którzy *jedynie* rozumieli koncepcję ekskluzywności, Chanel wiedziała, że moda, której nie zaakceptuje większość kobiet, to niewypał. Paradoksalnie to właśnie spowodowało spadek zainteresowania jej stylem przed wojną, kiedy Schiaparelli i surrealiści wiedli prym w szokowaniu, antysmaku i ekscentryzmie.

Przedwojenne społeczeństwo dążyło w kierunku dwóch pokrewnych sobie myśli: rosnącego rozczarowania władzą oraz antyutopii jako efektu końcowego mechanizacji. Film Fritza Langa *Metropolis* zobrazował to rozczarowanie już w 1927 roku. Na skutek zawiedzenia nowoczesnym światem zaczęto jak nigdy przedtem interesować się uczuciem, emocją i podświadomością, w opozycji do racjonalizmu i pozbawionych czucia maszyn.

Przed pierwszą wojną światową Gabrielle przeczuwała, że to będzie główny dylemat jej czasów. Zamiast uciekać przed nim w nostalgię, stawiła mu czoło, „przejrzała" go na wskroś i projektowała idące z duchem czasu ubiory. W burzliwym okresie międzywojennym jej niesamowicie proste ubrania czasem wydawały się zbyt dorosłe. Choć sama *nigdy* się do tego nie przyzna, trudno było nie dać się uwieść eskapistycznemu klimatowi myśli pod koniec lat trzydziestych. Nawet ona na chwilę zgubiła drogę. Jej główny asystent stwierdzi później: „Kiedy zaczynała po raz drugi, tak naprawdę dopiero wtedy wymyśliła, obmyśliła na nowo swój styl. W moim odczuciu w roku 1935 nie miała jasno określonego stylu. Dopiero po powrocie wymyśliła *le petit Chanel*"[10].

Gabrielle miała na przemyślenia całe piętnaście lat. Czasy się zmieniły, ale ona nadal afirmowała coś, co nazwała „uczciwością" swoich ubiorów. Większość życia przeżyła w narcystycznym świecie mody i mogła wygłosić taki purytański z ducha komentarz: „Jestem przeciwna modzie, która nie trwa". Choć rozumiała jej efemeryczną naturę lepiej niż niemal ktokolwiek inny, doszła do radykalnego przekonania, że moda nie ma tak naprawdę na celu redefiniowania naszego wyglądu, tylko powiedzenie nam, kim *jesteśmy*. Wiązało się z tym przeświadczenie, że kobiety wyglądają pięknie, jeśli mają stały, rozpoznawalny styl, który jest podstawą najlepszej mody.

Niemniej jednak nie miała zamiaru zostać z tyłu ze swoją elegancją i fascynowała się wieloma nowościami. Symbolem głębokiej zmiany, jaka zaszła w jej branży, było jedno z niezwykłych nowych syntetycznych włókien, bardzo praktyczny nylon. Gabrielle przewidziała, że dni *haute couture* są policzone, ponieważ coraz większą wagę przywiązywano do kosztów pracy, a coraz mniejszą do rzemiosła. Dla kobiet bardziej liczył się natychmiastowy efekt niż to, jak coś zostało wykonane.

Od wojny każdy ekskluzywny dom mody był pochłonięty bilansowaniem kosztów. Zyski ze sprzedaży kolekcji kilkutysięcznej grupie zamożnych klientek nie pokrywały już olbrzymich kosztów prowadzenia domu mody (wzrosły koszty pracy na każdym etapie produkcji, zwłaszcza zawsze rażąco niskie pensje szwaczek, czyli tych, które fizycznie *wytwarzały* ubiory). Projektanci doszli do wniosku, że jedyne rozwiązanie to sprzedaż konfekcji gotowej z wykorzystaniem prestiżu marki. Tkwił w tym dylemat i sprzeczność, ale Gabrielle, podobnie jak inni, rozumiała, że *prêt-à-porter* to przyszłość.

Dzięki pośrednictwu Marie-Louise Bousquet w Paryżu i Carmel Snow w Stanach zawarła więc sprytny, nowatorski układ, który miał sfinansować jej nową kolekcję. Jej otwarciu miała towarzyszyć sprzedaż gotowych oryginałów marki Coco Chanel w nowojorskiej dzielnicy mody, na Siódmej Alei. Gabrielle trafnie przewidywała, że wywoła w ten sposób znaczne zainteresowanie na całym świecie. Na wieść o jej chytrym planie Pierre Wertheimer natychmiast złożył jej hojną ofertę. Zaproponował, że pokryje połowę kosztów nowej kolekcji. Jeśli zostanie dobrze przyjęta, sprzedaż n°5 tylko na tym skorzysta. Siedemdziesięcioletnia Gabrielle, która nie straciła ani żyłki do interesów, ani kobiecego uroku, jeszcze raz pozyskała Wertheimera.

To mistrzowskie posunięcie było częścią jej starannie przemyślanej strategii, która zakładała też między innymi nieudzielanie wywiadów. Wszyscy czekali w coraz większym napięciu, dzięki czemu na kilka miesięcy przed planowanym zaprezentowaniem kolekcji dziennikarze zaczęli odgrzebywać stare artykuły oraz zdjęcia i rozpisywać się o przemyśleniach Gabrielle na temat mody, jej wyglądzie, jej nadzwyczajnych przyjaciołach i sławnych romansach. Młodzi ludzie byli zdumieni tą kobietą, którą tak interesowała się prasa.

Gabrielle zabrała się do pracy ze swoimi starymi *premières*, które przynagliła: „Pospieszcie się, mamy przed sobą tylko dziesięć zielonych lat". *Premières* zajmowały jedynie dwie ze starych pracowni na najwyższym piętrze rue Cambon 31. Gabrielle pracowała w małym pokoiku na trzecim piętrze, obok swojego prywatnego mieszkania. Miała do dyspozycji w pracowni tylko jedną modelkę i jedną krawcową od przymiarek, starszą, siwowłosą kobietę. Obecne warunki pracy w niczym nie przypominały tych sprzed wojny. A jednak nożyczki znów zawisły autorytatywnie na szyi Gabrielle. Zadanie, jakie sobie postawiła, było prawie niemożliwe do wykonania, ale skoro wszyscy paryżanie, którzy mieli choć najbledsze pojęcie o modzie, czekali na tę kolekcję, nie pozwalała sobie na mówienie o własnych lękach. Wystąpiła za to z krytyką innych mężczyzn-projektantów, których nazwała „pederastami" i potępiała za projektowanie na papierze, a nie na żywej modelce, jak sama miała to w zwyczaju:

Jednemu z nielicznych dziennikarzy, którzy mieli szczęście rozmawiać z nią zimą 1953 roku, na pytanie, co planuje zaprezentować w swojej nowej kolekcji, Coco, wspaniała jak zawsze, odpowiedziała: „Skąd mam to wiedzieć? Zmieniam wszystko do ostatniej chwili. Tworzę sukienki na modelach"[11].

Tymczasem 20 grudnia 1953 roku Jean Cocteau odnotował w swoim dzienniku: „Niedziela z Coco Chanel, Marie-Louise [Bousquet] i [Michelem] Déonem. Paplałem od pierwszej do dziesiątej w nocy, nie mówiąc ani jednego złego słowa o kimkolwiek. Coco niesłychanie ożywiona ponownym otwarciem domu mody"[12].

Upragnione przez wszystkich w Paryżu zaproszenie na 5 lutego (5 oczywiście jako pomyślna wróżba) 1954 roku to oczywiście zaproszenie na pokaz Gabrielle. Otrzymali je wybrani przedstawiciele paryskiej elity i wszyscy dziennikarze, fotografowie, redaktorzy czasopism oraz kupujący uznani za godnych tego zaszczytu. W przeddzień wydarzenia, Gabrielle swoim zwyczajem kazała modelkom przedefilować przed sobą i leżąc na podłodze w salonie, sprawdzała rąbki spódnic.

Rozdział 30

„WOLĘ KATASTROFĘ NIŻ NICOŚĆ"

Spóźnialscy, wśród nich nawet redaktor paryskiej biblii modowej „L'Officiel de la couture", zostali za drzwiami. Każde świeżo odmalowane, pozłacane krzesło było zajęte; z tyłu stali na krzesłach, dla lepszego widoku, dziennikarze francuskiego, brytyjskiego i amerykańskiego „Vogue'a". Ścisk i napięcie były niewiarygodne. Pojawiła się pierwsza dziewczyna z numerem w dłoni i wolnym krokiem przeszła koło widowni. Następna kroczyła równie spokojnie. Od razu stało się jasne, że nie będzie to sukces na miarę triumfu Diora sprzed kilku lat. Jeden z komentatorów zauważył z przekąsem:

> Po czarnej garsonce, z ni to obcisłą, ni to luźną spódnicą i białą bluzeczką (...) zobaczyliśmy inne garsonki z wełny w nijakich kolorach, takich jak blada czerń, połączonych ponuro z melancholijnymi nadrukami. Modelki miały figurę jak z 1930 roku – zero biustu, zero talii, zero bioder (...) proponowały w najlepszym razie ulotne przypomnienie jakichś nieokreślonych czasów (...) Przyszliśmy, żeby poczuć atmosferę starych kolekcji, które niegdyś elektryzowały Paryż. Nie uświadczyliśmy jej[1].

Atmosfera była lodowata. Wymieniano znaczące spojrzenia. Kiedy pokaz wreszcie dobiegł końca, zapadła potworna cisza. Gabrielle, zadumana i lekko zaniepokojona, stała swoim zwyczajem u szczytu lustrzanych schodów. Dawniej pozwalała dwudziestu kilku najbardziej uprzywilejowanym przyjaciołom i admiratorom siedzieć na schodach, które nazywała „kręgosłupem domu", i stamtąd oglądać pokaz. Tym razem, nieświadomi tej starej tradycji, ludzie, którzy prawie nie znali Chanel, tłoczyli się na tych potwornie niewygodnych, lecz bardzo poszukiwanych „miejscach". „Vogue" napisał później:

> Szczupła, spięta i obwieszona biżuterią, Chanel wygląda jak przed wojną, tylko jej szeroko rozstawione, żywe oczy (...) kontrastują z okalającymi je zmarszczkami. Jest pomnikiem zdrowego rozsądku i logicznego uporu, co widać z jej szerokiej, bystrej twarzy z zaciśniętymi szerokimi wargami i brwiami mocno podkreślonymi ołówkiem. Dłonie ma silne, o szeroko rozstawionych kłykciach; paznokci tych silnych jak u rzeźbiarki palców nie maluje.

Po prezentacji ostatniej sukienki publiczność ożywiła się nagle i w pośpiechu rzuciła się do wyjścia. Pozostała tylko garstka przyjaciół, wśród nich Hervé Mille, Maggie van Zuylen oraz wierna *première* Gabrielle – madame Lucie. Gratulowali Chanel, ona jednak była zdruzgotana i milcząca. Co prawda, jak stwierdzi później jej prawnik, „przyjęła porażkę z wielką godnością – godnością wypływającą z pewności siebie", to jednak błagalnym głosem zapytała madame Lucie, czy straciła wyczucie. Nie dało się zaprzeczyć, że wspomnienia tego, co robiła podczas wojny, wisiały w powietrzu. Choć sporo gwiazd świata mody było w mniejszym lub większym stopniu uwikłanych w kolaborację, gdyby uznano, że nowa kolekcja zdała egzamin, Gabrielle miałaby już wokół siebie tłum pochlebców.

Jednym z tych, na których osądzie mogła częściowo zaważyć wojenna przeszłość Gabrielle, był Lucien François. Ten dziennikarz pisma „Combat", potrafiący wynosić ludzi do sławy albo zniszczyć im reputację, człowiek potajemnie, namiętnie nienawidzony, zainsynuował, że Gabrielle zrobiła sobie operację plastyczną, i stwierdził lekceważąco: „Już przy pierwszej sukni zdaliśmy sobie sprawę, że styl Chanel należy do przeszłości. Moda przez te piętnaście lat zdążyła wyewoluować (...). Chanel stała się idealizowaną po latach legendą". Na koniec sarknął: „Paryskie towarzystwo pożarło wczoraj poskramiaczkę lwów (...) zobaczyliśmy nie przyszłość, lecz rozczarowujące odbicie przeszłości, w której wielkimi krokami znikała pretensjonalna czarna postać"[2].

Rozdział 30

Francuska prasa odnotowała urodę modelek i przyznała, że Gabrielle jest wciąż „osobowością", ale też zgodziła się z opinią, że jej czas się skończył. Reakcja prasy brytyjskiej była równie negatywna. Nagłówki krzyczały: „Pokaz mody Chanel wielkim fiaskiem – publiczność w szoku!". Jeden z artykułów wyrokował: „Kiedy twoja sława przygasła, nie wystarczy nazwisko i wspomnienie dawnych triumfów, żebyś znalazł się znowu w świetle jupiterów". Ogłuszona Gabrielle odparła cicho: „Francuzi są inteligentni, wrócą do mnie"[3]. Później winą za porażkę pokazu obarczała wyłącznie prasę – zwłaszcza francuską.

Znalazł się jednak wyjątek: Stany Zjednoczone. Paryskiej redaktorce amerykańskiego „Vogue'a" Bettinie Ballard asystowała Susan Train, młoda Amerykanka, która trzy lata wcześniej przyjechała z Nowego Jorku do „zimnego i wcale nie tak olśniewającego Paryża". Siedząc w biurach „Vogue'a" na wspaniałym placu Palais-Bourbon, Susan, która widziała w życiu setki kolekcji, wspomina tamten dzień w 1954 roku:

> Cały Paryż o tym wiedział. Amerykański „Vogue" postanowił opublikować artykuł o Chanel w numerze z 15 lutego [w tamtym czasie „Vogue" ukazywał się co dwa miesiące], a główne wydanie poświęcone kolekcjom miało się ukazać w pierwszym tygodniu marca (...). Ostatecznie skrócili ten artykuł, ale zaczynał się on mniej więcej tak: „Próbować kierować tokiem rozmowy z mademoiselle Chanel to jak próbować zawrócić kijem Niagarę". Fantastyczne, bo na wskroś prawdziwe spostrzeżenie!

Susan, której towarzyszył fotograf Henry Clarke, ze zdumieniem „odkryła, że mityczna Chanel ciągle żyje". Wspomina:

> Ludzie we francuskim „Vogue'u" mieli zupełnie inne podejście, oczywiście dlatego, że byli tu podczas wojny. Ona była *mal vue*, traktowana z dezaprobatą (...) W końcu fakt, że została w Ritzu, miała niemieckiego kochanka i tak dalej – wszystko to było niezbyt mile widziane. Szczególnie biedny Michel de Brunhoff [redaktor francuskiego „Vogue'a"] (...) nigdy nie przebolał śmierci syna, miał złamane serce. Jakie rzeczy on myślał i wygadywał o Chanel (...) był oburzony[4].

Susan wspomina, że „w całym Paryżu zawrzało i prawie każdy projektant wyraził uznanie dla powracającej Gabrielle, zastanawiając się, co zrobi z Chanelowskim stylem". Jednak w dzień pokazu „przeżyliśmy koszmar. To było jak podróż w przeszłość w kapsule czasu (...). Dior wszystko zmienił". Rzeczywiście, abstrahując od zawartości kolekcji, Dior zmienił pokaz mody ze spokojnej, dostojnej pantomimy w szybkie, stylowe i uwodzicielskie show. Do tego ozdobił swoje wysmukłe modelki olśniewającym zestawem akcesoriów; Gabrielle nigdy tego nie robiła. A teraz pokazała, że nie obchodzi jej efekt, jaki wywarł Dior na modę, jej wydźwięk i tempo. Susan Train wspomina:

> U Chanel nic się nie zmieniło. Pokaz dłużył się niemiłosiernie. Nie było dodatków, tylko suknie i buty. Żadnych kapeluszy, rękawiczek, biżuterii (...) ubrania nie miały absolutnie żadnego związku z tym, co się działo: „Wyszła z tego słynna katastrofa" (...). Wsiedliśmy do samochodu (...) zapadła śmiertelna cisza, a Jessica Daves powiedziała ze swoim południowym zaśpiewem: „I co, Bettina, naprawdę myślisz, że kolekcja, którą przed chwilą widzieliśmy, jest warta pierwszych stron raportu „Vogue'a"?

Bettina Ballard powiedziała swoim młodym koleżankom, że pokaz w gruncie rzeczy nie był gorszy od niektórych kolekcji Gabrielle z końca lat trzydziestych, i zaproponowała sesję zdjęciową, która miała pomóc im zdecydować, co o tym sądzą. Wieczorem Susan wybrała się z Bettiną i Henrym Clarkiem do Chanel. Bettina wyselekcjonowała trzy czy cztery kreacje z jej nowej kolekcji i wysłała Susan na dół do butiku po tyle biżuterii, ile dostanie (wybór miała raczej niewielki). Susan wspomina zażyłość, jaka łączyła Bettinę z Gabrielle: „[Chanel] doskonale znała jej styl ubierania się i pożyczała Bettinie stroje". Ballard dodawała młodym koleżankom otuchy: „W kolekcji Chanel zawsze można znaleźć coś wartościowego". Susan opisuje, jak redaktorka „wybrała jedną garsonkę. Miała przeczucie, że zacznie się od niej coś nowego"[5].

Susan wspomina, że pewien amerykański producent, Davidol, kontynuował produkcję „garniturów Chanel" podczas wojny i w latach pięćdziesiątych: „Jakże Amerykanki je uwielbiały (...) A ten nowy był prosty, bo zarazem wygodny i elegancki". Co więcej:

> Ballard kupiła tę garsonkę i na dodatek założyła ją na spotkanie Fashion Group Import Show w Nowym Jorku, gdzie detaliści oglądali modele zakupione

Rozdział 30

> i sprowadzone z Paryża. Bettina wstała w swoim kostiumie Chanel i powiedziała: „Zapamiętajcie moje słowa: to jest początek nowej ery". I oczywiście miała rację![6]

Był to granatowy dżersejowy kostium, który Bettina poleciła sfotografować Henry'emu Clarke'owi na Marie-Hélène Arnaud. Spódnica, luźna i z kieszeniami, sięgała do połowy łydki (szalenie modne kreacje Diora miały długość nieco poniżej kolana), pod lekko dopasowanym, rozpiętym żakietem widoczna była biała batystowa bluzka, a całości dopełniał słomkowy marynarski kapelusz. Była to nowa wersja „garnituru Chanel", który Gabrielle wprowadziła przed wojną. W 1954 roku na tych, którzy mieli okazję go zobaczyć, sprawił wrażenie beztroskiej, młodzieńczej elegancji. Gabrielle udoskonalała go przez resztę życia.

Dwa pozostałe ubiory wybrane przez Ballard do sesji zdjęciowej zaprezentowała Suzy Parker, wspaniała rudowłosa Amerykanka, wówczas chyba najlepiej opłacana modelka na świecie. Jednym z nich była sukienka uszyta z udrapowanej, przylegającej do ciała różowej dzianiny wełnianej, drugi to szalona suknia wieczorowa bez ramiączek. „Vogue" opisał ją jako zrobioną z „warstw najnowocześniejszych tkanin, żywiołowego pomarszczonego nylonu w kolorze jasnoniebieskim, z doczepionymi olbrzymimi rozkwitłymi różami". Gabrielle tłumaczyła dziennikarzowi magazynu, że sięga spojrzeniem poza *couture*: „Będę ubierać tysiące kobiet. Zacznę od kolekcji (...), gdyż muszę zacząć w ten sposób. Nie będzie żadnej rewolucji. Nie będzie szoku. Zmiany nie mogą być brutalne, nie mogą być wprowadzane znienacka. Oko musi mieć czas na przystosowanie się do nowej myśli".

Córka Maggie van Zuylen Marie-Hélène, która wyszła za mąż za barona Guy de Rothschilda, pomogła Gabrielle znaleźć nowe modelki. Były to, podobnie jak Marie-Hélène Rothschild, dobrze wychowane dziewczęta z towarzystwa, które wiedziały, jak się „nosi ubrania": młode kobiety takie jak hrabina Mimi D'Arcangues, księżniczka Odile de Croÿ, Jacqueline de Merindol, Claude de Leusse, Vera Valdez. Wszystkie cierpliwie znosiły długie godziny „pozowania" dla Gabrielle, w czasie których słyszały życiowe i miłosne porady. Często powtarzającą się maksymą było: „Jest czas na pracę i czas na miłość, a to nie zostawia czasu na nic innego". Gabrielle miała ambiwalentny stosunek do tych dziewcząt. Lubiła wiedzieć, co się dzieje w ich życiu – znać szczegóły ich romansów, wiedzieć, z kim się widywały – ale też krytykowała je za spotykanie się z nie dość bogatymi mężczyznami. Dziewczyny broniły się, twierdząc, że ich chłopcy są przystojni i zabawni. Gabrielle nie była przekonana.

Dziewczęta wspominały, że Gabrielle, z bezbłędnym zmysłem marketingowym, wyposażyła ich prywatne garderoby w stroje od Chanel. Mając koneksje, bywały „wszędzie i ona o tym wiedziała. Ludzie nazywali nas »*le blousons Chanel*«".

Z właściwą sobie zgryźliwością Gabrielle powiedziała potem: „Moje dziewczyny są ładne i dlatego robią to, co robią. Gdyby miały choć trochę oleju w głowie, dałyby sobie z tym spokój". Twierdziła także, że bardziej niż urodę ceni u modelek elegancję i sposób poruszania się: „Figurę, to, jak się nosisz, zachwycający chód". Jej modelki należały do najpiękniejszych dziewcząt w Paryżu. Gabrielle była zdania, że powinny wykorzystywać własną urodę w ambitniejszy sposób, zamiast dążyć do miłości i szczęścia. Ich „brak ambicji" irytował ją i zalecała im „brać sobie bogatych kochanków". Ponieważ sama nie potrafiła pozostać w związku z mężczyzną, skłaniała się ku przekonaniu, że niezależność, na którą tak ciężko pracowała, jest ważniejsza niż niewolnicze, daremne poszukiwanie szczęścia.

Gabrielle mawiała czasem, że nie lubi swoich modelek, ale do kilku przywiązała się uczuciowo. Najbardziej znana była jej przyjaźń z Marie-Hélène Arnaud. Przez pewien czas po powrocie słynnej dyktatorki do świata mody ta piękna młoda kobieta „chodziła za nią jak cień". Niektórzy twierdzili, że ich relacja przekraczała granice intymności. Marie-Hélène zaczęła pracę u Chanel w wieku siedemnastu lat i według Lilou Marquand pokochała Gabrielle

> tak jak się kocha własnego stwórcę. Nie potrafiła jej się przeciwstawić, ba, nawet odpowiedzieć. Chodziła za nią krok w krok i nic sobie nie robiła z krytyki. Wszyscy naciskali na nią, żeby bardziej wyrażała siebie, a ona ledwo była zdolna dokończyć zdanie! Zresztą po co jej to było potrzebne? Mademoiselle kochała ją jak córkę i to jej wystarczało. Miała wielu adoratorów, lecz żadnemu z nich nie udało się zabrać jej z rue Cambon na dłużej niż weekend.

Gabrielle zachęcała Marie-Hélène do stałych związków – ale była też bardzo zaborcza. Marie-Hélène zwierzyła się Lilou Marquand: „Widzisz, mam problemy"[7]. Ta młoda kobieta sama była zazdrosna o Gabrielle i przez jakiś czas niemal grała rolę usłużnej pośredniczki między jej małym „dworem" a światem zewnętrznym.

Rozeszły się plotki o tym, że uczucie Gabrielle do Marie-Hélène to coś więcej niż zwykłe przywiązanie. Inne modelki potwierdzały, że obie kobiety były kochankami. Jedna z nich wspomina: „W każdym razie tak się mówiło w *cabine* [przebieralni dla modelek]. W ogóle mnie to nie szokowało, było to dla mnie bardzo naturalne"[8]. Gabrielle uparcie zaprzeczała plotkom: „Chyba zwariowaliście. Taki stary grzyb jak ja? Skąd ludziom przychodzą do głowy takie rzeczy?". Takie pogłoski na temat Chanel pojawiły się nie po raz pierwszy i krążyły jeszcze przez długie lata. Mało prawdopodobne, aby Gabrielle brała je sobie do serca. Była na językach od ponad pięćdziesięciu lat i plotki nigdy nie miały wpływu na jej życiowe wybory. Dziennikarka „Women's Wear Daily" Thelma Sweetinburgh stwierdzi później, że biseksualizm Gabrielle był „rzeczą powszechnie wiadomą". Pewna Francuzka zatrudniona wówczas w amerykańskim „Vogue'u" wspomina: „Raz musiałam się z nią spotkać i uprzedzono mnie, żebym uważała. Sądziłam, tak jak wszyscy inni, że Chanel jest biseksualna. Tak mówiono. Francuskie prawo różniło się pod tym względem od brytyjskiego. We Francji to nie było nielegalne i nikt nie robił z tego wielkiej sensacji"[9].

Wspomagana przez pracownice swego atelier oraz modelki, Gabrielle wróciła ze Szwajcarii z zamiarem pokonania swoich przeciwników: tych, którzy piętnowali ją za wojenną przeszłość, i tych, którzy wierzyli, że jej dzieło stanowi już część historii. I tak, w ciągu 1954 roku to, co na początku wydawało się katastrofą, zmieniło się w triumf. W listopadzie tego roku czasopismo „Elle" umieściło na okładce Suzy Parker w ponętnym obszytym futerkiem czerwonym kostiumie Chanel i toczku.

Gdy nikt już nie wątpił, że Gabrielle odniosła sukces, zapytano ją, dlaczego wróciła. Odpowiedziała: „Bo mi się nudziło. Trzeba było piętnastu lat, bym to sobie uświadomiła. Dzisiaj wolę katastrofę niż nicość". Ujawniając ambicję, która niemal stała się jej przekleństwem, przyznała, że w latach bezczynności dręczyły ją demony i samotność. Ale już w 1957 roku płynęła triumfalnie do Ameryki.

Miała przyjąć w Dallas największy w tamtym czasie w amerykańskim świecie mody dowód uznania – Oscara mody Neimana-Marcusa. Nie chciała pójść w ślady Diora, który otrzymał tę nagrodę przed nią, ale dała się skusić, ponieważ przypadała właśnie pięćdziesiąta rocznica powstania domów towarowych Neiman-Marcus. Jak zawsze wyczulona na okazję do reklamy, zgodziła się udzielić wywiadu „New Yorkerowi". Poinformowała dziennikarza, że w 1954 roku zareagowała na kiepskie przyjęcie – wszędzie z wyjątkiem Ameryki – buntem: „Postanowiłam, że jeszcze im pokażę! W Ameryce spotkałam się z entuzjazmem. We Francji musiałam walczyć. To mi nie przeszkadza. Uwielbiam się bić. Teraz we Francji próbują zaadaptować moje pomysły. I bardzo dobrze!".

Reporter, niewątpliwie pod wpływem czaru Gabrielle, napisał:

> Mieliśmy już do czynienia z onieśmielającymi zaklinaczami, ale żaden z nich nie prześcignął wielkiej kreatorki mody i perfum Mlle Gabrielle Chanel, która powróciła z emerytury (...), aby zaprezentować kolekcję projektów sukien oraz kostiumów. Zaczynają one oddziaływać na kobiecy styl równie silnie jak jej propozycje przed trzydziestu laty (...). Właśnie zakończyła trzy wyczerpujące tygodnie w Dallas (...). Siedemdziesięcioczteroletnia Mlle Chanel ma fantastyczną urodę, ciemnobrązowe oczy, olśniewający uśmiech i nieposkromioną witalność dwudziestoczterolatki (...). „Bardzo podobał mi się Teksas. Ludzie z Dallas, *Ah, je les aime beaucoup. Très gentils, très charmants, très simples*".

Niedługo potem Bettina Ballard napisała o swoim rozczarowaniu tym, że wiele kobiet przestało myśleć samodzielnie: „ich zgoda na noszenie tego, co im każą sklepy czy pisma o modzie, dowodzi braku osobistego zaangażowania. Nie żal im wydawać pieniędzy; nie lubią trwonić czasu na zakupy, które je nudzą. Są szczęśliwe, gdy ktoś je w tym wyręczy". Ballard przywołuje nową wtedy koncepcję osobistego stylisty, którą porównuje do „jedzenia przetrawionego wcześniej śniadania. Wyobraźmy sobie, jak Daisy Fellowes albo którakolwiek z przedwojennych modnych dam pozwala komuś wybrać jej chusteczkę! Ludzie mody są w naprawdę komfortowej sytuacji – kobiety proszą tylko o to, aby prowadzono je za rękę, zastraszano, dyktowano im i dawano jak najmniej wolności"[10]. Ballard apelowała do nich, mówiąc, że są najważniejszymi krytykami i nie powinny zawsze słuchać „ekspertów", tylko myśleć samodzielnie. Dalej stwierdziła:

Innym dowodem tej ukrytej mocy jest to, że kobiety wzięły sobie do serca styl Chanel. To prawda, że prasa, zwłaszcza „Vogue", rozgłaszała (...), iż Chanel po piętnastu latach wróciła do projektowania, ale gdyby odrodzenie Chanel zależało od prasy, trwałoby najwyżej dwa sezony. Prawem zmiany, prasa, producenci i sklepy nie mieliby odwagi promować tego stylu sezon za sezonem, gdyby Chanel nie przypadła do gustu kobietom i gdyby nie domagały się one więcej ubrań w jej typie[11].

Tymczasem Gabrielle dalej czarowała reportera „New Yorkera" swoim wciąż jaśniejącym blaskiem. Strzepując popiół z końcówki papierosa, powiedziała:

Jeśli o mnie chodzi, nie interesuje mnie już rok 1957. Dla mnie on przeminął. Bardziej interesują mnie 1958, 1959, 1960. Kobiety zawsze były najsilniejszymi istotami na świecie. Mężczyźni zawsze oczekują od kobiet, że będą dla nich jak poduszka, na której można złożyć głowę. Tęsknią za matką, która trzymała ich na rękach w niemowlęctwie. Kobiety muszą im powtarzać, że to oni są tymi jedynymi, że są wielcy, silni, cudowni. Naprawdę to kobiety są silne (...). Takie jest moje zdanie[12].

Stwierdziwszy najpierw, że jest „zbyt zmęczona i znudzona", Gabrielle przyjęła zaproszenie na uroczystą kolację na jej cześć, organizowaną przez uprzejmą, acz ekscentryczną redaktorkę „Vogue'a" Dianę Vreeland, z którą znała się od lat trzydziestych. Postawiła tylko warunek, że wieczór ma być kameralny i że nie będzie musiała zabierać głosu. Przyszła z pewnym – jak wyraziła to Vreeland – „bardzo czarującym Francuzem" i mówiła bez przerwy. W połowie wieczoru zapytała, czy „Helena" może do nich dołączyć. Helena Rubinstein zaraz po przyjeździe poszła razem z nią do gabinetu męża Diany. Po jakimś czasie gospodyni weszła, żeby sprawdzić, czy wszystko w porządku:

A one ani drgnęły (...) i zostały tam przez resztę wieczoru, rozmawiając Bóg wie o czym (...). Nawet nie usiadły. Rozmawiały na stojąco, jak mężczyźni, całymi godzinami. Nigdy do tej pory nie zetknęłam się z tak silnymi osobowościami (...). Ani jedna, ani druga nie była pięknością. Obie pochodziły znikąd i były bogatsze niż większość mężczyzn uważanych obecnie za bogatych[13].

Vreeland oceniła, że Gabrielle ma „niebywale cięty język", ale też nie kryła podziwu dla niej: „Taka była Coco – mówiła mnóstwo rzeczy. Mówi się tyle różnych rzeczy (...), które koniec końców są bez znaczenia. Coco nigdy nie grzeszyła życzliwością (...), ale była najbardziej interesującą osobą, jaką kiedykolwiek spotkałam"[14]. A Vreeland obracała się w towarzystwie najbardziej interesujących ludzi tamtych czasów.

Gabrielle powiedziała reporterowi „New Yorkera": „Nie jestem młoda, ale młodo się czuję. W dniu kiedy poczuję się staro, położę się do łóżka i już z niego nie wstanę. *J'aime la vie*! Uważam, że życie jest cudowne". W nadchodzących sezonach ta młodzieńcza siedemdziesięciolatka tworzyła suknie wieczorowe bez ramiączek z haftowanej organdyny i inne z satyny, szyfonu, gładkiego i zadrukowanego, brokatu, aksamitu, lamy i najbardziej awangardowych materiałów. Wykorzystała z dobrym skutkiem koronkę – w szykownych i ponętnych sukienkach koktajlowych o długości za kolano, a także w dłuższej, obcisłej sukience z czarnej koronki, bez ramiączek, usztywnionej fiszbinami, z rozszerzaną u dołu spódnicą i sztywną halką z czarnej siatki pod spodem.

W latach pięćdziesiątych, gdy Gabrielle ciągle odnosiła sukcesy, w każdej kolekcji można było znaleźć wariacje na temat kostiumu: już wkrótce sprzedawało się ich ponad siedem tysięcy rocznie. Dwadzieścia kilka lat później Diana Vreeland powie: „Te powojenne kostiumy Chanel zaprojektowała Bóg wie kiedy, ale krój, linia, ramiona, pachy, *jupe* – nigdy za krótka (...) pozostają aktualne do dziś"[15].

Nowe pokolenie najlepiej ubranych kobiet na świecie miało na sobie chanel n°5, które znowu stały się najpopularniejszymi perfumami na świecie. Nie tylko stara znajoma Gabrielle Marlene Dietrich i inne znakomitości takie jak Diana Vreeland, ale także młodsze sławy zapragnęły zostać jej klientkami – aktorki takie jak Grace Kelly, Elizabeth Taylor, Lauren Bacall, Ingrid Bergman. W latach sześćdziesiątych Gabrielle przyciągnie na rue Cambon 31 jeszcze więcej młodych gwiazd sceny i ekranu: Anouk Aimée, Ginę Lollobrigidę, Delphine Seyrig, Romy Schneider, Jeanne Moreau i Catherine Deneuve. Była szczególnie przywiązana do Schneider i Moreau, ale spotykała się również z Elizabeth Taylor i jej ówczesnym mężem Richardem Burtonem, gdy odwiedzali Francję. Kiedy zapytano ją, czy nie sądzi, że kostiumy od Chanel, które nosi Elizabeth Taylor, zbyt ciasno opinają jej słynny bujny biust, odparła: „Jest taka jedna (...), która może robić wszystko, a nazywa się Elizabeth Taylor (...). To prawdziwa gwiazda".

Rozdział 30

Bettina Ballard napisała:

W kobietach dojrzewała niezorganizowana rewolta przeciwko kaprysom mody, z których wiele ośmieszało osobę, która je nosi, a (...) przywódczynią tej rewolty została Chanel. Do grona jej zwolenniczek dołączyły młode (...) i mamy teraz całe nowe pokolenie świadome skojarzeń „stylu Chanel" z dobrym gustem. Z pewnością przejdzie do historii jako jedyna projektantka, która decydowała o gustach kobiet przez prawie pół wieku, nie zmieniając podstawowej koncepcji dotyczącej ubioru[16].

W 1959 roku „Vogue" napisał:

Jeżeli moda wzięła zakręt w stronę kobiety, to nikt nie zaprzeczy, że stało się to w dużej mierze dzięki Coco Chanel – gwałtownej, mądrej, wspaniałej, pełnej wiary w siebie Chanel. (...) To nie tak, że inne paryskie kolekcje naśladują Chanel (...). Ale oszałamiająca myśl, że kobieta powinna być ważniejsza od swoich ubrań i że trzeba doskonałego projektowania, żeby to było widać – ta myśl, która od prawie czterdziestu lat napędza Chanel, przeniknęła do świata mody[17].

Te pochwały jednego z najbardziej wpływowych czasopism o modzie odzwierciedlały też mantrę Gabrielle: ubrania nie powinny dominować nad kobietą, lecz być tłem dla jej osobowości. Koncepcja Gabrielle, że „to kobieta powinna być ekscentryczna, a nie jej sukienka", patronowała jej najbardziej ascetycznemu dziełu, już wtedy legendarnej małej czarnej. Gabrielle miała dość charakteru, żeby zawsze przyćmić swoje ubrania, ale też wykorzystywała je jako „tarczę". Jej asystentka Lilou Marquand powie po latach: „Może na tym polegał geniusz Mademoiselle: jej ubrania stanowiły ochronę. Wiedziałam, że w moim kostiumie wyglądam najlepiej, jak to możliwe, i nie muszę się martwić o swój wygląd, *image*, linię: mogę myśleć o czymś innym. Ubieranie się w Chanel dawało poczucie bezpieczeństwa, które było dla Mademoiselle warte wszystkich wakacji na świecie"[18].

Mimo że Gabrielle gwałtownie zaprzeczała podnoszonym niekiedy zarzutom, że jej kolekcje się nie zmieniają, to bez końca ulepszała swój kostium, który stał się rozpoznawalny na pierwszy rzut oka jako „Chanel". Irytowała się, słysząc, że się nie zmienia, ale istotnie powtarzała tę samą formułę w różnych materiałach, zmieniały się tylko detale: guziki, ozdobne sznury, podszewki. O to właśnie chodzi – gdy masz na sobie kostium od Chanel, nie musisz martwić się o swój wygląd. Wiele już razy powiedziano, że te kostiumy były swojego rodzaju uniformami, z jedną wszak różnicą: podczas gdy w uniformach wszyscy wyglądają tak samo – jak powiedziała Gabrielle o swoich czarnych sukienkach „Forda" – jej ubiór podkreśla indywidualność osoby, która ma go na sobie, a nie tłumi jej.

Do końca lat pięćdziesiątych Gabrielle stworzyła już wszystkie swoje charakterystyczne elementy: „małe czarne", eleganckie spodnie, sztuczną biżuterię, pantofle bez pięt z noskiem w kontrastującym kolorze, zawadiackie kapelusiki, delikatne suknie wieczorowe z koronki, wygodne, lecz eleganckie dzianinowe sukienki, kostiumy z bouclé, w kratę w stylu księcia Walii, z wyrazistymi Chanelowskimi guzikami, żakiety obciążone łańcuszkami, żeby dobrze leżały, podszewki dopasowane kolorem do bluzki, pikowane skórzane albo dżersejowe torebki z 1955 roku z pozłacanym łańcuszkiem zamiast paska na ramię, a teraz jeszcze te wielkie kokardy upięte na krótkich utapirowanych włosach modelek Gabrielle. Cokolwiek mówiono o częstości pojawiania się tych elementów, inni projektanci i kobiety na całym świecie uważali je za godne naśladowania.

Gabrielle miała już siedemdziesiąt jeden lat, ale w 1954 roku jej apetyt na pracę wydawał się tak samo nienasycony jak zawsze. Jak to ona, ciągle doprowadzała swoje modelki i pracownice, jak również samą siebie, do szału. Jeśli jej podwładne nie były dość silne albo nie miały dla niej dość szacunku, odchodziły. Mówiło się, że Gabrielle rządzi metodą zastraszania: „Jeśli chodzi o sprzeciwianie się jej (...), to tylko jej przyjaciółka Maggie [van Zuylen] (...) miała odwagę chlusnąć jej w twarz szklanką piwa; cała reszta, zwłaszcza krawcowe, za bardzo się jej bała"[19]. Mały dwór Gabrielle – z rodzaju tych, które powstają wokół wielkich projektantów – miał oczywiście swoich cmokierów, ale jej najbliżsi współpracownicy nie czuli przed nią lęku. Podobnie jak jej przyjaciele, zgodzili się zaakceptować ją taką, jaka była.

Francuski filozof i teoretyk literatury Roland Barthes, autor esejów o języku mody[20], określił Gabrielle jako klasyka, a nie innowatora. Uznał ją także za buntowniczkę, tak opisując jej niedawne wypowiedzenie wojny innym

Rozdział 30

projektantom: „Mówi się, że Chanel chroni modę przed osunięciem się w barbarzyństwo i nadaje jej wszystkie klasyczne cechy: rozsądek, naturalność, trwałość oraz gust, który ma na celu sprawiać przyjemność, a nie wywoływać szok". Barthes zauważył niechęć Gabrielle do udziału w dorocznej modowej „wendetcie", w której zabija się wszystko, co już było. Choć jego krytyka wydaje się trafna, w przeszłości Chanel była innowatorem, a „rozsądek, trwałość [i] gust" to nie są cechy buntowniczki.

W 1964 roku, kiedy pojawił się nowy projektant, Gabrielle rzeczywiście czuła, że barbarzyństwo chodzi po ulicach. André Courrèges był niegdyś krojczym u Balenciagi i wzbudził sensację swoimi „modernistycznymi" projektami. Zrywając z tradycją, zarówno w kwestii stylu, jak i wykorzystania materiałów (zrobił użytek z plastiku), zatytułował swoją kolekcję na rok 1964 „Era kosmiczna" i kazał modelkom iść po wybiegu, wykonując „spastyczne" ruchy. W 1965 roku, wraz z Mary Quant w Wielkiej Brytanii, ogłosił się wynalazcą minispódniczki. Niebawem stał się ulubionym *bête noire* Gabrielle i nic sobie nie robiąc z jej krytyki, stwierdził: „Ja jestem ferrari, a Chanel to rolls – funkcjonalny, ale statyczny". Wyzwanie rzucone przez Courrèges'a filozofii ubioru Gabrielle było na wskroś oryginalne. Ona z kolei wyczuwała, że jego styl jest bliższy duchowi nowej epoki.

Poczuła się jeszcze bardziej zagrożona, kiedy Jeanne Moreau „odeszła" do Pierre'a Cardina – którego projekty Gabrielle miała w głębokiej pogardzie – i na dodatek z nim zamieszkała. Gabrielle zerwała wtedy ze swoją młodą przyjaciółką.

W maju 1968 roku, gdy przez świat przetoczyła się fala studenckich protestów, w Paryżu przez miesiąc panował chaos. Tak jak de Gaulle wydawał się politycznym reformatorom oderwany od rzeczywistości, tak idee Gabrielle wydały się przebrzmiałe wielu innym projektantom, którzy wzniecali swoje własne rebelie. Byli młodzi i nie potrafili się oprzeć wywrotowej kulturze młodzieżowej końca lat sześćdziesiątych. Ich rebelia, choć naiwna, egocentryczna i idealistyczna, znajdowała wyraz w nowym ulicznym stylu młodzieży, świadomie łamiącym stare zasady elegancji i znajdującym przyjemność w teatralnym „antyubieraniu się".

Gabrielle protestowała: „Oni lubią ulicę. Chcą szokować. Usiłują być zabawni. Dla mnie moda nie jest zabawna", i powtarzała swoją mantrę: „To kobieta powinna być ekscentryczna, a nie jej sukienka". Jej własna obsesja na punkcie młodości (nienawidziła się starzeć) jako witalnej i twórczej siły sytuowała się w opozycji do destrukcyjnych, jak uważała, sił szalejących pod koniec lat sześćdziesiątych. Starsza pani mogła sobie grzmieć, ale młodzi dalej występowali przeciwko starszym i ich elegancji, która była dla nich jak przekleństwo.

Gabrielle stawała się coraz bardziej wyczulona na konkurencję ze strony młodych i nie ograniczała się do okazywania pogardy wyłącznie Courrèges'owi. Na przykład w 1969 roku wykorzystała ogłoszenie premiery okropnego musicalu *Coco* w Nowym Jorku z Katherine Hepburn w roli Gabrielle, żeby za pośrednictwem dziennikarzy prasowych i radiowych zaproszonych do jej mieszkania przy rue Cambon pomstować na innych projektantów. Usadowiona na słynnej sofie w swoim salonie, mówiła o degradacji współczesnej mody. Aktualny nieład doprowadzał ją do pasji. Nienawidziła minispódniczki, stwierdziła, że kolana to obrzydliwa część ciała, a „dzisiejsza moda sprowadza się do długości spódnicy. Wielkie krawiectwo skończyło się, ponieważ znalazło się w rękach mężczyzn, którzy nie lubią kobiet i chcą je ośmieszyć. Mężczyźni ubierają się jak kobiety, kobiety jak mężczyźni (...). Wszyscy są wiecznie niezadowoleni (...). Kiedyś mężczyźni uwodzili i okazywali czułość (...). Moda stała się już właściwie zjawiskiem zinstytucjonalizowanym". Tego rodzaju uwagi były obliczone na wywołanie kontrowersji.

Projektanci mody we Francji od dawna tradycyjnie okazywali szacunek Coco Chanel, ale po jej ostatniej perorze niektórzy przestali zawracać sobie głowę uprzejmościami. Paco Rabanne, Louis Féraud, Philippe Heim, Marc Bohan (od Diora), Guy Laroche, Pierre Balmain – wszyscy rewanżowali się jej równie uszczypliwymi komentarzami. Pierre Balmain zachował rezerwę i starał się, aby jego uwagi brzmiały bezosobowo, niemniej wyraził odczucia ich wszystkich, mówiąc:

> To godne ubolewania, że mademoiselle Chanel woli ignorować postęp w modzie. Przecież wie, że każdy okres charakteryzował się określonym stylem ubierania się, odzwierciedlającym tendencje i gusta danej epoki, które projektanci mogą co najwyżej wyrażać, każdy zgodnie ze swoim gustem (...). Mademoiselle Chanel ma prawo występować przeciwko minispódniczce, ale nie może w tej kwestii liczyć na jednogłośne poparcie swoich kolegów.

Ten młody człowiek, tak jak większość jego współczesnych, nie rozumiał tego, że Gabrielle, zamiast odzwierciedlać swoje czasy – co zwyczajowo uważa się za rolę mody – jako jedna z nielicznych *nadawała im ton*.

Tymczasem jednak wciąż miała lojalne grono wielbicieli, a także podglądaczy, którzy przychodzili na jej pokazy zobaczyć żywy pomnik. Zdarzały się też jednak puste miejsca, a publiczność już nie przepychała się łokciami, żeby złożyć jej gratulacje po zakończeniu pokazu. Choć dom mody pozostał znaczącym „motorem promocji i sprzedaży perfum"[21], Gabrielle przyznała: „Dom Chanel radzi sobie nieźle, ale odrzuca mniej zamówień niż przedtem"[22]. Gabrielle przestała być „gorącym tematem dla czasopism o modzie". W chwilach kiedy opuszczała gardę, okazywała się delikatna, niepewna i niespokojna. Jednocześnie, jako osoba inteligentna, zdawała sobie sprawę, że społeczeństwo przechodzi radykalne zmiany, i zauważyła, że „w czasach, w jakich żyjemy (...) nic już nie pasuje do życia, które ludzie prowadzą"[23]. Przypominają się w tym miejscu myśli wyrażone przez Chanel ponad pół wieku wcześniej: „Jeden świat się kończył, rodził się następny (...). Znalazłam się we właściwym miejscu (...). Dorastałam wraz z nowym stuleciem i dlatego to u mnie zasięgano opinii w kwestiach dotyczących ubioru"[24].

Teraz Gabrielle przestała już być pierwszą osobą, do której zwracano się o radę w kwestii stylu. Stała się postacią publiczną, służyła własnej legendzie. Jak inaczej mogła spożytkować swoją niewyczerpaną fizyczną i emocjonalną energię? Choć szorstka maniera Chanel sprawiała, że wielu unikało kontaktu z nią, to jednak miała małą grupkę młodych, cierpliwych wielbicieli.

Zawsze odmawiała wywiadów dla telewizji, ale zgodziła się, kiedy w 1969 roku jej przyjaciel, tancerz Opery Komicznej Jacques Chazot, który stał się ważną figurą w towarzystwie, poprosił, żeby wystąpiła w pierwszym odcinku telewizyjnej serii o sławnych kobietach. Gabrielle często się z nim widywała i miała do niego zaufanie. Bez prób, bez scenariusza, łagodnym, cichym głosem, przeczącym jej wyrazistemu stylowi, mówiła przed kamerą przez dwadzieścia pięć minut. Na koniec stwierdziła: „Cóż, jeśli to im się nie spodoba, to już sama nie wiem, czego chcą"[25].

Kiedy trzeba było zredagować wywiad, Chazot był tak niezdecydowany, że koniec końców postanowił niczego nie wycinać. Zaprosił swoją przyjaciółkę, zbuntowaną, legendarną już wówczas pisarkę Françoise Sagan, i obejrzeli nagranie razem z Gabrielle. Chazot okazał się godzien zaufania, jakim obdarzyła go Gabrielle; wywiad został oceniony przez nią jako „bardzo dobry". Francuska telewizja, trochę poniewczasie, uświadomiła sobie potencjał tego dokumentu i umieściła go w *prime timie*, zmieniając program.

Reakcja była oszałamiająca. Chazot otrzymał rozmaite oferty od producentów telewizyjnych, a Gabrielle została zasypana listami od zachwyconych widzów.

Tymczasem młodsi projektanci, rozdrażnieni niechęcią Gabrielle do ich pracy, nie potrafili dostrzec, że ich „zbuntowana dekada" w dużej mierze odtwarza po prostu, za pośrednictwem kultury masowej, katastrofalne zmiany, które Gabrielle przeżyła z niewielką grupką bardzo kreatywnych twórców około pierwszej wojny światowej. Jej narzekania, choć nie zawsze uzasadnione, były w gruncie rzeczy bardziej dalekowzroczne. Wyrastały z czegoś więcej niż awersja starej kobiety do zmian.

Gabrielle nie była jedyną osobą, która zmieniła wygląd kobiet w pierwszych dekadach stulecia. Niewątpliwie należała do garstki twórców nowego rodzaju swobodnego kobiecego wdzięku, ale różniła się od nich tym, że sama *żyła* wyemancypowanym życiem, do którego stworzone były jej ubrania. Mówiąc o „wyzwoleniu ciała", sprawiła, że „moda stała się szczera". W większym stopniu niż którykolwiek z innych projektantów odpowiadała za demokratyzację mody; uczyniła ją bardziej przystępną dla większości niż kiedykolwiek wcześniej. Jej własne radykalne życie i praca szły ręka w rękę z rozwojem demokracji politycznej, ale jako projektantka mody Gabrielle przezwyciężyła dylemat, który demokracja stawiała przed wielkim krawcem: jak pozostać *ekskluzywną*. Była zachwycona komplementem pewnej Amerykanki, która stwierdziła, że „wydała tyle pieniędzy, a w ogóle tego nie widać"[26]. Z wszystkich projektantów Gabrielle najbardziej zbliżyła się do ubierania bogatych tak jak biednych, innymi słowy – z maksymalną prostotą.

Reakcja Gabrielle na lata sześćdziesiąte, choć często wewnętrznie sprzeczna, brała się stąd, że nigdy nie interesowało jej *atakowanie* kultury. Była zwolenniczką innego – w pewien sposób poważniejszego – wyzwolenia dla kobiet. Chanel była już stara i krytycznie nastawiona, ale rozumiała, że dżinsy (pierwotnie strój roboczy) subtelnie różniły się od wprowadzonych przez nią bluz rybackich albo koszulki polo dla kobiet. Były przejawem nowego, bardziej wyemancypowanego stylu życia i na tym opierał się ich powab. W wywiadzie Chazota Gabrielle stwierdziła zupełnie poważnie: „Nie

Rozdział 30

pochwalam stylu Mao; uważam, że jest haniebny i idiotyczny (...) pogrywanie sobie w ten sposób, i to w tak potężnym kraju... sądzę, że to coś okropnego”[27].

Co do minispódniczek, obiekcje Gabrielle zdradzały jej wiek, ale też potrafiła powiedzieć: „Nie mam prawa krytykować, ponieważ to nie mój czas. Mój czas się skończył (...). Często czuję się wyobcowana. Jaki cel mają teraz ludzie? Nie pojmuję ich”[28]. Następnie wygłosiła jedną z tych typowych dla siebie uwag, do których zrozumienia trzeba pewnego wysiłku i refleksji, uwagę dowodzącą, że rozumiała te burzliwe czasy: „Jestem w pełni świadoma, że każdy z nas jest anachroniczny”[29].

Ta młodzieńcza kobieta od pewnego czasu zdradzała oznaki starości, a artretyzm i reumatyzm przysparzały jej coraz więcej bólu. Zwalczała ból i towarzyszące mu „niedogodności”, łykając w hurtowych ilościach witaminy, środki przeciwbólowe i uspokajające. Miała wątpliwości i obawy co do lat sześćdziesiątych, ale też dość samoświadomości, by zauważyć: „Czasem zdaję sobie sprawę, że jestem śmieszna”. Mimo to nie zatrzymywała się. Praca była jej motorem. Dawno temu zrozumiała, że ma ona kapitalne znaczenie dla tego, kim jesteśmy. Praca ją pochłaniała, była jej *raison d'être*, niezależnie od tego, ile ją kosztowało bycie kreatywną. W efekcie stała się jej głównym demonem. Ale potrzebowała stłumić swoje poczucie osamotnienia; w nocy służyły jej do tego narkotyki, jedyne środki, które pozwalały jej odpocząć; za dnia znajdowała namiastkę spokoju tylko w pracy.

W spokojniejszych chwilach zwierzała się jednej ze swoich ostatnich serdecznych przyjaciółek, że „kobieta to siła niewłaściwie skierowana. Mężczyzna jest właściwie skierowany. Potrafi znaleźć schronienie w pracy. Kobietę praca niszczy do szczętu. Kobieta ma za zadanie być kochaną”. Przyznała też: „Moje życie to porażka. Nie uważasz, że to porażka pracować jak ja?”[30]. Ta zdumiewająco silna, lecz także pełna wdzięku kobieta, która znajdowała pocieszenie w pracy, wierzyła również, że kobiety „powinny wykorzystywać swoje słabości, nigdy swoją siłę. Powinny ją ukrywać (...). Powinno się mówić: »Tak, ale...«, innymi słowy, zwodzić”[31].

Rozdział 31

„SWOJE SERCE SŁYSZĘ TERAZ TYLKO NA SCHODACH"

Awersja Gabrielle do wszelkiego rodzaju ograniczeń nie zmniejszyła się z biegiem lat. Chanel zachowała dawną butę: „Nigdzie nie zagrzewam miejsca, wybrałam wolność". Nieprzewidywalność dostarczała jej bodźca, a nadmiar organizacji drażnił ją i nie cierpiała, „kiedy ludzie próbowali uporządkować mój bałagan albo, co gorsza, mój umysł"[1]. „Porządek mnie nudzi – oświadczyła. – Nieporządek zawsze wydawał mi się najlepszym symbolem luksusu"[2]. Chociaż jej domy były piękne i nowoczesne, podkreślała: „Kocham nie domy, lecz życie, które w nich prowadzę".

Tymczasem w apartamencie hotelu Ritz i w mieszkaniu przy rue Cambon Gabrielle stworzyła wspaniałe, nastrojowe otoczenie, luksusowe wnętrza wypełnione prywatnymi symbolami. Mieszkanie przy rue Cambon 31 nigdy jednak nie miało domowego charakteru. Gabrielle przyjmowała tam przyjaciół, ale też prowadziła interesy. Ktoś, kto dobrze zna teraz to mieszkanie, opisuje je jako „miejsce, gdzie pielęgnowała swoje wspomnienia oraz związki z bliskimi przyjaciółmi i z przeszłością. Ale gdyby było to naprawdę intymne, osobiste mieszkanie, miałoby sypialnię. Pod pewnymi względami żyła jak mężczyzna"[3]. Na rue Cambon nie było też kuchni; Gabrielle zawsze zamawiała jedzenie. Chociaż potrafiła zestawiać wspaniałość z prostotą, a surowość z wygodą, to tak naprawdę nie interesowała się tworzeniem ogniska domowego.

Rozdział 31

Hotel, gdzie Gabrielle spała i jadła większość posiłków, jest z definicji nie-domową przestrzenią, a jego atmosfera przejściowości spełniała jej potrzeby. Mimo że mieszkała w Ritzu przez ponad siedemnaście lat, w teorii mogła w każdej chwili wyruszyć w drogę: „W hotelu czuję, że jestem w podróży". Ta egzystencja była zarazem echem jej nomadycznego dzieciństwa (wspominając je, Gabrielle często mówiła o pociągach) i manifestacją upartej, trochę szalonej niezgody na brak wolności. Z kolei jej otwartość na możliwość zmiany była odbiciem możliwości tworzenia: „Gdy nie będę mogła tworzyć, będę stracona"[4].

Prawem kontrastu, oznaki zakorzenienia innych ludzi coraz bardziej działały jej na nerwy. Nienawidziła niedziel. W ten tradycyjnie rodzinny dzień jej salon był zamknięty i nie mogła zapomnieć o poczuciu izolacji w wirze pracy. Przyznawała się do niechęci do małżeństwa i dzieci, a czasem wykorzystywała swoją umiejętność fantazjowania do „wymazywania" małżonków i ich potomstwa z życia otaczających ją ludzi. Zdarzało się również, że próbowała zdestabilizować związek. Dobre związki wytrącały ją z równowagi. Ale też wyznała cicho swojej imienniczce, Gabrielle Labrunie, jedynej krewnej, z którą pozostała w bliskich stosunkach: „To ty postępowałaś właściwie. Jesteś szczęśliwsza ode mnie. Masz męża, dzieci. Ja nie mam nic. Jestem sama z moimi milionami"[5]. Jednej ze swoich ulubionych modelek powiedziała: „Zazdroszczę ci, ponieważ zawsze chciałam mieć dzieci, ale miałam aborcję i później już nie mogłam. Nie wierz, kiedy mówię, że dzieci są obrzydliwe"[6].

Pod koniec lat sześćdziesiątych, kiedy Gabrielle zbliżała się do dziewięćdziesiątki i cieszyła się jeszcze większą sławą, większość Francji znowu ją akceptowała. Jednak – mimo że mogła dzięki temu chodzić wszędzie i spotykać się z prawie każdym – nie robiło to na niej wrażenia. Zdarzył się jednak dziwny wyjątek. Claude Pompidou, elegancka żona premiera, a od jakiegoś czasu klientka Gabrielle, wyczuła, że Chanel chciałaby dostać zaproszenie do Pałacu Elizejskiego. Trzeba było poprosić o zgodę prezydenta de Gaulle'a. Gdy w końcu jej udzielił, Gabrielle udała się – w towarzystwie przyjaciela, byłego prefekta policji i ambasadora André-Louisa Dubois – na obiad z państwem Pompidou. Claude Pompidou uznała Gabrielle za piękną i świetnie ubraną; inteligentnie dostrzegła jej skomplikowanie, wady i „zuchwałość", a mimo to nadal uważała ją za fascynującą.

Gabrielle wiele lat temu pielęgnowała swój wizerunek, a teraz zajmowała się własną legendą. Mawiała: „Niech moja legenda kwitnie, życzę jej długiego i szczęśliwego życia!"[7], ale też stała się jej ofiarą. Czasem nie potrafiła się od niej zdystansować, o czym świadczy choćby ta deklaracja: „ta moja legendarna sława... każdy z nas ma swoją legendę, szaloną i wspaniałą. Moja, w której miał udział Paryż i prowincja, idioci i artyści, poeci i socjeta, jest tak zróżnicowana, tak złożona, tak prosta i skomplikowana zarazem, że sama się w niej gubię"[8]. Jej przyjaciel, pisarz Michel Déon, wspominał niedawno w rozmowie ze mną, jak Gabrielle „z czasem zaczęła patrzeć na swoje otoczenie cynicznym wzrokiem (...). Nie przejmowała się, bo sława już nie uderzała jej do głowy. Rzadko miałem do czynienia z kimś, kto tak bardzo pożądałby zwycięstwa i tak gardził jego owocami"[9].

Przyjaciele tylko na pewien czas pozwalali jej zapomnieć o samotności, w której była uwięziona. Kiedyś zapytała jednego z nich żałośliwie: „Co ze mną będzie? Co ja pocznę? (...) Nocą w łóżku zadaję sobie pytanie: »Dlaczego nadrabiasz miną? Czemu tego wszystkiego nie rzucisz?«"[10]. Rzecz w tym, że nie potrafiła. Nieśmiałość i lęk przyprawiały ją o słowotok. Wiele lat wcześniej oświadczyła z osłupiającą wnikliwością: „Paplałam bez ustanku, wszystko przez moją nieśmiałość (...). Ile gaduł, wykpiwanych za pewność siebie, to po prostu nieśmiali ludzie, którzy w głębi duszy boją się milczenia?"[11]. To paplające publiczne „ja" Gabrielle przywykło też do hardości i autokreacji: „Ogromna niewrażliwość (...), biżuteria, pierścionki na jej chudych palcach (...), monologi, żargon Chanel, opinie, oceny pozbawione wdzięku"[12]. Jakby biedna Gabrielle przyspawała swój ochronny pancerz do swojego umysłu, albo i do serca. Jej wewnętrzne udręki, trafnie opisane przez młodą przyjaciółkę jako „zbłąkane furie", wzięły nad nią górę.

Samotność Gabrielle pogłębiła się jeszcze bardziej po śmierci jej starych przyjaciół i byłych kochanków. Zaraz po zakończeniu wojny odszedł José Maria Sert. W 1950 roku zmarła Misia, którą Gabrielle przez tyle lat kochała i nienawidziła i z którą dzieliła tyle tajemnic, że obie dawno przestały przed sobą cokolwiek udawać. Książę Westminsteru, z którym – podobnie jak z Dymitrem Pawłowiczem – Gabrielle na zawsze pozostała w bliskich relacjach, zmarł na zawał serca w 1953 roku, po zaledwie sześciu latach ostatniego, najszczęśliwszego dla niego małżeństwa. Sympatyczny wielbiciel koni Etienne Balsan, niegdysiejszy wyzwoliciel Gabrielle, który rozumiał, że – jak ujął to Sachs – „jej ducha i serca

Rozdział 31

nie da się zapomnieć", zmarł w Ameryce Południowej. Wyemigrował tam po tym, jak jego córka wyszła za mąż i przeprowadziła się do Rio de Janeiro. Jego prośba o szybką śmierć została wysłuchana – w 1954 roku potrącił go autobus.

W roku 1955 zmarła Adrienne de Nexon (z domu Chanel), zabierając z sobą do grobu najbardziej intymne szczegóły i najbardziej wnikliwy wgląd w pochodzenie Gabrielle. W Solesmes w 1960 roku zmarł Pierre Reverdy – człowiek, dla którego Coco „z radością oddałaby wszystko". Na jego pogrzebie byli tylko żona i zakonnicy. Gabrielle, podobnie jak wszyscy inni, dowiedziała się o nim z gazet. W 1963 roku odszedł na zawsze Jean Cocteau, wspierany i oczerniany przez Gabrielle przez ponad pół wieku. W 1965 roku zmarł Pierre Wertheimer, który od dawna grał dla niej stymulującą rolę ukochanego adwersarza. W 1969 roku starzejący się Paul Morand napisał w swoim dzienniku: „Jesteśmy ostatnimi ocalałymi. Opowiadamy o ludziach i historiach, które potrafili zrozumieć tylko Cocteau, Poulenc, Radiguet, Etienne de Beaumont czy Misia. Została jedynie Chanel"[13].

W 1960 roku ulubienica Gabrielle Marie-Hélène Arnaud, która pracowała u niej już sześć lat, oświadczyła, że nie chce być modelką do końca życia. Gabrielle zaoferowała jej ojcu, nauczycielowi akademickiemu, wysoką pensję i zatrudniła go w nadziei, że zatrzyma w ten sposób przy sobie jego córkę. Pan Arnaud dowiedział się, że Marie-Hélène miała zostać mianowana dyrektorką Chanel i potrzebna jej była pomoc. Gabrielle sama to zasugerowała, licząc, że zniechęci w ten sposób Marie-Hélène do odejścia. Marie-Hélène wspominała, że nie czuła jakiejkolwiek wrogości do Gabrielle: „Kochałam Coco (...) nigdy nie przeszło mi przez myśl, że mogłabym kiedyś ją zastąpić". Ale Gabrielle nie była przekonana, czuła się zagrożona i gdy młoda kobieta odeszła – a zaraz po niej jej ojciec – mówiła o nich źle, urażona „odtrąceniem" przez śliczną Marie-Hélène. Odprawiła w tych latach w podobnie niesprawiedliwy sposób wielu przyjaciół; niektórzy, na przykład Lifar, tolerowali jej niestałość, choć nawet on widywał ją teraz rzadziej.

Gabrielle zaczęła szukać pocieszenia u swoich nielicznych młodszych przyjaciół i asystentów. W tym gronie był jej kamerdyner Jean Mironnet – „François", jak go nazywała – i dwie czy trzy młodsze kobiety. François, syn normandzkich chłopów z Cabourga, nigdy nie mówił za dużo i w przeciwieństwie do jej bardziej światowych i lepiej poinformowanych przyjaciół mógł się wiele od Gabrielle nauczyć. Cokolwiek myślał sobie w duszy, François patrzył na nią z szacunkiem i w latach przed śmiercią Gabrielle namaściła go na swego towarzysza. Był często u jej boku, przesiadywał dyskretnie z tyłu, kiedy pracowała nad swoimi kolekcjami. Wydzielał jej tabletki, podawał wodę do popicia, służył ramieniem, jeśli potrzebowała pomocy przy wchodzeniu po schodach, pamiętał o wszystkim, o czym ona zapominała. Jadał z nią przy jednym stole i towarzyszył jej w podróżach, ostatnio tylko do Szwajcarii. „Monsieur François" był „cichym dworzaninem" Gabrielle i robił, co mógł, żeby jego pani jak najrzadziej była sama.

Oprócz modelek ważnymi kobietami w życiu Gabrielle były: wnuczka jej siostry Gabrielle Labrunie, Claude Delay – córka psychiatry Jeana Delaya, oraz Lilou Grumbach (z domu Marquand), od końca lat pięćdziesiątych asystentka Gabrielle. Bratem Lilou był aktor Christian Marquand, przyjaciel Rogera Vadima, a także braci Mille'ów – redaktora naczelnego „Paris Match" Hervé i projektanta wnętrz Gérarda. (Mieszkanie Mille'ów przy rue de Varennes było jednym z najważniejszych powojennych paryskich salonów i Gabrielle czuła się w nim jak w domu. Hervé i Gérard byli jej przyjaciółmi od 1935 roku, a Hervé regularnie toczył „boje w jej imieniu"). Lilou Marquand usiłowała poznać Gabrielle, a kiedy jej się to nie udało, poprosiła o pomoc braci Mille'ów. Powiedzieli jej, że tego dnia wieczorem będą u Gabrielle na kolacji; może wybierze się z nimi? Ktoś wspomniał w rozmowie z Gabrielle, że Lilou chciałaby dla niej pracować, lecz Chanel nie skomentowała tego, ale gdy wszyscy wychodzili, powiedziała do Lilou: „Zaczynasz w poniedziałek".

Po odejściu Marie-Hélène Lilou w jeszcze większym stopniu stała się powierniczką Gabrielle. W teorii odpowiadała za relacje z prasą i wizerunek publiczny firmy, w praktyce robiła znacznie więcej. Organizowała sesje zdjęciowe i kierowała przebieralniami. Widywała się z Chanel prawie codziennie przez ostatnie czternaście lat jej życia i dobrze ją poznała. Miała dość siły, żeby wytrzymać wybuchy gniewu i szczerość Gabrielle; pozostała pracownicą, ale stała się także jej serdeczną przyjaciółką. W niedawnej rozmowie ze mną Marquand powiedziała ze śmiechem: „Krzyczałyśmy jedna na drugą. Wydzierała się. Wszystko, co mówiłyśmy, słychać było na dole, ale ona odpowiadała: »Mam to gdzieś!«". Lilou straciła rachubę, ile razy w tych latach Gabrielle wylała ją z pracy.

Rozdział 31

W latach sześćdziesiątych Gabrielle pozostała nieustraszona, ale tylko w ciągu dnia. Jak wspomina jej przyjaciółka Claude Delay, Gabrielle była „bardzo silną, bardzo gwałtowną i wcale nie słodką osobowością. Miała moc. Była wymagająca. Wymagała od siebie i od innych"[14]. Jednak w spokojniejszych chwilach i nocą dochodziła do głosu jej kruchość. Gdy na końcu każdego dnia pracy musiała się zatrzymać, aby zażyć tak rozpaczliwie potrzebnego odpoczynku, coraz bardziej doskwierało jej poczucie osamotnienia, które nachodziło ją, gdy co noc zostawała sama. Emocjonalna i fizyczna kruchość jej matki odcisnęła na niej piętno, które sprawiło, że nigdy nie znalazła w sobie siły potrzebnej do tego, aby pogodzić się z odejściem ojca. Ta rana pozostała niezabliźniona. Przez całe życie cierpiała ponad miarę, gdy czuła się „opuszczona" – czy to przez mężczyznę, czy przez kobietę, w życiu czy wskutek śmierci. Siła charakteru zapewniała jej przetrwanie, lecz jej osobiste demony z biegiem czasu coraz bardziej ją przerażały, bo nie miała emocjonalnych narzędzi potrzebnych do walki z nimi. Lilou Marquand wspominała:

> O Chanel można powiedzieć wszystko tylko nie to, że była pogodna. Po bólach pracy przychodziło coś, co nazywała „wieczorną udręką". Kiedy zaszło słońce, a rue Cambon pustoszała, czuła się bezsilna, prawie pozbawiona osobowości: pozostawała w swoim milczącym ulu sama ze strażnikiem. Jej bezradność była tak dogłębna i poruszająca, że zaczęłam zostawać u niej na kolację raz czy dwa razy w tygodniu[15].

Claude Delay opowiada, jak Gabrielle mawiała: „»Dużo płakałam, teraz już nie płaczę. Gdy przestaje się płakać, to dlatego, że nie wierzy się już w szczęście«. Ale powiedziała to, ponieważ była romantyczką i potajemnie zawsze czekała, aż coś się wydarzy. Ale się nie wydarzało"[16].

Również Lilou Marquand była świadkiem fantazji i marzeń Gabrielle o idealnym mężczyźnie i słyszała opowieści o ojcu, który był dla niej ucieleśnieniem tego ideału (kiedy indziej był zaś utracjuszem i pijakiem). Lilou opowiada dalej, że „w pewien sposób Chanel pozostała wielką romantyczką. Lubiła przystojnych, wysokich i silnych mężczyzn. Kiedy widziała takiego na ulicy, mówiła zawsze: »To na pewno ktoś cudowny«. Spędziła wiele swoich najlepszych chwil w ich towarzystwie i nie mogła przywyknąć do ich braku. »Od czasu do czasu potrzebuję złożyć głowę na czyimś ramieniu. Szkoda, że nie mogę...

wielka szkoda. Ale to bez znaczenia«"[17]. Oczywiście nie było to bez znaczenia. „Kiedy mężczyźni byli silni – stwierdziła – byli też cnotliwi i łagodni (...). Czułość to siła, która roztacza nad tobą opiekę"[18]. Claude Delay wspominała zdarzenie, które poruszyło Gabrielle do głębi, bo przypomniało jej utraconą, upragnioną czułość. Wracając pewnego wieczoru do Ritza,

> Zobaczyła pijanego mężczyznę, który zataczał się, wpadając na swoją towarzyszkę. Był jak sparaliżowany. Chyba chciał zjeść kolację w Ritzu. Miał na sobie smoking, bardzo elegancki, ona była w sukni wieczorowej. Stanęła przed nim, zarzuciła sobie jego ręce na szyję i szła z nim, podtrzymując go. Dała znak na migi pracownikom hotelu, żeby jej nie pomagali. Podbiegłabym do nich na najmniejsze skinienie, ale ona nie potrzebowała pomocy. Kiedy jej dłoń znalazła się przy wargach mężczyzny, on złożył na niej pocałunek[19].

W rozmowie z Claude Gabrielle wyznała: „Swoje serce słyszę teraz tylko na schodach"[20].

Podobnie jak ci nieliczni, którzy zadali sobie trud i zajrzeli pod ochronną skorupę Gabrielle, Claude była do głębi poruszona tym, co zobaczyła. Z biegiem czasu Gabrielle coraz częściej szukała u niej i u Lilou Marquand wytchnienia od samotności. Nie cierpiała samotnych posiłków, bo przypominały jej o jej dotkliwej samotności. Sama była sobie winna, bo zraziła do siebie tylu ludzi, a mimo to biadoliła: „Nie mogę jeść, kiedy jestem sama, kiedy nie ma naprzeciwko nikogo, z kim mogę porozmawiać". Claude Delay wspomina wzruszenie, jakie ją ogarniało, kiedy pomagała Gabrielle walczyć z cierpieniem:

> Jej prymitywna nieufność i niepokojący kobiecy opór (...) nigdy jej nie opuściły. Doskonale wiedziała, co znaczy być zagubionym, nieszczęśliwym. Ja miałam męża i dwie małe dziewczynki. Czułam się jak przestępca, kiedy musiałam wracać do domu. Jadłam z nią kolację w Ritzu, czasem w pokoju. Wychodząc, czułam się jak kryminalistka. Nie znosiła zostawać sama, bo nie cierpiała wracać do swojej samotności bez ukochanej osoby, do strachów z przeszłości, do somnambulizmu, który dręczył ją w dzieciństwie, do swoich snów. Dlaczego? Ponieważ przeżywała wszystko na nowo: odejście ojca, wątłe zdrowie matki, śmierci najbliższych, także Boya (...). Wyobraźnia, która jest przeciwieństwem śmiertelnego okrucieństwa świata (...) przynosi spokój.

Rozdział 31

> Była po stronie życia, a nie śmierci; tę walkę między bliźniętami życiem a śmiercią rozgrywamy w każdej chwili naszego istnienia. Ona jednak odczuwała życie we właściwy sposób. Miała zdrowe psychiczne nastawienie[21].

Istotnie, gdyby Gabrielle nie miała „zdrowego psychicznego nastawienia" do wielu spraw, nie wytrzymałaby ciężaru własnej przeszłości. Mimo to za każdym razem gdy ktoś ją „zostawiał", przeszłość odżywała, a Chanel przeżywała załamanie. Lilou Marquand wspominała pewne zdarzenie, które obrazuje nadmiernie emocjonalną reakcję Gabrielle. Miało ono miejsce w czasie jednej z regularnych wizyt w Szwajcarii z Lilou i François, w hotelu Grand Palace. (Gabrielle coraz częściej wolała hotelowe życie od małego domku, Le Signal, który kupiła za Jeziorem Genewskim i wyremontowała z myślą o „emeryturze"). François był prawie zawsze u jej boku. Gabrielle lubiła jego poczucie humoru, ceniła jego nieskomplikowaną, bezpretensjonalną osobowość. Dawała mu pieniądze, kupiła mieszkanie, wysyłała go do Szwajcarii na kuracje i darzyła coraz większym zaufaniem. Powiedziała o nim kiedyś: „Ach, jakim balsamem na moją duszę są ci zwykli ludzie, którzy są tacy, jacy są, naturalni. Nie tacy jak paryżanie, ci kłamcy"[22].

Siedzieli w hotelu, omawiając następną kolekcję, kiedy Gabrielle ni stąd, ni zowąd odezwała się do François: „Nic nie rozumiesz, mój drogi. Prosiłam trzy razy, żebyś mnie porwał, a ty nic. Udajesz, że nie rozumiesz, co do ciebie mówię, czy jesteś głuchy? Zapytam więc jeszcze raz, w obecności Lilou: ożenisz się ze mną?". François podniósł się natychmiast, odszedł od stołu i wymeldował się z hotelu. Lilou znalazła go w innym hotelu w Lozannie, po sześciu dniach poszukiwań. Tak to wspomina:

> Był ciągle w szoku i wściekły, że mógł uchodzić za żigolaka starszej pani. Nie mieściło mu się w głowie, że tak niezwykła indywidualność jak Chanel mogłaby go kochać. Poprosiłam go, żeby okazał wielkoduszność, żeby zrozumiał, że ona ciągle ma serce sentymentalnej młodej dziewczyny i romantyczny umysł (...). Wrócił do hotelu i nikt więcej o tym nie wspominał[23].

Gdy François nie było, Gabrielle była „zrozpaczona. Zrozpaczona, bo czuła się odtrącona. Zamiast jednej dawki sedolu na sen co wieczór zaczęła brać trzy, cztery. Całymi dniami nie wychodziła z hotelu. To było straszne. François był jej powiernikiem, wspierał ją"[24].

Po powrocie do Paryża François i Lilou zaczęli co wieczór grywać w karty przed sypialnią Gabrielle, żeby kładąc się do snu, wiedziała, że ktoś jest w pobliżu:

Przysięgliśmy jej, że nigdy jej nie opuścimy. Ale Mademoiselle bała się dalej. Zawsze dziwiła się, że do niej wracam. Była poruszona do głębi na sam mój widok, na moje proste „Dzień dobry" czy „Dobranoc". „Widzisz, kiedy tutaj jesteś, cała samotność, cała udręka, ulatuje!" Ach, gdyby tak noc nie istniała (...) Gdyby Mademoiselle mogła przejść od razu od wieczora do ranka! Mogłaby żyć bez tego potwornego podejrzenia, że ludzie ją opuszczają[25].

Niepokój spowodował zaostrzenie objawów somnambulizmu, na który Gabrielle cierpiała z przerwami od dzieciństwa. We śnie rozcinała zasłony, narzuty, ręczniki; układała pocięty materiał w nowe projekty, które starannie rozkładała na podłodze bądź umieszczała na wieszakach. Chodziła we śnie nago po pokojach albo wędrowała po Ritzu i trzeba ją było delikatnie prowadzić z powrotem do apartamentu. Kiedyś widziano, jak w środku nocy szła spiesznie hotelowym korytarzem w koszuli nocnej z obłędem w oczach. Jej pokojówka Céline (Gabrielle nazywała każdą nową osobistą służącą Jeanne, bez względu na to, jak naprawdę miała na imię) była kiedyś świadkiem, jak Gabrielle weszła do łazienki, złamała grzebień, a następnie odkręciła wodę w umywalce. Powiedziała przyjaciółce coś, co wiele wyjaśnia: „Nie wiedziałam, co takiego chciałam zapomnieć. Więc żeby zapomnieć, cokolwiek to było – prawdopodobnie coś, co mnie prześladowało – rzuciłam się w coś innego"[26].

Żeby móc żyć, w młodości Gabrielle stworzyła siebie na nowo. To odżywiało jej duszę i dodawało jej otuchy przez wiele lat. W głębi serca jednak cały czas wiedziała, co ją prześladuje, ale brakowało jej emocjonalnej odporności i z czasem gorączkowe próby rzucania się „w coś innego", czyli w pracę, coraz mniej pomagały. Potrzeba zapomnienia nie opuszczała jej już nawet w nocy i Gabrielle czuła się zmuszona wypełniać pracą nawet sen. Bojąc się kompromitacji, poprosiła Céline i Lilou, żeby przywiązywały ją do łóżka, aby nie mogła „błądzić" nocą korytarzami Ritza.

To nie był jednak koniec jej udręk. Jedna z jej ulubionych modelek wspominała niedawno, jak po kolacji z Lilou i Gabrielle pewnego wieczoru poszła z nimi do apartamentu Chanel. Rytuał przygotowań Gabrielle do snu wprawił ją w osłupienie; widząc, jak Lilou i Céline przywiązują ją do łóżka,

Rozdział 31

nie wytrzymała: „Zwariowałyście? Po co ją związujecie? Co to ma znaczyć?". Gabrielle odparła jej na to, że którejś nocy zdarzyło jej się we śnie „osaczyć windziarza (...) i szwendać się po hotelu". Modelka wspomina:

> Brała morfinę od 25 lat i ten narkotyk wprowadzał ją w delirium. Oświadczyła mi: „Chcę się kochać". Nie powiedziała „kochać się", użyła bardziej bezpośredniego słowa. „Nie dlatego, że nie chcę się pieprzyć, tylko dlatego, że wstydzę się swojego ciała". Stąd myślę, że w takich chwilach (kiedy wstrzykiwała sobie morfinę) pozbywała się zahamowań i wychodziła z sypialni – na poszukiwania. Więc, wytłumaczyła mi, zaczęła prosić, aby przywiązywano ją do łóżka. Potem, już w półśnie, powiedziała: „Teraz się pożegnamy. Lilou, zwiąż mnie"[27].

Gabrielle zaczęła się przewracać. Potłukła sobie nogę, rozcięła nos, zraniła się w rękę. Okropnie jednak bała się lekarzy, lękała się, że ujawnią jej słabość prasie (pogłoski o jej pogarszającym się zdrowiu rzeczywiście od jakiegoś czasu krążyły po biurach prasowych). Doznała małego wylewu, była hospitalizowana i czuła się upokorzona swoim niedołęstwem. Stawała się coraz bardziej krucha.

Jej palce traciły zręczność wskutek artretyzmu i reumatyzmu. W pracy niechcący kłuła się szpilkami i ssąc krwawiący palec, wykrzykiwała: „Au, co to było?". W chwilach zmęczenia mawiała: „Są dni, kiedy mam ochotę rzucić wszystko", ale leitmotiv był wciąż ten sam: „Muszę myśleć o mojej kolekcji, bo to przyszłość". Oczywiście – dopóki była możliwość następnej kolekcji, była też możliwość uniknięcia śmierci.

Do 1970 roku, choć wiedziała, że koniec jest coraz bliżej, żyła w przekonaniu, że to niemożliwe, aby mogła przestać istnieć. Jednak kiedy mówiła: „Niespecjalnie wierzę w śmierć", miała na myśli jeszcze dalszą perspektywę: „Dusza odchodzi: jej udręka trwała wystarczająco długo. Dla hinduisty to tylko transformacja (...). »Oddać duszę Bogu« – lubię to wyrażenie (...). Zostają po nas nasze myśli i to, co kochaliśmy w życiu"[28].

W tamtą sobotę w styczniu 1971 roku Gabrielle była wyjątkowo uszczypliwa dla swoich asystentek; potraktowała szorstko nawet oddaną Claude Delay. Zbliżało się otwarcie kolekcji, a nerwy Gabrielle były w strzępach:

Coco cały czas miała huśtawki nastrojów. Któregoś dnia słyszałam, jak deliberuje. Mówiła o kobietach: „W dzisiejszych czasach kobiety nie potrzebują mężczyzn! Jesteśmy niezależne..." – i tym podobne, przez co najmniej dziesięć minut. A całe życie widziałam, jak wchodząc po schodach, odwraca się i mówi: „Kobieta bez mężczyzny, jaki w tym sens?". Cała Chanel. Idea i jej zaprzeczenie[29].

Nieustannie zmieniała zdanie. W jednej minucie mówiła do Claude, że rzuca to wszystko w diabły, a za chwilę, po pracy, tylko czekała, kiedy przyjdzie czas wracać na rue Cambon. Na stoliku przy łóżku miała biografię Richelieu napisaną przez Erlangera; powiedziała Claude, że to „najlepsza opowieść w historii Francji (...), lepsza niż Aleksander Dumas, choć nie ma tyle pasji".

W niedzielę 10 stycznia Claude zjadła lunch z Gabrielle, a później towarzyszyła jej w zwyczajowej przejażdżce na tor wyścigów Longchamp. Słońce przeświecało blado przez zimową mgłę. Później, gdy wracając, przejeżdżały przez plac Zgody – ogromny plac, przez który prawie sześćdziesiąt lat wcześniej Gabrielle uciekała od prawdy Arthura Capela o tym, że jej firma nie przynosi zysków – Gabrielle skłoniła głowę i wyjaśniła Claude, że pozdrawia księżyc. Była pełnia. Na pożegnanie rzuciła: „Będę jutro w pracy".

W apartamencie poinformowała Céline, że jest bardzo zmęczona i musi się położyć; Céline zdołała tylko zdjąć jej buty. Gabrielle leżała w półśnie. Później powiedziała pokojówce, że zje kolację w pokoju, przeczytała restauracyjne menu, a potem wyjęczała: „Duszę się... Jeanne... okno". Céline podbiegła do jej łóżka. Gabrielle, z twarzą ściągniętą z bólu, ściskała dłońmi pierś. Nie miała siły przełamać trzymanej przy łóżku fiolki z morfiną. Céline wzięła strzykawkę i zrobiła jej zastrzyk. Gabrielle wyszeptała: „A więc tak się umiera". Céline natychmiast wyszła zadzwonić po lekarza, ale kiedy wróciła, jej pani leżała nieruchomo. Céline zamknęła jej oczy.

Nazajutrz gazety na całym świecie ogłosiły śmierć „jednej z największych kreatorek mody naszego wieku" i próbowały podsumować osiągnięcia kobiety, która stała się legendą za życia. Claude Delay, która przyszła pożegnać zmarłą, znalazła ją „bardzo malutką pod białymi prześcieradłami Ritza podciągniętymi do piersi". Na jej stoliku nocnym stała piękna ikona podarowana jej przez Strawińskiego w 1921 roku.

Rozdział 31

Nabożeństwo pogrzebowe odbyło się 13 stycznia u Świętej Magdaleny, w wielkim kościele parafialnym paryskiej elity, niedaleko rue Cambon. Małą trumnę przykrywał stos białych kwiatów i dwa wieńce czerwonych róż – jeden od Syndicat de la Couture, drugi od Luchina Viscontiego.

Na pogrzebie stawili się prawie wszyscy jej koledzy projektanci, nawet ci, którzy prywatnie nie myśleli o niej najlepiej: między innymi Balmain, Balenciaga (którego miłosierdzie i wielkoduszna natura kazały mu przyjść „pomodlić się za nią", choć Gabrielle zniszczyła ich przyjaźń przez własną małoduszność), Castillo, Marc Bohan i Yves Saint Laurent. Mimo że Chanel krytykowała większość z nich w takim czy innym momencie, mieli świadomość, że jej życiowe dzieło przyniosło wielki zaszczyt ich profesji. Jej przyjaciel Michel Déon zaapelował, aby przy osądzaniu jej osoby kierować się współczuciem:

> nie powinniśmy odwracać się plecami do Coco, ale przeciwnie, pomóc jej, zapominając o wszystkim, co przyprawiło ją o taką gorycz, że się dusiła. Między wyimaginowanym światem, w którym szukała ucieczki, a okrutnym światem realnym, który ją skrzywdził (...) ziała nieprzekraczalna przepaść[30].

Na uroczystości żałobnej z przodu stały modelki Gabrielle, wszystkie ubrane w kostiumy Chanel. Za nimi – kierowniczki i kierownicy pracowni, szwaczki i asystentki z zespołu przy rue Cambon, bez których realizacja pomysłów Gabrielle byłaby niemożliwa. Do paryskiej elity dołączył zafascynowany tłum oraz przyjaciele Gabrielle, między innymi Dalí, lady Abdy, Antoinette Bernstein, Lifar, André-Louis Dubois, Robert Bresson, bracia Mille'owie, Jacques Chazot oraz Jeanne Moreau, której przyjaźń Gabrielle nieufnie odrzuciła.

Dużo mniejsze grono żałobników – między innymi wnuczka siostry Gabrielle, François Mironnet i Lilou Marquand – pojechało później za trumną Gabrielle do Szwajcarii, gdzie złożono ją do grobu na cmentarzu w Lozannie. Dlaczego Szwajcaria? Gabrielle pozostała do szpiku kości Francuzką, niemniej miała też ambiwalentny stosunek do swoich rodaków – tak jak niektórzy z nich do niej. Stwierdziła kiedyś: „Francuzi mnie nie lubią. Nic na to nie poradzę", ale także: „Zawsze potrzebowałam poczucia bezpieczeństwa". Jak się wydaje, w Szwajcarii czuła się bezpieczna. Wzniesiono dla niej marmurowy nagrobek z płaskorzeźbami pięciu lwich głów, nawiązujących do jej znaku zodiaku. Pod nimi znajduje się krzyż, a jeszcze niżej prosty napis:

GABRIELLE CHANEL

1883–1971

Cokolwiek pisano o Gabrielle w tygodniach po jej śmierci, zza grobu – tak jak za życia – kierowała swoim dziedzictwem. W niezwykłych wspomnieniach, które podarowała Paulowi Morandowi tuż po wojnie, „napisała" swoje własne epitafium:

> Moje życie to historia – a często i tragedia – samotnej kobiety. Jej niedoli, jej znaczenia, nierównej i fascynującej bitwy, jaką toczyła z samą sobą, z mężczyznami, z namiętnością (...) i z czyhającymi na każdym kroku niebezpieczeństwami.
>
> Dzisiaj, sama w blasku słońca i w śniegu (...) Będę trwać, bez męża, bez dzieci, bez wnuków, bez tych wszystkich rozkosznych iluzji (...). Moje życie to po prostu przedłużone dzieciństwo. Tak właśnie rozpoznaje się przeznaczenie, w którym rolę gra poezja (...). Nie jestem bohaterką. Ale wybrałam osobę, którą chciałam być[31].

Posłowie

„LEGENDĄ SĄ CI, NA KTÓRYCH BUDOWANE SĄ LEGENDY"

Gabrielle powiedziała raz do Moranda: „W odróżnieniu od Serta nie bardzo nadaję się na trupa, ponieważ gdy tylko by mnie zakopali, zaczęłabym się niecierpliwić i (...) myśleć jedynie o tym, jak wrócić na ziemię i zacząć wszystko od nowa"[1].

Na pytanie, czy Gabrielle myślała o przyszłości Chanel, jeden z jej kierowników odpowiedział: „Oczywiście, że nie. Była zbyt wielką egocentryczką". Jednak – chociaż zwierzyła się swojemu zuryskiemu prawnikowi, że „marzy o spokoju" i nie chce szumu po jej śmierci – od pewnego czasu myślała o swoim następcy i osobistym majątku. Co do majątku, dołożyła wszelkich starań, aby nie został przejęty przez francuski skarb państwa. Za radą prawnika, który zwrócił jej uwagę, że Liechtenstein jest lepszym miejscem od Szwajcarii, jeśli chodzi o podatki, w 1965 roku założyła tam fundację o nazwie Coga (od Coco-Gabrielle), a następnie sporządziła testament. Stanowił on: „Ustanawiam moim wyłącznym i całkowitym spadkobiercą Fundację Coga". Rozporządziwszy w ten sposób większą częścią swojej osobistej spuścizny, dokonała zapisów na rzecz garstki ludzi. Wydała również ustne polecenie, aby wspomóc potrzebujących oraz uzdolnionych artystów, ale było ono na tyle niejasne, że przypuszczalnie nie zrobiono nic w tym kierunku.

Służący Gabrielle François Mironnet został powiadomiony, że „dziedziczy po Mademoiselle", jednak nigdy nie odnaleziono dokumentu, który by to potwierdzał. Spadkobiercy Chanel zawarli z Mironnetem pozasądową ugodę. Inne osoby, które zgłaszały pretensje do spuścizny Gabrielle, miały mniej szczęścia. Jej bankierzy i prawnicy od lat milczą jak grób w sprawie Fundacji Coga, której działalność pozostaje tajemnicą. Nie znamy też wielkości osobistego majątku projektantki. W 1971 roku Mironnet szacował jego wartość na półtora miliarda dolarów amerykańskich. Rodzina Wertheimerów twierdziła, że wart jest trzydzieści milionów. W chwili śmierci Gabrielle Dom Mody Chanel przynosił w przybliżeniu sto sześćdziesiąt milionów dolarów rocznego zysku.

Wspomniany wyżej kierownik mylił się, sądząc, że Gabrielle nie myślała o następcy, bo kilka lat przed śmiercią omawiała tę kwestię z przyjaciółmi. Miał rację w tym, że nie potrafiła zrealizować swojej decyzji. Dom Chanel stał się jej ostateczną pociechą, jej *raison d'être*. Gdyby go komuś przekazała, nie pozostałoby jej nic innego jak umrzeć. Przez odmowę wskazania następcy Gabrielle odsuwała od siebie widmo śmierci.

Gdy śmierć w końcu nadeszła, przyszłość Domu Chanel stanęła pod znakiem zapytania. Jego właściciel, Jacques Wertheimer – syn partnera biznesowego Gabrielle Pierre'a, który faktycznie finansował Chanel od 1954 roku – chciał kontynuować pracę, ale *couture* Chanel przez jakiś czas dogorywała. W 1974 roku kierownictwo firmy przejęli synowie Jacques'a Alain i Gérard Wertheimerowie. Chcąc zachować rodzinny charakter Chanel, nie zgodzili się na sprzedaż udziałów. Drastycznie ograniczono też liczbę punktów sprzedaży perfum, kontynuowano politykę zatrudniania własnych perfumerzystów, rzemieślników oraz jubilerów i wydawano spore sumy na promocję.

Przez lata służyło Wertheimerom wielu zdolnych pracowników, z których najlepsi pozostali w firmie na długo, czasem przez większość swojej kariery zawodowej. Jednym z nich był nazywany „okiem twórcy obrazu" zmarły niedawno Jacques Helleu, dyrektor artystyczny Chanel, który czuwał nad zmieniającym się wizerunkiem marki. Najbardziej znaną reklamą Chanel pozostało *dictum* Marilyn Monroe: „Co mam na sobie w łóżku? Tylko chanel n°5", ale Helleu korzystał też z usług niektórych z najlepszych światowych fotografów i reżyserów, takich jak Richard Avedon, Irving Penn, David Bailey, Luc Besson i Ridley Scott, którzy fotografowali i filmowali najsławniejsze kobiety świata – między innymi Catherine Deneuve, Candice Bergen, Carole Bouquet, Nicole Kidman, Audrey

Tatou czy Keirę Knightley – w drogich, sugestywnych kampaniach reklamowych. Te bardzo udane kampanie, których motywami przewodnimi były luksus i aura tajemniczości, spełniały maksymę Alaina Wertheimera: „Sekret reklamy polega na tym, żeby uczynić produkt zarazem czymś realnym i marzeniem".

Pod koniec lat dwudziestych pierwsze perfumy Gabrielle i Ernesta Beaux, N°5, odniosły taki sukces, że stały się dla Gabrielle głównym źródłem dochodu. W naszych czasach główny *parfumeur* Chanel, Jacques Polge, zapewnia trwałą jakość zapachu, o którym firma – co zrozumiałe – mówi jako o swoim „skarbie". W ciągu długich lat spędzonych w Chanel Polge – uprzejmy, nieco roztargniony mężczyzna, który lubi mówić o „poezji zapachu" – rozszerzył repertuar firmy o kilka renomowanych perfum swojego autorstwa takich jak Coco Mademoiselle, Chanel N°19 i Beige.

Gabrielle poleciła kiedyś Beaux nie oszczędzać na drogich składnikach n°5 i zrobić z nich najbardziej ekskluzywny zapach na świecie. Sześćdziesiąt lat później Alain Wertheimer, zdeterminowany, żeby działać według tej samej zasady, przystąpił do wzmacniania nieco osłabionego wizerunku tych ekskluzywnych perfum. Z czasem jego determinacja przyniosła sukces perfumom, biżuterii i dodatkom. Ale przez kilka lat po śmierci Gabrielle projektanci sukienek zatrudnieni do kontynuowania jej dzieła starali się ją naśladować. Był to błąd. Ich zadanie było zaiste onieśmielające; przyjaciółka Gabrielle zauważyła, że „w Domu Chanel wszystko przechodziło przez jej ręce, nic nie mogło zostać wymyślone, ani tym bardziej wykonane, bez jej wiedzy"[2]. Po jej śmierci zdawało się, że *couture* Chanel zgubiła kierunek.

Od czasu przed drugą wojną światową gotowa konfekcja była coraz większą konkurencją dla wymagającej większych zdolności i bardziej czasochłonnej *haute couture*, a po wojnie kolejne ekskluzywne domy mody zamykały podwoje. Dom Chanel utrzymał się po ponownym otwarciu w 1954 roku, ale w 1977 roku zatrudnił projektanta *prêt-à-porter*, Phillippe'a Guyborgeta. W 1983 roku jego miejsce zajął wyszkolony w Paryżu wielki krawiec Karl Lagerfeld, który przeszedł z domu mody Chloé. Jego błyskawiczny sukces sprawił, że Chanel zaproponowało mu projektowanie zarówno *haute couture*, jak i konfekcji. Lagerfeld wspomina, jak Wertheimerowie poinstruowali go, żeby „zrobił z Chanel coś wielkiego", i zaznaczyli, że jeśli nie da sobie rady, to sprzedadzą interes.

Młody Lagerfeld przyjechał do Paryża z Niemiec w 1953 albo 1954 roku z zamiarem zrobienia kariery w modzie. Najpierw pracował jako ilustrator dla domów mody i terminował u Pierre'a Balmaina, a potem został projektantem domu mody Jeana Patou. Pierwsza kolekcja Lagerfelda, zaprezentowana w 1958 roku, spotkała się z chłodnym przyjęciem; drugą chwalono za „swego rodzaju niedopowiedziany szyk, elegancję". Rok później, w 1960, artysta zaprojektował „najkrótsze spódniczki w Paryżu". Ta kolekcja została skrytykowana za to, że była „bardziej jak sprytna (...), łatwo sprzedawalna konfekcja, nie *couture*". Twórczość Lagerfelda uważano za dobrą, ale nie przełomową. W następnych latach na dobrą sprawę wypadł z obiegu; jak sam wspomina, spędzał „mnóstwo czasu na plażach".

W 1962 roku był już z powrotem w Paryżu i przez następne dwadzieścia lat szlifował umiejętności jako wolny strzelec, współpracując jednocześnie z wieloma domami mody takimi jak Chloé, Valentino i Fendi, przy *prêt-à-porter* i *haute couture*. W 1984 roku, rok po rozpoczęciu pracy w Chanel, ten fenomenalnie energiczny projektant stworzył także własną markę, Karl Lagerfeld, i w dalszym ciągu pracował na swoją reputację – jak wyraził to jeden z autorytetów – „przez niezmiennie dobrą pracę przy wielu liniach, które opracowuje co roku". Przez resztę dekady jego projekty, choć nie były jedynym powodem rosnącej sławy Domu Chanel, stanowiły istotny czynnik w jego ciągłym rozwoju.

Lagerfeld wspomina: „Kiedy przejmowałem Chanel, nikt nie chciał pracować dla takiej starej firmy. Na przekór radom wszystkich, przyjąłem propozycję, żeby tchnąć nowe życie w dom, który był gorszy od Śpiącej Królewny, zupełnie niemodny"[3]. Od początku wiedział, że: „Muszę być jak chorągiewka na wietrze. Muszę podniecać i doprowadzać do szału wysokie kapłanki, które powiedziałyby: »Mademoiselle przewraca się w grobie«". Wspomina swoje pierwsze kolekcje dla Chanel: „bardzo krótkie spódniczki, bardzo szerokie ramiona, nienaturalnie wielka biżuteria, odrobinę »za dużo« wszystkiego, ale takie były czasy". Innym razem opisuje, jak musiał „przeć w stronę prawie... może nie wulgarności, ale w latach osiemdziesiątych nie królowała wytworność". Tworząc niekończące się wariacje na temat ulubionych motywów Chanel, Lagerfeld przez lata inteligentnie łączył elementy stylu ulicznego z prostą elegancją Chanelowskich klasyków.

Jego wyczucie czasów, w połączeniu z umiejętną manipulacją gramatyki stylu Gabrielle, pozwoliło mu z dużym sukcesem ożywić na nowo dom mody.

W latach dziewięćdziesiątych Dom Chanel odnosił jeszcze większe sukcesy, a w roku 2001 Lagerfeld został uznany za jednego z „najsłynniejszych projektantów w ostatnim dwudziestoleciu". To jednak, jak mówi, było łatwe, ponieważ żaden inny dom mody nie ma tak natychmiast rozpoznawalnych „elementów" jak Chanel. Są to wyznaczniki stylu, znaki firmowe Gabrielle, od dawna podstawowe elementy ubioru kobiet w XX wieku. Rzeczywiście, kobiecy ubiór jest dziś nie do pomyślenia bez przynajmniej jednego z wynalazków Gabrielle: małej czarnej, sztucznej biżuterii, torebki na ramię, damskiego swetra, damskich spodni czy wreszcie słynnych perfum w modernistycznym flakonie, ikony, która pozostała prawie niezmieniona od dziewięćdziesięciu lat.

„To wszystko razem sprawia – mówi Lagerfeld – że mogę bawić się elementami jak muzyk bawi się dźwiękami. Nie musisz tworzyć ciągle tej samej melodii, jeśli jesteś dobrym muzykiem"[4].

Dzięki wspaniałym umiejętnościom projektowania, wyszlifowanym przez solidną praktykę, godna pozazdroszczenia odwaga Lagerfelda pozwoliła mu sprawnie i bez wysiłku stworzyć na przestrzeni ponad pięćdziesięciu lat ogromny dorobek. Z jego inicjatywy Chanel Inc. pomogło też uratować doskonałych – głównie paryskich – twórców *couture*, kupując niedawno kilka uznanych firm takich jak Lesage (hafty), Goossens (biżuteria) oraz Massaro (obuwie), których czasochłonna i dlatego bardzo kosztowna praca inaczej doprowadziłaby do ich zamknięcia. Lagerfeld wie, że jego praca „przywróciła Chanel wizerunek", lecz jest też świadom, iż

> Nie wszystko było bardzo w stylu Chanel (...), ale moim zadaniem jest przekonać klientki, że to jest właśnie Chanel. Co tak naprawdę jest „Chanel", co to było kiedyś czy mogło być, nie ma znaczenia. Może w tym być pewna magia, która obejmuje wszystko (...) nazwisko, mit, kobietę, mnie... ale całość musi być aktualna (...), a jednocześnie zakorzeniona w przeszłości[5].

Lagerfeld chwali się, że jest „pierwszym [projektantem mody], który wyrobił sobie nazwisko za pomocą cudzego nazwiska", ale zrobił to w pięknym stylu i przyniósł Chanel wielkie profity. Za przykładem Chanel poszło kilka innych domów mody o długiej tradycji, które zmieniły *image*, zatrudniając nowych projektantów. Lagerfeld twierdzi jednak, że jest tylko „gościem, który wpadł tu przejazdem", i dodaje: „Nie stworzyłem imperium pod swoim nazwiskiem", ale niczym żołnierz najemny: „Idę tam, gdzie mi zapłacą. Nie muszę myśleć o marketingu czy sprzedaży, to nie moja rzecz". (Jako człowiek pragmatyczny zaznacza jednak: „Lubię być wykorzystywany przez ludzi, którzy inwestują... jeśli nie inwestujesz, jeśli nie wydajesz – interes pada").

Gabrielle, która bywa przedstawiana jako realistka, kobieta interesu, w rzeczywistości – jak Lagerfeld później – podchodziła pragmatycznie i rzeczowo do swojej inwencji, lecz to nie biznes ją motywował: „Sądzono, że mam głowę do interesów, ale nie mam (...). Biznes i salda śmiertelnie mnie nudzą. Gdy chcę coś zsumować, liczę na palcach"[6]. Chociaż jej potyczki z Wertheimerami dotyczyły finansów, to nie pieniądze były ich głównym źródłem, a raczej ogromna duma Gabrielle, brak poczucia bezpieczeństwa i obawa przed utratą niezależności. Gabrielle osiągnęła sukces dzięki znajomości swoich czasów oraz umiejętności przewidywania, a także inteligentnemu doborowi ludzi, którzy kierowali firmą w jej imieniu. Jej sprawą, podobnie jak jej następcy, było przede wszystkim projektowanie.

W odróżnieniu od Lagerfelda nigdy nie marzyła o pracy dla kogoś innego. Ani żaden człowiek, ani coraz bardziej zaawansowany wiek nie przekonały jej, że powinna odejść z Domu Chanel na emeryturę:

> Nie rozumieli, ani mężczyźni, ani nikt inny, że była jedna rzecz, którą zrobiłam sama. Maison Chanel to moja jedyna własność, całą resztę mi narzucono. To jedyna rzecz, jaką stworzyłam, wszystko, co mam. Nie chciałam niczego (...), ale wszyscy mi wszystko dawali. Nie chciałam niczego od nikogo; zrobiłam coś sama[7].

Jak się przekonaliśmy, dom mody stał się dla Gabrielle *raison d'être*. Utożsamiała się z nim bardziej niż z czymkolwiek innym: dom mody *był nią*. Był też przyczyną jej wielkiej samotności.

Lagerfeld nie twierdzi, że ma powołanie albo misję do spełnienia, i w wywiadzie z dziennikarką modową Suzy Menkes mówi: „Nie mam obranego kierunku, linii *etc*. Nie jestem aż tak poważny. Naprawdę to jestem zupełnie niepoważny. I dlatego skuteczny". Na pytanie, jaką zostawi po sobie spuściznę, odpowiada: „Nie myślę o tym, co będzie po mnie. Co mnie to obchodzi!"[8].

Władający kilkoma językami, inteligentny, ironiczny i pragmatyczny Lagerfeld szczyci się swoją ogładą i wydaje się kimś, kto musi być w ciągłym ruchu.

Oprócz rozmaitych prac dla kilku domów projektowych ma w swoim portfolio także kostiumy i dekoracje sceniczne dla teatru i filmu, wystroje wnętrz oraz regularnie wydawane książki, z których wiele prezentuje jego fotografie.

Sukces Lagerfelda u Chanel sprawia, że jego nazwisko utożsamia się z domem Gabrielle, ale własny wizerunek, który wykreował, uczynił go prawie taką samą ikoną jak Coco Chanel. Wykorzystując z wielką inwencją „elementy" jej stylu, Lagerfeld zdobył sobie i Chanel jeszcze większy prestiż dzięki wplataniu w projekty różnych aspektów osobistej historii Gabrielle. Stworzył kolekcje oparte na motywach rosyjskich (Dymitr, Strawiński) oraz brytyjskich (Arthur Capel) i nakręcił filmy krótkometrażowe dotyczące różnych epizodów z życia Gabrielle, takich jak romans ze Strawińskim. Jego projekty, w połączeniu z własnym wizerunkiem, pomogły stworzyć nową wersję Gabrielle. Co prawda Lagerfeld upraszczał Chanel, ale przez lata jego niekończące się odtworzenia jej projektów przyczyniły się w wielkim stopniu do utrwalenia jej osobistej legendy wśród współczesnej publiczności. Aura, która ją teraz otacza, przypomina nam, że Gabrielle powiedziała kiedyś o swoim życiu „labirynt mojej legendarnej sławy".

Gabrielle powiedziała, mając na myśli siebie: „Legendą są ci, na których budowane są legendy"[9]. Pod koniec życia nie musiała jednak wyolbrzymiać swojej roli jako tej, która samodzielnie zrewolucjonizowała wygląd kobiet, ponieważ była – i pozostaje – najbardziej wpływowym projektantem swojego stulecia.

Źródło fenomenalnego *sukcesu* Gabrielle tkwiło w instynktownym zrozumieniu nowej epoki i umiejętności przewidzenia albo wręcz narzucenia jej tego, czego potrzebowała. Źródło *wielkości* Gabrielle tkwiło nie tylko w prostym sukcesie. Wierzyła, że znalazła się na świecie nie bez powodu: „Pracowałam na rzecz nowego społeczeństwa". Ubiór był tylko widocznym aspektem głębszych zmian, które pomogła urzeczywistnić. W trakcie niezwykłej i niekonwencjonalnej podróży – od żałosnej nędzy do *glamour* w nowym stylu – Gabrielle Chanel pomogła ukształtować samą koncepcję nowoczesnej kobiety. „Po to się urodziłam – powiedziała. – Po to przetrwałam"[10].

PRZYPISY

Prolog. „Jesteś dumna, będziesz cierpieć"

1. P. Morand, *The Allure of Chanel*, London 2008, s. 40.
2. Tamże, s. 34.
3. Tamże, s. 41.
4. Tamże.
5. Tamże, s. 20, 21.
6. Tamże, s. 56.
7. Tamże, s. 42.

Rozdział 1. Przodkowie

1. J. Cocteau, *Past Tense*, t. 1, London 1987, s. 50.
2. E. Weber, *Peasants into Frenchmen*, Stanford 2007, s. 285.
3. Tamże.
4. Tamże, s. 410.

Rozdział 2. Niedobra

1. H. Gidel, *Coco Chanel*, Paris 2000, s. 21–25.
2. Tamże, s. 30.

Rozdział 3. Lata utracone

1. L. Marquand, *Chanel m'a dit*, Paris 1990, s. 45.
2. P. Morand, *The Allure of Chanel*, London 2008, s. 22.
3. Tamże, oba fragmenty, s. 22.
4. Tamże, s. 23.
5. Tamże.
6. L. Marquand, *Chanel m'a dit*, dz. cyt., s. 61.
7. P. Morand, *The Allure of Chanel*, dz. cyt., s. 30.
8. Tamże, s. 24.
9. E. Weber, *Peasants into Frenchmen*, Stanford 2007, s. 325.
10. Tamże, s. 326, 455.
11. Tamże, s. 313.
12. Tamże.
13. P. Morand, *The Allure of Chanel*, dz. cyt., s. 19.
14. Tamże, s. 20.
15. Tamże, s. 19.

Rozdział 4. „Miejsca, w których powinnam być, a nie jestem"

1. P. Morand, *The Allure of Chanel*, London 2008, s. 27.
2. Tamże, s. 28.
3. E. Charles-Roux, *Chanel*, London 1989, s. 79.
4. P. Morand, *The Allure of Chanel*, dz. cyt., s. 29.
5. E. Charles-Roux, *Chanel*, dz. cyt., s. 84.
6. P. Morand, *The Allure of Chanel*, dz. cyt., s. 31.
7. P. Galante, *Mademoiselle Chanel*, Chicago 1973, s. 60.
8. J. Thurman, *Secrets of the Flesh. A Life of Colette*, London 2000, s. 111. Ta znakomita biografia Colette posłużyła mi jako fascynujący materiał porównawczy na początku poznawania Gabrielle.
9. K. Hickman, *Kurtyzany*, tłum. B. Przybyłowska, Warszawa 2004, s. 33.
10. L. de Pougy, *My Blue Notebooks*, London 1979, s. 51.
11. P. Galante, *Mademoiselle Chanel*, dz. cyt., s. 54.

Rozdział 5. Zabawa dla bogaczy

1. P. Morand, *Venices*, London 2002, s. 42.
2. J. Thurman, *Secrets of the Flesh. A Life of Colette*, London 2000, s. 113.

3. P. Morand, *The Allure of Chanel*, London 2008, s. 52.
4. Tamże.
5. Tamże, s. 146.
6. Tamże, s. 31.
7. S. Benstock, *Kobiety z Lewego Brzegu*, tłum. E. Krasińska, P. Mielcarek, Warszawa 2004, s. 72.
8. Tamże, s. 81.
9. J. Thurman, *Secrets of the Flesh*, dz. cyt., s. 165.
10. V. Steele, *Paris Fashion. A Cultural History*, Oxford 1988, s. 164.
11. P. Galante, *Mademoiselle Chanel*, Chicago 1973, s. 22.
12. P. Morand, *The Allure of Chanel*, dz. cyt., s. 56.
13. V. Steele, *Paris Fashion*, dz. cyt., s. 172.
14. Tamże, s. 170.
15. Tamże, s. 173, oraz A. de la Haye, *Chanel. The Couturière at Work*, London 1994, s. 9.
16. P. Galante, *Mademoiselle Chanel*, dz. cyt., s. 63.
17. Tamże.
18. P. Morand, *The Allure of Chanel*, dz. cyt., s. 39.

Rozdział 6. Kochanka na uwięzi

1. P. Morand, *The Allure of Chanel*, London 2008, s. 32.
2. Tamże, s. 23, i M. Haedrich, *Coco Chanel*, London 1972, s. 79.
3. K. Hickman, *Kurtyzany*, tłum. B. Przybyłowska, Warszawa 2004, s. 17. Książka Hickman była najbardziej pouczającym źródłem, które pozwoliło mi zrozumieć postawy i środowisko kurtyzan.
4. P. Morand, *The Allure of Chanel*, dz. cyt., s. 33.
5. E. Charles-Roux, *Chanel*, London 1989, s. 115, i A. Madsen, *Chanel – kobieta niezwykła*, tłum. J. Puchalska, Warszawa 1994, s. 51.
6. I. Fiemeyer, *Coco Chanel. Un Parfum de mystère*, Paris 2004, s. 37, 53.
7. L. Marquand, *Chanel m'a dit*, Paris 1990, s. 65.
8. P. Morand, *The Allure of Chanel*, dz. cyt., s. 33.
9. L. Marquand, *Chanel m'a dit*, dz. cyt., s. 56.
10. P. Morand, *The Allure of Chanel*, dz. cyt., s. 33.
11. Wywiad autorki z L. Marquand, styczeń 2010.
12. I. Fiemeyer, *Coco Chanel*, dz. cyt., s. 50.
13. L. Font, *Fashion Theory*, Oxford 2004, s. 305.

14. P. Morand, *Lewis et Irène*, Paris 1924, s. 23.
15. Tamże, s. 87.
16. Tamże, s. 108.
17. Tenże, *The Allure of Chanel*, dz. cyt., s. 34, 53.
18. Tenże, *Lewis et Irène*, dz. cyt., s. 120.
19. Tenże, *The Allure of Chanel*, dz. cyt., s. 34.
20. Tamże, s. 33, 39.
21. Tamże, s. 34.
22. Tenże, *Lewis et Irène*, dz. cyt., s. 37.
23. Tenże, *The Allure of Chanel*, dz. cyt., s. 34.
24. Tenże, *Lewis et Irène*, dz. cyt., s. 306.
25. Tenże, *The Allure of Chanel*, dz. cyt., s. 32.
26. H. Gidel, *Coco Chanel*, Paris 2000, s. 53.
27. R.V.C. Bodley, *Indiscretions of a Young Man*, London 1931, s. 122.
28. Tenże, *Lewis et Irène*, dz. cyt., s. 307.
29. Tenże, *The Allure of Chanel*, dz. cyt., s. 36.
30. Tamże.
31. Tamże, s. 34.

Rozdział 7. Arthur Capel

1. P. Morand, *The Allure of Chanel*, London 2008, s. 20.
2. Tamże, s. 34.
3. Akty urodzenia Arthura i jego ojca Arthura Josepha oraz spis ludności pozwoliły mi dotrzeć do informacji o przodkach Arthura i poznać historię ich fortuny.
4. Arthur Edward Capel urodził się w Bedford House, w Marine Parade w Brighton.
5. Arthur Joseph Capel (w londyńskim Post Office Directory z lat 1875–1884 widać sukcesy ojca Arthura w świecie biznesu). W 1874 roku był przedsiębiorcą i pośrednikiem świadczącym usługi dla osób podróżujących do Paryża, a w 1880 został głównym pośrednikiem przedsiębiorstw kolejowych i morskich w Irlandii, Anglii, Francji i Hiszpanii. W 1884 roku założył Compressed Air Company, która otrzymała licencję na kładzenie instalacji rurowych na ulicach („Bulletin of Warwickshire Industrial Archeology Society" 1995, nr 5 [lato]). Musiało to być bardzo dochodowe przedsięwzięcie.
6. Różnorodność interesów Josepha wymagała dalekich podróży. W grudniu 1884 roku uczestniczył on w balu debiutantek w Delmonico's, najwytworniejszej

publicznej sali balowej w Nowym Jorku („The New York Times"). Wygląda na to, że w 1885 roku nie musiał już pracować.

7. Ph. Sidney, *Modern Rome in Modern England*, London 1906, s. 114–115.
8. Mam dług wdzięczności wobec ojca McCooga (archiwisty Brytyjskiej Prowincji Towarzystwa Jezusowego, Mount Street, Londyn). Zwrócił on uwagę na to, że Arthur najprawdopodobniej nie mógł uczęszczać do Downside, zasugerował, że był uczniem Stonyhurst, i skontaktował mnie z Bernardem Caparrinim, który zajmuje się historią Beaumont College. Bernardo polecił mnie Davidowi Knightowi, archiwiście Stonyhurst College, który w moim imieniu pracowicie zgłębiał okres spędzony przez Arthura w Stonyhurst (między innymi znalazł jego zdjęcie w gronie Dżentelmenów Filozofów). W szkolnym rejestrze Stonyhurst Arthur własnoręcznie wpisał swoje miejsce urodzenia i szczegóły dotyczące wykształcenia. Informacje zdobyte w Stonyhurst okazały się nieocenioną pomocą w moich poszukiwaniach śladów tego niezwykle nieuchwytnego mężczyzny.
9. Bernardo Caparrini udostępnił mi ważne źródła dotyczące losów Arthura: *The Beaumont Lists for Fifty Years, 1861–1911. Supplement to The Beaumont Review Old Windsor* („The Beaumont Review Office" 1911, s. 17) i *The Beaumont Lists, 1861–1961* („The Beaumont Review" 1963, nr 207 [październik], s. 470). Bernardo odwołał się również do „manuskryptu przechowywanego w archiwach przy Mount Street (box PE/2) zatytułowanego *Lists from 1887–1909 (with follow-up notes)* (...), w którym napisano (folio 190) (...): »Capel, Arthur Edward (przyjęty 14 października 1891 r., ukończył naukę w sierpniu 1897 r.), ur. w Brighton 1881, uczył się w Paryżu. Wyjechał do San Sebastian w Hiszpanii. Był Filozofem w Stonyhurst, gdzie zdobył nagrodę Keatinga (...)«. Nagrodę Keatinga przyznawano za najlepszy esej poświęcony socjologii chrześcijaństwa".
10. H.J.A. Sire, *Gentlemen Philosophers. Catholic Higher Education at Liège and Stonyhurst 1774–1916*, Worthing 1988, s. 5. Sire, za sugestią Bernarda Caparriniego, szczegółowo opisuje życie Dżentelmenów Filozofów w Stonyhurst College.
11. „The New York Times", 12 czerwca 1902.
12. Odnotowano obecność Arthura Capela na meczu polo w Deauville. „Le Gaulois", 16 sierpnia 1919.
13. P. Morand, *Lewis et Irène*, Paris 1924, s. 61.
14. Po meczu polo w Deauville „Le Gaulois" odnotował przybycie Arthura do Dieppe, dokąd Capel zawinął na pokładzie swojego jachtu. Następnego dnia widziano go

w kasynie. W latach 1910–1920 regularnie pisano o nim w „Le Figaro", „The New York Times" itp.

15. Z listu Arthura Capela do Diany Wyndham: „Nie znoszę głównej drogi i tłumu. Świat, który znam, stworzyłem sam. Ten drugi budzi moje obrzydzenie. Jego standardy moralne, przekonania i ambicje nic dla mnie nie znaczą. Fantazja, Współczucie i Złudzenie towarzyszyły mi (...) od zawsze i nigdy nie zamieniłbym ich na Rozwagę, Pozycję ani Władzę". Korespondencja Capela, dzięki uprzejmości Christophera Osborna. List jest niedatowany, podobnie jak wszystkie listy Arthura.
16. V. Steele, *Paris Fashion. A Cultural History*, Oxford 1988, s. 71–72. Oparłam ten fragment na opisie *grisettes*, który pani Steele zawarła w tej skłaniającej do refleksji książce.
17. Tamże, s. 71.
18. Tamże.
19. E. Charles-Roux, *Chanel*, London 1989, s. 113.
20. E. de Clermont-Tonnerre, *Mémoires*, t. 4: *La Teizième heure*, Paris 1935, s. 154.

Rozdział 8. Nowa moda w Paryżu

1. V. Schwartz, *Spectacular Realities. Early Mass-Culture in Fin-de-Siècle Paris*, Berkeley 1999, s. 229. Pani Schwartz dostarczyła mi informacji pozwalających opisać rozwój kultury masowej w Paryżu.
2. C. Jones, *Paris. Biography of a City*, London 2006, s. 140. Informacje zawarte w tej części książki zawdzięczam właśnie doskonałej książce Jonesa o Paryżu.
3. Tamże, s. 365.
4. Tamże, s. 386.
5. V. Schwartz, *Spectacular Realities*, dz. cyt., s. 92.
6. P. Morand, *The Allure of Chanel*, London 2008, s. 37.
7. Tamże.
8. Tamże.
9. A. Capel, *De quoi demain sera-t-il fait?*, Paris 1939, s. 77.

Rozdział 9. *Święto wiosny*

1. J.É. Blanche, „Revue de Paris", t. 6: 1913, 15 listopada, s. 276, 279. Blanche, przez niektórych uważany za pochlebcę, miał cięty język, był doskonałym portrecistą, a poza tym uczynił poznawanie ludzi swoją misją.

2. M. Eksteins, *Rites of Spring*, London 1990, s. 31.
3. Tamże, s. 72.
4. Tamże, s. 73.
5. S. Scheijen, *Diaghilev*, London 2009, s. 454.
6. *Diaghilev the Man*, w: J. Pritchard, *Diaghilev and the Golden Age of the Ballets Russes*, London 2010, s. 41.
7. M. Eksteins, *Rites of Spring*, dz. cyt., s. 39.
8. M. Davis, *Classic Chic. Music Fashion and Modernism*, Berkeley 2006, s. 26. Nowatorska praca Mary Davis była niezwykle pomocna podczas pisania części poświęconej Poiretowi oraz związkowi między modą a rozwijającym się modernizmem.
9. Tamże.
10. V. Steele, *Paris Fashion. A Cultural History*, Oxford 1988, s. 230.
11. „Femina", 1 września 1913.
12. F. Steegmuller, *Cocteau*, London 1986, s. 89.
13. P. Morand, *The Allure of Chanel*, London 2008, s. 37.

Rozdział 10. Koniec *belle époque*

1. P. Morand, *Lewis et Irène*, Paris 1924, s. 124.
2. Tamże.
3. A. Capel, *De quoi demain sera-t-il fait?*, Paris 1939, s. 18.
4. G. de Symons Barrow, *The Fire of Life*, London 1942, s. 149.
5. Tamże, s. 151.
6. E. de Clermont Tonnerre, *Mémoires*, t. 3: *Clair de lune et taxi-auto*, Paris 1932, s. 36.
7. P. Morand, *The Allure of Chanel*, London 2008, s. 43.
8. Tamże.
9. Tamże, s. 43, 45.
10. E. de Clermont-Tonnerre, *Mémoires*, t. 3, dz. cyt., s. 79.
11. E. de la Grange, *Open House in Flanders*, 29 grudnia 1914, London 1929, t. 3, s. 77.

Rozdział 11. Mistrzyni w swoim fachu

1. P. Morand, *The Allure of Chanel*, London 2008, s. 46.
2. Wszystkie cytaty w tym fragmencie: tamże, s. 52.
3. Tamże, s. 45.
4. P. Galante, *Mademoiselle Chanel*, Chicago 1973, s. 37.

5. A. de la Haye, *Chanel. The Couturière at Work*, London 1994, s. 20.
6. E. de la Grange, *Open House in Flanders*, 8 sierpnia 1915, London 1929, t. 3, s. 143.
7. P. Morand, *The Allure of Chanel*, dz. cyt., s. 39.
8. P. Galante, *Mademoiselle Chanel*, dz. cyt., s. 38.
9. Tamże, s. 37.
10. Tamże.
11. Tamże, s. 39.
12. Tamże.
13. P. Morand, *The Allure of Chanel*, dz. cyt., s. 42.

Rozdział 12. Wojna zabrania dziwactw

1. P. Morand, *The Allure of Chanel*, London 2008, s. 38.
2. List od „generała, naczelnego dowódcy brytyjskiej armii we Francji" do „sekretarza Ministerstwa Wojny w Londynie", 20 marca 1916, National Archives, Kew.
3. C.E. Callwell, *Sir Henry Wilson. His Life and Diaries*, London 1927, t. 1, s. 205.
4. P. Morand, *The Allure of Chanel*, dz. cyt., s. 42.
5. M. Egremont, *Under Two Flags. The Life of General Sir Edward Spears*, Phoenix 1998, s. 27. Ta wspaniała biografia pomogła mi zrozumieć, na czym polegała praca Arthura Capela jako oficera łącznikowego. Innym ważnym krokiem w odkrywaniu życia Capela było zapoznanie się z zapiskami Spearsa na temat Arthura (pamiętniki Spearsa z kolekcji pułkownika Anthony'ego Aylmera).
6. A. Gide, *Cahiers André Gide*, Paris 1979, t. 8, s. 214. J.É. Blanche do A. Gide'a, 15 lutego 1917.
7. E. Charles-Roux, *Chanel*, London 1989, s. 162, i J. Pomian, *Józef Retinger. Życie i pamiętniki „szarej eminencji"*, Warszawa 1990, s. 54.
8. F. Steegmuller, *Cocteau*, London 1986, s. 184.
9. S. Scheijen, *Diaghilev*, London 2009, s. 323.
10. M. Davis, *Classic Chic. Music Fashion and Modernism*, Berkeley 2006, s. 117.
11. S. Scheijen, *Diaghilev*, dz. cyt., s. 331.
12. M. Davis, *Classic Chic*, dz. cyt. s. 117.
13. Tamże, s. 128–129.

Rozdział 13. „Pamiętaj, że jesteś kobietą"

1. E. Charles-Roux, *Chanel*, London 1989, s. 164.
2. R. Fizdale, A. Gold, *The Life of Misia Sert*, London 1980, s. 198.

3. Tamże, s. 196.
4. Tamże, s. 202.
5. Tamże, s. 197.
6. P. Morand, *Lewis et Irène*, Paris 1924, s. 144.
7. Tamże, s. 135.
8. Tenże, *The Allure of Chanel*, dz. cyt., s. 143.
9. Tenże, *Lewis et Irène*, dz. cyt., s. 142.
10. Sir Jeremy Hutchinson w rozmowie z autorką.
11. Christopher Osborn w wywiadzie z autorką.
12. Korespondencja Arthura Capela, Christopher Osborn. Te listy okazały się nieocenione w „poznawaniu" Arthura oraz jego związków z Dianą i Gabrielle.
13. Tamże.
14. Christopher Osborn w wywiadzie z autorką.
15. Korespondencja Arthura Capela, Christopher Osborn.
16. Tamże.
17. M. Egremont, *Under Two Flags. The Life of General Sir Edward Spears*, Phoenix 1998, s. 66.
18. M. Maurois, *Déchirez cette lettre*, Paris 1990, s. 125.
19. E. Stanley, *Paris 1918. The War Diary of the British Ambassador*, 29 maja 1918, Liverpool 2001, s. 25.
20. G. Bernstein-Gruber, *Bernstein le magnifique*, Paris 1988, s. 165.
21. A. Capel, *De quoi demain sera-t-il fait?*, Paris 1939, s. 79.
22. Tamże, s. 79–80.
23. Tamże, s. 80.
24. M. Maurois, *Déchirez cette lettre*, dz. cyt., s. 160.
25. P. Morand, *The Allure of Chanel*, dz. cyt., s. 43.

Rozdział 14. Sama

1. Tenże, *Lewis et Irène*, Paris 1924, s. 140.
2. Tenże, *The Allure of Chanel*, London 2008, s. 37.
3. Korespondencja Capela, Christopher Osborn.
4. Dokumenty Alfreda Duffa Coopera (pierwszego wicehrabiego Norwich), DUFC 12/8, 5 lipca 1918, Churchill Archives Centre, Cambridge.
5. Tamże.
6. Strona internetowa Scotland's People, www.scotlandspeople.gov.uk.

7. E. Stanley, *Paris 1918. The War Diary of the British Ambassador*, 11 sierpnia 1918, Liverpool 2001, s. 133–134.
8. G. Bernstein-Gruber, *Bernstein le magnifique*, Paris 1988, s. 166.
9. Listy Benquet Agency.
10. E. Stanley, *Paris 1918*, dz. cyt., s. 161.
11. M. Maurois, *Déchirez cette lettre*, Paris 1990, s. 15.
12. Tamże, s. 160.
13. L. de Pougy, *My Blue Notebooks*, London 1979, s. 54.
14. Lady d'Abernon, *Red Cross and Berlin Embassy, 1915–1926. Extracts from the Diaries of Viscountess d'Abernon*, 28 listopada 1918, s. 56. Dziękuję lady Polly Feversham.
15. Christopher Osborn w wywiadzie z autorką.
16. Tamże.
17. J. Norwich, *Duff Cooper Diaries*, 9 kwietnia 1918, 29 października 1918 i 5 listopada 1918, London 2005. Pomysł, że Duff Cooper i Diana Capel mieli romans (J. Picardie, *Coco Chanel*, London 2010, s. 88), opiera się na błędnej interpretacji tego dziennika.
18. Tamże, 11 listopada 1919.
19. Philip Norcross Gross, siostrzeniec Oscara Edwarda Fleminga, dostarczył mi nowych informacji na temat Antoinette Fleming, z domu Chanel.
20. J. Norwich, *The Duff Cooper Diaries*, 23 grudnia 1919, dz. cyt. Te fragmenty dzienników okazały się kluczem do rozwikłania ostatniej części zagadki związku Arthura Capela z Dianą Capel i Gabrielle Chanel.
21. A. Madsen, *Chanel – kobieta niezwykła*, tłum. J. Puchalska, Warszawa 1994, s. 98.
22. J. Norwich, *The Duff Cooper Diaries*, 21 stycznia 1920, dz. cyt.
23. E. Charles-Roux, *Chanel*, London 1989, s. 178.
24. Magazyn w Stonyhurst i „Le Gaulois", 2 stycznia 1920.
25. Korespondencja Capela, Christopher Osborn.
26. Tamże.
27. Tamże.
28. P. Morand, *The Allure of Chanel*, dz. cyt., s. 54–55.

Rozdział 15. Zaczynanie od nowa

1. C. Simpson, *Artful Partners*, London 1988, s. 168–178.
2. E. de Clermont-Tonnerre, *Mémoires*, t. 4:, *La Treizième heure*, Paris 1935, s. 154.
3. E. Charles-Roux, *Chanel*, London 1989, s. 183, i A. Madsen, *Chanel – kobieta niezwykła*, tłum. J. Puchalska, Warszawa 1994, s. 102.

4. Archiwum Merostwa w Garches.
5. Churchill Archives Centre DUFC 12/8, 17.
6. P. Morand, *Venices*, London 2002, s. 121.
7. Tenże, *The Allure of Chanel*, London 2008, s. 59.
8. M. Haedrich, *Coco Chanel*, London 1972, s. 112.
9. Tamże.
10. E. Charles-Roux, *Chanel*, dz. cyt., s. 196.
11. P. Morand, *The Allure of Chanel*, dz. cyt., s. 62.
12. Tamże, s. 60.
13. Tamże.
14. Tamże, s. 63.
15. Nagranie audio, Gabrielle Chanel, Francuska Biblioteka Narodowa (bez daty).
16. R. Buckle, *Diaghilev*, London 1979, s. 161.
17. P. Morand, *The Allure of Chanel*, dz. cyt., s. 84.
18. J. Richardson, *A Life of Picasso*, t. 3: *The Triumphant Years 1917–1932*, London 2007, s. 39.
19. R. Buckle, *Diaghilev*, dz. cyt., s. 364.
20. M. Davis, *Classic Chic. Music Fashion and Modernism*, Berkeley 2006, s. 226.
21. J. Richardson, *A Life of Picasso*, dz. cyt., s. 174.

Rozdział 16. „Najdziwniejsze i najwspanialsze lata"

1. P. Morand, *The Allure of Chanel*, London 2008, s. 107.
2. M. Davis, *Classic Chic. Music Fashion and Modernism*, Berkeley 2006, s. 179.
3. P. Morand, *The Allure of Chanel*, dz. cyt., s. 127.
4. Wywiad z Chanel we Francuskiej Bibliotece Narodowej.
5. R. Buckle, *Diaghilev*, London 1979, s. 412.
6. M. Davis, *Classic Chic*, dz. cyt., s. 183–185.
7. Tamże, s. 179.
8. Wywiad z Chanel we Francuskiej Bibliotece Narodowej.
9. J. Richardson, *A Life of Picasso*, t. 3: *The Triumphant Years 1917–1932*, London 2007, s. 177.
10. G. Servadio, *Luchino Visconti. A Biography*, London 1981, s. 41.
11. P. Morand, *The Allure of Chanel*, dz. cyt., s. 128.
12. Tamże, s. 30–31.
13. Tamże, s. 31.

14. Tenże, *Lettres du voyageur*, list do Valentine Hugo, 2 stycznia 1921, Paris 1988.
15. Tenże, *The Allure of Chanel*, dz. cyt., s. 128.
16. Tamże, s. 81.
17. Wywiad z Chanel w BNF.
18. A. Rubinstein, *Moje długie życie*, tłum. J. Kydryński, t. 1, Kraków 1988, s. 170.

Rozdział 17. Dymitr Pawłowicz

1. Dzienniki Dymitra Pawłowicza, 9 lutego 1921. Za pokierowanie moimi przemyśleniami na temat Dymitra Pawłowicza oraz za skrupulatne przetłumaczenie wszystkich następnych fragmentów pamiętnika jestem ogromnie wdzięczna Williamowi Lee; http://homepage.ntlworld.com/christophe.martyn/Direct_Article/Direct_Article/Will%20Lee%20Sue%20Woolmans.html (dostęp: 27 listopada 2011).
2. Marie Pavlovna, *A Princess in Exile*, New York 1932, s. 71.
3. Tamże, s. 130.
4. Tamże.
5. A.M. Stuart, *Consuelo and Alva Vanderbilt*, London 2005, s. 158.
6. Dzienniki Dymitra Pawłowicza, 9 lutego 1921.
7. Tamże, 10 lutego 1921.
8. Tamże.
9. R. Fizdale, A. Gold, *The Life of Misia Sert*, London 1980, s. 132.
10. Z rozmowy z Williamem Lee.
11. Dzienniki Dymitra Pawłowicza, 18 marca 1921.
12. Tamże, 1 maja 1921.
13. M. Haedrich, *Coco Chanel*, London 1972, s. 26.
14. Jestem wdzięczna Philipowi Norcrossowi Grossowi za tę informację.
15. E. Charles-Roux, *Chanel*, London 1989, s. 176.
16. M. Haedrich, *Coco Chanel*, dz. cyt., s. 26.
17. Dzienniki Dymitra Pawłowicza, 4 maja 1921.
18. Tamże, 5 maja 1921.

Rozdział 18. Szczęśliwa piątka

1. „Vogue", październik 1920.
2. R. Fizdale, A. Gold, *The Life of Misia Sert*, London 1980, s. 201.
3. Tamże.
4. Tamże.

5. P. Galante, *Mademoiselle Chanel*, Chicago 1973, s. 67.
6. Tamże, s. 69.
7. E. Beaux, *Souvenir de Parfums*, „Industrie de la Parfumerie", t. 1: 1946, nr 7 (październik).
8. P. Galante, *Mademoiselle Chanel*, Chicago 1973, s. 74.
9. Nagranie audio, Gabrielle Chanel, Francuska Biblioteka Narodowa (bez daty).
10. Patrick Doucet szczegółowo opisał historię perfum Chanel i pomógł mi odtworzyć chronologię losów n°5.
11. Katalog Chanel, Chanel Conservatoire.
12. P. Galante, *Mademoiselle Chanel*, dz. cyt., s. 75.
13. Tamże.
14. Nagranie audio, Gabrielle Chanel, Francuska Biblioteka Narodowa (bez daty).

Rozdział 19. „Cała w bieli, obwieszona perłami"

1. Wszystkie cytaty w tym fragmencie: P. Morand, *The Allure of Chanel*, London 2008, s. 104.
2. F. Steegmuller, *Cocteau*, London 1986, s. 268.
3. J. Cocteau, *Le Passé défini*, 6 lutego 1956, Paris 2006, s. 42.
4. J. Richardson, *A Life of Picasso*, t. 3: *The Triumphant Years 1917–1932*, London 2007, s. 87.
5. M. Haedrich, *Coco Chanel*, London 1972, s. 105.
6. Marie Pavlovna, *A Princess in Exile*, New York 1932, s. 174.
7. A. Madsen, *Chanel – kobieta niezwykła*, tłum. J. Puchalska, Warszawa 1994, s. 114 (ostatniego zdania brakuje w polskim przekładzie – przyp. tłum.).
8. „Harper's Bazaar", marzec 1937.
9. A. Madsen, *Chanel. A Woman of Her Own*, New York 1990, s. 118 (w polskim przekładzie brakuje tego fragmentu – przyp. tłum.).
10. Wszystkie wcześniejsze cytaty w tym fragmencie pochodzą z książki Marii Pawłowny.
11. G. Servadio, *Luchino Visconti. A Biography*, London 1981, s. 31.
12. F. Steegmuller, *Cocteau*, London 1986, s. 170.
13. Tamże, s. 241–242.
14. Tamże, s. 301.
15. Tamże, s. 308.
16. Tamże, s. 276.

17. Tamże, s. 297.
18. Chanel do E. de Beaumonta, Institut Mémoire de l'Édition Contemporaine, zespół archiwalny E. Beaumont.
19. Korespondencja Chanel, Chanel Conservatoire.
20. Archiwum Chanel.

Rozdział 20. Reverdy

1. P. Morand, *The Allure of Chanel*, London 2008, s. 133.
2. E. Charles-Roux, *Chanel*, London 1989, s. 370.
3. M. Haedrich, *Coco Chanel*, London 1972, s. 138.
4. J. Cocteau, *Le Passé dèfini*, t. 5, 3 kwietnia 1956, Paris 2006, s. 91.
5. Kolekcja Chanel, za uprzejmą zgodą spadkobierców Pierre'a Reverdy'ego.
6. F. Steegmuller, *Cocteau*, London 1986, s. 325.
7. E. Charles-Roux, *Chanel*, dz. cyt., s. 230.

Rozdział 21. W centrum

1. P. Morand, *The Allure of Chanel*, London 2008, s. 148.
2. Tamże, s. 118.
3. Tamże, s. 146.
4. Tamże, s. 147.
5. Tamże, s. 145–148.
6. C. Snow, *The World of Carmel Snow*, New York 1962, s. 31.
7. P. Morand, *The Allure of Chanel*, dz. cyt., s. 122, 151.
8. Tamże, s. 123.
9. *The Modern Woman Revisited*, red. W. Chadwick, T.T. Latimer, New Brunswick NJ – London 2003, s. 89.
10. Tamże, s. 89.
11. Tamże.
12. Tamże, s. 82.
13. Tamże, s. 80–85.
14. „Vogue", 1 marca 1923.
15. P. Morand, *The Allure of Chanel*, dz. cyt., s. 47.
16. Tamże, s. 155.
17. Tamże, s. 131.
18. Tamże, s. 133.

19. A. Rubinstein, *Moje długie życie*, tłum. J. Kydryński, t. 1, Kraków 1988, s. 141.
20. R. Mourgues, „La République", 13 października 1994.
21. P. Galante, *Mademoiselle Chanel*, Chicago 1973, s. 151.
22. M. Sachs, *La Décade de l'Illusion*, Paris 1950, s. 138.

Rozdział 22. Bendor

1. J. Cocteau, *Lettres à sa mere*, t. 5, 24 maja 1957, Paris 1989.
2. M. Haedrich, *Coco Chanel*, London 1972, s. 125.
3. G. Ridley, *Bend'Or, Duke of Westminster*, London 1985, s. 141.
4. L.P. Hartley, *Posłaniec*, tłum. R. Grzybowska, Warszawa 1978, s. 7.
5. G. Ridley, *Bend'Or...*, dz. cyt., s. 141.
6. Tamże, s. 134.
7. W. i C. Churchill, *Speaking for Themselves*, red. M. Soames, London 1999, s. 313.
8. Tamże, s. 306.
9. P. Morand, *The Allure of Chanel*, London 2008, s. 158–159.
10. Tamże, s. 160.
11. Cyt. za: A. Madsen, *Chanel – kobieta niezwykła*, tłum. J. Puchalska, Warszawa 1992, s. 187.
12. P. Morand, *The Allure of Chanel*, dz. cyt., s. 165.
13. Tamże.
14. Katalog *The Wendy and Emery Reves Collection*, Dallas Museum of Art.
15. A. Madsen, *Chanel – kobieta niezwykła*, dz. cyt., s. 193.
16. B. Ballard, *In My Fashion*, New York 1960, s. 49.
17. P. Morand, *The Allure of Chanel*, dz. cyt., s. 169.
18. Tamże, s. 69.
19. R. Fizdale, A. Gold, *The Life of Misia Sert*, London 1980, s. 271.
20. *Journal de l'Abbé Mugnier (1877–1939)*, 6 sierpnia 1928, red. M. Billot, Paris 1985.
21. A. Madsen, *Chanel – kobieta niezwykła*, dz. cyt., s. 194.
22. „Vogue", sierpień 1930.
23. Loelia, księżna Westminsteru, *Grace and Favour*, London 1961, s. 159, cyt. za: A. Madsen, *Chanel – kobieta niezwykła*, dz. cyt., s. 205.
24. D. Ponsonby, *Diaries*, 20 lutego 1930.
25. P. Morand, *The Allure of Chanel*, dz. cyt., s. 162.
26. Tamże, s. 165–167.
27. G. Ridley, *Bend'Or...*, dz. cyt., s. 167.
28. P. Morand, *The Allure of Chanel*, dz. cyt., s. 167.

Rozdział 23. Krach

1. F.C. Rose, *Saying Life. The Memoirs of Sir Francis Rose*, London 1961, s. 154.
2. A. Madsen, *Chanel – kobieta niezwykła*, tłum. J. Puchalska, Warszawa 1992, s. 207.
3. P. Morand, *The Allure of Chanel*, London 2008, s. 151.
4. A. Madsen, *Chanel – kobieta niezwykła*, dz. cyt., s. 212.
5. E. Charles-Roux, *Chanel*, London 1989, s. 237.
6. P. Morand, *The Allure of Chanel*, dz. cyt., s. 149–150.
7. J. Thurman, *Secrets of the Flesh. A Life of Colette*, London 2000, s. 377.
8. E. Charles-Roux, *Chanel*, dz. cyt., s. 291.
9. P. Morand, *Chroniques 1931–1954*, Paris 2001, s. 314.
10. G. Servadio, *Luchino Visconti. A Biography*, London 1981, s. 40.
11. Tamże, s. 42.
12. A. Madsen, *Chanel – kobieta niezwykła*, dz. cyt., s. 235.
13. Tamże.
14. G. Servadio, *Luchino Visconti*, dz. cyt., s. 52.
15. L. Marquand, *Chanel m'a dit*, Paris 1990, s. 108.
16. Tamże, s. 137.
17. P. Morand, *The Allure of Chanel*, dz. cyt., s. 112.
18. Tamże, s. 111.

Rozdział 24. „Schiap miała mnóstwo, ale złego"

1. B. Ballard, *In My Fashion*, New York 1960, s. 61.
2. Tamże, s. 62.
3. Tamże, s. 140.
4. Listy Dalego do Gabrielle Chanel, korespondencja Dalego, dzięki uprzejmości Fundació Gala-Salvador Dalí.
5. P. Morand, *The Allure of Chanel*, London 2008, s. 170.
6. Tamże, s. 172.
7. Jestem niezmiernie wdzięczna Jeanowi-Noëlowi Liautowi za tę i wiele innych użytecznych informacji.
8. *Journal d l'Abbé Mugnier (1877–1939)*, 22 lutego 1929, red. M. Billot, Paris 1985.
9. J. Hugo, *Carnets (1946–1984)*, 17 lutego 1967, Paris 1994.

Rozdział 25. Wojna

1. A. Madsen, *Chanel – kobieta niezwykła*, tłum. J. Puchalska, Warszawa 1992, s. 253.
2. J. Flanner, *Paris Was Yesterday*, New York, [b.d.w.], s. 222.

3. P. Galante, *Mademoiselle Chanel*, Chicago 1973, s. 170.
4. A. Madsen, *Chanel – kobieta niezwykła*, dz. cyt., s. 256.
5. E. Charles-Roux, *Chanel*, London 1989, s. 373.
6. J. Flanner, *Paris Was Yesterday*, dz. cyt., s. 222.
7. Listy Dalego do Gabrielle Chanel, korespondencja Dalego, dzięki uprzejmości Fundació Gala-Salvador Dalí.
8. Madame Gabrielle Labrunie w rozmowie z autorką.
9. N. Fenosa, B. Tillier, *Apel·les Fenosa. Catalogue raisonné de l'œuvre sculpté*, Barcelona 2002.
10. Lilou Marquand w rozmowie z autorką.
11. W. Bullitt, *The Great Globe Itself*, New York 1946, s. 481–486.
12. M. Haedrich, *Coco Chanel*, London 1972, s. 143.
13. Tamże, s. 143–144.

Rozdział 26. Przetrwanie

1. M. Haedrich, *Coco Chanel*, London 1972, s. 178.
2. Tamże.
3. F. Steegmuller, *Cocteau*, London 1986, s. 438.
4. Tamże, s. 439.
5. J. Jackson, *France. The Dark Years*, Oxford 2001, s. 360–363.
6. Tamże, s. 4.
7. Tamże, s. 199.
8. Tamże, s. 308.
9. E. Charles-Roux, *Chanel*, London 1989, s. 324–325.
10. Rozmowa telefoniczna Adelii Sabatini z hrabią Jeanem d'Harcourtem.
11. Archiwa Association Sainte Agnès, Saint-Martin-le-Vinoux, Francja.
12. Rozmowa z madame Tassin, ze zbiorów Chanel Conservatoire.
13. J. Thurman, *Secrets of the Flesh. A Life of Colette*, London 2000, s. 197.
14. Tamże, s. 437.
15. Tamże, s. 436.
16. Rozmowa z Jeanem d'Harcourtem.
17. R. Fizdale, A. Gold, *The Life of Misia Sert*, London 1980, s. 290.
18. L. Marquand, *Chanel m'a dit*, Paris 1990, s. 136.
19. J. Thurman, *Secrets of the Flesh*, dz. cyt., s. 445.
20. Cyt. za: J. Kerrigan, *The Sonnets and a Lover's Complaint*, London 1995, s. 51.

21. V. Woolf, *Własny pokój; Trzy gwinee*, tłum. E. Krasińska, Warszawa 2002, s. 127.
22. Rozmowa z Jeanem d'Harcourtem.
23. Rozmowa z Jeanem-Noëlem Liautem.
24. W biografii Dalego Meredith Etherington-Smith pisze: „paląca opium Cécile Goudreau to zawoalowany portret Coco Chanel – Dalí zdradza to, kiedy każe jej wspomnieć o Owernii, miejscu urodzenia Chanel". M. Etherington-Smith, *The Persistence of Memory. A Biography of Dalí*, New York 1992, s. 283.
25. S. Dalí, *Ukryte twarze*, tłum. L. Ludwig, Gdańsk 1993, s. 103.
26. P. Morand, *The Allure of Chanel*, London 2008, s. 171.

Rozdział 27. Von Dincklage

1. M. Flügge, *Rettung ohne Retter*, München 2004, s. 109.
2. Ta informacja i wiele następnych na temat von Dincklagego została zaczerpnięta z M. Flügge, *Rettung ohne Retter*, dz. cyt., s. 109, a także z dwóch dokumentów znajdujących się w Szwajcarskim Archiwum Federalnym, zawierających między innymi listy od adwokata von Dincklagego. W tamtym czasie (1950) von Dincklage próbował ponownie wjechać do Szwajcarii.
3. *The Brown Network. The Activities of the Nazis in Foreign Countries*, New York 1936, s. 98.
4. S. Bedford, *Quicksands*, London 2005, s. 90.
5. Archives Fédérales Suisses/Archiv des Schweizerischen Bundesstaates (1848–2009), zespół C.16-01373, 2 lutego 1950. Według tego raportu był on „directeur des transports" w Sanary.
6. Tamże.
7. *The Brown Network*, dz. cyt., s. 94.
8. M. Flügge, *Rettung ohne Retter*, dz. cyt., s. 109.
9. *The Brown Network*, dz. cyt., s. 96.
10. S. Bedford, *Quicksands*, dz. cyt., s. 311.
11. *The Brown Network*, dz. cyt., s. 94.
12. Tamże.
13. S. Bedford, *Quicksands*, dz. cyt., s. 88.
14. Rozmowa z Charlesem Cottonem, 10 grudnia 1982, w: J. Grandjonc, Th. Grundtner, *Zone d'ombres 1933–1944. Exil et internement d'Allemands et d'Autrichiens dans le Sud-Est de la France*, Aix-en-Provence 1990, s. 51.

15. F. du Plessix Gray, *Them*, London 2006, s. 170. Fragmenty na temat von Dincklagego w tych błyskotliwych i absorbujących wspomnieniach miały kluczowe znaczenie w moich próbach odtworzenia biografii tego w istocie odrażającego człowieka.
16. A. Simone (pseudonim Ottona Katza), *Men of Europe*, New York 1941, s. 16–17.
17. *The Brown Network*, dz. cyt., s. 95.
18. Tamże.
19. Tamże, s. 96–102.
20. Oświadczenie adwokata von Dincklagego oraz kartoteki Archiwum Szwajcarskiego zacytowane powyżej.
21. S. Bedford, *Quicksands*, dz. cyt., s. 312. Tutaj Bedford opisuje von Dincklagego jako „stworzonego do tej roboty [szpiega], człowieka, który potrafi każdego omotać, bezwzględnego towarzyskiego motyla o sercu ze stali, któremu obce były ideały czy cierpienia drugiego człowieka".
22. F. du Plessix Gray, *Them*, dz. cyt., s. 169.
23. Tamże, s. 171.
24. Tamże, s. 169.
25. S. Marx, *Queen of the Ritz*, London 1979, s. 106.
26. Tamże.
27. F. du Plessix Gray, *Them*, dz. cyt., s. 170.
28. Tamże.
29. Archives Fédérales Suisses/Archiv des Schweizerischen Bundesstaates (E4320B#1990/266#1551*, zespół C.16-01373 P); 13 listopada 1950, szef policji w Genewie do swojego odpowiednika w Bernie. Francuski raport dodaje, że von Dincklage „sprawiał wrażenie, jakby próbował zawierać układy z Niemcami i Francją... odwiedza niejakiego Leonarda Dickensa (podejrzewanego o to, że jest szefem Gestapo w Lugano)".
30. Policyjne raporty potwierdzają stanowisko von Dincklagego.
31. F. du Plessix Gray, *Them*, dz. cyt. s. 218.
32. D. Kazanjian, C. Tomkins, *Alex. The Life of Alexander Liberman*, New York 1993, s. 98 (E. Charles-Roux, *The World of Coco Chanel*, London 2005, wersja tego epizodu na s. 315–317).
33. S. Marx, *Queen of the Ritz*, dz. cyt., s. 179.
34. A. Madsen, *Chanel – kobieta niezwykła*, tłum. J. Puchalska, Warszawa 1992, s. 271.
35. Rozmowa z Jeanem d'Harcourtem.

36. Archives Fédérales Suisses / Archiv des Schweizerischen Bundesstaates (E4320# 1990/266#1551*, zespół C.16-01373 P); 13 listopada 1950, szef policji w Genewie do swojego odpowiednika w Bernie.
37. S. Marx, *Queen of the Ritz*, dz. cyt., s. 174.
38. Rozmowa z Jeanem d'Harcourtem.
39. D. Demonpion, *Arletty*, Paris 1996, s. 225.
40. Rozmowa z Jeanem d'Harcourtem.
41. Tamże.
42. Tamże.
43. E. Charles-Roux, *The World of Coco Chanel*, dz. cyt., s. 344.
44. Tamże, s. 334.
45. Korespondencja między gabinetem Churchilla a brytyjskim MSZ, Verą Bate oraz Chanel (CHAR 1/272/, CHAR 20/198 A *etc.*) w Churchill Archives Centre, Cambridge.
46. Tamże.
47. Courrier du Préfet de Police, Direction de la Sùrete Générale, Contrôle Générale des Services de Police Ad. Nr 583. Jestem wdzięczna Marice Genty za ten document.
48. Tamże.
49. Tamże.
50. Dokumenty Churchill Archives Centre wspomniane powyżej.
51. Ta część rozdziału: zob. J. McMillan, *Twentieth-Century France*, London 1992, s. 147–151, oraz J. Jackson, *France. The Dark Years*, Oxford 2001, s. 561–566.
52. J. Jackson, *France*, dz. cyt., s. 577–592.
53. Dokumenty Churchill Archives Centre wspomniane powyżej.
54. L. Marquand, *Chanel m'a dit*, Paris 1990, s. 113–115.
55. E. Charles-Roux, *The World of Coco Chanel*, dz. cyt., s. 346, 349.
56. M. Muggeridge, *Chronicles of Wasted Time*, t. 11: *The Infernal Grove*, London 1973, s. 242.
57. Dokumenty Churchill Archives Centre wspomniane powyżej.
58. Dokumenty oraz korespondencja wymieniane między brytyjskim MSZ a dowództwami stref okupacyjnych w Niemczech między 1947 a 1948 rokiem, http://www.nationalarchives.gov.uk/catalogue/displaycataloguedetails.asp?CATLN=6&CATID=1959690 oraz CATLN=6&CATID=3579445&j=1 (dostęp: 8.12.2011).

Rozdział 28. Wygnanie

1. P. Morand, *The Allure of Chanel*, London 2008, s. 146–147.
2. Tamże, s. 12.
3. Tamże.
4. Tamże, s. 170.
5. M. Haedrich, *Coco Chanel*, London 1972, s. 173.
6. G. de Rothschild, *The Whims of Fortune*, London 1985, s. 216.
7. Tamże.
8. P. Morand, *Journal inutile*, 11 stycznia 1971, Paris 2001.
9. R. Fizdale, A. Gold, *The Life of Misia Sert*, London 1980, s. 292.
10. Tamże.
11. Tamże, s. 300.
12. *Love from Nancy. The Letters of Nancy Mitford*, red. Ch. Mosley, Boston 1993, s. 267.
13. P. Morand, *The Allure of Chanel*, dz. cyt., s. 140.
14. Tamże, s. 65.
15. C. Delay, *Chanel Solitaire*, London 1973, s. 52.
16. Archives Fédérales Suisses / Archiv des Schweizerischen Bundesstaates (1848–2009), zespół C.16-01373.
17. P. Morand, *The Allure of Chanel*, dz. cyt., s. 171.
18. Tamże, s. 143.
19. Tamże, s. 73.
20. Tamże, s. 120.
21. Tamże, s. 169.
22. Tamże, s. 172–173.
23. A. Madsen, *Chanel. A Woman of Her Own*, New York, 1990, s. 267.
24. E. Charles-Roux, *The World of Coco Chanel*, London 2005, s. 380.
25. M. Haedrich, *Coco Chanel*, dz. cyt., s. 237.
26. Michel Déon, z którym przeprowadziłam wywiad i kilka rozmów telefonicznych, był mi niezmiernie pomocny dzięki swojemu obiektywnemu podejściu do Gabrielle i do niezbędnych dla jej zdrowia psychicznego fantazji.
27. Michel Déon w rozmowie z autorką.
28. Tamże.
29. Tamże.
30. Tamże.

Rozdział 29. Powrót: 1954

1. D. Kazanjian, C. Tomkins, *Alex. The Life of Alexander Liberman*, New York 1993, s. 205.
2. Ch. Dior, *Dior by Dior*, London 2001, s. 16.
3. Tamże.
4. Tamże, s. 4.
5. B. Ballard, *In My Fashion*, New York 1960, s. 237.
6. P. Galante, *Mademoiselle Chanel*, Chicago 1973, s. 197.
7. A. Madsen, *Chanel – kobieta niezwykła*, tłum. J. Puchalska, Warszawa 1992, s. 306.
8. P. Galante, *Mademoiselle Chanel*, dz. cyt., s. 200.
9. P. Morand, *The Allure of Chanel*, London 2008, s. 120.
10. Rozmowa z Jeanem Cazaubonem, ze zbiorów Chanel Conservatoire.
11. P. Galante, *Mademoiselle Chanel*, dz. cyt., s. 207.
12. J. Cocteau, *Le Passé défini*, t. 2, Paris 2006.

Rozdział 30. „Wolę katastrofę niż nicość"

1. M. Haedrich, *Coco Chanel*, London 1972, s. 169.
2. Tamże, s. 171.
3. P. Galante, *Mademoiselle Chanel*, Chicago 1973, s. 210.
4. Susan Train w rozmowie z autorką. Żywa opowieść pani Train o tym dramatycznym epizodzie była bardzo inspirująca.
5. Tamże.
6. Tamże.
7. L. Marquand, *Chanel m'a dit*, Paris 1990, s. 18.
8. Była modelka Chanel w rozmowie z autorką.
9. Lady Derwent w rozmowie z autorką.
10. B. Ballard, *In My Fashion*, New York 1960, s. 311.
11. Tamże.
12. P. Galante, *Mademoiselle Chanel*, dz. cyt., s. 225.
13. D. Vreeland, *DV*, New York 1997, s. 132.
14. Tamże, s. 131.
15. Tamże, s. 130.
16. B. Ballard, *In My Fashion*, dz. cyt., s. 60.
17. „Vogue", marzec 1959.
18. L. Marquand, *Chanel m'a dit*, dz. cyt., s. 87.

19. Tamże, s. 93, 119.
20. R. Barthes, *System mody*, tłum. M. Falski, Kraków 2005.
21. M. Haedrich, *Coco Chanel*, dz. cyt., s. 215.
22. Tamże, s. 245
23. Tamże, s. 240.
24. P. Morand, *The Allure of Chanel*, London 2008, s. 45.
25. A. Madsen, *Chanel – kobieta niezwykła*, tłum. J. Puchalska, Warszawa 1992, s. 358.
26. P. Morand, *The Allure of Chanel*, dz. cyt., s. 52.
27. P. Galante, *Mademoiselle Chanel*, dz. cyt., s. 269.
28. M. Haedrich, *Coco Chanel*, dz. cyt., s. 178.
29. Tamże.
30. C. Delay, *Chanel Solitaire*, London 1973, s. 142.
31. Tamże, s. 145.

Rozdział 31. „Swoje serce słyszę teraz tylko na schodach"

1. P. Morand, *The Allure of Chanel*, London 2008, s. 55.
2. C. Delay, *Chanel Solitaire*, London 1973, s. 149.
3. Marika Genty – której wiedza oraz zrozumienie Gabrielle prawie nie mają sobie równych – w rozmowie z autorką.
4. M. Haedrich, *Coco Chanel*, London 1972, s. 222.
5. P. Galante, *Mademoiselle Chanel*, Chicago 1973, s. 276.
6. Była modelka Chanel w rozmowie z autorką.
7. P. Morand, *The Allure of Chanel*, dz. cyt., s. 21.
8. Tamże.
9. Michel Déon w rozmowie z autorką.
10. M. Haedrich, *Coco Chanel*, dz. cyt., s. 260.
11. P. Morand, *The Allure of Chanel*, dz. cyt., s. 38.
12. M. Haedrich, *Coco Chanel*, dz. cyt., s. 214.
13. P. Morand, *Journal inutile*, 3 czerwca 1969, Paris 2001.
14. Claude Delay w rozmowie z autorką. Przemyślenia madame Delay na temat życia wewnętrznego jej przyjaciółki były pouczające. Doskonale rozumie ona Gabrielle jako tę, która nie mogłaby przetrwać bez swoich fantazji.
15. L. Marquand, *Chanel m'a dit*, Paris 1990, s. 43.
16. Claude Delay w rozmowie z autorką.
17. L. Marquand, *Chanel m'a dit*, dz. cyt.

18. C. Delay, *Chanel Solitaire*, London 1973, s. 147.
19. Tamże, s. 161.
20. Tamże.
21. Claude Delay w rozmowie z autorką.
22. M. Haedrich, *Coco Chanel*, dz. cyt., s. 259.
23. L. Marquand, *Chanel m'a dit*, dz. cyt., s. 167.
24. Claude Delay w rozmowie z autorką.
25. L. Marquand, *Chanel m'a dit*, dz. cyt., s. 150–151.
26. M. Haedrich, *Coco Chanel*, dz. cyt., s. 86.
27. Była modelka Chanel w rozmowie z autorką.
28. C. Delay, *Chanel Solitaire*, dz. cyt., s. 164.
29. Rozmowa ze zbiorów Chanel Conservatoire.
30. M. Déon, *Bagages pour Vancouver – Mes arches de Noé*, Paris 1985, s. 276.
31. P. Morand, *The Allure of Chanel*, dz. cyt., s. 169.

Posłowie. „Legendą są ci, na których budowane są legendy"

1. P. Morand, *The Allure of Chanel*, London 2008, s. 175.
2. M. Haedrich, *Coco Chanel*, London 1972, s. 226.
3. *Karl Lagerfeld, Un Roi Seul*, reż. Th. Demaïzière, A. Teurlai, 2008.
4. Wywiad Suzy Menkes z Karlem Lagerfeldem, „International Herald Tribune", listopad 2010.
5. *Karl Lagerfeld, Un Roi Seul*, dz. cyt.
6. P. Morand, *The Allure of Chanel*, dz. cyt., s. 21.
7. Wywiad z Chanel, Francuska Biblioteka Narodowa.
8. Wywiad Suzy Menkes cytowany powyżej.
9. M. Haedrich, *Coco Chanel*, dz. cyt., s. 17.
10. P. Morand, *The Allure of Chanel*, dz. cyt., s. 45.

WYBRANA BIBLIOGRAFIA

Chanel

Baudot François, *Chanel*, New York 2003
Bott Daniele, *Chanel. Collections and Creations*, London 2007
Charles-Roux Edmonde, *The World of Coco Chanel*, London 2005
Charles-Roux Edmonde, *Chanel*, tłum. Nancy Amphoux, London 1989
De la Haye Amy, *Chanel. The Couturière at Work*, London 1994
Delay Claude (*de domo* Baillen), *Chanel Solitaire*, tłum. Barbara Bray, London 1973
Fiemeyer Isabelle, *Coco Chanel. Un Parfum de mystère*, Paris 2004
Galante Pierre, *Mademoiselle Chanel*, tłum. Eileen Geist, Jessie Wood, Chicago 1973
Gidel Henry, *Coco Chanel*, Paris 2000
Haedrich Marcel, *Coco Chanel*, tłum. Charles Lam Markmann, London 1972
Leymarie Jean, *Chanel*, Geneva 1987
Madsen Axel, *Chanel – kobieta niezwykła*, tłum. Joanna Puchalska, Warszawa 1992
Marquand Lilou, *Chanel m'a dit*, Paris 1990

Inne

Acton Harold, *Memoirs of an Aesthete*, London 1984

Acton Harold, *More Memoirs of an Aesthete*, London 1970

Alexander, *Always a Grand Duke*, New York 1933

Ballard Bettina, *In My Fashion*, New York 1960

Barthes Roland, *System mody*, tłum. E. Falski, Kraków 2005

Baudelaire Charles, *The Painter of Modern Life*, [w:] *The Painter of Modern Life and Other Essays*, tłum. i red. Jonathan Mayne, London 1964

Beaton Cecil, *The Glass of Fashion*, London 1954

Beaton Cecil, *Beaton in the Sixties, Unexpurgated Diaries*, red. Hugo Vickers, London 2003

Bedford Sybille, *Quicksands*, London 2005

Beevor Antony and Cooper Artemis, *Paris after the Liberation, 1944–1949*, London 2007

Benstock Shari, *Kobiety z Lewego Brzegu*, tłum. E. Krasińska, Piotr Mielczarek, Warszawa 1994

Bernheimer Charles, *Figures of Ill Repute*, London 1997

Bernstein-Gruber Georges, *Bernstein le magnifique*, Paris 1988

Blanche Jacques-Émile, „Revue de Paris", t. 6: 1913, Au Bureau de Revue de Paris

Blanche Jacques-Émile, *More Portraits of a Lifetime*, tłum. Walter Clement, London 1939

Bodley Ronald Victor Courtenay, *Indiscretions of a Young Man*, London 1931

Das Braune Netz – Wie Hitlers Agenten in Auslande arbeiten und den Krieg vorbereiten, Paris 1935/*The Brown Network. The Activities of the Nazis in Foreign Countries*, New York 1936

Buckle Richard, *Diaghilev*, London 1979

Cahiers André Gide, red. Association des Amis d'André Gide, t. 8, Paris 1979

Callil Carmen, *Bad Faith*, London 2006

Callwell KCB sir Charles Edward, *Sir Henry Wilson. His Life and Diaries*, London 1927

Capel Arthur, *Reflections on Victory and a Project for the Federation of Governments*, London 1917

Capel Arthur, *De quoi demain sera-t-il fait?*, Paris 1939/*What Will Tomorrow be Made of*, tłum. Adelia Sabatini, wyd. pośmiert.

Chazot Jacques, „*Chazot Jacques*", Paris 1975

Churchill Winston i Clementine, *Speaking for Themselves*, red. Mary Soames, London 1999

Cocteau Jean, *Past Tense. Diaries*, t. 1, London 1987
Cocteau Jean, *Past Tense. Diaries*, t. 2, London 1990
Cocteau Jean, *Lettres à Jean Marais*, Paris 1987
Cocteau Jean, *Lettres à sa mère*, Paris 1989
Cocteau Jean, *Journal 1942–1945*, Paris 1989
Cocteau Jean, *Le Passé define. Journal*, t. 5 (1956–1957), Paris 2006
Colette, *The Complete Claudine*, tłum. Antonia White, New York 2001
Colette, *My Apprenticeships Music Hall Sidelights*, London 1957
Colette, *Autobiographie*, Paris 1968
Corbett Patricia, *Verdura*, London 2002
Craft Robert, *Stravinsky. Chronicle of a Friendship*, New York 1972
D'Abernon, Helen Venetia Duncombe Vincent, *Red Cross and Berlin Embassy, 1915–1926. Extracts from the Diaries of Viscountess d'Abernon*, London 1946
Dalí Salvador, *Ukryte twarze*, tłum. Lesław Ludwig, Gdańsk 1993
Davis Mary E., *Classic Chic. Music Fashion and Modernism*, Berkeley 2006
De Clermont-Tonnerre Elisabeth, *Mémoires*, t. 1: *Au Temps des équipages*, Paris 1928
De Clermont-Tonnerre Elisabeth, *Mémoires*, t. 2: *Les Marronniers en feurs*, Paris 1929
De Clermont-Tonnerre Elisabeth, *Mémoires*, t. 3: *Clair de lune et taxiauto*, Paris 1932
De Clermont-Tonnerre Elisabeth, *Mémoires*, t. 4: *La Treizième Heure*, Paris 1935
De la Grange Baronne Ernest, *Open House in Flanders*, London 1929
Débordes Jacqueline, *Coco Chanel*, Olliergues 2006
Demonpion Denis, *Arletty*, Paris 1996
Déon Michel, *Bagages pour Vancouver – Mes arches de Noé*, Paris 1985
Deslandres Yvonne, Muller Florence, *Histoire de la mode*, Paris 1978
De Symons Barrow George sir, *The Fire of Life*, London 1942
Dior Christian, *Dior by Dior*, tłum. Antonia Fraser, London 2001
Duncan Isadora, *Moje życie*, tłum. Karol Bunch, Kraków 1982
Egremont Max Lord, *Under Two Flags. The Life of General Sir Edward Spears*, Phoenix 1998
Eksteins Modris, *Rites of Spring*, London 1990
Elgey Georgette, *La République des illusions, 1945–1951*, Paris 1975
Etherington-Smith Meredith, *The Persistence of Memory. A Biography of Dalí*, New York 1992
Fenosa Nicole, Tillier Bertrand, *Apel-les Fenosa. Catalogue raisonné de l'oeuvre sculpté*, Barcelona 2002

Field Leslie, *Bendor. Golden Duke of Westminster*, London 1983
Fizdale Robert, Gold Arthur, *The Life of Misia Sert*, London 1980
Flanner Janet, *Paris was Yesterday*, New York (bez daty)
Flügge Manfred, *Rettung ohne Retter, oder, Ein Zug aus Theresienstadt*, Munich 2004
Flügge Manfred, *Heinrich Mann. Eine Biographie*, Reinbek 2006
Font Lourdes, *Fashion Theory*, t. 8, wrzesień, Oxford 2004
Franck Dan, *Bohemian Paris*, tłum. Cynthia Liebow, New York 2001
Garafola Lynn, *The Ballets Russes and Its World*, red. Lynn Garafola, Nancy van Norman Baer, New Haven 1999
Goncourt Edmond i Jules, *Dziennik: pamiętniki z życia literackiego*, tłum. Joanna Guze, Warszawa 1988
Grana César i Marigay, *On Bohemia. The Code of the Self-Exiled*, London 1990
Grandjonc Jacques, Grundtner Theresia, *Zone d'ombres 1933–1944. Exil et internement d'Allemands et d'Autrichiens dans le Sud-Est de la France*, Aix-en-Provence 1990
Green Julian, *Journal 1938–49*, Paris 1969
Guitard-Auviste Ginette, *Paul Morand, 1888–1976. Légende et vérités*, Paris 1994
Harrison Michael, *Lord of London*, London 1966
Heller Gerhard, *Un Allemand à Paris, 1940–1944*, Paris 1981
Hickman Katie, *Kurtyzany*, tłum. Barbara Przybyłowska, Warszawa 2004
Home Archibald sir, *The Diary of a World War I Cavalry Officer*, Tunbridge Wells 1985
Hugo Jean, *Le Regard de la mémoire (1914–1945)*, Paris 1983
Hugo Jean, *Carnets (1946–1984)*, Paris 1994
Hussey Andrew, *Paris. The Secret History*, London 2007
Israel Lee, *Estée Lauder*, London 1986
Jackson Julian, *France. The Dark Years*, Oxford 2001
Jones Colin, *Paris. Biography of a* City, London 2006
Journal de l'Abbé Mugnier (1877–1939) red. Billot Marcel, Paris 1985
Kahn Sylvia, *Music's Modern Muse. The Life of Winaretta Singer*, New York 2003
Kazanjian Dodie, Tomkins Calvin, *Alex. The Life of Alexander Liberman*, New York 1993
Kerrigan John, *The Sonnets and a Lover's Complaint*, London 1995
Kiste John van der, *The Romanovs*, Sutton 1998
Kochno Boris, *Diaghilev et les Ballets Russes*, Paris 1973
Kochno Boris, *Christian Bérard*, Paris 1987
Le Théâtre de la Mode, red. Train Susan, Paris 1990
Laval Michel, *Brasillach ou la trahison du clerc*, Paris 1992

Lifar Serge, *Ma Vie*, tłum. James Holman Mason, London 1976
Mackenzie Stuart i Amanda, *Consuelo and Alva Vanderbilt*, London 2005
Malraux André, *Antypamiętniki*, tłum. Joanna Guze, Warszawa 1993
Marx Samuel, *Queen of the Ritz*, London 1979
Maurois Michelle, *Déchirez cette lettre*, Paris 1990
McMillan James, *Twentieth-Century France, 1898–1991*, London 1992
Modern France, red. McMillan James, Oxford 2003
Morand Paul, *Lewis et Irène*, Paris 1924
Morand Paul, *L'Allure de Chanel*, Paris 1976
Morand Paul, *Lettres du voyageur*, Paris 1988
Morand Paul, *Chroniques, 1931–1954*, Paris 2001
Morand Paul, *Journal inutile*, Paris 2001
Morand Paul, *Venices*, tłum. Euan Cameron, London 2002
Morand Paul, *The Allure of Chanel*, tłum. Euan Cameron, London 2008
Muggeridge Malcolm, *Chronicles of Wasted Time*, t. 9: *The Infernal Grove*, London 1973
Musée Cévenol, *Un secret Cévenol de Coco Chanel*, Le Vigan (bez daty)
The Duff Cooper Diaries, red. Norwich John Julius, London 2005
Novick Peter, *The Resistance versus Vichy*, London 1968
Pavlovna Marie, *A Princess in Exile*, New York 1932
Picardie Justine, *Coco Chanel. Legenda i życie*, tłum. Katarzyna Karłowska, Warszawa 2011
Plessix Gray Francine du, *Them*, London 2006
Poiret Paul, *King of Fashion. The Autobiography of Paul Poiret*, tłum. Stephen Haden Guest, Princeton 1994
Pomian Jan, *Józef Retinger, Życie i pamiętniki „szarej eminencji",* Warszawa 1990
De Pougy Liane, *My Blue Notebooks*, tłum. Diana Athill, London 1979
De Rothschild Guy, *The Whims of Fortune*, London 1985
Diaghilev and the Golden Age of the Ballets Russes, red. Jane Pritchard (katalog z wystawy), London 2010
Radical Fashion, red. Wilcox Claire, London 2001
Ragache Jean-Robert, *La Vie quotidienne des écrivains et des artistes sous l'Occupation, 1940–1944*, Paris 1988
Reverdy Pierre, *Prose Poems*, tłum. Ron Padgett, Brooklyn 2007
Reves Wendy and Emery, *The Wendy and Emery Reves Collection*, Dallas 1985
Richardson John, *A Life of Picasso*, t. 1, London 1997

Richardson John, *A Life of Picasso*, t. 3, London 2007
Ridley George *Bend'Or, Duke of Westminster*, London 1985
Rose Francis C. sir, *Saying Life. The Memoirs of Sir Francis Rose*, London 1961
Rounding Virginia, *Grandes Horizontales*, London 2004
Rubinstein Arthur, *Moje długie życie*, t. 1–2, tłum. Juliusz Kydryński, Kraków 1988
Sachs Maurice, *La Décade de l'illusion*, Paris 1950
Sachs Maurice, *Au Temps du Boeuf sur le Toit*, przedr. z 1939, Paris 2005
Scheijen Sjeng *Diaghilev*, tłum. J. Hedley Prôle, S. J. Leinbach, London 2009
Schellenberg Walter, *Schellenberg*, tłum. i red. Louis Hagen, London 1965
Schiaparelli Elsa, *Shocking Life*, London 1954
Schwartz Vanessa, *Spectacular Realities. Early Mass-culture in Fin-de-siècle Paris*, Berkeley 1999
Sert Misia, *Two or Three Muses*, London 1953
Servadio Gaia, *Luchino Visconti. A Biography*, London 1981
Simone André, *Men of Europe*, New York 1941
Simpson Colin, *Artful Partners*, London 1988
Sire H.J.A., *Gentlemen Philosophers. Catholic Higher Education at Liège and Stonyhurst 1774–1916*, Worthing 1988
Snow Carmel, *The World of Carmel Snow*, New York 1962
Stanley Edward, Earl of Derby, *Paris 1918. War Diary of the British Ambassador*, Liverpool 2001
Steegmuller Francis, *Cocteau*, London 1986
Steele Valerie, *Paris Fashion. A Cultural History*, Oxford 1988
Steele Valerie, *Women of Fashion. Twentieth-century Designers*, New York 1991
Stendhal, *Czerwone i czarne*, tłum. Tadeusz Żeleński-Boy, Wrocław 1997
Strawiński Igor, *Kroniki mojego życia*, tłum. Juliusz Kydryński, Kraków 1974
Sydney Philip, *Modern Rome in Modern England*, London 1906
The Golden Age of Couture. 1947–57, red. Wilcox Claire London 2007
The Modern Woman Revisited, red. Chadwick Whitney, Latimer Tirza True, New Brunswick, New Jersey, London 2003
Thurman Judith, *Secrets of the Flesh. A Life of Colette*, London 2000
Vreeland Diana, *DV*, New York 1997
Walsh Stephen, *Igor Stravinsky. A Creative Spring. Russia and France 1882–1934*, London 2002
Weber Eugen, *Peasants into Frenchmen*, Stanford 2007

Westminster Loelia, księżna, *Grace and Favour*, London 1961
Wilson Edmund, *A Literary Chronicle of the Forties*, London 1951
Wilson Elizabeth, *Adorned in Dreams. Fashion and Modernity*, London 1985

Archives of the Association Sainte Agnès, Saint-Martin-le-Vinoux, France
Archives Fédérales Suisses
korespondencja Arthura Capela, dzięki uprzejmości Christophera Osborna
korespondencja Dalego, dzięki uprzejmości Fundació Gala-Salvador Dalí, Figueres, Spain
korespondencja Diany Capel z Duffem Cooperem, Churchill Archives Centre, Churchill College, Cambridge
korespondencja Gabrielle Chanel, dzięki uprzejmości Chanel Conservatoire
Churchill Papers, Churchill Archives Centre, Churchill College, Cambridge
Municipal Archives, Biarritz, France (Mairie de Biarritz, Service des Archives)
Municipal Archives, Garches, France (Mairie de Garches, Service Archives – Documentation)
National Archives, Paris (Fonds Chanoine Mugnier)
National Archives, Kew. Foreign Offi ce records, FO 944/35 and FO
National Archives, Kew. War Offi ce Records, WO339/55790, Arthur Capel file
Pavlovich Dmitri, *Diaries*, tłum. William Lee, dzięki uprzejmości księcia Czawczawadze
Ponsonby Dorothy, *Diaries*, dzięki uprzejmości the Hon. Laura Ponsonby

PODZIĘKOWANIA

Z wielu osób, które pomogły mi przy tej książce, winna jestem podziękowanie najpierw mojej agentce Clare Alexander, która wpadła na pomysł jej napisania. Moje początkowe wątpliwości szybko przerodziły się w obsesję. Clare co prawda nie udało się jej powściągnąć, ale dziękuję jej z serca za wsparcie i profesjonalizm. Służyła mi nimi z wdziękiem w czasie, gdy opisywałam to niezwykle trudne życie.

Marie Louise de Clermont-Tonnerre, dyrektorka do spraw kontaktów zewnętrznych w Chanel, łaskawie udzieliła mi wsparcia potrzebnego do napisania tej książki, umożliwiając mi poszukiwanie informacji w Chanel Conservatoire.

Podstawowym źródłem informacji o Gabrielle Chanel jest *L'Allure de Chanel* Paula Moranda (copyright © Editions Hermann). Jestem ogromnie wdzięczna Arthurowi Cohenowi z wydawnictwa Editions Hermann, który tak ochoczo dał mi pozwolenie na przytaczanie cytatów z niezwykłych wspomnień Gabrielle. Pierwszym i ponoć wyczerpującym biografem Gabrielle była Edmonde Charles-Roux, ale nikt nie może myśleć o napisaniu czegokolwiek o Chanel bez książki Moranda, opublikowanej dwa lata po książce Charles-Roux.

Od czasu tych publikacji pojawia się niekończący, jak się wydaje, ciąg tekstów o Gabrielle. *Mademoiselle Chanel* Pierre'a Galante'a, *Coco Chanel* Marcela Haedricha i *Chanel Solitaire* Claude Delay (szczególnie wnikliwa w analizie życia wewnętrznego Gabrielle) wyróżniają się spostrzegawczością i wrażliwością. Wszyscy wymienieni autorzy byli przyjaciółmi Gabrielle i korzystałam w dużym stopniu z ich pracy. Pomocna była mi także *Chanel m'a dit* Lilou Marquand.

Classic Chic. Music Fashion and Modernism Mary Davis; *Paris Fashion. A Cultural History* Valerie Steele; autorzy *Modern Woman Revisited*; wspaniała biografia Colette *Secrets of the Flesh* autorstwa Judith Thurman; niezastąpiony *Cocteau* Francisa Steegmullera; autorytatywna książka Eugena Webera *Peasants into Frenchmen* – bardzo pomogły mi rozwinąć moje koncepcje.

Jestem wielce zobowiązana wymienionym niżej osobom, które zgodziły się udzielić mi wywiadów i których wiedza, wspomnienia oraz przemyślenia wpłynęły na kształt tej książki.

Marika Genty, dyrektorka Chanel Conservatoire, uprzejmie podzieliła się ze mną swoją encyklopedyczną wiedzą o Gabrielle projektantce, a także dostarczyła swoich przemyślanych i wnikliwych spostrzeżeń o Gabrielle jako osobie. Jacques Polge, dyrektor Parfums Chanel, był niezmiernie łaskawy. Dziękuję mu za fascynującą i dającą do myślenia rozmowę o perfumach i tajemnicach chanel n°5. Swoją wiedzą służył mi także Christopher Sheldrake, dyrektor do spraw badań i rozwoju. Patrick Doucet z Chanel i Bourjois Parfums Conservatoire pokazał mi najwcześniejsze kosmetyki Chanel oraz flakony n°5 i kompetentnie opisał historię najsłynniejszych perfum. Julie Deydier z Chanel Conservatoire pomogła mi przejrzeć niezwykłą kolekcję projektów Gabrielle zgromadzoną na przedmieściach Paryża; Odile Babin była zawsze pomocna; Cécile Goddet-Dirles zapoznała mnie z dużą bazą fotograficzną Chanel.

Claude Delay wspaniałomyślnie omówiła ze mną szerzej swoje wspomnienia o Gabrielle, *Chanel Solitaire*; lady Sybille Derwent (dawna redaktorka francuskiego „Vogue'a"), podkreśliła swoje swobodne podejście do upodobań seksualnych Gabrielle. Lady Derwent poleciła mnie także Susan Train z amerykańskiego „Vogue'a", która bardzo żywo opisała powrót Gabrielle w 1954 roku; Michel Déon odebrał mnie z lotniska w Galway w Irlandii ze swoim dużym psem gończym i w czasie wspólnego jedzenia małży nad morzem inspirująco opowiedział o Gabrielle.

Madame Gabrielle Labrunie uprzejmie podzieliła się ze mną wspomnieniami o siostrze swojej babci. Kluczowe znaczenie miała dla mnie pomoc Amandy Mackenzie Stuart. Amanda podsunęła mi wspomnienia Francine du Plessix Gray *Them*, a także udzieliła wielu informacji na temat rodziny Balsanów i przedstawiła Williamowi Lee. Mam wielki dług u Williama, który pieczołowicie tłumaczył dzienniki Dymitra Pawłowicza i pomógł mi lepiej zrozumieć tego wzruszającego człowieka. Serdeczne podziękowania składam wnukowi Dymitra księciu Dawidowi Czawczawadzemu, który pozwolił po raz pierwszy opublikować fragmenty dziennika swojego dziadka dotyczące jego związku z Gabrielle.

Wnuk Etienne'a Balsana Antoine Balsan oraz jego wnuk cioteczny Phillipe Gontier opowiedzieli mi o swoim uroczym przodku i pozwolili wykorzystać jedną z nielicznych fotografii dziadka, którymi dysponują. Olivia de Havilland życzliwie podzieliła się ze mną swoją wiedzą w liście; bardzo doceniam też pomoc Henry'ego Fane'a, która nadeszła w samą porę. Philip Norcross Gross dostarczył mi najbardziej aktualnych informacji o Antoinette Chanel; niezmiernie pouczające były wnikliwe spostrzeżenia Lilou Marquand.

Jestem ogromnie wdzięczna hrabiemu Jeanowi d'Harcourt za jego pamiętniki, pouczający i niepokojący trop w zagadce wojennej historii Gabrielle, a także Hubertowi de Givenchy, niemogącemu przeboleć obcesowego traktowania przez Gabrielle ich długoletniego wspólnego przyjaciela Christobala Balenciagi, który mimo wszystko przyszedł na jej pogrzeb. Danniel Rangel nieraz był moim doskonałym rzecznikiem. Jakość obserwacji oraz współczucie widoczne w zdjęciach Gabrielle zrobionych przez Willy'ego Rizza – jednych z najlepszych, jakie powstały – do dziś świadczą najlepiej o tym, ile znaczyła dla niego jej przyjaźń. Sugestie, anegdotki i szkice Jeana-Noëla Liauta były dla mnie bardzo cenne i zabawne.

Dziękuję ojcu Tomowi McCoogowi SJ, który skierował mnie do Bernarda Caparriniego, oraz Bernardowi, który z kolei polecił mnie archiwiście w Stonyhurst College Davidowi Knightowi. David wyszukał dla mnie kroniki szkolne i fotografie Arthura Capela i tak oto wpadłam na jego trop. Poszukiwania doprowadziły mnie do zięcia Arthura sir Jeremy'ego Hutchinsona, któremu serdecznie dziękuję za jego wspomnienia o Dianie Capel (z domu Lister) oraz za to, że tak nalegał, aby przedstawić mnie swojemu pasierbowi i wnukowi Arthura Christopherowi Osbornowi. Christopher wspaniałomyślnie użyczył mi listów dziadka, pozwolił opublikować je tutaj po raz pierwszy, omówił ze mną mglistą historię Arthura, Gabrielle i Diany oraz wspomógł mnie w delikatnych negocjacjach.

Jak zawsze niezawodni i pomocni byli pracownicy London Library. Podziękowania niech przyjmą: Lisa Dowdswell z Society of Authors – za trzeźwe rady, Lynsey Robertson z Churchill Centre Archives, Kerry Bennet ze Scottish Civic Trust, Stowarzyszenie Sainte-Agnès z Francji, madame Chantal Bittan – dyrektorka Polo de Paris, Christine Lauener z Archiwów Federalnych Ministerstwa Spraw Wewnętrznych Szwajcarii, Christine de Metz z Archiwum Miejskiego Merostwa w Garches, Monique Beaufils z Archiwum Miejskiego Merostwa w Biarritz, Laura Potter z V&A Publications oraz Jonathan Gray z „Dancing Times".

Pragnę podziękować następującym osobom za zgodę na zacytowanie fragmentów z ich prac: lady Polly Feversham za *Extracts from the Diaries of Viscountess d'Abernon*, Laurze Ponsonby za niepublikowany dziennik lady Dorothy Ponsonby, Chanel Conservatoire za dedykację Pierre'a Reverdy'ego z ich kolekcji, François Caponowi z Fundacji Maeght za to samo, Fundació Gala-Salvador Dalí w Figueres za fragmenty listów Salvadora Dalego do Gabrielle, Christopherowi Osbornowi za listy Diany Capel w Churchill Archives Centre oraz listy Arthura Capela do Diany, wydawnictwom: Pan Macmillan oraz Alfred A. Knopf za *Misia* (copyright © Gold and Fitzdale, 1980), Random House oraz M. Gabriel Jardin (właścicielom praw do przekładu angielskiego) za *Lewis et Irène* (oryginalnie wydane przez Editions Grasset w 1924), Editions Robert Lafont za *Coco Chanel* Marcela Haedricha (copyright © 1971, prawa do tłumaczenia angielskiego: Little, Brown and Company, 1972), Editions Jean-Claude Lattès za *Chanel m'a dit* Lilou Marquand (copyright © 1990), „Mercure de France" za *Mademoiselle Chanel* Pierre'a Galante'a (copyright © 1973). Dołożyłam wszelkich starań, aby odnaleźć właścicieli praw autorskich. W kolejnych wydaniach chętnie uzupełnię wszelkie pozostałe w tekście pominięcia.

W początkach pracy nad książką moim zdolnym asystentem był Clement Bosquet. Zastąpiła go Adelia Sabatini, której umiejętność prowadzenia wszelkiego rodzaju poszukiwań, występowania jako moja ambasadorka oraz wykonywania inteligentnie, samodzielnie i z humorem wielu innych zadań (takich jak kilkakrotna uważna lektura maszynopisu) sprawiła, że praca z nią była czystą przyjemnością. Dziękuję jej za ogromny wkład w tę książkę.

Mojej redaktorce Juliet Annan z wydawnictwa Fig Tree, która zamówiła książkę, jestem głęboko wdzięczna zarówno za jej opiekę redakcyjną, jak i wielki takt oraz wyrozumiałość. Dziękuję również Jenny Lord za wydatną pomoc redakcyjną oraz Sophie Missing za zgromadzenie zdjęć. Jestem wdzięczna także mojej amerykańskiej redaktorce Alessandrze Lussardi, która ani na chwilę nie straciła entuzjazmu dla tego przedsięwzięcia.

Moja córka Jessica przeprowadziła mnie przez trudny proces wyboru zdjęć, dzięki swemu klarownemu, profesjonalnemu spojrzeniu. Ona i jej siostra Olivia, jak zawsze, były dla mnie mądrymi i dowcipnymi doradczyniami. Mój brat Saul, gościnny jak zawsze, przyjął mnie we Francji, tak samo jak Sira w Londynie. Nieprzecenione znaczenie miały dla mnie rozmowy z moim ojcem Keithem, który przebrnął przez bardzo długi maszynopis przed redakcją. Moimi dzielnymi czytelniczkami były także moja siostra Anna, Jessica, bratowa Vanessa oraz przyjaciółki: Josephine Baker i profesor Jane Moody. Cheng Hao Zhou często dodawał mi otuchy. Jestem im ogromnie zobowiązana za ich przemyślane i wnikliwe spostrzeżenia, pomoc w wypatrywaniu błędów i delikatne porady. Stanowcze i rozsądne sugestie Jane sprawiły, że książka jest bardziej przejrzysta. Moja wzorowa korektorka Sarah Day umiejętnie popychała mnie naprzód, wyłapywała błędy i podsuwała sugestie poprawek, za co jestem jej bardzo wdzięczna. Biorę odpowiedzialność za ewentualne pozostałe w tekście błędy i niedociągnięcia.

Pisanie tej książki trwało sporo dłużej, niż się spodziewaliśmy, i w jego trakcie potwornie zaniedbywałam przyjaciół i bliskich, którzy mimo wszystko nie przestawali służyć mi wsparciem i dobrą radą. Bez nich nie mogłabym skończyć. Składam im czułe podziękowania. Marcusowi zawdzięczam więcej, niż umiem wyrazić.

ŹRÓDŁA ILUSTRACJI

1. Widok z Ponteils; zdjęcie autorki.
2. Gospoda Chanela, Ponteils; zdjęcie autorki.
3. Aubazine; zdjęcie autorki.
4. Gabrielle i Adrienne Chanel około 1904 roku. Dzięki uprzejmości „LIFE" ©. Wszelkie prawa zastrzeżone.
5. Etienne Balsan około 1903 roku. Dzięki uprzejmości Antoine'a Balsana i Philippe'a Gontiera.
6. Gabrielle Chanel około 1910 roku. Hulton Archive © Getty Images.
7. Emilienne d'Alençon, 1875. © Getty Images.
8. Royallieu. ©. Wszelkie prawa zastrzeżone.
9. Arthur Capel około 1910 roku. Dzięki uprzejmości Christophera Osborna.
10. Arthur Capel i Gabrielle Chanel konno około 1910 roku. Dzięki uprzejmości „LIFE" ©. Wszelkie prawa zastrzeżone.
11. Arthur Capel konno, około 1910 roku. Dzięki uprzejmości Christophera Osborna.
12. Gabrielle Dorziat w kapeluszach „Marie-Louise"; „Comoedia Illustré" 1910. ©. Wszelkie prawa zastrzeżone.
13. Gabrielle w kapeluszach własnego projektu; „Comoedia Illustré" 1910. ©. Wszelkie prawa zastrzeżone.

14. Gabrielle Dorziat w kapeluszu Chanel, 1912. ©. Wszelkie prawa zastrzeżone.
15. Gabrielle Dorziat w kapeluszu Chanel; „Journal des Modes" 1912. ©. Wszelkie prawa zastrzeżone.
16. Adrienne i Gabrielle Chanel przed butikiem Gabrielle w Deauville. Dzięki uprzejmości „LIFE" ©. Wszelkie prawa zastrzeżone.
17. *Tangoville sur mer*, karykatura Coco Chanel i Arthura Capela autorstwa Sema; © Archives Charmet, Bridgeman Art Library.
18. Gabrielle z przyjaciółmi przed butikiem w Deauville około 1914 roku. Dzięki uprzejmości Ville de Deauville ©. Wszelkie prawa zastrzeżone.
19. Coco Chanel grająca w golfa około 1913 roku; © Hulton Archive, Getty Images.
20. Coco Chanel i Arthur Capel na plaży w St-Jean-de-Luz, 1915; © Hulton Archive, Getty Images.
21. Pablo i Olga Picasso, 1917; © Poperfoto, Getty Images.
22. Diana Capel według Johna Sargenta; © Private Collection.
23. Puchar Capela zdobyty w rozgrywkach polo. Dzięki uprzejmości Polo de Paris; zdjęcie Adelii Sabatini.
24. Siergiej Diagilew i Igor Strawiński; © Victoria and Albert Museum, Londyn.
25. Igor Strawiński, José Maria Sert, Gabrielle Chanel i Misia Sert, 1920; Igor Stravinsky Collection; © Paul Sacher Foundation, Zurych.
26. Wielki Książę Dymitr Pawłowicz. Z: Axel Madsen, *Chanel. A Woman of Her Own*, New York 1990 ©. Wszelkie prawa zastrzeżone.
27. Gabrielle i jej pies w Faubourg Saint-Honoré; Henri de Beaumont; ©. Wszelkie prawa zastrzeżone.
28. Gabrielle Chanel i Dymitr Pawłowicz około 1921 roku; ©. Wszelkie prawa zastrzeżone.
29. Chanel n°5 według Sema; © Getty Images.
30. Tancerze z *Le Train bleu*, 1924; © Hulton Deutsch Collection, CORBIS.
31. Tancerze z *Le Train bleu*, 1924; © Hulton Deutsch Collection, CORBIS.
32. Lubow Czerniczewa w *Apollon musagète*. Dzięki uprzejmości archiwum *Dancing Times*.
33. Pierre Reverdy; © Roger Viollet, Topfoto.
34. Paul Morand około 1910 roku; © Roger Viollet, Getty Images.
35. Książę Westminsteru; „Sunday Telegraph", wszelkie prawa zastrzeżone.
36. Eaton Hall; © Getty Images.
37. Randolph Churchill i Winston Churchill z Coco Chanel; © Getty Images.

38. Marion Moorhouse w sukience projektu Chanel około 1926 roku; © Condé Nast Archive/CORBIS.
39. Coco Chanel w Biarritz, 1928; © Getty Images.
40. Coco Chanel, Misia, José Maria Sert itp. na Lido w Wenecji; © Mary Evans/Rue des Archives/Talendier.
41. Gabrielle Chanel na nartach z Etienne'em de Beaumontem i Henrim de Beaumontem. Wszelkie prawa zastrzeżone.
42. Coco Chanel w kostiumie z dżerseju około 1931 roku; © Getty Images.
43. Coco Chanel w białej atłasowej piżamie; © Getty Images.
44. Coco Chanel z lady Pamelą Smith i modelkami, 1932; © Bettman/CORBIS.
45. Coco Chanel z Cecilem Beatonem około 1937 roku; © Time and Life Pictures/ Getty Images.
46. Coco Chanel i Fulco di Verdura, 1937; © Roger Viollet, Getty Images.
47. Gabrielle z Salvadorem Dalí około 1938 roku. Prawa do wizerunku Salvadora Dalego zastrzeżone. Fundació Gala-Salvador Dalí, Figueres, 2011.
48. Gabrielle z Apel·lesem Fenosą; Hoyningene Huene około 1939 roku. © R. J. Horst. Zdjęcie dzięki uprzejmości Staley/Wise Gallery w Nowym Jorku.
49. Baronowa Maggie van Zuylen i Serge Lifar; © Mary EvansRue des Archives/ Tallandier.
50. Baron Hans von Dincklage, zdjęcie paszportowe, 1950.
51. Coco Chanel wśród luster na schodach swojego domu mody, 1954; © Condé Nast Archive/CORBIS.
52. Modelka w kostiumie od Chanel; © Condé Nast Archive/CORBIS.
53. Modelka w warstwowej sukience bez ramiączek ozdobionej różami; © Condé Nast Archive/CORBIS.
54. Coco Chanel upinająca sukienkę na modelce 1959; © Getty Images.
55. Modelki Chanel przy rue Cambon 31, 1958; © Roger Viollet, Topfoto.
56. Rzeźby w salonie Chanel przy rue Cambon; © Simon Upton, The Interior Archive.
57. Jadalnia w apartamencie Chanel przy rue Cambon; © Massimo Listri/CORBIS.
58. Projektantka mody Coco Chanel około 1965 roku; © Condé Nast Archive/CORBIS.
59. Modelki na mszy żałobnej za Coco Chanel; © Bettman/CORBIS.

SPIS TREŚCI